TARA DUNCAN
Le Livre Interdit

타라 덩컨

② 비밀의 책

TARA DUNCAN, Le Livre Interdit

by Sophie Audouin-Mamikonian

Copyright©Editions du seuil, Paris, 2004
Korean Translation Copyright©Sodam&Taeil Publishing Co., Ltd., 2005
All rights reserved.

This Korean edition was published by arrangement with Editions du seuil, (Paris)
through Bestun Korea Agency Co., Seoul

이 책의 한국어판 저작권은 베스툰 코리아 에이전시를 통한 저작권자와의 독점 계약으로 (주)태일소담에 있습니다.
저작권법에 의해 한국 내에서 보호를 받는 저작물이므로 무단 전재와 무단 복제를 금합니다.

TARA DUNCAN
Le Livre Interdit

타라 덩컨

2 비밀의 책

펴 낸 날 | 2014년 5월 15일 초판 1쇄

지 은 이 | 소피 오두인 마미코니안
옮 긴 이 | 이원희
펴 낸 이 | 이태권
펴 낸 곳 | (주)태일소담
　　　　　 서울시 성북구 성북동 178-2 (우)136-020
　　　　　 전화 | 745-8566~7 팩스 | 747-3235
　　　　　 e-mail | sodam@dreamsodam.co.kr
　　　　　 등록번호 | 제2-42호(1979년 11월 14일)

ISBN 978-89-7381-875-4 04860
　　　　978-89-7381-830-3 (세트)

www.dreamsodam.co.kr

TARA DUNCAN
Le Livre Interdit

타라 덩컨

② 비밀의 책

소피 오두인 마미코니안 지음 | 이원희 옮김

소담출판사

필리프, 디안과 마린, 유머 감각과 명철한 감각으로 아내와 엄마를 열렬하게
지지해주는 나의 정겹고 명쾌한 가족에게 이 책을 바칩니다.
사랑하는 이들이여, 당신들이 없었다면 이 책은 존재하지 못했을 것입니다.

— 소피 오두인 마미코니안

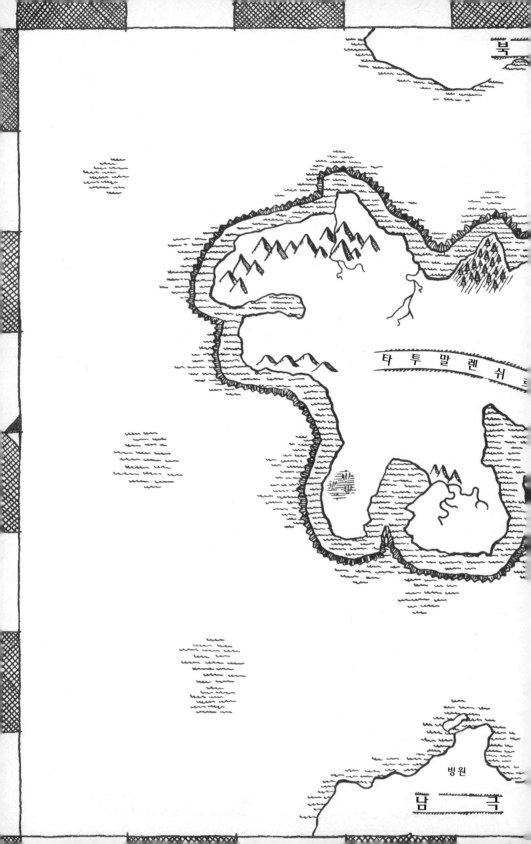

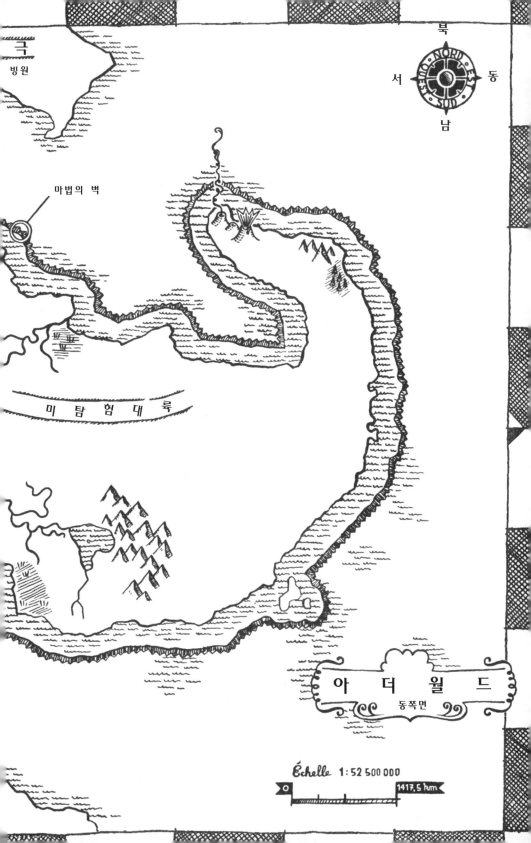

1장 체포   14

2장 살인 누명   35

3장 진실의 입   69

4장 오무아 제국의 진실   91

5장 땅 신령들의 납치   131

6장 파란 땅 신령   147

7장 크리스털 함정   177

8장 치명적인 주문   201

9장 미지의 목적지   220

10장 흑장미의 정령   247

TARA DUNCAN
Le Livre Interdit

타라 덩컨

🌑 비밀의 책 | 차례

11장	림보 왕국의 재판관	269
12장	알현	312
13장	황실의 수치	351
14장	뱀파이어의 살인	382
15장	영혼 약탈자	399
16장	하얀 영혼	424
17장	포로들	447
18장	드래곤들의 전쟁	462
19장	여자 뱀파이어	529
20장	제국의 후계자	545
✹	아더월드의 용어 해설	576
✹	작가 인터뷰	587

② 비밀의 책

1
체포

*

보스의 마스크가 분노의 검은색으로 지글지글 타고 있었다. 한 줌의 재는 감히 자기를 방해하는 미치광이들에게 본때를 보여주겠다는 표시였다. 그래서일까, 갑자기 그를 둘러싼 시커먼 실루엣들이 눈썹 하나 까딱하지 않으려고 애를 쓰고 있다.

"그 머저리가 감히 나한테 도전을 하다니! 아주 잘됐어. 그런데 그자를 공식적으로는 제거할 수 없단 말야. 다른 상그라브들이 용서하지 않을 테니. 하지만 사고라면……."

상그라브들의 보스는 마음을 굳힌 듯 웃음을 터뜨렸고, 마스크도 서서히 만족스런 파란색으로 물들었다.

"바로 그거야. 사고로 위장해서 내 적수를 없애고 동시에 그 계집애를 함정에 빠트리는 거야. 기막힌 우연의 일치처럼! 일단 계집애를 붙잡아두기만 하면 악마의 능력을 가진 모든 사물들에 접근할 수 있게 돼. 그렇게만 되면 그 무엇도 나를 막을 수 없다! 이제 우리가 할 일은……."

보스가 방금 세운 복잡한 계획을 들으면서 검은 실루엣 중의 하나가

14

몸서리친다. 안 돼, 그럴 순 없어! 그 계집애는 산 채로 잡아오면 안 돼. 이젠 선택의 여지가 없군.

타라 덩컨은 죽어야 해!

*

그림자 하나가 살금살금 벽을 따라 미끄러지듯 빠져나갔다. 창문을 통해 줄기차게 쏟아지는 하얀 달빛 때문에 그림자는 나직한 소리로 툴툴거렸다. 그림자는 의자와 책상, 침대의자들을 요리조리 잘도 피하면서 계속 전진했다. 그림자의 목적은 문의 형상을 하고서 노기 띤 말소리가 새어나오는 사무실로 접근하려는 것 같았다.

그림자는 좀 더 가까이 문에 접근하더니 호주머니에서 투명한 물건을 꺼내 조심스럽게 벽에 댔다.

말소리가 들리는지 그림자가 배시시 미소를 지었다. 이제는 똑똑히 들리는 데다 아주 흥미롭기까지 한 모양이다.

제일 먼저 들리는 것은 드래곤 마법사 셈 나샤오비로다인트라쉬부의 목소리였다. 아무래도 셈 선생님이 변명을 하느라고 쩔쩔매는 것 같았다. 점잖지만 힘겹게 발음하고 있는 두 번째 목소리의 주인공은 개 마법사 마니투였다. 화가 잔뜩 난 카랑카랑한 세 번째 목소리는 안 봐도 뻔했다. 그건 타라의 할머니인 강력한 마법사 이사벨라 덩컨의 목소리였다. 마지막으로 들리는 아주 차분한 음성, 그건 보나마나 이사벨라의 딸이자 타라의 어머니인 셀레나 덩컨의 목소리였다.

"아니! 절대로 용납할 수 없는 일이오!"

이사벨라가 냅다 소리쳤다. 어떤 질문에 대한 대답이 분명했다.

"일주일이나 지났는데도 난 도저히 화가 나서 참을 수가 없어요! 정말 기가 막혀서. 타라가 납치되었는데 나한테 알리지도 않다니! 셈, 당신이 아직까지 양서류 동물이 되어본 적이 없다면 내가 당장 두꺼비로 둔갑시켜주겠소!"

"크흑, 그것만은 제발, 이사벨라!"

드래곤 마법사는 기겁하면서 항의했다.

"이래 봬도 파충류에 속하는 몸인데! 나를 모욕하지 말아주시오. 그 상황이라면 당신이라고 별수 있었겠소? 손톱이나 손가락을 물어뜯는 거 말고!"

"그래도 끝까지 사과를 하지 않는군요, 셈. 내 성질 뻔히 알면서."

원한에 사무친 이사벨라는 분통을 터뜨렸다.

"하지만 결과적으로는 오히려 다 잘되지 않았소. 타라를 무사히 찾았고, 납치되었던 수석 조수들도 구출했고, 또 마지스터를 물리쳤으니."

드래곤 마법사가 응수했다.

"쯧쯧쯧!"

마니투가 못마땅한 어조로 쏘아붙였다.

"하지만 그건 당신이 해낸 일이 아니오. 당신의 도움 없이 타라와 파브리스, 로빈, 파프니르, 무아노와 내가 잿빛 요새를 탈출했으니까. 마지스터를 묵사발로 만든 것도 우리지 당신이 아니오!"

궁지에 몰린 드래곤 마법사는 재빠르게 화제를 바꿨다.

"묵사발이란 말이 나와서 하는 말인데……."

드래곤 마법사는 억지로 꾸민 부드러운 목소리로 속삭였다.

"랑코비트에 몇 건의 고소장이 접수되었지요. 당신을 갈기갈기 찢어발기겠다고 잔뜩 벼르고 있는 여자 마법사들이 여섯 명이나 있더군요!"

마니투는 한숨을 푹 내쉬었다.

"이거야 원! 도대체 내가 또 뭘 어쨌다는 게요?"

"12년 전에 그 여자들에게 물약을 팔았더군요. '영원한 젊음'의 묘약이었다는데 젊음은커녕 하루아침에 쉰 살로 폭삭 늙어버렸답니다. 그 사례의 여자들이 무더기로 나타난 건 며칠 전이었는데…… 나도 똑같은 사례의 환자 한 명을 1년 전부터 치료하고 있단 말이지요. 그런데 문제는 당신의 물약으로 인한 부차적인 결과가 아주 복잡하다는 겁니다. 내가 설사 별 문제없이 다른 여자들에게도 원래의 모습을 되찾아준다고 해도 그 부차적 결과는 아무래도 치유가 불가능할 것 같으니……."

"이게 무슨 날벼락인지!"

마니투는 구시렁거렸다.

"난 그런 걸 판 기억이 없으니 정말 미치고 팔짝 뛰겠군! 그런데다 난 당신을 도와줄 수도 없단 말이오! 내 정신은 온전하지 않으니까. 난 한 달 전에야 정신을 되찾았고, 내 기억은 구멍난 정도가 아니라 한없이 깊은 늪이란 말이오!"

"마니투, 당신이 지구에 있다는 것, 그리고 사냥개로 둔갑해 있다는 걸 아는 사람이 거의 없다는 게 그나마 다행인 줄 아시오. 그렇지 않았다면 당신의 목숨을 그 여자들에게 넘기지 않고는 배기지 못했을 테니까!"

드래곤 마법사의 말에서 빈정거림이 스며 나왔다.

"그 여자들이 나를 그 정도로 원망하고 있단 말이오?"

"원망뿐이겠소? 스무 살의 꽃다운 모습으로 잠자리에 든 여자들이 다음 날 아침에 연인 또는 남편 옆에서 할머니의 모습으로 눈을 떴으니! 그 충격이 어땠을지 상상해보세요! 광고에 '영원한 젊음'이라는 문구만 넣지 않았어도 좋았으련만!"

"가진 재주가 발명인지라 아버님이 마법을 쓰기로 결정하자마자 일으킨 문제에 대해서는 내가 왈가왈부하고 싶지 않군요."

이사벨라가 떨떠름한 목소리로 그 대화를 중단시켰다.

이사벨라는 드래곤 마법사가 그 난처한 상황을 그런 식으로 미꾸라지처럼 빠져나가게 할 생각이 없다는 얼굴로 말을 이었다.

"그러니까 좀 전에 하던 얘기로 돌아가지요. 그 마지스터라는 상그라브가 지구와 림보 사이의 지각단층을 열 뻔했다는 건 엄청난 사건입니다. 하마터면 악마들이 지구를 침략할 뻔했는데, 물약보다는 그 사건이 훨씬 중요한 문제란 말이오. 그리고 셈, 당신은 정말 운이 좋았던 겁니다. 타라가 실루르의 옥좌를 파괴할 정도로 영리하고 강력한 능력을 가졌기에 망정이지!"

"자, 이제 그만 합시다. 얼마든지 일어날 수 있는 일을 가지고 우리가 했어야 한다느니, 하지 말았어야 한다느니 따위의 말싸움으로 서로를 헐뜯지는 맙시다."

계속되는 악다구니에 귓속이 윙윙거리는 드래곤 마법사가 딱 잘라 말했다.

"이사벨라, 어쨌거나 죽은 줄 알았던 딸을 찾았고, 손녀딸도 무사히 돌아왔으면 된 거 아니오? 그러니 이제는 다른 문제들을 논의하도록 합시다. 가면 속의 마지스터는 누구인가? 그자가 타라에게 말했다는 사냥꾼은 누구인가? 그리고 타라를 소용돌이 속으로 빨려들게 해서 죽이려고 한 자는 누구인가? 범인이 마지스터가 아니었던 건 분명합니다. 악마의 능력을 가진 사물들에 접근할 수 있는 유일한 열쇠가 타라인데 마지스터가 그 애를 죽일 리가 없지요. 우리가 아직 실마리도 풀지 못한 의문들이 이 정도로 많단 말입니다. 생각하기도 싫은 일들이지만."

"흠! 리지보누스 주문에 대해서는 어떻게 생각하시오?"

골똘히 생각에 잠겨 있던 마니투가 입을 열었다.

이어지는 침묵에 그림자는 셈선생님이 몹시 당황하고 있음을 알았다.

"뭐라고요?"

"마지스터가 맨 처음 타라를 납치하려고 했던 건 한 달 전이었소. 그자는 그 기회에 상그라브 한 명을 보내서 이사벨라를 제거하려고 했지요."

마니투는 웃음을 머금은 목소리로 설명했다.

"그런데 그때 사용했던 주문이 좀…… 해괴했단 말이오. 처음에는 돌처럼 굳어버리게 하는 리지디푸스 주문이었는데 도중에 그 광선이 태워버리는 카르보누스 주문으로 바뀌었지요. 그래서 내가 그 주문을 '리지보누스'라고 이름 붙인 것이오. 리지보누스 주문이 이사벨라를 정어리처럼 지글지글 구우려는 순간, 타라가 그 불타는 광선을 낚아채서, 정말 알 수 없게도 그 상그라브의 얼굴을 정통으로 맞췄지요. 그자는 중상을 입은 데다 이중 주문까지 걸려 있어서 타라가 아니면 나을 수가 없단 말이오. 그자의 얼굴은 분명히 스테이크가 되어 있을 게요. 그것도 아주 바싹 구워진 스테이크로."

"윽! 제발!"

셀레나가 끼어들었다.

"그렇게까지 자세하게 묘사할 필요는 없잖아요. 그러니까 타라가 죽으면 자동으로 그자가 낫는다는 거죠?"

"그래, 바로 그 말이다!"

마니투는 흡족해했다.

"그걸 단서로 범인을 붙잡을 수 있지 않겠소?"

"내 생각은 달라요."

드래곤 마법사는 잠시 생각하다가 말했다.

"그건 아마 대단한 효과는 없을 게요. 고통이야 몹시 심하겠지만 내 생각에 그자가 지금 할 수 있는 건 물집 작전밖에 없을 겁니다."

"물집이라니요?"

약간 업신여기는 듯한 목소리로 드래곤 마법사가 설명했다.

"네, 물집 작전. 그자는 화상의 고통을 가라앉히기 위해서 머리에 얼음물을 뒤집어쓰고 있을 게 틀림없어요. 고통의 비명을 지를 때마다 수많은 물집이 생기겠지요. 따라서 불타는 얼굴은 단서가 되지 못할 게요."

셈 선생님의 블랙유머에 침묵이 흘렀다.

"타라가 마지스터의 빗에서 머리칼을 채취해 왔는데 그게 단서가 되지 않겠소?"

마니투가 생각에 잠긴 얼굴로 물었다.

"잿빛 요새를 기습했을 때 우리도 마지스터의 빗과 옷가지, 심지어는 팬티까지 회수해 왔지요. 엘프 사냥꾼들의 수사본부에 의뢰했지만 모조리 악마의 마법에 걸려 있어서 알아낸 것이 없소. 그 비열한 작자의 정체도, 위치추적도 불가능했지요."

"마지스터는 언제나 마스크를 쓰고 있었어요."

셀레나가 끼어들었다.

"10년 동안이나 갇혀 있었지만 그자가 누군지 전혀 모를 정도로 그는 주도면밀한 사람이에요."

"유감스럽게도 나는 해줄 말이 없군요."

이사벨라는 여전히 성난 목소리로 대화를 중단시켰다.

"그 일에서 난 제외되어 있으니까. 그런데 그보다 더 중요한 의문이 있소. 타라가 오무아 제국의 후계자라는데 앞으로 그 문제는 어떻게 해야 하는 겁니까? 나한테 몇 가지 생각이 있긴 한데…….”

벽에 달라붙은 그림자는 끽소리도 내지 않고 귀를 기울이고 있었다. 엿듣느라고 정신이 없는 그림자는 등뒤로 소리 없이 나타나는 덩치 큰 동물을 보지 못했다. 동물은 귀를 쫑긋 세운 채 먹이를 향해 살금살금 다가섰다. 갑자기 그림자가 움직이자, 동물은 바닥에 납작 엎드려서 꿈쩍하지 않았다. 그러고는 축 처진 입술을 위로 젖히면서 번뜩번뜩한 송곳니를 드러냈다. 신비의 육감이 작동한 것인가, 그림자가 획 돌아봤지만 이미 때는 늦었다.

고양이과 동물이 느닷없이 달려들었고, 둘은 그대로 나뒹굴었다.

으악! 사람의 비명소리에 이어지는 맹수의 으르렁거리는 울음소리, 쨍그랑! 유리 깨지는 소리……, 셈 선생님과 셀레나, 마니투, 이사벨라는 소스라치게 놀랐다.

사무실 문을 벌컥 열어젖히던 셀레나는 아연실색했다. 누런 동물에게 깔린 채로 박살난 유리파편들 위에 나자빠진 갈색머리 소년, 거기에다 동물은 다정하게 소년의 얼굴을 핥고 있으니.

“이러면 재미없지!”

소년이 그 까칠까칠한 혀를 피하려고 얼굴을 요리조리 돌리면서 악을 썼다.

“완전히 돌았어! 사람한테 이런 식으로 덤벼들면 곤란하잖아!”

“칼? 너 여기서 뭐 하는 거니?”

마니투가 외쳤다.

“놓아줘, 셈보르!”

셀레나가 자신의 패밀리어에게 명하자, 퓨마는 마지못해서 먹이를 놓아주었다.

셀레나는 칼을 일으켜주었다.

"저기 그냥…… 이 앞을 지나가고 있는데……."

칼은 주뼛주뼛 중얼거렸다.

"새벽 2시에?"

이사벨라는 가차없이 그 말을 가로막았다.

"2시요?"

칼은 순진한 얼굴로 잿빛 눈을 똥그랗게 뜨면서 외쳤다.

"그렇게 늦었어요? 이런, 가서 자야겠어요. 시끄럽게 한 걸 용서해주세요!"

칼이 잽싸게 내빼려고 할 때, 셈 선생님이 목덜미를 움켜잡으면서 말했다.

"잠깐! 한밤중에 네가 여기서 뭘 했는지 알아봐야지."

셈 선생님이 바닥으로 눈길을 던지면서 주문을 외웠다.

"레파루스의 이름으로 깨진 조각들은 냉큼 다시 붙을지어다!"

즉시 바닥에 흩어진 유리 파편들이 한데 모여 만들어진 유리컵이 얌전히 떠오르자, ? 선생님이 덧붙였다.

"한밤중에 유리컵……, 그것도 빈 잔이라."

얼른 거짓말로 둘러대려고 하던 칼은 이사벨라의 성난 표정에 단념했다.

"우리 같은 도둑들은 정보가 생명이거든요."

칼은 어깨를 으쓱하면서 고백했다.

"근데 어른들이 비밀리에 모였기에 부엌에서 유리컵을 들고 나와 벽에 대고 엿들었어요."

셀레나는 어이가 없다는 얼굴을 했다.

"유리컵을 대고 들어?"

"도둑의 오랜 수법이거든요. 소리는 공기를 진동시키잖아요. 그러니까 그 진동이 벽에 부딪혀서 유리컵으로 전달되면 방안에 같이 있는 거나 거의 마찬가지로 들리죠."

"저런, 참고 삼아 말하는데 우리는 비밀 얘기를 하고 있는 게 아니었어."

셈 선생님이 너털웃음을 쳤다.

"타라가 납치되었던 걸 알리지 않았다고 이사벨라가 나를 심하게 몰아붙이고 있는 중이었다. 이제 그 얘기는 끝났어. 안 그렇소, 이사벨라?"

이사벨라는 셈 선생님에게 눈을 흘겼다.

"내가 늙은 도마뱀, 당신을 용서했다고는 꿈도 꾸지 마시오. 그 얘기는 나중에 다시 할 거니까 그리 아세요!"

"그놈의 도마뱀, 도마뱀!"

셈 선생님이 탄식했다.

"그래요, 난 파충류요. 하지만 난 파충류 중에서도 고등급이란 말이오. 당신에게 화가 났다고 해서 내가 당신을 늙은 원숭이로 취급한 적 있소? 아니질 않소? 그러니 논쟁할 때마다 족보까지 들먹이며 헐뜯는 일은 하지 맙시다, 우리 제발!"

셀레나의 킥킥거리는 웃음소리에 아랑곳없이 이사벨라는 경멸하듯 초록빛 눈을 찡그리면서 냉랭하게 응수했다.

"틀린 말은 아니긴 한데…… 어쨌거나 셈, 당신은 한심한 멍청이요!"

어휴! 선전포고나 다름없는 말이 아닌가. 이러고 있다가 괜히 고래 싸움에 새우등 터지는 거 아냐, 칼은 슬그머니 내빼기로 마음먹었다. 셀레나가 난처한 미소를 지어 보일 때 칼은 안도의 숨을 내쉬면서 줄행랑쳤다. 한밤의 정탐 작전은 실패로 끝나고 말았다.

칼은 로빈과 파브리스와 같이 쓰는 방으로 돌아갔다. 친구들이 불안한 얼굴로 기다리고 있었다. 칼의 패밀리어인 여우도 덩달아 깨어 있었다.

"어떻게 된 거야?"

파브리스는 비꼬듯이 내뱉었다.

"그렇게 잘난 척하면서 나가더니! 너 뭐라고 했어? 우리들은 소리를 내서 데려갈 수가 없다며 큰소리쳤잖아? 근데 아까 그 소리는 뭐야? 난 집이 아주 폭삭 무너지는 줄 알았네! 음, 좋았어. 첫 글자는 포유류의 몸에 기생하여 피를 빨아먹는 것. 둘째 글자는 똥의 점잖은 표현, 다 합하면 예기치 못한 사태."

"또야?"

로빈이 시큰둥하게 대꾸했다. 걸핏하면 수수께끼를 내는 파브리스의 별난 버릇에 어이가 없다는 얼굴이었다.

반응이 썰렁하니 할 수 없지, 혼자 북 치고 장구 치는 수밖에. 파브리스는 자기가 답을 말했다.

"이변!"

"빌어먹을! 그 멍청한 퓨마 때문이야!"

칼이 씩씩거렸다.

"어느 구석에 숨어 있다가 갑자기 덤벼드는 데야 어쩌겠어."

"어이구, 그러서!"

하프엘프 로빈이 빈정거리면서 흰털이 희끗희끗한 검은머리를 절레절레 흔들었다.

"도둑 면허 연수생도 별수 없네, 뭐. 그래도 뭔가 알아내긴 했겠지?"

"없어. 셈 선생님과 어른들이 이런저런 얘기를 하고 계셨어. 아니, 정확히 말하면 셈 선생님이 엄청 당하고 있더라고. 손녀가 납치됐던 걸 숨겼다고 타라의 할머니가 불같이 화를 내면서 펄펄 뛰셨거든. 어쨌든 지금으로서는 별일 없는 것 같아."

"그렇다면 휴가를 신 나게 즐겨도 된다는 뜻이네."

로빈은 크리스털 같은 눈을 반짝이면서 미소를 지었다.

"난 진짜 지구가 마음에 들어. 아더월드와는 전혀 다른 아주 색다른 면이 있단 말야."

수석 조수들을 무사히 구출한 걸 축하하는 뜻에서 랑코비트의 최고 마법사들은 어린 영웅들에게 20일간의 휴가를 주었다. 그들이 지구에 와 있은 지 어느새 일주일이 지나 있었다. 애석하게도 개학이 코앞에 다가왔기 때문에 타라는 이틀 후에는 학교로 돌아가야 했다.

아더월드에서 지구로 돌아왔을 때, 파브리스는 친구들에게 성에서 지내라고 제안했다. 하지만 타라의 할머니에게서도 초대를 받은 두 친구는 타라와 무아노와 같이 지내고 싶어 했다. 그러자 이사벨라는 소외되는 느낌을 갖지 않게 파브리스도 초대했고, 그 바람에 셀레나와 셈 선생님까지 묵고 있는 장밋빛 저택은 초만원이 되었다.

물론 마법을 사용하면 간단하게 해결될 일이었다. 그러나 낡은 저택이 하루아침에 베르사유 궁전처럼 으리으리하게 변했다가는 동네사람들의 시선을 끌 게 뻔했다. 그래서 이사벨라는 그들을 수용하기에 적당한 크기로 방들을 넓히는 정도로 만족했다.

얼마 후, 들릴 듯 말 듯 조심스러운 노크 소리에 소년들은 후닥닥 이불을 뒤집어썼다. 괜한 소동이었다. 얼굴을 들이민 사람은 셀레나도, 이사벨라도 아니었다. 바로 타라와 무아노가 그들의 패밀리어인 페가수스 갈랑과 표범 쉬바를 데리고 온 것이었다. 하도 오랜만에 맞는 평화로운 날들이라서 오히려 쉬이 잠이 오지 않는 걸까. 두 소녀는 다정한 눈길로 친구들을 쳐다봤다. 운동선수 같은 체격의 금발 파브리스, 키는 작아도 동작이 민첩하고, 천사의 얼굴을 하고 있는 칼리반, 이 두 친구보다 훨씬 큰 키에 크리스털처럼 해맑은 눈의 하프엘프 소년 로빈이 두 소녀에게 미소를 보냈다. 그렇게 한자리에 모인 그들의 모습은 한 폭의 멋진 그림이었다.

칼이 정탐을 나갔다가 실패한 경위를 들으며 타라와 무아노가 배를 잡고 웃어대는 바람에 그 평온한 그림이 약간 망가졌다.

"너네 정말 이러기야?"

칼이 으르렁거렸다.

"그만 좀 웃어라. 나 졸리니까 나가, 빨리!

타라는 자기를 도와주려고 그렇게까지 애쓰는 친구가 고마웠다. 타라의 다정한 포옹에 칼은 금세 얼굴이 빨개졌다. 친구들이 어찌나 웃고 떠들어대는지 타라의 애정 표시가 좀 구겨지긴 했지만.

다음 날 아침, 다섯 명의 어린 마법사들은 근처로 소풍을 가기로 했다.

"자전거를 타고 가자. 쭉 둘러보는 데는 최고야."

타라가 제안했다.

"뭐를 타?"

자전거라는 걸 본 적이 없는 칼과 무아노, 로빈이 물었다.

"이거야."

타라는 짓궂은 미소를 지으며 자전거에 올라앉았다.

"이렇게 앉아서 페달을 밟기만 하면 굴러가. 자, 봐. 아주 쉽지?"

칼은 저택의 잔디밭에서 두 번이나 보기 좋게 코방아를 찧었다. 길가에서 허리를 꺾으며 미친 듯이 웃어대는 타라와 파브리스를 보면서 망신살이 뻗친 칼은 그들을 감쪽같이 속이기로 마음먹고 슬그머니 주문을 외웠다.

"*스타빌루스의 이름으로* 내가 잘 굴리고, 내가 더는 미쳐 날뛰지 않기를!"

아더월드에서보다는 지구에서의 마법이 확실히 덜 강력한데도 평형 주문이 작동했다. 자전거가 아주 똑바로 굴러가기 시작했다.

"저, 저건 속임수야!" 하고 소리치던 무아노는 아름드리 마로니에를 피하기 위해 전속력으로 굴러가는 자전거에 몸을 내맡겼다.

"어유, 이 자전거 진짜 장난이 아니네."

로빈이 투덜거렸다.

"이제 더는 못 참겠다. *스타빌루스의 이름으로* 나 평형을 유지하고 넘어지지 않기를, 그리고 내 몸이 자유로워지기를!"

타라는 똑같은 주문인데도 로빈의 주문이 확실히 칼의 주문보다 더 점잖다고 생각하면서 빙긋이 웃었다.

으악! 그때 갑자기 무아노가 비명을 질렀다. 자전거와 몸이 따로 놀던 무아노가 장미나무를 향해 질주하고 있었다. 어머 저걸 어째, 장미의 가시…… 게다가 엄청나게 길기까지 한데…….

무아노는 본능적으로 변신했다.

400년 전 무아노의 조상을 야수로 둔갑시켰던 저주가 순간적으로 작동한 것이다. 그 왜소한 글로리아 다비일 공주는 온데간데없고 흉측한 야수가 나타났다. 키가 무려 3미터에다 곰도 아니고 황소도 아니고 늑대도 아닌 무시무시한 잡종 동물의 모습이었다. 거기에 삐죽삐죽한 송곳니하며 갈퀴발톱, 세상에 무서울 게 없는 정신이상자라도 덜덜 떨게 만들 괴물딱지가 아닌가.

그 변신은 자전거에 치명적이었다. 장미나무는 오죽했을까. 무아노의 옷도 갈기갈기 찢겨나갔다.

"휴!"

무아노는 그 커다란 털북숭이 몸을 일으키면서 종알댔다.

"미안해! 내가 자정거를 망가뜨린 것 같아!"

"자정거가 아니라 자전거야."

타라는 얼른 발음을 수정해주고 나서 웃지 않으려고 볼의 안쪽 살을 깨물었다.

"자전거가 부서진 건 괜찮아. 근데 있잖아, 무아노?"

"응?"

머리에 뒤집어쓴 장미꽃들을 터느라고 몸을 마구 흔들어대면서 야수가 대답했다.

"여기 사람들은 너 같은 동물에 익숙해 있지 않거든. 그래서 말인데 다시 변신해주겠니?"

"아참! 그렇지, 미안해! 옷 갈아입고 올게. 바지가 너덜너덜해졌어. 이런, 셔츠도 그러네. 금방 돌아올게."

로빈은 손짓 한 번으로, 아니 마법으로 망가진 자전거를 새것으로 만들었다.

타라의 페가수스 갈랑, 무아노의 은빛 표범 쉬바, 칼의 여우 블롱딘은 최근 며칠간의 모험으로 피곤해서 저택에 남아 있기로 했다.

지구의 여름은 이번만은 여름의 참맛을 제대로 한번 보여줄 작정을 한 듯이 화창하고 상쾌했다. 자전거를 타고 폐허가 된 요새들을 구경하고 나서 준비해 간 도시락을 맛있게 먹은 뒤에(아더월드의 세 아이들은 프랑스 치즈 냄새에 익숙해지는 데 몹시 애를 먹었다!) 그들은 돌아왔다.

저택으로 이르는 길에 접어들었을 때였다. 맨 앞에서 신 나게 페달을 밟던 타라가 갑자기 멈추었다. 스무 명 가량 되는 검은 옷차림의 남자들이 집을 포위하고 있는 게 아닌가!

이런 저런 생각할 것 없이 타라는 수풀 속에 자전거를 눕혀놓고 작은 숲으로 뛰어가서 숨었다. 깜짝 놀란 칼과 무아노, 로빈, 파브리스도 덩달아 몸을 숨겼다.

"왜 그래?"

파브리스가 불안한 얼굴로 물었다.

"우리 집 주위에 수상한 사람들이 있어. 아무래도 집을 포위하고 있는 것 같아. 뭔가 이상해!"

"으음, 안 돼!"

파브리스는 신음소리를 냈다.

"또다시 시작되는 건 아니겠지? 오, 제발!"

"저들이 할머니를 공격하러 온 적이라면 이번엔 큰코다치게 될걸!"

타라는 덤불 사이로 살피느라고 목을 반쯤 잡아 빼면서 말했다.

"셈 선생님과 엄마가 가만 두지 않을 거야. 아주 끝장을 내버릴걸."

"오, 타라! 그렇게까지 적나라하게 말할 필요는 없잖아!"

상상력이 풍부한 무아노가 한 마디했다.

"공격하려고 온 사람들이 아닌 것 같아."

로빈이 유심히 살펴본 뒤에 말했다.

"그냥 가만히 서 있잖아. 마치 뭔가를 기다리고 있는 것처럼."

"음…… 뭔가가 아니면 누군가겠지!"

무아노는 고갯짓으로 타라를 가리키면서 말했다.

"있잖아, 우리 증거가 나타날 때까지 지켜보자. 마지스터가 노리는 사람은 너니까."

파브리스는 놀란 토끼눈이 되었다.

"맙소사, 그럼 아더월드에서 온 사람들이란 말야? 또 상그라브들이라고? 타라를 납치하러 왔다 그거지?"

"어, 글쎄."

무아노가 대답했다.

"상그라브들이라면 마스크를 쓰고 있어야 정상인데, 저 사람들은 아니거든. 또 모르지, 저게 함정일지도. 일단 숨어 있자. 타라, 특히 너는."

타라는 대답할 겨를이 없었다. 그 순간 셈 선생님과 셀레나, 이사벨라, 마니투가 저택 현관에 나타났기 때문이다. 어린 마법사들은 싸울 각오를 단단히 하면서 싸움이 일어나길 기다렸지만 아무 일도 일어나지 않았다. 검은 옷 무리의 대장으로 보이는 사람이 자연스런 태도로 그냥 무슨 말인가를 하고 있었다. 잠시 후, 공중에 홀로그램 같은 것이 뜨더니 작은 실루엣이 엄숙하게 본문을 읊었다.

귀머거리들이 있을 걸 대비한 걸까, 실루엣이 읊어대는 내용이 마치 자막처럼 약간 파리한 불빛 문자로도 새겨지고 있었다. 셈 선생님은 주의 깊게 들으면서 고개를 끄덕이고 있었다.

그들이 있는 곳에서는 선생님의 표정을 읽기 힘들었다. 하지만 타라는 늙은 마법사가 몹시 난처해하고 있음을 느꼈다.

"내 말 잘 들어."

무아노가 말했다. 그녀는 말을 더듬지 않게 된 뒤로 하루가 다르게 대담해져 있었다.

"저녁 내내 이 나무 뒤에 숨어 있을 수는 없어. 우리가 가서 무슨 일인지 알아볼게. 타라는 로빈이랑 여기 있어. 나는 칼과 파브리스하고 저쪽으로 가볼게. 별일 없으면 오라는 손짓을 할게. 위험하면 집으로 그냥 들어갈 테니까 너희 둘은 아더월드의 최고위원회에 연락해서 지원군을 보내달라고 요청해."

"하지만 난 여기 있고 싶지 않아!"

불안해서 죽을 지경인 타라는 반대했다.

"넌 선택의 여지가 없어."

무아노는 단호하게 대답했다.

"우리랑 같이 갔다가 저자들이 너를 붙잡으려고 달려들면 우리는 싸워야 해. 그러면 우리는 목숨을 내놓고 너를 보호해야 되잖아."

"그래도 그런 식으로 이야기 하는 건 너무하다."

타라는 발끈했다. 하지만 무아노는 똑부러지게 말했다.

"그럴지도 모르지. 하지만 어쩔 수 없어. 그럼 이따 봐."

타라가 또 무슨 말을 하기 전에 무아노와 파브리스, 칼은 부리나케 자전거를 타고 저택으로 돌진했다.

타라는 흰 머리털을 질겅질겅 씹으면서 친구들의 뒷모습을 불안한 눈길로 좇았다. 소풍을 나가느라고 하프엘프의 특징들을 감쪽같이 감추고 있는 로빈도 걱정스런 얼굴이었다.

동그랗게 둘러선 검은 옷의 남자들은 친구들이 지나가도 아무런 반응을 보이지 않았다. 그 무리의 대장이 뭐라고 묻자, 셈 선생님은 칼을 가리키면서 끄덕였다.

그 즉시 두 남자가 칼을 붙잡아서 자전거에서 끌어내렸다.

등골이 서늘해진 타라는 순간적으로 머리가 빠르게 돌아갔다. 내 친구를 붙잡았다! 그렇다면 나를 억지로 굴복시키려고 인질로 잡아두겠단 건데! 저들을 실망시킬 수야 없지!

화가 치민 타라는 자전거에 뛰어올라서 저택을 향해 돌진했다. 로빈은 말릴 겨를조차 없었다.

정말 본의 아니게 마법을 쓰게 되면서부터 타라는 원하는 것을 시각

화해야 한다는 걸 깨달았었다. 그래서 타라는 그 적들을 전광석화처럼 재빨리 칼과 저택에서 멀리 떨어진 데로 쭉 밀어내는 상상을 했다.

그런데 타라는 한 가지를 잊고 있었다. 아더월드 마법의 저장소인 살아있는 돌이 호주머니 안에 있다는 것을.

살아있는 돌은 지능을 갖춘 실체적 존재였고, 흑장미 섬에서 구해준 뒤부터 강력한 마법으로 타라를 도와주고 있었다. 타라와 살아있는 돌의 능력이 더해질 때마다 그 둘은 그야말로 움직이는 폭탄이나 다름없었다.

살아있는 돌은 자기가 일으킬 수 있는 피해에 대한 관념이 없었다. 또 인간들이 약하다는 사실에도 아직은 적응하지 못하고 있었다.

'능력?'

살아있는 돌이 타라의 머릿속에서 노래불렀다.

'나쁜 짓을 하려는 악당들을 처치할 능력을 원해? 능력을 줄까? 자, 받아!'

타라는 반응할 겨를이 없었다. 갑자기 붕 떠오른 자전거가 매처럼 쏜 살같이 날아가는 동안 타라는 핸들을 움켜잡고 필사적으로 버티면서 검은 옷의 남자들 쪽으로 향했다.

흐아아압! 하는 소리에 그 무리가 고개를 쳐들었다.

그런데 이상하게도 기합 소리 '흐아아압'은 호전적 분노보다는 분명히 공포를 나타내고 있었다.

그들은 의아해할 겨를이 없었다. 타라와 살아있는 돌이 결합한 강력한 마법이 침입자들을 움켜잡더니 칼에게서 20미터 떨어진 곳으로 날려버렸으니! 아뿔싸, 착지가 장난이 아닐 텐데, 저걸 어쩌나. 이사벨라가 장미꽃과 뽕나무를 좋아하기 때문에 저택은 가시덤불로 둘러쳐 있었다. 가시밭에 나가떨어진 남자들의 울부짖는 소리가 처절하게 울렸다.

자전거는 땅바닥 바로 위에서 아슬아슬하게 멈춰 섰고, 타라가 지르던 공포의 기합 소리도 뚝 그쳤다. 자전거에서 펄쩍 뛰어내린 타라는 주머니 속의 돌을 흘겨보고 나서 홱 돌아서서 손을 폈다. 그 순간 파란 광선이 번쩍이는 것으로 보아 친구들을 도와주러 갈 기세였다.

"칼! 파브리스! 무아노! 도망쳐, 내가 엄호할게!"

타라가 소리쳤다.

하지만 칼은 꿈쩍도 하지 않고 얼떨떨한 표정으로 쳐다보고만 있었다.

"타라! 그만둬!"

셈 선생님이 고함을 질렀다.

"당장 멈춰라! 이 사람들은 오무아 제국의 친위대야!"

셈 선생님의 말이 끝나기도 전에 그들을 구하러 날아오는 갈랑 때문에 혼란이 더 커졌다. 온몸이 가시에 찔린 채 절뚝거리며 걸어오던 친위대 대장은 성난 페가수스의 갈퀴발톱과 싸우게 되면서 그 전설적인 침착성을 잃고 말았다.

바지가랑이를 우지직 찢어놓은 뒤에 재차 공격해오는 페가수스를 향해 손가락질을 하면서 대장은 고래고래 주문을 외웠다.

"포쿠스의 이름으로 나 너를 마비시키니 이 발작은 당장 멈출지어다!"

남자의 손에서 발사되는 광선을 피하지 못한 갈랑은 잔디밭에 쓰러졌다.

"오무아 제국 여제의 명이다. 너희들에게 아더월드로 돌아갈 것을 명한다. 지금 즉시!"

불행히도 타라의 반응은 본능적이었다. 자신의 패밀리어를 마비시켰는데 가만히 구경만 하고 있을 타라가 아니었다. 오무아 제국의 친위대 대장이 폼 나게 날아가는가 싶더니 풍덩! 하는 소리가 요란하게 울렸다.

그건 보나마나 그가 저택의 수영장에 빠졌다는 뜻이었다!

수영장에서 나온 친위대 대장은 씩씩거리면서 침을 퉤퉤 뱉었다. 그 짧은 공중비행 동안에 검은 망토를 잃어버렸는지, 그는 오무아 제국의 주홍빛과 금빛이 어우러진 제복 차림이었다. 게다가 은폐 주문이 사라지면서 친위대원들은 여러 개의 연장과 둔기를 들고 있는 데 유용한 네 개의 팔들이 고스란히 드러나 있었다.

가슴이 철렁한 타라는 마법능력을 억제했다. 그 싸움에 끼여들 만반의 채비를 하고 있는 살아있는 돌의 항의에도 불구하고.

"그, 그럼 나를 납치하러 온 사람들이 아니었어요?"

"전혀! 칼리반 때문에 온 거야."

셈 선생님은 눈살을 찌푸리면서 대답했다.

"칼이요?"

영문을 모르는 타라가 물었다.

"그래."

셈 선생님이 침울하게 대답했다.

"칼리반을 체포하러 온 거야. 살인죄로 고소를 당했으니!"

2
살인 누명

"보통 심각한 일이 아냐, 타라."

얼굴이 새파래진 무아노가 말했다.

"안젤리카도 체포되었대. 셈 선생님은 소용돌이에 휘말려 목숨을 잃은 소년의 사고 경위를 설명하라는 이유로 궁전에 소환되셨고, 너와 나도 참석하기를 바란대!"

타라는 어찌나 충격을 받았는지 가슴에 따끔한 통증이 느껴질 정도였다. 칼과 안젤리카가 소년의 죽음에 일말의 책임이 있는 건 사실이었다. 비록 본의 아니게 일어났던 비극이긴 해도.

"내가 동행할 거니까 준비해야……."

셈 선생님이 말했다.

"어림없는 소리요."

이사벨라가 말을 딱 잘랐다.

"타라는 오무아에 갈 수 없습니다!"

친위대 대장은 눈살을 찌푸렸다.

"덩컨 양이 왜 우리의 아름다운 수도로 갈 수 없다는 겁니까?"

대장은 아주 정중하게 물었지만 네 개의 손이 번쩍번쩍한 검들을 향해 조금씩 내려가고 있었다.

"갈 수 없으니까 갈 수 없다는 겁니다!"

이사벨라가 딱 잘라 응수했다.

대장의 얼굴이 굳어졌고, 네 개의 손이 좀 더 내려갔다.

"타라는 이미 여러 차례 죽을 뻔했으니 위험을 무릅쓰면서까지 아더월드로 갈 수는 없지요."

셈 선생님이 능란하게 개입했다.

"타라에게는 너무 위험한 일이오."

친위대 대장의 얼굴로 봐서는 타라야말로 사람들에게 위험한 존재라고 생각하는 것이 느껴졌다. 어쨌거나 그의 주임무는 칼리반을 데려가는 것이지 타라가 아니었다. 타라와 무아노는 참고인 자격으로 참석해 주기를 부탁하는 차원이었다.

"덩컨 양의 안전을 위태롭게 하고 싶은 마음은 없습니다."

친위대 대장은 허리를 굽혔다.

"여제 폐하께 그대로 보고하겠습니다."

하지만 그는 이사벨라를 향해 싸늘한 눈길을 던지면서 덧붙였다.

"그래도 폐하께서 덩컨 양의 출석이 꼭 필요하다고 판단하시는 경우에는 다시 오겠습니다."

"제가 따라가겠어요."

무아노는 결심을 했다.

"타라, 내가 대신 갈게."

"칼, 괜찮겠어?"

타라는 눈물을 참으면서 물었다.

어린 도둑은 갑작스런 상황에 아직은 얼떨떨해 있었다. 칼은 눈살을 찌푸리다가 배시시 미소를 지었다.

"더 심한 일도 겪어봤는데 뭐. 어쨌든 걱정하지 마. 곧 판명이 나겠지. '진실의 입'들이 내 머릿속에서 무슨 일이 있었는지 읽어낼 거야. 그러면 소년을 죽인 건 내가 아니라 너를 없애버리려고 소용돌이를 확장시켰던 사람이라는 걸 알아내겠지. 어쨌든 남자 아니면 여자 아니겠어?"

무아노와 불안한 눈길을 주고받은 뒤에 타라가 고개를 끄덕이면서 양 뺨에 입맞춤을 해주자, 칼은 당황해서 어찌할 바를 몰랐다.

로빈과 파브리스는 남자답게 친구의 등을 툭 쳐주는 것으로 만족했다.

친위대 대장은 부하들에게 칼리반과 블롱딘을 붙잡고 있으라는 손짓을 하고 나서 갈랑을 마비 주문에서 풀어주었다. 아직 정신이 들지 않은 페가수스는 타라에게 비칠비칠 걸어갔다. 친위대원들과 무아노는 넋나간 표정으로 걸어가는 셈 선생님을 따라갔다. 그들은 아더월드로 이르는 공간이동의 문이 있는 브주아 지롱 백작의 성으로 향하고 있었다.

"잠깐!"

자신의 은발만큼이나 허옇게 질린 이사벨라가 손목이 아픈지 주무르면서 친위대 대장을 멈춰 세웠다.

"지구에서는 그런 차림으로 다녀서는 안 되지요. 어서 몸을 말리고 망토를 걸치시오. 그리고 그 아이가 무슨 흉악한 살인범이라도 되는 듯이 그렇게 포위해서 가면 되겠소? 비마들이 뭐라고 생각하겠습니까?"

친위대 대장은 자신의 차림새를 훑어봤다. 물이 뚝뚝 떨어지는 벨벳 옷은 쓰레기통에나 던져버리면 딱 좋을 것 같았다. 그는 한숨을 푹 내쉬면서 주문을 외웠다. 갑자기 아주 뜨거운 바람이 휘익, 불었다.

앗, 실수였다. 뜨거운 바람으로 그것도 갑자기 벨벳을 말리면 어떻게 되는지 뻔히 알면서…… 벨벳이 사정없이 쪼그라들고 말았으니!

그 순간 친위대 대장은 맨살이 드러난 종아리와 네 개의 팔뚝을 보면서 그만 아연실색했다.

웃음을 꾹꾹 참으면서 셀레나는 친위대 대장에게 검은 망토를 내밀었다. 그는 얼른 망토를 걸치는 것으로 땅에 떨어진 체면을 추스르고는 성난 걸음을 재촉했다. 병사들도 뒤를 따랐다.

셀레나는 타라를 끌어안았다. 이런 식의 신체 접촉에 아직은 익숙해 있지 않은 타라는 적잖이 당황하다가 마음이 녹아 내리는 걸 느꼈다. 엄마는 숨막히게 하려는 것이 아니라 다정하게 안아주는 것이었다.

"괜찮니, 타라?"

셀레나가 물었다.

타라는 자기를 걱정해주는 것에도 익숙해 있지 않았지만, 긴장이 약간 풀리면서 엄마의 애정에 가슴이 뭉클해졌다.

"아니, 괜찮지 않아요! 칼이 걱정돼 죽겠어요. 그리고 화가 나요. 어떻게 해야 할지 모르겠어요. 친구가 아주 곤란한 상황에 빠지게 생겼는데……."

"나도 네 친구가 걱정된다. 그런데 간단히 해결될 일이 아닌 것 같구나. 나는 데미데루스에게 감사하고 있어. 내 딸이 고소 당하지 않은걸."

셀레나가 타라를 너무 불안하게 만드는 것이 영 못마땅한 이사벨라는 쯧쯧, 하는 얼굴로 하늘을 올려다보고는 저택으로 발길을 옮겼다. 할머니가 연신 주무르는 손목의 팔뚝에서 붉은 흉터 두 개가 번들거렸다. 타라는 마음이 편치 않았다. 아버지에게 했다는 피의 맹세 때문에 타라가 최고 마법사가 되면 할머니는 목숨이 위험할 수 있었다. 타라는 칼을 도우려고 돌격하면서 잠시 그걸 잊었었다. 그런데다 할머니가 보는 앞에서 마법능력을 사용했으니, 그래서 할머니가 자꾸 손목을 주무르는 건지도 몰랐다. 앞으로는 정말 더 조심해야겠어!

셀레나는 자기 어머니의 태도에 한숨을 내쉬었다. 그녀는 체념하듯 마지못해하며 타라를 놔주었다.

"자식의 교육문제에 관해서는 나한테 권리가 있다고 생각해. 자식에게 뭘 알려주고 뭘 알려주지 말아야 하는지도 모르다니……. 타라, 나중에 보자꾸나."

타라는 픽 웃었다. 일주일 전부터 어머니와 할머니는 10년이라는 긴 이별의 공백을 회복하고 있었다. 이사벨라는 상냥하고 다정하던 딸이 지난 10년간 강인한 성격으로 변해 있음을 알았다.

"그럼 이제 우린 어떡하지?"

파브리스가 물었다.

길모퉁이로 사라지는 칼과 무아노를 바라보던 타라는 심호흡을 하고 나서 결정을 내렸다.

"일단 할머니를 따라가보자!"

타라는 친구들의 대답을 기다리지도 않고 쏜살같이 뛰어갔다. 뒤따라가던 파브리스와 로빈은 들키지 않고 응접실까지 가기 위해 꾀를 쓰는 타라를 보면서 어리둥절했다.

"우리가 왜 숨어서 이래야 하는데?"

양탄자 위를 살금살금 기어가는 것이 좀 우습게 느껴진 파브리스가 물었다.

"할머니가 무슨 일을 꾸미는지 알고 싶어서. 엿듣는 게 유일한 방법이거든."

타라가 속삭였다.

"에잇, 그건 어젯밤에 칼도 실패했잖아."

파브리스는 심드렁하게 대답하면서 아무래도 불안하다는 듯 주변을 살폈다. 셀레나의 패밀리어 셈보르가 어디쯤 숨어 있을까 찾는 모양이었다.

"쉿, 입 다물어! 좀 들어보자!"

타라가 소곤거렸다.

그들은 순순히 입을 꾹 다물고 문에 귀를 바짝 붙였다.

두 여자의 목소리가 또렷이 들려왔다. 가냘픈 몸매의 셀레나가 안락의자에 앉아서 어머니의 말을 듣고 있는 모습이 쉽게 상상되었다.

"내가 네 남편 단비우를 아주 좋아했다고는 말할 수 없다. 하지만 단비우가 우리를 얼마나 놀라게 했는지 생각해 봐라."

자식의 교육에 관한 얘기는 이미 지나갔고, 모녀는 지난 일을 들추고 있었다.

"뭘 그렇게 굉장히 놀라셨는데요?" 하고 셀레나가 물었는데 약간 어이가 없다는 어조였다.

"황제였잖아! 오무아 제국의 황제였어! 뭔가 이상하다 했지만 그럴 줄이야! 네 남편이 낯선 사람들과 마주칠 때마다 불안해하는 걸 보면서 난 오무아의 평범한 귀족인데 어떤 이유가 있어서 가족을 피하는 것이려니 생각했다. 그런데 내가 끝내 알아채지는 못했지만 단비우는 제국을 피하고 있었던 거야. 내가 단비우를 탐탁히 여기지 않은 것은 네가 더 잘난 사람과 결혼하길 바랐기 때문이다. 그렇게 비밀이 많은 사람은……."

셀레나의 대답은 타라를 몹시 슬프게 했다.

"어머니는 그 사람을 끔찍이 싫어했죠. 그 사람을 못 만나게 하려고 나를 탑 속에 가둬놓기까지 하셨죠!"

이사벨라는 헛기침을 하고 나서 대답했다.

"내가 좀 지나치긴 했다."

"좀 지나쳤다고요? 어머니는 트롤들에게 탑을 지키게 했어요. 어떻게 해서든 내 마음을 돌리려고 어머니가 보냈던 그 번드레한 여섯 명의 왕자들이나 마법사들 얘기는 굳이 꺼낼 필요도 없겠죠. 그들은 어머니의 주문에 걸린 사람들이었어요! 이제 지구의 그 낡은 공상소설은 그만 읽으셔야 해요. 그런 식으로는 절대 성공하지 못해요!"

"그래, 인정한다, 인정해. 트롤들에게 지키게 한 건 지나쳤어. 하지만 다 너의 행복을 위해서였어. 어느 날 하늘에서 뚝 떨어져서는 너와 결혼하고 싶다는 정체불명의 남자에게 난 도저히 믿음을 가질 수 없었다."

타라는 아연실색했다. 그러니까 할머니는 그 결혼을 반대한 거였어! 그래서 부모님 얘기만 나오면 피했던 거구나! 그동안에 느꼈던 그 알 수 없는 많은 일들이 갑자기 이해가 되었다.

셀레나는 과거를 들추고 싶은 마음이 없었다. 그녀는 화제를 바꿔 현재로 돌아왔다.

"여제의 소환에 불응하면 친구에게 해가 될 수도 있다는 걸 타라가 알고 있을까요?"

"그 소년의 운명에는 난 아무 관심이 없다."

이사벨라는 매정하게 응수했다.

"내 손녀가 오무아에 가는 건 절대 반대야! 타라에게 너무 위험해. 마지스터가 또 그 아이를 납치한다고 생각해 봐라!"

"그 위험을 과소 평가하는 건 아니에요."

셀레나는 침착하게 답변했다.

"타라는 의협심이 강한 아이라 절대로 친구를 저버리지 않을 거예요.

그 아이를 막기 위해서 이번엔 또 어떻게 하실 건가요? 나한테 그랬던 것처럼 탑 속에 가둘 건가요?"

이사벨라가 갑자기 생각에 잠긴 목소리로 대답했다.

"그건 생각도 안 해봤는데 나쁘지 않은 것 같구나."

그 말에 타라는 부리나케 뒷걸음질치면서 친구들에게도 물러나라는 손짓을 했다. 가슴이 콩닥콩닥 뛰기 시작했다.

로빈은 그들의 생각을 요약했다.

"와, 너희 할머니 진짜 과격하시다. 그럼 우리 이제 어떡하지?"

"그거야 뻔한 거 아니겠어? 오무아로 가는 거야. 칼에게는 우리가 필요해!"

파브리스는 신음소리를 냈다.

"휴, 네가 그렇게 말할 줄 알았어! 그럼 우리가 빠져나갈 수 있게 내가 손을 써야겠지?"

"미안해."

친구를 곤란하게 만들고 싶지 않았던 타라가 속삭였다.

"하지만 아더월드로 가는 공간이동의 문을 지키는 분이 너희 아버지 니까 어쩔 수 없어. 그리고 우리는 지금 달아나야 한다고 생각해. 할머 니가 나를 현대판 잠자는 숲 속의 미녀로 둔갑시키기 전에!"

"로빈, 너도 갈래?"

파브리스는 큰 기대 없이 물었다.

"싸움하러 가자고?"

하프엘프는 눈을 반짝이면서 물었다.

"그래, 알았다, 알았어."

체념한 얼굴로 한숨을 내쉬던 파브리스는 수수께끼를 낼 절호의 기회를 잡았다.

"첫째 힌트는 이럴 때 떠오르는 영화 제목! 둘째 힌트는 이행하기 상당히 힘든 임무!"

"미션 임파서블!"

타라가 대답했다.

"와우, 빙고!"

그들은 출발준비를 서두르기 시작했다. 이사벨라의 조수인 두 마법사타쉴과 망구스의 눈을 피해서 부랴부랴 마법복과 아더월드에서 갈아입을 옷가지를 챙겼다.

마법복은 단순한 옷이 아니었다. 천 자체에 마법이 걸려 있어서 겨울에는 따뜻하고 여름에는 시원하고, 불연성인 데다 여간해선 더러워지지도 않으며, 신통한 호주머니도 있었다. 그래서 원하는 것은 뭐든 넣고다닐 수 있었다. 단 주머니 안에서는 숨을 쉴 수 없기 때문에 무생물이면 뭐든, 바늘에서부터 심지어는 욕조에 이르기까지 온갖 잡동사니를넣고 다닐 수 있다. 물건들이 쌓이는 곳은 다른 차원에 속해 있기 때문에 그 무게 자체가 완전히 소멸되는, 말 그대로 마법복이었다. (무아노는 마법복의 원리를 타라에게 설명해주려고 한 적이 있었다. 하지만'양자물리학, 원자들의 분리, 다중 영역' 이니 하는 말을 꺼내자, 타라의눈이 졸음이 온 것처럼 가물가물해지는 걸 보면서 무아노는 설명을 포기했었다.) 게다가 마법복은 색을 바꾸거나 무늬를 넣을 수도 있었다.이것이 바로 아더월드의 멋쟁이들이 아주 실용적이라고 생각하는 점이었다.

신중한 타라는 크레디트—무트와 마법의 지도를 챙겨 넣으면서 중얼거렸다. 사실 할머니에게 드리려고 사온 지도지만 나에게 더 필요하단 말야. 할 수 없지, 뭐. 아더월드에서 다른 걸 사다드리면 돼.

로빈은 무엇이든 순식간에 자라게 할 수 있는, 살아 있는 나무의 가지가 호주머니 안에 있는지 점검했다. 여섯 권의 만화책과 책 몇 권을 챙겨 넣던 파브리스는 의아하게 쳐다보는 친구들에게 뭔가를 읽지 않으면 잠자기가 힘들다면서 아더월드의 책들은 취향에 맞지 않는다고 덧붙였다. 이윽고 그들은 갈랑이 기다리는 마구간으로 달려갔다.

로빈은 페가수스를 뚱보 개로 둔갑시켰다. 그 멋진 페가수스는 화가 단단히 났는지 아예 입도 벙긋하지 않았다.

브주아 지롱의 성까지 가는 데는 시간이 얼마 걸리지 않았다. 애지중지하는 장미를 손질하느라 바쁜 정원사 이고르는 건성으로 그들에게 인사를 했다. 육중한 문을 밀었는데 삐거덕……, 그들은 가슴이 철렁했다. 누가 뭐라고 했나, 도둑이 제발 저리는 격이었다.

"여기서 기다리고 있어. 사무실에 가서 열쇠를 찾아올게."

안으로 들어서자마자 파브리스가 속삭였다.

"너네 아버지가 열쇠를 가지고 있을 텐데."

타라도 소곤거렸다.

"응, 하지만 만약을 대비해서 복사한 열쇠가 있거든. 금방 올게!"

신중을 기하기 위해서 그들은 흰색과 검은색이 어우러진 현관 복도에 장식품처럼 주르륵 걸린 갑옷들 뒤에 숨었다. 타라는 칼에 대한 걱정과 재회한 지 얼마 되지도 않아서 또 어머니와 헤어지는 아쉬움 때문에 마음이 편치 않았다. 전혀 원하지 않는데도 자꾸만 인생에 끼여드는 마법이 타라는 정말 싫었다. 또 아더월드의 재판에 믿음이 가지 않는 데다 그곳으로 돌아가야 한다는 생각만으로도 몸서리가 쳐졌다. 하지만 칼을 위해서라면 림보의 모든 악마들과도 맞설 각오가 되어 있었다.

옆에 있는 로빈의 표정도 그리 편해 보이지는 않았다. 로빈은 타라를 뚫어져라 쳐다보면서 제비추리 같은 흰 머리털과 쪽빛 눈 때문에 더욱 돋보이는 긴 금발에 감탄하고 있었다. 타라를 보고 있으면 어찌나 예쁜지 로빈은 이따금 숨이 턱턱 막혔다.

"함정이라면 어쩌지?"

로빈이 속삭였다.

"지구에서는 너를 공격하기가 어렵다는 걸 마지스터도 알겠지. 그래서 아더월드로 너를 유인하기 위해 꾸며낸 거라면?"

"나도 같은 생각이야."

타라는 기계적으로 흰 머리털을 움켜잡고 질겅질겅 씹었다.

"하지만 다른 방법이 없잖아. 함정이든 아니든 우리는 칼을 혼자 내버려둘 순 없어!"

"물론 맞는 말이야. 하지만 조심해야 해."

그사이에 파브리스는 3층에서 비지땀을 흘리고 있었다. 자신의 멋진 계획에 난처한 일이 생겼던 것이다.

복사한 열쇠는 아버지의 책상 안에 있었다.

그런데 문제는 파브리스의 아버지도 거기 있다는 것이었다.

반쯤 열린 문 뒤에 숨은 파브리스는 심호흡을 하면서 주문을 외웠다.

"솜놀루스의 이름으로 아버지가 잠들어서 내가 실수하지 않기를!"

불행히도 지구에서는 마법이 훨씬 약해서 아버지는 눈썹 하나 까딱하지 않았다. 파브리스가 친구들에게 도움을 청해야 한다는 생각에 난감해하고 있을 때였다. 아버지의 눈꺼풀이 파르르 떨렸다. 눈을 비비던 아버지의 고개가 한쪽으로 기울어지더니 코를 골기 시작했다.

좋았어, 이젠 열쇠를 손에 넣어야 해. 바로 이런 때 칼이 있어야 하는 건데! 내가 한 발짝도 떼지 못한 채 용기를 쥐어짜고 있는 사이에 칼이라면 이 방을 벌써 세 번은 돌았을 텐데!

발꿈치를 들고 살금살금 파브리스는 책상으로 향했다. 간신히 서랍을 빼는데 삐걱, 어휴, 진짜 협조를 안 해주네.

파브리스는 숨을 죽인 채 깍지를 꼈다. 이를 악물고 열쇠를 집어드는 순간, 이런! 또 짤그랑거리는 소리.

파브리스가 허겁지겁 문간에 이르렀을 때 굵직한 목소리가 고함을 질렀다.

"두꺼운 널빤지는 여기가 아니라니까! 저기, 저기에 놔!"

등골이 서늘해진 파브리스가 돌아봤다. 아버지는 눈을 감은 채 팔을 허우적거리고 있었다. 잠꼬대였다!

파브리스는 덜덜 떨리는 손으로 문을 살짝 닫고 난 뒤에야 안도의 숨을 내쉬며 파브리스는 친구들이 기다리는 곳으로 달려갔다.

"됐어, 열쇠를 손에 넣었어. 자, 가자!"

"그런데 얼굴이 왜 그렇게 새파래? 괜찮은 거야?"

로빈이 눈치도 없이 물었다.

"최선을 다했어."

아직도 심장이 벌렁벌렁하는 파브리스는 힘없이 대답했다.

"아버지에게 마법을 거는데 어찌나 떨리는지 심장마비를 일으킬 뻔했어. 그 일을 아버지가 절대로 모르셔야 하는데…… 아니면 난 앞으로 한 50년 동안은 엄청난 벌을 받게 될 거야!"

잠시 후, 그들은 탑에 이르렀다. 방은 텅 비어 있고, 아더월드의 다섯 종족을 표현하는 화려한 태피스트리만 보였다. 인간 마법사들, 거인들, 엘프들, 난쟁이들, 유니콘들.

타라와 로빈, 파브리스, 그들의 패밀리어들은 재빨리 방 한복판에 섰다.

벽감에서 왕홀을 꺼내든 파브리스는 태피스트리의 왕홀에 갖다대고 나서 재빨리 친구들 옆에 섰다. 윙윙거리던 왕홀이 새하얀 광선을 그들에게 비추자, 파랑, 노랑, 빨강, 초록, 네 개의 광선이 다른 태피스트리들을 스치면서 작은 무지개를 이루었다. 그 순간이었다. 목적지를 소리치던 파브리스의 외침이 목구멍에 걸렸다.

문이 벌컥 열리는 것이 아닌가!

그 즉시 공간이동의 문이 작동을 멈췄고 광선도 사라졌다. 공포로 얼어붙은 그들은 뛰어들어오는 검은 사냥개를 멍하니 쳐다봤다.

"증조할아버지? 여길 어떻게?"

타라가 깜짝 놀라서 소리쳤다.

"타라, 내가 몇 번을 말해야겠니? 나를 증조할아버지라고 부르지 말라고 그렇게 말했건만. 그럴 때마다 내가 100년씩은 늙는다 말이다! 얘야, 제발 그냥 할아버지나 마니투라고 불러다오!"

"그럼 파피누는 어때요?"

더는 우길 수가 없는 타라가 제안했다.

"파피누라고 부르는 건 괜찮죠? 그런데 여긴 왜 오셨어요?"

"파피누는 싫다. 그냥 파피라고 부른다면 몰라도. 그리고 내가 여길 왜 왔냐하면 난 너희들이 바보 같은 짓을 저지를 줄 알았거든. 그래서 따라왔지. 너희들과 같이 가려고. 어른인 내가 끼여 있으면, 이사벨라와 셀레나가 너희들이 무슨 일을 꾸미고 있는지 알아차렸을 때, 적어도 너희들이 남은 여생을 딱딱하게 굳은 빵과 물만 먹어야 하는 끔찍한 벌은 면할 수 있을 테니까. 또 이사벨라가 너희들이 사라진 걸 알았을 때 난 아주 멀리 떨어져 있고 싶다. 얼마나 시끄러울지…… 아이고, 생각만 해도…… 내 귀가 아주 예민해서 말이야!"

"할아버지, 정말 사랑해요."

감동한 타라가 말했다.

마니투는 타라에게 미소를 보내는 표시로 송곳니를 드러내면서 방 한복판에 와서 섰다. 파브리스는 다시 이동주문을 외쳤다.

"오무아, 팅가푸르의 황궁으로!"

그 외침에 다섯 개의 광선이 그들을 건드렸다.

그들의 모습이 흔들거리다가 잠시 후, 사라졌다.

그들이 오무아에 다시 나타났을 때, 엄청나게 많은 창들이 그들을 겨누고 있었다. 그들이 온다는 통지를 받지 않았기 때문에 친위대는 먼저 창으로 찌르고 그다음에 질문하는 관례에 따라 하마터면 그들의 목숨을 끊어놓을 뻔했다.

휴! 다행히 궁전의 감독관 칼리 부인이 그 자리에 있었다. 그녀의 고함소리가 친위대가 찌르려는 창들을 중지시켰다.

"통지를 받지 않은 손님은 통과되지 않아요."

칼리 부인이 여섯 개의 팔을 흔들어대면서 타라 일행을 나무랐다.

"마침 내가 대합실에 있었기에 망정이지, 아니면……."

칼리 부인은 말꼬리를 흐렸지만, 파브리스는 등골이 오싹했다.

타라는 친위대의 의심에 찬 눈길을 거들떠보지도 않고 앞으로 나섰다.

"저는 타라틸랑넴 덩컨입니다. 어제 폐하께서 제어되지 않은 소용돌이에 목숨을 잃은 신하의 죽음에 대한 진상을 밝히기 위해서 우리의 출석을 요청하셨습니다. 셈나샤오비로다인트라쉬부 최고 마구스와 함께 왔어야 했는데 우리가 좀 늦었습니다."

타라는 겉으로는 아주 평온해 보였지만 사실 속으로는 사시나무 떨듯 엄청 떨고 있었다. 이 무시무시한 부인이 내 거짓말을 곧이들었으면 좋겠는데!

칼리 부인은 안도의 숨을 내쉬면서 미소를 지었다. 그러고는 정중하게 허리를 굽혔다.

"즉시 여제 폐하와 황제 폐하께 여러분이 늦게 도착했음을 알리겠어요. 우리의 수석 조수인 다미엔이 여러분을 숙소까지 안내해줄 거예요."

이번에는 반들거리는 검은머리의 소년이 허리를 굽혔다. 지난번 방문했을 때 적대감을 보이던 다미엔이었다.

그들의 친구 무아노가 키가 3미터에 이르는 야수로 변신할 수 있으며, 랑코비트의 공주라는 걸 알게 된 뒤로 다미엔은 눈에 띄게 정중하고 친절해져 있었다.

오무아의 황궁은 여전히 눈이 돌아갈 지경으로 신기하고, 어디를 보나 휘황찬란했다. 눈이 예민한 사람은 심각한 결막염을 피하기 위해 선글라스라를 가지고 다녀야 할 정도였다.

보석이 박혀 있는 데다 순수 광선의 조명까지 받는 황금 조각상들이 도처에서 번쩍거리고, 바닥에는 고급 양탄자들이 깔려 있고, 진주 광택이 아롱진 노란색 또는 초록색 대리석은 흡사 벽을 따라 흐르는 맑은 강물 같았다. 게다가 멋진 가구들이 눈치 빠르게 앉거나 눕고 싶어 하는 사람들을 향해 달려가는 모습도 보였다.

타라는 자신도 모르게 비명을 질렀다. 눈앞에서 늙은 마법사가 휘청휘청 넘어지려는 찰나였다. 그 순간 난데없이 나타난 안락의자가 그 깡마른 엉덩이 밑을 받쳐준 덕분에 노인은 가까스로 넘어지지 않았다. 그런데 언제 무슨 일이 있었냐는 듯, 화려한 만년필을 꺼내는 노인의 얼굴은 너무도 태연했다. 그러자 이번에는 외발 탁자가 쏜살같이 그 앞으로 달려왔다. 이어서 양피지가 나타나자, 노인은 만년필에게 받아쓰게 했다. 만년필은 작은 팔들을 펴고 늘어지게 하품을 하더니 글씨를 쓰기 시작했다.

진짜 여기는 알아 모서야겠다! 그러니까 누가 나가동그라진다고 해도 눈썹 하나 까딱할 필요가 없는 것이었다. 어차피 아무 일도 일어나지 않으니까.

생각은 그렇게 하면서도, 사람들이 허공에 앉으려고 할 때마다 갑자기 안락의자가 쪼르르 달려오면 타라는 깜짝깜짝 놀라면서 가슴을 졸였다.

게다가 궁전의 실내정원에 이르렀을 때는 실내 장식에 관한 여제의 기상천외한 취향에 타라 일행은 입이 다물어지지 않았다.

그들이 정원이라기보다는 꼭 정글 같은 어마어마한 정원을 통과하려는 순간이었다. 파브리스의 비명소리에 모두 소스라치게 놀랐다. 어디서 나타났는지 흉측한 발 하나가 보이는가 싶더니…… 괴물이 아주 흥미롭다는 듯이 송곳니가 빼곡한 입을 쩍 벌리고 있었다. 겁에 질린 파브리스가 덥석 집어삼킬 것만 같은 괴물을 피하려고 후닥닥 물러서자, 다미엔은 피식 미소를 지었다.

"걱정하지 마. 드래곤 티라노사우루스는 너희들을 해치지 못해. 정글 안으로 들어오는 순간 자동적으로 우리에게 힘의 장막이 작동하고 있으니까. 놈들의 눈에 우리가 보이기는 하지만 그래도 우리를 건드리지는 못해."

파브리스가 고개를 처들어 보니 과연 그 장막 위에서 거대한 파충류가 뚫고 들어오려고 기를 쓰면서 부질없는 침만 질질 흘리고 있었다.

"와, 정말 싫다 싫어! 굶주린 것들은 왜 꼭 나한테 이러는지 몰라! 안전

시스템이 고장나기 전에 여기서 나가게 해줘!'

"위험하지 않아."

다미엔이 대답했다.

"돈을 아무리 많이 들여서 최첨단으로 무장해 놨다고 해도 컴퓨터들만 철석같이 믿어서는 안 되지."

"컴퓨터라니?"

"여길 나가게 해달라니까!'

다미엔이 그 말을 들어주긴 했지만 황당한 표정이었다. 파브리스의 정신건강에 심각한 문제가 있다고 생각하는 것 같았다.

이어서 그들은 거대한 수족관 같은 곳을 지났다. 물거품 속에 갇힌 물고기들이 수초와 모형가구들 사이를 까불까불 돌아다니고 있었다. 꼭 고래 같이 생긴 녀석과 맞닥뜨리게 되었을 때, 타라는 여제가 좀 심하다는 생각이 들었다. 아주 몹쓸 일사병에라도 걸린 듯이 녀석이 빨간색이었기 때문이다.

다음 방은 으스스한 것이 냉장고 안으로 들어가는 느낌이었다. 빙하가 펼쳐지는 풍경 속에서 공처럼 동글동글한 털북숭이들이 하얀 냉동풀을 뜯어먹고 있었다. 무슨 조화인지 눈보라까지 몰아치고 있어서 그들은 앞으로 나아가기도 힘들 정도였다. 빙하의 균열 속에서 가재처럼 생긴 푸르뎅뎅한 것들이 집게발을 흔들면서 털북숭이들 중 한 마리가 걸려들기를 기다리는 모습도 보였다. 바닥에 쌓인 뼈다귀들은 그런 불상사가 종종 일어난다는 증거였다.

여제는 궁전 안의 기후를 조종해서 동물상이며 식물상을 재창조하고 있는 것이 분명했다.

주홍빛 에프리트들이 여기저기 분주하게 날아다니고 있었다. 사실 에프리트들은 아더월드의 종족들에게 해를 끼칠 수 없는, 림보 왕국의 미성년 악마들이었다. 마법사들이 이 행성에 머무는 걸 허락해준 데 대한 보답으로 수세기에 걸쳐서 황궁의 청소와 경비를 담당하면서 팅가푸르의 혼잡한 교통 질서를 해결하고, 전령 역할까지 맡고 있었다. 간단히 말해서 에프리트들은 제국의 생활에 없어서는 안 될 존재가 되어 있었다. 하지만 림보에 대해 너무나 끔찍한 기억을 가지고 있는 타라로서는 에프리트들을 경계하지 않을 수 없었다.

예전에 묵었던 방에 이르자 방문이 눈을 떴다. 다미엔이 그들을 소개하자, 입이 나타나서 정중하게 인사를 하고 나서 팔 하나가 문의 손잡이를 움직였다. 그들이 합동으로 안도의 숨을 내쉬고 있을 때, 다미엔은 사라지고 문이 닫혔다.

그들이 들어서자, 무아노와 쉬바가 벌떡 일어났다.

"어어, 타라! 어떻게 된 거야? 할머니가 너를 절대로 아더월드에 안 보낸다고 했잖아?"

"오, 무아노! 우린 칼을 저버릴 수 없었어."

타라는 반가워서 어쩔 줄 모르는 은빛 표범을 쓰다듬어주면서 말했다.

"사실은 허락을 받지 않고 몰래 온 거야. 그리고 칼을 도우려면 일단 여기부터 와야지 다른 방법이 없잖아. 칼은 어때?"

"나도 몰라. 도착하는 즉시 헤어졌거든. 난 출석 통지가 오기를 기다리는 중이야."

로빈은 불만스런 눈빛으로 주위를 둘러보고 있었다.

"세상에!"

로빈은 사치스럽고 호화로운 실내 장식을 가리키면서 한숨을 내쉬었다.

"여기에 들인 돈의 4분의 1만 있으면 셀렌다의 마을 하나쯤은 너끈히

먹여 살릴 수 있겠다. 어울리지도 않는데 온통 비싼 것들로 도배를 해놨으니!'

틀린 말은 아니었다. 방의 벽은 순백색이었다. 간디스의 크라크텐트 모피 담요, 자이언트 거미의 줄로 짠 은빛 커튼, 칼로르나 섬유질로 짠 양탄자, 아더월드의 크리스털 조각상 등등 온통 은빛에서 오팔빛 일색이었다. 색채라고는 오직 꽃잎을 흔들며 그윽한 향을 내뿜는 빨간 꽃다발뿐이었다.

커다란 응접실을 중심으로 방이 네 개나 되는 스위트룸이었다. 게다가 패밀리어들을 위한 보금자리가 준비되어 있는 작은 응접실도 있었다. 갈랑도 봤는지 날개를 되찾고 싶은 욕망을 표시했다. 타라가 페가수스로 바꿔주자 갈랑이 퍼드득퍼드득 날갯짓을 하며 타라의 발 밑에 누워 귀 사이를 긁어달라고 무릎에 머리를 기댔다.

이번에는 마니투가 몸이 꺼져들 것처럼 푹신푹신한 소파로 펄쩍 뛰어올라 앉더니 한술 더 떴다.

"그럼 별수 없지, 우리도 무아노처럼 기다리는 수밖에. 기다리는 동안 찔끔찔끔 먹을 만한 걸 주문하는 게 어떻겠니? 칼로르나 튀김을 먹어본 게 언젠지 모르겠다. 그리고 크라켄다리나 마누릴의 새싹도 좋겠고, 브르르르아아아의 등살, 향기로운 야채와 슬루룹 즙을 곁들인 모오오오우우우의 넓적다리 고기가 있으면 더욱 좋고, 정 안 되면 하다못해 메우스평야의 노란 강낭콩이라도……."

"글쎄, 우리에게 그럴 시간이 있을지 모르겠어요."

로빈이 점잖게 말을 끊었다.

"여제가 곧 우리를 부를 거예요. 우리가 칼을 지원하러 왔다는 걸 알렸으니까."

"지원이라는 말이 나왔으니까 말인데."

이때다 싶은 얼굴로 파브리스가 또 눈을 반짝였다.

"지금처럼 이러기도 저러기도 어려워 입장이 곤란할 때 쓰는 말이 있지! 첫째 힌트는 난관……."

시도 때도 없이 내는 수수께끼에 더는 못 참겠다는 듯이 타라가 한 마디하려는 순간이었다. 문에 커다란 입 하나와 눈의 형상이 나타났다.

그 입이 조심스럽게 또랑또랑 말했다.

"너희들을 만나겠다고 손님이 찾아왔다. 들여보내도 될까?"

"손님이 누구인데요?"

로빈이 신중하게 물었다.

눈이 깜박거리는 것이 난처해하는 느낌이 들었다.

"땅 신령인데 전에 한 번도 본 적이 없다. 어느 종족에 속하는지 다른 문들에게 물어보길 바라는가? 아마도 누군지 알 텐데."

"아니, 됐어요. 들여보내요."

무아노가 말했다.

문은 꿈쩍도 하지 않았다. 아이고, 미안해라! 그 말을 빼먹었네.

"부탁해요."

입이 방긋 미소를 짓더니 잠시 후 문이 열리고 낯선 인물이 등장했다. 타라는 눈을 내렸다. 더 내리고 또 내리고 나서야 아주 작은 파란색의 두 발 동물인지, 사람인지가 보였다. 황토색 옷과 모자 밑으로 비죽 나온 한 뭉치의 털, 뭐지? 머리털인가, 갈기인가? 오렌지빛인데.

"와, 스머프 아냐?"

파브리스는 우스갯소리를 했다.

"타라틸랑넴 양?"

손님이 작지만 카랑카랑한 목소리로 물었다.

"나는 땅 신령 종족의 글룰 부글룰이라고 하는데 칼리반 달 살란 군측의 조정 위원이다. 처음에는 이 재판에 내가 선임되지 않았는데 여제께서 특별히 칼리반 군의 조정 위원이 되어줄 것을 당부하셨지. 하지만 내가 너희들의 마음에 들지 않으면 다른 조정 위원을 요청할 수 있다."

"조정 위원이 뭐예요?"

묘한 인물에 홀린 얼굴로 타라가 물었다.

"칼을 도와주게 될 사람이란다."

마니투는 설명했다.

"진실의 입들이 칼의 머릿속에서 사건 당시에 일어난 일을 읽으면, 그 내용을 조정 위원이 통역해주지."

"네? 진실의 입들이 말하는 게 아니고요?"

파브리스가 의아한 얼굴로 물었다.

"진실의 입은 일종의 텔레파시야."

무아노는 몸서리치면서 대답했다.

"진실의 입은 우리의 머릿속을 읽을 수는 있지만 성대가 발달되지 않아서 말을 못해. 그래서 진실의 입이 전하는 뇌파를 조정 위원이 완벽하게 받아서 대신 말해주는 거야. 그리고 아무나 그럴 수는 없어. 땅 신령들만 그 능력을 가지고 있거든."

타라는 눈살을 찌푸렸다.

"하지만 땅 신령만 진실의 입들과 교감할 수 있다면, 땅 신령들이 진실을 말하는지 그건 어떻게 확신하지?"

"진실의 입들이 벙어리이긴 해."

조정 위원이 아주 의젓하게 대답했다.

"하지만 귀머거리는 아니지! 우리들 중 누군가가 진실을 왜곡하면 그들은 대번에 알아채니까."

"오, 죄송해요, 모욕하려는 건 아니었어요."

무심코 내뱉은 말로 땅 신령의 기분을 상하게 한 타라는 얼른 사과했다.

"땅 신령들의 세계에 대해서 너무 몰라서 그만……. 그리고 사실은 내 친구가 하도 걱정돼서……."

"범죄와 무관한데 제국이 고소한 것이라면 칼리반 군은 아무 일도 없을 것이다."

땅 신령이 대꾸했다.

"그래도 내가 당시 상황을 잘 이해하려면 너희들의 증언이 필요해. 너희들의 진술을 녹음해도 되겠니?"

파브리스는 지구에서 탐정영화를 수없이 봤었다. 친절한 형사가 증인들에게 진술을 녹음해도 되겠냐고 물었는데, 얼마 후에는 그 증인들이 끔찍하기 짝이 없는 감옥에 갇혀 있는 어이없는 장면을……. 파브리스는 거절할 생각으로 입을 열었지만, 타라가 더 빨랐다.

"물론이에요. 우리들 모두 그 광경을 목격했으니까 죄다 얘기하겠어요."

땅 신령이 꺼낸 작은 상자에는 커다란 귀 두 개가 달려 있었는데, 호기심이 가득해서 쫑긋 세우고 있는 듯했다. 그들은 소년이 비극적인 죽음을 맞을 때의 상황을 얘기했다. 어쨌든 말해줄 수 있는 범위 내에서. 셈 선생님이 그들에게 건 주문이 아직 유효하기 때문에 타라에 대한 안젤리카의 음모에 대해서는 말할 수 없었다.

그들이 얘기를 끝내자, 글룰 부글룰은 허리를 굽혔다.

"그렇다면 문제 될 게 없을 것 같구나. 진실의 입들이 너희들의 얘기를 확인하면 수석 조수들의 집중력을 깨트린 피의자에 대한 질책이 반드시 있을 것이다. 하지만 진짜 범인은 소용돌이를 변화시켰던 자야. 소년이 죽은 건 소용돌이 때문이니까. 방해 주문이 최고 마법사들이 있는 데에서 오는 것 같았다고 했지?"

"네. 그건 확실해요."

로빈이 단언했다.

"사악한 힘 같은 것이 우리 모두의 노력을 방해하고 있었어요. 그 소년을 죽인 건 그 힘이에요."

"얘기해줘서 고맙다."

땅 신령은 또다시 허리를 굽히고 나서 두 개의 귀를 접고 상자를 호주머니에 넣었다.

"너희들은 조금 있다가 재판이 시작되면 소환될 것이다."

진실의 입이란 것들의 능력에 탄복하는 파브리스의 눈이 또 반짝거렸다.

"첫 두 글자는 이미지와 소리를 전하는 것이고, 세 번째 글자는 수염뿌리가 있고 먹는 것. 네 번째 글자는 일곱 번째 음계. 다 합하면 아주 유용한 능력."

"세 번째는 파, 네 번째는 시, 첫 두 글자는 뭐지?"

타라가 중얼거렸다.

"'텔레' 잖아."

파브리스는 얼굴이 빨개지면서 말해주었다.

"그러니까 텔레파시. 자, 이제 기다리는 동안 우리 뭐 하지?"

"할 게 없지, 뭐."

타라는 미소를 지었다.

"친위대가 그렇게 심하게 무장을 하고 있는데 허가 없이 어디 돌아다니기나 하겠어?"

그리 오래 기다릴 필요는 없었다. 잠시 후, 주홍빛 에프리트가 찾아와서 화려한 실내정원을 지나 어전까지 그들을 안내했다. 여제와 황제가 기다리고 있었다.

처음 들어와 보는 것이 아니건만 이번에는 어전의 웅장한 규모가 실감이 났다. 어전을 완전히 다 통과하려면 아무래도 도시락을 준비해야 할 것만 같았다. 화려한 벽화에서는 유니콘들이 펄쩍펄쩍 뛰어다니고, 꼬마도깨비들은 잠자리요정들에게 들볶이는 꽃을 따러 다니고, 거인들은 언덕 하나를 간단하게 먹어치우고 있고……, 어차피 이것들 모두 하나같이 눈속임이긴 하지만!

사방이 온통 금으로 번쩍번쩍하는 건 말할 것도 없었다. 금속 동물 조각상들은 어찌나 섬세한지 살아 움직이는 것만 같았다. 지난 번 경연 대회 때 타라가 여제에게 선물했던 크리스털 페가수스는 어린 마법사에 대한 고마움의 표시인지 눈에 띄는 자리에 놓여 있었다.

날개 달린 작은 카메라 스쿠프들이 주위를 날아다니는 것으로 보아 아더월드의 기자들이 분명한 크리스털리스트들이 사람들을 유심히 관찰하고 있었다. 타라는 많은 여자 마법사들이 여제의 제비추리 같은 흰 머리털을 흉내내고 있는 걸 보면서 내심 반가웠다.

타라에게는 천만다행한 일이 아닌가! 오무아 제국의 여제는 타라가 자신의 조카딸이라는 걸 전혀 모르고 있고, 타라도 눈에 확 띄는 흰 머리털을 감추려고 애쓰지 않아도 되니까.

궁인들은 그 재판에 별로 관심이 없는 데 반해, 여제의 사촌이자 궁전의 행정관인 옥시아 부인의 주재 하에 오무아와 랑코비트의 최고 마법사들이 두 옥좌 주위에 둥둥 떠 있었다. 타라는 깜짝 놀랐다. 셈 선생님이 랑코비트의 최고 마법사들을 이렇게 많이 소집해 놓다니! 뱀파이어 드라고쉬 선생님, 부디우 부인, 엘프 덴마릴 선생님, 물방울 속에서 우아하게 일렁거리는 사이렌 시렐라 부인, 카홈보움 종족의 파틴 선생님, 사르도인 선생님, 샹프랭 선생님. 궁전을 관리해야 하는 의무 때문에 자리를 비울 수 없는 칼리브리스 부인과 밤새 박사만 빠져 있었다.

당장이라도 잡아먹을 듯한 기세로 뾰족한 송곳니를 드러낸 뱀파이어를 보는 순간, 타라는 소름이 끼쳤다. 셈 선생님의 성난 눈길과 마주쳤을 때 타라는 침을 꼴깍 삼켰다. 으악, 우리를 두꺼비로 둔갑시키기로 작정한 얼굴이잖아!

잠시 후, 여제의 아름다움에 홀린 타라는 뱀파이어고 드래곤이고 싹 잊어버렸다. 처음 봤을 때 여제의 탐스런 머리는 붉은빛이었다. 이번에는 본래의 색을 찾은 금발이 샌들 위까지 금빛 강물처럼 구불구불 흘러내리는 데다 그 독특한 흰 머리털 때문에 더욱 화려해 보였다. 황실의 상징을 표현한 반짝이는 보석들이 총총한 크림빛 드레스를 입은 리스베 스틸랑넴은 눈이 부시게 아름다웠다. 장밋빛 볼 터치와 새빨간 립스틱도 그 우윳빛 피부를 한층 두드러져 보이게 했다. 육중한 황금 왕관 밑에서 반짝반짝 빛나는 큰 쪽빛 눈. 그 모든 것이 완벽해서 타라는 여제가 자연스런 아름다움을 강조하기 위해 어떤 주문을 걸었을까 궁금했다.

여제의 옆자리, 100개의 눈을 가진 주홍빛 공작 장식 아래 쌍둥이 옥좌에 앉은 황제는 따분해서 죽겠다는 얼굴이었다. 그는 황금으로 돋을무늬 세공을 한 갑옷 차림인데 땋아 늘인 금발이 근육질 어깨에 걸쳐져 있었다. 옥좌 앞으로 다가오는 타라 일행과 개를 보면서 황제는 흥미롭다는 얼굴로 일어났다.

잿빛 화강암 같은 얼굴의 시종장이 그들의 이름과 신분을 다시 한 번물은 뒤에 아뢰었다.

"글로리아 다비일 공주, 일명 무아노, 최고 마구스 마니투 덩컨, 수석 조수 타라틸랑넴 덩컨 양, 일명 타라, 수석 조수 로빈 망질, 수석 조수 파브리스 드 브주아 지롱 입장입니다. 최고 마구스와 수석 조수들은 피고인 칼리반 달 살란에 관련하여 두 분 폐하의 소환에 응하였습니다."

타라틸랑넴, 타라의 풀 네임에 여제의 눈이 휘둥그레졌다. 여제는 타라를 맨 처음 만났을 때에도 오로지 황실에서만 쓰는 그 이름에 놀랐었다. 하지만 통제되지 않는 소용돌이 때문에 궁전이 무너질 뻔한 위기상황이어서 여제는 정신없이 그냥 넘어갔었다. 그렇지 않아도 타라를 주의 깊게 살피고 있던 황제는 완전 경계 태세로 들어갔다.

여제와 셈 선생님은 동시에 입을 열었지만, 재빨리 고갯짓으로 표시를 하는 황제에게 선수를 빼앗겼다. 황제는 부드러운 목소리로 말했다.

"어떻게 네가 그 특별한 이름을 갖게 되었는가? 여제 폐하와 같은 성을 갖는 것이 금지되어 있다는 건 알고 있는가?"

제국의 합법적인 후계자인 타라는 내심 이런 문제에 부딪칠 거라고 예상하고 있었다. 어쨌거나 비밀에 붙여져 있는 후계자가 아닌가! 셈 선생님의 표정은 그렇지 않아도 칼리반의 소송 문제로 골치가 아픈 이 와중에 그것까지 밝혀지는 걸 원치 않는 표정이었다.

셈 선생님은 어디 어떤 교란작전으로 궁지를 빠져나갈지 지켜보겠다는 얼굴이었다.

"아, 그런가요? 죄송합니다."

타라는 교묘히 피해나갔다.

"저희는 소년 살인죄로 부당하게 기소된 친구를 지원하기 위해 여기 왔습니다. 저희 모두 그 현장을 목격했고, 제가 그 소용돌이를 잠재웠기 때문에(타라는 궁전을 구한 것이 자기였다는 걸 상기시켰다), 저희의 증언이 꼭 필요하다고 생각했습니다."

"흠, 그러니까 죄인을 구하기 위해 여제께서 너에게 약속한 특별한 배려를 요청하겠다는 것이냐?"

황제는 적의를 품은 듯한 어조로 말했다.

이번에는 셈 선생님이 더 빨랐다.

"죄인이라니요? 소년의 죽음이 사고였다는 것은 폐하도 잘 알고 계시는 일입니다. 우리는 칼리반의 무죄를 증명하려고 여기 온 겁니다! 뭔가 석연치 않은 음모가 느껴집니다. 제가 반드시 범인을 밝혀낼 것입니다!"

셈 선생님은 어찌나 화가 났는지 딸꾹질을 시작했다. 옆에 있던 부디우 부인이 재빨리 등을 두드려주는 걸 보면 어지간히 불안한 모양이었다. 그런 노력에도 불구하고 늙은 마법사의 얼굴은 가지색을 띠었다.

여제의 관심이 타라에게로 옮겨지는 순간이었다. 으아아악! 공포의 비명소리. 셈 선생님이 팽창하면서 점점 커지는 것이 아닌가. 손가락 끝에서 쑥쑥 자라는 날카로운 갈퀴발톱, 머리털을 대신하는 흰털 갈기, 푸른빛과 은빛 비늘로 덮이는 살가죽, 가시 돋친 돌기들이 뚫고 나오면서 갈기갈기 찢기는 옷, 입 밖으로 나타나는 무시무시한 송곳니들. 늙은 마법사는 온데간데없고 눈 깜짝할 사이에 위용 넘치는 어마어마한 드래곤이 나타났다. 흥분한 스쿠프들이 크리스털리스트들에게 사진을 전송하기 위해 부르릉부르릉 날아다니면서 "주우우우움 이이인 줌 인!" 하고 외쳤다.

"끄윽!"

푸른빛의 드래곤은 트림까지 하면서 쉴새없이 불을 토해내고 있었다.

다행히 그 불길이 인화성 물질인 천장에 닿지는 않았다.

타라는 안도의 숨을 내쉬면서 속으로 '와, 기막히다. 아주 절묘한 타이밍이었어!' 하고 생각했다.

황제는 잠시 입을 헤벌리고 있다가 그래도 명색이 자기가 제국의 원수라는 것이 생각났는지 용감하게 검을 뽑아들었다. 옆에 서 있는 친위대 대장 역시 드래곤 마법사를 향해 검을 휘두르고 있는데 표정은 영 불안했다. 하지만 자기를 촬영하는 스쿠프들을 힐끔 쳐다보면서 무기들을 고쳐들고는 용사다운 태도를 취하려고 애를 썼다.

"이런! 그만두지 못할까! 놓아라!"

여제는 안전한 곳으로 대피시키려고 하는 경호원들에게 호통을 쳤다.

여제는 두 손을 허리에 딱 붙인 자세로 드래곤 앞에 버티고 서서 고함을 질렀다.

"셈나샤오비로다인트라쉬부 선생!"

"예, 폐하, 딸꾹."

드래곤이 으르렁거렸다.

"이건 우리 궁정에 대한 모독이오. 즉시 변신하시오. 아니면 제국을 모독한 죄로 감옥에 처넣겠소."

드래곤은 정중하게 허리를 굽히면서 여제의 진노한 얼굴 바로 앞까지 그 무시무시한 낯짝을 들이댔다.

"알겠습니다, 폐하, 딸꾹. 복종하겠습니다, 딸꾹."

"좋아요. 그리고 불길 좀 그만 내뿜으시오. 그 유황 냄새, 정말 지독하군요."

여제는 코를 씰룩거렸다.

드래곤의 몸이 수축되고 송곳니와 비늘이 사라졌다. 늙은 마법사가 그들 앞에 나타났는데 여제 앞에서 홀딱 벗고 있는 것만은 피하고 싶었던 걸까, 어느새 마법복 차림이었다. 여제는 드래곤 마법사를 흘겨보고 나서 타라를 향해 돌아섰다.

"아까 무슨 말을 하다가 중단되었지?"

"저희가 친구를 돕는 걸 허락해주시겠습니까?"

타라는 제안하면서 예쁜 미소를 지었다. 미소 작전이라도 쓰듯.

대답하려고 이미 입을 여는 황제를 보면서 타라는 황제가 그들을 돌려보내리라는 걸 직감했다. 그 순간 여제가 선수를 쳤다.

"물론이지. 너희들 모두 친구를 도울 수 있다. 바로 그 이유 때문에 너희들의 출석을 요청했던 것이고. 이제는 즉시 진실의 입들을 소환해야겠다. 그 이름 얘기는 나중에 다시 하도록 하자."

이런! 황제는 어떻게 속여볼 수 있겠는데 여제는 너무 예리해서 들통이 날 수 있었다. 타라는 정말 아주 신중하게 대답해야 했다.

타라와 무아노, 로빈, 파브리스가 정중하게 허리를 굽히자, 좀 어정쩡하긴 해도 마니투, 쉬바, 갈랑도 따라했다. 하지만 페가수스의 몸은 정말이지 절을 하기 위해 만들어진 것이 아니었다. 이어서 그들은 칼리반과 진실의 입들을 위해 옆으로 자리를 비켜주었다.

얼마 후, 진실의 입들이 등장했다.

휘리릭! 파브리스는 놀라움의 휘파람을 불렀다. 진실의 입이라면서 입이 없잖아! 생물인지 무생물인지 모를 존재들의 부리부리한 눈이 호기심과 인내심의 빛으로 반짝거렸다. 흰색의 길다란 튜닉으로 몸을 감싼 존재들이 바닥을 미끄러지듯 우아하게 천천히 이동하고 있었다. 아주 커다란 머리에 번들거리는 검은색의 큼직한 모자를 쓰고 있는데, 뒤쪽으로 갈수록 끝이 뾰족해지는 모자였다.

타라 덩컨 *63*

뒤따라 들어오는 땅 신령 글룰 부글룰, 칼리반과 블롱딘, 안젤리카. 아! 그랬지, 참! 타라는 흠칫 놀랐다. 꺽다리 소녀도 고소 당했다는 걸 까맣게 잊고 있었으니! 지나가면서 안젤리카는 사나운 눈길로 째려봤다.

하긴 언제는 좋았던 사이인가, 뭐.

머리가 반은 벗겨진 뚱보 남자와 너무 까매서 자연스럽지 않은 머리털의 말라깽이 부인이 안젤리카를 호위하면서 충고와 조언을 속삭이고 있었다. 업신여기는 듯이 거만한 표정으로 보아 꺽다리의 부모 같았다. 칼리반은 근심이 가득한 얼굴의 홀쭉한 남자와 주위의 사람들을 유심히 살피는 회색 눈빛의 부인과 함께였다.

타라는 칼의 어머니가 승인 받은 도둑, 랑코비트 정부를 위해 일하는 일종의 '슈퍼스파이'라는 걸 알고 있었다. 실내를 둘러보는 태도를 보면 부인은 이미 모든 비상구 위치를 탐지했고, 친위대의 수를 파악했고, 불청객들을 결정적으로 처치하는 두세 가지 방법을 강구해 놓은 느낌이 들었다.

안젤리카의 부모는 드라고쉬 선생님 옆으로 가서 자리를 잡는 반면에 칼의 부모는 사르도인 선생님 옆에 섰다.

그들의 맞은편, 허공에 떠 있는 은빛 원반 위에서 남자와 여자가 흐느껴 울고 있었다. 소용돌이에 휩쓸려 목숨을 잃은 소년의 부모였다.

자리에 앉은 사람, 공중에 떠 있는 사람, 몸을 쭉 펴고 누운 사람, 꼿꼿이 선 사람, 모두들 나름의 방식으로 자리를 잡자, 스쿠프들의 카메라 렌즈들이 지켜보는 가운데 재판이 시작되었다.

땅 신령이 고소장을 읽었다. 경연대회에서 두 명의 후보자가 공간이동의 문을 열었을 때, 어린 마법사들이 날카로운 비명소리에 집중력을 잃으면서 마법을 조절하는 힘을 잃어버렸다. 그 순간 어떻게 만들어졌는지 알 수 없는 소용돌이가 안젤리카의 패밀리어인 날개도마뱀 키미와 문을 유형화했던 두 소년 중 하나인 브란디스 탈 미가 압 샹투를 집어삼켰다. 이에 죽은 소년의 부모가 살인죄로 고소하기에 이르렀다는 내용이었다.

고소장을 다 읽은 땅 신령이 진실의 입들에게 신호를 보내자, 진실의 입들이 원을 이루었다. 그들은 안젤리카를 무시한 채 칼리반을 에워쌌다. 얼굴이 파랗게 질려 있는 걸 보면 칼리반은 숨을 쉬는 것조차 힘든 것 같았다. 무겁게 내려앉은 정적이 셈 선생님의 끈질긴 딸꾹질소리에 간간이 깨졌다.

마니투는 불편한 기색이 역력했다. 진실의 입들이 작업을 시작했을 때, 마니투는 뭐랄까 정신적 촉수 같은 것이 개의 뇌를 건드리는 걸 느꼈다. 불안해서 그런 느낌이 들 수도 있었다. 하지만 진실의 입들은 칼리반의 머릿속만 조사하면 되는데 자신의 정신이 혼미해지다니, 마니투는 아무래도 께름칙했다. 촉수가 탐색하고 살필수록 강렬해지는 압박감이 온몸, 심지어는 방광에까지 미치고 있는 듯했다. 생리적 욕구 때문에 혼미한 상태에서 깨어난 마니투는 머리를 살래살래 흔들면서 주위를 살펴보았다.

이거야, 원! 공개 법정에서 다리를 쳐들고 옥좌를 향해 오줌을 갈길 수는 없는 일이니! 적당한 장소를 찾아야 하는데……. 마니투는 슬금슬금 뒷걸음질쳐서 방을 나갔다.

긴급 사태를 대비해 점찍어두었던 실내정원까지 한달음에 달려간 마니투는 한 그루의 거목을 발견하고 안도의 한숨을 내쉬었다. 그런데 법정을 나오자마자 사라지는 압박감. 이상도 해라. 눈살이 있다면 폼 나게 찌푸리겠건만!

볼일을 보던 마니투는 뒤에서 나는 발소리에 소스라치게 놀랐다. 개의 후각이 이내 냄새로 알아차렸다.

"파브리스! 넌 여기 왜 왔어?"

"갑자기 나가시는 걸 보고 걱정이 돼서 따라나왔어요. 괜찮으세요?"

훤칠한 금발 소년이 대답했다.

"그저 그래. 진실의 입 하나가 내 머릿속을 조사하기로 작정한 것 같아서 영 기분이 안 좋았다. 내가 나온 사이에 별 일 없었니?"

파브리스에게 있어서 아더월드는 하도 이상한 일들이 많아서 마니투가 내뱉은 말속에 함축된 의미를 전부 다는 이해할 수 없었다.

"특별한 건 없었어요. 그들은 칼을 에워싸고서 눈을 부릅뜨더니 그 커다란 머리를 절레절레 흔들고 있었어요. 그게 다예요."

"그거 참 이상하군. 대개는 몇 분이면 끝나는데! 가보자. 셈과 얘기를 좀 해야겠구나."

숲을 돌아 나오던 그들은 기절할 뻔했다. 출구 바로 앞에서 두 마법사가 수군거리고 있었는데, 물론 그게 아주 이상한 일은 아니었다. 단지 얼굴 대신에 반사경 마스크, 그리고 잿빛 옷을 입고 있다는 것만 제외한다면!

"맙소사, 상그라브들이에요!"

파브리스가 속삭였다.

마지스터의 불길한 추종자들과 대치할 능력이 없기 때문에 파브리스는 몸을 움츠렸다. 거기서는 두 마법사가 나누는 얘기가 잘 들려왔다.

"마지스터의 작전대로 돌아가고 있어."

한 사람이 비아냥거렸다.

"멍청한 셈이 칼리반 달 살란을 구하기 위해 전속력으로 달려왔으니 금서가 무방비 상태에 있단 말야. 우리 보스가 그걸 손에 넣는 건 식은 죽 먹기지!"

"악마의 힘을 가진 주문들이 기록된 금서만 손에 넣으면 드래곤들은 우리를 이길 수 없어. 머지않아 우리의 힘 앞에서 모두 굴복할 거야!"

"아이고, 이를 어째!"

마니투가 구시렁거렸다.

"오무아에 상그라브들이 있다니! 그러니까 우리가 꼴좋게 당한 거로 군. 우리를 이곳으로 끌어들이기 위해 칼을 고소하게 한 사람이 마지스터였다는 거잖아. 걸리적거리는 것 없이 뻥 뚫렸으니…… 금서를 빼앗기는 건 시간 문제로군. 빨리 셈에게 알려야겠다!"

두 상그라브가 사라지기가 무섭게 어전을 향해 달려가는 마니투를 따라 파브리스도 뛰었다.

그들이 들어갔을 때, 어전은 그야말로 아수라장이었다. 꽥꽥 소리지르는 사람, 울부짖는 사람, 벌집을 쑤셔놓은 듯했다.

"그만 조용히 하시오!"

친위대 대장이 소리쳤다.

"땅 신령의 말을 들어봅시다!"

찬물이라도 끼얹은 듯 강요된 침묵이 흘렀고, 모두들 글룰 부글룰이 아연실색한 얼굴로 침을 꼴깍 삼키는 걸 볼 수 있었다.

"두 분 폐하와 존경하는 참석자 여러분께 아뢰겠습니다. 우리는 전대미문의 경우에 직면해 있습니다. 진실의 입들이 이 어린 마법사의 생각을 꿰뚫어보지 못하고 있습니다."

"사람들의 표정이 왜 저래요?"

어리둥절한 파브리스가 속삭였다.

"진실의 입들이 능력을 잃었다면, 그건 아더월드의 종말을 의미하는 거니까."

마니투는 심각한 어조로 말했다.

3
진실의 입

여제의 낭랑한 목소리가 공포에 사로잡힌 정적을 깨트렸다.

"이렇게 어처구니없는 일이! 이건 이 어린 마법사에게만 관계되는 문제가 아니라 우리 모두의 문제요. 크산디아르!"

"예, 폐하."

친위대 대장이 허리를 굽혔다.

"그대가 가운데에 가서 서시오. 다른 시험을 해봅시다."

"저, 저, 저말입니까? 폐하?"

당황한 친위대 대장은 말까지 더듬었다.

리스베스틸랑넴은 한숨을 내쉬면서 이마를 문질렀다.

"여기서 내가 잘 알고 있는 사람은 크산디아르 그대밖에 없지 않소! 이제 알겠소?"

"알겠습니다, 폐하!"

친위대 대장은 침착해지려고 애를 썼다.

친위대 대장은 씩씩한 걸음으로 진실의 입들 앞에 서서 네 개의 팔을 반달 모양의 칼들 위에 올려놓았다. 그 태도는 진실의 입들에게 무슨 말이든 함부로 하지 않는 게 좋을 거다, 라고 경고하는 것 같았다.

글룰 부글룰은 소리가 나게 침을 삼켰다. 진실의 입들이 눈을 부릅뜨 자, 땅 신령이 즉시 말을 시작했다.

"모두들 주목하십시오! 진실의 입들의 선언을 전합니다. 친위대 대장 이 첫째로 생각하는 것은 두 분 폐하의 안전이고, 둘째는 타도르 산의 맥 주를 마시고 싶은 것이며, 셋째는 아름다운 부인 봄……."

"그만!"

친위대 대장은 얼굴이 시뻘개져서 소리쳤다.

"테스트는 끝났습니다. 진실의 입들은 전혀 능력을 잃지 않았습니다."

사방에서 안도의 한숨소리가 터져 나왔다. 아더월드에 범죄가 극히 적은 것은 바로 이 텔레파시를 이용하는 진실의 입들의 놀라운 역할 덕 분이었다. 그들이 더없이 값진 능력을 잃는다면 아더월드는 혼란 상태 에 빠지는 것이었다.

"좋아요. 진실의 입들이여, 그럼 이번에는 소녀를 시험해 봅시다."

여제가 말했다.

안젤리카는 순순히 진실의 입들의 원 안으로 들어섰다. 하지만 결과 는 칼리반의 경우와 같았다. 진실의 입들은 안젤리카의 정신을 읽지 못 했다. 역시 실패했다는 진실의 입들의 선언을 땅 신령이 전하자, 황제가 말했다.

"진실의 입들이 왜 이 아이들의 생각에 접근하지 못하는지 도무지 이 해할 수가 없소. 누군가가 이 아이들의 유죄를 숨기기 위해 보호 주문을 걸어놓은 것이 아니고서야! 그것은 곧 굉장히 대단한 능력을 사용했다 는 뜻이고, 드래곤들만이 그런……."

셈 선생님은 가만히 앉아서 비난받을 사람이 아니었다.

"이미 말씀드린 바와 같이, 딸꾹, 우리는 칼리반과 안젤리카가 무죄이기 때문에, 딸꾹, 폐하의 소환에 응한 것입니다. 진실의 입들이 무죄를 확증해줄 거라고 생각했습니다, 딸꾹. 하지만 그게 불가능한 것 같으니 우리에게 해결책은 하나밖에 없는 것 같습니다."

"그래요, 브란디스 탈 미가 압 샹투의 혼령을 소환해야겠소!"

여제가 엄숙한 목소리로 말했다.

"하지만 그러려면 준비가 필요합니다. 따라서 우선 우리 모두 휴식을 좀 취하는 게 좋겠군요. 재판은 내일 다시 시작합시다."

"혼령이 뭐야?"

타라가 속삭였다.

"그 소년의 혼백인데 영혼이라고 생각하면 돼."

무아노가 대답했다.

"혼령을 한 번 더 불러서 질문을 할 수 있어."

"그럼 유령이랑 비슷한 거네."

파브리스는 한숨을 쉬었다.

"이 세계에 대해서는 이제 다 안다고 생각했는데…… 휴! 갈수록 태산이네. 그러니까 유령이 칼과 안젤리카를 심판한다는 얘기잖아. 그 유령이 유죄라고 선언하면?"

"그러면 칼과 안젤리카는 사형선고를 받게 돼."

무아노는 심각하게 말했다.

"사형? 농담이지?"

간이 콩알만해진 타라가 물었다.

"농담 아냐. 아더월드에서는 말야, 어른이나 아이나 마법 능력을 갖게 되면 그때부터 자기 행동에 대해 책임을 져야 하거든. 랑코비트에는 사형이 존재하지 않지만, 오무아에는 여전히 사형이 시행되고 있어."

붉으락푸르락 어찌할 바를 모르는 타라를 보면서 로빈이 말했다.

"진정해, 타라! 그렇게 걱정하는 건 아무런 도움이 안 돼. 더 혼란스러워질 뿐이야. 싸움을 하기도 전에 이러면 안 되지. 또 모르잖아, 잘 될지도. 칼은 무죄선고를 받을 거야!"

타라는 힘 빠진 미소를 지었다. 하프엘프는 과연 전사다운 생각을 하고 있었다. 타라는 일어나서 심호흡을 했다. 어쨌거나 로빈의 말이 옳았다. 무슨 일이 일어나는지 두고 보자. 심상치 않게 돌아가면 겁은 그때 먹어도 돼. 지금부터 불안해할 필요는 전혀 없어!

한 무리의 사람들이 온갖 추측 속에 우르르 몰려나가기 시작하면서 주홍빛 대리석 위를 부딪는 발굽소리, 발소리, 촉수 소리로 시끌벅적했다. 바쁘게 움직이는 크리스털리스트들이 열을 올리면서 동그랗거나 네모난 크리스털에 대고 소식을 전하는 소리도 여기저기서 들렸다. 모든 면에서 흥미진진한 광경이었다!

잠시 후, 칼이 블롱딘을 데리고 다가와서 친구들을 보고 반가워하자, 타라는 어리둥절했다. 게다가 친위대도 그들이 뭘 하든 전혀 관심이 없는 것 같았다.

"어머, 이렇게 자유롭게 다녀도 돼? 너…… 감옥에 들어가 있는 거 아니었어?"

무아노도 깜짝 놀랐다.

"감옥에? 내가 왜? 난 아무 짓도 안 했는데."

칼은 씩 웃었다.

"하지만 너를 체포했잖아?"

"몇 가지 문제점을 밝혀내기 위해서 정중하게 나를 궁전으로 초대했던 건데 뭐. 어쨌든 난 판결을 받은 게 아니니까 아직은 무고한 사람으로 간주되지. 휴, 차라리 감옥에 가는 게 낫지!'

칼이 아주 괴롭다는 듯이 말했다.

"너희들은 상상도 못할 거다. 안젤리카도 고소되었잖아, 그렇다고 글쎄 우리를 한 방에 집어넣은 거 있지!'

"오, 맙소사! 그건 좀 너무했다."

무아노가 외쳤다.

"이제야 상황 파악이 되냐? 그래서 가능한 한 늦게까지 궁전을 돌아다니다가 잠잘 때만 들어간다니까. 그리고 뭐가 최악인지 알아?'

"뭔데?'

"그 계집애가 코를 고는 거 있지!'

깔깔대는 웃음소리에 셈 선생님이 돌아봤는데, 파브리스와 마니투와 함께 무슨 이야기인가를 하는 중이었다.

"너희들도 이리 와 봐, 딸꾹. 마니투와 파브리스가 뭘 봤다는데, 딸꾹."

마니투는 그들에게 두 상그라브가 나눈 대화를 전하자, 셈 선생님은 딸꾹질을 멈추고 부르짖었다.

"오, 나의 금더미에 걸고 맹세코! 또다시 시작되게 내버려두지 않겠다!'

그들이 얼른 뒤로 물러섰다. 하지만 이번에는 셈 선생님이 제때에 자제했는지 송곳니나 비늘 같은 건 나타나지 않았다.

"그래도 마지스터가 단념할 희망은 없을 것 같아요."

타라는 침착하게, 아주, 아주 침착하게 지적했다.

"그자는 권력욕에 미친 사람이잖아요. 선생님과 싸워서 그 자리를 빼앗을 방법을 찾지 못하면 아마 계속해서 악마의 힘을 가진 사물들을 노릴 거예요. 그런데 금서라는 것이 림보에 이르는 유일한 수단인가요?'

"아니, 마지스터는 금서가 없어도 악마들의 왕국에 갈 수 있다."

셈 선생님이 침울하게 대답했다.

"원하면 언제든 갈 수 있지. 하지만 악마들의 세계에서도 금지되어 있는 몇 가지 주문이 필요한 거겠지. 따라서 그자가 금서를 손에 넣으면 절대로 안 돼!"

"당신을 이곳으로 유인하기 위해 그자가 죽은 소년의 부모나 누군가에게 마법을 걸어서 칼을 고소하게 만든 것이 틀림없소."

마니투가 말했다.

"그걸 막으려면 금서를 가져다가 당신이 지니고 있는 것이 가장 간단한 방법이오."

"난 그럴 수가 없어요."

셈 선생님이 대답했다.

"어째서 그럴 수 없단 말이오?"

"그 책의 힘이 얼마나 대단한지 당신은 상상도 못할 겁니다. 그건 그냥 사물이 아니에요. 림보 세계 악마들의 작품이죠. 고유한 생명을 가지고 있는 책이라서 읽을 때도 가능한 한 만지지 않지요. 내가 지니고 다니면 몇 시간 내에 나를 점령해서 파괴하고 말 겁니다. 그런데 그런 위험한 짓을 하기에는 내가 맡은 책임이 너무 막중하단 말이오."

"그렇다면 당신이 랑코비트를 떠나와 있으니 그 책을 지킬 수가 없다는 얘기인데…… 그럼 이제 어떻게 한단 말이오?"

마니투가 걱정스런 얼굴로 말했다.

"사피르 드라고쉬에게 즉시 랑코비트로 돌아가서 책을 지키라고 부탁해야겠소. 우리의 친구 뱀파이어는 강력한 마법사니까 지켜낼 것이오."

"그게 답니까?"

늙은 마법사는 어깨를 으쓱했다.

"그리고 엘프 사냥꾼들이 오래 전부터 나한테 도둑맞으면 안 되는 귀중하고 위험한 것들이 있다는 걸 알고 있지요. 그래서 그들은 아주 철통같이 성을 지키고 있소. 책을 어디에 감춰놓았는지, 또 그곳에 이르는 방법을 아는 사람은 아무도 없지요. 그래서 난 사실 그리 걱정하지는 않아요."

"아, 그래요?"

마니투는 놀라는 표정을 지었다.

"그럼 당신은 걱정하지 마시오. 나는 걱정을 좀 해야겠소. 만일의 경우에 대비하여."

무아노는 숨을 깊이 들이쉬었다. 셈 선생님이 까맣게 잊은 모양이었다. 책을 감춰놓은 비밀 장소를 내가 알고 있다는걸. 무아노는 털어놓을까 망설이다가 그냥 입을 꾹 다물었다.

"와, 정말 잘됐다, 안 그래?"

칼이 배시시 웃었다.

"뭐가 잘돼?"

파브리스가 어리둥절해서 물었다.

"이번에는 마지스터가 금서를 훔치는 데 타라가 필요하지 않아. 그러니까 타라를 납치하려고 나한테 마법을 걸거나 마비시키거나 불에 지지거나 물에 빠뜨리는 일 따위는 하지 않을 거잖아. 이젠 아주 진저리가 날 판이었는데 말야!"

그 말에 대한 대응으로 타라가 약을 올리듯 혀를 쏙 내밀었다.

저녁을 먹은 뒤에 그들은 스위트룸에 모였다. 디저트에 키디코이 막대사탕이 있었다. 체리/살구/계피/후추 맛, 그 기상천외한 맛을 다 빨아먹은 뒤에 타라는 사탕 속에서 다음의 글귀를 읽을 수 있었다.

함정이 느껴지지만 네가 생각하는 데에 있지 않다.

애개, 큰 도움이 되는 예언이 아니잖아!

칼의 방은 그리 멀지 않았다. 하지만 그는 안젤리카와 함께 있으니 떨어져 있는 쪽을 택했다. 그들이 한창 노닥거리고 있을 때, 문에서 입이 벌어지면서 알렸다.

"타라틸랑넴 덩컨 양을 만나고 싶다며 한 에프리트가 찾아왔다. 들여보낼까?"

"네."

타라는 약간 의외라는 얼굴로 대답하자, 붉은 악마가 들어왔다.

다리는 없고 몸뚱이 아랫부분이 꽈배기처럼 생긴 에프리트가 둥둥 떠있는 채로 타라 앞에서 정중하게 허리를 굽혔다.

"나의 주인님이신 여제 폐하께서 황금빛 규방으로 와달라고 하신다."

에프리트는 새된 목소리로 말했다.

"나는 그곳으로 안내하라는 임무를 받았다."

타라의 친구들이 일어나는 걸 보고 에프리트가 얼른 덧붙였다.

"혼자."

로빈은 들은 척도 않고 물었다.

"우리가 같이 가줄까? 이 궁전에 상그라브들이 있잖아."

"아니, 내 걱정은 하지 마. 멀리 가는 것도 아닌데 뭐. 이따 보자!"

타라는 빙긋이 웃었다. 각별히 신경 써주는 하프엘프의 친절함이 고맙지만, 타라는 여제와 단둘이만 있는 자리에서 칼의 편에 서줄 수 있는지 알고 싶었던 것이다.

에프리트를 따라 궁전의 복도를 지나가면서 타라는 조명이 아주 흐려지는 걸 알아차렸다. 가면 갈수록 그들은 점점 인적이 없는 복도로 접어들었다. 이윽고 먼지가 뿌옇게 앉은 칙칙한 방에 이르렀을 때, 타라는 속으로 생각했다. 여제의 규방이라고 하기는 아무래도 좀 이상한데…….

에프리트는 다시 허리를 굽히고 나서 여제에게 알리겠다는 말을 남기고 사라졌다. 타라는 방안을 서성거리고 있었다. 방에는 오무아 사냥꾼들의 모험을 이야기하는 대형 태피스트리들, 조각장식이 어찌나 정교한지 부서질까 앉기가 겁나는 의자 세 개, 주홍빛 벨벳을 씌운 소파 두 개, 다리가 휘어지고, 쪽매붙임을 한 예쁜 탁자 하나가 놓여 있었다.

앉으려는 순간, 의자 세 개가 싸울 듯이 경쟁을 하는 모습을 어이없이 쳐다보던 타라는 숨이 턱 멎을 뻔했다. 싸늘한 눈초리가 느껴졌던 것이다. 어쩐지 낯설지 않은 느낌이더니, 과연 한 상그라브가 지켜보고 있었다! 휙 돌아서는 순간 날아오는 불타는 광선을 발견한 타라는 날쌔게 엎드리는 것으로 아슬아슬하게 광선을 피했다.

광선을 맞은 탁자가 폭발하면서 태피스트리에 불이 붙었다. 타라는 벌떡 일어나서 소파 뒤로 몸을 숨겼다. 상그라브는 문 뒤에 있었다. 갑자기 나타난 두 개의 손이 공 모양의 불덩이를 휘둘렀다. 타라가 방패를 만들려고 안간힘을 쓰는 걸 알아차렸는지, 살아있는 돌이 의견을 묻지도 않고 개입했다. 그 둘의 마법이 합해져서 만들어낸 20센티미터 두께의 장벽이 공격자의 시야를 갑자기 가로막았다.

정확히 타라가 바랐던 것은 아니지만 유리한 상황으로 돌아가고 있었다. 뜻밖의 사태에 놀라 잠시 멈칫했던 상그라브가 다시 공격을 시도했다. 타라에게는 안된 일이지만 그의 마법 능력은 강력했다.

쾨르릉! 불덩이에 벽의 일부가 산산조각 났다. 타라는 파편을 피하기 위해 납작 엎드려서 재빨리 그 화재를 진압할 만큼의 물을 생각했다. 그러나 두 번째의 불덩이가 이미 다가오고 있었다. 타라는 또다시 바닥에 엎드렸다. 벽이 완전히 무너지기 전에 어떻게 해서든 다른 방법을 찾아야 하는데…… 타라는 머리를 재빠르게 굴렸다. 도대체, 어디 있는 거지? 상그라브가 보이지 않아서 주문을 걸기가 곤란했다. 그 순간 마법을 거는 상그라브의 손이 보였다. 그 잠깐의 소강 상태를 이용해서 타라는 벽에 뻥 뚫린 구멍으로 움직임을 살폈다. 두 손이 바쁘게 움직이면서 새 불덩이를 크게 만들고 있었다. 절호의 기회였다. 타라는 실루르 옥좌에 써먹었던 것과 같은 얼음 광선을 떠올리면서 주문을 걸었다.

만화영화를 너무 많이 본 탓인가? 타라는 얼음 광선을 발사하면서 상그라브의 손과 불덩이가 얼음에 덮여 꽁꽁 얼어붙을 거라고 상상했었다.

그런데 그게 전혀 그렇지가 않았다.

얼음 광선이 불덩이를 건드렸을 때 얼어붙기는커녕 피식거리다 꺼지는 것이 아닌가. 상그라브가 욕설을 퍼붓고는 있지만 두 손은 여전히 자유로웠다. 화가 난 상그라브는 타라를 잡아먹을 듯한 기세로 또다시 주문을 외웠다. 타라는 등골이 서늘해졌다. 더는 공격을 견딜 자신이 없는데.

그때 갑자기 요란한 발소리가 들려오자, 두 손이 사라졌다. 몇 초 후, 부디우 부인과 친위대 대장 크산디아르가 병사 몇 명을 데리고 들이닥쳤다. 아수라장이 된 방을 보면서 크산디아르는 번개같이 네 개의 칼을 뽑아들었고, 부하들에게 방을 포위하게 했다. 아직 살아 있는 게 믿어지지 않는 듯 얼떨떨해 있는 타라를 향해 부디우 부인이 달려갔다.

"어떻게 된 거니?"

그 황당한 사태에 아연실색한 부디우 부인이 물었다.

타라는 아직도 부들부들 떨면서 대답했다.

"누군가가 나를 주, 죽이려고 했어요. 부인이 제 목숨을 구해주신 거예요. 휴, 몇 초만 늦었어도 이 세상 사람이 아닐 뻔했어요."

부디우 부인이 외쳤다.

"오, 데미데루스여! 이리 오렴!"

어머니처럼 안아주는 부디우 부인의 품에서 타라는 와락 울음을 터뜨렸다.

친위대 대장 크산디아르는 노골적으로 의심에 찬 표정을 드러내며 타라에게 어떻게 된 일인지 물었다. 크산디아르는 처음 대면했을 때부터 타라가 하는 모든 행동을 자기를 모욕하는 것으로 받아들였다. 타라도 의심받는 느낌이 들어서 괴로웠다. 게다가 조사해본 결과 여제가 타라를 부르지 않았다는 것이 밝혀진 만큼 크산디아르의 의심은 더욱 굳어졌다.

메시지를 전했던 에프리트를 찾는 것은 불가능했다(하나같이 쌍둥이처럼 꼭 닮았는데 바보가 아닌 다음에야 어느 누가 자기가 그랬다고 자백하겠는가).

격분한 로빈과 파브리스는 타라의 뒤를 악착같이 따라다니기로 결심했다. 충격을 받은 칼도 친구들과 함께 지내게 해달라고 요청했고, 허락을 받았다. 여제의 사촌이자 궁전의 행정관 옥시아 부인은 타라의 방문 앞에 보초를 세우게 했다. 오무아 궁정의 샤먼인 '가벼운 발' 비송 박사는 놀란 가슴을 진정시켜야 한다면서 온갖 끔찍한 것들을 우려낸 탕약을 그것도 아주 많이 막무가내로 타라에게 삼키게 했다.

그날 밤은 대단한 종합 탕약에도 불구하고 조용히 넘어가지 않았다. 용맹한 기사에 관한 아더월드의 영화를 너무 많이 본 탓인지 로빈이 방문 앞 바닥에서 자겠다고 우기는 통에 타라는 한바탕 입씨름을 해야 했다. 게다가 타라는 밤새도록 악몽에 시달리느라고 녹초가 되었다. 도무지 이해할 수 없는 일이었다. 마지스터는 절대 아니란 말야. 내가 꼭 필요한 사람이니까. 그럼 나를 없애버리고 싶은 사람은 누굴까? 그리고 무슨 이유로?

모든 사람이 그렇듯 타라도 특별한 모험을 꿈꿨었다. 하지만 타라는 이제 시시하고, 따분하고, 맥빠지는 나날들이라도 조용한 삶을 살기 위해서라면 어떤 벌이라도 달게 받을 수 있을 것 같았다.

아침을 먹고 난 얼마 후, 다미엔이 법정으로 데려가기 위해 그들을 찾아왔다. 또다시 정글을 지나면서 파브리스는 멀찍이 떨어져서 나는 프테로닥틸루스들이 자기를 간식거리로 생각하지 않는다는 걸 확인하고는 안도했다. 칼은 병사 두 명의 호위를 받으며 주홍빛과 금빛의 법정으로 들어섰고, 재판이 시작되었다.

전날의 사건에 대한 소문이 궁전을 한 바퀴 돈 게 분명했다. 이날은 법정이 만원이었다. 은빛 유니콘들, 금빛 키마이라들, 샛노란 꼬마도깨비들, 머리가 둘 달린 타트리스들, 전쟁 그림이 그려져 있다는 것만으로도 벽을 경계하는 켄타우로스 스무 마리, 파란 땅 신령들, 다시 말해서 온갖 종족이 두 옥좌 주위로 몰려들고 있었다. 화려한 색의 독특한 옷차림을 한 인간 궁인들은 공중에 둥둥 떠 있거나 긴 의자와 걸상에 편안히 앉아 있었다.

주위를 둘러보던 타라는 소스라쳤다. 바로 옆에 있던 금발미녀가 느닷없이 비쩍 마른 파파 할머니로 변했던 것이다. 동행한 남자가 흠칫 여자에게서 떨어졌다. 기분이 상했는지 파파 할머니가 발로 바닥을 탁탁 치면서 머리를 만지작거리자 금발미녀가 다시 나타났다. 남자가 씩씩거리면서 여자에게 욕설을 뱉으려고 할 때 여자의 주문이 날아왔다. 위풍당당한 근육질의 남자 대신에 나타난 갈비씨 청년은 황당한 얼굴을 하고 있었다. 그 멋진 이두박근이 온데간데없이 없어졌으니! 금발미녀는 까르르 웃음을 터뜨렸고, 여자를 흘겨보던 청년은 요란하게 쿵쿵거리면서 방을 나가버렸다.

그래서 타라는 궁인 마법사들이 자신의 진짜 모습을 드러내는 일이 거의 없다는 결론을 내렸다. 그런데 이런 변신의 문제점은 가짜 모습을 오래 유지하기가 힘들다는 것이었다. 에너지 소비가 너무 많기 때문이다.

잠깐 동안 키 180센티미터에 몸무게 95킬로그램의 거구가 되고 싶은 날이 오면…… 나도 어떻게 해야 할지 알게 되겠지!

마침내 시종장이 손짓을 하자, 웅성거림이 멈췄다. 옥좌에 앉은 여제와 황제는 최고 마법사들에게 둘러싸여 있었다.

이번에는 여제가 그 눈부신 아름다움을 은빛으로 강조했다. 멋지게 틀어 올린 머리는 꼭 금속모자를 쓴 것 같았고, 은빛 드레스에는 반짝이는 새들이 이 가지에서 저 가지로 날아다니는 그림이 선명했다. 백금과 다이아몬드 왕관은 관자놀이를 죄면서 이마를 돋보이게 하고, 키가 커 보이게 했다. 황제 역시 얇은 강철 갑옷을 입고 있는데 은빛 룬 문자로 장식되어 있었다. 가는 금속 밴드를 두른 금발이 이번에는 구불구불 흘러내리고 있었다.

두 번은 호락호락 당하지 않겠다는 듯이 단검 대신에 장검을 택한 황제는 셈 선생님을 쏘아보고 있었다. 또 드래곤으로 변신할까 경계하는 모양이었다.

그 태도는 이렇게 외치고 있었다.

'어디 까딱만 해 봐라, 햄버거 스테이크로 만들어줄 테니!'

그런데 아는 건지 모르는 건지 드래곤 마법사가 눈길도 주지 않는 것에 황제는 심기가 뒤틀려 있었다.

뭐 하나라도 놓칠세라 스쿠프들이 두 옥좌 주위를 이리저리 날아다니며 녹화하고 있었다. 타라는 매혹적인 여제에게서 눈을 떼고 주위를 둘러보다가 뱀파이어가 없음을 알았다. 금서를 지키기 위해 랑코비트로 돌아간 것이 분명했다. 휴, 다행이다.

칼과 안젤리카는 군주들 앞의 바닥에 그린 금빛 원 안에 앉아 있었고, 죽은 소년의 부모는 그 원 밖에 있었다. 무거운 침묵이 법정을 짓눌렀다.

최고 마법사들이 주문을 외우기 시작했다. 그들의 이마에서 땀이 뚝뚝 떨어지는 것으로 보아 굉장한 노력을 요하는 것이 분명했다.

"콘보쿠스의 이름으로 브란디스 탈 미가 압 샹투는 듣거라, 너를 소환하노라!"

그들이 읊조렸다.

"콘보쿠스의 이름으로 우리는 너를 끈으로 묶는다, 너는 응할지어다! 콘보쿠스의 이름으로 혼백은 나타나, 우리 앞에 유형화할지어다!"

가물가물한 빛이 최고 마법사들 앞에서 춤을 추었다. 그 빛이 점점 커지더니 소년의 형상을 띠기 시작했는데 그 몸이 약간 투명하긴 해도 눈에는 또렷이 보였다. 타라는 유령의 피부색을 보면서 놀랐다. 영화 속의 유령들처럼 이 유령도 색깔이라곤 없이 그저 허여멀건 하겠거니 생각했던 것이다. 약간 비뚤어져 보이는 걸 제외하고는 유령은 완벽하게 정상적인, 살아 있는 사람 같았다.

그리고 유령은 알몸뚱이였다. 아니, 완전 누드가 아니라 허리에 안개 같은 걸 두르고 있었다.

"뭔가…… 뭔가가 나를 불렀는데……."

유령이 어물어물 말했다.

"우리가 불렀단다, 얘야."

소년의 어머니가 눈물을 펑펑 쏟으면서 대답했다.

"여, 여기가 어디…… 어디죠? 기억이 안 나요. 근데…… 근데 엄마, 왜 그렇게 울어요?"

그 순간 감정이 복받쳐서 그대로 쓰러질 것 같은 부인이 손을 꼭 잡아주는 남편에게 의지했다.

"넌…… 죽었단다. 오, 내 아들, 내 사랑. 공간이동 문의 통제되지 않는 소용돌이에 휩쓸려서 죽었어. 그래서 너를 죽게 한 이들을 심판하기 위해 우리가 너를 부른 거란다."

그러면서 부인은 칼과 안젤리카를 가리켰다.

유령은 깜짝 놀란 표정으로 소리쳤다.

"내가…… 죽었어요? 확실해요? 어, 이상하네, 난 죽은 느낌이 안 드는데."

소년의 아버지는 이를 악물면서 말했다.

"넌 살해당했어. 그래서 우리는 어떻게 된 일인지 알려고 하는 거야. 네가 문을 만들었을 때 귀청을 째는 비명소리가 울렸어. 그 때문에 넌 집중력을 잃었고, 문은 통제할 수 없게 되었지. 랑코비트에서 온 저 두 마법사들 때문에 넌 죽었고, 이제 우리에게 남은 것이라곤 너의 혼령뿐이구나. 따라서 벌을 내리는 건 당연한 일이다. 저 두 마법사들을 죄인으로 지명하겠니?"

유령은 멍한 얼굴을 하고 있었다.

"맞아요…… 이제 기억나요. 비명소리. 두려움. 사악한 힘. 한 계집애가 있었고……, 그 애는 나를 도와주려고 했어요. (타라는 자신도 모르게 소스라쳤다. 어떻게 저런 말을, 한 계집애라니!) 하지만 소용돌이의 힘이 너무, 너무 강력했어요. 나는 빨려 들어갔어요."

소년은 단호한 목소리로 계속했다.

"내가 저 애들 때문에 죽은 거란 말이죠?"

"그래, 내 아들아."

어머니가 대답했다.

"그럼 의심의 여지가 없죠."

유령은 굳은 어조로 대꾸했다.

"저 애들이 죄인이에요!"

"아냐!"

이러쿵저러쿵하는 웅성거림 속에 타라의 고함소리가 터져 나왔다. 가로막는 친위대를 날쌔게 피하면서 타라는 유령 앞에 버티고 섰다.

"저 애들이 너의 집중력을 깨트린 건 사실이야. 그렇다고 쟤들이 너를 죽인 건 아니지! 사악한 힘, 우리 둘을 빨아들이려고 하던 힘이 있었다고 너도 말했잖아. 잘 기억해 봐! 그건 쟤들에게서 나오는 힘이 아니었어. 그 힘은 다른 데서 오는 거였단 말야!"

유령은 눈살을 찌푸렸지만 뭔가 집중력을 방해하는 것이 있는 듯했다.

"음…… 그래, 맞아. 사악한 힘, 뭔가가 소용돌이를 잠재우지 못하게 했어. 그 힘이 아니었다면 난 살았을 거야!"

그때 소년의 아버지가 끼어들었다.

"그만 됐다! 친구들을 도와주려는 타라 양의 마음은 알아. 하지만 내 아들은 죽었어. 저 아이들 때문에 내 아들이 죽었어. 그러니까 당장 여기서 나가거라. 내 아들이 살인자들을 재판하게 놔두란 말이다!"

타라가 대꾸하려고 입을 벌렸을 때 유령이 말했다.

"나를 끌어당기는 힘이…… 느껴져요. 나, 나는 떠나야 해요. 나에게 한 짓을 생각하면 저 두 마법사들은 재판 받아 마땅해요. 죽음, 죽음은 너무 가혹한 거니까. 쟤들을 가두세요! 쟤들은 감옥살이를 해야 해요……, 목숨이 끊어지는 날까지!'

끔찍한 말을 남기고는 파리해진 유령의 실루엣이 희미해지기 시작하더니 완전히 사라졌다.

타라는 이대로 물러설 수 없었다.

"저에게 약속하셨던 특별한 배려를 요청합니다!"

옥좌에 앉은 황제의 몸이 들썩거리더니 타라를 향해 말했다.

"이 경우에는 그 배려가 적용될 수 없다! 그건 너와 관계되는 것이어야 한다. 네 친구들을 위해서 사용할 수는 없어. 더군다나 살인사건에는 특별한 배려를 요구할 수 없는 법!"

타라는 마음이 약해지는 걸 느꼈다.

"하지만 이건 있을 수 없는 일입니다. 칼과 안젤리카는 무죄예요! 그건 폐하께서 저보다 더 잘 알고 계십니다!"

타라의 실수였다. 여제는 무례하게 구는 걸 좋아하지 않았다. 그리고 오만불손함을 어떻게 제압하는지 완벽하게 알고 있었다.

여제는 싸늘한 목소리로 선언했다.

"이제 그만! 재판의 결과는 예상했던 대로 끝났다. 죄인들을 감옥으로 데려가라. 이상 끝!"

그렇게 말하고 나서 일어난 여제는 타라의 힘없는 눈길을 받으며 퇴장했다.

무아노와 로빈, 파브리스는 유죄선고를 받은 두 친구를 뚫어져라 쳐다봤다. 안젤리카는 여제를 비난하면서 제국에 전쟁을 선포하겠다고 고래고래 소리치는 아버지의 어깨에 기대어 엉엉 울고 있었다. 칼은 아직 충격 속에 있었다. 그런데 이상하게도 칼의 어머니는 걱정하는 기색이 없었다. 그녀는 아들에게 귀엣말을 했고, 잠시 후 칼은 고개를 들고 어머니에게 미소를 지었다.

친위대는 안젤리카를 억지로 부모에게서 떼어내야 했다. 하지만 칼은 살아 있는 불덩이 같은 여우를 데리고 태연하게 따라갔다. 친구들에게 손까지 흔들어주면서.

타라는 미끄러지듯 바닥에 주저앉았다. 무아노도 덩달아 옆에 앉아서 흐느껴 울었다. 두 소년은 용감하게 버텨보려고 했지만 불가능했다.

타라는 탄식했다.

"이건 정말 부당해. 이 세계의 어른들은 다 돌았어. 이건 있을 수 없는 일이야! 어떡하면 좋아?"

로빈은 슬쩍 눈물을 훔치고 나서 멀어져 가는 칼의 뒷모습을 물끄러미 쳐다봤다. 그러고는 생각에 잠긴 얼굴로 말했다.

"그런데 참 이상해. 남은 여생을 감옥에서 보내는 형을 선고받은 사람치고는 칼의 표정이 너무 명랑하단 말야."

"응, 내 생각도 그래. 칼에게 한두 가지 좀 물어봐야겠어."

우거지상이 된 파브리스는 훌쩍거리면서 깨끗한 손수건 두 장을 친구들에게 내밀었다.

무아노는 코를 휑 풀면서 말했다.

"그래, 우리에게는 감방으로 칼을 만나러 갈 권리가 있어. 그리고……."

그들에게 다가오는 셈 선생님을 보면서 무아노는 말을 중단했다. 늙은 마법사의 얼굴은 화가 나 있는 건지, 진정이 된 건지 종잡을 수가 없었다.

셈 선생님이 투덜거렸다.

"도저히 이해할 수가 없어. 칼과 안젤리카가 마지스터의 함정에 빠진 게 분명해. 어처구니없는 상황이 되었는데도 우리는 두 아이의 무죄를 증명할 수가 없으니! 진실의 입들은 느닷없이 아이들의 머릿속을 읽어내지 못하질 않나, 여제와 황제는 아이들을 감옥에 넣질 않나……, 그 아이들이 무죄라는 걸 그들도 분명히 알고 있건만!"

그사이에 침착해진 타라가 맞장구를 쳤다.

"맞아요. 누군가가 우리를 갖고 노는 거예요. 우리가 이유를 알아내지 못하면 놈은 이기고, 우리는 바보가 되는 거예요!"

늙은 마법사는 타라를 흘겨봤고, 타라는 빙긋이 웃었다.

"할아버지, 진실의 입이 할아버지의 머릿속을 조사했다고 했죠?"

"아니, 누군가가 내 머릿속을 조사했다고 했지. 그게 진실의 입인지는 나도 모르겠다."

마니투가 대답했다.

"땅 신령을 만나야 해요."

타라는 흰 머리털을 질겅질겅 씹으면서 말했다. 갈랑이 한 발로 자꾸만 타라를 잡아당기는 걸 보면 머리털 씹는 것이 어지간히 싫은 모양이었다.

"땅 신령? 왜?"

놀란 토끼눈으로 파브리스가 물었다.

"땅 신령은 오랜 옛날부터 진실의 입들과 일해 왔잖아. 그들 중 누가 할아버지의 머릿속을 읽었는지 알아낼 수 있을 거야. 그리고 어쩌면 그 이유를 말해줄지도 몰라."

글룰 부글룰을 찾는 것은 그리 어렵지 않았다. 땅 신령은 궁전의 여러

정원 중 하나에 진실의 입들과 함께 있었다. 진실의 입들이 하얀 망토를 벌리고 있었다. 꼭 나무처럼 생긴 밤색 몸뚱이들, 타라는 눈이 튀어나올 뻔했다.

이런, 진실의 입이 식물이었네!

팔이 있어야 할 자리에 싹이 움튼 나뭇가지들이 달려 있질 않나, 수많은 발은 뿌리처럼 땅 속에 박혀 있질 않나. 거기다 그들이 모자로 쓰고 있던 것은 사실, 머리 주위에 펼쳐진 채 햇살을 아귀아귀 끌어 모으는 검은색의 커다란 꽃잎이었다. 그 전체에서 소리 없는 희열 같은 것이 풍기고 있었다.

자기를 향해 돌진해오는 무리를 보고 놀랐는지 눈이 휘둥그레진 땅 신령이 물뿌리개를 내려놓았다.

셈 선생님이 말했다.

"부글룰 선생, 잠깐 시간 좀 내주시겠소?"

땅 신령은 약간 불안한 얼굴로 허리를 굽혔다.

"아, 물론이지요, 최고 마구스. 무슨 일입니까?"

"최고 마구스 마니투 덩컨이 말하기를 법정에서 한 진실의 입이 자기의 머릿속을 읽었답니다. 그걸 확인해주시겠소?"

땅 신령은 깜짝 놀라면서 분개했다.

"그건 절대 있을 수 없는 일입니다! 어떤 진실의 입도 당사자의 동의나 법정의 동의 없이 의식을 가진 존재의 머릿속을 조사할 수 없습니다. 그건 엄격히 금지되어 있지요."

셈 선생님은 아부하는 투로 대꾸했다.

"아, 물론, 물론 그렇겠지요. 하지만 금지된 일이라고 꼭 일어나지 않는다는 보장은 없지요. 그래서 부탁인데 확인해주시겠소?"

진실의 입들이 술렁거렸고, 땅 신령은 눈살을 찌푸리면서 대답했다.

"최고 마구스, 진실의 입들은 자기들이 당신, 아니 덩컨 선생의 머릿속을 조사했다면 그 침입은 결코 간파될 수가 없다고 합니다. 따라서 덩컨 선생이 누군가가 머릿속을 읽거나 침투한 걸 느꼈다면 그건 분명히 진실의 입은 아니라는 뜻이랍니다."

"아하, 그러니까……."

셈 선생님은 뜻밖이라는 얼굴이었다.

"진실의 입들은 사람들이 알아채지 못하게 머릿속을 읽을 수 있다는 말이군요. 그거 재미있군. 아주 재미있어."

땅 신령이 단호하게 응수했다.

"하지만 진실의 입은 아니오. 절대로. 살인죄를 지은 자들은 여러 나라에서 진실의 입들의 행성 산티보르로 보내진다는 걸 잊지 마시오. 그리고 머릿속을 읽었던 진실의 입이 그 살인범의 간수가 된다는 것도. 다시 말해서 간수들이 받는 보수는 그들에게 아주 중요한 수입이란 말입니다. 그런데 그들이 뭐 때문에 머릿속을 뒤지는 기쁨을 누리면서 얻는 그 특별한 신분을 버리겠습니까? 범인은 다른 데서 찾아보세요. 덩컨 선생의 머릿속을 읽은 자는 진실의 입이 아닙니다."

셈 선생님은 확고한 태도를 보이는 땅 신령에게 허리를 굽혔다.

"고맙소, 부글룸 선생."

그들은 정원을 나오면서 한 가지 사실을 알았다. 함정에 빠졌으며, 칼이 석방되지 않는 한 움직일 수 없다는걸.

셈 선생님은 여제에게 새로운 재판을 요청하기로 결정했다.

"결과는 나중에 알려주마. 마니투, 당신은 이 아이들과 함께 있으면서 어리석은 짓을 하지 않게 지켜주시오. 궁전을 파괴했다는 세계대전이 터지게 될 테니."

"나는 보모가 아니오. 아이들이 뭔가를 하면 아마 나도 하리라는 것, 그건 자신 있게 말할 수 있소."

타라가 보내는 예쁜 미소에 할아버지는 윙크로 응답했다. 솀 선생님은 손들었다는 얼굴로 하늘을 쳐다보더니 구시렁거리면서 떠났다.

궁전의 지하실로 향하는 동안 파브리스가 말했다.

"정리를 좀 해보자. 땅 신령이 한 말이 사실이라면 네 할아버지의 머릿속을 읽은 건 진실의 입이 아냐. 그럼 누구지? 그리고 왜? 할아버지는 누군가가 머릿속을 뒤지는 걸 어떻게 알았을까?"

타라는 생각에 잠긴 얼굴로 말했다.

"꼭 퍼즐 같아. 맞춰지지 않는 것들이 많거든. 뭔가가 밝혀질 때까지는……, 근데 아무래도 이상하단 말야……."

"뭐가?"

"응? 아무것도 아냐. 칼을 찾아가서 일단 의견을 들어보자. 저지르지도 않은 죄 때문에 감옥에서 썩게 내버려둘 순 없으니까!"

"에이, 불안하게 좀 하지 마."

파브리스는 넘겨짚었다.

"우리 의논하러 가는 거 맞지?"

타라는 명랑하게 대답했다.

"천만에. 우린 지금 칼을 탈옥시키러 가는 거야."

4
오무아 제국의 진실

"뭐라고? 농담이지?"

파브리스가 소리쳤다.

"천만에. 칼이 감옥에 있기를 바라는 사람이 있어. 이 모든 짓을 꾸민 사람이 마지스터인지 그건 나도 몰라. 하지만 칼을 구해내는 것으로 일단 그 계획을 망가뜨리면 뭔가 알게 되겠지."

잠자코 있던 무아노가 말했다.

"음…… 있잖아. 이번만은 나도 파브리스와 같은 생각이야. 오무아의 감옥에서 누군가를 탈출시킨다는 건 절대로 불가능해."

타라는 어깨를 으쓱하면서 대꾸했다.

"글쎄! 잿빛 요새를 찾아내고 또 거기서 탈출하는 것도 불가능한 일 아니었나? 마지스터를 물리치고, 실루르의 옥좌를 파괴하는 것도 불가능한 일이었어. 게다가 더 나아가서 엄밀하게 말하면 마법이라는 것 자체도, 이 마법의 세계도 불가능한 것이지. 그래서 이제 더는 불가능이란 말에 신경 쓰지 않기로 했어. 그리고 내 사전에서 불가능이란 말을 삭제할까 아주 진지하게 생각하는 중이야."

로빈이 씩 웃었다.

"너한테 1점 줬다, 타라. 칼을 탈출시키는 것이 마지스터의 계획을 망가뜨리는 거라면 여제와 여제의 샤트릭스, 자이언트 거미들과 맞서 싸워볼 만한 가치가 있지."

"너 무슨 말을 하는 거야? 샤트릭스, 자이언트 거미? 또!'

파브리스는 소리를 꽥 질렀다.

"미안하다."

로빈이 전혀 미안하지 않은 얼굴로 대답했다.

"샤트릭스들이 감방을 지키고 있다는 걸 내가 말해주지 않았던가? 거미는 확실하지 않아. 아버지가 오무아 대사로 계실 때부터 거미로 바뀐 것 같던데……. 그날의 수수께끼 답을 잊어버린 당번을 거미들이 와작와작 씹어먹었던 기억이 나거든."

파브리스는 소름이 끼쳤다.

"난 아주 거미라면 진저리가 나!'

파브리스는 천장을 유심히 살피느라고 하마터면 간수들을 보지 못할 뻔했다. 안심하고 눈을 내리깔던 지구소년은 허겁지겁 물러섰다. 축 처진 입술 위로 쭉 내민 혀, 갈퀴발톱, '이게 웬 떡이냐!' 며 반기듯 송곳니들을 드러내며 웃고 있는 짐승과 맞닥뜨렸던 것이다.

맙소사! 거미가 아니라 개처럼 묶인 샤트릭스였다. 자기들의 영역에 나타난 침입자들을 보고 샤트릭스들이 떼거리로 미친 듯이 짖어댔다. 독 이빨을 드러낸 검은 털의 하이에나들이 맛난 먹이를 보며 군침을 질질 흘리기 시작했다.

경비원들이 조용히 시키면서 방문객들을 지나가게 했을 때 놈들의 실망하는 꼴이라니!

칼이 갇혀있는 감옥의 벽들은 모조리 간디스 산의 '주문방지' 돌로 지어져 있어서 어떤 마법에도 끄떡하지 않았다. 게다가 복도 위로 불쑥 나온 원기둥 위에 놓인 인공물 아티팩트도 마법을 완전 봉쇄하고 있었다.

그래서인가, 입구에서부터 평범한 전구들이 마법의 빛을 대신하고 있었다. 아티팩트가 마법을 완전히 무력하게 만들기 때문에 감옥에 에너지를 공급하는 것은 작은 발전기였다. 두 팔 벌린 조각상 형상의 아티팩트가 주위에서 흡수하는 힘으로 진동하고 있었다.

그 밑을 지나가면서 타라는 호주머니 속에서 살아있는 돌이 흥분하고 있음을 느꼈다.

살아있는 돌이 귀를 멍멍하게 하는 소리로 노래했다.

'힘이 왜 이래? 힘이 떠나는 게 느껴져. 힘이 사라지는 건가?'

'걱정하지 마.'

타라는 그 조각상이 돌의 힘을 흡수할 수도 있다는 걸 전혀 생각지 못하고 있었다.

'여기 오래 있지 않을 거니까. 조각상의 영향권을 벗어나기만 하면 괜찮아질 거야.'

'잠이나 잘게, 나는. 이따 만나.'

타라가 축소시켰던 갈랑이 히이잉, 우는 순간에 칼이 쾌활한 음성으로 외쳤다.

"탈, 제그란브라즈? 살 탄 미르?"

어라, 알아들을 수 없는 언어로 말하네!

"투루스!"

무아노가 내뱉었다(타라는 그게 욕설이라고 추측했다).

"발렌디르!"

무아노는 조각상의 영역을 벗어나자는 손짓을 했다. 발길을 돌려 멀찌감치 떨어진 곳에 이르자 무아노가 말했다.

"통역 주문이 통하지 않아. 조각상이 마법을 흡수하기 때문이야. 너희들은 우리의 여러 언어를 배워야 해. 아니면 우린 더 이상 의사소통을 할 수 없어."

"하지만 난 모든 사람이 통역 주문을 사용한다고 생각했는데…… 그럼 어떡해?"

파브리스는 깜짝 놀랐다.

"내가 아는 언어들을 너희들도 할 수 있게 주문을 걸자. 랑코비트 언어는 물론이고, 오무아 언어, 난쟁이 언어, 땅 신령 언어, 엘프 언어, 우리가 지구에 갔을 때 내가 배운 지구의 여러 언어 등등."

"와, 네가 그렇게 많은 언어를 안단 말야?"

파브리스는 감동한 얼굴로 물었다.

"한 스무 개쯤 돼. 일단 뇌 속에 입력되면 그 주문은 지워지지 않아. 그럼 우리는 대화할 수 있어. 설사 조각상이 모든 마법을 흡수한다고 해도 이 주문은 끄떡없을 거야. 주문을 걸 테니까 너희들 내 주위에 둘러서."

그들은 시키는 대로 했고, 무아노는 주문을 외웠다.

"악쿠에루스의 이름으로 나의 뇌에 있는 모든 언어를 내 친구들이 이해하게 하라!"

즉시, 타라는 머릿속에서 수천 마리의 벌이 윙윙거리는 느낌이 들었다. 그러고는 온갖 언어와 표현이 번개같이 스며들었다.

"괜찮아? 머리가 아프거나 어디가 불편하진 않지?"

무아노가 랑코비트 언어로 물었다.

마니투는 머리를 흔들면서 장밋빛 혀를 쭉 내밀었다.

"이럴 수가!"

마니투는 완벽한 엘프 언어로 말했다.

"술 한 방울 입에 대지 않았는데 입안이 마르고 목이 칼칼하구나."

로빈은 눈이 동그래져서 무아노에게 말했는데 땅 신령 언어였다.

"와우, 너의 주문, 진짜 대단하다!"

여러 언어를 시험해본 뒤에 그들은 칼이 완벽하게 이해하는 랑코비트 언어를 사용하기로 결정했다.

그들은 다시 감방으로 다가갔다. 칼이 안락한 방의 문간에 서 있는데, 아더월드의 수정으로 만든 문이라서 마법이 통하지 않는데도 영상과 소리를 내보내고 있었다. 푹신한 방석에 엎드린 블롱딘이 그들에게 눈을 찡긋거렸다.

"왜들 그래? 무슨 일 있어?"

칼은 돌연 나갔다가 다시 오는 친구들을 보면서 어리둥절해했다.

로빈은 눈살을 찌푸리면서 어이없어했다. 그러고는 나무랄 데 없는 랑코비트 언어로 대답했다.

"그 질문은 우리가 해야 하는 것 아냐?"

"나? 난 아주 좋아. 왜들 그래?"

"속성으로 언어 수업을 좀 받느라고."

타라가 설명했다.

"엄청나게 속성이었는데 지금 내 머릿속에는 아더월드의 모든 언어가 들어 있는 느낌이야. 그건 그렇고, 칼, 너 어떻게 그렇게 즐거워 보일 수가 있어?"

칼이 픽 웃더니 차분하게 설명했다.

"몇 년 전에 어머니한테도 이와 비슷한 불상사가 있었다면서 여기서 나갈 수 있는…… 몇 가지 방법을 귀띔해주셨거든."

"흥, 어림없는 소리!"

냉랭한 목소리가 소리쳤다.

"우리 아버지가 이 문제를 해결하기 위해 뭔가 하실 거야. 불행히도 내 운명과 네 운명이 엮여 있어. 그러니까 넌 괜히 아무 짓도 꾸미지 말란 말야!"

칼이 고개를 쳐들었다.

옆방에서 안젤리카의 모습이 나타났다. 타라는 눈살을 찌푸렸다. 여기서 칼을 탈출시킬 계획을 세워야할 뿐만 아니라 덤으로 끔찍이 싫은 꺽다리 계집애까지 구해주게 생겼으니!

갈색머리 꺽다리는 의심쩍은 얼굴로 그들을 째려봤다.

"야, 애송이들! 대체 너희들 여긴 왜 와서 얼쩡거리는 거야? 또 무슨 모의를 꾸미려고?"

도저히 안젤리카를 좋아할래야 좋아할 수가 없는 칼은 꺽다리를 향해 돌아서서 내뱉었다.

"이런, 이런! 내 옆방에 갇힌 동물이 말도 할 줄 아네! 놀라운걸, 난 울부짖는 것밖에 모르는 줄 알았지."

"그래, 난 울부짖고 싶으면 울부짖어."

안젤리카는 앙칼진 목소리로 응수했다.

"그게 뭐가 잘못 됐냐? 그 멍청한 유령은 우리를 감금한 데 대한 비싼 대가를 치르게 될 거야."

"오! 그래서! 네가 뭘 어쩔 건데? 유령을 죽일래?"

"칼에게 2점."

로빈이 점수를 매겼다.

"2점? 찬성이야."

무아노는 속이 후련하다는 듯 웃었다.

"안젤리카, 이젠 정말 지긋지긋하다!"

타라가 단호하게 한 마디했다.

"우리가 여기 있는 건 바로 너 때문이야! 소년과 너의 패밀리어는 너 때문에 죽은 거잖아. 그러니까 제발 남의 일에 참견 말고 네 걱정이나 해!"

안젤리카가 어쩌나 매서운 눈초리로 쏘아보는지 눈빛으로 살인을 할 수 있다면 타라는 즉사했을 것이다. 홱 돌아선 꺽다리는 욕설을 하면서 침대에 가서 앉았다.

타라는 칼에게 돌아서서 소곤거렸다.

"얘기해도 위험하지 않을까? 괜찮다면 왜 그렇게 네 표정이 밝은지 자세히 설명해줄래?"

"마이크가 설치되어 있는 것 같진 않아. 그래도 조심은 해야겠지. 내가 즐거워하는 건 두 가지 이유가 있어서야. 첫째는 이게 내년에 내가 치를 시험의 일부가 되기 때문이야."

"시험?"

"도둑 면허시험 말야. 면허증을 받으려면 치러야 할 시험이 아주 많아. 그래서 내가 감옥에 갇혀 있다는 소식을 듣고 어머니가 우리 대학의 총장에게 제안하셨대. 내가 탈옥하면 그걸 점수에 넣어달라고."

파브리스는 어이가 없는 얼굴을 했다.

"그게 다야? 너는 마법을 쓸 수 없는 곳에 갇혀 있어. 마지스터가 놓은 함정에 걸려들었단 말야. 마지스터가 금서를 손에 넣으려고 우리를 이곳으로 유인한 거였다고. 그런데 뭐, 점수에 들어간다고? 그걸 말이라고 하냐? 친위대가 체포하면서 네 머리에 충격을 준 게 틀림없구나. 넌 완전히 돌았어!"

칼이 약간 당황해서 대꾸했다.

"이런, 빌어먹을! 내가 모르는 얘기가 있었잖아, 이거. 마지스터가 뭐어쨌다고?"

그들이 설명해주자, 어린 도둑은 생각에 잠겼다.

"믿어지지가 않아. 이 모든 일이 오로지 금서를 빼앗는 게 목적이라면 계획이 좀 이상한데. 그 때문이라면 셈 선생님을 염탐하고 있다가 랑코비트를 떠났을 때 금서를 훔치면 돼, 출장을 자주 다니시니까! 어쨌든 내가 여기서 나가면 사실이 밝혀지겠지. 내가 즐거워하는 두 번째 이유는 어머니가 오셨다는 거야. 어머니는 내 무죄를 증명하는 방법을 알고 계시거든!"

"우와, 그거 듣던 중 반가운 소리다!"

파브리스가 환호했다.

"그럼 우린 살았네! 당장 여제를 만나러 가야겠다!"

"저기…… 근데 그게 문제가 좀 있긴 해."

"내가 이럴 줄 알았어."

파브리스가 한숨을 내쉬었다.

"어째 너무 잘 풀린다 했지. 빨리 불어 봐!"

"어머니의 말에 의하면 악마들에겐 진실과 거짓을 가려내는 재판관이라는 특별한 존재가 있대. 저주받은 땅 림보에서는 악마들이 거짓말을 밥먹듯이 하는 통에 통치자들에게는 재판관이라는 존재가 백성을 지배하는 유일한 방법인 셈이지. 그런데 일단 그 재판관 앞에 서면, 원래는 불가능한 일이지만 한 번 더 브란디스를 소환할 수 있다는 거야. 그렇게만 되면 내가 아닌 다른 사람이 죽게 했다는 걸 소년에게 이해시킬 수 있어. 그 현장을 탈루디로 녹화해서 황궁의 법정에 보내면 되니까. 통상적으로 탈루디를 속이는 건 절대 불가능하거든. 따라서 그것만으로도 충분히 나는 무죄 선고를 받을 수 있어."

타라의 눈이 휘둥그레졌지만 미심쩍어하는 표정이었다.

"림보에 가자고? 악마들과 협상하잔 말야? 파브리스의 말이 맞아. 친위대가 네 머리에 충격을 준 게 틀림없어! 그리고 탈루디는 또 뭐야?"

칼은 인상을 찌푸렸다.

"탈루디는 주문이든 환각이든 눈에 보이는 것과 들리는 것은 모조리 녹화하는 작은 동물이야. 그 무엇도 탈루디를 속일 수는 없어. 그래서 재판할 때 탈루디는 아주 귀중한 물증이 되어주지. 그런데 문제는 혼령을 불러내는 조각상 재판관이 마왕의 궁전에 있다는 거야!"

마니투가 끼어들었는데 심기가 불편한 얼굴이었다.

"마왕이라면 타라를 감염시켰던 작자잖아? 하지만 타라에게 몹시 화가 나 있었던 걸로 아는데……, 또 그자에게 도전하는 것이 과연 신중한 일이겠느냐?"

"하긴 타라가 마왕을 좀 모욕하긴 했죠."

칼이 이죽거렸다.

"능력이라곤 없는 별 볼일 없는 왕 취급을 했으니 마왕이 화가 날만도 했죠, 뭐. 악마들은 유머감각이란 게 없거든요. 하지만 난 마왕에게 아무 말도 안 했거든요. 그리고 어머니가 문제를 해결하기 위해서 생각해낸 유일한 방법이 그것이기 때문에 나로서는 선택의 여지가 없어요. 나 혼자서 갈 거예요."

"그건 말도 안 돼!"

타라와 무아노가 동시에 외쳤다.

"어쨌거나 너한테는 내가 필요해."

무아노가 덧붙였다.

"우리를 림보로 가게 해주는 물건에 어떻게 접근하는지 아는 사람은 나밖에 없으니까. 그리고 내가 같이 가지 않으면 오히려 넌 도와달라고 나를 졸졸 따라다니게 될걸."

무아노는 물건이라는 말에 힘을 주었고, 그제야 알아차린 칼은 흥분해서 손가락을 뚜두둑 꺾었다.

"아, 그랬지 참! 내가 이렇게 멍청하다니까. 맞아, 금서가 있었지! 셈 선생님이 그 책을 가지고 마왕의 왕국으로 우리를 데려갔었지! 그런데 네가 그 책을 손에 넣을 수 있단 말야?"

무아노는 두 눈을 감고 소리내어 외웠다.

"셈 선생님은 내 인식 패스를 보여달라고 하셨어. 그러고는 선생님의 사무실 출입 벽이 나를 통과시키게 입력해주셨지. 그다음에 이렇게 말씀하셨어. '선반 위 왼쪽을 보면 『해부학 비교연구, 아더월드의 동물상』이란 책이 있다. 그 책을 내 책상 위에 올려놓은 다음, 세 번째 페이지를 세 번 두드리고, 스무 번째 페이지를 열 번 두드려. 순서나 숫자를 혼동하면 안 돼. 그러면 내 책상이 벌어지면서 유리 층계가 나타날 거야. 넷째 계단과 일곱째 계단을 건너뛰어서 내려가거라. 다 내려가면 불의 뱀두 마리를 보게 될 거야. 절대로 그 사이를 서서 지나가면 안 돼. 기어서 가지 않으면 녀석들이 잡아먹거든. 마침내 금서가 보이거든 책이 놓인 받침대 주위를 한 바퀴 돌아서 그 뒤에 감춰진 납작한 돌을 집어. 그리고 1초 내에 그 돌을 책 대신에 내려놔야 한다. 다시 올라올 때는 밑에서부터 둘째 계단과 다섯째 계단을 건너뛰어야 해. 그다음에는 페이지를 절대 건드리지 말고 해부학 책을 들어서 금서 위에 올려놓는 것으로 책

표지를 가려서 나한테 가져오면 되는 거야.'"

무아노는 다시 눈을 떴다.

"변경된 것이 없다면 우리는 별 어려움 없이 그 책을 손에 넣을 수 있어."

타라는 감격해서 무아노를 끌어안았다.

"무아노, 넌 천재야! 칼, 너는 어떻게 생각해? 충분한 정보 아냐?"

"완벽해!"

칼은 활짝 웃으면서 말했다.

"더 이상 바랄 것이 없을 정도로. 어쨌든 셈 선생님이 모르셔야 하는데…… 그러기만 바라야지."

로빈은 즐거운 미소를 지었다.

"좋아, 그 문제는 해결되었으니 이제 탈옥 계획만 짜면 되는 거네. 감옥의 방어 수단은 뭘까?"

"간수들과 샤트릭스들, 그리고 드르르르가 있지. 하지만 여기 있는 드르르르는 감옥을 지키기 위해서가 아니라 차라리 자기 자신을 지키기 위해서라고 봐야 해."

"드르르르? 그건 또 뭐야?"

"어린 거미."

기겁한 파브리스가 씩씩거리면서 속삭였다.

"거미? 여기도? 하지만 거미줄이 안 보이는데!"

"있어. 그 거미가 제 줄에 알레르기가 생겨서 문제가 좀 있긴 하지만……. 거미줄을 생산할 수는 있는데 그걸 다루지 못해서 화상을 입었대. 그래서 지금 치료중인데 몹시 고통스러워서 거미가 가둬달라고 요청한 거야."

안심한 파브리스가 말했다.

"휴! 갇혀 있다니 천만다행이다."

"치료하는 동안 갇혀 있다는 얘기야."

칼이 의뭉스런 미소를 지으면서 말했다.

"거미가 오늘은 코빼기도 안 보이는 걸로 보아 다리 운동을 하려고 한 바퀴 돌러나간 거 같아."

"칼?"

공기를 한껏 들이마시면서 파브리스가 말했다.

"왜?"

어린 도둑의 어조는 아주 천진난만했다.

"언제, 어떻게 나타날지는 나도 몰라. 두고 보면 알게 될 거다."

"야, 너희들, 그만 좀 싸워라."

무아노가 끼어들었다.

"지겹지도 않니? 장난은 나중에 하란 말야. 칼, 그래서?"

"내 감방 문은 문제없어. 문을 부수는 데 필요한 것을 가지고 있으니까. 친위대가 마법복을 뒤졌지만 내 연장은 발견하지 못하더라고. 가짜 흉터 속에 감춰놨었거든. 연장을 떼어내어 갈고리로 자물쇠를 열면 돼. 샤트릭스들과 간수들은 좀 까다로워. 마법방지 조각상 때문에 주문을 걸 수가 없거든. 어쨌든 마법은 아무 소용없어."

"왜?"

"간수들이 주문이 걸린 갑옷을 입고 있거든. 그래서 그 누구도 그들을 잠들게 하거나, 때려눕히거나, 눈을 멀게 하거나 기억상실에 걸리게 하는 등등의 마법을 사용할 수가 없어."

"샤트릭스들도 마법에 끄떡도 하지 않는데!"

로빈이 거들었는데 표정이 시무룩했다.

칼이 잠시 생각하더니 말했다.

"잿빛 요새를 공격할 때, 너의 동료 엘프 군단이 마취제와 화살을 사용해서 샤트릭스들을 무력화시켰어. 간수들에게도 그 방법을 쓰면 될 것 같아. 간수들이 마법에는 끄떡하지 않을지 몰라도 마취에 대한 방지책은 없을 거야, 아마."

하프엘프는 크리스털 같은 눈을 찡그렸다.

"글쎄. 간수들에 이어서 샤트릭스들을 잠들게 하는 것, 그건 너무 벅차단 말야. 생각을 좀 해 봐야겠어. 시간을 조금만 줘. 무슨 방법이 있겠지."

"근데 그건 첫 단계일 뿐이야."

무아노가 지적했다.

"일단 탈옥하면 너는 랑코비트로 돌아가기 위해 공간이동의 문으로 달려가야 해. 그런데 그 문에도 경비들이 있단 말야!"

칼이 침울해졌다.

"빌어먹을! 그걸 잊고 있었네. 네 말이 맞아. 그들 모두를 무력화하려면 계획을 수정해야겠다."

그때 마니투가 끼어들었다.

"너희들, 그게 최선책이라고 확신하니? 이 모든 걸 어떻게 생각하는지 셈에게 물어보는 게 낫지 않겠니? 어쨌거나 셈은 타라를 살리기 위해서 이미 금서를 사용한 적이 있잖아! 칼을 구하기 위해 또 한 번 그 책을 사용할지도 모르잖아. 마지스터의 계획을 실패하게 만들기 위해서라도."

이번에는 무아노가 말했다.

"셈 선생님은 절대로 승낙하지 않을 거예요. 너무 위험해요. 지난번에 타라가 죽어갈 때도 선생님은 거의 체념하는 마음으로 그 책을 읽고 악마들의 림보로 우리를 데려갔어요. 이번에 도움을 청하면 선생님은 우리가 그 책에 접근하지 못하도록…… 그리고 우리의 노력이 수포로 돌아가도록 모든 조처를 취할 가능성이 있어요. 그런 의미에서 저는 칼의 말에 찬성이에요. 칼을 탈출시키고 책을 훔쳐서 림보로 떠나요, 우리. 악마로 변신하면 조각상에 접근할 수 있어요. 무슨 수를 써서라도 악마들을 속여야 해요."

"그거 참……."

납득이 안 간다는 듯 마니투는 중얼거렸다.

"그렇다면 할 수 없지. 하지만 내 코가 뭔가 아주 좋지 않은 냄새가 난다고 신호를 보낸단 말씀이야."

칼은 장난치듯 말했다.

"그래요? 지금은 개니까 그게 당연한 거 아닌가요?"

"아주 웃기는구나, 칼."

마니투는 으르렁거렸다.

"아주, 아주 웃겨. 어디 계속 그렇게 재미있어해 봐라. 이 개의 턱뼈가 네 팬티 속을 어떻게 만들어놓는지 보게 될 테니!"

그들은 계획을 논의했다. 무아노는 랑코비트 공주의 자격으로 친구들과 함께 제국의 극진한 대접을 얼마든지 누릴 수 있었다. 원하는 만큼 오랫동안. 따라서 그들은 구체적으로 계획을 짤 시간이 있었다.

며칠 동안 네 친구는 그림자처럼 따라다니는 마니투와 함께 황궁의 온 사방을 이리저리 누비고 다녔다. 그들은 간수들의 교대시간과 식사시간, 순찰시간을 알아냈다.

궁전이 워낙 넓기 때문에 패밀리어들은 아주 쓸모가 있었다. 갈랑은 구석구석을 날아다녔고, 쉬바는 표범의 유연함을 이용하여 그들이 필요로 하는 것을 구해왔다.

하지만 쉬바는 트라둑의 똥 사건으로 로빈을 몹시 원망했다. 로빈은 무아노와 함께 잿빛 요새의 샤트릭스들을 무력화하기 위해서 사용했던 마취제를 만들고 있었다. 하이에나들처럼 간수들도 잠들게 하려는 것이었다. 트라둑의 똥에 마취 성분이 들어 있어서 쉬바에게는 안된 일이지만 마구간에 슬그머니 들어가서 똥을 구해 올 수 있는 건 표범밖에 없었던 것이다.

일주일 동안이나 제 털에서 풍기는 악취 때문에 쉬바는 불평이 이만저만이 아니었다.

칼로르나 씨앗, 드라코른 섬의 초록 진흙, 브룸 해의 마법의 물, 히믈리아 산의 소금, 타도르 산꼭대기의 눈, 마취 성분이 있는 파란 꽃은 수월하게 구입할 수 있었다. 마침내 아더월드 시간으로 일주일 후에 탈옥을 위한 모든 준비가 완료되었다.

여제는 눈코 뜰 새 없이 바빴다. 한 달 동안 벌써 세 번이나 땅 신령들이 불가사의한 문제를 해결해 달라며 도움을 청하러 왔기 때문이다. 아무도 무슨 일인지 정확하게 모르고 있었지만 엘프 사냥꾼들이 소집되어 있었고, 궁인들 사이에서는 은밀히 '파렴치한 짓' 이란 말이 돌고 있었다.

모두들 잠든 어느 날 밤, 바람을 쐬고 싶은 타라는 로빈의 감시를 받으며 갈랑을 데리고 공원으로 산책을 나갔다. 얼마 전의 공격 사건 이후로 악착같이 뒤를 따라다니는 하프엘프 때문에 타라는 신경이 곤두섰다. 산책을 방해하고 싶지 않기 때문에 로빈은 어둠 속에 있었다. 아더월드의 타디스와 마딕스, 두 달빛 속에서 엘프 사냥꾼 여러 명이 두런두런 이야기를 나누고 있었다.

그들을 방해하고 싶지 않은 마음에 타라가 멀찍이 떨어지려고 할 때였다. 여제라는 말이 귀에 들렸다. 솔깃해진 타라는 '산책 중이니까 나한테는 신경 끄세요' 하는 식으로 천연덕스럽게 터덜터덜 걸어갔지만 귀는 바짝 세웠다.

엘프 중 하나가 말했다.

"가택수색만큼 분명한 건 없어. 땅 신령들이 거짓말을 했거나 그가 아무런 죄도 저지르지 않았거나 둘 중의 하나야."

또 다른 엘프가 응수했다.

"그건 딱 잘라 말하기 어렵지. 저택을 샅샅이 뒤졌지만 우린 아무런 단서도 찾아내지 못했어. 그리고 그가 뭐 때문에 그런 짓을 저질렀겠어? 도무지 말이 되지가 않아."

"어쨌거나 우리는 수사하라는 여제의 명을 받았으니 수사를 하는 수밖에. 그건 그렇고 최근에 있었던 천상의 폴로 경기 얘기나 하자고. 그 심판 봤지? 그 사람 말야……."

듣고 싶은 건 다 들었기 때문에 타라는 그곳을 떠났다.

며칠 동안 타라는 '틸랑냄'이라는 이름 문제로 여제가 불러들이기를 기다렸다. 하지만 여제는 더 중요한 일이 있는 게 분명했다.

한편 셈 선생님은 어린 마법사들이 일을 꾸미고 있다는 걸 꿈에도 모르고 있었고, 그사이에도 팅카푸르에서 랑코비트의 수도 트라비아를 여러 차례 왕래하고 있었다. 칼의 소송 사건에 격노한 베어 왕과 티타니아 왕비는 오무아 제국에 공식적으로 제소하면서 재심을 요청했다.

하지만 여제는 희생자인 소년의 혼령이 유죄로 심판했기 때문에 다시 판결을 바꾸는 건 있을 수 없는 일이라는 외교적 차원의 회답을 보냈다.

그 결과로 랑코비트 왕국과 오무아 제국은 '미온적' 관계에서 '냉랭한' 관계로 변해버렸다.

랑코비트 왕국은 상주 대사들을 모두 철수시키겠다고 위협했다.

이에 오무아 제국도 모든 대사들을 불러들이겠다고 맞섰다.

요컨대 정치적인 문제로 확대되어 두 나라는 몹시 술렁거리고 있었다.

타라는 아들을 석방시키기 위해서 칼의 어머니가 아더월드의 007 슈퍼스파이의 자질을 발휘하여 수많은 게시판에 올린 해골들로 불안 분위기를 조성하고 있는 것이 아닌가 의혹이 들었다. 대사들의 혼란스런 모습에 비추어 해골들에게 어지간히 시달린 것만은 틀림없어 보였다.

부모의 심정은 다 똑같은 건가, 타라의 할머니 이사벨라 역시 하마터면 지구의 절반을 날려버릴 뻔했다.

손녀가 아더월드로 떠났다는 걸 알았을 때, 그녀의 분노와 불안으로 인한 무시무시한 폭풍우가 일어났던 것이다. 그 날벼락에 여러 나라가 쑥대밭이 되고, 무수한 나무가 쓰러졌으니! 이사벨라는 타라를 당장 지구로 데려오기 위해 즉각 오무아로 떠나려고 했다. 하지만 친구를 구하고 싶어 하는 딸의 마음을 이해하는 셀레나가 가지 못하게 말렸다. 그 고집불통 이사벨라를 어떻게 막았을까? 그건 미스터리였다!

이 모든 소식은 셈 선생님이 타라에게 보낸 탈루디를 통해 전달되었다. 흰 뼈로 이루어진 종 모양의 탈루디는 똥그란 눈알이 세 개고, 상대편의 귀를 감싸면서 빨판처럼 얼굴에 찰싹 달라붙는 희한한 동물이었다. 탈루디는 그렇게 일단 자리를 잡으면 즉시 맨 마지막으로 자기에게 말을 건넸던 사람의 모습과 소리, 심지어는 냄새까지 그대로 재생했다. 타라는 약간 불안해하면서 탈루디를 자신의 얼굴에 댔다가 소스라치게 놀랐다. 눈앞에 나타난 엄마! 어찌나 실재 같은지 만져질 것만 같았다. 셀레나 뒤쪽으로 끔찍한 풍경이 보였다. 말 그대로 벼락에 맞은 나무들이며 저택의 울타리를 에워싸는 나무딸기가 새까맣게 타버렸고 탄내까지 나고 있었다.

셀레나가 인상을 쓰면서 주변을 가리켰다.

"잼을 만들려면 아무래도 문제가 좀 있을 것 같구나. 봐서 알겠지만 네가 허락 없이 떠난 것 때문에 할머니가 화가 많이 나셨다. 하지만 셈이 아무 일 없다고 알려줘서 지금은 안심하고 있단다."

셀레나는 목소리를 가다듬으면서 약간 엄한 표정을 지었다.

"흠흠, 다음 번에는…… 다음에 또 그럴 경우가 있다면 말야. 어딘가 떠나기로 결정했을 때는 먼저 나한테 말해주면 좋겠구나. 난 네 할머니가 무너지기 쉬운 이 행성을 망가뜨릴까 이만저만 걱정이 되는 게 아니란다. 불행한 일이 일어나지 않도록 제발 조심하자. 우리는 집에서 너를 기다리고 있을 거야. 어쨌거나 아무 일이 없는 경우에 한해서!"

함박미소를 짓는 엄마의 얼굴에 예쁜 보조개가 패였다. 타라는 엄마를 보면서 생각했다. 거참 신기하네! 우리가 닮은 데가 있다고는 한 번도 생각하지 않았는데!

"사랑하는 내 딸, 네가 자립심이 강하다는 건 알아. 하지만 나도 엄마 노릇을 하고 싶단다. 난 아주 오랫동안 못하고 살았잖아? 겨우 다시 만났는데 네가 떠나다니! 우린 함께 할 일이 아주 많아. 그러니까 몸조심하고 빨리 돌아오너라. 그리고 한 가지 더 부탁하마. 그래도 네가 뭘 하고 있는지 알려주면 좋겠구나. 탈루디나 메시지를 보내주기 바란다. 네가 혼자서 잘 해결할 수 있다는 걸 알면서도 네 할머니와 나는 걱정이 되는구나. 타라, 너를 사랑한다."

얼굴에서 탈루디를 떼어내는 순간, 타라는 향수에 젖어들었다. 타라는 당장이라도 돌아가서 엄마의 품에 안겨 악당들을 가리키며 보호해

달라고 응석을 부리고 싶은 마음이 간절했다. 그런데 엄마가 타라보다 마법 능력이 덜 강력하고, 둘 중에서는 타라가 악당을 때려눕힐 확률이 더 크다는 것이 문제였다.

이 세계가 완벽하다고 말한 사람은 아무도 없었다. 타라는 탈루디 앞에 서서 엄마에게 상황을 설명했다. 물론 몇 가지 사실은 비밀로 감춰야 했지만.

잠시 후, 무아노가 주는 은빛 질산염을 게걸스럽게 집어삼킨 탈루디는 스위트룸의 한쪽 구석으로 가서 얌전히 자신의 밥을 소화시켰다. 탈루디는 오무아에서 배달부 역할을 하고 난 뒤에 지구로 보내질 것이다.

"맙소사!"

무아노가 마취제를 만들기 위한 리스트를 훑어보다가 갑자기 소리쳤다.

"왜? 또 뭔데 그래?"

파브리스가 불안해 미치겠다는 어조로 물었다.

"하나 빠진 게 있어. 로빈이 말한 마취제를 만들어내려면 코끼리의 코털 세 개가 필요한데."

"농담하시 마! 지금 어디서 코끼리를 찾아?"

로빈이 활짝 웃으면서 대꾸했다.

"내가 한 마리 봤어. 어제 여제의 개인 정원에서."

타라는 화들짝 놀라면서 관심을 보였다.

"진짜? 일반인에게 개방되어 있는지는 몰랐는데!"

"그렇지는 않아."

로빈이 간결하게 대답했다.

타라는 로빈을 뚫어져라 쳐다보면서 빙긋이 웃었다.

"아하, 알겠다! 여제가 코끼리도 한 마리 키우고 있구나. 하기야 정원에 티라노사우루스들이 있고, 응접실에도 고래가 있는데, 코끼리라고 왜 없겠어!"

"그냥 단순한 코끼리가 아냐. 파란 코끼리야. 탈라바무치 종족의 신성한 코끼리인데, 수백 년 전에 그 종족이 여제의 할머니에게 선물한 거래. 리스베스틸랑넴이 그 코끼리를 애지중지한다는데 그게 마니투처럼 영생하기 때문인가 봐. 영생하는 이유를 알려고 온갖 테스트를 다 해봤지만 끝내 실패했대. 내가 가서 그 코털 세 개를 뽑아 올게."

파브리스가 갑자기 외쳤다.

"기다려, 로빈! 나도 같이 가자! 가까운 데서 코끼리를 본 적이 없거든!"

"확실히 텔레비전에서 보는 것과는 아주 다르겠지? 우리 다 같이 가는 게 어때?"

타라가 제안했다.

"코끼리를 정말 보고 싶어."

로빈은 입을 들썩거리다 도로 다물었다. 타라가 원하는 걸 반대하는 것이 로빈에게는 아주 어려운 일이었다. 그게 아주 얼토당토않은 것이라고 해도, 타라 앞에서는 보기 딱할 정도로 쩔쩔맸다.

"너희들끼리 가서 재미있게 놀다 오너라."

마니투가 말했다.

"난 여기 남아서 갈랑과 약을 지키고 있을 테니."

복도를 지나 정원으로 나가면서 타라는 이날 여제가 무슨 이유인지는 몰라도 궁전 곳곳에 나무들을 배치해 놓았음을 알았다. 초록빛 대리석에 뿌리를 내리고 가지를 쭉쭉 뻗은 나무들의 금빛 잎들이 둥근 천장을 이루고 있었다. 불새들은 불에 타지 않는 주문에 걸려 있는지 타오르는 듯한 날개를 퍼덕이며 복도를 날아다녔다. 하지만 아무리 조심한다고 해도 둥지는 피하는 편이 나았다. 열병에 걸리는 한이 있어도. 타라와 친구들은 그 아름다움에 홀려서 잠시 걸음을 멈췄다.

어디를 둘러보나 평범한 것들이라곤 없었다. 작은 상자들이 집어삼킬 종이가 없나 두리번거리면서 그 수많은 발로 종종걸음치고 있었다. 그런가 하면 동글동글한 반짝이들이 날아다니며 마법의 빛을 안정시키고 있었다.

갑옷들도 보였다. 그냥 있는 정도가 아니라 엄청나게 많았다. 그 '공 갈 팔'들이 쥐고 있는 갈고리며 칼날, 톱니를 보면서 타라는 소름이 끼쳤다.

얼마 후, 그들은 철학적 문제를 진지하게 토론하고 있는 유니콘들과 마주쳤다. 유니콘의 발굽들이 편안한 펠트 실내화를 신고 있는 것으로 보아 대리석에 흠집이 나지 않게 하려는 조처인 모양이었다. 그 은빛 털이 어찌나 아름다운지 타라는 만져보고 싶은 마음을 꾹 참아야 했다. '궁전의 특이성에 여제의 독특한 취향이 그대로 반영되어 있는 것 같다'는 말이 절로 나오는 피조물들은 아무래도 얌전히 머리를 다정하게 쓰다듬게 내버려둘 것 같지 않았기 때문이었다.

게다가 성가신 방문객을 불시에 공격할 수도 있기 때문에, 재수가 없으면 철학 강의는 구경도 못 할 수 있었다. 더구나 복도에서는 동물인지 엄숙한 사색가인지 구분하는 것도 힘들었다.

하반신이 장밋빛 조가비 속에 가려진 빨간 고양이 같이 생긴 것이 자기를 쓰다듬어주는 초록빛 나무의 손길에 가르랑거리고 있었다. 가까이 다가서던 타라는 그 나무를 끈으로 잡아당기고 있는 것이 고양이라는 걸 알고는 누가 주인이고 누가 패밀리어인지 종잡을 수가 없었다.

나아갈수록 상상을 초월하는 장면들에 그들은 입이 다물어지지 않았다. 이번에는 아더월드의 두 개의 달 중에서 중력 문제가 덜 심각한 타딕스에서 온 사절단이 궁전의 투명한 벽에 감금되어 있는 것이 보였다. 그 사절단의 모습은 희끄무레한 것이 이상야릇하고 아주 연약해 보이는데다 손가락이 여덟 개나 달린 손은 땅바닥에 닿을 정도로 길었다. 그들을 위해 만든 중력실 속에서 머리에 쓴 초록 해초 같은 왕관이 심하게 흔들리고 있었다. 그들이 입은 아주 가벼운 옷은 나풀거리는 것이 바람이 조금만 불어도 박살이 날 것만 같았다. 정말 그런 상황일지 누가 알겠는가!

마침내 타라와 친구들은 여제의 개인 정원에 도착했다. 문이란 문은 모두 닫혀 있고, 문지기들도 보이지 않았다.

정원의 벽 위로 가지를 뻗으려고 복도에 뿌리를 내린 거목들 중 하나를 발견한 로빈은 훌쩍 뛰어올라서 날렵하게 나무를 탔다.

로빈은 이내 벽 반대편으로 사라졌고, 잠시 후 정원의 거대한 문들이 빙그르르 돌더니 눈부신 풍경이 펼쳐졌다.

궁전과 마찬가지로 온갖 것들에 마법이 걸려 있었다. 안으로 들어서자 벽은 온데간데없고 마치 유니콘들의 나라 멘탈리르에 있는 것 같았다. 까마득히 펼쳐지는 지평선이며 하얀 꽃들이 수 놓여진 양탄자 같은 파란 풀밭, 열매가 주렁주렁 매달린 나무들, 거기에다 이 꽃에서 저 꽃으로 날아다니며 아더월드의 노랗고 빨간 꿀벌 비즈즈즈와 경쟁하듯 꿀을 따서 모으는 매혹적인 작은 요정들과 날개 달린 난쟁이들의 앙증맞은 모습까지 목가적인 풍경이 이어졌다. 보랏빛 나비들이 묘한 모티브를 만들어내기도 하고, 휘파람새들이 처음 들어보는 곡조로 연주회를 열기도 했다. 밖은 거의 밤인데 이상하게도 그 안은 붉은 태양의 찬란한 햇살이 하얀 꽃잎을 장밋빛으로 물들이고 있었다. 대기는 믿을 수 없을 정도로 향기로웠고, 딱 한 모금을 들이마셨는데 모든 근심이 사라졌다.

타라는 행복한 신음소리를 냈다. 그건 동화 속의 풍경이었다. 갑자기 파브리스가 욕설을 내뱉었다. 뿌지직! 요정들에게 홀려 있다가 그만 똥을 밟았던 것이다. 그 욕설에 대한 응답인가, 쿵쿵거리는 발소리에 땅이 흔들리더니 엄청나게 큰 똥을 싸놓은 장본인이 그들 앞에 나타났다.

타라의 눈이 똥그래졌다. 그건 코끼리가 아니라 매머드였다! 파란색 털북숭이의 거대한 몸집에도 얼마나 무거웠으면 우람한 상아가 그 큰 머리 위로 휘어져 있었다.

그들을 발견하고 우뚝 멈춰 선 매머드는 그 조그만 빨간 눈으로 쏘아보더니 날카로운 울음소리를 내질렀다.

"로빈, 너 정말 저 괴물의 코털을 뽑을 자신 있어?"

타라는 두 손으로 귀를 틀어막으면서 외쳤다.

"이상해! 어제는 아주 얌전했는데, 영문을 모르겠네. 너희들은 흩어져서 피해, 어서."

괴물 같이 생긴 매머드가 그 긴 코로 땅을 파헤치더니 주변의 풀과 흙을 내뿜었다. 그러고는 그 육중한 몸을 잠시 좌우로 흔들더니 무슨 결정을 내리는 듯했다.

매머드는 또다시 울음소리를 내지르더니 파브리스와 무아노를 향해 돌진했다.

무아노는 본능적으로 변신했다. 눈 깜짝할 사이에 구불구불한 갈색머리의 예쁜 소녀 대신에 키가 무려 3미터에 갈퀴발톱이며 송곳니가 날카로운 호전적인 야수가 서 있었다. 상황이 상황이니 만큼 무아노로서는 별 도리가 없었다. 무아노는 초인적으로 빠르게 괴물의 공격을 피하면서, 죽음을 직감하고 옴짝달싹 못 하는 파브리스를 낚아챘다.

매머드는 자기 발 밑에 밟힌 것이 아무것도 없는 것에 아주 놀란 모양이었다. 그 무지막지한 네 발에 브레이크를 걸긴 했지만 가속도가 붙어 있는 터라 매머드는 정원의 보이지 않는 벽에 그만 쾅당탕! 부딪히면서 궁전 전체가 흔들거렸다. 별들이 보이는지 헤롱헤롱 하는 얼굴로 머리를 절절 흔들며 돌아선 매머드는 분노와 고통의 숨을 몰아쉬면서 노려보았다. 타라와 로빈은 걸음아 날 살려라 내달려서 한 나무 뒤로 숨었다.

　무아노는 등골이 오싹했다. 나무가 너무 낮았던 것이다! 매머드가 긴 코를 사용하면 단번에 그들을 공격할 수 있었다.

　무아노는 잽싸게 주문을 외웠다.

　"포쿠스의 이름으로 나 너를 마비시키니 이 생난리를 멈춰라!"

　매머드를 향해 날아가던 주문이…… 뚝 멈췄다.

　"이런, 역공 주문이 매머드를 보호하고 있어."

　무아노가 소리쳤다.

　"조심해, 매머드가 우리를 공격하는 주문에 걸려 있어!"

　"더 높이 올라가!"

　로빈이 그렇지 않아도 미친 듯이 나무를 기어오르는 타라에게 외쳤다.

　"아이 참, 난 다람쥐가 아냐!" 하고 타라가 외쳤는데 오를수록 좁아지는 나뭇가지와 성큼성큼 다가오는 50톤 거구의 성난 매머드를 보면서 잔뜩 겁먹은 얼굴이었다.

　매머드가 코를 사용해서 붙잡을 생각을 하지 않는 것이 그나마 그들에게는 천만다행이었다. 매머드는 그 긴 코로 나무기둥을 휘감아서 흔들어대는 것으로 만족했다.

　"타라, 네가 어, 어떻게 좀 해, 해 봐!"

　로빈도 이를 딱딱 마주치면서 힘겹게 말했다.

'살아있는 돌아, 도와줘! 저 동물이 우리를 죽이기 전에 꼼짝 못하게 해야겠어!'

타라는 정신적으로 외쳤다.

얼마 전부터 타라와 공생하는 신비한 돌이 노래했다.

'힘을 원하는 거야? 자, 받아.'

주문을 외울 겨를이 없는 타라는 매머드를 옴짝달싹 못 하게 옭아매는 파란 그물을 상상했다.

어라, 그물이 매머드의 몸에 닿기는 했지만 놀랍게도 지지직거리다…… 픽, 사라졌다. 타라는 소름이 쫙 오르는 공포를 느꼈다. 주문이 걸리지 않잖아! 무아노의 말이 맞았다.

그들은 필사적으로 나뭇가지에 매달려 있었고, 매머드는 급기야 그런 식으로는 안 된다는 걸 깨달았는지 그 거대한 이마를 나무에 딱 붙이고 떠밀기 시작했다. 나무를 뿌리째 뽑아 넘어뜨릴 작정을 한 모양이었다.

"그래, 좋아. 어디 한번 해보자."

로빈이 이를 악물고 중얼거렸다.

로빈은 마법복 속에 손을 넣어 은빛 싹이 움튼 나뭇가지를 꺼냈다.

"*살아 있는 나무의 이름으로 나뭇가지는 즉시 자라거라!*"

로빈은 매머드 밑으로 보이는 수풀과 관목, 가시덤불을 겨냥하면서 주문을 외웠다.

매머드가 반응을 보이지 않고 있을 때, 식물의 줄기들이 굵어지면서 쑥쑥 자라기 시작했다. 잠시 후 매머드가 긴 코를 마구 흔들어대면서 배를 쿡쿡 찌르는 가시덤불에서 벗어나는 걸 보면 간지러운 것이 틀림없었다.

타라는 즉시 로빈의 손을 잡고 하프엘프의 마법과 자신의 마법을 결합했다.

"살아 있는 나무의 이름으로 즉시 자라거라."

이번에는 타라가 읊조렸다.

타라의 강력한 마법에 자극을 받은 식물이 쑥쑥 자라서 그야말로 식물의 감옥에 매머드를 가둬버렸다. 매머드는 벗어나려고 버둥거렸지만 수풀과 가시덤불이 동물의 발에 뒤얽히면서 코마저 칭칭 감아버렸다. 몇 분 후, 동물은 사나운 울음소리를 지르는 것 말고는 옴짝달싹 할 수 없었다.

나무에서 내려온 타라와 로빈은 슬금슬금 그곳을 떠났다.

로빈이 싱글벙글 웃으면서 말했다.

"아주 효과적이었어. 앞으로도 원하면 언제든 내 손을 잡아."

타라는 얼굴이 빨개졌다. 무아노와 파브리스가 왔는데 그들은 아직도 부들부들 떨고 있었다.

파브리스가 내뱉었다.

"휴, 겁나서 죽을 뻔했네! 그 괴물이 너희들을 뭉개버리는 줄 알았어!"

"저것 좀 봐!

무아노의 외침에 그들은 돌아봤다.

매머드를 에워싼 식물이 께름칙한 연기를 내뿜고 있었다. 그들이 도망치려는 순간 새까맣게 탄 가시덤불에서 불쑥 나온 매머드가 바로 앞에 서 있는 파브리스를 휘감았다.

으악! 파브리스의 비명소리가 울렸다. 매머드의 코에 휘감긴 소년의 옆구리가 으스러지고 있었다. 무아노는 당장 달려들 태세로 발톱을 세웠고, 타라도 이미 힘을 모으고 있을 때였다. 이상한 일이 일어났다.

매머드가 갑자기 굳어버린 듯이 눈썹 하나 까딱하지 못하고 있었다.

그러고는 눈물을 뚝뚝 흘리는 파브리스를 내려놓더니 마치 죄라도 지은 듯이 몸을 비비꼬며 소년의 머리를 쓰다듬는 것이 아닌가.

파브리스는 말까지 더듬었다.

"얘, 얘가 나를 선택했어! 자기 이름은 바룬이래! 미안해하고 있어. 자기도 어떻게 된 영문인지 모른대. 어쨌든 얘가 나를 선택한 거야!"

친구들은 입을 헤벌린 채 파브리스를 쳐다봤다. 무아노는 저도 모르게 펄쩍 뛰면서 말했다.

"내 조상들의 이름에 걸고 말하는데 패밀리어가 분명해! 저 괴, 괴물이 패밀리어가 된 거야. 눈을 봐! 금빛으로 변했어!"

무아노의 말이 맞았다. 사나운 빨간 눈이 불안한 금빛으로 변해 있었다.

다리에 힘이 빠진 로빈은 땅바닥에 털썩 주저앉았다.

"아니, 난 그렇게 보지 않아. 더군다나 여제가 애지중지하는 동물이 파브리스를 선택했으니, 윽, 정말 생각만 해도 여러 가지로 골치 아프게 생겼다!"

웃음이 터져 나올 것 같은 타라는 진지하게 말했다.

"네가 그렇게 말하니까 걱정은 된다. 하지만 이건 절호의 기회야. 파브리스는 이제부터 몸무게 50톤의 영생하는 파란 매머드를 패밀리어로 갖게 되는 거라고. 거시기를 숨기는 게 힘들까 봐 그래?"

이건 좀 너무 심했나? 방금 느꼈던 공포가 별안간 폭소로 바뀌면서 그들은 허리야 꺾어져라 웃을 뿐만 아니라 눈물까지 찔끔찔끔 흘렸다. 한 명이 '거시기'라는 말을 할 때마다 그들은 더 자지러지게 웃어댔다.

아직 충격 속에 있던 파브리스는 마침내 얼떨떨한 상태에서 벗어나 눈살을 찌푸렸다. 그러고는 약간 기분이 상한 얼굴로 물었다.

"그런데 너희들 뭐 때문에 그렇게 웃는데?"

무아노는 야수의 털북숭이 얼굴을 타고 흘러내리는 눈물을 훔치면서 킥킥거렸다.

"에헤헤, 미안해. 너무 멋져서 그래. 네가 선택된 것이 너무나 기뻐서."

파브리스의 얼굴이 이내 밝아졌다.

"그래, 진짜 굉장해. 바룬은 환상적이야. 너희들 내 마음 이해하지? 매머드가 나를 선택했어. 난 정말 믿어지지가 않아."

"나도 그래. 근데 말야, 이제는 문제를 해결해야지."

로빈이 아직도 배를 잡은 채로 말했다(로빈은 '거시기'란 말을 애써 피했다. 배가 땅겨서 더는 웃을 수 없었던 것이다).

"무슨 문제?"

파브리스가 물으면서 기쁨에 들떠서 파르르 떠는 동물의 뻣뻣한 털을 쓰다듬었다.

로빈은 손가락을 꼽으며 이야기했다.

"첫째, 우리는 여기 들어올 권리가 없어. 그런데 들어왔으니 황제의 명을 어긴 것이 되니까 문제지. 코끼리 털 세 개를 훔친 거야 들키지 않을 수 있겠지. 하지만 코끼리 한 마리를 훔쳐서 숨긴다는 건 보통 까다로운 문제 아냐. 둘째, 그 동물은 아무 이유 없이 우리를 공격했어. 일반적으로 코끼리는 빨간 바나나 또는 빠그락 땅콩을 찾으려고 호주머니를 뒤지는 데만 관심이 있거든. 따라서 지금으로서는 매머드의 반응을 전적으로 믿을 수가 없어. 셋째, 이 매머드는 여제가 아주 좋아하는 동물이란 것이 마음에 걸려. 넷째, 과학자들이 몇 년 전부터 이 매머드가 늙지 않는 이유를 알기 위해 연구하고 있어. 따라서 이 매머드는 국가의 보물로 간주되고 있다는 점도 가볍게 넘길 문제가 아냐. 이런 것들만 빼면 다른 문제는 없을 거야."

파브리스는 이 말 중에서 딱 한 가지, 자신의 새 친구를 믿을 수 없다는 말이 영 거슬렸다. 그래서 격앙된 어조로 반박했다.

"너의 패밀리어도 아닌데 네가 뭘 안다고 그래? 바룬의 정신과 내 정신은 하나로 결합해 있어. 바룬이 알려주는 바에 의하면 우리가 도착하기 바로 얼마 전에 검은 실루엣이 먼저 접근을 했다는데, 그다음부터는 전혀 기억을 못하고 있어. 그 얘긴 곧 놈이 마법을 걸었다는 뜻이야! 타라는 매머드를 꼼짝 못하게 하려고 했어. 타라의 마력이 얼마나 강력한지는 너도 잘 알잖아. 그런데도 매머드는 가시덤불을 태워버렸어. 분명히 말하는데 제일 큰 문제는 바룬이 아니라 또 누군가가 타라를 죽이려고 했었다는 사실이야!"

타라는 생각에 잠긴 얼굴로 말했다.

"그래, 파브리스의 말이 맞아. 나를 없애고 싶어 하는 자가 이번에는 간접적인 방법을 선택한 거야. 그리고 하마터면 성공할 뻔했어! 바룬이 파브리스의 패밀리어가 되지 않았다면 그 주문은 깨지지 않았을 것이고, 그자는 우리 모두를 죽였을 테니까!"

파브리스는 얼굴이 새파래져서 땅바닥에 주저앉았다. 그리고는 옆구리를 문지르면서 깨달았다.

"그래, 맞아. 바룬은 나를 푸딩으로 만들어놓을 뻔했어. 그럼 이제 어떡하면……."

그때였다. 정원의 문들이 벌컥벌컥 열리더니 문지기들이 셈 선생님, 부디우 부인, 샹프랭 선생님을 포함한 최고 마법사 여섯 명과 황제와 여제를 통과시켰다.

친위대 대장 크산디아르가 호통을 쳤다.

"너희들은 여기서 뭘 하고 있었는가? 우리는 누군가가 궁전을 습격한

줄 알았다!'

황제는 매머드와 아이들을 살피다가 눈살을 찌푸렸다. 황제가 느끼한 목소리로 물었다.

"한 가지 의문을 풀어주시지요. 여제가 이 귀한 손님들에게 우리의 개인 정원에서 편안히 쉬라는 허락을 내렸습니까?"

여제는 빈정거리는 투로 대답했다.

"내가 갑자기 기억상실증에 걸린 거라면 몰라도 나는 누구에게도 그런 허락을 내린 기억이 없습니다."

무아노와 파브리스, 로빈은 겁에 질려 있었고, 타라는 막다른 골목에 몰린 심정으로 곰곰이 생각했다.

좋아, 이럴수록 처음부터 세게 치고 들어가는 거야.

타라는 허리를 굽히면서 정중하게 말했다.

"폐하, 저희의 친구 파브리스가 선택을 받았습니다. 그게 저희가 폐하의 정원에 있는 이유입니다."

현실을 약간 윤색한 것이긴 해도 사실인데, 뭐. 그렇다고 칼을 탈출시키기 위한 약을 만드느라고 들어왔다고 말할 수는 없잖아!

이번에는 여제가 눈살을 찌푸릴 차례였다.

"이 아이가 선택을 받다니? 그게 무슨 터무니없는 소리인가! 바룬 말고 다른 동물은 보이지 않는데……."

여제는 갑자기 입만 멍하니 벌린 채 말꼬리를 흐렸다. 파란 매머드의 금빛 눈을 보았던 것이다. 여제는 신음소리를 토해냈다.

"안 돼, 바룬은 안 돼! 설마 바룬이 이 소년을 주인으로 선택했다는 말은 아니겠지?"

"죄송하지만 맞습니다."

타라는 담담하게 대답했다.

그 순간부터 약간 꼬이기 시작했다. 바룬을 애지중지하는 여제가 급기야 히스테리 발작을 일으켰다. 그러자 크산디아르가 패밀리어를 되찾는 유일한 방법은 파브리스를 죽이는 것이라고 암시했는데 다행히 두 군주는 친위대 대장의 그 잔인한 말을 듣지 않았다. 황제는 의심이 가득한 눈초리로, 식은땀을 흘리는 파브리스를 살피고 있었다. 부디우 부인은 파브리스를 감싸안으면서 바룬도 안아주려고 하다가 자기보다 덩치가 네 배나 큰 매머드를 보고 단념해야 했다. 오무아와 랑코비트 간 외교관계의 미래 때문에 아주 난처해진 셈 선생님은 바룬과 파브리스를 결합시키는 끈을 끊어보겠다고 제안했다. 하지만 셈 선생님은 자이언트 거미와 결합되었던 살테렌스 종족의 여자가 위험을 무릅쓰다가 둘 다 죽었던 걸 고려해서라도 여제가 바룬에 대한 사랑으로 그 제안을 거절하기를 내심 기대하고 있었다.

고함소리, 발작, 울부짖음……, 한 30분쯤 후에 그들은 파브리스와 바룬이 아주 끈끈하게 결합되어 있다는 걸 인정해야 했다. 그들의 결합은 죽는 날까지 절대 끊어지지 않을 관계였다. 크산디아르의 눈빛에서 파브리스의 최후가 예상보다 더 빨리 올 거라는 위협을 읽었기 때문에 셈 선생님은 여제와 황제에게서 소년을 해치지 않겠다는 확답을 받았다. 따라서 어명이 떨어졌고, 크산디아르는 물러서야 했다.

여제는 파브리스에게 냉담하게 말했다.

"그래, 이제 문제가 해결되었으니 너는 바룬을 데리고 떠나도 좋다. 그런데 어떻게 데리고 나갈 생각이지? 바룬은 작은 동물이 아닌데. 매머드가 문을 넘어갈 수 있을지 의문이다. 미리 말해 두는데 매머드를 나가게 하려고 내 궁전을 손상시키면 절대 용서하지 않겠다!"

타라가 파브리스를 대신해서 대답했다.

"아, 그거요? 저한테 맡기십시오. 저의 패밀리어 갈랑도 똑같은 문제가 있었습니다."

그러고는 재빨리 주문을 외웠다.

"미니아투루스의 이름으로 매머드는 파브리스가 어디든 데리고 다닐 수 있도록 축소되어라!"

줄어드는 느낌이 들었는지 바룬이 공포에 사로잡힌 울음소리를 내질렀다. 눈 깜짝할 사이에 매머드는 불도그만 한 크기로 작아졌다. 땅바닥이 너무 가까운 게 이상한지 매머드는 겁먹은 눈을 데굴데굴 굴리고 있었다.

허망한 표정을 짓는 여제의 입이 쌜쭉했다. 이윽고 여제가 몸을 숙이더니 짧아진 코로 파브리스의 다리를 휘감으려고 안간힘을 쓰는 파란 매머드를 쓰다듬어주었다.

리스베스틸랑넴은 도자기처럼 반들반들한 볼을 타고 또르르 우아하게 굴러 내리는 눈물을 닦고 나서 명을 내렸다.

"이제 숙소로 돌아가거라. 오늘 너희들은 충분히 피해를 입었다. 한 가지 알리겠는데 내일은 난쟁이 사절단이 히플리아 산에서 도착하는 관계로 숙소가 필요할 것이다. 그래서 너희들을 좀 더 오래 머물게 하지 못할까 걱정이구나."

타라는 속으로 말했다.

'좋아요, 상당히 치사하긴 하지만. 하긴 자기가 애지중지하는 매머드가 지구소년의 패밀리어가 될 줄은 꿈에도 몰랐을 테니.'

사실 여제는 매머드가 자신의 패밀리어가 되기를 바라고 있었다. 아니면 자기 피붙이의 패밀리어라도 되기를.

여제는 마지막으로 눈물을 닦고 나서 위엄 있는 자태로 돌아서더니 정원을 떠났다.

셈 선생님은 몹시 화가 난 얼굴로 두 손을 허리에 딱 붙인 채 발로 땅바닥을 톡톡 치고 있었다. 마지막 친위대원이 나가자마자 셈 선생님이 호통을 쳤다.

"자, 이제 나한테 사실대로 고해야지! 바룬과 파브리스 사이에 끈이 형성되었다면 매머드가 파브리스를 만나기 위해 벽을 뚫고 궁전을 돌아다니기라도 했다는 거니? 도대체 어떻게 된 일이야?"

셈 선생님에 대한 애정에도 불구하고 타라는 늙은 드래곤이 무엇보다도 정략가라는 걸 잊지 않고 있었다. 선생님이 알면 탈옥 기도가 수포로 돌아갈 위험이 있었다. 따라서 타라는 둘러대기로 했다.

"우린 단지 매머드를 직접 보고 싶었어요. 수백만 년 전에 지구에서 멸종된 동물이잖아요. 그래서 갔는데 매머드가 무작정 우리를 공격하는 거예요. 우리를 짓뭉개버리려고 달려들던 매머드에게 파브리스가 잡히는 순간, 이제 우리는 죽었다 싶었죠. 그런데 느닷없이 매머드가 선택을 한 거예요."

타라는 입을 다물었다. 이런, 믿지 않는 얼굴이야. 휴, 관심을 돌려보자. 타라는 얼른 말을 이었다.

"아! 또 한 가지 이상한 일이 있었어요. 바룬이 역공 주문의 보호를 받고 있었어요. 그래서 우리는 어떻게도 할 수가 없더라고요. 마치 우리를 없애기 위해 계획된 것 같은 느낌이 들었어요."

셈 선생님이 그들을 뚫어져라 쳐다보자, 로빈은 칼이 즐겨 짓는 표정을 지어 보려고 애를 썼다. 다시 말해서 순진한 눈망울을 휘둥그레지게 뜨는 것인데…… 애쓴 보람이 있는지 바보처럼 보이는 데 성공했다.

무아노는 송곳니를 드러내고 웃는 반면에 파브리스는 자기도 모르게 패밀리어 흉내를 내는지 난처한 얼굴로 몸을 좌우로 흔들었다.

셈 선생님은 못마땅한 얼굴이었다.

"그러니까 누군가가 또 너를 죽이려고 했단 말이지? 지금까지 일들로 보아 너를 노리는 자가 꾸민 짓이 확실한 것 같긴 한데……. 음모. 음모의 음모라. 그 모든 것이 아무래도 수상쩍긴 하구나."

얘기가 이런 식으로 전개되면 안 되는데……, 타라는 그다음 말이 마음에 들지 않으리라는 걸 느꼈다. 타라가 예상한 대로였다.

"너희들은 랑코비트로 돌아가고, 타라는 지구로 돌아가거라. 칼과 안젤리카는 내가 맡을 테니 너희들은 걱정하지 마. 너희들의 친구를 석방시키지 못하면 난 돌아가지 않아. 드래곤의 이름으로 약속한다."

로빈이 핏대를 올렸다.

"저의 활과 화살에 걸고 말씀드리는데 선생님은 십여 년을 머물게 될 수도 있어요. 여제는 그들을 풀어줄 생각이 전혀 없단 말이에요."

"두고 보자꾸나. 어쨌든 너희들은 내일 아침에 떠나거라."

"하지만……."

"군소리 말아! 이건 충고가 아니라 명령이야!"

그들은 끽소리 없이 숙소로 돌아왔고, 무아노는 물약을 완성하기 위해 서둘렀다. 계획을 실행에 옮기려면 이제 몇 시간밖에 남아 있지 않았다. 무아노가 파브리스에게 코틸 세 개를 뽑아달라고 부탁했을 때, 매머드가 분개하는 울음소리를 내기는 했지만 전체적으로 작업은 순조롭게 진행되었다.

하마터면 궁전과 오무아 제국의 수도 팅가푸르를 폭발시킬 뻔한 실수만 없었다면!

혼합물을 준비하면서 무아노는 깜빡 잊은 것이 하나 있었다. 여전히 털이 북슬북슬한 그 기괴한 야수의 모습을 하고 있었으니!

혼합물을 그냥 놓아두고 무아노가 마니투와 두런두런 이야기를 나누고 있을 때였다. 몇 가지 사건이 발생했다.

처음에는 물약에서 묘한 초록빛 섬광이 번쩍이더니 액체가 사발에 넘치면서 보랏빛 기체를 뿜어내기 시작했다.

"아, 이거 좋다!"

매료된 듯이 그 제조 과정을 유심히 지켜보던 파브리스가 자신의 주특기를 발휘했다.

"뒤섞어서 한데 합하는 것, 생물의 생존에 필수 불가결한 물질, 다 합해서 세 글자……, 어어? 근데 이거, 이 빛깔, 이거 정상이야?"

"빛깔이라니?"

무아노는 약간 놀란 얼굴로 물었다.

"이 초록빛과 보랏빛 말야. 연기가 나는 것도 정상이야?"

"월! 월! 으르렁! 우아! 크흑, 악, 월!"

너무 놀랐나? 말할 수 있다는 걸 잊은 마니투가 짖어댔다.

다행히 동물들의 언어를 알아듣는 로빈이 초인간인 속력으로 의자 위로 돌진하더니 크리스털 꽃병에서 꽃다발을 확 뽑아 던졌다. 그리고는 한 손으로는 크라크덴트 모피에 물약을 쏟아 붓고, 또 한 손으로는 꽃병에 든 물을 끼얹었다. 초록빛이 사라지더니 연기와 아울러 털가죽의 절반과 목재바닥이 사라지면서 그 밑으로 돌이 드러나 보였다.

무아노는 이마를 닦으면서 외쳤다.

"휴, 큰일 날 뻔했네! 그런데 물약이 왜 갑자기 폭발성 데스트룩투트로 변한 거지?"

"뭐로 변했다고?"

파브리스는 목소리를 떨면서 바닥에 난 구멍을 불안하게 쳐다봤다.

"어, 그게…… 뭐든 모조리 녹여버릴 수 있는 아주 위험한 물질이야. 데스트룩투트를 제대로 다루지 못하면 나라 하나를 송두리째 날려버릴 수도 있어. 기체도 액체 못지않게 위험해. 하지만 내 기억이 정확하다면 그 폭발물의 성분은 지금 우리가 사용한 것들과는 아무 관계가 없단 말야!"

"어쩌면 네 털이 문제일지 모르겠구나!"

남은 혼합물을 유심히 살피던 마니투가 추측했다.

"혼합하던 중에 그 야수의 털이 떨어진 게 틀림없어. 그래서 연쇄반응을 일으킨 거야!"

"그렇다면 우리는 이제 두 가지를 확실히 알게 된 거네요."

로빈이 재미있다는 얼굴로 지적했다.

"아, 그런가? 그게 뭔데?"

"무아노의 털을 이용해서 모든 걸 파괴하는 물질을 만드는 방법, 그리고 파브리스, 너는 매머드의 코털 세 개를 또 뽑아야 한다는 것."

무슨 뜻인지 알아차린 바룬은 생각만 해도 끔찍한지 항의의 울음소리를 내면서 부리나케 침대의자 뒤로 숨었다. 평온한 삶을 살던 매머드가 난데없이 마법에 걸리질 않나, 축소되질 않나, 코털을 뽑히는 수난까지 당했으니…… 오죽했을까!

원하는 것이라곤 오직 빨간 바나나와 한잠 늘어지게 자는 것밖에 없는 나를. 흥, 앞으로는 절대 코털을 뽑히지 않겠어, 어림없지! 하는 얼굴로 버티는 매머드를 붙들고 앉아서 파브리스는 진땀을 뺐다. 빨간 바나나 한 송이를 통째로 준 덕분에 파브리스는 간신히 매머드를 설득하기에 이르렀고, 무아노는 두 번째 물약을 준비했다.

신중하게, 아주 신중하게.

이번에는 모든 것이 순조로웠다. 초록빛 섬광도 보랏빛 연기도 없었다.

"완벽해. 이제 영화에서 악당들을 잠재울 때 사용하는 술책을 이 행성에서도 써먹을 수 있는지 보자."

타라가 말했다.

물약 여러 병을 실은 마구장식 같은 것이 갈랑과 쉬바에 장착되었다. 무아노는 병 뚜껑을 열기에 앞서서 친구들과 마니투에게 해독제를 흠뻑 묻힌 수건으로 얼굴, 입, 코를 막게 했다. 간수들과 동시에 그들까지 잠들지 않게 하려는 것이었다.

무아노가 병 뚜껑을 열자, 초록빛 기체가 풀풀 날아오르더니 좌악 퍼지기 시작했다.

무아노는 문을 빠끔히 열고 패밀리어들을 먼저 내보냈다. 귀를 바짝 세우고 있던 네 친구는 쿵, 콰당, 콰당탕, 쓰러지는 소리에 윙크를 하며 미소를 지었다. 타라 습격 사건 이후로 그들 일행을 지키고 있던 경비원들까지 막 잠이 든 것이었다.

즉흥적으로 만든 복면을 뒤집어쓴 채로 타라가 속삭였다.

"빙고! 들어맞았어. 영화에서는 통풍기 속으로 가스를 집어넣지만 여기는 그런 게 없어서 그냥 한번 시도해본 거였는데."

파브리스는 숨막힌 소리로 물었다.

"뭐가 어째? 그럼 잘될 거란 확신이 없었단 말야?"

"확신은 당연히 없지!"

"네 할머니 말대로 오, 데미데루스여! 이럴 땐 네가 정말 싫다, 싫어!"

그들은 그림자처럼 살금살금 감옥으로 향했다.

이날 밤 그들과 마주친 모든 궁인들, 에프리트들, 친위대원들은 다음

날 아침 자기들이 왜 엄청난 두통을 느끼며 복도에서 잠을 깨게 됐는지 영문을 전혀 모를 것이다.

감옥 입구가 보이자, 두 패밀리어가 어둠 속으로 슬그머니 들어갔다.

잠시 후, 창들이 바닥에 부딪히는 쇠붙이 소리가 울리더니 드렁드렁 코고는 소리가 울렸다.

발소리가 나지 않는 하프엘프가 정찰을 나갔다가 말했다.

"가자. 간수들과 샤트릭스들도 모두 잠들었어."

과연 감옥은 꿈나라에 들어가 있었다. 꽤 많은 사람과 동물들이 여기저기 쓰러져 있을 뿐만 아니라 코까지 심하게 골고 있었다. 죄수들도 잠들어 있었다.

무아노는 조심스럽게 병 뚜껑을 닫았고, 그들은 이제 복면을 내릴 수 있었다. 잠시 후 그들은 칼이 갇혀 있는 크리스털 문 앞에 이르렀다. 블롱딘의 바구니는 비어 있었지만, 칼의 실루엣이 드러나는 시트가 보였다.

무아노는 문을 두드렸다.

"칼, 칼, 문 열어! 칼, 일어나!"

실루엣은 꿈쩍도 하지 않았다.

무아노는 덜컥 겁이 났다.

"맙소사, 내가 어제 말해준 대로 코와 입을 잘 막았어야 하는데…… 아니면 내일 아침까지는 깨어나지 못해."

파브리스는 불안했다.

"칼이 갈고리로 자물쇠를 열어줘야 하는데……. 칼이 없으면 우린 아무것도 할 수 없어!"

그들의 등뒤에서 차가운 목소리가 들렸다.

"내가 도와줄 수 있을 것 같은데? 너희들한테 필요한 게 이거겠지?"

그들은 까무러칠 듯이 놀랐다.

샤트릭스들은 곯아떨어져 있는 반면에 간수들은 말짱하게 깨어나 있었다. 공포에 질린 어린 마법사들 앞에 버티고 선 크산디아르는 네 개의 손 중 하나에 은빛 열쇠를 쥐고 흔들고 있었다.

잠자지 않고 있던 안젤리카가 비아냥거렸다.

"푸하하하! 너희들의 그 어리석은 계획을 내가 못 들었을 줄 알았냐? 너희들이 칼을 탈옥시키려고 한다는 걸 친위대 대장에게 내가 알렸지. 그래서 이렇게 기다리고 있었던 거야. 난 아마 특별사면을 받게 될걸. 그리고 칼은 나를 여기서 나가게 하려고 애쓰는 내 부모님의 노력을 망쳐놓지 못해!"

로빈은 험악한 눈빛으로 쏘아붙였다.

"안젤리카, 너 갇혀 있어서 운 좋은 줄 알아!"

갈색머리 꺽다리 소녀는 로빈에게서 풍기는 위협에 뒷걸음질쳤다. 보호받고 있다는 걸 알고 있어서인가, 꺽다리는 다시 침착해졌다.

"야, 반쪽짜리 엘프, 너희들이 날 어떻게 취급했는지 난 잊지 않아. 내가 복수할 절호의 기회를 그냥 넘어갈 거라고 생각했냐?"

안젤리카는 목소리를 높였다.

"헤이, 칼, 너도 뭐라고 말 좀 하지 그래?"

침묵…….

수상한 생각이 들었는지 갑자기 크산디아르가 자물쇠에 열쇠를 넣고 돌렸고, 문이 스르르 접혔다.

이불 속의 실루엣은 꿈쩍하지 않았다. 이불을 확 벗기던 친위대 대장이 딸꾹질을 했다. 얼마나 놀랐으면!

꺽다리 안젤리카의 복수는 이대로 끝나는 건가. 이렇게 싱겁게 끝날 줄이야!

하지만 시트 안에는 칼의 모습 대신 베개 두 개만이 얌전히 포개져 있었다!

땅으로 꺼졌는지 하늘로 솟았는지, 칼의 감방은 텅 비어 있었다!

5
땅 신령들의 납치

칼은 '스트레스'를 받고 있었다. 스트레스란 말을 지구에서 배운 칼은 이 말이 현재 자신의 상황에 딱 맞는 표현이라고 생각했다. 친구들에게 허풍을 떨긴 했지만 그 당치도 않은 계획을 성공할 자신은 전혀 없었다. 실패하면 평생을 감옥에서 썩을 게 뻔하기 때문에 사기가 떨어지고 있었다.

칼이 불안한 마음으로 탈옥을 위한 침대 준비를 끝내고 있을 때였다. 블롱딘이 으르렁거리기 시작했다. 등줄기를 따라 털이 곤두선 여우는 감방 안쪽 벽의 일부를 뚫어져라 응시하고 있었다. 그런데 패밀리어가 전해주는 느낌이 아주 이상했다. 마치 누군가 감방을 뚫고 들어오려고 하는 어떤 힘을 감지하고 있는 듯했다. 칼이 다가서려고 할 때, 내부의 돌 몇 개가 빙그르르 회전하면서 구름 같은 먼지가 일었다.

매캐한 연기 속에서 칼이 콜록거리는 사이, 구름같이 자욱한 먼지 속에서 땅 신령 네 명이 불쑥 나타나서는 허리를 넙죽 숙였다.

그들을 한 인간으로 보기는 좀 어렵긴 해도 칼은 그들 중 하나가 낯익은 느낌이 들었다.

"글룰 부글룰 선생님?"

어씨나 놀랐는지 칼은 딸꾹질까지 하면서 손으로 먼지를 날려버리려고 애를 썼다.

"안녕, 수석 마법사 칼리반 달 살란?"

땅 신령은 정중하게 인사했다.

"네, 아, 안녕하세요?"

칼은 어리둥절한 얼굴이었다.

이어서 유머 감각을 빠르게 되찾은 칼이 이죽거렸다.

"부글룰 선생님, 감옥을 부술 만한 무슨 특별한 이유라도 있는 거예요, 아니면 빛이 보여서 그냥 들어오신 거예요?"

"감옥이 아니라 자네 감방의 벽만 살짝 부순 거지. 수석 마법사 칼리반 달 살란, 자네에게 제안할 것이 있어서 왔네."

"그래도 문으로 드나드는 것이 더 편리한데! 그리고 제발 저를 칼이라고 불러주세요. 아니면 대화가 너무 길어지잖아요."

"남의 눈에 띄고 싶지 않았거든."

땅 신령이 점잖게 설명했다.

"실은 자네에게 간청할 것이 있어서 온 거라네."

땅 신령들이 일제히 무릎을 꿇었다. 정말이지 상황이…… 이상하게 돌아가고 있었다.

몹시 당황한 칼이 말했다.

"에이, 그럼 바지 구겨지는데. 어서들 일어나서 원하는 게 뭔지 말씀하세요. 무슨 일인지는 몰라도 류머티즘에 걸릴 필요야 없잖아요!"

땅 신령은 빙긋이 웃으면서 일어났다.

"무릎이 뻐근한 건 인정해야겠군. 자네가 필요하다는 건 누군가가 우리를 죽이려 하기 때문이라네."

칼은 입을 벌리다가 도로 다물었다. 이런 종류의 고백에 빈정거리듯 토를 달아서야……. 그래서 칼은 다음 말을 기다렸다. 그러면 그렇지.

"우린 어디든 몰래 들어갈 수 있지."

땅 신령이 차분하게 설명했다.

"화강암, 돌, 금속 등 다른 종족들에게는 저항하는 것들이라도 우리를 가로막지는 못해. 용암이라면 몰라도. 그래서 우리는 아더월드 곳곳에 터널을 파놓았지. 하지만 심심풀이로 땅을 파는 건 아니라네. 터널을 파면서 흙에 함유된 희귀한 원소를 먹고사니까. 그래서 우리가 점령한 곳은 흙이 메마르지."

"아, 그래요?"

칼이 뜻밖이라는 얼굴로 말했다.

"난 또 새만 잡수시는 줄 알았죠. 그래서 스몰컨트리에는 절대로 발을 들여놓지 않을 생각이었거든요. 새가 없으면 내가 질색하는 곤충이 너무 많다는 뜻이니까!"

땅 신령의 인상이 구겨졌다.

"'절대로'는 좀 단정적인 표현인 것 같군. 새를 잡아먹는 건 순전히 미각의 기쁨 때문이라네. 사실 우리가 영양분을 섭취하는 건 흙이지. 하지만 우리는 흙을 메마르게 해, 불행히도 우리의 배설물이 기름지지가 않거든."

"그래서요?"

인내심과는 거리가 먼 칼이 물었다.

"그게 나와 무슨 상관이 있는데요? 그리고 아까 누군가가 죽이려 한다고 말씀하셨죠?"

"그래, 알았네, 알았어. 바로 이게 우리의 배설물이라네."

땅 신령은 마지못해하는 얼굴로 장갑을 끼더니 호주머니에서 작은 상자를 꺼냈다. 이어서 상자를 열고, 손바닥에 또르르 굴러 떨어진 빨강, 하양, 파랑, 초록의 투명한 돌들을 칼의 손에 쏟아주었다. 기계적으로 유심히 살펴보던 칼의 눈이 갑자기 휘둥그레졌다.

"오, 데미데루스여! 그럼 보석을 배설한단 말예요?"

칼은 미심쩍은 얼굴로 외쳤다.

"맞아. 아주 극소수의 사람들만 이 사실을 알고 있지. 비밀이 지켜지고 있기에 우리가 드래곤들과 인간들, 난쟁이들의 탐욕으로부터 안전한 것이고."

칼은 솔직하게 말했다.

"나는 도둑이에요. 물론 아직 면허를 받지는 않았지만 그래도 도둑은 도둑이라고요. 그런데 이런 보석을 내 손에 쥐어주는 건 좋은 생각이 아닌 것 같네요."

글룰 부글룰은 차분하게 말했다.

"그 직업의 명예 규범은 알고 있네. 정부의 명령에만 행동한다는 것도 알지. 하지만 자네를 믿고 우리의 비밀까지 알려주는 건 우리를 도와주면 자네를 석방시켜줄 수도 있기 때문이야."

그 말에 칼은 귀가 번쩍 뜨였다. 돌연 상황이 아주 흥미롭게 돌아가고 있었다.

"그런데 몇 달 전에 한 마법사가 우리의 그 특성을 알아차리고 말았네. 그 마법사가 보석을 계속 공급하라는 정도로 만족했다면 우리는 기꺼이 내줬을 텐데, 그렇지가 않았지. 그는 비밀을 지켜주는 대가로 우리를 아더월드 곳곳으로 보내고는 다른 마법사들에게서 마력을 가진 것들을 훔치게 했지. 우리 중 두 명이 어떤 함정에 빠져서 사망했을 때, 우리는 항의하면서 더는 복종하지 않겠다고 경고했어. 그런데 불행히도 우리가 훔쳐주었던 물건들이 그에게 엄청난 능력을 가져다주었지. 그는 그 능력을 어떤 인공물, 즉 아티팩트 속에 농축시켰고, 그 아티팩트의 강력한 힘 덕분에 우리의 처자식들까지 위치추적이 불가능한 곳에 가둬놓았어! 우리는 그가 어딘가에 공간이동의 문을 만들어놓고 우리의 행성과는 다른 세계에 그들을 억류해 놓았다고 생각하고 있네. 절망에 빠진 우리는 여제에게 도움을 청했는데 자세한 것은 밝히지 않았지. 처음에는 여제가 우리의 말을 믿지 않더군. 그래서 우리는 여제에게 한 달동안 세 번이나 찾아갔고, 결국 여제는 엘프 사냥꾼들을 보내 그 마법사의 성을 수색하게 하더군. 하지만 아무것도 찾지 못했어. 아무런 증거없이 고소한다는 건 불가능한 일이니 어쩌겠나. 그 새로운 능력 덕분에 그자가 진실의 입들의 비호를 받고 있다고 봐야겠지. 진실의 입들은 그자가 범인이라는 걸 알지만 그자의 정신을 읽을 수가 없네. 그놈은 우리가 자기를 고발했다는 걸 알고 미친 듯이 펄펄 뛰었지. 보복 수단으로 우리의 부녀자 서른 명을 처형해서 그 시신들을 우리에게 돌려보낸 극악무도한 놈 같으니!'

끔찍했던 상황을 얘기하는 땅 신령의 목소리가 갈라졌고, 칼은 눈을 쓰라리게 하는 눈물을 슬그머니 훔쳤다.

글룰 부글룰은 처량한 미소를 지으면서 말을 이었다.

"우린 도둑이 아니니 뾰족한 수가 없고, 엘프 사냥꾼들은 예리한 수사관들이긴 해도 역부족이었네. 그래서 우리는 도둑만이 도둑을 격퇴할수 있다는 생각을 하게 되었지. 비밀리에 도둑 대학에 학생들의 점수를 조회해본 결과 교수들이 자네를 차세대 최고의 도둑 중 한 사람으로 평가하고 있다는 걸 알게 되었지."

칼은 재미있다는 얼굴로 외쳤다.

"그래요? 진짜 못 믿을 사람들이네요. 나한테는 누구누구 아무개의 발꿈치도 못 따라간다고 말하더니, 게다가 내 성적이……."

"그건 확실하네."

땅 신령이 말을 끊었다.

"바로 그래서 우리가 이 감방까지 자네를 찾아온 거니까. 놈이 처자식들을 가둬놓은 장소를 찾으려면 자네가 필요해. 우리는 그자의 아티팩트를 파괴할 수 있어. 일단 그 능력을 차단하기만 하면 진실의 입들이 그자의 머릿속을 읽을 수 있을 것이고, 또 여제도 그자를 처형할 수 있게 되는 것이네."

칼은 소름끼치는 의혹이 고개를 드는 걸 느꼈다.

"진실의 입들 얘기가 나왔으니까 말인데 그들이 내 정신을 읽을 수 없었던 것이 혹시 사전에 은밀히 꾸며진 일이었던 거예요? 나를 가둬놓고 이용하기 위해서?"

땅 신령은 흠칫 뒷걸음질쳤는데 충격을 받은 얼굴이었다.

"전혀! 진실의 입들은 생각을 방해하는 주문 브루이우스에 걸린 거라고 생각하고 있다네. 하지만 그들은 감각적인 존재들이라서 누가 유죄인지 아닌지는 충분히 알아낼 수 있지. 그들의 말이 여제에게는 충분하지 않았어도 우리에게는 충분했지. 이제 우리에겐 시간이 많지 않아. 우리를 도와주겠는가? 그 대가로 우리는 자네를 석방시켜주겠네. 그러면 자네를 함정에 빠트린 자도 찾아낼 수 있을 텐데."

칼은 자신의 탈옥 계획을 생각하면서 말했다.

"그건…… 불가능해요. 우선 뭔가 속임수를 써야 해요. 그게 성공하면 도와주러 오겠다고 약속할게요. 나에겐 내 무죄를 증명하는 것이 무엇보다 중요하다는 걸 이해해주세요."

"이해하네. 하지만 지금 우리는 피가 바짝바짝 마를 정도로 절망적이란 말일세. 그 괴한의 힘이 하루가 다르게 커지고 있는 상황이라서! 이제 그자는 두 가지 물건, 즉 금서 한 권과 제1 동심원의 악마들이 조각한 나무지팡이만 찾으면 되지. 금서를 훔쳐오는 데 그자가 우리에게 준 시간은 나흘이야. 성공하지 못하면 우리가 해낼 때까지 죽이고 또 죽이겠지. 그자가 그 불길한 책을 소유하는 즉시 그자의 힘은 10배로 강해질 거야. 그리고 그 지팡이를 손에 넣는 날에는 드래곤들도 더는 그자에게 저항하지 못할 것이고!"

"금서요? 금서를 훔치겠다는 말은 아니죠?"

"쉿!"

땅 신령이 불안한 얼굴로 문을 쳐다보면서 속삭였다.

"작게 말해야지 아니면 간수들이 듣게 될 거야. 그 마법사가 요구하는 것이 바로 그건데 어쩌겠나. 승낙하겠나?"

칼은 벌레 씹은 얼굴을 했다.

"그놈의 책을 원하는 사람들이 이렇게 많다니, 미치겠네! 불행히도 내 대답은 거절입니다. 절대로 여러분을 따라갈 수 없어요. 적어도 지금은. 그리고 이런 일은 나보다 우리 어머니가 훨씬 더 적임자세요. 어머니에게 도움을 청하면 2분 30초안에 그 비밀 문을 찾아줄 거예요."

땅 신령은 고개를 떨구고 한숨을 내쉬었다.

"여제에게 도움을 청했었지만 실패했어. 자네 어머니라도 별수 없을 것이네. 정치적으로 아주 복잡하게 얽혀 있는 문제라서 토론에 붙이면 시간이 걸릴 텐데, 우리에겐 그럴 시간이 없어. 정말이지 나는 이것이 필요 없기를 바랐건만……."

"무, 무슨…… 소리예요?"

칼은 갑자기 의심에 찬 눈초리로 물었다.

땅 신령은 고개를 들고 칼의 눈을 응시했다.

"미안하지만 자넨 선택의 여지가 없게 만드는군."

그렇게 말하고 나서 땅 신령은 초인적인 점프로 달려들더니 칼의 목
에 뭔가를 붙였다. 칼은 고함을 지르려고 했지만 그럴 겨를이 없었다.
이어서 아주 잠깐 통증이 느껴지다가 완전히 마비되는 느낌이 들었다.
블롱딘이 으르렁거리는 것으로 보아 무슨 영문인지는 몰라도 자기 주인
이 처한 곤경을 느끼는 모양이었다.

글룰 부글룰이 차분하게 설명했다.

"살테렌스 사막에 사는 트실이라는 벌레지. 트실이란 놈은 숙주를 마
비시킨 다음에 그 살 속으로 파고들거든. 그 부위가 대체로 목이라서 대
동맥을 뚫고 들어가는 즉시 숙주의 온몸에 자기의 알을 퍼뜨리지. 그렇
게 되면 눈 깜짝할 사이에 몸이 분해되고, 마비 상태가 사라지면 알들이
준비 과정에 들어가는 것인데 알들이 활동하기까지는 100시간쯤 걸려.
그다음 단계는 알들이 벌레로 변태해서 숙주의 몸을 모조리 파먹고, 다
시 그 주기가 반복되지. 트실의 공격을 피하는 첫 번째 방법은 해독제
야. 해독제는 위에서 혈관계로 이동하면서 알을 박멸하기 때문에 적어
도 부화하기 2시간 전까지 해독제를 마셔야 하지. 두 번째 방법은 죽는
것이지. 심장 박동이 멈추면 알들이 피 속의 산소 결핍을 견딜 수 없기
때문에 즉시 죽어버리니까. 지금쯤 자네는 마비증세가 사라지는 느낌이
들겠지. 그게 바로 알들이 자네의 혈관계에 자리를 잡았다는 신호야."

과연 그 말대로 칼은 뻣뻣한 근육이 완화되는 걸 느꼈다. 팔과 다리가

다시 움직여지기가 무섭게 칼은 글룰 부글룰에게 달려들어서 벽으로 밀어붙이고 땅 신령의 부러질 듯 간당간당한 목덜미를 움켜잡았다. 다른 땅 신령들이 달려들 기세로 잔뜩 긴장해 있었지만, 이빨을 드러내고 무섭게 으르렁거리는 여우 때문에 머뭇거리고 있었다. 글룰 부글룰은 움직이지 말라는 손짓을 했다.

화가 머리끝까지 난 칼은 목을 더 세게 조르면서 위협했다.

"이 문제를 즉시 해결하시죠. 해독제를 내놓으란 말예요. 아니면 당신의 목을 콱 으스러뜨리겠어요."

서서히 보랏빛으로 변해 가는 땅 신령이 꾸르륵거리는 소리를 냈다.

"이래 봐야…… 소용없네. 우린 해독제를 가지고 있지 않으니까. 우리를 따르지 않으면 죽는 거다!"

칼은 이를 악물면서 말했다.

"난 무슨 수를 써서라도 해독제를 구할 수 있어요!"

땅 신령은 헐떡거리고 있었다.

"아, 아니, 그건 불가능해. 트실은 깊은 살테렌스 사막에만 존재하니까. 살테렌스의 수도 살라에는 공간이동의 문이 있는데 깊은 사막에는 없거든. 게다가 소금 감독관들만 해독제를 가지고 있는데 소금 광산에 이르려면 적어도 사흘은 걸리지. 다른 종족들의 나라에서 납치해온 노예들을 부리기 위해서 트실을 사용하는데, 소금 감독관을 제외하면 우리만 가지고 있는 셈이야. 하지만 자네는 거기까지 가서 그들과 협상하고 해독제를 마시는 데 필요한 시간도 없거니와 그들의 노예가 될 위험까지 있으니까…… 우리를 따라가는 것이 유일한 방법이네!"

칼은 화가 치밀지만 어쩔 도리가 없다는 걸 깨달았다. 칼이 갑자기 놓아주는 바람에 털썩 주저앉은 땅 신령은 목을 문질렀다.

"그럼 그 미치광이 마법사를 어디 한번 보여줘 봐요. 그 빌어먹을 비밀의 문을 찾아서 당신과 당신 종족을 림보의 지옥으로 보내드릴 테니!"

땅 신령은 칼의 저주를 막는 시늉을 하고 나서 밤색 물체를 내밀었는데 끈적끈적해 보이고 물까지 뚝뚝 떨어지는 것이었다.

"이건 또 뭐죠?"

칼이 심드렁하게 말했다.

"산소를 제조하는 일종의 산소마스크라고나 할까. 우리는 땅굴을 팔 때 숨쉴 필요가 없어. 우리의 신체기관은 산소가 직접 보급되니까. 하지만 자네와 그 여우는 질식하고 말 거야. 이 산소마스크는 어떤 가스든, 어떤 액체든 합성할 수 있지. 자네의 피를 약간 주면 그 대신에 산소를 줄 것이고, 또 자네의 탄산가스도 재합성하지."

"내 피를 약간 줘요? 약간의 피라니요? 당신의 그 흡혈귀를 위한 약간의 피라는 게 얼마만큼의 양인지에 대해서는 타협을 봐야겠어요. 그게 1리터, 아니 2리터라면 답은 뻔한 거니까!"

"몇 밀리리터만 있으면 돼. 가벼운 찰과상을 입었을 때 흘리는 피 정도면 충분하네. 자네의 얼굴에 그걸 대고 숨을 깊이 들이쉬게."

칼은 땅 신령을 째려보면서 시키는 대로 했다. 그 끈적거리는 것을 얼굴에 갖다대자마자 쫙 늘어나더니 얼굴을 완전히 덮어버렸다. 귀 뒤쪽이 따끔거린다는 건 피를 빨아먹고 있다는 증거였다. 칼은 조심스럽게 숨을 들이쉬었다. 산소마스크라는 것이 완벽하게 작동하고 있음을 느끼면서 칼은 안도했다. 공기에서 곰팡내가 좀 나긴 했지만. 마스크는 눈도 가리고 있었는데 눈을 보호하려면 밤색의 얇은 막을 통하는 것이 차라리 더 잘 나았다.

블롱딘은 전혀 협조적이지 않았다. 땅 신령들이 얼굴에 마스크를 붙이려고 했을 때 여우는 이빨을 드러내고 으르렁거리면서 구석까지 뒷걸음질쳤다. 여우의 덩치가 더 크기 때문에 땅 신령들은 조심스럽게 산소 마스크를 칼에게 내밀었다.

칼은 손가락 바로 앞에서 빠드득거리는 송곳니들에 아랑곳없이 여우의 코에 끈적거리는 마스크를 단단하게 붙였다.

"자네는 꽤 긴 거리를 기어가야 하네. 한 2킬로미터는 가야 주된 지하도에 이르거든."

칼은 어깨를 으쓱하면서 글룰 부글룰의 설명을 무시하고 있었다. 아무런 이의가 없는 블롱딘은 칼의 얼굴을 쓱 한 번 쳐다보고는 놀리는 듯한 울음소리까지 내면서 엉금엉금 기어갔다. 아티팩트 조각상의 영향권을 벗어나자마자 칼은 황궁 밖에서도 원활한 의사소통을 할 수 있도록 땅 신령들에게 이중 통역주문을 걸었다.

힘들고 고통스러운 기나긴 여정이었다. 500미터쯤 갔을 때, 칼은 손의 감각이 느껴지지 않았고, 무릎은 훨씬 더 심했다. 생살이 강판에 갈리는 느낌이 들었다. 등뒤에서는 땅 신령 중 두 명이 그들이 막 통과한 터널을 다시 막고 있었다.

처음에는 호기심에 땅을 파나가는 광경을 지켜보던 칼은 그 과정이 어찌나 역겨운지 얼른 눈길을 돌려야 했다.

암석을 뚫을 때는 땅 신령들이 손을 사용했는데 손이 무슨 연장이라도 되는 듯이 바윗돌을 버터 주무르듯 쉽게, 쉽게 파내고 있었다. 암석이 저항을 해도 그들은 성분 분자를 구별할 수 있어서 더 연한 암석을 만날 때까지 돌 속을 침투해 들어갔다. 땅 신령들은 족히 자기들 키의 서너 배는 될 정도로 입을 크게 벌리고 눈이 돌아갈 정도로 빠르게 흙을 먹어치우는데 그들의 침이 터널이 무너지지 않도록 여러 가지 원소를 응결시켰다. 그들은 칼의 감방으로 이르는 지하통로를 메우기 위해서 먼저 감방의 돌들을 정교하게 다시 원상 복귀시킨 다음에(그때 칼은 그들의 침이 훌륭한 회반죽을 만든다는 걸 확인할 수 있었다) 입을 어마어마하게 크게 쩍 벌리고 돌과 흙을 토해냈다. 잠시 후, 어찌나 감쪽같은지 칼은 자신이 터널로 도망쳤다고는 도저히 믿을 수 없게 되었다. 땅 신령들이 먼지까지 싹싹 핥아먹으면서 방을 말끔히 치웠는데 누군들 알아채겠는가.

문득, 칼은 지구에서 봤던 것이 기억났다. 스케이트 뭐라고 하는 기구였는데 바퀴가 달려 있었다. 터널 바닥이 아주 미끌미끌한 것이 안성맞춤이 아닌가. 칼은 아주 침착하게 주문을 외웠다.

"크레아투스의 이름으로 내가 이 진창을 빠져나갈 수 있게 판때기 하나와 바퀴들을 원한다!"

이때부터는 나아가기가 훨씬 수월했다. 이동하려면 판때기에 올라타고 터널을 따라 두 손으로 밀고 나가면 되었고, 덕분에 땅 신령들은 걸음을 빨리 할 수 있었다.

그 물건을 흥미롭게 쳐다보는 글룰 부글룰은 그 편안한 이동기구에 홀딱 넘어간 얼굴이었다. 하지만 체면이 있지, 같이 타자고 거기에 올라탈 수야 없지 않은가.

그런데 내리막길이 시작되면서 사태는 악화되었다.

갑자기 등뒤에서 나는 고함소리를 들은 글룰 부글룰은 전속력으로 비탈을 내려가는 칼을 지나가게 하려고 거의 아슬아슬하게 벽에 달라붙었다.

칼은 그 기구에 대해 한 가지 까먹은 것이 있었다. 브레이크가 없다는 것을!

아주 걱정스런 얼굴로 땅 신령들이 다가갔을 때, 칼은 엎어진 자세로 몸을 들썩이며 떨고 있었다.

끔찍한 부상을 당했을까 걱정하면서 땅 신령들은 칼의 몸을 뒤집었다. 산소마스크의 얇은 막이 씌어진 칼의 얼굴을 보면서 그들은 소스라치게 놀랐다.

칼은 떨고 있는 게 아니었다. 너무 신이 나서 미친 듯이 웃고 있는 것이었다.

칼은 숨 넘어가는 소리로 외쳤다.

"와우! 이거 진짜 스릴이 넘치는데! 저쪽에 비탈길 또 있어요?"

글룰 부글룰은 하늘……, 아니 둥근 천장을 올려다보다가 퉁명스럽게 대답했다.

"아니, 전혀 없네. 설사 있다고 해도 제발 부탁인데 그…… 물건은 사용하지 말아주게. 다칠 위험이 있어. 우리도 그럴 수 있고."

무사히 주된 지하도에 이르자 땅 신령들은 안도했고, 어린 도둑은 바퀴 달린 판때기를 사라지게 했다. 어둠 속에 묻혀서 천장이 아예 보이지 않는 어마어마하게 큰 지하도들을 보며 칼은 눈이 휘둥그레졌다. 터널의 벽에는 오커, 공작석, 청금석, 금, 은으로 채색된 꽃이며 나무, 동물들이 조각되어 있는데, 발광 액체가 담긴 공들이 그 모든 걸 비추고 있었다. 사방에서 땅 신령들이 줄지어 다니는 걸 보면 상당히 분주해 보였다. 자이언트 개미, 흰개미, 자이언트 전갈 스팔렌디탈, 또는 자이언트 거미에 올라앉은 땅 신령들……, 칼은 소름이 쫙 끼쳤다. 그뿐만 아니라 심지어는 자벌레나방과 사나운 잠자리를 타고 날아다니는 땅 신령들도 있었다. 꾸르륵거리는 소리, 날카로운 울음소리, 가르랑거리는 소리, 휘파람소리……. 칼은 그 작은 곤충들이 그렇게 야단법석을 떨 수 있다고는 생각지도 못했다.

어디를 둘러봐도 여자들이나 아이들이 없는 것으로 보아 글룰 부글룰의 말은 사실이었다.

"이제 산소마스크를 벗어도 되네. 여기서는 숨쉴 수 있으니까."

칼은 떼어낸 마스크가 붉은 색을 띠고 있다는 걸 눈 여겨 봐두고는 기계적으로 호주머니에 쑤셔 넣었다.

"우린 지금 황궁에서 멀리 와 있네. 이제는 아무것도 두려워할 게 없지."

"이제 뭘 하죠?"

칼은 파란 땅 신령의 목을 조르고 싶은 충동을 꾹꾹 누르면서 물었다.

"이제 우리는 진실의 입들에게 자네의 친구 덩컨, 망질, 다비일, 브란다우드, 브주아 지롱의 위치를 추적해 달라고 부탁하고, 그들을 이곳으로 오게 할거야."

"내 친구들을? 걔들이 여기 와서 뭘 한다고 그래요? 땅 신령들의 문제를 해결하는 데 친구들은 필요하지 않아요. 차라리 없는 게 더 수월하다고요!"

땅 신령은 고집스러울 정도로 고개를 흔들었다.

"대학 성적표를 보니 자네가 친구들과 힘을 합해 마지스터와 싸워 이겼다고 기록되어 있더군. 우리 부녀자들의 목숨을 구하려면 아수 신중해야 해. 자네의 친구들을 데려올 거니까 따질 필요 없네."

칼은 반대하려고 입을 벌리다가…… 도로 다물었다. 어차피 뭘 어떻게 해야 할지 아무 생각이 없는 데다 타라의 초강력 마법은 불필요한 것이 아닐 테니까. 칼은 서글픈 미소를 지었다. 마법을 싫어하는 타라가 어쩔 수 없이 또 마법을 사용하게 생겼으니!

"그 악당이 다른 데로 나가 있는 걸 확인하는 즉시 자네를 그자의 성으로 데려가겠네. 거기서 공간이동의 문이 있는 위치를 추적해야 해. 그러면 틀림없이 우리의 부녀자들이 갇혀 있는 곳과 그 아티팩트가 있는 곳으로 이르게 되어 있네. 일단 우리의 부녀자들을 구하고 난 뒤에는 그 자의 힘이 들어 있는 아티팩트를 가능한 한 파괴해버리게. 그럼 자네는 자유의 몸이 되는 거야. 여기서 나를 기다리게. 먹을 것과 마실 것을 가져오겠네."

맛있는 스테이크를 기대하고 있던 칼은 약간 실망했다. 땅 신령들이 과일과 생야채를 담은 바구니를 내밀었던 것이다.

"에게, 이게 뭐야? 난 크레크레크레가 아니란 말예요! 다른 건 없어요?"

땅 신령들은 대꾸 없이 허리를 굽히더니 나가버렸다. 어쨌든 칼은 죽을 정도로 배가 고프지는 않았다. 그래서 바구니를 내려놓고 허기를 참았다.

잠시 후, 돌아온 땅 신령들이 이번에는 아주 예쁜 방으로 데려갔다. 그들은 키가 큰 손님들을 받아본 적이 없는 것이 분명했다. 칼이 편안히 잘 수 있도록 침대 여러 개를 붙여놓았던 것이다. 욕실에는 금방이라도 물을 쏟아낼 듯한 샤워기들이 둥둥 떠 있었다. 하지만 터널의 먼지를 씻으려고 할 때, 샤워기가 어찌나 짧은지 배꼽까지밖에 오지 않았다. 그래서 칼은 길게 드러누워야 했는데 그것도 여의찮았다. 샤워기들의 물이 온통 얼굴에만 집중되었기 때문이다. 눈이 안 보이고, 숨이 막힌 칼은 얼마 동안은 샤워를 하지 않고 보내야겠다고 생각을 했다.

칼이 몸을 닦아주는 수건들의 질서정연한 공격을 받고 있을 때였다. 왼쪽 팔의 살 속에서 뭔가가 움직이는 느낌이 들었다. 그것은 순전히 심리적인 것일 수도 있지만 칼은 정맥 속에서 뭔가가 우글거리는 것처럼 느껴졌다. 공포에 질린 칼은 뚫어져라 쳐다보면서 조금이라도 비정상적인 떨림이 있는지 살폈다.

앞으로 남은 시간을 분까지 아주 정확하게 계산해주는 인식 패스를 보면서 칼이 여러 각도에서 온몸을 살피고 있을 때, 땅 신령들이 황토색 옷을 가져다주었다. 가장 키가 큰 땅 신령의 옷을 빌려온 것이 분명한데도 너무 짧아서 팔다리가 다 드러났다. 칼은 인상을 쓰면서 주문을 외웠다.

"트란스포르무스의 이름으로 이 옷이 나에게 맞고, 내게 제일 잘 어울리는 파란색으로 바뀌어라!"

즉시, 바지와 웃옷의 길이가 늘어났고, 멋진 파란색으로 변했다. 칼은 마음을 굳게 먹었다. 그래, 어디 한번 해보자고! 이제는 내 목숨을 위협하는 트실이라는 이 벌레들에서 벗어나서 친구들과 자유, 명예를 다시 찾는 일만 남았어. 그리고 최선을 다해보는 게 상책이야. 그러다 보면 잘되겠지.

식사시간이 되고, 땅 신령들이 또 무슨 식물의 뿌리와 과일을 잔뜩 담은 바구니를 들고 왔을 때 칼의 실망감이란! 와, 이거, 진짜 미치겠군, 내가 무슨 다람쥐도 아니고!

6
파란 땅 신령

칼이 사라진 걸 알았을 때, 타라는 온몸이 얼어붙는 것 같았다. 이런 식으로 사람들을 사라지게 할 수 있는 마법사는 마지스터밖에 없는데!

친구들의 불안한 눈빛은 그들도 똑같은 생각을 하고 있음을 확신시켜 주었다.

갑자기 어떤 손에 마법복을 움켜잡힌 타라는 우악스럽게 공중으로 들어올려졌다.

화가 불같이 난 친위대 대장은 네 개의 손에 그들을 하나씩 가볍게 들어올리고는 인형처럼 마구 흔들어댔다.

그들을 도우려고 달려들던 갈랑과 마니투, 바룬, 쉬바는 무섭게 들이대는 창들을 보며 단념해야 했다.

"칼리반 달 살란은 어디 있어?"

친위대 대장은 소리를 버럭버럭 질렀다.

"어디다 숨겼는가? 말하라, 아니면 너희들은……."

"멈추세요!"

타라가 외쳤다.

"우리는 아무 짓도 하지 않았단 말예요!"

크산디아르는 더 세게 흔들어대면서 내뱉었다.

"아무 짓도 안 했다? 너희들은 내 부하들을 잠들게 했고, 죄수를 빼돌렸다. 머리통을 뽑아버리기 전에 그 도둑이 어디 있는지 당장 말하라!"

무아노가 몹시 싫어하는 것이 하나 있다면 그건 강아지처럼 목덜미를 잡혀서 대롱대롱 매달려 있는 것이었다. 여기서는 마법이 통하지 않는다고 했지. 좋아, 그렇다면 야수의 저주는 어떤지 한번 볼까? 야압! 무아노는 자신의 얼굴이 쭉쭉 늘어나고 갈퀴발톱이 쑥쑥 자라서 큼지막한 발들이 이내 땅에 닿는 걸 느꼈다.

크산디아르는 성질이 난 야수와 마주하게 되었다.

"내 친구들을 놓아주시죠!"

이번에는 무아노가 으르렁거리면서 친위대 대장의 목덜미를 움켜잡아 들어올렸다.

"우린 칼의 탈옥과 아무 관련이 없어요!"

친위대가 즉시 반응했다. 휙휙! 언월도, 단검, 장검…… 칼집을 나오는 쇠붙이 소리가 소름끼치게 울렸다.

무아노의 가공할 송곳니들과 맞닥뜨린 크산디아르의 목소리가 꾸르륵거렸다.

"가만히들 있어! 내가…… 수습하겠다!"

친위대 대장은 파브리스와 타라, 로빈을 놓아주었다. 그때까지도 자기 주인이 머리 위 공중에서 버둥거리고 있다는 걸 알아차리지 못한 바룬은 연신 주위를 두리번거리고 있었다. 드디어 파브리스를 되찾은 매 머드는 얼른 코로 다리를 휘감았다.

친위대에게서 눈을 떼지 않은 채 로빈이 속삭였다.

"바룬에게 이따금 다리를 좀 풀어놓으라고 말해야겠다, 너. 그런 식으로 딱 달라붙어 있으면 여차 하는 순간에 어떻게 도망을 치겠어?"

크산디아르는 숨이 막히는 목소리로 무아노에게 명했다.

"이제 나를 내려놔. 너희들을 건드리지 않겠다. 적어도 지금 당장은."

무아노는 머뭇거리지 않고 풀어주었다. 그 즉시 친위대 대장은 번개같이 빠르게 검들을 뽑아서 야수의 심장을 겨냥했다.

"다시는 나를 위협하지 말라."

크산디아르은 분노 때문에 이를 악물고 내뱉었다.

"그건 대장님도 마찬가지예요!"

무아노는 차갑게 응수했다.

타라와 파브리스, 로빈은 감히 숨도 쉬지 못하고 있었다. 무아노의 목을 단칼에 베어버릴지도 모를 긴장감이 감돌고 있었다.

그때였다. 날카로운 울음소리에 모두 소스라치게 놀랐고, 무아노는 하마터면 꼬치구이 신세가 될 뻔했다. 크산디아르는 재빠르게 검들을 치켜세웠다. 그렇게 좋아하는 빨간 바나나를 기다리다 지친 바룬이 화풀이로 한바탕 요란을 떨고 싶었던 모양이다.

어찌나 놀랐던지 하마터면 천장에 구멍을 뚫을 뻔했던 파브리스는 자신의 패밀리어를 쓰다듬어주면서 안정시켰다. 친위대원들이 꺼내들었던 무기를 칼집에 도로 집어넣는 걸 보면 크산디아르가 외교적 차원의 대응보다는 그 상황에 합당하게 행동하기로 결정한 것 같았다.

요란법석을 떠는 항의에도 불구하고 크산디아르는 그들을 모조리 감옥에 가두었다. 최고 마구스의 신분이라며 강력하게 항의하는 마니투도 예외가 아니었다. 교묘한 고문에 일가견이 있는 사람답게 크산디아르는 그들을 자게 내버려두었다가 한밤중에 다시 깨웠다. 불안하고, 피곤하고, 잠이 덜 깨어 있는 상태인데도 그들은 한결같이 모른다고 고집했다. 칼리반 달 살란이 어디 있는지 그들은 진짜 모르고 있지 않은가.

크산디아르는 더는 어쩔 도리가 없었다. 그는 하는 수 없이 여제에게 가서 보고했다.

그런데 놀랍게도 몹시 진노할 줄 알았던 여제가 그 소식을 덤덤하게 받아들였다.

여제는 호박(琥珀)으로 장식된 규방에서 크산디아르를 맞았다. 그 예술작품 같은 방에 들어갈 때면 언제나 그렇듯이 친위대 대장은 자신이 무능한 돼지 같은 느낌이 들었다.

노란색 대리석이 깔린 바닥을 제외하고는 규방은 온통 조각된 호박으로 도배를 하고 있었다. 예술가들이 어찌나 섬세하게 조각했는지 나비, 새, 물고기, 동물들이 살아 움직이는 것 같았다. 여제는 벽에서 뿜어내는 금빛을 받아, 햇빛을 한껏 머금은 과일 같았다. 그 날씬한 여인을 흠모하고 있는 크산디아르는 또다시 목이 조여드는 느낌이 들었다.

그는 바닥에 무릎을 꿇고, 모자를 벗어 겨드랑이에 낀 채로 정중하게 기다렸다.

시녀 두 명이 여제의 치렁치렁한 머리를 빗어 내리고 있었고, 엉킨 머리에 빗이 걸리자, 여제는 인상을 찌푸렸다.

"이젠 정말 자를 때가 된 것 같구나!"

눈이 귀엽고, 예쁘장하게 생긴 가무잡잡한 시녀가 화들짝 놀라며 말렸다.

"폐하, 그러시면 안 되옵니다! 제국의 여인들은 이 머리를 갖기 위해서라면 오른팔이라도 내어줄 겁니다!"

여제는 거울 속의 모습을 응시하면서 고개를 끄덕였다.

"하긴 바로 그 선망의 탄식 때문에 내가 이 성가신 머리를 자르지 못하고 있긴 하지. 하지만 언젠가는 내 인내심에도 한계가 올 게다. 아주 짧게 잘라서 자유를 찾아야지! 그날을 기다리면서! 자, 이제 친위대 대장 말해보시오. 무슨 급한 일이기에 머리손질도 끝나지 않은 아침시간에 나를 찾아온 것이오?"

여제는 돌아앉으면서 무릎을 꿇고 앉은 친위대 대장을 보기 위해 시녀들을 비켜서게 했다.

크산디아르의 얼굴이 벌개졌다.

"그 소년, 칼리반 달 살란이 감쪽같이 사라졌습니다, 폐하!"

그렇게 말하고 나서 크산디아르는 따발총 쏘아대듯 머리 위로 쏟아질 게 뻔한 분노를 예상하면서 잔뜩 긴장하고 있었다.

그런데 이상하게도…… 잠잠했다.

의아해서 고개를 쳐들던 크산디아르는 리스베스틸랑넴의 묘한 시선과 마주쳤다.

"으흠, 으흠, 또 다른 일은?"

크산디아르는 입을 멍하니 벌리고 있다가 말했다.

"그게…… 그 어린 마법사의 친구들이 묘약을 만들어서 간수들을 잠들게 하고 소년을 탈옥시킨 것 같습니다. 그래서 그 아이들을 감옥에 가둬놨는데 특별한 방법을 사용하여 자백을 받으려고 하니 윤허하여 주시기 바랍니다. 그러면 죄수를 잡아올 수 있을 겁니다."

설마 이 얘기를 듣고도 여제가 가만있진 못하겠지……, 크산디아르는 신중하게 눈을 감았다.

여제의 위엄 있는 목소리는 한 점 흔들림이 없었다.

"어림없는 소리! 자백을 받아내기 위해 아이들을 고문했다는 걸 알면 랑코비트에서 절대 용납하지 않을 것이오. 그 아이들을 당장 풀어주시오."

"네? 하지만 그 아이들은 제 부하 절반을 잠들게 했습니다! 그리고 그 소년은……."

울컥한 친위대 대장이 벌떡 일어났다. 어느 안전인지 잊은 것인가?

"사라졌다는 거 아니오? 잘 알아들었소."

자신의 명령에 이의를 제기하는 걸 좋아하지 않는 여제의 언성이 높아졌다.

그러고는 갑자기 피식 웃으면서 여제는 눈이 귀여운 시녀를 돌아봤다.

"마리아나, 내가 트롱도르 왕자에게 홀딱 반했을 때를 기억하느냐? 그때 난 궁전 전체를 잠재우는 주문을 걸었지."

시녀는 까르르 웃으면서 말했다.

"열두 살 때였습니다, 폐하. 어린 나이셨는데도 마력이 아주 강력하셨지요. 하지만 왕자님도 잠들 거란 사실을 미리 고려하지 않으셨지요."

"그래, 그랬지. 곯아떨어진 젊은이에게 사랑을 고백하는 건 별로 로맨틱하지 않았어. 내가 어마마마를 깨어나게 했을 때 불같이 화를 내셨지. 최고 마법사들이 궁전 사람들을 모두 깨어나게 하는 데 거의 한 달이 걸렸으니까!"

여제는 얼이 빠진 얼굴로 다시 꿇어앉은 크산디아르를 응시했다.

"그 아이들이 한 짓은 그리 걱정할 일이 아니니 그냥 놔두시오."

여제는 갑자기 화제를 바꿨다.

"아, 참 바룬을 봤겠군요. 문지기의 아들, 파브리스라는 그 소년이 잘 대해주던가요?"

가슴이 쓰라린 크산디아르의 입에서 하마터면 '폐하가 나를 대하는 것보다는 훨씬 더 나아 보였지요'라는 대답이 튀어나갈 뻔했다. 그는 이도 저도 아닌 중립적인 대답을 택했다.

"그런 것 같았습니다, 폐하."

여제는 한숨을 내쉬었다.

"그 아이에게는 다행한 일이로군. 내 매머드에게 조금이라도 안 좋게 대했다고 하면 단단히 혼을 내주려고 했더니. 나가보시오, 크산디아르. 가서 그대의 의무를 행하시오."

크산디아르는 바보라서 친위대 대장이 된 것이 아니었다. 지방 귀족의 장남으로 태어난 그는 오무아 궁정이 음모와 계략으로 들끓는 소굴이라는 걸 알고 있었다. 그런데 방금 그 중의 어떤 음모에 발을 깊숙이 들여놓은 듯한 느낌이 들었다.

그래서 이번에는 그도 감옥에서 날아온 소식을 덤덤하게 받아들였다.

새로 가둔 아이들도 증발해버렸다는 소식이었다.

적어도 한 가지는 확실했다. 여제가 침범할 수 없는 감옥에서 또다시 일어난 탈옥 소식도 아주 흡족해할 게 분명하다는 것이었다.

친위대 대장이 벌레 씹은 얼굴로 또 어이없이 죄인들이 사라진 감옥들을 하나하나 살피는 동안, 타라는 지렁이가 된 것 같은 불쾌한 느낌으로 팔꿈치를 사용해서 엉금엉금 기어가고 있었다.

크산디아르에게 시달린 뒤에 녹초가 된 타라와 로빈, 파브리스, 무아노, 패밀리어들과 마니투가 각자의 감방에서 잠시 휴식을 취하고 있을 때, 땅 신령들이 나타났다. 신통한 육감으로 누군가가 침투하려고 애쓰고 있다는 걸 느낀 타라는 의자를 부서뜨리고 그 다리 두 개를 필사적으로 휘둘렀다. 땅 신령들이 목숨을 구한 것은 다음의 말 한 마디 덕분이었다.

"우리는 칼리반 달 살란이 보내서 왔다!"

영리하게도 땅 신령 하나가 머리 위를 덮치려는 의자다리를 피하면서 속삭였던 것이다.

땅 신령들은 칼과 맺은 협약에 대해 알려주었고, 서슬이 퍼래진 타라를 보면서 그들은 뒷걸음질쳤다. 그래서인지 터널에서도 그들은 가능한 한 타라에게서 멀리 떨어지려고 했다.

한편 아무것도 느끼지 못했던 파브리스와 바룬은 잠을 깨운 땅 신령들을 조용히 따라갔다. 하지만 아직 야수로 변신해 있는 무아노는 하마터면 그들을 와작와작 씹어먹을 뻔했고, 로빈은 적이 아니라는 걸 모르고 때려눕혔던 이들의 몸을 미안하게 쳐다보고 있었다. 그러나 파란 존재들이 칼에게 무슨 짓을 했는지 알았을 때 죄책감이 완전히 사라진 로빈은 땅 신령들이 그 부상자들을 돌보거나 말거나 거들떠보지도 않았다. 까무러치게 놀라서 잠을 깼던 마니투는 따라가면서 더 빨리 칼에게 데려가지 않으면 물어뜯겠다고 으르렁거렸다.

땅 신령들은 안젤리카를 데려가지 못해서 몹시 실망했다. 그러나 갈색머리 꺽다리가 감방에 없어서 타라는 속이 다 후련했다.

땅 신령들이 눈이 돌아갈 정도로 빠르게 땅을 팠기 때문에 그들이 탈옥하는 데는 시간이 아주 조금밖에 걸리지 않았다. 기신맥신해서 숨을 헐떡이고는 있지만 자유의 몸으로 그들은 주된 지하도에서 재회했다.

칼과의 만남, 그건 정말이지 눈물겨운 장면이었다. 친구들이 감옥에 갇혀 있다가 땅 신령들이 풀어주었다는 얘기를 듣고 어린 도둑은 족히 15분은 배꼽을 잡고 웃었다. 오, 이 순간 친위대 대장의 얼굴을 볼 수만 있다면 생쥐라도 되고 싶은 심정이었다. 침투할 수 없다는 그 잘난 감옥이 여과지나 다름없이 되어버렸으니!

일단 기쁨의 눈물을 닦고 나서 그들은 문제를 하나하나 짚어보기로 결정했다.

"첫 번째로 할 일은 그 끔찍한 트실에게서 너를 구하는 거야."

타라는 부르르 떨면서 말했다.

이번에는 마니투가 반박했다.

"하지만 또 한편으로는 그 악당 마법사가 금서를 손에 넣지 못하게 해야 한다. 그랬다간 아더월드를 완전히 위험에 빠트릴 수 있어! 트실들이 활동을 개시하려면 아직 이틀 반이 남았으니까 그때까지 칼은 괜찮아. 그래서 내 생각에는 랑코비트로 돌아가서 금서를 손에 넣고 땅 신령들이 이를 수 없는 안전한 곳에 감추는 게 좋겠구나. 그다음에 모두 함께 땅 신령들의 부녀자들을 구하러 가는 거야."

"이 모든 일의 배후 인물이 마지스터라면, 저는 맞서 싸울 수 없어요."

타라가 고백했다.

"그는 너무 강력해요. 지난번에는 우리가 억세게, 정말 아주 운이 좋았던 거라고요. 비밀의 문을 찾아서 그 미치광이가 다른 데 정신이 팔려 있다는 확신이 드는 순간에 탈출시킬 계획을 세워야 해요."

"그야 물론이지."

마니투가 인정했다.

"놈이 너를 잡아가게 되면 진짜 큰일이니까. 따라서 첫째는 랑코비트와 금서, 둘째는 포로들, 그다음은 해독제, 모두 찬성이지? 칼, 네 생각은 어떠니?"

살이 떨리는 느낌이 드는 어린 도둑은 솔직하게 대답했다.

"반대라고 말하고 싶지만 트실들과 악마들의 침략, 그 두 가지 중에서는 선택의 여지가 없잖아요. 그래서 저는 오케이예요. 우리의 임무를 빨리 이행하면 할수록 나는 해독제를 빨리 먹게 되는 거니까요."

"저도 준비됐어요. 금서를 안전한 곳에 감춘 뒤에 칼을 구해요."

로빈이 말했다.

"그런데 한 가지 문제는 우리의 파란 친구들에게 그들을 도우러 떠나기 전에 랑코비트로 먼저 가야하는 이유를 설명해야 한다는 거야."

마니투가 말했다.

"땅 신령들이 마법은 능통해?"

바룬을 잠시 저버리고 파브리스가 물었다.

"뭐 그리 대단한 정도는 아냐."

칼이 대답했다.

"마법을 쓰기는 하는데 그들이 돈주고 산 주문을 사용하는 거지 창조하는 것들이 아니거든. 도무지 샤워기를 조절할 수가 없더라고. 그리고 공기 건조 시스템은 하마터면 내 살을 먹을 뻔했다니까. 그런데 그건 왜?"

"나만큼 마법을 잘 모른다면 말야. 네가 그 일을 하려면 반드시 '마법 연장'이 필요하다고 해도 그들은 알 수가 없잖아, 안 그래? 그리고 진실의 입들은 네 머릿속을 읽을 수 없으니까 너는 무슨 말이든 할 수 있어. 예를 들어서 너는 도둑의 연장을 가지러 꼭 랑코비트로 돌아가야 하며 그게 없으면 비밀의 문을 찾을 수 없다고 말하는 거야."

"와우, 내 친구, 파브리스."

칼이 감탄했다.

"지금처럼 좀 더 자주 우리에게 관심을 가져주면 좀 좋으냐 말야!"

파브리스는 입술을 질끈 깨물었다.

"나와 바룬의 관계는 아주 강해. 내 감각인지 바룬의 감각인지 구별하기가 힘들 정도야. 그리고 바룬이 축소된 것에 적응하지 못하고 있거든. 그래서 요즘 내가 좀 딴 생각을 하더라도 나를 좀 이해해주라."

칼은 정말 못 말리겠다는 얼굴로 하늘을 올려다봤다.

"그래서 네가 그 지긋지긋한 수수께끼를 잊기만 한다면 그냥 이대로 쭈욱 방심해도 좋아!"

타라가 픽 웃었다.

"난 그 마음 충분히 이해해. 나도 처음에는 갈랑과 떨어지지 못했으니까. 그 관계는 시간이 지나면 차츰 덜 성가시게 돼."

갈랑은 못마땅한 마음을 전했다. 뭐라고, 덜 성가시게 된다고? 갈랑은 늘 타라에게서 멀리 떨어지는 걸 싫어했다. 타라는 며칠 동안 패밀리어에게 신경을 많이 써주지 못했다고 생각하면서 양쪽 귀 사이의 보드라운 털을 쓰다듬어주는 것으로 페가수스를 진정시켰다. 알았어, 미안해. 이 위기 상황을 벗어나면 일주일 내내 정성스럽게 돌봐주고 귀여워해줄게.

그들이 랑코비트로 가야 한다고 말했을 때, 글룰 부글룰은 반대했다. 그들이 해독제와 관계없이 칼을 구하기 위한 어떤 계책을 꾸미고 있는 것이 아닌가 의심하고 있는 게 분명했다.

칼은 냉랭한 어조로 연장 없이는 일을 하지 못하는 버릇이 있다고 대꾸했다. 그래도 명색이 전문가인데 당연한 일이 아니냐고 되려 큰소리치면서 칼은 땅 신령이 대신 그 일을 할 생각이면 마음대로 하라고 배짱을 부렸다.

글룰 부글룰에게 동정심을 느끼고 있던 타라는 인질을 요구하는 순간…… 얼굴빛이 싹 바뀌었다.

타라가 땅 신령을 스테이크 구이로 만들려는 순간, 파브리스가 말렸다.

"타라, 참아. 칼의 '연장'을 가지러 가는데 우리가 다 갈 필요는 없어. 지금은 어차피 내가 별 도움이 못되잖아. 내가 바룬과 함께 인질로 여기

남을게. 그리고 과일과 야채 식이요법이 바룬에게는 딱 맞기도 하고. 내가 여기서 기다릴게."

제안은 그렇게 했지만 파브리스가 마지못해서 그들을 떠나게 하는 것임을 타라는 뻔히 알고 있었다. 마지스터가 본의 아니게 납치했을 때, 파브리스는 이미 친구들의 모험에서 제외된 경험이 있는데 이번에도 또 그렇게 생겼으니……. 하긴 파브리스는 매머드에게 정신이 빠져 있기 때문에 도둑질을 한창 하고 있을 때 누군가가 방심하는 사람이 있으면 어떤 문제를 일으킬 수도 있었다.

땅 신령들의 공간이동의 문은 그리 멀지 않았다. 글룰 부글룰은 거기까지 거미나 전갈을 타고 가라고 제안했지만, 타라는 갈랑의 크기를 원상 복귀시켰다. 잠자리를 타고 날아가는 땅 신령을 따라 칼과 로빈, 타라는 페가수스를 타고 뒤따랐고, 야수로 변신한 무아노는 쉬바, 마니투, 블롱딘과 어울려 전속력으로 내달렸다.

공간이동의 문 입구에 이르자 글룰 부글룰이 물었다.

"수석 마법사 칼리반 달 살란, 자네의 연장을 찾아오는데 시간이 얼마나 걸리겠는가?"

"상황에 따라 2시간에서 26시간 사이가 될 거예요. 어쨌든 난 도망사니까 눈에 띄지 않게 행동해야 하니까요!"

글룰 부글룰은 고개를 끄덕였다.

"알겠네. 아직 시간은 있지. 트실들의 활동은 이틀하고 반나절 후부터 시작되니까."

칼은 몸서리를 치면서 대꾸는 하지 않았다.

"도착지점이 어디죠?"

신중한 로빈이 물었다.

"궁전 경비원들 앞에 나타나는 건 좋은 생각이 아닐 겁니다."

글룰 부글룰이 말했다.

"물론 안 되지. 우리도 그 생각을 했기 때문에 트라비아의 우리 대사관에 도착할 것이네. 그다음은 자네들이 알아서 성으로 가야 해. 그럼 나중에 보세. 칼리반 달 살란, 자네를 기다리고 있겠네. 자네의 친구들도."

타라는 그 협박을 무시해버리는 것이 어려운 일이란 것을 알았다. 하지만 그들은 사실 돌아올 생각이었고, 타라는 불안해할 이유도 없었다. 거의.

땅 신령이 대합실 문을 열었다. 그들이 들어서자마자 다섯 장의 태피스트리에 표현된 유니콘들, 마법사들, 요정들, 거인들, 엘프들이 번쩍거리기 시작했다. 그 빛들이 아우라를 만들어냈다. 글룰 부글룰이 왕홀을 제자리에 놓고는 재빠르게 나갔다. 무아노가 "랑코비트 대사관!" 하고 외치자 무지개가 그들 무리를 건드렸고, 그들은 눈 깜짝할 사이에 다른 곳에 서 있었다.

어딘가에 이른 그들은 날카로운 곤충들의 엄청난 발들과 맞닥뜨렸다.

땅 신령들의 경비원들은 인간이 아니었다. 흉측한 이빨을 드러낸 초록빛 사마귀들이 까딱도 않은 채 불쑥 나타난 인간들을 쳐다봤다.

그 중 하나가 다가오라는 시늉을 하고 있는데 꽃, 새, 거미에 에워싸인 동그란 왕관(스몰컨트리의 문장) 같은 무늬가 복부에 새겨져 있었다. 큼직한 겹눈을 데굴데굴 굴리며 쳐다보는 사마귀들 사이를 통과하자니 그들은 등골이 오싹했다.

일단 그 방을 나오자 무아노는 한숨을 푹 내쉬었다. 그들을 기다리고 있던 땅 신령이 허리를 굽혔다.

"트라비아 대사관에 온 걸 환영합니다. 나는 스몰컨트리의 전권대사,

불룰 불불입니다. 수석 마법사 칼리반 달 살란의 연장이 있는 곳으로 안내할까요?"

칼은 정중하게 대답했다.

"고맙지만 사양합니다. 그러실 필요는 없습니다. 곧 다시 찾아오겠습니다."

"낮이든 밤이든 언제든 오세요. 망설이지 말고 우리를 깨우세요. 최선을 다해 여러분을 도와주라는 지시를 받았습니다."

"고맙습니다. 그럴 일이 생기면 틀림없이 그렇게 하지요."

그들이 대사관을 나왔을 때, 타라는 트라비아의 화려한 건물들을 다시 보게 된 것이 기뻤다. 장인들이 경쾌한 그림으로 단장해 놓은 도시의 벽들이 새롭게 보였다. 줄무늬 진 하늘에 반들반들한 지붕들이 그 윤곽을 또렷이 드러내고 있었다. 어? 타라는 눈이 휘둥그레졌다. 하늘에 초록, 보라, 노랑, 파랑 줄무늬?

이번에는 무아노가 하늘을 쳐다보며 한숨을 쉬었다.

"티타니아 숙모가 또 대대적인 장식 작업을 시켜놨군. 타라, 신경 쓰지 마. 정기적으로 일어나는 일이니까. 숙모는 이따금 하늘의 색깔을 바꾸길 좋아해서. 파란색이나 섬은색은 좀 너무 구태의연하다고 생각하시거든!"

의심쩍은 표정으로 하늘을 살피던 칼은 심호흡을 하고 나자 긴장이 풀리는 것 같았다.

"와, 내 나라로 돌아오니까 진짜 좋다! 내가 어느 정도로 신경이 날카로워 있는지 깨닫지 못하고 있었는데. 일단 우리 집에 들렀다가자. 간수들이 내 단검과 무기를 모조리 압수해버렸거든. 무기가 없으니까 꼭 벌거벗고 있는 느낌이야."

사실 무아노는 마음이 편치 않았다. 처음 금서를 들었을 때 책이 두 손 사이에서 꿈틀거리는 것 같았었다. 마치 살아 있는 것처럼. 어찌나 놀랐던지 무아노는 하마터면 기어가는 걸 잊어버릴 뻔했었다. 그러다 불의 뱀들 중 한 놈에게 당할 뻔하면서 머리칼이 그을렸다. 무아노는 생각만 해도 몸이 으스스 떨렸다. 그런데 그 짓을 또 해야 하다니!

거리는 북적였다. 작은 요정들이 메시지나 꽃 또는 꽃가루를 싣고 이리저리 날아다녔다. 마구장식에 묶인 한 무리의 아이들이 파란 옷차림의 여자 마법사 뒤에서 공중에 떠다니는 연습을 하는 모습도 보였다. 타라는 미소를 지었다. 마치 여자 마법사가 아이들을 꽃다발처럼 매달고 있는 것 같은 동화 속의 정경이 아닌가!

한 통행자가 이륙하거나 착륙할 때마다 나팔소리가 울렸다. 스쿠프들과 마찬가지로 날개가 달린 나팔들이 군중의 움직임을 세심하게 살피면서 착륙과 이륙을 알리고 있어서 귀가 멍멍할 정도로 시끄러웠다.

페가수스를 타고 이동하는 몇몇 마법사들은 이제 놀랄 만한 일도 아니었다. 그러나 날개돋친 황소가 이동수단으로 사용되는 걸 보고 타라는 깜짝 놀랐다. 황소의 번들거리는 날카로운 뿔에 바칠까 봐 사람들이 조심스럽게 비켜섰다.

장사꾼들이 수많은 물건들을 내보이는 건 팅가푸르와 다를 바가 없었다. 진열대에 각종의 과일과 채소가 그득했는데, 그 중에는 완강하게 반항하는 것처럼 보이는 것들도 있었다. 남부지방의 맛좋은 식충식물 칸타루프들이 우리 안에서 으르렁거리고, 금방 꺾어온 듯한 칼로르나들이 눈으로 사용하는 꽃잎을 마구 흔들어대고 있었다. 좀 떨어진 곳에서 크라켄 한 마리가 절대로 꼬치구이가 되지 않겠다는 표시로 물통에서 꾸물꾸물 기어 나와서는 상인의 목을 조르려고 기를 썼다. 바로 옆에선 그 유명한 막대사탕 키디코이를 파는 꼬마도깨비 파보들이 물 튀기지 말라고 악을 썼다. 친파프 병들의 지휘를 받는 쟁반에서는 주문에 걸린 사탕과자들이 발맞추어 행진하는 재미있는 모습도 보였다.

좀 더 걸어가자, 난쟁이의 진열대 옆에서 엘프 두 명이 활과 화살을 진열하고 있었다. 사실 무기가 없으면 벌거벗은 것처럼 느껴지기는 로빈도 마찬가지였다. 팅가루프에서 무기를 압수 당했기 때문에 로빈이 관심을 보이며 다가섰다. 갈색의 좋은 나무로 만들어진 활은 정교한 조각이 새겨져 있고, 활시위는 아주 탱탱했다. 엘프 중 하나가 백발과 흑발이 섞인 로빈의 머리를 보면서 뭐라고 비아냥거렸다. 무슨 말인지는 모르지만 그 어조에 경멸이 담겨 있다고 느끼던 타라는 로빈의 얼굴이 굳어지는 걸 보았다. 하프엘프라는 신분을 들킨 것이 분명했다.

이런 인종차별주의자들! 세계 어디를 가나 이런 작자들은 꼭 있구나! 할머니는 이런 부류를 어떻게 대해야 하는지 잘 알고 있었다. 할머니를 흉내내기로 마음먹은 타라는 크레디트—무트 금화가 쩔렁거리는 돈주머니를 꺼내들고 다가섰다. 무아노의 통역주문 덕분에 엘프들의 노래하는 듯한 억양을 알아들을 수 있었다.

타라는 완벽한 엘프 언어로 말했는데 업신여기는 어조였다.

"근데 로빈, 이런 곳에 쓸만한 것이 있을 거라고 생각해? 난 네가 왜 여기 멈춰 섰는지 모르겠어. 우리 딴 데 가서 보자. 장사할 줄 아는 사람의 가게로 가서 돈을 쓰자, 우리!"

"거, 말 한번 잘했어요, 아가씨!"

옆에서 장사하는 난쟁이가 반겼다.

"이쪽으로 와서 구경해요. 내 도끼와 검들이 그것들보다야 훨씬 값어치가 있지요."

로빈을 망신이라도 줄 생각으로 벼르던 엘프가 이번에는 난쟁이를 노려봤다.

"우린 아더월드 최고의 활을 팔고 있답니다!"

엘프는 달콤한 목소리로 자신 있게 말했다.

"아, 그래요? 뭐, 별로 그렇게 보이지도 않는데!"

타라는 시큰둥하게 대꾸했다.

로빈은 입을 멍하니 벌린 채 침을 꼴깍 삼키면서 소곤거렸다.

"저기, 그래도 조심해. 나의 동족들은 반발심이 강하거든. 동시에 둘을 상대할 수는 없어."

장사꾼 엘프와 '먼저 눈을 내리까는 사람이 지는' 게임을 시작한 타라는 눈싸움에 열중하느라 로빈의 말에 눈썹 하나 까딱하지 않았다.

타라의 분노가 어찌나 큰지 살아있는 돌에게 전해지고 있었다. 타라의 손이 파란 섬광을 번쩍이기 시작했다. 엘프가 눈을 깜빡깜빡하더니 허리를 굽히는 것으로 보아 소녀의 힘을 느낀 것이 틀림없었다.

엘프는 약삭빠른 어조로 말했다.

"여기 내놓은 무기들은 아마 마음에 들지 않을 겁니다. 아가씨의 신분에 걸맞은 물건을 보여 드리지요."

그의 손짓에 따라 또 한 명의 엘프가 무지갯빛 커튼 뒤로 들어갔다가 상자 하나를 들고 나왔다. 그가 조심스럽게 상자를 열자, 발분의 젖처럼 하얀 활이 들어 있었다. 히믈리아 산의 무지갯빛 나무로 만든 활의 몸체에서 금과 은을 입힌 룬 문자들이 불을 뿜어내듯 번쩍이고, 활대는 안면이나 겉면이나 마치 다이아몬드를 깎아놓은 듯 빛이 눈부셨다. 브르르르아아아의 뿔로 만들어진 손잡이에도 에메랄드가 박혀 있었다.

아주 근사한 활이었다. 로빈, 칼, 무아노도 같은 생각이라는 얼굴이었다.

그 효과에 만족한 엘프가 뻐기면서 말했다.

"이게 바로 우리 엘프 전사들 중 가장 유명한 '강철 심장' 릴란드릴의 활이지요. 이 활은 릴란드릴을 위해 만들어졌던 것인데 2천 년 전 그가 사망한 뒤로 새 주인을 찾고 있답니다. 하지만 한 가지 알려드리지요. 아가씨가 손잡이를 잡았을 때, 아가씨가 임자가 아닌 경우에는 심각한 화상을 입게 되지요."

로빈은 어깨를 으쓱했다.

"나도 릴란드릴의 활에 대한 전설을 알고 있어요. 그 활이 하프엘프는 절대 받아들이지 않을 거라는 것도 알아요. 그러니까 나한테 장난치지 마세요. 난 전통적인 활을 가질 거니까. 나한테는 저게 어울리는 것 같아."

로빈이 다른 활을 가리키면서 말했다.

로빈의 슬픔을 느낀 타라는 마음이 아팠다. 마법을 써야겠어. 일단 살아있는 돌이 도와줄 수 있는지 알아보자.

'살아있는 돌아.'

타라는 마음속으로 불렀다.

'내 앞에 있는 활에서 마법을 느낄 수 있겠어?'

'활?'

이런! 살아있는 돌은 활이란 것에 대해 아무런 개념이 없었다.

'아, 미안해. 내 정신 속에서 활의 이미지를 봐.'

살아있는 돌은 타라의 눈을 통해 상자 안의 활을 보았다.

'흥! 강력하지 않아.'

살아있는 돌이 번쩍거리는 활을 유심히 살핀 뒤에 콧방귀를 꼈다.

'나만큼은 아냐! 하지만 얘기는 들어 봐야지.'

'그럼 따분하지 않은지 물어 봐.'

살아있는 돌이 물어보다가 약간 놀랐다.

'따분한대. 아름다운 타라, 예쁜 타라가 흑장미 숲 속으로 찾아오기 전의 나만큼이나.'

그 뜻밖의 설명을 들으며 타라는 미소를 지었다.

'좋았어. 그럼 잠시 후에 활을 만지는 사람이 릴란드릴과 경험했던 것보다 더 많은 모험을 겪게 해줄 거라고 말해. 그러니까 그에게 화상을 입히면 안 된다고.'

살아있는 돌이 잠시 후에 말을 이었다.

'릴란드릴의 주문에 걸려 있어. 활 혼자서는 그 주문을 제거할 수 없어.'

'아, 그래? 그럼 릴란드릴 외에는 누구든 화상을 입는다는 뜻이잖아? 결국 활은 새 주인을 선택할 수 없다는 말이기도 하고.'

'아니, 릴란드릴은 활을 보호하기 위한 주문을 걸어놨어. 그녀만 활을 만질 수 있어. 그런데 갑자기 끽! 단숨에 죽어버렸대.'

'아하? 그럼 함정?'

타라가 물었다.

이번에는 활이 돌의 중개로 대답했다.

'생선 가시가 목에 걸린다. 옴짝달싹 못 한 채 뻣뻣하게 쾅당! 넘어진다. 하지만 전쟁이 일어나기 직전이었다. 그래서 엘프들은 그녀가 전투 중에 사망했다고 말한다. 생선 가시는 덜 영광스러우니까.'

타라는 웃음을 참았다.

'알겠어. 살아있는 돌아, 그 주문을 제거할 수 있겠어?'

'그까짓 거쯤이야.'

살아있는 돌이 약간 거만하게 대답했다.

'너의 마력도 줄 거야?'

'줄게.'

'그럼 쉽지!'

살아있는 돌은 타라의 능력에 자신의 능력에 섰었다. 보이지 않는 촉수 하나가 슬금슬금 활을 향해 뻗어나가더니 활을 건드리고 나서 쪼그라들었다.

'됐다!'

타라의 정신 속에서 돌이 흡족하게 외쳤다.

"로빈?"

타라가 큰 소리로 불렀다.

"응?"

"그 활을 잡아."

"하지만……."

"아무 소리 말고 그 활을 잡아. 나를 믿고."

엘프가 비웃듯이 상자를 내밀었다. 로빈은 머뭇거리다가 손을 내밀고 손잡이를 건드렸다. 아무 일도 일어나지 않는 걸 보면서 로빈이 활을 잡아 상자에서 꺼내자, 엘프의 눈알이 튀어나올 것만 같았다.

"오, 제두릴과 브란드마릴이여, 활을 잡았는데 화상을 입지 않다니! 이건 말도 안 돼!"

로빈의 미소가 얼굴을 세 바퀴 도는 것 같았다. 활짝, 활짝, 활짝.

"믿을 수가 없어."

로빈은 번쩍이는 활을 부드럽게 어루만지면서 감동한 어조로 말했다.

"강력하기로 이름난 활이 이렇게 가볍다니!"

두 엘프는 완전히 꼬리를 내렸다. 그들은 마치 로빈이 제2의 얼굴이라도 내밀었다는 듯이 쳐다보고 있었다. 이어서 그들은 가상할 정도로 눈에 뻔히 보이는 노력을 했다.

"그 활을 화살과 함께 금화 1000크레디트—무트에 팔지요."

뭐? 1000크레디트—무트? 돈주머니에는 45크레디트—무트밖에 없었다. 타라가 실망하는 순간, 무아노가 나섰다.

"잠깐! 나도 릴란드릴의 마법 활에 대한 전설을 알고 있어요. 전설에 의하면 릴란드릴의 마법 활은 파는 것이 아니라 활을 잡을 용기가 있는 사람에게 주는 것이라는 것도 알고 있거든요. 그런데 내 친구가 방금 해냈잖아요. 그러니까 우리에게 장난치지 마세요. 아니면 엘프 최고위원회에 알리겠어요."

엘프들이 우거지상이 되어 고개를 떨구었다.

"좋아요, 가져가요. 그러니까 최고위원회에는 우리가 활을 줬다고 말해줘요."

타라는 잽싸게 화살과 정교한 화살집을 챙기면서 말했다.

"두 분과 합의에 도달해서 기쁘군요."

옆에 서 있던 난쟁이가 너털웃음을 터뜨렸다.

"우하하하! 어리석은 엘프들이 결국 보기 좋게 함정에 빠졌군 그래. 불사르딘을 낚는 줄 알았다가 무시무시한 크로크—르캥에게 덤벼든 꼴이 되었으니! 브라보, 아가씨. 좋은 구경을 시켜준 대가로 단검을 선물로 줄게요. 이 녀석 이름이 '바늘'인데, 잘 간직해요. 마력은 없지만 휘어지지도 않고 부러지지도 않는답니다. 안녕, 귀여운 아가씨! 아가씨의 망치가 맑은 소리로 울리기를!"

타라가 그 느닷없는 선물을 사양할 사이도 없이 난쟁이는 이미 다른 손님을 맞기 위해 돌아서 있었다.

로빈은 완전히 얼이 빠져서 걸어가고 있었다.

자꾸만 발을 밟는 로빈이 지겨워진 마니투가 놀렸다.

"파브리스와 바룬 커플 저리 가라네. 앞을 좀 보면서 갈 수 없겠니, 로빈? 너의 그 새 장난감과 사귈 시간은 앞으로도 얼마든지 많아!"

"정말 아름답지 않아?"

로빈은 되뇌었다. 벌써 천 번째!

"그래, 멋져."

무아노도 천 번째로 똑같은 대답을 했다.

"어? 타라, 저 여자 좀 봐! 네 목에 있는 보석문양을 흉내냈어."

젊은 여자가 목에서 반짝이는 장식을 내보이려고 가슴선이 드러난 원피스를 입고 쇼핑을 하고 있었다. 림보에 갔을 때 타라가 악마들에게서 해방시켜준 고마움의 표시로 색깔들이 선물로 주었던 목걸이 문양을 흉내내긴 했는데 아주 형편없었다. 타라의 목에는 기괴한 형상의 흑단, 다이아몬드, 에메랄드, 사파이어, 루비가 번쩍거렸다. 타라는 슬그머니 보석문양을 감추면서 군중을 더 유심히 살폈다.

아더월드에는 유행하는 패션이라는 것이 없었다. 누구든 자기가 원하는 복장을 만들 수 있고, 마법으로 기상천외한 것들을 만들 수 있기 때문에…… 과연 볼만했다. 온갖 색깔의 깃털, 모피, 가죽과 미확인 물실들, 어쩌면 알지 못하는 동물의 점액이나 실일 수도 있었다. 재단사들은 비마들을 위한 옷만 만들기 때문에 마법사들의 복장과 비마들의 간결한 복장이 확연히 구별되었다.

무아노가 이번에는 번쩍번쩍한 공들에 둘러싸인 채 이동하는 뚱보 여자를 가리켰는데 그 공들이 마치 살아 있는 옷 같았다. 또 한 여자는 자기가 만드는 바람으로 얇은 옷을 빙글빙글 돌리며 멋진 몸매를 드러내고 있었다. 머리끝에서 발끝까지 보랏빛 깃털을 뒤집어쓴 사람과 번쩍거리는 시커먼 껍질을 걸친 사람이 이야기를 나누고 있는 모습도 보였다. 이윽고 군중이 드문드문해졌다.

칼은 복잡하게 뒤얽힌 거리들을 지나 무성한 덤불에 가려진 예쁜 집으로 친구들을 데려갔다. 칼이 두 손을 올리자 달각거리는 가시로 무장한 덤불이 비켜섰고, 인상을 찌푸리자 가시들이 살을 가볍게 찔렀다.

갑자기 무아노가 비명을 지르면서 본능적으로 야수로 변신했다. 바로 눈앞에 머리가 일곱 개 달린 괴물이 휘파람을 불면서 이빨을 딱딱 마주치고 있었던 것이다. 힘을 불러모은 타라의 손에서도 빛이 번쩍거렸고, 로빈은 화살을 시위에 메웠다. 하지만 칼은 어느새 일곱 개의 입으로 침을 질질 흘리는 괴물 앞으로 저벅저벅 걸어가고 있었다.

괴물은 칼을 집어삼킬 듯이 몸을 숙였다가 느닷없이 쿵, 하고 쓰러지더니 칼의 발치에서 데굴데굴 구르면서 행복한 울음소리를 내질렀다.

"안녕 토토, 안녕, 내 귀염둥이, 정말 보고 싶었어!"

칼은 기를 쓰고 일곱 개나 되는 얼굴을 다 끌어안고 눈 주위를 긁어주면서 정겹게 말했다.

타라는 믿어지지 않는 얼굴로 외쳤다.

"토토? 이 괴물의 이름이 토토란 말야?"

"응."

칼은 약간 멋쩍은 듯이 대답했다.

"부모님이 세 살 때 생일 선물로 주신 거야. 그때는 토토란 이름이 마음에 쏙 들었거든."

"히드라잖아! 도시에서 사는 것이 금지된 동물로 알고 있는데……."

무아노는 호흡을 가다듬으려고 애를 쓰면서 변신했고, 마법복이 정상적인 크기를 되찾으려는 듯 신음소리를 냈다.

"엄마한테는 특별히 면제되어 있어. 집안에다 귀한 물건들을 보관해야 할 일이 자주 있거든. 토토, 냄새를 맡아줘. 내 친구들이니까 통과시켜도 돼."

커다란 머리 하나가 다가와서 킁킁, 냄새를 맡을 때 타라는 침을 꼴깍 삼켰다. 몸뚱이에 갑옷을 두른 올리브빛 히드라의 시커먼 머리 일곱 개…… 게다가 장밋빛의 두툼한 혀 일곱 개가 침을 질질 흘리며 날름거렸다. 윽, 입맛을 다시는 거야, 재롱을 피우는 거야?

로빈은 활시위를 느슨하게 풀면서 부탁했다.

"칼, 다음 번에는 미리 알려줘, 제발! 너의 토토는 하마터면 그 일곱 개의 목구멍에 일곱 개의 화살이 꽂힐 뻔했잖아!"

"정말, 미안해."

고의적으로 친구들을 놀래주려고 했던 칼은 로빈이 강력한 활로 무장하고 있는 데다 신경이 날카로워져 있다는 걸 까맣게 잊었던 것이 분명했다.

칼의 지시에 따라 히드라는 신음소리를 내면서 온순하게 비켜섰다.

칼을 따라 집안에 들어서니 상큼한 장미 향기가 물씬 풍겼다. 그도 그럴 것이 벽 중 하나가 온통 장미꽃으로 뒤덮여 있었다. 각별히 신경을 쓰는 곳인지 여섯 명의 작은 요정들이 그 주위를 윙윙 날아다니고 있었다. 바닥에는 폭신한 모피 같은 것이 깔려 있는데 가르랑거리면서 타라의 발목에 휘감겼다.

그들은 응접실로 들어갔다. 커다란 방에 책, 지도, 양피지, 번쩍번쩍한 조각품들이 그득했다. 서비스를 하게 된 것이 기쁜 소파와 의자들이 그들을 향해 달려왔다. 그들이 앉자마자 부엌에서 음식이 듬뿍듬뿍 담긴 접시들이 몰려왔다. 차와 핫 초코에 친파프도 보이고, 사탕이며 크림케이크, 칼을 위한 스테이크도 있었다. 칼은 마치 한 달쯤 고기라곤 구경도 못한 사람처럼 게걸스럽게 달려들었다. 이틀 동안 고기를 먹지 못한 건 사실이긴 했지만. 채소만 먹는 것, 그건 정말이지 칼에게는 죽을 맛이었다. 무아노도 크림케이크 세 조각을, 로빈은 여섯 조각을 먹어치웠다. 마니투는 상상을 초월했다. 타라는 마니투가 스무 개째를 먹을 때부터는 개수 세는 걸 아예 포기했다.

꿀과 개암열매 향기가 솔솔 풍기는 핫 초코를 마시던 타라는 지구에서 수입한 카카오 열매가 그런 특별한 맛을 나게 했음을 알았다. 꿀이 한 방울이라도 떨어지길 학수고대했는지 모피 양탄자는 좋아라 팔딱거리면서 얼른 받아먹었다.

타라와 무아노는 칼의 방이 몹시 궁금했지만 칼은 막무가내로 허락하지 않았다. 절대 안 되지! 방을 온통 샤키라 포스터들로 도배를 해놓은 걸 보면 두고두고 놀려먹을 텐데! 칼은 황홀하게 허리를 흔들어대는 지구의 섹시가수의 열렬한 팬이었다.

칼은 민첩한 동작으로 다양한 종류의 연장 여섯 개를 챙겨서 마법복 주머니에 집어넣었다. 마법복의 주머니는 무엇이든 흡수해버려서 거추장스럽지도 그 무게도 느껴지지 않았다.

연장을 다 챙기고 나자 칼은 부모님에게 자신의 탈옥 소식을 알리기 위해 메시지를 담은 탈루디를 남겨놓았다. 그러고는 돈주머니에 크레디트—무트 금화를 가득 채웠고, 양피지 두루말이 두 개를 들고 친구들과 함께 집을 나왔다. 그들이 떠나는 걸 보며 몹시 슬퍼하는 토토의 구슬픈 울음소리가 한동안 들렸다.

칼이 궁전을 향해 걸어가면서 설명했다.

"작은 문으로 들어가자. 몇 년 전에 궁전 스스로가 나에게 알려준 출

입구야."

마니투가 어이가 없는 얼굴로 물었다.

"너 그 말은 그 큰 건물과 대화를 나눴다는 뜻이니? 그런 얘기는 내 평생 처음 들어보는데!"

"정확하게 그런 뜻은 아니에요. 내가 속임수를 부탁했는데…… 궁전이 도와주었으니까 아니, 거부하지 않았으니까 대답한 것이라고 봐야지요. 예를 들어서 수석 마법사들의 공동침실 벽을 투명으로 만들어달라고 부탁했을 때는 진짜 협조적이지 않았거든요."

"칼!"

타라와 무아노가 동시에 외쳤고, 로빈은 주먹으로 어린 도둑의 옆구리를 한방 쳤다.

"뭐어? 내가 또 뭘 어쨌는데?"

궁전은 경비가 삼엄했다. 마지스터가 악마의 마법을 가로챈 뒤로 아더월드의 군주들, 대통령들, 지도자들은 마침내 위험을 깨닫고는 경비를 강화했다. 그 때문에 경비병들을 대거 보충했다더니 뻣뻣한 동작으로 봐서는 신참 냄새가 팍팍 풍겼다. 그런데 문제는 편집중이 있는 그 신참들이 눈이 벌개서 궁전 주위를 살피고 있다는 것이었다. 순찰대도 보강되어 있어서 궁전을 한 바퀴 돌아서 칼이 말하는 작은 문에 이르려면 그들은 경비들이 지나가기를 기다려야 했다.

지금 산책하는 중이니까 나한테 신경 꺼요, 하는 식의 순진한 얼굴로 칼은 휘파람을 불면서 겉으로 보기에는 다른 벽과 아무런 차이가 없는 벽 앞에 멈춰 섰다.

어린 도둑은 이마를 찡그리면서 중얼거렸다.

"나한테 뭐라고 했더라? 아, 맞아! 궁전이여, 궁전이여, 가장 아름다운

궁전이여, 이 문으로 그대의 친구를 들어가게 해줘요!'

"가장 아름다운 궁전이여?"

로빈이 믿을 수 없다는 얼굴로 되뇌었다.

"예쁜 건 사실인데 뭐!'

벽이 심하게 요동치는 것 같더니 돌들이 싹 사라지고 구멍이 뻥 뚫렸다. 칼은 주먹을 치켜올리고 주문을 외웠다.

"일루미누스의 이름으로 내가 어둠 속을 보게 빛이여 나타나라!'

그 즉시 그들 앞에서 강렬한 빛이 반짝이기 시작했다. 그들은 지하통로에 들어와 있는 것이 분명했다. 아니, 지하감옥인가. 어두컴컴한 감옥 앞을 지나갈 때 그 안쪽에 뼈다귀 같은 것이 눈에 띄어서 무아노는 소름이 끼쳤다. 쇠사슬에 묶인 뼈다귀였다. 랑코비트의 과거는 역사책에 기록되어 있는 것보다는…… 필시 좀 더 야만적이었던 모양이다.

그들은 엄청나게 긴 층계를 올라갔다. 칼은 신중하게 얼굴을 변장했다. 아주 오랫동안 유지할 수 없는 변장이긴 해도 칼은 머리색을 적갈색과 밤색 중간쯤 되는 색으로 만들고, 눈빛은 회색 대신에 검은색으로 바꾸었고, 갸름한 얼굴을 통통하게 만들었다. 패밀리어인 블롱딘은 이미 백여우로 바뀌어 있었다. 검은 꼬리를 제외하고는 온통 흰색이었다.

마지막 통로를 지나 주요 복도 중 하나로 들어섰는데…… 이게 웬 날벼락인가, 폭풍이 일고 있었다.

살아 있는 궁전의 기분이 나쁜 모양이었다. 골이 아주 많이 났나? 무시무시한 태풍에 환각적 풍경 속의 나무들이 쓰러질 듯 휘어지고 있었다. 얼음장 같은 광풍이 궁녀들의 치마를 홀랑 뒤집어놓자 꺅꺅, 하는 비명소리가 터져 나왔고, 갈랑의 갈기며 쉬바와 블롱딘의 털도 엉망으로 헝클어졌다. 그 와중에도 바람 때문에 벽에 달라붙어 있는 것만은 자존심이 허락하지 않는다는 듯 페가수스는 웅크리고 앉았다.

깜짝 놀란 칼이 외쳤다.

"아니, 이럴 수가! 대체 무슨 일이지?"

칼의 목소리를 들은 걸까, 궁전이 주춤하는 것 같았다. 검은빛과 납빛이 차례로 지나가는 하늘에 한 조각의 파란 하늘이 빼꼼히 얼굴을 내밀었다. 수줍은 햇살이 구름을 뚫고 나오면서 이내 멘탈리르의 아늑한 풍경과 함께 은빛 유니콘들과 파란 초원이 나타났다. 그제야 궁인들이 안도의 한숨을 토해냈다.

몸에 꼭 끼는 마법복 차림의 뚱보 여자가 분통을 터뜨렸다.

"진짜, 이 궁전은 참을 수가 없어. 이틀이나 폭풍우를 몰아치다니 있을 수 없는 일이야. 두 분 폐하가 왜 그냥 보고만 있는지 이해를 못하겠어."

또 한 여자가 끼어들었다.

"우리의 어린 마법사 한 명이 오무아의 감옥에 갇혀 있대. 그 소식이 온 뒤부터 궁전의 기분이 몹시 나쁘다니까. 내 생각에는 그 일이 잘 해결되어야 해가 쨍쨍 날 것 같아."

칼의 입이 헤벌어졌다. 잠시 후에는 밀까지 더듬었다.

"너, 너희들 들었지? 나, 나는 궁전이 이 정도로 나를 좋아하는지 몰랐어. 정말 뜻밖이야."

로빈이 갑자기 등판을 찰싹 때리는 바람에 칼이 비틀거렸다.

"너한테는 뜻밖의 친구들도 참 많다. 땅 신령들, 마법의 궁전, 하프엘프. 아주 유명인사라니까! 넌 정말 알다가도 모르겠어, 나의 친애하는 친구 칼리반!"

그때였다. 타라가 비명을 지르면서 물러섰다.

눈앞에서 시커먼 동굴이 쩍 하고 벌어지더니 흉측한 민달팽이가 입을 한껏 벌린 채 튀어나왔던 것이다.

타라는 심호흡을 했다. 그래, 좋아. 이놈의 궁전이 그 괴팍한 유머감각을 되찾았다 이거지? 궁전이 환영을 투영하는 것으로 어린 마법사들을 함정에 빠뜨리는 장난을 즐긴다는 걸 깜빡 잊고 있었더니!

괴물 민달팽이가 성난 기관차처럼 무섭게 달려들었지만 타라는 단단히 마음을 먹고 꿈쩍도 하지 않았다. 내가 또 함정에 빠질 것 같으냐? 어림없지!

그런데 이게 어찌된 일인가! 그 괴물의 입이 끔찍한 아래턱으로 옷자락을 물어서 난폭하게 잡아당겼을 때 어찌나 놀랐는지 타라는 기절할 뻔했다.

휘이익!

어디서 날아왔을까, 귓가를 스쳐 지나가는 화살 하나가 달팽이의 여섯 개의 눈 중 하나에 꽂혔다. 화살이 꽂힌 민달팽이의 눈에서는 끈적거리는 액체가 흘러내렸다. 괴물은 케켁! 하는 고통의 비명을 지르며 터진 눈을 오므리더니 타라를 놓아주었다. 넘어진 타라는 뒤에서 끌어주는 커다란 발의 도움을 받아 재빠르게 뒤로 도망쳤다. 본능적으로 변신해 있던 무아노가 강력한 근육을 이용하여 타라를 위험에서 벗어나게 해주었던 것이다.

갈랑은 날카로운 울음소리를 내면서 자이언트 벌레의 등에 올라앉아서 괴물을 갈기갈기 찢기 시작했다. 무아노도 합세해서 끔찍한 아래턱을 요리조리 피하면서 갈퀴발톱을 내밀고 자이언트 연체동물을 공격했다.

그런데 고통의 신음소리를 내며 머리를 축 늘어뜨리던 민달팽이가 느닷없이 벽에 무아노를 내동댕이쳤다.

쿠당탕! 무아노는 그 충돌을 피할 겨를이 없었다. 벽에 정통으로 부딪힌 무아노는 비명을 지르면서 쓰러졌고, 의식을 잃었다.

7
크리스털 함정

충격을 받는 순간 인간으로 다시 변신한 무아노는 기절한 상태였다.

복수를 하려는 듯 민달팽이가 무아노를 집어삼킬 듯이 큰 턱들을 쑥 내밀었다. 하지만 날뛰는 쉬바와 빗발치는 화살 때문에 민달팽이는 단념해야 했다.

쑹쑹쑹!

로빈은 초인적인 속도로 화살을 쏘아댔고, 화살이 쭈르륵 꽂힌 민달팽이는 기형 고슴도치라고 하면 딱 좋을 것 같았다. 거기다 표범과 페가수스가 옆구리와 등판을 찢어발겨 놓았으니, 그 꼬락서니하고는.

그런데 불행히도 로빈의 화살집 속의 화살이 줄어들더니 마침내 바닥나는 순간이 왔다. 그러자 민달팽이가 기회를 잡고 위협적으로 다가왔다. 그때였다. 아니, 이게 어떻게 된 거지? 화살들이 혼자 힘으로 무척추동물의 살에서 빠져 나오는 것이 아닌가! 고통으로 신음하는 민달팽이는 이빨을 빠드드득 갈면서 난폭하게 날뛰었다. 화살들은 빗발치듯 튀어나갈 때와 마찬가지로 화살집으로 쏟아져 들어왔고, 로빈은 놀라운 마음을 가라앉힌 다음에 다시 화살을 쏘기 시작했다.

다섯 번째 눈이 터지자 민달팽이는 허겁지겁 자신의 동굴로 줄행랑치나가 천장에서 내려오는 갈랑에게 깔릴 뻔했다. 페가수스는 타라 옆에 착륙했는데 의기양양한 모습이었다.

로빈은 여전히 시위를 메운 채 뻥 뚫린 구멍을 연신 살피면서 외쳤다.

"타라, 괜찮아?"

"나는 괜찮아!"

불안한 얼굴로 무아노에게 몸을 숙이던 타라가 소리쳤다.

"하지만 무아노가 다쳤어. 꼼짝도 하지 않아!"

칼이 부리나케 꿇어앉아서 친구의 목에 손을 올려놓는 사이에 불안해서 어쩔 줄을 모르는 쉬바는 주인 곁에서 신음소리를 냈다.

"레파루스의 이름으로 통증은 가라앉고 모든 상처는 당장 사라져라!"

이상하게 비틀려 있던 팔이 정상으로 돌아오면서 무아노는 머리를 가볍게 흔들다가 흐리멍덩한 눈을 떴다.

"아야, 아야! 이게 어떻게 된 거지?"

"뭐가 어떻게 돼?"

마니투가 엄하게 대꾸했다.

"죽으려고 작정을 하지 않은 다음에야 어떻게 그렇게 무식하게 넘벼들 수 있니, 응? 덩치가 크고 공격적인 놈과 대적할 때는 활이나 기관총이 최고야. 대포라면 더 좋고. 하지만 격투는 절대 금물이란 말이다! 전투 실습 시간에 대체 뭘 배운거니?"

"자이언트 민달팽이와 싸우는 건 배우지 않았어요."

표범의 부축을 받아 간신히 일어나면서 무아노는 뾰로통해서 종알거렸다.

"어쨌든 올해 프로그램에는 그런 실습이 없었다고요!"

한편 너무나 갑작스러운 싸움에 놀라 얼이 빠져서 바라보고만 있던 궁인들이 얼마 뒤에야 정신을 차리고 일제히 고함치며 경비원을 부르기 시작했다.

복도 끝에서 드라고쉬 선생님, 부디우 부인, 칼리브리스 부인, 왕의 수석 고문관인 키마이라 살라타르가 나타났을 때 타라는 한순간 심장이 멈추는 것만 같았다.

이런, 여기서 걸렸다간 끝장인데! 여제가 그들 다섯 명을 '도망자'로 통보하지 않았기를 바라는 수밖에 없었다.

"도망쳐, 칼!"

정신을 차리려고 애를 쓰던 무아노가 속삭였다.

"변장을 했어도 저들은 너를 알아볼지 몰라."

어린 도둑은 고개를 끄덕이면서 얼른 군중 속에 섞였다.

빨간 눈을 두리번거리던 뱀파이어는 대번에 타라를 알아보았다.

"덩컨 양!"

뱀파이어가 적의에 찬 어조로 휘파람소리를 냈다.

"어쩐지 이 소동의 배후에 네가 있을 것 같더니. 또 무슨 짓을 꾸민 거니?"

"아무 짓도 안 했어요."

발끈한 로빈은 동굴에서 눈을 떼지 않은 채 말했다.

"타라는 살테렌스의 육식 민달팽이의 공격을 받았단 말예요. 저길 보세요!"

그렇게 말하면서 로빈은 덤불 사이사이에 아직도 번들거리는 연체동물의 점액을 가리켰다. 때마침 궁전이 멘탈리르 풍경을 걷어주는 덕분에 그들은 돌에 묻은 끈적끈적한 자국을 똑똑히 볼 수 있었다.

"오, 데미데루스여!"

부디우 부인이 외쳤다.

"그렇다면 그 민달팽이는 동물함정이란 얘기인데!"

무아노는 소스라치게 놀랐다.

"어머, 맞다! 내가 알아차렸어야 했는데!"

"동물함정? 그게 뭐야?"

타라가 물었다.

"그건 일정 시간이 되면 작동하는 일종의 시한 함정이야."

무아노가 미간에 세로 주름을 만들면서 대답했다.

"너를 제거하고 싶은 누군가가 네가 언제 올지 모를 경우에, 어떤 정해진 장소에 동물함정을 놓는 거야. 네가 그 영향권 내에 들어서면 즉시 그 함정이 너를 탐지하고 공격하게 돼. 마지막으로 일어났던 마법사 전쟁 때는 이 방법으로 톡톡히 재미를 봤대. 하지만 그 뒤로는 오랫동안 폐지되고 있었어. 뭐랄까, 논란의 여지가 있는 계승 문제가 생겼을 때 왕족들이 종종 그런 종류의 함정에 빠져서 죽었거든. 그래서 엄마가 늘 교육을 시키면서 조심하라고 주의를 줬는데……. 그래도 나에게는 그런 문제가 일어날 일이 없기 때문에 새까맣게 잊고 있었어."

"으음, 무슨 말인지 알겠어. 너네 나라의 성지는 진짜 재미있다! 그런데 그 함정을 알아볼 수 있는 무슨 방법은 있겠지?"

"아지랑이처럼 아른아른 피어오르는 열의 파장 같은 것이 보이면 동물함정일 가능성이 있어. 진짜 조심해야 돼, 타라! 식별하기가 어렵기 때문에 그만큼 효력도 강해."

"와, 대단하다."

타라가 야유하듯 내뱉었다.

"이젠 아지랑이를 보거나 열기를 느낄 때마다 공포에 떨어야 한단 말

이네. 이 행성, 스릴이 넘치는 게 진짜 마음에 들려고 한다!'

"어쨌든 너를 노리는 자는 확실히 운이 없구나."

부디우 부인이 쾌활하게 말했다.

"너는 의롭고 용감한 친구들에게 둘러싸여 있으니! 이리 오렴, 너에게
는 위로가 필요할 것 같구나."

부디우 부인이 꼭 안아주려고 했지만 타라는 재빨리 몸을 뺐다.

타라는 공포에 사로잡혀 있는 것이 아니라 이번에는 화가 나 있었다!
나를 죽이려고 하는 자, 내 눈에 띄기만 해 봐, 이 세상에 태어난 걸 후회
하게 만들어주겠어!

그런데 로빈은 왜 저러고 있지? 어딘지 이상했다. 로빈이 믿어지지 않
는다는 표정으로 자기 활을 뚫어져라 쳐다보고 있었다.

"괜찮아, 로빈?"

타라가 물었다.

"나? 응, 괜찮아. 내 활과 내가 약간의 의견 차이가 있다는 것만 빼면.
내가 부탁하기도 전에 내 의견을 묻지도 않고 활이 멋대로 첫 번째 화살
을 쐈어. 그리고 화살들을 모조리 다시 불러들일 수 있다는 것도 나한테
미리 알려주지 않았어. 아무래도 활과 진지하게 대화를 좀 해야 될 것
같아."

타라가 로빈에게 뭐라고 대답하려 할 때, 뱀파이어가 또 시비를 걸었다.

"덩컨 양, 또 무슨 의심쩍은 영광을 우리에게 주려고 랑코비트에 나타
나셨나?"

드라고쉬 선생님의 어조가 어찌나 위협적인지 타라는 본능적으로 힘
을 모았다.

타라의 손에서는 이미 파란 광선이 번뜩였다. 즉각적으로 뒷걸음질치

는 뱀파이어의 손에서도 빨간 광선이 번쩍였다. 그러자 그 장면을 지켜보던 궁인들은 비켜서는 것이 좋겠다고 판단한 모양이었다. 시치미를 뚝 뗀 얼굴로 그들이 슬금슬금 물러서면서 둘 사이에 빈 공간이 생겼다. 타라는 속으로 생각했다. 야아, 이 마법의 결투, 꼭 서부극의 결투를 연상케 하네. 좋아, 한번 해보자고!

그 순간 행정관 칼리브리스 부인이 사태의 심각성을 알아채고 재빨리 중재에 나섰다. 아주, 아주 절묘한 타이밍이었다.

"우리 궁전에 온 걸……" 하고 첫째 얼굴 다나가 시작하자,

"…… 환영한다. 어떻게……" 둘째 얼굴 클라라가 말을 이었다.

"…… 지내니, 타라?" 다나가 재빨리 그 말을 받았다.

뱀파이어에게 정신을 집중하고 있는 탓에 타라는 즉시 대답하지 못했다. 하지만 영리한 행정관이 아주 자연스럽게 두 사람 사이에 꿋꿋이 버티고 서 있자, 타라는 광선을 사라지게 하면서 대답했다.

"잘 지내고 있어요, 고맙습니다. 부인들은 잘 지내셨어요?"

"우리는……"

"…… 당혹, 그래 아주 당혹스러웠단다……"

"…… 칼리반에게 일어난 일 때문에. 좀 건들거리기는 해도……"

"…… 그런 죄를……"

"…… 저지를 애는 아냐. 오래……"

"…… 머무를 거니? 네 방은……"

"…… 언제나 준비되어 있단다."

"고맙습니다, 부인들. 아직은 얼마나 머물지 모르지만 떠날 때 미리 알려드릴게요."

"잘 알았다. 지난번과 마찬가지로 너는 우리의 귀빈이야!"

다나가 말을 맺었다.

탕탕탕! 다나는 단 한 마디로 판결을 내리듯 타라를 건드릴 수 없는 존재로 만들어버렸다.

어쩔 수 없게 된 뱀파이어는 이글거리는 눈길로 한참을 쏘아봤지만, 타라는 당돌하게도 눈썹 하나 까딱하지 않았다.

"네 뒤에는 항상 내가 있다는 걸 명심해라, 타라 덩컨."

뱀파이어는 타라만 들릴 정도로 아주 나직한 소리로 말했다.

"악마들이 너라는 문을 통해 우리 세계를 침략할 수 있다는 걸 난 잊지 않고 있다. 조금이라도 의심이 들면 난 망설이지 않을 것이다! 귀빈이든 아니든 너를 가차없이 없애버릴 거니까!"

그때였다. 공기를 가르는 소리 같은 것이 나더니 번쩍이는 물체가 그들 사이를 휘익, 지나가다 나무 벽에 콰지직! 하고 박히자, 궁전이 성난 신음소리를 냈다. 그 순간 귀에 아주 익은 목소리가 울렸다.

"애고머니, 죄송합니다. 내 도끼가 손에서 빠지는 바람에 그만……. 선생님의 망치가 맑은 소리로 울리기를! 드라고쉬 선생님. 타라, 네 망치도 맑은 소리로 울리기를!"

뱀파이어는 자신의 머리에서 2밀리미터 떨어진 데에 꽂힌 도끼를 노려보느라 대답하지 않았지만, 타라는 활짝 웃는 얼굴로 반겼다.

"파프니르! 너의 모루가 맑은 소리로 되울리기를!"

타라는 난쟁이들의 의례적인 인사말로 대답했다.

다부진 체격의 파프니르는 자신의 목에 달려드는 타라의 공격적인 포옹을 의젓하게 받아주었다. 파프니르는 많이 달라져 있었다. 성년이 되지 않았음을 가리키는 수염이 우선 사라졌고, 붉은 머리털은 이제 땋아서 틀어 올렸는데 리본으로 예쁘게 장식한 머리가 아니라 말꼬리 모양으로 하나로 묶여 거의 바닥까지 늘어져 있었다. 검은 아이라인으로 강조한 초록빛 눈은 한층 인상적이었고, 팔찌는 그 울퉁불퉁한 이두박근의 압력으로 금방이라도 끊어질 것만 같았다. 검정 타이츠에 칼이며 날카로운 연장들을 어쩌나 주렁주렁 매달고 있는지 난쟁이가 강물에 떨어지기라도 하면 그대로 침몰할 것 같았다. 타라는 머리색과 잘 어울리는 빨강 가죽바지가 어쩐지 기습 공격을 용납하지 않겠다는 뜻을 감추고 있다는 생각이 들었다. 또한 기막히게 정교한 목걸이가 가슴 위로 늘어져 있는데 대장장이의 멋진 솜씨를 엿볼 수 있었다.

늘 그랬듯이 난쟁이는 과연 기대를 저버리지 않고 눈길을 끌었다. 그리고 타라를 비롯한 친구들을 다시 만나게 된 걸 진심으로 기뻐하는 것 같았다.

드라고쉬 선생님은 독살스러운 시선으로 파프니르를 아래위로 쭉 훑어보고 나서 아직도 진동하는 도끼를 향해 시선을 옮겼다. 드라고쉬는 그렇게 쉽게 속아넘어갈 사람이 아니었다. 그도 그럴 것이 난쟁이는 자기가 애지중지하는 무기를 놓치는 법이 결코 없기 때문이다.

한편, 그 소강 상태를 틈탄 민달팽이가 마지막으로 남은 온전한 눈을 쑥 내밀고 공격을 시도했다.

엄청난 실수였다.

드라고쉬 선생님은 번개같은 속도로 반응했다. 휘둘러대는 그의 손에서 발사된 불길이 자이언트 연체동물을 가차없이 새까맣게 태워버렸다. 뻥 뚫린 구멍이 흔들거리다가 함정은 완전히 파괴되었다. 동굴은 온데간데없고 그 자리에는 벽만 우뚝 서 있었다.

뱀파이어의 대응은 거기 모인 사람들을 모두 어리둥절하게 했다.

"이게 뭐 하는 짓입니까?"

칼리브리스 부인의 두 얼굴이 동시에 소리쳤다.

"아무래도 확실하게 해두는 것이 좋을 것 같아 함정을 파괴해버렸소."

뱀파이어는 퉁명스럽게 대답했다.

"엘프 사냥꾼들이 그 함정을 놓았던 범인을……"

"…… 알아내려면 그냥 보존하는 것이 낫다는……"

"…… 생각은 들지 않았어요?"

"…… 당신이 방금 한 행동은 정말이지 바보 같은……"

"…… 적합하지 못한 처사였습니다!"

뱀파이어는 짐짓 놀라는 표정을 짓다가 눈살을 찌푸리고는 한 마디도 덧붙이지 않고 마법복을 휘날리며 홱 돌아섰다.

이번에는 불꽃을 훅훅 뿜어내는 그 커다란 사자의 입을 쩍 벌리며 키마이라 살라타르가 타라에게 말했다.

"에헴, 우리의 친구 사피르가 요즘 좀 신경이 날카로워져 있으니까 덩컨 양이 이해하거라. 두 분 폐하께서 명하신 것처럼 우리는 덩컨 양을 언제든 환영한다. 하지만 덩컨 양에 대한 공격이 끝나지 않았음을 확인할 수 있었다. 따라서 가능한 한 궁전 안을 돌아다니지 말 것과 특히 두 분 폐하에게 가까이 가지 않기를 당부하겠다. 최고 마구스 마니투, 당신의 증손녀가 이 지시를 준수하게 잘 지도해주길 부탁하겠소."

마니투는 살라타르에게 차가운 눈길을 던졌을 뿐, 별 반응을 보이지 않았고, 파프니르와 재회한 것이 기쁜 타라는 그리 오래 머물지 않을 생각이니까 걱정하지 말라고 대답했다.

살라타르는 이 알쏭달쏭한 대답을 들은 것으로 만족해야 했다. 칼리브리스 부인과 부디우 부인, 키마이라는 흥분한 궁인들의 웅성거림 속에 자리를 떴다. 이 사건은 또 한 번 질풍 같은 속도로 랑코비트를 한 바퀴 돌기에 충분한 이야깃거리였다.

　타라는 한숨을 내쉬면서 파프니르를 향해 돌아섰다.

　"칼에 대한 소식 들었니? 심각한 문제가 생겼어."

　"그건 나도 마찬가지야!"

　난쟁이는 시큰둥하게 대답했다.

　"칼은 체포되었는데…… 그럼 너도 그렇다는 거야?"

　"근데 체포되었다는 칼이 왜 네 뒤에 있냐?"

　파프니르가 질문에는 대답하지 않고 말을 이었다.

　칼이 그 소리를 듣고 다가왔다.

　"변장을 했는데도 나를 알아봤어?"

　칼이 놀란 얼굴로 물었다.

　"우리 난쟁이들은 눈이 예리하지."

　파프니르는 근육질의 어깨를 으쓱하면서 말했다.

　"너의 가짜 모습을 알아보는 데는 2분도 걸리지 않았어. 내 눈을 속이려면 변장을 좀더 잘해야 할거다. 그러니까 너 탈옥한 거지?"

　"조금 이따 다 설명해줄게."

　타라는 귀를 기울인 채 아직도 주위에서 꾸물거리고 있는 궁인들을 가리키면서 조심스럽게 대답했다.

　"내 방으로 가자. 무아노는 누워서 좀 쉬는 게 좋겠어."

　본의 아니게 공격자와 공범이었던 것이 부끄러워서였을까, 궁전이 더는 타라의 발 밑으로 낭떠러지를 만들거나 또 다른 함정을 놓지 않았다. 또한 타라가 방에 들어서자마자 아더월드의 화려한 풍경까지 투영해주는 기대 이상의 친절을 베풀었다.

　타라의 말대로 속이 너무 울렁거리는 무아노는 파란 닫집 침대에 눕고 말았다. 불안한 쉬바는 무아노 옆으로 훌쩍 뛰어올라서 소녀의 팔에 코를 비벼댔다. 칼은 안도의 한숨을 내쉬면서 변장 주문을 풀었고, 회색 눈과 헝클어진 검은 머리털을 되찾았다.

그들은 파프니르에게 그간의 일을 들려주면서 보석에 관한 일화만 뺐다. 땅 신령들에게 맹세한 약속을 지키기 위해서였다.

난쟁이들은 갇혀 있는 걸 참지 못하기 때문에 파프니르는 그들의 탈옥을 무조건 칭찬했다.

"잘했어. 그리고 뭐 그렇게 크게 걱정할 일도 아니네, 나한테 일어난 일에 비하면. 난 진짜 큰일났거든!"

파프니르가 마침내 자신의 일에 대해 입을 열었다.

"아, 그래?"

난쟁이의 단정적인 말에 약간 놀란 칼이 말했다.

"벌레들에게 산 채로 뜯어 먹히게 생겼는데 너는 걱정할 일이 아니라고 생각한다니! 그렇게 말하니까 너한테 대체 무슨 일이 일어났는지 정말 궁금해진다, 야!"

"화가 나서 참을 수가 없어."

다섯 명의 친구들이 웃음을 터뜨리자, 파프니르는 눈살을 찌푸렸다.

"뭐야, 내가 무슨 웃기는 말이라도 했나?"

로빈은 심호흡을 하는 것으로 간신히 웃음을 참으면서 설명했다.

"너희 난쟁이들이 특히 침착하다거나 절제가 있다는 얘기는 들어본 적이 없어서 말야."

"아, 쟤 말은."

칼이 재빨리 덧붙였다.

"너희 난쟁이들은 아주 불같은 성격을 가졌다는 뜻이야."

"아니, 그런 얘기가 아냐."

난쟁이의 표정이 굳어졌다.

"어쨌든 그런 문제가 아냐. 내가 말야, 얼마 전에 화가 나가지고 하마 터면 우리 캠프를 아주 쑥밭으로 만들 뻔한 어이없는 사고를 치고 말았 어. 광산에서 새로운 광맥을 찾고 있을 때였어. 갱도에서 올라와 내가 브르르르아아아 스테이크를 굽고 있었는데 갑자기 퍽! 그러고는 눈앞이 깜깜했어. 얼마 후 눈을 떠보니 난 꽁꽁 묶여 있었고, 내 친구들인 타니 르, 브렌디르, 글레니르는 부상을 당했더라고. 나중에 친구들이 그러는 데 내가 블렌다와 센타르를 완전히 때려눕혔다는 거야. 그래서 최악의 사태가 일어나고 말았어."

"최악의 사태?"

무아노가 소리쳤다.

"난쟁이에게 있어서 다른 난쟁이를 공격하는 것보다 더 최악의 사태 가 뭐야? 그런 짓을 하면 사형되는 거 아냐?"

"무아노, 너희 세계에서는 모든 문제를 죽이는 것으로 해결해?"

타라가 차분하게 물었다.

"종족마다 나름의 해결책이 있어. 난쟁이들에게는 인내심이나 동성 심이라는 건 없어서 살인 미수죄를 저지른 난쟁이는 죽음을 면할 수 없 지. 절대로."

"난쟁이들의 최고위원회는 나에게 정상을 참작케 하는 사정이 있었 다는 걸 인정해 줬어."

파프니르가 설명했다.

"아, 그래?"

무아노가 의외라는 얼굴로 물었다.

"어떤 건데?"

"난 내가 아니었어……. 내 친구들이 하는 말에 의하면 내 살빛이 거의 시커먼 주홍빛으로 변했고, 내 목소리도 본래의 내 목소리가 아니었대. 내가 글쎄 친구들에게 내 앞에 무릎을 꿇고 신처럼 나를 사랑하라고 명령했다는 거야! 그래서 친구들이 깔깔거리고 웃자…… 내가 죽일 듯이 덤벼들었대. 그 이유 하나만으로 1대 5로 싸우기 시작했는데 내가 이겼다니……, 그 빌어먹을 마력이 돌아왔다는 얘기지! 내 친구 블렌디르가 말하기를 자기가 나를 때려눕히려고 전쟁 망치를 휘둘렀는데 내 주위에 마법의 방패가 나타나서 가로막았다는 거야! 결국 세 명이 힘을 합해서 간신히 나를 이길 정도였다고 하는데…… 나 자신도 어이가 없더라고."

타라를 비롯한 친구들은 입을 멍하니 벌린 채 파프니르를 응시했다. 파프니르를 비롯한 난쟁이들은 마법을 싫어했다. 아니, 싫어한다기보다는 차라리 혐오한다는 표현이 훨씬 가까웠다. 그들은 파프니르가 저주받은 섬의 흑장미 즙을 삼키는 것으로 마법에서 완전히 벗어났다고 생각하고 있었다.

그런데 사실은 그렇지 않았던 것이다.

"이런, 그래서 너 또다시 추방당했구나."

칼이 그 말을 정리하면서 말했다.

난쟁이는 붉은 머리를 숙였다.

"응……. 저주받은 마법에서 벗어나지 못하면 난 영원히 추방될 거야."

"우리는 지금 여러 가지 문제에 봉착해 있어."

타라가 말했다.

"칼은 트실이라는 벌레에서 벗어나 끔찍한 죽음을 면하려면 땅 신령들을 구해줘야 해. 그리고 자신이 무죄라는 것도 증명해야 해. 파프니르는 마법과 갑자기 붉은 괴물로 둔갑하는 알 수 없는 주문에서 벗어나야 하고, 나는 나를 죽이려고 하는 자를 찾아내고, 또 마지스터에게 붙잡히지 않도록 조심해야 해. 몇 달 전만 해도 나의 가장 큰 걱정거리는 학교에서 제2외국어로 뭘 선택할까, 새 수영복으로 어떤 걸 고를까 등 고작 그런 것들이었는데 말야!'

마니투는 송곳니를 드러내고 웃었다.

'타라, 네가 어렸을 때가 기억나는구나. 너는 걸핏하면 따분하다고 툴툴거리면서 좀더 활기가 넘치는 생활을 하게 해달라고 빌었어. 그랬던 네가 지금은 웬 불평이니? 소원이 이루어졌잖아!'

"할아버지?"

"왜?"

"다음 번에 내가 어떤 소원을 빌면 나를 물어뜯어주세요!"

"난 절대 내 가족은 물지 않는다."

개는 아주 진지하게 대답했다.

"오로지 낯선 사람들만……."

"흑상미 때문이 아닐까?"

파르니르가 그들의 대화를 중단시켰다.

"그 즙 속에 있던 뭔가가 내 몸 속에 들어와 있는 것 같아."

"잠깐 기다려 봐."

생각에 잠긴 얼굴로 타라가 호주머니를 만지작거리면서 말했다.

"살아있는 돌에게 섬에 가두었던 존재에 대해 좀 더 자세히 말해줄 수 있는지 물어볼게."

타라는 번쩍거리는 돌에게 상황을 설명했다.

'보여줘, 네 친구를.'

돌이 말했다.

타라는 시키는 대로 난쟁이 앞에서 돌을 빙빙 돌렸다. 돌이 난쟁이를 향해 번쩍이는 아우라를 투사했다. 잠시 후 빛이 사그라지자 이번에는 돌이 모두가 들을 수 있도록 큰 소리로 외쳤다.

"이런, 이런, 이런! 파프니르가 '영혼 약탈자'에게 먹혔네. 나를 이용해서 도망치려고 했던 자가 바로 '영혼 약탈자'야. 그자가 이번에는 파프니르를 이용했어! 너에게는 선택의 여지가 없어!"

"그럼 어떻게 되는데?"

"네 친구는 죽게 돼! '영혼 약탈자'가 파프니르를 먹었으니 그자는 자유로워져서 모든 종족에 이어서 행성…… 세계를 집어삼키고 말겠지!"

"세계를 집어삼켜? 에게, 우주가 아니고 고작 세계야!"

말은 그렇게 하면서도 칼의 눈은 등잔만해져 있었다.

"그래, 네 말이 맞는다고 인정해야겠다. 진짜 네 문제가 나보다는 훨씬 심각한 중대사니까!"

"그 어떤 저주받은 정령이라도 나를 점령하려고 하면."

파프니르는 신랄하게 응수했다.

"나의 충성스런 도끼가 내 목숨은 물론 그 영혼 약탈자의 목숨도 그냥 놔두지 않을 거야. 난쟁이는 절대로 호락호락 점령되지 않아!"

"그자가 너를 몇 번 점령했어?"

살아있는 돌이 물었다.

"딱 한 번."

이제는 돌의 묘한 언어를 알아듣게 된 파프니르가 대답했다.

"내 기억으로는 한 번이야. 그 즉시 셈 선생님에게 도움을 청하기 위해 히믈리아를 떠나 랑코비트로 왔는데 셈 선생님은 아직 오무아에 계시다네."

"응, 내 생각에는 우리가 사라졌다는 사실을 여제가 아직 셈 선생님에게 알리지 않은 모양이야."

칼이 낄낄거리면서 말했다.

"선생님은 내가 이미 여기 와 있는 줄은 꿈에도 생각지 못하고 나를 석방시키기 위해 고군분투하고 계신 게 틀림없어."

"하지만 트라비아에 오기 위해 나는 끔찍한 충동과 싸워야 했어."

난쟁이가 말을 이었다.

"'그게' 내가 흑장미 섬으로 가기를 바라고 있거든! 내 생각에는 영혼 약탈자가 아직 거기 있는 것 같아. 그래서 나를 완전히 점령하기 위해서 그쪽으로 유인하려고 애쓰고 있어."

"네 말 일리가 있다."

돌이 말했다.

"영혼 약탈자는 어쩌면 아직은 자신의 힘을 완전히 발휘할 수 없을 거야. 그래서 파프니르가 아직 필요한 거고. 그러니까 파프니르는 절대로 흑장미 섬에 가지 말아야 해. 아니면 간식거리로 끝장나고 말아!"

"파프니르, 내 말 잘 들어."

타라는 난쟁이의 창백해지는 구릿빛 얼굴을 보면서 말했다.

"우리가 할 일을 정리해볼게. 먼저 우리는 금서를 가지러 갈 거야. 아니, 정확하게 말하면 땅 신령들이 훔쳐가기 전에 금서를 빼내어 와서 안전한 곳에 감춰야 해. 그다음에는 이 모든 일의 배후 인물이 마지스터가 맞는다면, 마지스터가 억류하고 있는 땅 신령들을 구하고, 그 아티팩트라는 것을 파괴해야 해. 그래야만 칼에게 필요한 해독제를 구할 수 있거든. 그사이에 너는 오무아에 가서 네 문제를 셈 선생님과 의논하고 있어. 일단 우리의 임무를 끝내는 즉시 네 문제를 해결할게. 어때, 괜찮지?"

"난 기다릴 수 있어."

난쟁이는 대답했다.

"이젠 내가 알았으니까 '그게' 나의 저항을 그렇게 쉽게 없애진 못 할 거야. 그리고 그 책 훔치는 걸 나도 도와줄게. 셈 선생님에게는 그다음에 말해도 돼."

그 말에 칼은 난쟁이의 몸집을 힐끗 쳐다보면서 얼굴을 찌푸렸다.

"음…… 저기, 그럴 필요까지는 없어."

칼은 조심스럽게 이야기했다.

"책을 훔치는 건 무아노와 나만 있으면 충분하니까. 안 그래, 무아노?"

침묵. 무아노는 또다시 의식을 잃은 상태였다.

질겁한 아이들의 연락을 받은 샤먼 밤새 박사는 즉시 무아노를 의무실로 옮기게 했다.

"뇌진탕이었어."

샤먼이 그들에게 말했다.

"레파루스 주문이 효과가 있긴 하지만 당장은 움직이는 것이 힘들겠다. 얼마 동안은 지켜봐야겠어. 그리고 즉시 너희 부모님에게 알려야겠구나."

"만나볼 수는 있는 거죠?"

타라가 걱정이 가득한 얼굴로 물었다.

"물론이지. 들어가보렴. 방금 깨어났다."

무아노는 의무실 닫집 침대의 커튼만큼이나 하얘진 얼굴로 누워 있었다.

"미안해. 어떻게 된 일인지 도무지 눈을 뜨고 있을 수가 없어."

"그럼 눈을 감고 있어."

다시 변장을 한 칼이 말했다.

"얘기를 그냥 들으면 되지 우리를 꼭 볼 필요는 없잖아. 너 없이 내가 혼자서 책을 훔칠게. 책이 있는 데로 들어가는 방법만 알려줘. 그러면 내가 다 알아서 할게."

무아노가 반대조차 하지 않는다는 것은 진짜 몸 상태가 좋지 않다는 표시였다. 한 치의 실수도 저지르지 않기 위해서 그들은 모두 비밀의 방으로 들어가는 암호를 외웠다.

"이제 됐어!"

칼이 손목에 박힌 인식 패스의 시간을 확인하면서 말했다.

"일단 뭘 좀 먹고, 몇 시간 눈을 붙이자. 그리고 모든 사람이 쿨쿨 잠들어 있을 새벽 2시 반에 셈 선생님의 사무실로 가는 거야."

"너희들은 할 수 없어!"

무아노는 힘겹게 몸을 일으켰다.

"왜?"

"셈 선생님의 사무실은 내 인식 패스만 통과시키게 되어 있단 말야. 너희들의 인식 패스로는 들어갈 수 없어. 내가 같이 가야겠어!"

"어림없는 소리 마!"

파프니르는 부드럽게 무아노를 도로 눕히고, 머리가 편안해지게 베개를 다시 놓아주었다. 그러자 침대는 구겨진 시트를 팽팽하게 했고, 궁전은 땀이 송송 맺힌 무아노의 뜨거운 이마를 식혀주려는 듯 미풍을 불어주었다.

"나한테는 인식 패스가 필요하지 않아."

난쟁이가 설명했다.

"내 힘이 내가 원하면 어떤 벽이든 통과하게 해주거든. 일단 내가 안으로 들어가서 너희들에게 문을 열어줄게. 만약 실패하면 너희들 대신에 내가 그 책을 훔치지 뭐."

그들의 반대에도 불구하고 파프니르는 물러서지 않고 막무가내로 버텼다. 그래서 그들은 저녁을 먹으러 갔고, 칼은 키디코이에게서 다음과 같은 글귀를 받았다.

몇 시간 후에 너는 피할 수 없는 운명의 덫에 걸려서 그에게 잘못을 저지르게 된다.

칼은 귀에서 연기가 풀풀 날 정도로 생각하고 또 생각했지만 그 예언을 이해할 수 없었다. 망할 놈의 막대사탕!

타라 역시 불길한 예언을 받았다.

충격을 받으면 너는 그를 구할 수 없다.

불안해진 타라는 등줄기를 따라 소름이 쫙 도는 느낌이 들었다.

부디우 부인이 그들의 식탁에 와서 무아노의 상태를 묻고, 그들 모두 괜찮은지 확인했다. 칼리브리스 부인과 함께 저녁식사를 주재하는 드라고쉬 선생님은 타라와 친구들을 노골적으로 무시했다. 다른 최고 마법사들과 어울려 얘기를 나누는 마니투는 눈부시게 아름다운 사이렌, 시렐라 부인에게 홀린 얼굴로 자기 머리를 쓰다듬고 있었다. 땀에 흠뻑 젖긴 했지만 마니투는 밝은 얼굴로 돌아왔다.

"칼의 탈옥이 완전히 비밀에 부쳐지고 있어. 여제가 우리를 가뒀던 사실도."

"우리를 가둔 사람은 그 소름끼치는 친위대 대장이지 여제가 아니었어요."

여제를 좋아하는 타라가 짚고 넘어갔다.

"그럼 셈 선생님은? 선생님도 여전히 우리가 사라졌다진 걸 모르고 계신 걸까요? 선생님이 아무런 반응도 없는 것이 어째 좀 이상해요."

"내 생각에 셈은 이사벨라가 무서워서 오지 못하고 있을 게다. 따라서 지금 우리를 사방으로 찾아다니면서 네 할머니에게 변명할 말을 궁리하고 있겠지. 어쨌거나 너를 잃어버린 게 벌써 두 번째니 그럴 수밖에! 너의 위치를 빨리 알아내지 못하면 이사벨라는 아마 셈을 최고급 용가죽 가방으로 만들어버리고 말게다."

타라는 킥킥거렸다.

"선생님이 어떤 말로 둘러댈지 진짜 궁금해요."

"그러나 셈이 갑자기 랑코비트로 돌아올 수도 있어. 충고하는데 우리는 가능한 한 빨리 행동해야 해. 그 드래곤은 자기 사무실에서 자는 습관이 있거든."

그 말에 따라 그들은 서둘러서 잠을 자러 갔다. 파프니르와 칼, 마니투는 타라의 방에서 같이 잤고, 로빈은 모든 엘프가 그렇듯이 신선한 공기를 택했다. 로빈은 갈랑을 데리고 정원으로 나가 강철같은 자이언트 나무의 편안한 나뭇가지에 자리를 잡았다.

새벽 2시 30분, 그들은 떠지지도 않는 눈을 비비며 최고 마법사 셈나샤오비로다인트라쉬부의 사무실 앞에 모였다. 작은 드래곤 조각상과 유니콘은 잠들어 있고, 궁전은 모래언덕과 별이 총총한 하늘을 투영하고 있었다. 복도에 향기로운 바람이 살랑살랑 불었고, 사방이 고요했다.

"여기서 기다려."

파프니르가 속삭였다.

그러고는 조각상 보초들을 깨우지 않으려고 조심하면서 파프니르가 손을 내밀자 그 손이 벽 속으로 스르르 들어가기 시작했다.

온몸에 소름이 쫙 돋았지만 과감히 돌아서서 지켜보던 칼은 돌벽 속으로 서서히 들어가는 난쟁이를 보면서 머리털이 곤두섰다.

잠시 후, 벽이 사라졌을 때 그들은 입이 딱 벌어졌다. 그들은 부리나케 방 안으로 들어갔다.

"괜찮아."

벽이 다시 닫히자 파프니르가 큰 소리로 말했다.

"밖에서는 아무도 우리 말을 들을 수 없어. 안에 자동 열림 장치가 있어서 문을 열어줄 수 있었어. 자, 이제 뭘 하면 되지?"

"무아노가 해준 말을 기억해보자."

칼은 고개를 갸웃하면서 기억을 더듬었다.

칼은 『해부학 비교연구』라는 책을 꺼내서 셈 선생님의 서류가 산더미처럼 쌓인 책상 위에 올려놨다. 칼은 세 번째 페이지를 세 번 두드리고, 스무 번째 페이지를 열 번 두드렸다. 삐걱거리는 소리와 함께 책상이 벌어지면서 멋진 유리 층계가 나타났다.

타라가 재빨리 말했다.

"칼, 내 말 들어 봐. 키디코이가 해준 예언이 아무래도 마음에 걸려서 내가 같이 가야겠어."

"정 그러고 싶으면 네 마음대로 해. 하지만 나를 놀라게 하면 안 돼, 알았지? 정신을 집중해야 하니까. 블롱딘, 넌 여기 있어. 가자, 타라. 책을

드는 즉시 받침대 뒤에 감춰져 있는 납작한 돌을 집어서 1초 내에 책 대신에 내려놔야 해. 준비됐지?'

타라는 하늘을 올려다봤다. 그러고는 한 마디 탁 쏘아붙이고 싶은 마음을 참느라고 고개만 끄덕였다. 작업에 들어갔다 하면 어린 도둑은 아주 딴사람으로 돌변했다. 장난기라곤 찾아볼 수가 없고, 농담도 쏙 들어갔다. 칼은 한 치의 흔들림 없이 눈앞의 어둠 속을 뚫어져라 살피면서 침착하게 정신을 집중했다. 칼과 타라가 동시에 넷째 계단과 일곱째 계단을 건너뛰면서 불안한 얼굴로 지켜보는 파프니르, 로빈, 마니투, 블롱딘, 갈랑의 시야에서 사라졌다.

계단을 다 내려가자 예상했던 대로 커다란 방이 보였고, 그들이 하얀 모래밭에 발을 들여놓자마자 갑자기 환하게 불이 켜졌다. 시커먼 벽에 나타나는 룬 문자들은 마치 무슨 경고문 같았다.

'가까이 오지 말 것, 아니면……'

금서가 놓인 받침대를 불의 뱀 조각상 여섯 개가 에워싸고 있는데 그중 두 마리가 층계 앞에 버티고 있었다. 그들은 납작 엎드리고 그 뱀들의 반응을 주의 깊게 살피면서 기어가기 시작했다. 하지만 불의 뱀들은 꿈적도 하지 않았다. 마침내 일어선 그들은 눈에 들어온 금서를 뚫어져라 응시했다. 칼은 조용히 타라에게 받침대 주위를 한 바퀴 돌아서 그 뒤에 감춰진 납작한 돌을 집어들고 책 대신에 내려놓으라는 신호를 보냈다.

그때였다. 갑자기 칼이 비틀거리면서 뒷걸음질쳤다. 발가락 밑의 모래가 움직였던 것이다. 아연실색한 그들의 눈앞에서 금서를 받치는 돌기둥의 받침돌에 구멍이 벌어지는 것이 아닌가.

미처 손을 쓸 겨를도 없이 파란 땅 신령 하나가 금서에 달려들더니 날

198

쌔게 잡아채서 구멍 속으로 쏙 들어가 버렸다.

칼이 고함쳤다.

"안 돼애애애!"

칼은 땅 신령을 잡으러 쫓아갔고, 타라도 쏜살같이 돌기둥을 돌아서 받침대 뒤의 납작한 돌을 집어들었다.

하지만 너무 늦었다. 방어 주문이 이미 작동되고 있었으니!

불뱀들의 입에서 솟구치는 무시무시한 광선이 타라와 칼을 공격했다.

타라와 살아있는 돌이 힘을 합쳐서 가까스로 버티고는 있지만 통증이 점점 심해졌다. 그들은 동시에 고통의 비명소리를 질렀고……, 그러고는 쥐 죽은 듯이 고요해졌다.

위에서 기다리던 마니투는 까무러치게 놀랐다. 갈랑과 블롱딘도 한목소리로 울부짖다가 픽픽, 쓰러졌던 것이다. 로빈과 파프니르가 유리 층계를 뛰어내려갔다. 지하에서 끔찍한 비명소리가 들렸을 때, 마니투는 신음소리를 냈다. 마침내 하프엘프와 난쟁이가 노래진 얼굴로 늘어진 타라와 칼을 안고 올라왔다.

그들이 층계참을 지날 때 이상한 빛이 번쩍이다가 사라졌다.

"어떻게 된 거니?"

마니투가 소리쳤다.

"모, 모르겠어요."

로빈은 그 크리스털 같은 눈에서 눈물을 주르륵 흘리면서 말을 더듬었다.

"얘들은 모래밭에 널브러져 있고, 책은 어디에도 없었어요. 불의 뱀들이 깨어나서 우리를 가로막으면서 공격했지만…… 파프니르를 지켜주는 이상한 방패가 막아줬어요. 이어서 파프니르가 도끼로 그 조각상들을 모조리 부서버렸고…… 그러고는 애들을 안고 올라왔는데…… 근데 어떡하면 좋아요? 오, 심장소리가 안 들려요. 애들이…… 애들이 죽었나 봐요!'

8
치명적인 주문

아연실색한 마니투는 타라의 목에 대고 촉촉한 콧등을 비벼댔지만 아무런 반응이 없었다. 파프니르는 칼의 맥박을 짚어보면서 침울한 얼굴로 고개를 절레절레 저었다.

"맙소사, 타라도 마찬가지야."

마니투가 중얼거렸다.

"셈이 설치해 놓은 죽음의 주문에 걸려들었구나! 당장 셈에게 연락해야 하는데!"

"그래 봐야 무슨 소용 있어요?"

로빈은 이성을 완전히 잃고 울부짖었다.

"얘들은 이미 죽었는데! 우리는 신이 아니잖아요. 우리에게 죽은 사람을 소생시키는 능력은 없다고요. 설사 그럴 수 있다고 해도 더는 우리의 친구들이 아니라 산송장들일 뿐인데!"

그때였다. 그들의 등뒤에서 귀에 익은 목소리가 들렸다.

"맙소사, 대체 내 사무실에서 이게 뭐 하는 짓들인가? 아니, 마니투? 당신이 여긴 무슨 일로?"

사무실에 들어서던 셈 선생님은 유리 층계며 널브러진 타라와 칼, 갈랑, 블롱딘 그리고 절망에 빠진 로빈을 보면서 기절초풍했다.

"셈!"

마니투가 외쳤다.

"오, 데미데루스여! 때마침 돌아와 줬구려. 칼과 타라가 당신의 치명적인 주문에 걸려서 죽고 말았소, 셈! 금서를 지키는 것도 좋지만 어떻게 그런 마법을 걸어놓을 수 있단 말이오?"

셈 선생님은 그 나이가 무색하게 날렵한 몸놀림으로 달려와서 두 아이 옆에 꿇어앉았다.

"1분도 지체하지 않고 달려왔소."

셈 선생님이 성난 목소리로 말했다.

"지하실의 비밀 통로에 연결된 경보 장치가 침입자가 들어왔음을 알려줘서 내가 즉시 오무아에서 돌아왔기에 망정이지…… 이 멍청한 아이들에게는 정말 다행한 일이오. 금서를 지키는 주문은 인아니무스, 즉 의식을 잃게 하는 주문인데, 기절한 몸들이 금서의 방을 나갈 경우에는 즉시 데스트룩투스, 즉 파괴시키는 주문으로 바뀌게 되어 있어요. 상그라브가 돌덩이처럼 굳어버리게 하는 리지디푸스 수문과 새카맣게 태우는 카르보누스 주문을 혼합시켰던 것에서 착안한 마법이지요. 하지만 내가 그 과정을 바꿔놓지 않았다면 틀림없이 우리는 이 아이들의 장례식에 참석하게 됐을 거란 말이오!"

로빈은 아연실색했다.

"그러니까 선, 선생님 말씀은 애들을 옮겨놓음으로써 우리가 애들을 죽였다는 뜻이에요?"

"그래 너희들이 죽인 거야. 하지만 가망이 아주 없는 건 아니다."

"그럼 살아날 가망이 있다는 거예요?"

눈물로 젖은 얼굴을 닦으면서 로빈이 울먹였다.

"음…… 하지만 애들은……."

"죽었다고? 그래, 완전히 죽고 말지, 조금만 더 지나면. 이 아이들을 소생시키려면 6분이 걸리는데 벌써 4분이 흘러가 버렸다. 뇌에 산소가 공급되지 않으면 그땐 너무 늦어. 거기 선반에서 칼로르나 가루를 집어 주겠니? 스트리둘 점액과 갬볼 가루도 좀 주고."

로빈이 그것들을 건네주자, 솀 선생님은 재빨리 그 다양한 가루로 널브러진 몸들 주위에 별 모양을 그렸다.

파프니르는 정신 나간 사람처럼 멍한 얼굴로 애꿎은 도끼만 툭툭 치고 있었다.

"모두 물러서 있거라!"

최고 마법사가 퉁명스럽게 내뱉었다.

"더 효과적인 결과를 위해 원래의 내 몸을 되찾아야 하니까. 샬리돈라 인쉬보라쉬부, 드래곤들의 신이시여, 내 몸을 돌려주소서!"

솀 선생님의 신이 그 기도를 들은 것이 틀림없었다. 눈 깜짝할 사이에 파란빛과 은빛의 비늘이 인간의 살갗을 대신하고, 무시무시한 갈퀴발톱들이 손가락을 뚫고 나오고, 등에 삐주룩삐주룩 돋아나는 돌기가 마법복을 갈기갈기 찢으면서 푸르스름한 빛의 거대한 드래곤이 서 있었다.

드래곤 마법사는 1초도 허비하지 않고 타라와 칼에게 몸을 숙이고 주문을 외우기 시작했고, 비늘 덮인 몸이 강렬한 흰빛에 휩싸였다.

"레수렉투스의 이름으로 나 너희들에게서 악운을 쫓는다! 데스트룩투스 주문은 즉시 멈출지어다! 죽음은 물러가고 너희는 살아날지어다!"

그를 감싸는 빛이 미동도 하지 않는 몸들을 향해 내리비추더니 무지

갯빛 아우라로 휘감았다.

갑자기 움직임이 일어났다.

타라가 꿈틀거리더니 힘겹게 머리를 쳐들고 드래곤을 향해 한쪽 눈을 떴다. 살아있는 돌은 여전히 타라의 정신에 결합되어 있었다. 의식을 잃기 전에 그들이 마지막으로 보았던 것은 불타는 광선을 날리던 불의 뱀이었다.

그래서 타라와 살아있는 돌은 빛에 휩싸인 드래곤을 봤을 때, 잠시도 머뭇거리지 않았다. 그들은 마력을 한데 모아 저항할 수 없는 광선을 만들었다. 그 광선이 믿을 수 없을 정도로 맹렬하게 공격하는 바람에 드래곤은 콰콰광, 벽에 부딪혀서 나가동그라지고 말았다. 그 충격에 궁전 전체가 신음했고, 그 방의 조명도 잠시 깜박거렸다.

그 전광석화 같은 공격에 사정없이 쓰러진 드래곤은 운이 없었다. 그의 의식은 촛불처럼 가물가물했다. 머리가 바닥에 살짝 닿는데 이어서 몸뚱이가 바닥에 쿵 하고 부딪치면서 작은 지진이 일어났다.

"오, 내 조상들이시여, 너 이게 대체 무슨 짓이야?"

사색이 된 마니투가 고함을 질렀다.

타라는 인상을 쓰면서 귀를 틀어막았다.

"할아버지, 소리 좀 그만 지르세요! 내가 뭘 어쨌다고요? 불의 뱀이 주문을 걸었고, 그래서 우리는 반격했을 뿐인데요. 근데 할아버지는 금서의 방에서 뭐 하시는 거예요? 위험한 곳인데!"

"아니, 우리는 이제 금서의 방에 있지 않아."

로빈이 조심스럽게 말했다.

"그리고 아무래도 네가 방금 셈 선생님을 죽인 것 같아!"

바닥에 쓰러진 드래곤을 보면서 눈이 휘둥그레진 타라는 로빈의 부축을 받아 일어났다. 하프엘프는 타라가 방금 한 짓을 비난해야 할지, 살아난 걸 기뻐하면서 부둥켜안아야 할지 한순간 갈등이 일었다. 갈랑은 서서히 의식이 돌아오면서 날개를 푸드득거렸고, 블롱딘은 아우우! 하고 울면서 비칠비칠 일어났다. 칼도 본모습으로 돌아왔고, 여우는 붉은빛 털을 되찾았다.

이번에는 칼이 눈을 떴는데 아직은 얼이 빠져 있는 것 같았다.

"으윽, 내 머리……, 어떻게 된 거지?"

아직 휘청거리는 타라를 부축해주면서 로빈이 돌아봤다.

"불의 뱀들이 너희들을 공격했고, 금서는 사라지고 없었어. 너희들이 어디다 감춰놓은 거라면 몰라도. 그리고 타라가 방금 너희들을 살리려고 하던 셈 선생님에게 벼락을 날렸어."

"아아아냐!"

"맞아아아!"

"와, 미치겠네!"

"그런데 사실이야!"

"나, 나."

타라가 말을 더듬었다.

"나는 정말 그게 불의 뱀인지 알았어. 빛이 보였단 말야. 금서는 땅 신령들, 그들이…… 그들이 훔쳐갔어. 하지만 받침대에 돌을 올려놓을 겨를이 없었고, 그래서 뱀들이 우리를 공격했어. 난……."

그 순간 강력한 숨소리에 타라는 말을 중단했다. 길게 숨을 내쉬는 드래곤의 숨소리가 갑자기 드르렁거리는 소리로 바뀌었다.

"휴, 다행이군."

안심한 마니투가 외쳤다.

"기절한 것뿐이었어! 셈을 쉬게 놔두고 설명은 나중에 하는 게 좋을 것 같구나."

"그건 좀 비겁한 거 아니에요?"

파프니르가 못마땅한 얼굴로 의아해했다.

"물론 비겁한 짓이지."

마니투는 가라앉은 목소리로 대답했다.

"하지만 용기는 나중에 내자는 거야. 지금은 해결할 일이 너무 많아. 세상도 구하고, 세계도 구해야 하니까…… 노발대발한 드래곤을 상대하는 건 오늘 할 일이 아니라는 말이다."

검둥개 마니투는 주둥이로 출구를 가리켰다.

일단 밖으로 나온 그들은 궁전이 흔들거릴 정도의 소동이 어디서 일어난 것인지 조사하려고 뛰어오는 경비병들과 맞닥뜨렸다. 마니투는 당당한 태도로 그들에게 드래곤의 동굴 사무실을 가리키면서 누군가가 문을 부수고 들어가서 어떤 물건을 훔쳤으며, 그 범인이 아주 커다란 파충류를 때려눕혔다고 말했는데, 그 표정이 가관이었다. 천연덕스럽게도 '이 궁전은 도대체 경비를 어떻게 서기에 그런 일이 일어날 수 있느냐' 는 투의 얼굴이었으니!

그러고는 난처한 질문이 나오기 전에 마니투는 재빨리 아이들을 데리고 무아노가 있는 의무실을 향해 발걸음을 재촉했다. 무아노는 상황의 전모를 전해 듣고 깜짝 놀랐다. 상태가 많이 나아진 무아노는 친구들을 따라가기 위해 타라의 도움을 받아 옷을 갈아입었다.

칼이 뇌진탕을 걱정하자, 무아노가 속삭였다.

"괜찮아. 다행히 내가 야수로 다시 변신하는 순간에 일어난 일이잖아. 샤먼도 나의 빠른 회복에 정말 놀라더라고. 단지 신중하기 위해 나를 지켜보고 있었던 거야. 걱정 마, 난 멀쩡하니까! 빨리 나가자! 우리 부모님이 들이닥쳐서 여섯 달 동안 나를 침대에 꼼짝없이 누워 있게 만들기 전에."

땅 신령들의 대사관까지 가는 길은 조용했다. 아더월드의 달, 타딕스와 마딕스가 뿌리는 은빛에 잠긴 거리에는 스트리둘 울음소리만 들릴 뿐, 야행성 동물을 제외한 모든 사람들이 곤히 잠들어 있었다.

타라 일행이 대사관에 거의 다 이르렀을 때였다. 골목길에서 불쑥 나타난 드라고쉬 선생님이 입술을 닦고 있는데 어딘가 이성을 잃은 듯했고, 빨간 눈에서는 야수적인 광채가 번뜩였다. 두 개의 달이 거리를 훤히 비추고 있었다. 뱀파이어는 미처 감추지 못하고 있었다, 완전히 피범벅이 된 손을!

"끄, 끔찍한 사고가 일어났어."

뱀파이어는 떨리는 목소리로 말했다.

"전하께 알려야겠다."

그렇게 말하던 뱀파이어는 타라를 알아보고 소름끼치는 눈길을 던졌다.

"타라……, 바로 너, 너, 너 때문이야!'

그들이 뭐라고 말할 겨를도 주지 않고 뱀파이어는 도망치듯 달려갔다. 다섯 명의 친구와 마니투는 어안이 벙벙해서 뱀파이어의 뒷모습을 바라보고 있었다. 잠시 후 마니투는 심호흡을 하면서 말했다.

"저 골목길에서 죽음의 냄새가 진동하고 있어. 너희들은 여기서 기다리거라. 내가 가서 보고 오마."

"난 어린애가 아니에요."

파프니르가 구시렁거렸다.

"이래 봬도 난 자그마치 250살이라고요. 그러니까 같이 가요."

얼마 후, 돌아온 파프니르는 입술을 꼭 다물고 있었고, 마니투는 금방이라도 쓰러질 것 같았다.

"저기 피를 흘리며 어떤 사람이 쓰러져 있어."

파프니르가 침착하게 말했다.

"그 목에 이빨 자국 두 개가 또렷이 나 있는 걸 보면 아무래도 우리의 뱀파이어 선생님에게서 뭔가 설명을 들어야 될 것 같다."

"이런 말하기 정말 싫은데 우린 지금 그 일에 신경 쓸 시간이 없어." 하면서 로빈은 한숨을 내쉬었다. 하프엘프로서 뭔가 수상쩍은 냄새를 맡는 순간부터 깨어나는 사냥꾼의 본능을 억제하는 것이 괴로운 모양이었다.

타라는 영 께름칙했다. 이번에는 또 뭐지? 도대체 뱀파이어는 뭐 때문에 나를 또 비난하는 걸까?

"드라고쉬 선생님이 전하에게 알리겠다고 더듬더듬 말했잖아!"

칼은 어깨를 으쓱하면서 지적했다.

"그러니까 자기들끼리 알아서 해결하게 내버려두자. 어! 대사관에 다 왔다."

늦은 시간인데도 이상하게 대사관 건물은 불이란 불이 모두 켜져 있었다. 정원으로 들어서 보니 땅 신령들은 자빌레나망을 타고 보초를 서고 사마귀들은 순찰을 돌고 있었다. 또한 뚱뚱한 지네 두 마리가 독을 뚝뚝 흘리면서 입구 쪽을 감시하고 있는데 거친 행동을 피하는 눈치였다.

대사가 그들을 기다리고 있었다.

"어서들 와요."

대사가 그들을 예의바르게 맞았다.

"필요한 것은 다 구했습니까?"

"네, 생각했던 것 이상으로 구했습니다."

칼은 아직도 약간 통증이 있는 이마를 찡그리면서 대답했다.

"우리의 협약에 수정이 불가피함을 증명해주는 몇 가지 사건이 일어났지요."

마니투는 아주 외교적인 발언으로 시작했다.

"당신들은 금서를 훔쳤어요!"

파프니르는 외교 따위는 내 알 바 아니라는 듯이 노골적으로 공격했다.

"돌려주시죠!"

마니투는 파프니르를 째려봤다.

상냥한 대사는 그 급작스런 비난에 놀랐지만 재빨리 냉정함을 되찾았다.

"난쟁이라. 이상하군요. 지난번에는 난쟁이를 봤던 기억이 없는데."

"아, 난쟁이는 나한테 필요한 연장의 일부를 이루고 있어서요."

칼이 재빨리 대답했다.

"난쟁이가 가지 않으면 우리는 어디로든 갈 수 없습니다."

"연장? 어떻게 그런……."

파프니르가 발끈했다.

그 순간 다행히 땅 신령이 말을 끊었다.

"나는 이런 문제에 관한 대화에는 익숙해 있지 않아서요. 그리고 우리 정부와 여러분의 친구가 스몰컨트리에서 기다리고 있어요. 우리의 문까지 안내해 드리지요."

대사는 그렇게 자기들이 붙잡아두고 있는 인질을 상기시키면서 그들을 공간이동의 태피스트리들이 있는 장소로 데려갔다.

태피스트리들이 번쩍거리자, 문지기 노릇을 하는 사마귀들이 사라졌다. 잠시 후, 그 대신에 나타난 흉측한 거미들이 아래턱을 딱딱 부딪치면서 눈을 부릅뜬 채 그들을 응시했다. 무아노와 타라는 혐오감으로 소름이 끼쳤고, 파프니르는 도끼 손잡이를 꽉 움켜잡았다. 거미들 중 하나가 여덟 개의 발을 구부리면서 우아하게 인사했다.

"우리 정부는 여러분을 기다리고 있지요. 이제 시간이 되었군요!"

처음 들었을 때 타라를 깜짝 놀라게 했던 예의 그 노래하는 듯한 목소리로 거미가 말했다.

그들은 자이언트 거미를 따라 커다란 방으로 들어갔다. 스몰컨트리에서 땅 신령들의 거주지는 대부분 지하에 있지만 공공 건물들은 지상에 지어져 있었다. 땅 신령들의 나라에는 꼬마도깨비 파보와 난쟁이 요정들도 살며, 거인들의 나라 간디스 국경에 접한 북부지역에는 그 땅을 침범하는 무모한 여행자들을 잡아먹는 불길한 요정들이 산다는 소문도 있었다. 어쨌든 거기서 살아 돌아온 사람이 없으니 그 전설을 확인하거나 무효화할 길은 없지만.

그들이 조용히 지나고 있는 방은 지하 못지 않게 조각장식이 화려했다. 환상적인 색깔의 꽃, 새, 곤충, 동물들, 아더월드의 식물상과 동물상 일부를 벽에 표현해 놓은 것 같았다. 바닥엔 돌이 아니라 멘탈리르 평원의 파란빛 잔디가 깔려 있었다.

스몰컨트리의 거주자들은 사이좋게 살지 못했던 모양이다. 수십 개의 태피스트리들이 세 종족의 놀라운 동맹을 만들어냈던 피비린내 진동하는 전쟁을 묘사하는 걸 보면.

관람석에 편안히 자리잡은 다양한 빛깔의 요정들이, 다가오는 손님들을 쳐다보면서 이러쿵저러쿵 떠들어댔다. 레몬빛의 꼬마도깨비 파보들도 초록색 옷차림으로 회견에 참석해 있었다. 갑자기, 꼬마도깨비들 중 하나가 날카롭게 외치자, 그 콧잔등에 커다란 털북숭이 무사마귀가 나타났다. 다른 꼬마도깨비들이 폭소를 터뜨리자, 처음에 나섰던 꼬마도깨비가 성난 몸짓으로 무사마귀를 사라지게 했다. 이번에는 배꼽이 빠져라 웃어대던 두 번째 꼬마도깨비가 등에 돋은 한 쌍의 날개 때문에 공중을 지그재그로 날아다니다 하마터면 숨이 막혀서 죽을 뻔했다. 항의의 고함소리에 꼬마도깨비들의 웃음소리가 더 커졌다. 세 번째 꼬마도깨비는 모오오오우우우의 머리를 뒤집어쓴 채 메에에! 하고 공포의 고함을 지르는 바람에 장내는 온통 웃음바다가 되었다.

타라는 웃음을 참을 수 없었다. 익살꾸러기들이라고 하더니 과연 꼬마도깨비답네!

글룰 부글룰이 다른 땅 신령 여섯 명과 동석해 있는데 창백한 안색과 거의 백발에 가까운 머리로 보아 모두 고령이었다.

그들 바로 옆에 놓인 금서는 자이언트 거미 두 마리의 감시를 받고 있었다. 칼은 인상을 찌푸렸고, 무아노는 고개를 끄덕였다. 음, 알만 하군.

자이언트 거미가 커다란 공이 있는 데까지 종종걸음쳐 가더니 나무망치로 꽝, 하고 쳤다. 그 소리가 귓가를 후려칠 때 무아노는 인상을 찌푸렸지만, 꼬마도깨비들은 즉시 얌전해졌고, 요정들은 수다를 뚝 그쳤다.

"이제부터 회의를 시작합니다."

거미가 낭랑한 소리로 알렸다.

"신중함과 현명함이 경탄할 만한 일을 해냅니다!"

다른 사람들보다 좀 더 화려하게 장식된 안락의자에 앉은 글룰 부굴룰을 뜯어보면서 타라는 화들짝 놀랐다. 오렌지색 가발에 절반쯤 가려져 있긴 해도 땅 신령의 머리를 장식하는 건 분명히 황금 왕관이었다. 오! 어디 선수를 한번 쳐볼까⋯⋯.

"이렇게 신속하게 우리를 맞아주셔서 정말 고맙습니다, 마마!"

타라는 땅 신령 앞에서 허리를 굽히며 또랑또랑한 목소리로 외쳤다.

타라에게 신분을 들킨 글룰 부글룰은 멋쩍은 미소를 지었다. 칼은 눈이 휘둥그레졌다. 이런 세상에! 나에게 그놈의 벌레를 감염시켰던 땅 신령이 왕이었다니!

"금서를 가져간 걸로 아는데요." 하고 타라는 차분하게 말을 이었는데, 예의를 갖춘 외교적인 말 대신에 단도직입적으로 시작했다.

"그랬지. 우리는 금서를 안전한 곳에다 보관하는 쪽을 택했거든."

땅 신령은 부드럽게 대답했다.

"금서를 에헴……, 빌려온 풀 풀풀이 지하실에서 자네들을 봤다고 하던데…… 그 건에 대해 무슨 할 말 없나?"

또다시 타라는 협상을 거부했다. 그러면서 어깨를 으쓱하는 무례한 행동만은 하지 않으려고 꾹 참았다.

"아니, 전혀 없어요. 이제는 이 나라의 부녀자들이 억류되어 있는 곳을 찾아서 적의 힘을 파괴하는 일만 남았군요. 그게 우리가 해낼 수 있는 일이라면 말이죠. 그다음은 마마가 칼리반에게 해독제를 주는 것이고, 우리는 금서를 랑코비트에 계신 셈 선생님께 가져가는 겁니다."

글룰 부글룰은 옥좌에 앉은 채로 상체만 약간 숙이는 것으로 타라의 당찬 말솜씨에 경의를 표했다.

"물론 우리는 기쁜 마음으로 책을 돌려주고, 또 해독제도 줄 것이다."

글룰 부글룰은 부드러운 목소리로 말했다.

"우리의 부녀자들이 위험에서 벗어나는 즉시. 그런데 자네의 난쟁이 친구도 전부 다…… 알고 있는가?"

글룰 부글룰이 그 극비사항을 파프니르에게 발설했냐고 묻는 것이었다.

"요점만 말했지요, 마마. 부녀자 납치범과 마마의 싸움, 그 싸움에 우리가 참여하게 되었다는 것. 그리고 우리가 마마를 돕지 않을 수 없게 하려고 칼리반에게 써먹은 방법도."

땅 신령은 어깨를 으쓱했는데 죄의식이라곤 전혀 없는 것 같았다. 그의 신하들은 한술 더 떴다. 그 비밀만은 폭로하지 않았다는 타라의 말에 안심한 글룰 부글룰은 머리를 꾸벅 숙였다. 왠지 낌새가 이상해서 타라를 살피던 파프니르는 친구가 뭔가 숨기고 있음을 느꼈다.

"자, 이제는 적의 궁전으로 빨리 갑시다." 하고 끼어든 마니투는 편안하게 대화를 이었다.

"물론 우리의 파브리스와 함께. 근데 이 방에는 파브리스가 어째 보이지 않는군요."

타라는 얼굴이 빨개졌다. 이럴 수가! 파브리스가 땅 신령들에게 인질로 붙잡혀 있다는 걸 새까맣게 잊고 있었다니!

"당연히 데려가야지요. 그 아이는 지금 매머드에게 먹이를 주고 있는데 조금 있으면 이리 올 것이오. 그렇지 않아도 빨간 바나나와 빠그락 땅콩을 구하는 데 어려움이 있는 데다 또 먹기 시작했다 하면 어찌나 무한정으로 먹어대는지 그 동물은 휴, 골치가 아팠던 참이라서!"

잠시 후, 파브리스와 바룬이 나타났는데 매머드가 사방에 대고 나팔을 불어대는 통에 그들의 재회는 그야말로 요란뻑적지근했다.

파브리스는 타라가 셈 선생님에게 한 짓을 들었을 때 너무 놀라 기절할 뻔했다. 그리고는 아주 못마땅한 얼굴로 금서를 응시했다. 동반자의 마음을 알아차린 걸까, 바룬이 은근슬쩍 거미 한 마리의 발을 밟아버리자 발끈한 거미가 위협적으로 큰 턱을 딱딱 부딪치며 독물을 뚝뚝 흘렸다. 파브리스는 한숨을 쉬었다. 매머드와 결합된 뒤로 파브리스는 새로운 동반자가 속시원한 행동을 할 때마다 상대적으로 자신은 한없이 변변찮게 느껴졌던 것이다. 바룬은 축소될 때마다 근육과 조화를 이루는 걸 아주 힘들어했고, 사람들이나 사물과의 관계를 회복하는 데도 시간이 오래 걸렸다. 사물들과는 그래도 괜찮은 편이었다. 오히려 매머드를 힘들게 하는 건 사람들이었다.

만장일치로 땅 신령 한 명이 안내자 자격으로 그 원정에 동행하기로 정해졌다. 원로들의 항의가 빗발쳤지만, 땅 신령들의 왕은 어떤 반대의 소리도 들으려고 하지 않았다. 글룰 부글룰은 자기가 기습 작전에 참여해야지, 아니면 기습이 이루어지지 않는다고 주장했다. 타라는 웃음이 나왔다. 글룰 부글룰도 정말 못 말리는 고집쟁이였다. 할머니하고 아주 똑같네, 똑같아! 잠시 후, 타라는 그 억류자들 속에 왕의 약혼녀인 물 물 물이 있다는 걸 알았을 때 글룰 부글룰이 왜 그렇게 강경하게 밀어붙였는지 이해할 수 있었다. 글룰 부글룰이 사용한 방법을 결코 좋게 받아들일 수는 없지만, 그 용기는 마음에 들었다. 땅 신령들의 왕은 사랑하는 약혼녀를 구하기 위해 서슴없이 위험을 무릅썼던 것이니까!

무아노는 한숨을 내쉬었다.

"와, 그래도 로맨틱하다!"

로빈은 정색했다.

"나라도 그랬을 거야!"

"나를 위해서 아니면 타라를 위해서?"

무아노의 놀림에 농익은 토마토처럼 얼굴이 새빨개진 로빈은 아주 멋쩍어했다.

"그야 당연히 둘 다를 위해서지!"

당황하는 로빈의 태도가 못마땅한 파브리스는 타라가 지어 보이는 예쁜 미소에 하프엘프의 얼굴이 벌겋게 변하는 걸 보면서 입술을 깨물었다. 그 순간 마니투가 출발 신호를 보내서 로빈에게는 천만다행이었다.

밤에 잠도 제대로 자지도 못했는데 그들은 즉시 그 악당 마법사의 성이 있는 오무아로 다시 떠나야 했다. 두 대륙간의 시차로 인해 팅가푸르는 이미 저녁이었다. 파란 땅 신령들은 그들의 적을 정탐하고 있었는데 그 악당은 몇 시간 전부터 부재중이었다. 최상의 순간이었다.

공간이동의 문이 작동하는 순간, 자이언트 거미들이 사라졌다. 팅가푸르에 도착하면서 칼은 다시 변장을 했고, 그들은 땅 신령을 따라 수도의 거리로 들어섰다. 처음 구경할 때와 마찬가지로 아름다운 도시의 시끌벅적한 활기에 타라는 감탄했다. 번쩍거리는 지붕의 저택들을 지나자 은빛, 금빛, 주홍빛의 집들이 보였다. 정신을 차릴 수 없을 정도로 교통이 복잡했다. 날아다니는 양탄자들, 안락의자들, 침대들, 페가수스들, 에프리트들, 날개 돋친 황소들, 집으로 돌아가려고 공중 부양하는 마법사들이 여기저기서 마주쳤다.

타라 일행은 이목을 끌었다. 그들이 지나갈 때 로빈의 혼혈 얼굴보다는 그의 활이 많은 사람의 눈길을 끌었던 것이다. 엘프들은 릴란드릴의 활을 가진 새 주인에게 인사를 했고, 난쟁이들은 파프니르에게 말을 걸었고, 땅 신령들은 암행으로 행차했다는 신호를 보낼 때까지 자기들의 왕에게 허리를 굽혔다. 야외에서 고기를 굽는지 어디선가 풍겨오는 구수한 고기냄새가 민감한 코를 간질이는 바람에 마니투는 우적우적 씹어먹고 싶은 욕망을 죽을힘을 다해서 참아야 했다. 사방에서 마법이 허공을 번쩍이게 했다.

타라 일행은 험상궂은 얼굴에 옆구리가 얼룩덜룩한 켄타우로스 무리가 지나가게 길을 비켜섰다. 타트리스 종족들은 두 개의 머리를 끄덕이며 다니고, 사이렌들은 물방울 속에서 우아하게 너울거리고, 사막의 위험한 종족으로 하얀 두건을 뒤집어쓴 고양이과에 속하는 살레텐들이 광산으로 데려갈 잠재적 사냥감들을 노리고 있었다. 그런가 하면 유니콘들과 얘기를 나누는 키마이라 무리는 입에서 훅훅 뿜어나는 불길로 상대를 태우는 일이 없도록 말할 때마다 고개를 돌렸다. 초록색과 빨간색의 드래곤 두 마리를 보고 한 떼의 모오오오우우우가 불안한 울음소리를 내는 것은 죽음의 그림자를 느꼈기 때문인 것 같았다. 마치 아더월드의 모든 종족이 팅가푸르에서 만나기로 서로 약속이나 한 듯했다.

그 진풍경에 놀라 토끼눈이 되는 타라를 보면서 글룰 부글룰이 설명했다.

"그리 놀랄 필요 없네. 이제 곧 다섯 번째 계절의 사육제가 시작되거든. 가면 만드는 사람들은 요즘 굉장히 바쁘지. 드디어 젤리나의 집에 도착했군. 그 마법사의 궁전으로 이르는 터널이 바로 이 집에 있다."

그들을 맞이한 건 땅 신령이 아니라 글룰 부글룰이 좀 전에 말했던 가면 제작자 중 한 사람이었다. 그 상점에는 깃털, 모피, 갑각류의 껍질, 비단, 흑진주, 파란 진주, 하얀 진주, 장밋빛 진주, 보석과 귀금속뿐만 아니라 면, 모슬린, 보드라운 천과 빳빳한 천 등 세상의 옷감이란 옷감도 모두 모아다놓은 듯했다.

무아노와 타라는 천장에 매달린 각양각색의 가면들을 발견했는데 어찌나 정교한지 생동감이 넘쳤다. 타라가 그 가면들 중 하나를 향해 손을 뻗을 때였다. 명령조의 무뚝뚝한 음성이 외쳤다.

"안 돼, 건드리지 마!"

당황한 타라는 얼른 손을 내렸다. 그러고는 소스라치게 놀랐다. 눈앞에 나타난 여자는 장님이었다. 그 백발과 마찬가지로 아주 하얀색의 눈! 그런데 여자는 마치 완벽하게 앞이 보이는 듯이 움직였다.

216

"나의 가면들은 단 한 사람을 위한 것이다."

젤리나는 부드러운 미소를 지으면서 말했다.

"너희들이 가면을 건드리면 그 사람에게 팔 수가 없어."

"어, 정말 미안해요. 몰랐어요."

감동한 타라가 중얼거리듯 말했다.

"따라와. 터널은 이쪽이야."

하얀 눈의 여자가 깜깜한 방으로 들어갔다. 젤리나의 목소리가 울렸다.

"여기, 이곳이야."

"어유, 빛이 조금이라도 있으면 정말 좋겠어요!"

칼이 앞장서면서 말했다.

"아, 미안하구나."

젤리나가 웃음기가 밴 목소리로 말했다.

"깜빡 잊었네. 잠깐 기다려. 여기 어디 구석에 있을 텐데…… 아, 여기 있구나!"

은은한 빛이 잡동사니가 산더미같이 쌓인 방을 밝혔다. 젤리나는 빛이 가득한 공 같은 걸 손에 들고 있는데 좀 전의 어둠보다는 그 빛을 더 편안해하는 것 같았다.

완만한 경사를 이루는 터널의 시커먼 입구가 보였다. 칼은 악동 같은 미소를 지었다.

"야호! 내리막길이다! 바퀴 달린 판때기를 탈 수 있겠다!"

그 말에 글룰 부글룰의 얼굴이 파랗게 질렸다.

터널은 칼이 스케이트보드를 타기에 경사가 그리 빠르지 않아서 천만다행이었다. 젤리나는 그들의 행운을 빌어주고 나서 빛의 공 여러 개를 주었다. 그들은 아더월드 시간으로 한 시간 동안 걸어가다가 무성한 덤불에 가려진 출구에 이르렀다.

"그 마법사의 정원에 도착했다."

글룰 부글룰이 속삭였다.

"안으로 들어가기 전에 바깥 건물부터 먼저 둘러보는 게 좋겠지."

칼은 대답 없이 고개를 끄덕였다. 성이라기보다는 궁전에 가까웠다. 지나치게 꾸민 장식이 오무아 제국의 전형적인 건축 양식이었다.

주홍빛 기와지붕과 금빛 기와지붕, 한 건물인데도 부분적으로 기와 색깔이 다채로웠다. 끝이 약간 휘어져 올라간 처마하며 빗물받이홈통에 조각된 상상의 동물들, 아기자기한 정원을 보면서 타라는 아시아 기록영화에서 보았던 궁전이 떠올랐다. 이빨처럼 생긴 잎을 딱딱 부딪는 하얀 브르리르 모양의 식물들, 제뿌리를 잡아당겨 봤자 절대 이르지 못하면서도 위협적으로 공격을 시도하는 성난 브르르르아아아, 덤불, 꽃가루를 나르는 곤충이나 작은 요정들을 유인하기 위해 꽃잎을 흔들어대는 멋진 꽃밭……, 무자비한 악당 마법사의 거처치고는 그 모든 것이 놀라운 조화를 이루고 있었다. 잔혹한 괴물 같은 인간이 취향만은 꽤 고상한 편이었다.

그런데 한 가지 타라의 눈길을 끄는 것이 있었다.

정원에서 경비병들이 순찰을 돌고 있었다.

이런, 친위대잖아! 어떻게 저들이 순찰을 돌지?

무아노는 파란 땅 신령에게 속삭였다.

"어어? 이 정원에 왜 친위대가 있지요? 친위대는 황실의 안전만 책임지는 걸로 아는데요!"

"아! 내가 말한다는 게 깜빡 잊었구나. 우리 부녀자들을 납치한 마법사가 바로……."

"그게, 그게 누군데요?"

뭔가 심상치 않은 낌새를 느낀 타라가 물었다.

"여제의 삼촌이거든!"

9
미지의 목적지

그 말에 타라 일행은 말문이 막혔다. 이윽고 무아노가 입을 열었다.

"여제의 삼촌이라면…… 반디우 대군? 여제의 어머니가 사망했을 때 후견인 역할을 했던 삼촌 말예요? 농담이겠죠?"

땅 신령은 그들을 향해 무거운 얼굴을 돌렸다.

"내가 여제에게 이 사건을 알렸을 때도 반응이 이랬었지. 엘프 사냥꾼들이 그 신분 때문에 주눅이 들어서 열의가 부족했던 탓이라는 것이 내 생각이네. 설마 자네들은 그렇지 않겠지?"

땅 신령의 목소리에서 불안감이 느껴졌다. 농락 당하는 걸 좋아하지 않는 마니투는 냉정하게 대답했다.

"우린 랑코비트 시민이오. 반디우 대군의 정원이든 저택이든 돌아다니다가 들키면 우리는 간첩으로 몰려서 처형될 수도 있단 말이오! 그런데도 이런 중대한 얘기를 우리에게 시치미 뚝 떼고 있었다니!"

파브리스는 긴장해서 침을 꼴깍 삼켰지만, 칼은 비아냥거리듯 중얼거렸다.

"그러니까 붙잡히면 그걸로 끝장이란 말이지! 그런데 밖에는 친위대원이 두 명밖에 없다……, 안에도 그리 많은 것 같지는 않고. 대군의 됨됨이로 판단하건대 친위대원을 많이 거느릴 사람은 아닌 게 분명한데…….”

“제대로 보았네.”

글룰 부글룰이 말했다.

“인원이 너무 많으면 무슨 짓을 하는지 들통날 위험이 있으니까. 그러다 보면 여제의 귀에 들어갈 수 있고, 삼촌이고 뭐고 즉시 처형될 테니까. 따라서 대군은 될 수 있는 한 마법을 사용하는 것으로 불충분한 인원을 보충하고 있지. 청소 주문, 생계 주문, 음식과 음료에 관한 주문 등등. 경비원 여섯 명 외에 요리사 한 명, 하녀 두 명과 하인 두 명이 있는데, 그중 한 명은 정원과 기생식물 발로르키데를 키우는 온실을 맡고 있으니까 자네들이 많은 사람을 만날 위험은 없네. 게다가 우리는 갖은 방법을 동원해서 훔친 인식 패스 사본들을 위조해 두었지. 다시 말해서 그 덕분에 자네들을 열심히 일하는 하인들로 알아본다는 뜻이라네.”

“아하…… 알겠어요. 이 성의 전체 모습에서 아주 좋은 아이디어가 떠올랐어요. 자, 갑시다.”

칼이 말했다.

그들이 논의하는 동안 타라는 골똘히 생각했다. 뭔가 잘못된 것이 있긴 한데 타라는 감이 전혀 잡히지 않았다.

그들은 일단 옷이나 모피, 깃털에 ‘프리 패스’를 달고서 그 건물 안으로 이르는 터널의 마지막 관문까지 전진했다. 성의 지하실들 중 하나에 이르렀고, 거기서는 몰래 탐색작업을 준비할 수 있었다. 칼은 아주 실용적인 크리스털을 가지고 있었다. 크리스털은 건물의 설계도를 3차원으로 유형화했다. 또 반경 100미터 내에 살아 있는 모든 존재의 위치를 표시하면서 그들 그룹은 파란색으로, 하인들과 경비원들은 노란색으로 물들이는 기능까지 있었다. 그 결과로 파란색 그룹과 노란색 그룹의 위치 추적이 수월해졌다. 칼만 비밀의 문을 탐지할 수 있기 때문에 임무를 분배할 수 없는 그들은 조용히 그를 따라가는 것으로 만족했다. 칼이 어떤 방에 들어가면 그사이에 그들은 밖에서 망을 봤다. 칼은 크기를 측정하고 만져보고, 쳐다보고 만져보고, 냄새를 맡아본 뒤에 재빨리 나왔다. 밤이 깊어지자, 하인들은 마침내 잠자리에 들었고, 경비원들은 건물 밖을 건성으로 순찰하기 시작했다.

"저게 어떤 장소를 지키는 방법이라고 볼 수 있어?"

로빈이 불만을 표시하면서 빈정거렸다.

"만일의 공격을 대비하려면 경비원들을 안팎으로 배치하여 교대 시간을 불규칙적으로 하고 계속해서 연락을 주고받아야 하잖아!"

"그래……, 하긴 너에겐 좀 시시할지도 모르겠다."

무아노가 속삭였다.

"하지만 저 경비원들에게 그런 능력이 없어서 난 좋기만 하다, 뭐. 저들이 잠이라도 들면 더더욱 좋겠고!"

그새 서재에서 반 돈쯤의 먼지를 뒤집어쓰고 나온 칼이 끼어들었다.

"난 말야, 그놈의 문에 어떻게 이를 수 있는지 누가 말 좀 해줬으면 정말 좋겠다. 벌써 스무 개째의 방을 훑어봤는데 땅 신령들의 말이 맞는 것 같아서 느낌이 불길해. 여긴 문이 없는 것 같아."

갑자기 타라의 얼굴이 굳어졌다.

"칼, 너 방금 뭐라고 했어?"

"여긴 문이 없는 것 같다고."

"아니, 아니, 그거 말고 그 전에."

칼은 의아한 얼굴로 타라를 쳐다봤다.

"내가 뭐라고 했더라? 응, 맞아. '그놈의 문에 어떻게 이를 수 있는지 누가 말 좀 해줬으면 정말 좋겠다. 벌써 스무 개째의 방을 훑어봤는데……'"

"그래애애애, 바로 그거야."

타라는 환호성을 가까스로 참으면서 말을 잘랐다.

"있어! 우리에게는 그놈의 문에 어떻게 이를 수 있는지 말해줄 누군가가 있잖아! 우리에게 길을 가르쳐줄 수 있는 누군가가 있다고!"

친구들과 글룰 부글룰의 미심쩍은 눈길을 받으면서 타라는 우아하게 허리를 굽히더니 마법복 주머니에 손을 쑥 집어넣어…… 짜잔! 마법의 지도를 꺼내들었다.

"아이고! 참 일찍도 찾아줌."

타라가 지도를 펼치자 지도가 구시렁거렸다.

"이놈의 호주머니에서 곰팡이 필 뻔했음. 이번엔 또 어디를 가고 싶은 것임?"

"안녕, 지도?"

타라는 깍지를 끼면서 다정하게 말했다.

"뭐 좀 부탁하려고 하는데 네가 할 수 있을지 모르겠어."

"어째서 나한테 할 수 있냐고 물어봄?"

발끈했다.

"어이없이 무례한 지적임! 어디를 가고 싶은지 그거나 말하기 바람. 그러면 '바로 여기' 하면서 당장 그 길을 알려주겠음."

"오, 그럼 됐어. 우린 지금 어떤 궁전에 있어. 모든 궁전에는 공간이동의 문이 있잖아. 이 궁전 안에 제2의 문이 있는 위치를 알려줄 수 있겠어?"

"이 궁전에 있는 유일한 문은 4층에 있음!"

지도는 거들먹거리는 목소리로 대답했다.

타라는 하얀 머리털을 움켜잡아서 잘근잘근 씹었다. 그건 바라던 대답이 아니었기 때문이다. 그렇다면 이 궁전에는 다른 문이 없다는 건데……

"그럼 이 궁전 안에 있지 않은 또 다른 문으로 가는 길을 알려줘, 여기서 제일 가까운 데 있는 것으로."

"흥! 진작 그럴 것이지!"

지도가 대답했다.

"좀더 복잡하게 물어보지 그랬음? 바로 여기!"

갑자기 양피지 위에 하나둘 모습이 나타나기 시작했다. 궁전, 밖에서 순찰 도는 경비원들, 타라 일행, 점선으로 표시된 정원을 가로지르는 길, 파란색의 커다란 십자가로 표시되는…… 기생식물 발로르키데 온실!

친구들과 마찬가지로 숨을 죽이고 있던 파브리스는 타라의 어깨를 감싸안으면서 볼에 기습적인 입맞춤을 했다.

"브라보!"

타라의 얼굴이 빨개지거나 말거나 파브리스는 외쳤다.

"넌 정말 천재야!"

그러면서 파브리스는 자기를 째려보는 로빈을 향해 약을 올리듯 혀를 쏙 내밀었다.

메롱!

지구의 열대식물과 마찬가지로 발로르키데도 열기와 습기가 필요했다. 그러나 기상 마법 주문에도 불구하고 팅가푸르에 이따금 닥치는 변덕스러운 기온과 건조한 날씨는 이 민감한 꽃에 적합하지 않았다. 따라서 대군은 꽃을 보호하기 위한 온실을 지었다. 일정한 수분 측정과 이상적인 온도가 그 꽃의 빛깔과 모양을 결정하기 때문이었다. 개화하기 전의 노란빛과 초록빛의 탐스런 봉우리에서 이름을 따왔다는 발로르키데의 두툼한 꽃잎들이 어둠 속에서 빛나고 있었다. 천장에 관능적인 형상으로 주렁주렁 늘어진 장밋빛, 파란빛, 검은빛, 빨간빛 꽃송이들, 그 꽃가루를 실은 공기가 어찌나 진한 향기를 뿜어내는지 그들은 숨쉬기가 힘들 지경이었다.

오무아에 있는 대부분의 건축물들이 그렇듯 온실이 어찌나 큰지 그들은 한 바퀴 둘러보는데도 시간이 꽤 많이 걸렸다. 그러나 어디에도 공간이동의 태피스트리들은 보이지 않았다.

난쟁이들이 다 그렇듯이 대장간에서 일할 때를 제외하면 인내심이라곤 찾아볼 수 없는 파프니르가 슬슬 성질을 내기 시작했다.

"이 빌어먹을 온실에는 아무것도 없어. 기분 나쁘게 후덥지근하고, 사방에 대롱대롱 매달린 못생긴 꽃밖에 더 있어?"

파브리스의 기습적인 입맞춤에 아직 분을 삭이지 못한 로빈은 보이지 않는 뭔가를 탐지하기 위해 하프엘프의 감각을 이용하여 주의 깊게 주변을 살폈다. 갑자기 로빈의 입가에 미소가 번졌다. 그 마법사가 영악한, 아주 영악한 인간이긴 하지만, 비록 반쪽은 인간이라도 엘프를 따라올 수는 없지! 로빈은 마른기침을 하면서 친구들의 주의를 끌었다.

"찾은 것 같아!"

로빈은 겸손한 표정으로 말했다.

글룰 부글룰이 희망에 부푼 얼굴로 로빈을 돌아봤다.

"문을 찾았다는 말인가?"

"네, 바로 우리 주위에 있어요."

"뭐, 우리 주위에 있다고? 너 무슨 말하는 거야?"

전문가라고 자부하는 칼이 자존심이 구겨진 어조로 외쳤다.

"저 꽃들 보이지?"

로빈이 가리켰다.

"저 꽃들이 뭐 어떻다고?"

파브리스는 눈살을 찌푸리면서 물었다.

"저 꽃들이 만드는 형상을 잘 봐."

"오, 내 조상들이시여! 네 말이 맞아. 유니콘들, 땅 신령들. 거인들. 마법사들이 보이는구나!"

마니투가 감탄했다.

무아노와 타라가 탄성을 울리면서 각자 로빈의 볼에 입을 맞추자, 파브리스가 툴툴거렸다. 에이! 하프엘프가 2점이나 받았잖아!

실제로 그들 주위를 빙 둘러싼 발로르키데들이 공간이동 문의 골조를 이루고 있는데, 지구의 16세기 이탈리아 화가 주세페 아르침볼디가 인물들을 꽃과 열매 또는 다양한 물건으로 묘사하는 것과 같은 맥락이었다. 유니콘의 머리를 만드는 칡넝쿨이며 마법사의 몸을 표현하는 꽃, 그모든 것이 다섯 장의 태피스트리를 나타내고 있지 않은가!

쉬바가 으르렁거리며 뒷걸음치더니 덤불에서 뭔가를 물고 나왔다.

"우와, 공간이동의 문 왕홀이다!"

무아노가 소리쳤다.

"쉬바, 넌 최고야!"

표범은 의젓하게 그들의 기쁨과 애무를 받아들였다. 파프니르가 왕홀모양의 식물 위에 그 왕홀을 올려놓자 온실이 번쩍였다. 그런데 큰 문제가 있었다.

226

"뭐라고 하지?"

파프니르가 물었다.

"뭘 뭐라고 해?"

자기가 문을 발견하지 못해서 뿔이 난 칼이 퉁명스럽게 내뱉었다.

"우리가 어딜 가야 하는 거지?! 이건 다른 문이 있는 어디인가로 우리를 데려가는 공간이동의 문이잖아. 그러면 목적지를 말해야 하는데 뭐라고 하냐고?"

"이런, 맙소사!"

마니투가 중얼거렸다.

"내가 그 생각을 미처 못했구나."

"아하!"

난쟁이는 이마를 딱 치면서 말했다.

"그럼 이걸로 한번 해보자. '땅 신령들이 갇혀 있는 곳으로!'"

칼이 비아냥거렸다.

"흥, 그건 절대로……."

그 순간, 강렬한 빛이 그들을 휘감는가 싶었는데…… 어느새 그들은 어디인가에 와 있었다. 그런데 이상하게도 타라와 파브리스에게 아주 낯익은 곳이었다. 그들의 눈앞에 나타난 어리둥절한 얼굴을 보며 둘은 외쳤다.

"아빠?"

"백작님?"

한 손에는 물뿌리개를, 또 한 손에는 정원용 가위를 들고 서 있는 사람은 브주아 지롱 백작이었다!

"파브리스? 타라? 아니 너희들 내 장미정원에서 뭐 하는 거니? 너희들

지금 아더월드에서 돌아온 거지? 내 허락도 없이 대체 어딜 갔었니?"

끔찍한 벌을 받게 될 거란 생각에 머리가 욱신거릴 정도로 편두통이 이는 파브리스는 기분이 엉망이 되었다.

눈썹을 치켜올리며 인상쓰는 백작과 기가 팍 죽은 파브리스를 보면서 마니투가 얼른 끼어들었다.

"우린 지금 비밀리에 임무를 수행 중이오. 지금은 설명해줄 수 없지만 일이 끝나면 알게 될 것이오. 그리고 백작의 협조가 필요하오."

키 60센티미터의 개의 모습이라는 걸 고려해서 마니투는 가능한 한 자신만만한 표정을 지으며 잠시 기다렸다. 최고 마법사들을 몹시 존중하는 백작은 그들 중 누가 도움을 청하면 토를 다는 일없이 무조건 들어주었다. 백작이 검둥개 앞에서 허리를 굽혔다.

"좋습니다, 최고 마구스 마니투. 일단 도와드리고…… 설명은 나중에 듣지요."

"고맙소, 백작. 그럼 당신에게 한 가지 묻겠소. 반디우 대군이 이따금 이곳을 방문합니까?"

"네, 꺾꽂이에 한해서는 아주 뛰어난 기술을 가진 특출한 분이지요."

백작이 빙긋이 웃었다.

"또 아더월드 최고의 발로르키데 온실을 갖고 계시죠. 자주 와서 내 장미들을 살펴주시는데 그분 덕분에 기대치도 않았던 결과를 얻었지요."

"그렇군요. 그리고 대군이 방문할 때면 여기 말고 어디 즐겨 찾는 곳이 있소?"

마니투가 태연한 얼굴로 물었다.

"낚시광이시지요. 부교 부근의 강물에 낚싯대를 드리우곤 합니다. 아더월드의 물고기보다 이곳의 물고기가 덜 공격적이라서 좋다고 하시면서."

그 순간 타라 일행은 서로 눈길을 교환했다. 강? 난데없이 강은 또 뭐야?

"잘 알겠소. 자, 그럼 우리도 가서 그 물고기들 구경이나 좀 하자구나. 백작, 이따가 봅시다. 파브리스, 안내해라."

백작의 미심쩍은 눈길을 받으면서 그들은 장미정원을 나갔다.

파브리스는 안도의 숨을 내쉬었다.

"휴, 내 방에서 한 100년쯤 갇히는 줄 알았네!"

"네 아버지에게는 내가 잘 말해주마."

마니투가 말했다.

"우리는 지금 아주 중요한 일을 하고 있는 거니까 성공만 하면 네 아버지도 너를 아주 자랑스러워하실 게다."

"아버지는 자랑스럽다고 해서 내가 멋대로 행동한 것에 대한 벌을 면제해줄 분이 아니에요."

"하지만 넌 멋대로 군 게 아니었어."

칼이 지적했다.

"아버지가 너에게 아더월드에 가는 걸 금했던 건 아니잖아!"

그 말도 파브리스에게 위로가 되지 않는 것 같았다. 그들은 묵묵히 걸었다. 지구 식물의 단조로운 색깔이 놀라운지 바룬은 이것저것 다 맛을 보려고 하다가 심지어는 쐐기풀까지 우적우적 삼켰다. 매머드의 혀에 온통 물집이 잡히는 바람에 그들은 레파루스 주문으로 치료해야 했다. 엄청 놀랐는지 이때부터는 매머드는 무엇이 되었든 건드리지 않으려고 슬슬 피해 다니면서 파브리스의 발꿈치에 채일 정도로 졸졸 따라다녔다.

파브리스는 또 한숨이 나왔다. 너무 엄격한 아버지와 너무 사랑스러운 패밀리어 사이에서 앞으로 몇 달은 시끄러울 게 뻔했기 때문이다. 아버지와 패밀리어의 피할 수 없는 대결을 생각만 해도 파브리스는 머리가 지끈거렸다.

"다 왔어. 저기가 부교야."

파란 강물 위로 불쑥 나온 갈색 널빤지로 만든 부교가 눈에 띄었다. 그곳은 날씨가 더울 때면 파브리스와 타라가 풍덩 뛰어들어 신 나게 물장구치던 곳이었다. 잠든 팅가푸르를 방금 떠나왔는데 어느새 오후라니! 땡볕 아래서 강물을 바라보고 선 그들은 흉악한 마법사의 이미지와 이 평화로운 풍경을 연결시키기가 어려웠다.

"너희들 눈에는 땅 신령들이 보이냐?"

칼이 빈정거리듯 외쳤다.

그들은 그 주변을 이 잡듯이 샅샅이 수색했지만 비밀 출구라든가 숨겨진 감옥이라곤 눈 씻고 찾아봐도 없었다.

절망한 글룰 부글룰은 털썩 주저앉았다. 그의 눈에서 파란 눈물이 뚝뚝 떨어졌다.

"나의 약혼녀, 내 사랑 물 물물, 그대를 다시는 보지 못하겠구려!"

마니투가 머리를 숙이고 냄새를 킁킁 맡기 시작하더니 부교를 이리저리 뛰어다녔다.

"스니프……, 스니프, 스니프, 냄새가 나. 그자가 여기 왔다간 냄새가 나, 음, 확실해. 그의 냄새가 진동을 하고 있어. 하지만 오래 머물지는 않았어."

로빈은 엘프의 예리한 눈을 사용하여 강물을 주시했다.

"장담은 못하겠지만 물 속에 뭔가 있는 거 같아."

그들은 로빈 옆에 모여 서서 깊은 물 속을 뚫어져라 응시했다.

"그래, 나도 뭔가…… 보여."

무아노가 말했다.

"좋아."

칼이 한숨을 쉬면서 말했다.

"난 도둑이야. 그러니까 내가 총대를 매야겠지. 난쟁이도 있고 땅 신령도 있으니 사이렌만 있으면 우리는 아주 완벽한 팀이 되는 건데 아쉽다! 그런데 다행히도 나는 물 속에서도 숨을 쉴 수 있단 말씀이야!"

타라가 어이없는 얼굴로 칼을 쳐다봤다.

"정말? 물 속에서 숨쉴 수 있어?"

"모르는 환경에서는 마법을 사용하는 것이 위험하지."

칼은 제법 유식한 척 대답하면서 마법복을 벗어제치고 위장 팬티와 티셔츠를 드러냈다.

"잘되면 이게 불법 침입자가 있다는 걸 알려주고, 잘못되면 불쾌할 정도로 치명적인 방어태세로 들어가지. 아, 제발 나를 그런 눈으로 쳐다보지 마. 아가미 같은 건 돋아나지 않을 거니까. 다만 글룰 왕이 준 산소마스크를 가지고 있는 것뿐이니까. 이게 유용하게 쓰일 날이 올 줄 알았지, 내가."

"자네와 함께 가겠네."

땅 신령이 나섰다.

"난 물 속에서 아무 문제없이 숨쉴 수 있다. 그리고 내 국민을 구하는 일을 다른 사람들에게만 맡길 순 없는 법!"

"이런, 이런!"

마니투는 못마땅한 듯 중얼거렸다.

"드디어 우리에게도 영웅 증후군이 퍼지는 건가! 어쨌든 시작이 나쁘진 않군!"

"아참, 칼, 영웅 얘기가 나왔으니까 말인데……."

무아노가 감탄해 마지않는 얼굴로 두 손을 합장하면서 중얼거렸다.

"뭔데? 말해 봐."

칼은 뻐기면서 대꾸했다.

"너의 그 위장 내복 말인데…… 그거 혹시 네 방에서 장난감 곰 공격할 때 입는 거 아냐?"

칼은 울상이 되었고, 타라와 무아노는 깔깔대고 웃었다. 같은 남자라는 연대의식 때문에 파브리스와 로빈은 웃음을 꾹 참고 있지만 그들의 반짝거리는 눈은 같은 생각이라는 걸 보여주었다. 칼은 하늘을 올려다보고 나서 산소마스크를 얼굴에 찰싹 붙였는데, 그 작은 동물이 피를 빨아먹기 시작하는 순간 얼굴이 일그러졌다.

"자, 그럼 수색을 나가볼까요?"

칼은 약간 숨막히는 듯한 목소리로 땅 신령들의 왕에게 말했다.

"그럼 잠시 후에 봐요!"

칼이 먼저 다이빙했고, 뒤이어 강물에 첨벙 뛰어든 글룰 부글룰은 무게 때문인지 즉시 배처럼 가라앉기 시작했다. 두 실루엣이 차츰 물 속으로 가라앉고 있었다.

칼은 전혀 힘들어하지 않고 유연하게 헤엄쳤다. 위쪽을 힐끗 쳐다보면서 칼은 걱정스럽게 지켜보는 친구들에게 손을 흔들어준 뒤에 정신을 집중해서 하강했다. 다행히 몇 미터만 더 내려가면 강바닥이었다. 글룰 부글룰은 흥분해서 어쩔 줄 모르는 신호를 보냈다. 강바닥에서 또렷이 윤곽을 드러내는 사각형을 발견했기 때문이었다. 과연 자연현상으로 보기에는 너무 네모반듯했다. 가까이 다가가면서 칼은 그 사각형이 문의 형상이라는 걸 확인했다. 문을 찾아낸 것이었다! 칼이 올라가자는 손짓을 했지만, 글룰 부글룰은 바닥에 있는 쪽을 택했다. 그러면서 땅 신령은 그 엄청나게 큰 입을 벌리고 물 속의 산소를 흡수하는데 그 모습이 아주 편안해 보였다.

칼이 올라가려고 할 때였다. 약한 물살이 산소마스크를 압박하면서 떼어내려고 하는 느낌이 들었다. 칼은 어깨를 으쓱하면서 산소마스크를 다시 얼굴에 붙였지만 좀 더 세진 물살이 또다시 벗기려고 했다. 칼은 이맛살을 찌푸리면서 산소마스크를 얼굴에 찰싹 들러붙게 했다. 그러자 물이 미친 듯이 날뛰었다. 어디서 나타났는지 단단한 물의 촉수들이 공격해 오면서 칼의 산소마스크를 떼어내려고 했다. 칼을 도우려고 글룰 부글룰이 헤엄쳐오자, 이번에는 촉수들이 땅 신령의 목을 휘감아 조르기 시작했다. 글룰은 허우적거렸고, 칼은 산소마스크 안에서 공포의 비명을 질렀다. 무언가가 그들을 죽이려 하고 있었다!

위에서는 타라와 로빈, 파브리스, 무아노가 강물에서 눈을 떼지 않고 있었다. 그들은 뭔가 심상치 않다는 걸 대번에 알아차렸다.

물이 무슨 생명체처럼 물 속의 두 사람을 추격하는 것이 아닌가!

타라는 주문을 외울 겨를이 없었다.

"내 친구들을 이쪽으로 데려왓!"

타라는 칼과 글룰을 향해 두 손을 내밀면서 자신의 마법능력에 간략하게 명했다.

주문이 작동했지만 강물이 빛을 반사하면서 마력을 흡수해버렸다. 이번에는 무아노가 로빈의 도움을 받아 시도했지만 그것도 소용이 없었다.

그때 갑자기 풍덩! 하는 소리가 울렸다. 칼과 글룰을 구하려고 파프니르가 도끼를 들고 물에 뛰어든 것이었다. 도끼로 어떻게 물을 쪼갤 수 있으랴! 불행히도 강철은 물의 상대가 되지 못했다. 친구들도 안간힘을 쓰고 있지만 익사 직전이었다.

물의 행동을 유심히 살피던 타라는 뭔가 떠오르는 것이 있었다. 정상적으로는 스스로 움직일 수 없는 불활성의 원소가 살아 움직이는 걸 본 적이 있었다. 그래, 불의 원소였어! 할머니의 저택을 집어삼키려고 했던 불의 원소! 그렇다면…….

"엘레멘투스의 이름으로 네가 있다는 걸 알고 있으니 냉큼 나타날지어다!"

타라가 고함을 질렀다.

그 즉시 물이 한데로 모여들면서 거대한 물의 원소가 나타났다. 태양빛에 번뜩거리는 몸통, 물풀들이 만들어주는 굽슬굽슬한 초록빛 머리털, 키는 4미터에 이르렀다. 물의 원소 양쪽의 강물은 꿈쩍하지 않았다. 보이지 않는 장벽에 머리를 부딪히자 깜짝 놀란 송어 떼가 빠져나가려고 필사적으로 발버둥치고 있었다.

"아니, 이럴 수가!"

물의 원소가 퍼부었다.

"조무래기 마법사잖아! 어이, 꼬맹이, 겁도 없이 나를 부른 이유는?"

"안녕하세요, 물의 원소 씨?"

오직 H_2O로만 이루어진 물질과 언쟁하고 싶은 마음이 추호도 없는 타라는 공손하게 허리를 굽혔다.

"부탁인데 내 친구들이 익사하지 않게 해주겠어요?"

"이런!"

물의 원소가 유감스러운 어조로 꽈르르거렸다.

"안됐지만 나를 먹여 살리고 강하게 해주는 엄청난 소나기를 받는 대가로 이 강물의 양을 유지해주겠다는 약속을 했다. 그리고 침입자들을 익사시키는 것도 그 협약의 일부이다. 미안."

"잠깐 기다려요!"

물의 원소가 해체되기 시작할 때 타라가 외쳤다. 물 빠진 강바닥에서 칼과 파프니르, 글룰이 목구멍이 찢어질 듯 딸꾹질을 하고 있었다.

"우리는 당신을 해치고 싶지 않아요. 그러니까 싸우지 말고 우리를 도와줘요!"

물의 원소는 엄청나게 크게 한숨을 내쉬었다.

"미안하지만 협약은 협약이다. 만약 물, 바람, 불, 흙의 원소들인 우리가 약속을 지키지 않는다면 다시는 아무도 우리를 찾지 않을 것이다."

"하지만 만약 내 힘이 당신의 힘보다 더 강력하다는 걸 증명하면 그땐 우리가 물 속에 들어가는 걸 묵인해주겠어요?"

"이봐, 꼬맹이, 너보다 내가 훨씬 강력한데 무슨 수로 대적하겠다는 거냐?"

물의 원소가 비웃었다.

"그 얘긴 할 거 없고요. 내가 제안하는 협약은 다음과 같아요. 내가 이기면 당신은 우리를 통과시켜주고 우리가 그 마법사의 포로들을 구하는 동안 강물을 붙잡아주세요. 만약 당신이 이기면 내가 넘쳐흐를 정도로 엄청난 양의 소나기를 만들어주겠다고 약속하죠."

"뭐? 여긴 우리 아버지의 땅이니까 너, 알아서 해!" 하고 한 마디 내뱉던 파브리스는 또 그 못 말리는 버릇이 도진 모양이다.

"프로페셔널의 약자, 예배 의식, 다 합하면 약속이야!"

"입 닥쳐, 파브리스!"

무아노와 타라가 동시에 말했다.

"포로들이라니?"

물의 원소가 그 커다란 거품 눈썹을 찌푸렸다.

"그는 포로에 대한 말은 하지 않았다. 내 의무는 단지 침입자들이 이 물에 들어오는 걸 막는 것이고, 그래도 고집을 부리면 침입자를 익사시 키는 것, 그게 다란 말이다!"

물의 촉수들이 잠시 조르기를 중단하는 사이에 다시 숨을 쉬게 된 글 룰이 강바닥에서 소리쳤다.

"나는 땅 신령들의 왕이자 오무아 궁정의 조정 위원이며, 진실의 입들 의 대변인인 글룰 부글룰이다. 당신과 협약을 체결했던 마법사는 내 백 성을 납치했고, 나는 백성을 구하기 위해 이곳에 온 것이다!"

물의 원소는 생각에 잠기는 듯하더니 일렁이는 어깨를 들썩였다.

"그렇다면 이 새로운 협약을 받아들이겠다. 어디 한번 조무래기 마법 사의 능력과 겨뤄보지. 하지만 조금이라도 허튼 수작을 부렸다간 나는 가차없이 너를 익사시키겠다. 알았는가?"

"아주 똑똑히 알아들었어요."

타라는 대답했다.

물의 원소는 미소를 지었는데 그 커다란 입 속에서 응결된 물의 이빨 들이 다이아몬드 검처럼 번쩍였다. 이어서 물의 원소는 강바닥에 있는 세 명이 기슭으로 올라올 수 있게 비켜섰다.

칼은 물의 원소를 쏘아보면서 입안에 남은 물을 퉤퉤 뱉었다. 그러고 는 파프니르에게 몸을 기대어 미끌미끌한 진창에서 간신히 일어섰다. 난쟁이는 땅 신령의 목덜미를 부여잡아서 부교로 끌어올렸다.

그들은 조심스럽게 뒤로 물러섰다. 그러자 결투가 시작되었다.

물의 원소는 볼을 부풀리더니 타라를 향해 물을 콸콸 뿜어내는데 꼭 펌프 물처럼 쏟아졌다. 이에 타라는 마치 그런 공격을 예상하고 있었다는 듯이 즉시 강력한 벽을 만들어내서 아주 쉽게 물대포 공격을 막아냈다.

벽이 사라지고 이번에는 타라가 이글거리는 불덩어리를 발사했다. 물의 원소는 자기 몸통에 구멍을 뚫는 것으로 잽싸게 피했다. 뚫린 구멍으로 불덩어리를 그대로 통과시켜 버리는 작전이었다.

1회전, 0 대 0.

그 순간 물의 원소가 집채만 한 파도를 만들어냈는데 어떤 벽이라도 휩쓸어버릴 수 있는 해일을 방불케 했다. 타라는 거대한 깔때기를 만들어내는 것으로 응수하면서 그 파도를 물의 원소에게 되돌려보냈다. 미처 대비하지 못한 물의 원소는 뒤뚱거리다 넘어지면서 자신이 만든 파도에 당하고 말았다. 엉거주춤 일어난 물의 원소는 당황한 것이 역력했다.

그때 갑자기, 물의 원소가 거대한 망치를 휘두르며 달려들었다. 친구들은 공포에 떨고 있는데 타라는 눈썹 하나 까딱하지 않았다. 그 망치는 타라가 즉시 만들어낸 강력 보호막에 닿는 순간 맥없이 부서지고 말았다.

타라는 성난 얼굴로 생각에 잠겼다. 처음에 발사했던 불덩어리는 형편없었단 말야. 하지만 요건…….

상대에게 대응할 겨를도 주지 않고 타라는 대형 돋보기를 만들어서 물의 원소에게 들이대고는 햇빛을 모아들였다. 까무러치게 놀란 물의 원소가 그 타오르는 열기에 증발하기 시작했다. 그러자 햇빛을 피할 양으로 물의 원소가 제 몸을 나누었다. 하지만 바로 그 순간 타라의 양손에서 얼음 광선이 퓽퓽!! 발사되었고, 땡볕 속에 얼어붙은 불의 원소는 옴짝달싹 못했다. 더구나 돋보기를 통해 쏟아지는 햇빛이 어찌나 강렬한지 물의 원소는 액체 단계를 거치지도 못한 채 고체에서 곧바로 기체로 변해가고 있었으니! 그 상황에서 타라를 공격하는 것은 불가능했다.

타라는 손짓으로 돋보기 공격을 중단했지만 돋보기를 사라지게 하지는 않았다. 승화 작용이 잠시 멈춰지자 그 사이에 물의 원소가 액체로 변하면서 얼굴과 입을 되찾았다.

"패배를 인정하겠나?"

타라가 물의 원소에게 엄한 어조로 물었는데 이번에는 반말이었다.

"그래, 인정하니까 이 고문을 멈춰 줘!"

"이제부터는 우리를 가만 내버려두겠는가?"

"알았어, 알았으니까 나를 풀어 줘! 4원소 중 최고 원소의 이름으로 맹세한다. 거짓이면 내 정신은 대양으로 돌아간다!"

타라가 눈으로 마니투에게 묻자, 마니투는 긍정적인 표시로 고개를 숙였다. 이야! 작전 대성공이다! 타라는 대형 돋보기를 사라지게 하고 얼어붙은 물의 원소를 녹였다. 물의 원소는 몸뚱이가 반쯤 녹아 없어지자 기가 죽었다.

"아이고 분해, 아이고 분해!"

물의 원소가 울먹였다.

"원래의 내 무게로 돌아왔잖아! 이 협약은 절대 받아들이지 말았어야 했는데!"

"자, 이제 강바닥에 있는 문을 열러 갑시다."

칼이 싱글벙글한 얼굴로 말했다.

의심이 많은 파프니르가 물의 원소를 감시하는 동안 타라 일행은 미끌미끌한 둑을 내려갔다. 칼이 아무 어려움 없이 자물쇠를 찾아내는 걸 보면 흉악한 마법사는 누군가가 문을 발견하리라고는, 더군다나 그 입구에 이르리라고는 생각조차 하지 않은 것이 분명했다. 마법의 문이 아니었기 때문이다. 지구의 흔한 자물쇠를 열 때처럼 연장을 사용하면 되니까 칼에게는 아주 간단한 일이었다. 문이 녹슨 경첩 위에서 삐꺽삐꺽 미끄러졌다. 그들이 들어선 방은 텅 비어 있었다. 또 하나의 문이 보였지만 그 문 역시 칼의 민첩한 손놀림에 순순히 열렸다.

안으로 들어서니 일련의 감방이 줄지어 있고, 그 안에 부글룰 왕의 백성들이 있었다. 땅 신령들의 왕은 환호성을 지르며 뛰어들어갔다. 창살을 건드리는 순간, 빛이 번쩍하더니 쿠당탕! 글룰이 반대편 벽에 부딪혀 까무러치고 말았다.

파란색의 예쁜 땅 신령이 소리쳤다.

"창살을 만지지 말아요. 주문이 걸려 있어요! 글룰! 글룰! 대답해 봐요!"

"괜찮아요! 그냥 의식을 잃은 상태고, 손을 약간 데었을 뿐이에요. 내가 돌봐줄 게요."

로빈이 말했다.

"서둘러야 해."

무아노가 불안한 얼굴로 끼어들었다.

"그 마법사가 언제 돌아올지 모르잖아. 내가 어떻게 좀 해볼게."

야수로 변신한 무아노는 창살을 움켜잡고 있는 힘을 다해 통증을 버텨냈다. 하지만 얼마 가지 못해 비명을 지르면서 창살을 놓고 말았다. 무아노가 발들을 펴 보이는데 화상이 심했다. 타라가 즉시 주문을 외쳤다.

"레파루스의 이름으로 상처는 사라지고, 통증은 가라앉아라!"

화상이 사라졌다.

"주문을 외워 봐야 아무 소용없어요. 반디우는 감옥 전체에 마법을 걸어놨으니까."

예쁜 땅 신령이 설명했다.

"흥, 이래도 빌어먹을 마법이 아냐?"

파프니르가 쫑알거렸다.

"그러니까 전문가에게 맡기고 물러나!"

난쟁이는 벽을 거들떠보지도 않고 돌바닥에 몸을 딱 붙이더니 방어 주문을 풀지도 않고 돌 사이를 파고 들어갔다. 그러고는 눈 깜짝할 사이에 모습을 드러냈는데 파프니르가 어느새 감방 안의 어안이 벙벙한 땅 신령들 속에 끼여 있었다.

칼은 눈을 부릅뜨고 있었다. 그걸 생각하지 못한 자기 자신에게 몹시 화가 난 모양이었다. 당연히 바닥에는 다른 마법을 걸었으리라는 예상을 했어야 했어! 가만히 갇혀 있을 땅 신령들이 아니잖아. 반디우는 땅 신령들이 먹어치우지 못하게 돌들을 아주 단단하게 하는 주문을 걸어놨기 때문에 자신의 방어력을 철석같이 믿었겠지만…… 난쟁이에게는 그게 통하지 않았던 것이다!

파프니르가 말했다.

"여러분, 나에게 딱 달라붙어서 절대 나를 놓치지 마세요. 나를 잡고 있으면 여러분은 나와 동시에 돌 속으로 스며들 겁니다. 하지만 나를 놓치는 즉시 죽게 되고 여러분의 몸은 영원히 꼼짝 못하게 됩니다. 알아들었죠?"

땅 신령들은 이미 난쟁이를 꽉 붙잡고 있었다. 난쟁이에게서 떨어지지 않으려고 안간힘을 쓰던 그들은 내심 불안했던지 감옥 밖으로 나와 비로소 안도의 숨을 내쉬었다.

파프니르가 첫 번째 감방을 비우는 데는 2, 3분밖에 걸리지 않았다. 그렇게 해서 그들은 30분만에 233명의 부녀자들을 모두 구했다. 여자들이 우르르 자기들의 왕에게 몰려가자, 글룰 부글룰은 충격 때문에 아직은 정신이 몽롱하면서도 백성을 되찾은 걸 기뻐했다. 예쁜 땅 신령이 그를 다정하게 끌어안는 걸 보면 왕의 약혼녀 물 물물이 틀림없었다.

"우선 여기서 나갑시다."

마니투가 말했다.

"기뻐하는 건 그 몹쓸 인간의 힘이 미치지 못하는 곳으로 나간 다음에 합시다."

모두 한 줄로 늘어서서 개를 따라 바깥으로 나갔다. 물의 원소는 강바닥에서 줄줄이 나타나는 그 많은 땅 신령들을 보며 아연실색했다.

"오, 내가 태어나는 걸 지켜본 물의 신이시여! 도대체 저 사람들이 모두 어디서 오는 겁니까?"

"내가 말하지 않았소? 내 백성이 그 몹쓸 마법사의 포로로 붙잡혀 있다고! 그리고 당신은 그 간수였단 말이오!"

물의 원소는 거품 눈썹을 찡그렸다.

"하지만 이건 뭐가 잘못된 것이다. 내가 그자를 고발하겠다. 마법사들이 자신들의 추악한 짓거리를 위해 우리를 이용하는 것은 금지되어 있다!"

물의 원소는 진짜 화가 난 것 같았다. 그러자 글룰은 여제에게 증언해달라고 부탁했고, 물의 원소는 기꺼이 수락했다. 물의 원소는 진실의 입들이 그 정신을 읽을 수 없기 때문에(모든 원소가 다 그렇듯이) 반디우 대군에게 불리한 증언을 할 수 있었다. 연락을 받는 즉시 아더월드로 가겠다고 약속하면서 강으로 돌아간 물의 원소는 유유히 흘러가기 시작했다.

그들은 서둘러서 공간이동의 문이 있는 브주아 지롱 백작의 성으로 향했다. 그들이 장미정원 앞을 지날 때, 갑자기 분노의 울부짖음이 들렸다.

눈앞에 나타난 건 브주아 지롱 백작과 허리가 구부정하고 왜소한 노인이었다. 가는 황금 띠로 이마를 고정해서 한 갈래로 복잡하게 땋은 희끗희끗한 머리타래가 오른쪽 어깨 위로 길게 늘어져 있었다. 또 흰색의 우아한 마법복에 100개의 금빛 눈을 가진 주홍빛 공작이 꼬리를 부채같이 펼치고 있어서인가, 그가 신은 흰색과 적색 샌들에 환상적으로 잘 어울렸다.

"림보의 모든 악마들이여!"

반디우의 손에서 갑자기 위험한 보랏빛이 번쩍거렸다.

"이 벌레 같은 놈! 감히 나한테 도전을 해? 죽으려고 환장을 했나!"

아연실색한 백작은 입이 헤벌어졌고, 글룰 부글룰은 대군이 욕을 하거나 말거나 의기양양하게 나섰다.

"우리는 당신이 두렵지 않소, 반디우 대군. 그리고 다시는 당신에게 복종하지 않을 것이오! 여기 이 친구들이 우리를 보호하기에 충분한 힘을 가지고 있어서 말이오. 이제부터는 당신이 강력한 타라틸랑넴 덩컨의 노여움을 사지 않도록 조심해야 할 것이오!"

강력한 누구라고? 무슨 말을 하고 있는 거야? 미쳤나 봐! 타라가 혼잣말을 중얼거렸다.

그 순간 글룰을 째려보는 파브리스를 보면서 타라는 친구도 자신과 같은 생각이라는 걸 알았다. 하지만 겨뤄보지도 않고 미리 꼬리를 내릴 필요야 없지! 어디 한번 건드려볼까?

"당신은 마지스터가 아니에요!"

타라는 그렇지 않아도 께름칙하던 반디우의 번쩍거리는 손을 향해 삿대질을 하면서 외쳤다.

"따라서 당신은 내 상대가 아닙니다!"

"아하. 네가 바로 마지스터와 싸워 이겼다는 그 꼬맹이 마법사로구나."

대군이 비웃었다.

"그래서 마지스터가 그렇게 심통을 부리며 생난리를 쳤군! 난 그때 그가 분통이 터져서 죽는 줄 알았지. 요런 애송이한테! 이거야 원 웃겨서 죽을 지경이로군. 그리고 죽는다는 말이 나왔으니까 말인데 미안하게도 나는 그를 도울 거란 말씀이야. 자, *받아랏!*"

번개같이 빠르게 반디우가 그들을 향해 데스트룩투스 주문을 외쳤다.

그러나 타라와 살아있는 돌은 이미 예상하고 있었다. 데스트룩투스 주문은 둘이 합동으로 만든 방패에 맞고 퉁겨져 나갔고…… 장미정원의 유리벽을 박살내고 말았다.

안 돼애애애! 하고 미친 듯이 고함을 지르던 백작은 그제야 자신이 마법사들이 결투를 벌이는 한가운데에 있음을 깨닫고 허겁지겁 우물 둔덕 뒤로 몸을 숨겼다.

격분한 반디우는 방패에 압박을 가하면서 한 손을 머리 위로 올렸다. 그러자 강렬한 빛이 우물 속으로 쭉 빨려 들어가더니 한 물체가 숏구쳐 올랐는데 검은 광채에 휩싸여 있었다. 그것은 자연에 반하는 돌연변이들, 예를 들어 하이에나 잡종, 문어 잡종, 곰치 잡종 등에 관한 공상과학영화에서나 볼 법한 흉측한 악마를 표현한 조각상이었다. 그들은 조각상을 보면서 등골이 오싹했다.

글룰 부글룰이 중얼거렸다.

"저게 바로 반디우의 힘이 담겨 있는 아티팩트야. 저걸 파괴해야 해!"

"저건 나한테 맡겨."

파프니르가 속삭이면서 도끼를 휘둘러 보였다.

"타라, 너는 저자의 주의를 딴 데로 돌려 봐."

그들 모두를 지키기 위한 방패를 유지하는 것만으로도 몹시 힘이 든 타라는 고개만 끄덕이면서 안간힘을 다해 버티고 있었다.

타라가 힘겨워하는 걸 보면서 글룰 부글룰이 소리쳤다.

"땅 신령들이여, 흙을 파내고 도망쳐라!"

순식간에 땅 신령들이 땅 속으로 숨었다. 그러자 타라는 힘을 덜 쓰게 된 것에 안심하는 반면에 포로들이 사라지는 걸 보면서 화가 난 반디우는 펄펄 뛰었다.

그때였다. 갑자기 반디우가 비틀거렸다. 발 밑으로 쩍 벌어지는 커다란 구멍 때문에 그가 중심을 잃고 있었다. 우와! 느닷없이 나타난 수십 명의 땅 신령들이 그의 옷자락을 마구 잡아당기고 있는 것이 아닌가!

자신의 살에 닿는 땅 신령들의 손길이 끔찍한지 벌레 씹은 얼굴이 된 반디우는 벗어나려고 기를 쓰면서도 계속해서 타라를 공격했다. 타라는 심호흡을 했다. 일단은 그의 중심을 무너뜨릴 필요가 있었다.

"토해내요! 그자에게 흙을 토해내요, 빨리!"

타라는 땅 신령들에게 외쳤다.

땅 신령들은 그 즉시 땅을 파느라고 좀 전에 삼켰던 흙을 일사불란하게 뱉어내기 시작했다. 순식간에 찐득거리는 진흙과 돌멩이들에 휩쓸린 반디우는 분노의 괴성을 질렀다. 마침내 그의 공격이 멈춰지는 순간, 타라는 잽싸게 방패를 사라지게 했고, 파프니르도 아티팩트를 향해 돌격해서 도끼를 휘둘렀다. 반디우가 고개를 처든 것은 파프니르가 도끼로 아티팩트를 내리치려는 순간이었다.

까악! 쨍그랑! 난쟁이의 비명소리가 조각상에 부딪히는 쇳소리와 뒤섞였다.

멀쩡한 아티팩트를 보며 난쟁이는 아니, 어떻게 이런 일이! 하는 얼굴이었다. 파프니르는 강철 모루에 쾅쾅 부딪혀서 그 진동에 몸이 위아래로 흔들리는 느낌이 들었다. 그때였다. 시커먼 빛이 도끼를 따라 올라오더니 손을 덮치고…… 온몸을 뒤덮었다. 눈 깜짝할 사이였다! 사라지는 난쟁이를 보며 타라 일행은 기절초풍했고, 반디우의 손가락들이 발사하는 광선을 당해낼 수 없는 땅 신령들은 하는 수 없이 땅 속으로 도망치고 말았다.

이대로 당할 수야 없지! 타라는 그 틈을 타서 반디우에게 포쿠스 주문을 날렸다. 하지만 시커먼 빛이 간발의 차로 앞을 가로막으면서 마비시키는 주문은 수포로 돌아가고 말았다.

그 순간 시커먼 구름 속에서 반디우의 진흙범벅이 된 얼굴이 나타났다. 으하하하! 그는 희희낙락했다.

"너와 네 친구들은 나에게 대항하지 못한다. 항복이 아니면 죽음 뿐이다!"

칼은 몸짓으로 답했다. 비록 세련된 몸짓은 아니라도 그것은 모든 사람의 뜻을 대변하는 것이었다. 반디우가 욕설을 내뱉자 시커먼 빛이 흉악한 구름처럼 그들에게 달려들었다.

타라와 친구들은 필사적으로 싸웠다. 그들은 엄청난 돌풍을 만들어서 구름에 맞섰지만 몰아낼 수가 없었다. 이어서 비와 우박을 불러서 땅바닥을 두들겨댔지만 반디우는 방어에 성공했다. 벼락과 얼음 공격도 그를 때려눕히지 못했다.

불길한 구름이 다가와서 그들을 건드리더니 방패를 뚫었고, 콰지지직! 하면서 방패는 마치 종잇장처럼 찢어지고 말았다. 야수의 힘에도 불구하고 숨이 막힌 무아노는 쉬바를 구하려고 애를 쓰다가 제일 먼저 쓰러졌다. 그다음은 칼이 고꾸라졌고, 마니투와 블롱딘이 뒤를 이었다. 파브리스는 싸움을 못하는 바룬에게 달라붙었다. 구름의 채찍에 정통으로 얻어맞은 갈랑도 털의 회오리를 일으키면서 쓰러졌다. 마지막으로 로빈마저 주저앉았다.

차례로 쓰러지는 친구들을 보면서 타라는 자신의 힘을 최대한으로 모았다. 눈빛이 새파랗게 변한 타라는 살아있는 돌에게 도움을 청해서 위풍당당하게 공중으로 떠올랐다. 당황한 반디우 대군은 한순간 두려움을 느꼈다. 눈앞에 있는 건 어린 마법사가 아니라 무지막지한 힘이었다. 타라가 입을 열었는데 그 목소리가 마법으로 웅웅거렸다.

"당장 멈추지 못할까! 우리의 인내심은 한계에 다다랐다. 네가 우리 친구들에게 상처를 입히는 걸 용납하지 않겠다."

"항복해, 항복하라! 아니면 네 친구들을 당장 죽여버리겠다. 내 손으로 심장을 도려낼 테니 잘 보거라!'

대군이 고함쳤다.

의식이 없는 마니투, 로빈, 무아노, 쉬바, 칼, 블롱딘, 파브리스와 바룬이 구름의 시커먼 촉수들에 붙잡혀 있는데 꼭두각시 인형들 같았다. 시커먼 필라멘트가 친구들의 심장을 향해 파고들고 있었다. 반디우의 말은 그저 겁을 주려는 엄포성 발언이 아니었다. 말 그대로 그는 그 무형의 손에 친구들의 목숨을 쥐고 있는 것이었다.

타라는 순간 망설였다. 그 틈을 이용해서 반디우의 구름이 뱀처럼 타라를 둘둘 휘감았다. 반디우가 뒤로 물러서자, 타라는 철퍼덕 쓰러졌다.

싸움터에 죽음 같은 침묵이 흘렀다. 그것으로 싸움은 끝났다.

10
흑장미의 정령

　불길한 힘의 어둠 속에서 몸부림치면서도 파프니르는 도끼를 휘두르며 아티팩트를 박살내려고 애를 썼다. 하지만 구름이 살 속을 파고들면서 차츰 온몸이 마비되어 갔다. 그런데 갑자기 몸 속에서 어떤 변화가 일었다. 영혼 약탈자는 또 다른 힘이 자기 주인의 몸에 들어오는 걸 용납할 수 없는 모양이었다. 영혼 약탈자의 소유욕에 대항하려고 하던 파르니르가 피식 미소를 지었다. 아니, 그럴 일이 아니지! 지금은 영혼 약탈자의 힘을 이용하는 게 상책이야. 난쟁이가 굴복하는 순간이었다. 갑자기 살은 주홍빛이 되고, 초록빛 눈은 빨갛게 변했다. 그러더니 빨간 난쟁이가 시커먼 구름 속에서 미사일처럼 솟구쳐 올랐다.

　"내 힘 앞에 굴복하라!"

　파프니르가 고함쳤다.

　"나는 영혼 약탈자다. 꿇어앉아서 너의 신에게 경의를 표하라!"

　반디우 대군은 한순간 어안이 벙벙했다. 이상하게 변한 난쟁이가 불쑥 나타났을 때는 그가 어린 마법사들을 쓰러트리고 그들의 목숨을 빼앗으려는 찰나였다. 그제야 그는 입을 열었다.

"신은 무슨 얼어죽을 신?"

반디우는 코웃음 쳤다.

"내 눈에 보이는 것이라곤 흥미로운 색깔의 난쟁이밖에 없는데!"

"나는 저주받은 섬의 주인, 영혼 약탈자다!"

파프니르는 버럭 소리를 질렀다.

"나는 파괴의 신, 약탈의 신, 죽음의 신이다!"

"아, 미안!"

반디우가 짐짓 예의를 갖추는 것처럼 응수했다.

"하지만 그건 내 역할인데……."

"나는 알파와 오메가, 시작과 끝이다."

파프니르는 대군을 무시하면서 소리쳤다.

"나는 공포의 신, 두려움의 신이다. 오직 나를 사랑하는 이들만 살 수 있다. 무릎을 꿇어라! 너의 신 앞에 꿇어앉아라!"

"그건 고정관념이다."

대군이 노골적으로 이죽거리기 시작했다.

"그런데 내 무릎이 녹슬었으니 이걸 어쩌나. 그리고 어떻게 꿇어앉는지를 잊었단 말씀이야. 나한테 한번 시범을 보여주시지!"

그렇게 말하고 나서 반디우는 손가락으로 난쟁이를 가리켰다. 검은 구름이 복종하면서 난쟁이의 근육질 어깨 위에 내려앉았다. 갑자기 100킬로그램의 쇳덩어리가 등을 짓누르는 듯한 느낌에 파프니르는 무릎을 구부리지 않을 수 없었다. 난쟁이는 이를 악물고 버텼다. 그러자 반디우는 눈살을 찌푸리면서 무게를 200킬로그램으로 늘였다. 이마에 땀방울이 송송 맺혔지만, 파프니르는 죽을힘을 다해 버텨냈다. 이윽고 빨간 구름으로 변신해서 난쟁이의 몸을 나온 영혼 약탈자가 검은 구름에 맞섰다. 우르르룽 쿵쾅, 세상을 끝장낼 듯이 두 힘이 충돌하고 있었다. 해방된 파프니르는 1초도 머뭇거리지 않았다. 곧장 반디우에게 달려들어서 그 가공할 만한 주먹으로 얼굴을 한방 가격했다. 공격을 받으리라고는 전혀 예상하지 못한 반디우는 불시의 기습에 완전히 당하고 말았다.

그 강력한 주먹에 반디우의 머리는 뒤로 꽉 꺾였고, 몸뚱이까지 우물 둔덕에 부딪쳤다. 꺄아아아악! 소름끼치는 비명을 지르면서 그는 우물 속으로 떨어졌다. 우물이 그리 깊지 않았기 때문에 그는 브레이크 주문을 외칠 겨를조차 없었다.

게다가 아티팩트를 숨겨놓느라고 우물에서 물까지 빼놓았었으니! 제 꾀에 제가 넘어가는 식으로 반디우는 호된 죗값을 치르고 있었다.

풍덩! 하는 소리라곤 들리지 않았다. 둔탁하게 부딪히고 뼈가 으스러지는 소리. 쿵, 콰당! 우두둑!

검은 구름이 순식간에 사라지면서 아티팩트도 우물 속으로 굴러 떨어졌다. 힘이 아주 약해진 빨간 구름은 파프니르를 향해 돌아갔고, 피하려는 난쟁이의 필사적인 노력에도 불구하고 빨간 구름이 몸에 닿았다. 하지만 구름이 힘을 많이 잃었다는 걸 간파한 파프니르는 이 기회에 영혼 약탈자를 몰아내려고 온힘을 다해 싸웠다. 차츰 살이 구릿빛으로 돌아왔고, 눈도 에메랄드빛을 되찾자 파프니르는 환호성을 질렀다.

파프니르는 친구들에게 눈길도 주지 않고 타이츠 안에서 밧줄을 꺼냈다. 그러고는 그 밧줄로 우물 둔덕을 단단히 묶은 다음 우물바닥으로 미끄러지듯 내려갔다.

공포의 비명소리에 이어지는 우두둑하는 소리에 타라는 번쩍 눈을 떴다. 하지만 지칠 대로 지친 타라는 한순간 어디에 있는지조차 몰랐다. 갑자기 하나둘 기억이 떠올랐다. 반디우 대군, 구름, 공격……. 주위에 쓰러진 마니투, 갈랑, 무아노, 쉬바, 칼, 블롱딘, 파브리스, 바룬, 로빈도 의식이 돌아오고 있었다.

잠시 후, 우물에서 올라온 파프니르는 두 가지를 손에 들고 있었다. 자기가 방금 깨트려서 힘을 잃어버린 아티팩트와 축 늘어진 여제의 삼촌이었다.

"주, 죽었어?"

무아노가 물었다.

"아마 그랬을걸."

난쟁이는 흡족하게 대답했다.

"그럼 네가 칵……?"

칼이 목을 베어버리는 시늉을 하면서 물었다.

"천만에. 자기가 우물 속으로 떨어져서 우두둑, 목이 부러진 거야. 이제 악당 마법사는 완전히 끝장났어. 폐기처분 감이지!"

"어떻게 된 건지 누가 말 좀 해주겠니?"

정신을 차리기가 쉽지 않은 마니투가 물었다.

"영혼 약탈자가 결정적인 순간에 멋지게 등장했어요."

파프니르가 간결하게 설명했다.

"그러고는 세계 정복을 놓고 대군과 겨뤘는데 말싸움이 장난이 아니더라고요. 그래서 내가 그 틈에 주먹을 날렸죠, 뭐!"

"영혼 약탈자가 너를 점령했다는 뜻이야?"

타라가 외쳤다.

"너 괜찮아?"

"영혼 약탈자를 조정하는 데 성공했지."

난쟁이는 함박미소를 지으면서 대답했다.

"아티팩트의 힘과 싸우면서 아주 약해졌거든. 그래서 지금은 아주 얌전해. 음, 내가 할 얘기는 다했고, 이제부터 뭐 하지?"

갑자기 우물 뒤에서 바지를 추켜 올리며 나타난 브주아 지롱 백작이 말을 끊었다.

"사고 발생. 그 사고로 공교롭게도 1명 사망……, 그리고 내 장미정원과 유리벽 완전 박살!"

백작은 반디우의 죽음보다도 자신이 애지중지하는 장미정원 때문에 더 속이 상한 것 같았다. 그는 단호한 어조로 그 사건을 나름대로 아주 명쾌하게 정리했다.

"대군이 낚시를 하러 갔는데 뜻밖의 돌풍이 불었다. 그래서 부교에서 그 밑에 대놓은 보트로 떨어지는 바람에 대군은 목이 부러지는 사고를 당했다. 이상이 내가 여제와 아더월드의 다른 국가들에 보고할 내용이야. 정말 치가 떨리는군! 이런 쓰레기 같은 인간인 줄도 모르고 친구로 대접해 줬으니!"

그렇게 말하면서 백작은 원망스런 얼굴로 대군의 시신을 응시했다. 그 얼굴에서 발길질을 하고 싶은 충동을 억지로 참고 있는 것이 느껴졌다. 혁, 타라는 하늘을 올려다봤다. 어른들의 정치는 도대체 알다가도 모르겠어. 뭐가 그렇게 복잡한지!

타라는 두 손을 모아 나팔을 불듯 외쳤다.

"글룰 부글룰!"

땅바닥에서 파란색의 작은 머리 하나가 나타났다.

"응?"

"다 끝났으니까 이제 나와도 되요! 파프니르가 대군을 처치했으니 이젠 두려워할 필요 없어요."

환호성을 지르며 우르르 몰려나온 땅 신령들이 반디우의 시신 주위를 신명나게 빙글빙글 돌았다. 땅 신령들의 왕은 파란 눈물을 주르륵 흘리면서 타라 일행에게 허리를 굽혔다.

"우리는 자네들에게 큰 빚을 지었네. 자네들이 원하는 것은 뭐든 줄 것이니 말만 하게. 뭐든 들어주겠네!"

"이런 몹쓸 반디우에게 복종하다니, 엄청난 잘못이었다는 걸 명심하시오."

마니투는 엄숙하게 지적했다.

"그러니까 이젠 칼을 회복시키시오. 그리고 당신이 훔친 금서를 돌려주고, 마법의 물건들도 제자리에 갖다놓으시오. 그것으로 우리는 깨끗이 청산하는 겁니다."

"거기에 보석 몇 개만 더 얹어주면 완벽하죠!"

칼이 헤헤거렸다.

"칼!"

타라와 무아노가 동시에 버럭 소리쳤다.

"왜? 내가 그 정도는 받을 만하지 않아?"

그들은 브주아 지롱 백작에게 자기 삼촌이 살해된 걸 기뻐할 리 없는 여제의 대응으로 발생할 문제들은 알아서 처리해달라고 부탁했다. 그러고는 백작이 꼬치꼬치 캐묻기 전에 도망치듯 공간이동의 문으로 향했다. 그들은 왕홀을 갖다댔고, 순식간에 스몰컨트리로 돌아와 있었다.

의장대가 그들을 어전까지 안내했는데 벌써 타라와 친구들의 모험담이 전해진 모양이었다. 어전의 잔디밭에는 반짝이 색종이 조각들이 어지럽게 뿌려져 있고, 둥둥 떠다니는 램프와 엄청난 꽃 장식으로 들보들은 무너질 듯했고, 요정들과 꼬마도깨비들이 깡충거리며 땅 신령들의 귀환을 축하했다.

타라는 자이언트 거미 두 마리가 얌전히 금서를 지키고 있는 걸 보고서야 안도의 숨을 내쉬었다.

"그 벌레들을 싫어하는 건 아니지만 지금 당장 해독제를 먹는 게 좋을 것 같네요."

예민해진 칼이 한 마디했다.

"당연히 그래야지."

땅 신령들의 왕이 장밋빛 금속 옥좌에 앉으면서 대답했다.

"해독제를 당장 대령시키겠네."

그러면서 왕이 신호를 보내자, 자이언트 거미가 자신의 먹이주머니에서 반짝거리는 크리스털 병 하나를 꺼냈다. 거미가 병을 건네자 글룹 부글룹이 말했다.

"이걸 마시면 트실들은 즉시 박멸될 것이네."

칼이 손을 내밀자, 왕이 크리스털 병을 주었다. 바로 그때였다. 자이언트 거미를 보고 바룬이 얼마나 질겁했는지 그 긴 코에 다리가 걸리는 바람에 뒤뚱거리다가 칼을 넘어뜨리고 말았다. 그 때문에 칼은 그 소중한 병을 놓쳤고, 옥좌 다리에 부딪힌 병이 그만 산산조각이 났다. 칼의 목숨이 달려 있는 그 귀한 액체가 무성한 잔디 속으로 스며들고 있었다.

그 순간 글룹 부글룹은 파란빛에서 흰색과 초록색이 뒤섞인 희한한 색으로 변했다.

"오, 조상들이시여! 맙소사! 병이 깨졌으니!"

"그럴 수도 있죠, 뭐. 한 병 더 주세요."

칼이 실실거렸다.

"자네가 이해를 못하고 있군. 그건 우리가 가지고 있는 유일한 해독제

였단 말이네!'

이번에는 칼이 창백해졌다. 칼은 허둥지둥 주문을 외웠다.

"*레파루스의 이름으로 깨진 병은 당장 복원되어라!*'

원상태로 돌아온 크리스털 병이 얌전히 둥둥 떠올랐다. 하지만 빈 병이 아닌가! 액체는 이미 흙이 빨아들여서 회수할 방법이 전혀 없었다.

글룰 부글룰은 망연자실한 얼굴로 칼을 쳐다봤다.

"자네는 죽음을 면할 수 없네. 이제 살 수 있는 시간은 몇 시간밖에 남지 않았어. 트실에 대한 다른 해독제란 존재하지 않아!'

파브리스는 울상이 된 얼굴로 바룬을 쳐다봤고, 매머드는 엄청난 잘못을 저질렀다는 걸 의식했는지 어쩔 줄 모르는 얼굴로 미안해하는 울음소리를 냈다.

그 혼란 속에 마니투가 재빨리 사태 수습에 나섰다.

"칼을 감염시킨 지 얼마나 되었소?'

"사흘하고 12시간이 흘렀습니다. 8시간 후에는 트실들이 활동할 겁니다. 그런데 그 2시간 전에는 해독제를 마셔야지 아니면 아무 소용없어요! 따라서 칼, 자네에겐 이제 6시간밖에 남지 않았네.'

타라는 머리칼이 주뼛 서는 것 같았다.

"어디서 구할 수 있죠?'

타라가 외쳤다.

"어쨌든 누군가에게서 해독제를 샀을 거 아니에요? 어디로 가면 되죠?'

"살테렌스 장사꾼에게서 얻었지.'

글룰 부글룰은 스트레스 때문에 목이 메인 목소리로 대답했다.

"새를 주문했는데 그 장사꾼이 우리에게 트실도 함께 팔았어. 그 장사꾼의 거처를 알아내는 방법은 살테렌스의 수도 살라로 가는 수밖에 없네. 우리의 살라 주재 대사 툴 툴툴이 자네들을 도와줄 것이네. 지금 즉시 전령을 보내겠다."

"아, 그럴 필요 없소!"

마니투가 단호하게 말했다.

"당신도 우리와 함께 가야 하오. 그 장사꾼이 어떻게 생겼는지 모르는데 우리만 가서 뭐 하겠소? 그리고 당신들은 살테렌스와 무역을 하니까 우리에게 통행증을 발급해주시오. 그들이 우리를 노예로 만들려는 엉뚱한 생각을 할지도 모르니까."

"하지만⋯⋯."

글룰 부글룰은 말을 잇지 못했다.

"지금 '하지만'이란 말이 나와요?"

발끈한 무아노가 화를 내며 말했다.

"당신은 우리를 농락했고, 거짓말을 했고, 우리의 친구를 감염시켰어요. 당신의 술책 때문에 칼은 죽을 위험에 처했어요. 따라서 당신에겐 선택의 여지라곤 없단 말입니다!"

그 자리에 참석해 있던 왕의 약혼녀 물 물물은 이방인들이 미래의 남편에게 하는 말에 몹시 놀랐다. 그녀는 눈살을 찌푸리면서 끼어들었다.

"잠깐, 당신이 무슨 짓을 했기에 이 소년이 죽을 위험에 처했다는 거죠?"

그녀는 멜로디 같은 목소리로 글룰에게 물었다.

"우리를 구하겠다고 당신이 소년을 끌어들인 건 아니죠? 저 사람들이 트실과 해독제 얘기를 하는데⋯⋯ 설마 당신이?"

왕은 아주 난처한 표정을 지었다.

"당신을 비롯해서 백성이 위험에 처해 있었소. 구출하려면 신속하고 확실한 방법이 필요했단 말이오. 나중에 자세히 설명해주리다."

물 물물은 바보가 아니었다. 그녀는 미래의 남편이 자기 백성을 구하기 위해 칼에게 무슨 방법을 썼는지 대번에 알아차렸다. 물 물물은 주저 없이 미래의 남편을 다그치기 시작했다. 그 언성이 어찌나 높은지 데시벨 수치가 상상을 초월할 것 같았다.

"아이고, 귀야, 저 목소리……."

마니투는 두 발로 귀를 틀어막은 채 중얼거렸다.

"진짜 굉장하네요."

그 대화에 귀를 기울이면서 로빈이 말했다.

"와, 무슨 말인지 통 알아듣질 못하겠어요!'

글룰 부글룰은 대화를 빨리 끝내는 것이 낫다는 걸 깨달은 모양이었다. '하지만' 이라고 내뱉던(화장실 들어갈 때와 나올 때가 다르다고 하더니만!) 글룰의 얼굴은 '미안하오, 미안하오, 미안하오' 를 연발하는 얼굴로 바뀌어 있었으니! 불같이 화를 내는 약혼녀에게 소년을 치료하기 위해 개인적으로 최선을 다하겠다는 맹세를 하고 난 뒤에 글룰의 태도는 180도로 변했다.

체념한 얼굴로 옥좌에서 일어난 글룰은 공간이동의 문이 있는 방으로 향했다. 타라 일행은 입을 꾹 다물고 그를 따라갔다. 비아냥거림도 괜한 군소리도 하지 않았다. 심지어는 성질이 불같은 파프니르까지 잘 참아냈다.

속으로는 불안해서 죽을 지경이면서도 칼은 너스레를 떨었다.

"저 땅 신령과 결혼할 거예요?"

글룰은 피곤한 시선으로 칼을 힐끗 쳐다봤다.

"물론이지, 내 약혼녀인데."

"에이, 나라면…… 아주 진지하게 도망칠 계획을 세워보겠어요."

글룰은 어깨를 으쓱했다.

"내가 그녀를 사랑한 건 소년과 소녀의 차이가 두드러지기 시작했던 사춘기 때부터라네. 그리고 그녀의 말이 옳아. 난 다른 방법을 찾았어야 했어. 내가 한 짓은 아주 비열했어. 우리를 곤경에 빠트린 악당과 하나도 다를 게 없는 짓을 저질렀으니. 난 목적을 위해 수단을 가리지 않았던 거야. 정말 미안하네."

"알았소, 그건 점수에 넣어주겠소."

마니투가 심술궂게 비아냥거렸다.

"거기 어전에서도 미안하다는 말을 수천 번은 했다는 거 알고 있으니까. 자, 자, 그럼 이제 조금만 더 박차를 가합시다. 당신에게는 다시 만나야 할 약혼녀가 있고, 칼에게는 우리가 정말로 제거시켜주고 싶은 그 달갑지 않은 기생충들이 있으니까."

그렇게 걸어가는 동안 타라는 곰곰이 생각했다. 타라는 또다시 뭔가를 놓친 것 같은 느낌 때문에 찜찜했다. 칼이 말해 줬던 것, 뭔가 중요한 것이 있는 것 같은데…… 아무것도 떠오르는 것이 없으니 별수 없지 뭐. 타라는 역부족이라는 걸 느꼈다. 파프니르와 칼에게 일어난 사건들, 나를 제거하려고 애쓰는 미스터리한 인물, 마지스터, 사냥꾼, 실타래처럼 얽히고 얽힌 그 모든 일, 타라는 가슴이 답답했다. 농락 당하고 있는 것 같은 불쾌한 느낌, 이건 분명히 내가 생각을 하지 못하게 누군가가 마구 밀어붙이기 때문이야. 머리가 끝까지 이 모양으로 안 돌아가면 수수께끼를 풀어도 너무 늦는데……. 타라는 심한 편두통이 이는 걸 느끼면서 한숨을 푹 내쉬었다. 살테렌스에 도착할 때까지도 그 지독한 편두통은 가라앉지 않았다.

파란 땅 신령들의 대사관은 냉각 주문 덕분에 냉방장치가 잘 되어 있지만, 바깥은 최고기온의 화덕처럼 뜨거웠다. 태양은 마치 망치로 모루를 내려치듯 대지를 강타하고 있었다. 게다가 온통 하얀 건물들이라서 그 반사되는 빛에 어찌나 눈이 부신지 타라 일행과 패밀리어들은 부랴부랴 대사관의 땅 신령들이 알려준 눈 보호 주문을 걸었다.

그러자 눈이 까맣게 변하면서 햇살을 걸러주었다. 덕분에 그들은 눈 뜬장님이 되지 않고 상인을 찾아 나설 수 있었다.

살테렌스 종족은 금빛 갈기가 북슬북슬한 두 발 달린 고양이과 동물이었다. 두건 밑의 황갈색 눈빛이 이글거리는 것이 행인이 지나갈 때마다 무슨 먹이쯤으로 여기는 것 같았다. 살테렌스들은 헐렁한 흰색 카멜린 옷으로 몸을 둘둘 싸 햇빛을 차단했다. 마법사들의 머리 위로는 원반들이 둥둥 떠다녔고, 비마들은 양산을 쓰는 것으로 햇빛을 가렸다.

얼마 전에 타라를 공격했던 민달팽이 쌍둥이자매들이 그들의 이동수단이었다. 민달팽이의 두꺼운 가죽이 거리의 돌에 쌓인 모래에 쓸릴 때마다 귀에 거슬리는 마찰음이 울렸다.

툴 툴툴은 살테렌스 장사꾼의 가게가 있는 위치를 타라 일행에게 알려주었다. 가는 도중에 그들은 행여나 하는 마음에 몇몇 상점에 들어가봤다. 그들이 트실 감염에 대한 해독제를 찾는다고 설명하자 고양이과 동물 장사꾼들은 수상쩍은 눈으로 쳐다봤다. 그곳에서는 소금광산에서 탈출한 노예들만 그 벌레들을 없애려 하기 때문이었다.

그러자 글룰 부글룰은 장사꾼들의 입을 열게 하기 위해서 왕관을 보여주었고, 장사꾼들은 협조적으로 돌변했다. 하지만 아쉽게도 그들에게는 해독제가 없다는 게 문제였다. 단 한 방울도.

그렇게 2시간 넘게 이 집 저 집 찾아다니며 헛걸음을 한 뒤에 타라 일행은 마침내 땅 신령 대사가 말해주었던 장사꾼의 가게에 이르렀지만 그들의 입에서는 한숨이 새나왔다.

가게가 닫혀 있었던 것이다.

살테렌스 언어를 아는 마니투가 게시판을 읽었다. '깊은 사막을 여행 중입니다. 사흘 후에 돌아올 것이니 주문이나 그 밖의 요구사항이 있는 분은 중앙행정부에 문의하시기 바랍니다.'

점점 더 불안해진 마니투는 고개를 절레절레 흔들었다. 그들은 몇 분 전에 지나쳤던 거대한 흰색 건물인 중앙행정부를 향해 걸음을 돌렸다.

관공서들이 다 그렇듯이 그 건물은 살라의 궁전보다 세 배는 더 컸다. 셀테렌스에는 왕이 없고, '위대한 카샤'라고 불리는 족장이 있었다. 일 파봉이라는 이름의 살테렌스가 경계하는 얼굴로 그들을 맞이했는데 위대한 카샤 밑의 재상이었다.

사자와 순종 표범의 잡종을 연상시키는 다른 살테렌스들과는 달리, 일파봉은 헝클어진 갈기와 괴상한 옷차림으로 단정함을 싫어한다는 걸 표시하는 땅딸보였다. 일파봉은 사티르라는 비서를 데리고 다녔는데 칼 날처럼 날카로워서 면도칼이라는 별명을 붙이면 딱 어울릴 것 같았다.

야심이 번뜩이는 황갈색 눈빛으로 일파봉의 일거일동을 주시하는 사 티르는 어두컴컴한 복도나 층계를 피하려 하는 것이 역력했다.

"어서 오십시오, 부글룰 왕. 영광스럽게도 친히 우리 수도를 찾아주시 다니 무슨 일입니까?"

일파봉이 자신의 안락의자에 털썩 앉으면서 물었다.

사티르는 일파봉 뒤에 서서 그 매서운 눈으로 그들을 살폈다.

"트실 해독제를 사고 싶어서 이렇게 왔소이다."

땅 신령 왕이 대답했다.

"이 어린 마법사가 감염되었는데 4시간 후에는 트실들이 활동을 시작할 것이오. 이 소년이 스몰컨트리에 돈으로 환산할 수 없는 도움을 주었기 때문에 나는 소년의 목숨을 꼭 구해줘야만 하오."

땅딸보 살테렌스는 갈퀴발톱으로 머리를 벅벅 긁다가 하품을 하면서 날카로운 송곳니들을 드러냈다.

"해독제를 구입하러 오셨다니 기쁩니다만 구할 데가 있을지 난감합니다. 노예들을 트실로 감염시키는 건 이제 유행이 지나서 말입니다. 비용이 너무 많이 드는 데다 또 해독제를 써도 트실의 성장 속도가 워낙 빠르다보니 두 번에 한 번 꼴은 쓸만한 일꾼을 잃고 공연히 돈만 날리게 돼서요."

칼은 눈을 흘겨서 땅 신령을 찔끔하게 만들었다. 난처해서 죽을 지경인지 글룰 부글룰이 몸을 비비틀었다.

"그래서 고심 끝에 우리는 보다 효력 있는 탈출방지 주문을 사기에 이르렀고, 해독제를 비축해둘 필요가 없게 되었지요."

일파봉이 말을 이었다.

"시내로 가서 재고를 가지고 있는 장사꾼을 한번 찾아보시지요. 다 뒤져도 없으면 깊은 사막으로 가는 수밖에 없습니다. 그런데 우리의 사막용 민달팽이를 타고 간다고 해도 하루하고 반나절이 걸리니…… 쯧쯧, 안됐군요. 소년은 죽음을 면치 못할 겁니다."

타라는 살테렌스 종족이 정말 마음에 안 들었다. 그렇지 않아도 아더월드의 사람들이 극악무도한 관습에서 비롯된 노예제도를 눈감아주고 있는 것 같아서 타라는 속이 부글부글 끓던 참이었다. 그런데다 거침없이 칼의 죽음을 선고하다니, 타라는 고양이 같은 뚱보의 건방진 태도를 도저히 참을 수 없어서 대들 듯이 내뱉었다.

"사람들을 노예로 만드는 것만으로도 이미 잔악한 짓입니다. 그런데 도망치지 못하게 한답시고 벌레로 감염시키다니 그건 더더욱 극악무도한 짓입니다. 당신들은 대체 어떤 종족이기에 그런 짓을 서슴없이 저지르는 겁니까?'

사티르가 황갈색 눈을 가늘게 떴다. 저게 꼴에 째려보는 거겠지?

"재상을 모욕하면 비싼 대가를 치를 수 있으니 입 조심하는 게 좋을 것이다. 꼬마 아가씨."

재상의 비서가 성난 고양이처럼 으르렁거렸다.

"우리는 우리가 할 수 있는 것과 없는 것에 대해 인간 종족과 논의하는 습관이 없다. 한 번만 더 혀를 함부로 놀리면 너희 일행에게 욕설의 참맛을 맛보게 해줄 광산에 처 넣어줄 테다!'

타라가 반격하려는 순간, 마니투가 엄숙한 어조로 선수를 쳤다.

"난 최고 마구스 마니투 덩컨이오. 따라서 랑코비트의 이름으로 최고 마구스들에게 무조건 협력해줄 것을 공식적으로 요청하는 바이오. 아더월드의 서로 다른 나라들 간에 체결한 협약 5042조에 의하면 귀국은 의무적으로 우리의 요청에 협조해야 합니다."

고양이과 동물, 살테렌스들은 전혀 예기치 못한 상황에 화들짝 놀랐다.

"쯧, 쯧, 쯧!'

말문이 막힌 사티르는 혀를 찼다.

"개가 말을 하다니 진짜 놀랄 일이군! 게다가 자칭 최고 마구스라니! 도저히 믿어지지가 않는군."

한편 칼을 유심히 살피고 있던 일파봉이 갑자기 추적 비전 주문을 걸었다. 다른 건 전부 흐릿한데 칼의 목만 또렷이 드러나자 그는 소스라치게 놀랐다. 자기가 우려하고 있던 그대로인 모양이었다.

일파봉은 사티르의 말을 가로막으면서 칼에게 말했다.

"이리 와 봐."

칼은 가까이 다가가면서도 제법 위엄 있는 일파봉의 무시무시한 송곳니 앞으로 가는 것이 불안한 얼굴이었다.

일파봉은 그 굵직한 발로 칼을 잡아끌더니 더부룩한 검은 머리털을 들추고 목이 드러나게 했다.

"좋은 소식과 나쁜 소식이 있는데 어느 것부터 들을 텐가?"

"에이, 그런 건 딱 질색인데."

마니투가 한숨을 내쉬었다.

"그럼 좋은 소식부터 먼저 말하시오."

일파봉은 좀 누렇기는 해도 반짝거리는 이빨을 드러냈다.

"금빛 트실에게 쏘였군요. 벌레가 소년을 마비시켰을 때 침으로 금빛 자국을 남겨놓은 걸 보니."

일파봉은 갈퀴발톱으로 칼의 목에 난 금빛 자국을 가리켰다.

"따라서 좋은 소식은 앞으로 다른 트실은 이 소년을 쏘지 않으리라는 겁니다. 이 자국이 보호해주니까. 나쁜 소식은 금빛 트실은 가장 독성이 강한 놈이며, 해독제는 존재하지 않는다는 것이오!"

"하, 하지만…… 그 장사꾼의 말로는……."

파란 땅 신령이 토할 것 같은 얼굴로 어물어물 말했다.

"장사꾼인데 무슨 말인들 못하겠소. 모르고 한 말이거나 무시해버린 걸 수도 있습니다. 우리는 노예들에게 절대 금빛 트실을 쓰지 않아요. 반드시 복수를 해야 할 경우나 없애버리고 싶은 사람을 확실하게 처치해야 하는 경우에만 사용한단 말입니다. 미안하지만 부굴 왕을 위해 해줄 것이 아무것도 없습니다. 아, 한 가지 더, 금빛 트실은 다른 벌레보다 번식 속도가 훨씬 빠르기 때문에 소년이 살 수 있는 시간이 몇 분밖에 남지 않았을 수도 있습니다. 다른 데로 가서 죽고 싶다면 그건 준비해 드리지요. 여기서 그렇게 되면 일대 혼란이 일어나니까."

그들이 항의하기 전에 일파봉은 경호원들에게 그들을 내보내라는 손짓을 했다.

타라는 어찌나 화가 나는지 궁전을 날려버리고 싶었다. 살아있는 돌은 그 계획에 찬성했다.

타라는 잠시 이모저모로 머리를 굴리다가 마력이 모여들었다는 표시로 양손이 번쩍이는 걸 보면서 능력에 대한 조절력을 잃지 않기 위해 침착하기로 마음먹었다.

궁전에 이어서 도시, 더 나아가서는 대륙의 한쪽 끝을 파괴하는 일이 아닌가.

무아노는 눈물을 글썽거렸는데 혼자만 그런 게 아니었다.

"오, 칼, 이제 어떡하면 좋지?"

칼은 아무런 반응이 없었다. 파랗게 질린 그의 눈빛은 멍했다.

"뭘 어떻게 해? 이 도시를 샅샅이 뒤져서라도 해독제를 찾아봐야지."

용케도 침묵을 지키던 파프니르가 나섰다. 거만한 살테렌스의 머리통을 도끼로 박살내고 싶은 마음을 꾹꾹 누르고 있다가 폭발한 것이다.

"파프니르의 말이 맞아!"

사고가 난 뒤로 바룬과 함께 죄책감에 시달리는 파브리스도 맞장구쳤다.

"여러 패로 나뉘어 도시를 샅샅이 뒤지면서 서로 크리스털 볼로 연락하자. 그러면 더 많은 가게를 가볼 수 있어."

타라는 눈물을 흘리면서도 또다시 뭔가를 간과하고 있는 것 같은 느낌 때문에 답답했다.

칼이 결론을 내렸다.

"아니, 난 랑코비트로 돌아가겠어. 어머니와 아버지가 있는 곳에서 죽고 싶어."

마지막 말을 하면서 울먹이는 칼을 보면서 타라는 심장이 터질 것만 같았다. 로빈은 한 팔로 칼을 다정하게 감싸 안았다.

"하지만 너는……."

파브리스의 말꼬리가 흐려졌다.

"난 이제 살 시간이 몇 분밖에 남지 않았어, 파브리스."

칼은 의젓하게 말했다.

"그렇게 괴로워하지 마. 네 잘못도, 바룬의 잘못도 아냐. 이건 내 운명일 뿐이야. 이제 가자. 나한테는 이제 시간이 별로 없어."

그들은 비통한 심정으로 칼을 따라나섰다. 그들은 시간을 아끼기 위해서 땅 신령들의 대사관까지 나는 듯이 달려갔고, 곧장 랑코비트의 궁전으로 향했다.

칼은 변장할 필요가 없다고 판단했기 때문에 자신의 정체를 드러냈다. 외눈 거인 감독관 '맑은시냇가수줍은꽃'은 뭔가 끔찍한 일이 일어났음을 직감한 것 같았다. 감독관은 그들에게 공간이동의 문 원 밖으로 나가라는 손짓을 했고, 경비병들은 창을 내렸다. 타라 일행의 절망적인 분위기 때문인지 그들은 감히 아무것도 묻지 못했다. 게다가 의젓함을 넘어서는 엄숙함이 풍겨서일까, 경비병들은 본능적으로 칼에게 꾸벅 고개까지 숙였다.

"셈 선생을 만나야 하는데 궁전에 계신가?"

마니투가 재빨리 말했다.

"네, 덩컨 선생님."

감독관이 대답했다.

"뇌진탕을 일으켰다가 회복하는 중입니다. 샤먼이 당분간 바깥출입을 못하게 했기 때문에 지금 사무실에 계시지요."

"이런, 이런."

마니투가 중얼거렸다.

"타라가 때려눕혔었다는 걸 깜빡 잊었네. 얘들아, 어서 가자, 지체할 시간이 없어."

"제 부모님에게 연락해주시겠어요?"

칼이 부탁했다.

"제가 치명상을 입었는데 살 시간이 얼마 남지 않았으니 마지막 작별 인사를 하게 이곳으로 와달라고 전해주세요."

어디를 보나 멀쩡해 보이는 칼의 모습에 외눈 거인은 깜짝 놀라는 얼굴을 했지만 군소리 없이 수락했다.

셈 선생님의 동굴 사무실 입구에 이른 그들은 잠시 머뭇거렸다. 그러나 벽을 지키는 작은 드래곤 조각상이 어느새 알아차리고 소리쳤다.

"정지! 이름을 말하던가 아니면 썩 물러가라!"

"어휴, 기분이 아주 나쁜가 봐!"

파브리스가 소곤거렸다.

"거 참! 손님 한번 요란하게 맞아들이네!"

셈 선생님의 사무실을 지키는 두 번째 문지기 유니콘 조각상이 점잖게 끼어들었다.

"도둑이 침입할까 봐 지키는 건데 아무한테나 성질을 부리면 안 되지."

작은 드래곤은 대꾸 없이 경멸하듯 킁킁거렸다. 그들이 신원을 밝히자 드래곤은 주인에게 알리기 위해 벽 속으로 사라졌다.

갑자기 벽 너머에서 들리는 고함소리에 그들은 까무러칠 뻔했다.

"그 애물단지들을 당장 들여보내라!"

드래곤 조각상이 아주 흡족한 표정으로 돌아왔다.

"어서 들어가봐. 주인님이 몹시 만나고 싶어 한다!"

죽음이 임박한 칼은 그들 중에서 유일하게 그 만남을 두려워하지 않는 눈치였다. 친구들은 모두 다리가 후들거리고 심장이 쿵쾅쿵쾅 뛰었다.

돌벽이 사라졌을 때, 그들은 금과 보석 더미 위에 누워 있는 드래곤을 보았다. 드래곤이 불을 훅훅 뿜어내는 걸 보면 이만저만 화가 나 있는 게 아니었다.

드래곤 마법사가 고함을 지르려고 입을 벌렸지만, 칼이 간발의 차로 빨랐다.

"제가 금빛 트실에게 감염됐어요. 선생님께 해독제나 해결책이 없으면 몇 분 후에 저는…… 저는…… 죽어요……."

칼은 말꼬리를 흐리면서 비틀거렸다.

아연실색한 드래곤은 요란한 소리를 내며 입을 도로 다물었다. 그러고는 벌떡 일어나 주문을 외치면서 셈 선생님의 모습으로 돌아왔다.

"어디 보자." 하고 말하는 선생님은 복수고 뭐고 싹 잊은 얼굴이었다.

칼은 트실에게 쏘인 자국을 보여주기 위해 덥수룩한 머리털을 들추었다. 자국을 살피던 셈 선생님은 그 벌레에게 쏘일 때의 상황과 시간이 얼마나 경과했는지 물었다. 늙은 마법사의 얼굴이 파랗게 질렸다. 칼이 이미 며칠 전부터 트실의 알을 품고 있음을 알아차렸던 것이다.

"너를 격리시켜야겠다. 그 벌레들은 네 몸을 나오는 즉시 움직이는 생명체에는 모조리 달려들 것이야. 미안하지만 선택의 여지가 없구나."

그렇게 말하고 나서 셈 선생님은 갑자기 주문을 외웠다. 그러자 공기와빛, 소리는 통과하지만 물질은 통과하지 않는 투명막이 칼을 에워쌌다.

"셈! 뭔가 해보지도 않고 어떻게 이럴 수가 있소?"

마니투가 항의했다.

성난 셈 선생님이 휙 돌아서는 바람에 마니투는 흠칫 뒷걸음질쳤다.

"정말 잘나신 당신과 이 아이들이 단독으로 세상을 구할 생각을 하지 않았다면 난 칼을 구할 수 있었을 게요. 하지만 이젠 금서를 도둑맞았으니 칼을 죽이지 않고는 트실을 박멸하는 주문을 알 수가 없단 말이오! 알겠소?"

"금서요?"

타라가 외쳤다.

"금서는 우리가 갖고 있어요! 지금 스몰컨트리에 있어요!"

셈 선생님은 다짜고짜로 명했다.

"그럼 뭘 꾸물거리고 있는 거야? 당장 가서 가져와!"

그 말이 떨어지기 무섭게 타라는 땅 신령들의 왕 글룰 부글룰의 멱살을 움켜잡은 채 부리나케 사무실을 뛰쳐나가다가 하마터면 벽에 심하게 부딪힐 뻔했다. 간지럼 때문에 누구든 뛰어다니는 걸 좋아하지 않는 궁전은 부르르 떨었다. 하지만 타라는 땅 신령이 멱살을 놓으라고 악을 쓰거나 말거나 무시하면서 계속 뛰었다. 갈랑도 전속력으로 뒤따랐다. 타라는 헐떡거리면서 공간이동의 문 대합실에 이르렀다. 덩치가 아주 큰 중년부인이 악을 쓰면서 투정부리는 아기 둘을 데리고 차례를 기다리고 있었다. 타라는 새치기를 하면서도 양해조차 구하지 않았다. 아니, 양해를 구할 겨를이 없었다. 타라는 중년부인과 외눈 거인의 비난에 아랑곳없이 그들을 밀쳐내고 "스몰컨트리!" 하고 외쳤다.

타라는 땅 신령들의 나라에 이르자마자 갈랑을 원래의 크기로 만들고 등에 올라탔다. 잠시 후, 그들은 어전에 도착했다. 타라가 완전히 착지하기도 전에 땅 신령은 페가수스에서 가볍게 뛰어내려서 거미들에게 책을 달라고 명했다. 그러고는 갈랑의 등위로 훌쩍 올라탔고, 멋진 페가수스는 또다시 자신의 최고기록을 깨트리면서 문으로 돌아갔다. 궁전으로 돌아온 타라와 땅 신령은 대합실에서 곧장 셈 선생님의 사무실로 날아갔다.

　사무실에 들어섰을 때, 그들을 기다리고 있는 광경은 끔찍했다.

　급히 달려온 칼의 아버지와 어머니, 드래곤 마법사, 친구들이 공포에 질린 눈으로 칼을 지켜보고 있었다. 배 속이 스멀거리는 벌레들에게 뜯어 먹히고 있는지, 칼은 다 죽어가는 얼굴로 바닥에서 데굴데굴 구르고 있었다.

11
림보 왕국의 재판관

 궁전으로 오는 동안 내내 타라는 손가락 사이에서 금서가 꿈틀거리는 걸 느꼈다. 타라는 제발 너무 늦지 않았기를 빌면서 선생님에게 책을 건네주었다. 선생님은 책을 책상 위에 올려놓고 가능한 한 건드리지 않으면서 페이지를 빠르게 넘겼다. 그때 갑자기 소리치는 마니투의 목소리에 칼마저 신음을 뚝 그쳤다.

 "뭔가 이해가 안 되는 게 있단 말야! 아무리 생각해도 벌레들은 이미 오래 전부터 나왔을 것 같은데!"

 눈이 휘둥그래진 칼의 아버지와 어머니, 눈물을 줄줄 흘리던 칼이 질겁해서 쳐다봤다.

 "트실은 일반적으로 숙주의 몸을 나가는 데 단 몇 초밖에 걸리지 않아. 그런데 아무 일도 없으니, 거 참!"

 "아뇨."

 타라가 내지르는 소리에 모두 깜짝 놀랐다.

 "벌레들은 나오지 않았어요. 그랬다는 기억이 없어요!"

 흥분한 타라는 글룰 부글룰을 향해 몸을 숙였다.

"그 장사꾼이 트실은 절대로 송장을 공격하지 않는다고 말했죠?"

땅 신령은 약간 어리벙벙한 얼굴로 눈을 끔벅거리다가 대답했다.

"음…… 그랬지. 숙주의 심장이 뛰지 않으면 산소가 없어서 트실의 알들은 즉시 죽는다고 했지."

타라는 기뻐서 어쩔 줄 몰랐다.

"바로 우리에게 그 일이 일어난 거예요! 우리는 죽은 거잖아요! 할아버지, 우리가 인아니무스 주문과 데스트룩투스 주문에 당했을 때 셈 선생님이 사무실에 들이닥쳐서 아슬아슬하게 우리를 구해 내기까지 4분이 걸렸다고 말씀하셨죠? 맞아요?"

"아! 그래, 맞아."

그제야 타라의 질문을 알아차린 마니투가 대답했다.

"로빈과 파프니르가 너희들을 들쳐업고 금서의 방에서 나왔을 때, 너희들의 심장은 이미 멈춰 있었어!"

"뭔가가 떠오를 듯 말 듯 머릿속을 맴맴 돌더니 바로 그거였어요. 그러니까 알들은 살 수가 없었던 거예요! 따라서 지금 칼이 스멀거림을 느끼는 것은 아마 몸이 벌레들을 몰아내는 중이라서 그런 게 틀림없어요."

"기가 막혀서!" 하고 툴툴거리는 파브리스는 다리가 휘청거려서 앉아야 했다.

"타라, 좀 더 일찍 알아차릴 수 없었어? 이런 식으로 조금만 더 계속 심장이 쿵쾅거렸다면 내 심장이 나를 버렸을 거란 말야!"

로빈과 무아노, 파프니르가 폭소를 터뜨리자, 다른 사람들도 배꼽을 잡았다. 그들은 숨넘어갈 듯이 웃었고, 서로의 등까지 두들겨대며 기뻐했다. 파프니르가 우정의 표시로 날린 주먹에 등을 정통으로 얻어맞는 순간 허파가 튀어나갈 뻔한 파브리스는 슬금슬금 달아나면서 난쟁이의

270

애정표시를 피했다.

스멀거림 때문에 여전히 돌아버릴 지경인 칼이 마침내 한쪽 눈을 일그러뜨리면서 약간 신경질적으로 반응했다.

"난 조용히 죽을 수도 없는 건가? 왜 이렇게 야단법석인데?"

"좋은 소식과 나쁜 소식이 있어!"

기회를 잡은 로빈이 능청을 떨었다.

"윽, 또 시작이야? 제발!"

"좋은 소식은 넌 죽지 않는다는 거야."

로빈이 웃으면서 계속했다.

"나쁜 소식은 우리가 앞으로도 계속 너를 봐야 한다는 것이고."

그 말에 칼은 다른 한쪽 눈도 마저 떴다.

"내가 죽지 않는다고?"

"응, 이미 죽었으니까."

여간해선 깜짝 놀라는 일이 없는 칼이지만 이번에는 완전 성공이었다. 칼은 입을 열었다 닫았다 반복하다가 중얼거렸다.

"여기가 그럼 천국? 그렇다면 여기 주인장하고 얘기를 나눠야겠네. 근데 너는 전혀 천사 같지가……."

그 순간 칼이 깨달은 모양이었다.

"아아, 맞아! 그래, 난 이미 죽었었지, 참! 따라서 트실의 알들이……."

칼은 더는 말을 이을 수 없었다. 셈 선생님이 투명막을 제거하자, 그 즉시 칼의 부모가 달려들어 부둥켜안았기 때문이다.

"칼, 다시는 이렇게 놀래키지 말거라!"

"얼마나 공포에 떨었는지! 칼, 절대로 또 이러면 안 된다, 알았지?"

아버지와 어머니의 말이 겹쳐서 들렸다. 이윽고 머리가 엉망으로 형클어진 칼이 약간 겸연쩍어하는 얼굴을 쳐들었다.

칼의 어머니도 기쁨의 눈물을 훔치면서 말했다.

"너희들이 대체 무슨 모험을 하고 있는지는 모르겠다만 중요한 건 네가 무사해야 한다는 거야. 또 무슨 일이 있는 건 아니겠지?"

"저기, 그게 지금은 다 말씀드릴 수가 없어요. 좀 복잡해서요……. 엄마, 하지만 약속할게요, 일이 다 끝나면 말씀드리겠다고."

칼의 어머니는 아무런 대꾸도 하지 않았지만 그 눈빛에서 이해하려고 애쓰는 마음이 느껴졌다. 그녀는 특히 트실의 공격을 받았다는 걸 께름칙하게 여기는 눈치였다. 노련한 정치인답게 칼의 어머니는 아무도 없는 데서 아들과 얘기할 필요가 있다고 깨달았는지 신중을 기하라고 신신당부하고는 남편과 집으로 돌아갔다. 물론 아들에게서 나중에 집에 들르겠다는 약속을 받는 것도 잊지 않았다.

칼의 부모가 떠나자마자 파프니르는 셈 선생님에게 영혼 약탈자가 자신의 몸을 점령했다고 말했다. 셈 선생님은 영혼 약탈자에 대한 얘기를 어렴풋이 들은 적은 있지만, 4천 년 전에 그 약탈자를 흑장미 숲에 가둔 자들에 대해서는 아는 바가 없었다. 따라서 어느 정도로 위험한지 가늠하는 것이 그에게는 어려운 일이었다. 셈 선생님은 다방면으로 정보를 수집하여 파프니르를 도울 수 있는 최선의 방법을 찾아보겠다고 제안하면서 이렇게 말을 맺었다.

"자, 이제 너희들의 생각을 다 알았으니 우선 금서를 제자리에 갖다놓고……."

"안 돼요!"

타라가 질겁해서 외쳤다.

"칼이 말한 대로 우리는 악마들의 세계에 있는 재판관을 만나러 가야

272

해요. 그러니까 림보에 가려면 우리에게 금서가 필요해요."

"너희들, 어리석은 짓은 지금까지 한 것만으로도 충분하다고 생각하지 않느냐?"

"그만하시오, 셈."

마니투가 끼어들었다.

"당신이 화를 내는 단 한 가지 이유는 우리와 같이 행동하고 싶기 때문이오. 요컨대 당신들 드래곤은 권태를 페스트만큼이나 무서워하지 않소? 그러니까 성난 교주같이 굴지 마시오. 타라의 말이 맞소. 칼이 평생을 도망자로 살 수는 없는 일이잖소. 칼의 무죄를 밝혀야 하오. 그리고 그 유일한 방법은 림보로 가는 것이오!"

정곡이 찔려 말문이 막힌 셈 선생님은 어깨를 으쓱했다.

"이틀 정도 생각할 시간을 주시오. 뇌진탕 때문에 아직도 머리가 아프니 시간을 갖고 심사숙고해 봐야겠소."

셈 선생님이 그 공교로운 실수를 상기시켰을 때 타라는 아무 말도 하지 못했다. 어쨌든 '심사숙고하겠다' 고 했지 '안 된다' 고는 하지 않았으니까 희망은 있어.

타라는 친구들에게 손짓을 했고, 그들은 조용히 방을 나왔다.

"난 아주 기진맥진이야."

무아노가 말했다.

"세상을 구하고 칼의 목숨도 구했는데 이젠 잠을 좀 자도 되겠지, 우리?"

그 말을 들었나? 궁전이 타라의 방에 침실 두 개를 붙여주었다. 파프니르와 무아노, 타라가 함께 자기로 결정하자, 이번에는 침대 두 개가 추가되었다. 칼과 로빈, 파브리스는 침대 세 개가 나란히 놓인 방으로 들어갔고, 마니투는 푹신한 소파로 만족했다.

한편 글룰 부글룰은 땅에 구멍을 뚫거나 터널을 파는 일에는 언제든 지원하겠다고 제안했다. 하지만 타라 일행은 셈 선생님이 반대할 경우에 또다시 금서를 훔칠까 봐 단호하게 땅 신령의 도움을 거절했다. 그러자 글룰은 자신의 특별한 능력이 정말로 필요하지 않은지 어린 마법사들에게 재차 확인한 뒤에 땅 신령들의 왕국으로 떠났다.

피범벅이 된 뱀파이어와의 그 이상한 만남을 잊지 않고 있던 로빈은 랑코비트의 정보국 국장인 아버지 망질을 만나러 갔다. 얼마 후 로빈은 믿어지지 않는 놀라운 소식을 가지고 돌아왔다. 로빈은 타라와 친구들이 식사를 끝내고 잠자리에 들기 전에 잠시 모인 응접실에 들어오면서 외쳤다.

"드라고쉬 선생님이 감옥에 갇혔대!"

"말도 안 돼! 장난치는 거지, 너?"

파브리스가 소리쳤다.

"천만에. 우리가 골목길에서 봤던 살인 사건 말야! 드라고쉬 선생님은 그 사건이 일어났을 때 트라비아에 있는 유일한 뱀파이어였대. 그리고 무죄를 입증하려면 진실의 입들에게 머릿속을 읽게 해야 하는데 그것도 거부했다는 거야. 그래서 감옥에 갇혔대. 정신이 이상해진 거 아닐까?"

"뱀파이어는 절대로 인간의 피를 먹지 않는데, 그거 이상한 일이구나."

마니투는 고개를 갸우뚱하면서 말했다.

"인간의 피는 뱀파이어를 미치게 하지. 수명이 절반으로 줄어들 뿐만 아니라 낮에 나다닐 수도 없게 되거든. 햇빛에 지글지글 구워져서 스테이크가 된단 말이다. 드라고쉬가 범인인지 아닌지 아는 방법은 아주 간단해. 햇빛을 쐬게 해서 그가 불에 타면 의심의 여지가 없는 거니까."

"가장 이상한 게 바로 그 점이에요. 햇빛 쐬는 것도 거부했다는 거예요. 감옥에 있으면 자기가 더는 아무도 해칠 수 없다면서 거기서 나가는 걸 원치 않는대요."

타라는 고개를 흔들었다. 어찌나 피곤한지 생각을 깊이 할 수 없었다. 미친 듯이 몸을 긁어대는 칼도 안색이 좋지 않았다.

"너희들은 어떤지 모르겠는데 난 완전히 녹초야. 최소한 12시간 정도 잠을 자고 나서 우리 다시 얘기하면 안 될까? 괜찮지?"

그들은 아무 말도 하지 않았다. 잠시 후, 파프니르와 마니투의 코고는 소리가 깊은 잠에 빠져들었음을 알려주었다.

꽤 많은 시간이 흐른 뒤였다. 잠을 깬 타라는 닫집 달린 침대에 그냥 뭉개고 있다가 시트 주름을 펴려고 하는 침대와 한바탕 씨름을 했다. 그렇게 조용히 누워서 지금까지의 사건들을 정리할 필요가 있었던 것이다. 칼이 갇혀 있을 때부터 타라는 분명히…… 원격 조정되는 느낌이 들었다. 보이지 않는 꼭두각시 조정자가 잡아당기는 끈에 이끌려서 능동적이 아니라 수동적으로 움직이는 것 같은……. 생각에 골몰한 지 30분, 타라는 여러 가닥의 실을 풀었다. 명확한 결론에 이르지는 못했지만 그래도 골격이 보이기 시작했다. 그런데 보이는 그림이 영 마음에 들지 않았다. 휴! 땅이 꺼져라 한숨을 쉬면서 일어난 타라는 욕실로 갔다. 사이렌이 수영장처럼 넓은 욕조 한복판의 바위에 올라앉아 콧노래를 부르고 있었다. 사이렌에게 손짓을 하자 빗이 부리나케 달려와서 머리를 빗어주었다. 이어서 샤워기가 타라의 몸 주위를 빙글빙글 돌면서 물을 흠뻑 뿌려주는 사이에 목욕장갑과 비누가 몸을 열심히 닦아주었다. 그 덕분인가, 마음이 가라앉으면서 몸의 긴장이 풀렸다. 미끄러지듯 욕조로 들어간 타라는 따뜻한 물에 몸을 담근 채 사이렌의 애수 어린 노래를 들었다.

그래, 지금은 걱정해 봐야 소용없어. 제일 먼저 할 일은 여제와 죽은 소년의 부모 앞에서 칼의 무죄를 밝히는 거야. 그다음은 파프니르를 그 성가신 불청객한테서 해방시켜줘야 해. 마지막으로 나를 죽이려고 하는 자를 찾아, 아니 추적하는 거야. 그리고 내 목숨을 노리는 마음을 싹 달아나게 해주겠어.

타라가 아더월드에서 높이 평가하는 것이 있다면 그건 어리다고 그 능력을 얕잡아보려 하지 않는다는 점이었다.

적에게 대항할 때마다 타라는 의식적으로 능력을 사용하길 가급적 삼가면서도 무시 못할 능력을 발휘했다. 그건 피의 맹세 때문에 어떤 경우에도 할머니에게 해를 끼치고 싶지 않아서였다.

타라가 샤워를 하며 그런 생각에 잠겨 있는 동안 드래곤 마법사 셈 역시 자신의 동굴이자 사무실이자 보물과 잡동사니 창고에서 최근의 사건들을 생각하고 있었다. 얼마나 흥미진진한 일인가! 드래곤들은 상황의 급변을 아주 좋아했다. 일단 악마들의 무시무시한 위협을 물리치고 나자 드래곤들은 이내 몸이 근질근질해서 죽을 지경이었다. 위험의 아드레날린, 실패의 불안, 승리의 강렬한 기쁨, 드래곤들은 이런 것들을 그리워하고 있었다.

드래곤들은 아더월드 종족들의 국정 운영에 간섭하고 있는데 정책이 격정적이어서 항상 무슨 일이 일어났다. 권태로워서 죽을 지경인 드래곤들에게는 행동이 필연적이었다. 무엇이든, 심지어는 살육전도 환영이었다. 하지만 이 사실은 그들 이외에는 절대로 그 누구도 알아차리면 안 되었다. 인간 종족과 비인간 종족들이 그간의 온갖 능력에도 불구하고 자기들이 농락되고 있었다는 걸 알아차리는 날에는 드래곤들은 그들의 분노를 견디어낼 수 없을 것이기 때문이었다.

그 결과로 드래곤들의 위원회는 능력을 증대시키려는 한 마법사 그룹의 특별 훈련에 협력하기를 거부했는데, 그것은 제자들이 자기들보다 더 강력해질까 우려했기 때문이었다.

물론 셈은 불복하고 마법사들에게 특별 훈련을 시켰다.

셈은 결국 제 발등을 찍고 만 셈이었다. 그 마법사들은 흉악한 상그라브들이 되었고, 악마들과 협약을 맺고 아더월드와 다른 세계까지 정복하려고 했으니!

괘씸한 배신이긴 했지만 그래도 그 바람에 심심하지는 않았단 말씀이야!

셈이 제일 좋아하는 인간은 타라였다. 타라는 그가 내심 품고 있는 계획을 전혀 모르고 있었다. 타라는 수백 년 전부터 그가 기다려 온 인간이 틀림없는 것 같았다.

타라도 그를 좋아하는 게 틀림 없었다. 셈은 타라에게 없는 아버지가 되어줘야 했다. 그렇게 되는데 필요한 모든 걸 해줄 생각이었다. 셈은 히죽히죽 웃으면서 발을 벅벅 긁었다. 내년에도 내후년에도 아주⋯⋯ 흥미진진하겠어!

타라와 친구들은 드래곤의 사무실로 들어가면서 선생님을 설득하기 위한 말을 궁리했다. 하지만 그건 정말이지 괜한 노력이었다.

셈 선생님은 뜻밖에도 그들을 반갑게 맞이했다.

"안녕, 안녕! 림보로 갈 준비는 다 됐니?"

어안이 벙벙한 그들이 그 자리에 꼼짝 않고 서 있자, 셈 선생님이 낄낄거렸다.

"뭐야, 혀가 입천장에 달라붙기라도 한 거냐? 열광적인 대답이 나올 줄 알았더니! 기뻐서 폴짝폴짝 뛰지도 않고! '고맙습니다, 오, 현명하신 최고 마구스여, 그 혐오스러운 세계에서 위험을 무릅쓸 기회를 주시다니 정말 고맙습니다!' 뭐, 이 정도의 말은 나올 줄 알았는데! 이거 너무

실망인걸!"

"선생님…… 승낙하신다는 말씀이세요?"

믿을 수 없다는 듯 타라가 외쳤다.

"승낙할 뿐만 아니라 나도 같이 간다!"

마니투는 개의 눈살을 찌푸렸다.

"어제는 끄떡도 하지 않더니만! 대체 무슨 바람이 불어서 갑자기 생각이 바뀐 게요?"

"아, 그거요! 이 녀석들이 한 떼의 노새보다 더 심한 고집쟁이들이라서 말입니다. 내가 반대해도 지겹게 졸라댔을 테고, 또 악마들에게 당해서 사지가 잘려나가기라도 하면…… 내 기분이 더러워지는 건 둘째치고 그 여파를 어떻게 감당하겠소. 그래서 내가 아이들을 보호하기 위해 같이 가기로 한 게요. 나 없이는 성공할 수 없으니까!"

"우와, 고맙습니다. 선생님이 도와주신다면 백만 대군을 얻는 거지요."

그 계획을 세워놓고 내심 불안해하던 칼이 말했다.

"고맙다는 말은 일단 돌아오고 난 뒤에 하거라. 자, 너희들의 계획이 뭔지 어디 자세히 한번 들어보자."

"일단 재판관 조각상 앞으로 가야 해요."

무아노가 설명했다.

"재판관이 우리를 위해 소년의 혼령을 소환해주면, 우리는 혼령에게 칼이 범인이 아니라는 걸 설명할 것이고, 재판관이 그것을 정당하다고 확증해주면 그 판결을 탈루디에 녹화할 생각이에요. 이번에는 진짜 범인에게 유죄를 선고하리라 기대하고 있거든요. 그리고 지난번에 마왕이 타라에게 악마의 마법을 걸어서 골탕을 먹였기 때문에 우리를 알아보지 못하게 변신하기로 했어요."

"흠, 제법이구나. 내 능력이 너희들의 능력보다 더 강력하니까 그 변신은 내가 맡겠다. 게다가 난 악마들을 경험해본 적이 있어서 그들이 뭘 좋아하고 싫어하는지 알아. 마니투, 당신은 현재의 개 모습으로 있어도 되겠소. 지난번에 갈 때 같이 가지 않아서 악마들이 당신을 모르니까. 하지만 너희들의 패밀리어들은 여기 남아 있어야 한다."

바룬이 항의성의 울음소리를 내자, 셈 선생님은 눈살을 찌푸렸다.

"내가 없는 동안에 이 매머드가 내 사무실에서 바보 같은 짓을 하진 않겠지?"

셈 선생님은 상당히 불안해하는 얼굴이었다.

"빨간 바나나를 많이 주고 정원에 풀어놓을 거니까 얌전히 있을 거예요. 아니, 그러길 바라는 거죠, 뭐. 우헤헤."

파브리스가 대답했다.

로빈은 난처한 얼굴을 했다.

"내 활을 가지고 갈 수 없는 건가요?"

"파프니르도 도끼를 갖고 갈 수 없다. 너희들의 무기는 눈에 띄니까."

"그러면 활이 싫어할 텐데……."

"그게 바로 마법의 무기들의 문제라니까. 내 도끼는 내가 어디다 놓으면 그냥 그 자리에 가만히 있단 말야. 네 나뭇개비하고 협상 잘 해야겠다, 너. 아, 진짜 웃긴다!"

하프엘프는 검은 머리털에 흰머리가 띄엄띄엄한 머리를 끄덕이기만 할 뿐 대답은 하지 않았다. 불행하게도 난쟁이의 말이 옳았기 때문이다. 로빈에겐 이미 성난 활의 투정이 들려왔다.

"우리가 얼마나 떠나 있게 될지 모르겠다. 가능한 한 오래 걸리지 않기를 바라기는 한다만. 자, 너희들 이제 옷을 벗어라."

셈 선생님이 말했다.

"네?"

무아노가 단박에 얼굴이 빨개져서 반문했다.

"너희들을 변신시켜야 하니까. 마법복은 림보에 잘 알려져 있단 말이다. 따라서 너희들의 달라지는 몸에 어울리게 색깔과 모양을 바꿔야 한다."

셈 선생님이 차분하게 설명했다.

"내가 너희들을 바꿔놓는 동안에 속옷만 입고 있어."

파프니르는 못마땅한 얼굴로 흘겨보았다.

"무슨 속옷이요? 난 셔츠와 바지만 입었는데요. 그리고 난 왜 그렇게 들 옷을 덕지덕지 껴입는지 도무지 이해를 못하겠다니까!"

"아, 그게⋯⋯."

당황한 셈 선생님이 얼른 화제를 돌렸다.

"자, 이제 시작한다."

정말 유쾌한 일은 아니었다. 마법사들이 변신할 때는 대체로 그리 심하지 않은 변형을 예상케 하는 약한 주문을 사용한다. 하지만 이번에는 셈 선생님이 송곳니며 여러 개의 눈과 팔, 다리, 거기다 촉수까지 덧붙이지 않을 수 없었다. 그런데⋯⋯ 의외의 놀라운 성과였다.

자줏빛 점박이가 된 타라의 몸이 줄어들더니 촉수로 덮인 짜리몽땅한 배불뚝이가 되었다. 이어서 마법복이 신음소리를 내면서 새로운 형태에 맞춰지다가 놀랍게도 소매가 달린 조끼와 무릎까지 내려오는 황록색 반바지로 변했다. 온몸이 꺼멓고 하얀 로빈은 입 하나와 여섯 개의 다리가 추가되었고, 머리는 꼭 살찐 아스파라거스 같았다. 난쟁이의 격한 성격을 의식한 셈 선생님은 조심스럽게 독침이 달린 길다란 꼬리 하나만 달랑 추가한 다음에 피부색을 회색으로 바꿔놓고 머리에는 똬리를 튼

뱀들을 앉혀놓았다. 상당히 이국적인 모습이었다. 그 꼬리가 자신의 빨간색 가죽바지를 뚫었을 때 파프니르는 이를 부드득 갈았다.

파브리스는 갑각류의 날카로운 집게발과 여덟 개의 거미발이 잘 어울리게 배합되었다. 투실투실해진 칼은 코끼리 귀와 코, 그 가죽까지 뒤집어쓴 악마의 모습으로 변했다. 얼마나 놀랐으면 바룬이 뒷걸음질칠 정도였다. 무아노는 껍질을 반쯤 벗긴 기다란 호박 같기도 하고 달팽이 같기도 했다. 마니투는 개의 몸을 유지하고 있긴 한데 그 몸에 50개의 눈이 붙어 있었다. 한편 셈 선생님 자신은 머리 두 개를 더 돋아나게 하고, 그 커다란 드래곤의 크기를 적어도 네 배로 축소시키고는 비늘 대신에 끈적끈적한 민달팽이 거죽으로 바꿔놓았다. 아주 성공적이었다. 악마의 나라에는 무기를 가지고 갈 수 없기 때문에 셈 선생님은 마지막으로 그들 모두에게 덤비는 놈을 갈기갈기 찢어놓기에 충분한 날카로운 송곳니와 갈퀴발톱을 추가했다.

파브리스와 로빈이 이동하려고 할 때 일이 복잡해졌다. 그 둘의 다리들이 뒤엉키면서 바닥에 코방아를 찧고 말았으니.

"에이 씨!"

파브리스는 노골적으로 즐거워하면서 얼굴을 핥아주는 바룬을 떠밀면서 툴툴거렸다.

"다리 한두 쌍만 없애주면 안 되요? 전 도저히 이 많은 다리를 동시에 사용할 수가 없다고요!"

"연습해! 우리의 변신은 완벽해야 한다. 실수를 했다가는 우리 모두 죽는 거야!"

셈 선생님은 엄하게 대답했다.

"지당하신 말씀이에요."

로빈이 뒤엉킨 다리를 풀려고 애를 쓰면서 찬성했다.

"한번 해보자, 이렇게……."

의자 두 개와 탁자 하나가 걸음마 연습을 위한 애꿎은 희생양이 되었고, 그들은 마침내 일어서기에 이르렀다. 셈 선생님은 그들에게 촉수를 사용하는 법도 가르쳐주었다. 파프니르도 독침 꼬리가 가공할 무기라는 걸 알고는 몹시 흡족해했다.

두 시간의 연습 끝에 그들은 차츰 새로운 몸에 익숙해졌다.

"완벽해. 이제는 세세한 것들을 알려주겠다. 나는 필요할 경우에는 며칠이라도 너희들을 변신된 상태로 유지시킬 수 있다. 너희들의 몸은 이제 림보에 맞춰진 거니까 정상적인 몸보다는 훨씬 강인해. 그러나 상대적으로 나의 마법 능력은 약화될 것이다. 따라서 우리가 만약 방어를 하거나 공격해야 될 경우에는 일단 본래의 몸으로 돌아오길 기다렸다가 행동하거라. 그 대신 악마들의 공격에 훨씬 더 노출되어 있다는 걸 명심하고 절대로 지나치게 흥분하지 말기 바란다. 자, 이제는 악마 세계의 생존 법칙을 알려주겠다. 너희보다 덩치가 더 큰 악마를 만나면 인사 같은 것도 하지 말고 그냥 옆으로 비켜서는 것이 좋아. 더 강한 상대에게는 공손하게 굴고 더 약한 상대는 무시해버려. 어떤 악마가 다른 악마를 집어삼키는 장면을 보게 되더라도 절대 놀라거나 소리치거나 화내지 말거라. 악마들은 식인종들이니까. 놈들은 우리가 무리 지어 있을 때는 공격하지 않아. 그러니까 절대로 혼자 떨어져 있으면 안 되고, 특히 내게서 멀리 떨어지지지 않도록 주의해. 알겠니?"

순식간에 얼굴이 파랗게 질린 그들은 찍소리도 내지 않았다.

"자, 모두 내가 방금 갬볼 가루로 그린, 원 안으로 들어와. 그리고 눈을 감아."

그들은 그 지시를 따랐다. 그때 갑자기 셈 선생님이 소리를 버럭 질렀다.

"마니투!"

"뭐요?"

"내가 눈을 감으라고 하지 않았소!"

"당신은 그게 쉽다고 생각하는 모양인데……."

마니투는 50개의 눈을 한꺼번에 감으려고 안간힘을 쓰면서 구시렁거렸다.

마니투가 마침내 50개의 눈을 감자, 셈 선생님이 *"스파리담!"* 하고 외쳤다. 잠시 후 그들은 림보에 도착했다.

그들이 이른 곳은 한 도시였는데 악마들이 북적거리고 있었다. 악마의 도시니까 그거야 당연한 일이건만 섬뜩한 것이 유쾌하지는 않았다.

집들은 창문도 없고 대문도 없었다. 악마들은 눈에 거슬리게 요란뻑적지근한 빛깔의 벽들을 즐기듯이 태평하게 통과했다.

"그런데 벌판이 안 보이네요?"

색깔이 추방되었던 을씨년스런 잿빛 벌판이 기억난 타라가 의아해했다.

"돌아다니는 궁전이니까."

셈 선생님이 대답했다.

"궁전이 있는 위치에 정신을 집중해서 여기에 이른 거니까 이 도시 안의 어딘가에 있을 게다. 이제 궁전만 찾으면 된다."

셈 선생님은 등에 걸쳐 매고 있던 민달팽이들의 일종의 배낭 안에 탈루디와 금서를 조심스럽게 집어넣고 나서 걸어가기 시작했다.

어두운 하늘에 묘한 크기의 검은 태양들이 빛나고 있었다. 느닷없이 무시무시한 돌풍까지 몰아치기도 하는 심술쟁이 태양들 때문에 집들은 다만 악마들이 돼지껍질처럼 지글지글 타는 걸 막기 위해서 지은 것일 뿐이었다. 따로 영양을 섭취할 필요는 없어도 그 불길한 태양 에너지는 꼭 필요했기 때문에 악마들이 집 안에 오래 머무는 일은 별로 없었다.

나무들도 있었다. 아니, 나무라기보다는 그 비슷한 것들이었다. 어쨌든 강렬하게 내리쬐는 햇살을 견디기 위한 것인지 파리한 흰색의 나무들에 주렁주렁 매달린 탐스런 밤색 꽃들에서 검정, 초록, 회색 줄무늬의 곤충들이 꿀을 수집하고 있었다.

이따금 한 악마가 너무 가까이 지나갈라치면 곤충들이 떼거리로 달려들어서 악마가 비명을 지르면서 줄행랑칠 때까지 독침을 쏘아댔다. 그런데 다른 악마들은 그 광경을 아주 재미있어하는 것 같았다.

타라 일행은 하얀 풀밭을 지나가면서 림보의 식물들이 작정을 하고 덤비면 지나가는 사람을 와작와작 씹어먹을 수 있다는 것도 알았다. 고집 센 나뭇가지들에 포위된 뼈다귀며 키틴질, 작은 발들이 풀밭 곳곳에 뒹굴고 있었다. 그 풀밭에 드러누웠다가는 사람이든 동물이든 다시는 일어나지 못한다는 걸 알려주는 장면이었다.

좀더 전진하던 타라 일행은 악마들이 따로 영양을 섭취할 필요가 없기는 해도 먹는 걸 즐긴다는 걸 알았다. 다른 세계에 대한 미각을 드러내왔던 악마들은 도움을 주는 대가를 먹을 것으로 보상받았다. 그것도 무엇이 되었든 산 채로 먹어치우는 것으로.

"이이잇, 야만적이야! 악마들은 불을 사용할 줄 모르나?"

파브리스가 중얼거렸다.

"알지, 불이 음식 맛을 망쳐놓는다고 생각해서 탈이지."

셈 선생님이 말했다.

장사꾼 악마들이 손님들에게 상품을 권하고 있었다. 파는 사람이나 손님이나 그들의 대화는 아예 우격다짐을 벌이는 식이었다.

'내놓지 않으면 팔을 확 뽑아버리겠다' 라는 식의 우격다짐이 마치 가장 잘 유통되는 화폐처럼 사용되고 있었다. '어디 시험삼아 해보시지. 그러면 여기 이 도끼로 그 상판을 어루만져줄 테니' 하는 식의 엄포성 발언도 많이 쓰이는 것 같았다. 대개 거래는 약자가 당하는 걸로 끝났는데 이것은 장사꾼 악마들이 근육질의 몸은 말할 것도 없고 심지어 콧구멍까지 무장하고 있음을 알 수 있게 했다.

남성인지 여성인지, 악마들의 성을 구별하는 것은 상당히 어려웠다. 타라는 그들 중에서 일종의 보석이나 장신구를 걸치고, 울긋불긋하게 화장한 악마들을 여성이라고 보면 틀림없을 거라고 생각했다.

거기다가 길은 어디로 가야 할지 도무지 종잡을 수가 없었다. 그들은 벽을 통과할 수 없기 때문에 길을 빠져나가기가 여간 복잡한 게 아니었다. 민달팽이의 몸으로 변신해 있는 셈 선생님이 갑자기 머리 하나를 쳐들었는데 세 개나 되는 입이 한꺼번에 미소를 지었다.

"따라오너라. 궁전을 찾은 것 같구나."

도시를 굽어보는 언덕 위로 어마어마하게 큰 다리들이 떠받치고 있는 마왕의 궁전이 보였다.

궁전 역시 지난번 왔을 때와는 생판 다른 모습이었다. 한 번 쳐다보고, 또 쳐다보고, 눈 비비고 다시 쳐다봐도 분명히, 절대적으로…… 장밋빛이었다. 우중충한 림보의 도시에 생뚱맞게 웬 장밋빛?

"이거, 조짐이 영 심상치 않군!"

셈 선생님이 중얼거렸다.

"왜요?"

칼이 의아해했다.

"차라리 산뜻해서 보기는 좋은데요, 뭐. 지붕이 옆에 붙어 있는 것이 좀 해괴하고, 문들이 위에 있고, 창문들이 아래에 나 있는 게 실용적이라고는 절대 말할 수 없지만."

"마왕의 기분이 좋을 때는 궁전이 검은빛이고, 기분이 나쁘면 장밋빛이란 말이다. 장밋빛이 선명할수록 기분이 나쁘다는 뜻이야." 하고 대꾸하는 셈 선생님의 목소리에 불안감이 배어 있었다.

"그럼 그 왕을 피하면 되죠. 그렇지 않아도 악마들은 딱 질색인데 거기다 화까지 나 있다면……."

"금서에 의하면 재판관은 '진실과 거짓과 폭로'의 방에 있는 것이 틀림없어."

"그게 다 방 이름이에요? 방 이름치고는 이상하네요."

"첫 법정을 연 뒤로 악마들이 그렇게 이름을 붙였지. 피고인들은 진실을 말해야 하는데 틀림없이 거짓말을 하고, 결국에는 진실을 말하는 재판관에게 들켜서 폭로되거든."

"그러니까 재판의 진행순서를 뜻하는 거네요. 그런데 경비원들은 어떻게 피하죠?"

"경비는 없어. 미치광이가 아니고서야 어느 누가 감히 악마들의 나라에 와서 마왕에게 도전하겠느냐?"

"그러게요. 누가 그러겠어요?"

칼이 중얼거렸다.

"그래도 또 혹시 모르잖아요!"

"악마들은 어떤 식으로 싸우죠? 부상당하거나 죽기도 해요?"

그때까지 잠자코 있던 로빈이 엘프다운 질문을 했다.

"악마들도 인간과 똑같은 물리적 법칙을 따르지. 다만 갈퀴발톱과 송곳니들로 무장하고 있어서 훨씬 강하고 민첩하지. 그래도 악마들의 몸에 칼을 꽂으면 다른 모든 생명체와 똑같은 현상이 일어난다."

"그럼 악마들도 '꺄악, 아파!' 뭐 이런 비명도 지르나요?" 하고 칼이 묻는데 죽었다 살아난 뒤로는 넉살이 더 심해져 있었다.

셈 선생님은 민달팽이의 눈으로 칼을 흘겨봤다.

"너희들이 급소를 찌르면 악마들도 죽어. 그게 꼭 심장을 의미하는 건 아냐. 어쨌든 우리는 싸울 생각이 전혀 없는 거잖아, 안 그래? 우리는 다만 브란디스의 심판을 녹화해서 칼의 무죄를 밝히면 되는 거니까. 따라서 조심해야 해. 아주, 아주 신중해야 한다."

셈 선생님의 말대로 궁전의 창문 앞에 경비원들은 없었다. 안으로 들어갔는데 고기 썩는 냄새에 숨이 막히는 것 같았다.

"웩! 이게 무슨 냄새지? 으, 지독하다!"

비위가 상한 무아노가 속삭였다.

"저기서 난다."

입으로 숨쉬려고 애를 쓰면서 타라가 말했다.

내부 곳곳의 낮은 기둥 위에 살덩어리나 핏덩어리들이 널려 있어서 복도에 구더기와 파리가 우글거렸다.

"이건 방향제를 달아놓은 것과 같은 효과야."

문득 깨달은 듯 타라가 말했다.

"분위기를 조성하기 위해 일부러 이렇게 해놓았다고 봐야지."

장밋빛의 뜨거운 벽 때문인지 타라는 어마어마한 창자 속에 들어와 있는 끔찍한 느낌이 들었다.

"그럼 성공한 거네."

코끼리 코를 달고 있는 덕분에 후각이 예민해진 칼이 말했다.

"냄새가 좀 덜 나는 곳을 찾아보자."

물론 어디에도 그런 곳은 없었다. 어디서나 악취가 나는 걸 보면 궁전의 감독관은 방향에 각별히 신경 쓰는 일이 아주 많은 모양이었다. 그런데 이상하게도 그들은 누구한테도 간섭을 받지 않고 자유롭게 돌아다닐 수 있었다. 타라는 문득 마법의 지도가 이 세계에서도 기능을 발휘하는지 시험해보고 싶었다. 재판관의 방을 찾으려면 그들에게는 어차피 안내자가 필요하지 않은가.

"전혀 모름."

지도는 자신의 무지를 인정하는 것이 싫은지 몹시 불쾌하다는 투로 대답했다.

"이 구역은 지도에 들어와 있지 않아서 나는 그 방이 어디 있는지 모르겠음. 혼자서 해결해야 함."

타라는 주위를 둘러봤다. 궁전은 분명히 외부보다는 내부가 훨씬 큰 것 같았다. 게다가 내부는 복도, 방, 괴상하게 뒤틀린 가구들이 있는 방, 부엌들이 미로처럼 얽혀 있었다. 그런데 부엌이라니, 뭘 준비하기 위한 거지? 악마들이 요리를 할 리는 없을 텐데!

"우린 선택의 여지가 없어."

타라는 지도를 도로 집어넣으면서 말했다.

"길을 물어봐야겠어."

"그거야 쉽지."

칼이 거들먹거리면서 잘난 척을 했다.

칼은 덩치가 큰 악마들을 질투 어린 부러운 눈으로 응시하고 있던 초록빛의 땅딸보 악마에게 다가갔다. 그도 그럴 것이 자기는 초록빛인데 그 악마들은 기분에 따라 빛깔까지 바꿀 수 있으니 부러울 만도 했다.

"우리는 재판관에게 가야 하는데 방이 어디지?"

칼은 우람한 근육을 울퉁불퉁 과시하면서 인상까지 제법 험악하게 썼다. 땅딸보 악마는 경멸하듯 쳐다봤다.

"그 방을 모르는 놈도 있나? 이런 분위기 파악도 못하는 꽃가루 꿀 같은 놈!"

땅딸보가 칼을 향해 그렇게 쏘아붙였을 때 타라는 하마터면 웃음이 터져 나올 뻔했다. '꽃가루 꿀'이란 표현이 아마도 아주 모욕적인 욕지거리인 모양이었다. 악마들이 꽃을 싫어한다고 가정하면 '꽃가루 꿀'이란 표현은 아더월드에서 악취가 날 때 사용하는 '트라둑 똥'이란 것과 같은 욕설로 볼 수 있었다.

칼이 벌레 씹은 얼굴을 하고 있을 때, 셈 선생님이 나섰다.

"여기 있는 우리의 작은 친구가 네 질문을 이해하지 못한 것 같으니까 내가 다시 물어보겠다. 귓구멍을 쑤셔서 뚫어주면 아마 잘 알아듣겠지!"

끈적거리는 몸에서 삐죽삐죽 나오는 돌기들과 갈퀴발톱들이 일사불란하게 땅딸보 악마 쪽으로 쏠렸다.

눈이 왕방울만해진 땅딸보가 어찌나 빠르게 말하는지 단어들이 서로 달라붙어서 튀어나오는 것 같았다.

"첫째오른쪽문,둘째왼쪽문을지나두번을돈다음에직진하십시오, 나리."

"고맙네, 아주 친절하군."

셈 선생님이 깍듯이 대꾸했다.

셈 선생님은 뾰족 돌기들을 거두고 발뒤꿈치, 아니 자기가 발뒤꿈치로 사용하는 것을 돌리고 악마가 가르쳐준 대로 걸어갔다. 그것이 아주 놀랍도록 정확했다.

그런데 문제는 그들만 재판관을 만나려고 하는 것이 아니었다. 언뜻 보기에도 커다란 방 앞에서 기다리는 사람이 족히 천 명은 되는 것 같았다. 림보의 관습과는 달리 그 방에는 문, 아니 차라리 장밋빛 벽을 뻥 뚫어놓은 듯한 구멍이 있었다. 너무 푹 삶아진 것 같기도 하고, 불도저에 깔려서 찌부러진 것 같기도 한 바닷가재 형상의 괴물(집사인가?)이 고함을 지르는 건지, 짖어대는 건지 모를 소리로 다음 차례의 고소인들을 호명했다. 고소인들은 그 구멍으로 들어가기도 하고 때로는 벽을 곧장 뚫고 들어가면서 바닷가재의 심기를 건드렸다.

"와, 끔찍하다! 재판관 앞에 가려면 한 백 년은 걸리겠어."

몹시 실망한 칼이 중얼거렸다.

"게다가 우린 저 악마들이 모두 보는 앞에서 재판관에게 도움을 청할 처지도 아닌데 진짜 돌아버리겠군."

"근데…… 저 표정들 좀 봐, 판결이 마음에 안 드나 봐."

무아노가 벽에서 나오는 악마들을 가리키면서 말했다.

그들은 악마들의 얼굴인지, 상판대기인지, 낯짝인지에서 만족한다기보다는 크게 실망한 표정을 읽을 수 있었다. 실망하기는 고소인들이나 피고인들이나 마찬가지였다. 마왕의 경호원들로 여겨지는 괴물딱지들이 그들을 호위하고 있었다. 상체에서 꼬물거리는 징글징글한 촉수들, 툭 불거진 거미의 아래턱, 칙칙한 흰색 피부의 두발 괴물들이 놓칠 세라 여러 개의 팔로 피고인들을 꽉 붙들고 있었다.

판결이라고 해 봐야 사실 두 가지의 선택이 있을 뿐이라서 간단하기 이를 데 없었다.

하나는 신체 일부를 잃는 것인데 그 자리에서 즉시 제거되었다. 악마들이 아무리 항의를 해봤자 논쟁의 여지가 없었다.

또 하나는 목숨을 잃는 것이었다. 그것 역시 악마들이 아무리 항의를 해봤자 재판관의 정의는 가차없이 냉혹했다.

단칼에 잘려나간 머리, 촉수, 어느 부위인지 모를 살 조각들이 바닥에 어지럽게 널리는가 싶더니 눈 깜짝할 사이에 싹 치워졌다. 부상당한 악마들은 재판관을 저주하는 악다구니를 퍼부으면서 도망쳤다.

법정이라고 하기에는 시장판처럼 시끌벅적했다. 유혈이 낭자한 잔혹한 분위기에 특히 예민한 무아노는 야수로 변신하지 않으려고 안간힘을 다했다. 변장한 것이 탄로 나면 낭패가 아닌가.

빵빠방!

갑자기 요란하게 울리는 나팔소리에 이어서 쿵쿵거리며 다가오는 발소리……, 마왕의 행차였다. 마왕의 모습은 지난번 봤을 때와 다르지 않았다. 공 모양의 몸뚱이에 헤아릴 수 없이 많은 눈들이 다닥다닥 붙어 있고, 침을 질질 흘리는 두툼한 점박이 혀로 그 눈들을 핥고 있었다.

파브리스는 구역질을 꾹 참았다. 처음으로 악마와 대면하게 된 파브리스는 마법에 대한 열렬한 마음까지 흔들리기 시작했다. 막상 오두방정을 떨면서 짖어대는 악마 무리와 맞닥뜨리고 보니 마법은 없어도 평온한 지구의 삶이 최고라는 생각이 들었다.

두 명의 지구인들이 서로 눈길을 교환하는 걸 보면 타라도 파브리스와 같은 생각인 게 분명했다. 셈 선생님을 비롯한 다른 일행은 더 불안한 표정이었다. 변장에도 불구하고 마왕이 그들을 알아볼까 두려운 눈치였다. 무아노의 무릎이 덜덜 떨리고 있었고, 머리에 똬리를 튼 뱀들이 앞다투어 쉬익, 쉬익거리자, 파프니르는 들킬까 봐 잔뜩 긴장한 나머지 한방으로 반쯤 때려눕힐 기세로 주먹을 불끈 쥐었다.

마왕은 그들에게 눈길도 주지 않고 지나쳤는데 그 많은 눈을 고려하면 정말이지 굉장한 행운이었다. 경호원들이 괴성을 지르면서 픽, 퍼버벅, 픽! 몽둥이로 고소인들을 쫓아내는 사이에 마왕은 법정으로 들어갔다. 아무래도 마왕이 재판관에게 부탁할 것이 있는데 조용히 단둘이서만 말하기로 작정을 한 모양이었다.

순식간에 복도와 법정은 텅 비었다.

"좋았어!"

셈 선생님이 탄성을 올렸다.

"지금 재판관이 혼자 있으니까 들어가자!"

경비원 두 명만 남아서 법정의 문으로 사용되는 구멍 양쪽을 지키고 있었다. 셈 선생님은 '절호의 기회인데 우두커니 있을 수만은 없지' 하는 얼굴로 그 우람한 덩치를 이용해서 악마 둘을 깔아뭉갰다.

"빨리 들어가!"

셈 선생님의 두 머리가 주위를 살피는 사이에 머리 하나가 말했다.

그들은 즉시 이행했다.

악마들이 사형이나 신체의 일부를 잃는 판결만 받는 줄 알고 방으로 들어서던 그들은 징역형도 받는다는 사실에 놀랐다. 그러니까 세 번째 판결도 있는 것이었다. 종신형이긴 해도.

법정의 벽은 마법이 걸려 있었다. 유죄 선고를 받은 악마들이 돌벽에 갇혀 있었다. 어떤 악마들은 얼마나 오랫동안 갇혀 있었는지 석상이 된 것처럼 아예 꿈적도 하지 않았다. 그런가 하면 최근에 선고를 받은, 아마도 종신형을 받은 듯한 악마들이 어떻게든 벗어나 보려고 돌 속에서 버둥거리면서 뭐라고 입만 벙긋벙긋하고 있는데 분노와 두려움이 섞인 비명을 지르고 있는 게 틀림없었다.

그 광경이 어찌나 충격적인지 타라 일행은 본능적으로 바짝바짝 붙어서서 벽에 가까이 가지 않으려고 조심했다.

마왕은 거대한 조각상 맞은편 옥좌에 앉아 있었다. 조각상은 딱히 어떤 형상을 표현한다기보다는 시커먼 눈 하나와 귀 하나, 입 하나가 투박하게 새겨진 비정형의 검은 돌덩이였다.

그 입이 하는 말에 정신이 팔려서 마왕은 타라 일행이 들어오는 소리를 듣지 못한 눈치였다.

"그자는 거짓말을 하였다."

조각상의 입이 낭랑한 울림이 있는 걸걸한 음색으로 말했다.

"그자는 그들이 어디 있는지 알고 있다. 당신은 그자에게서 진실을 뽑아낼 만큼 강력하지 않다. 그자에게 당신 능력의 일부를 줌으로써 당신의 종족에 대한 확실한 경쟁자를 만들어놓은 것이다. 그런데 당신 뒤에 서 있는 용은 뭔가?"

드래곤 마법사와 어리둥절한 마왕이 동시에 딸꾹질을 했다.

"그게 무슨 말……."

마왕은 말을 끝낼 겨를이 없었다. 성난 기관차처럼 달려든 셈 선생님이 그 엄청난 몸무게로 눌러 마왕의 숨통을 조였던 것이다. 설마 악마들에게 폐가 없는 건 아니겠지? 림보는 호흡할 수 있는 공기가 흐르고 있는데도 셈 선생님이 숨통 조르기를 풀어주었을 때 마왕은 이미 완전히 의식을 잃은 상태였다.

"고약한 재판관 같으니라고!"

셈 선생님은 화를 버럭 냈다.

"애써 변장했는데 그냥 못 본 척 눈감아주면 어디가 덧나나? 속임수가 들통났으니 이제는 내 마법의 잠재력을 회복하기 위해 모두 다시 변신한다."

"에이, 그거 되게 아프네!"

정상적인 몸을 되찾은 칼이 툴툴거렸는데 마법복도 그 몸에 맞게 돌아오는 중이었다.

"그럼 이제 우리는 어쩌죠?"

셈 선생님은 기지개를 켜듯 비늘 덮인 드래곤의 몸을 쭉쭉 늘리면서 흡족한 어조로 대답했다.

"'우리' 가 아니라 네가 재판을 청해야지. 마왕이 앉았던 옥좌에 가서 앉아."

칼은 불안한 얼굴로 의자를 살폈다. 노려보는 것 같은 흉악한 얼굴들 이 조각된 의자에서 끈끈하고 거무스름한 액체가 스며 나오고 있었다.

"크흑! 엄마가 이 옷을 보면 엄청 잔소리하게 생겼네!"

칼이 구역질이 나는 얼굴로 마지못해 앉으면서 투덜거렸다.

낭랑한 목소리가 울려 퍼지면서 방을 가득 채웠다.

"말해보라, 칼리반 달 살란. 나의 판결을 요청하는가?"

배낭에서 꺼낸 탈루디를 얼굴에 붙이고 무아노가 그 장면을 녹화하고 있었다.

"네. 저는 살인죄로 부당하게 고소를 당했기에……."

칼이 대답했다.

"네가 브란디스 탈 미가 압 샹투의 살인죄로 고소되었다는 걸 알고 있 다. 그리고 소년이 다시 판결하도록 내가 그 혼령을 소환하기를 너는 바라 고 있다. 소년이 판결을 번복하지 않는다면 어쩔 텐가, 칼리반 달 살란?"

"소년은 그러지 않을 겁니다."

칼은 침착하게 대답했다.

"브란디스의 죽음에 대해 책임질 사람은 타라를 죽이려고 했던 자입 니다."

"아! 하지만 그건 네가 치마 속을 들여다봤기 때문에 분개한 안젤리카

브란다우드가 지른 고함소리에 놀라 사고가 일어난 것이다.”

"그게 아니에요. 저는 치마 속을 들여다본 것이 아니라 주머니 속을 보려는 거였어요. 안젤리카가 타라의 실수를 유발시키려고 흡혈파리를 날려보냈거든요.”

"친구들이 네 말을 믿으려고 하지 않자 너는 네가 옳다는 걸 증명하고 싶었다. 그래서 두 소년의 경연이 끝나기를 기다리지도 않고 너는 즉시 행동에 옮겼다. 그것이 브란디스 탈 미가 압 샹투를 죽음으로 몰고 간 것이다. 그리고 그 소용돌이를 막아내지 못했다면 하마터면 네가 사는 세상은 파멸될 뻔했다!"

칼은 하얗게 질렸다. 맞는 말이 아닌가! 그건 칼이 생각도 못했던 예리한 지적이었다. 칼은 오직 안젤리카가 저지른 짓을 증명할 경우에 친구들이 보내줄 찬사만 생각했던 것이다.

칼은 고개를 푹 숙였다.

"맞는 말씀이에요. 제가 경솔했다는 걸 인정합니다.”

"또……?"

재판관은 끈질기게 물고 늘어졌다.

"또……"

칼은 땅이 꺼져라 한숨을 내쉬었다.

"브란디스가 죽은 건 제 잘못입니다.”

"결론은?"

재판관은 징그러울 정도로 집요했다.

"승복하고 감옥으로 돌아가겠습니다.”

타라와 친구들이 너무 충격을 받아서 어안이 벙벙해 있을 때, 재판관이 괴상한 소리를 냈다. 칼이 깨닫는 데는 잠시 시간이 걸렸다. 돌덩이가…… 웃는 소리였다! 비웃음인가?

"으하하하, 너는 거짓말쟁이 악마들과는 달라서 내 기분이 아주 좋다. 그리고 너는 네 죄를 인정했다! 게다가 아주 진지했다! 좋아. 그래서 네 어깨의 짐을 제거해주겠다. 안젤리카에 대한 너의 복수심이 그 사고를 일으켰다고 해도 정상적으로는 최고 마법사들이 그 소용돌이를 쉽게 막았어야 했다. 따라서 네 친구를 죽이려고 하다가 브란디스 탈 미가 압샹투를 죽인 자가 진범이다. 네가 용서를 구할 수 있도록 소년의 혼령을 불러주겠다. 그리고 이번 일을 교훈으로 삼기 바란다. 작용이 있으면 반드시 반작용이 있는 법, 따라서 행동하기 전에 심사숙고해야 한다."

칼이 입을 멍하니 벌린 채 경건하게 재판관의 말을 듣고 있을 때, 브란디스의 혼령이 유형화되었다.

"자, 이제 내가 희생자에게 상황을 설명하겠다."

재판관이 말했다.

"혼령이 뭐라고 하는지 어디 들어보자."

소년의 유령은 오무아의 궁전에서보다 더…… 생동감이 있어 보였다. 재판관과 유령의 대화는 알아들을 수 없었지만, 그들은 유령이 몹시 놀라는 걸 느낄 수 있었다. 유령이 칼을 향해 돌아서서 말했다.

"그러니까 네 친구를 보호하기 위해서 그런 어리석은 짓을 했단 말이지?"

"음, 꼭 그런 건 아니지만……."

"좋아."

소년이 말을 잘랐다.

"나라도 똑같이 행동했을 거야."

그날 하루에만 두 번이나 거의 기절할 정도로 놀라게 된 칼은 입을 벌렸다가 도로 다물고 말았다. 유령이 무슨 말을 할지 몹시 궁금한 얼굴로.

"그렇지만 설사 네가 내 죽음에 대한 책임이 없다고 하더라도 넌 진짜 살인범에게 그런 짓을 할 빌미를 제공했어. 그래서 나는 너에게 징역형을 선고하는 것이 아니라 내 부모님이 늙고 병들었을 때 도와드리라는 선고를 내리겠어. 그토록 믿고 의지하던 아들을 잃은 불쌍한 분들이니까. 이게 내 판결이야. 난 너에게 돈도 피도 요구하지 않아. 다만 시간을 요구하는 거야. 공정한 거 같지?"

칼의 눈에 눈물이 글썽글썽했다. 그는 자식을 잃은 부모님의 아픔을 생각하지 못했었다. 그 부모의 고독한 노년을 생각하지 못했었다.

"약속할게."

칼은 엄숙한 어조로 대답했다.

"너의 소원을 네 부모님께 전할게. 브란디스, 피의 맹세를 할게."

"그럴 필요 없어."

유령이 말했다.

"약속한 것으로 충분해. 그리고 한 가지 더 부탁할게."

"물론이지, 뭔데?"

"나를 죽게 한 자를 만나게 되면……."

유령이 갑자기 성난 음성으로 말했다.

"나 대신 대가를 치르게 해줘. 아주 비싼 대가를."

"그것도 약속할게."

칼은 사나운 미소를 지어 보이면서 대답했다.

"그럼 난 안심하고 돌아갈게. 안녕."

그렇게 말하면서 소년의 유령이 사라졌다.

"아주 잘 끝났다. 전부 다 녹화했겠지, 공주?"

재판관이 물었다.

무아노는 화들짝 놀랐다. 공주라는 칭호로 불리는 것에 아직은 익숙해 있지 않았기 때문이다.

"예? 아, 예, 탈루디에 다 담았어요. 이제 여제께 가져가는 일만 남았어요."

그때 갑자기 들리는 신음소리에 그들은 깜짝 놀랐다. 깨어난 마왕이 촉수들을 꼬물거리면서 수십 개의 눈을 뜨려하고 있었다.

그 순간 드래곤 마법사 셈 선생님이 눈 깜짝할 사이에 그 긴 꼬리로 마왕의 급소를 후려쳐서 다시 악몽 속으로 보내버렸다.

"다 끝난 것 같으니 문을 만들어서 여길 떠나자."

셈 선생님은 갈퀴발톱으로 조심스럽게 금서를 꺼내면서 말했다.

셈 선생님이 탈루디를 붙잡으려고 할 때였다. 갑자기 유령 하나가 그들 앞에 나타나는 바람에 그들은 까무러칠 뻔했다. 칼은 한순간 브란디스가 판결을 번복하러 온 거라고 생각하고 공포에 사로잡혔다. 하지만 이 유령은 브란디스보다 키가 더 크고 나이도 더 들어 보였다.

그들을 응시하는 유령도 어리둥절한 표정이었다.

자신의 눈빛과 같은 쪽빛 눈, 그리고 흰 머리털이 섞인 금발을 알아본 타라는 믿어지지 않는 얼굴이었다. 낡은 사진에서 수천 번도 더 보았던 얼굴이 아닌가!

"아빠?"

타라가 소리쳤다.

유령이 고개를 갸우뚱했다.

"누구…… 누구십니까?"

"아빠? 저예요! 타라예요!"

"타라틸랑넴? 하지만…… 그럴 리가! 타라는 겨우 두 살인데!"

"아빠, 나예요! 잘 보세요! 오, 아빠! 나도 믿어지지 않아요. 분명히 아빠 맞죠?"

유령은 찬찬히 타라를 뜯어보고 나서 함박미소를 지었다.

"오, 타라! 내 아가!"

딸을 품에 안으려고 달려오긴 했지만 유령은 타라를 통과해버렸다.

"오, 이런!"

그 목소리에서 한없는 슬픔이 묻어 있었다.

"너를 만질 수 없다는 걸 깜빡 잊었구나!"

타라는 더 생각할 것도 없이 자신의 아버지라는 걸 확신했다. 아버지의 품에 안길 수 없다는 것은 가슴이 에이는 듯한 고통이었다. 그 아픔이 전해졌는지 아버지가 우물우물 말했다.

"내 아가, 정말 미안하구나!"

타라는 웃어야 할지 놀라야 할지 주뼛거리는 친구들을 힐끗 쳐다봤다.

"근데…… 아빠?"

"그래, 오, 내 아가!"

"부탁인데요, 내가 이제 곧 열세 살이 되거든요. 그러니까 제발 '내 아가'라는 말은 하지 말아주세요, 네?"

단비우는 딸에게 다정한 미소를 지어 보였다.

"오, 그래, 미안하구나, 내 사랑. 너와 헤어졌을 때 넌 겨우 두 살이었어. 그래서 습관이 들었나보다. 더는 아가라고 부르지 않으마. '내 사랑' 이건 괜찮지?"

"네, 좋아요, 아빠. 아빠를 만나 이렇게 말하게 되다니 정말 기뻐요. 얼마나 보고 싶었는지 몰라요, 엄마와 아빠를! 사무치게 그리웠는데 얼마 안 되는 사이에 아빠와 엄마를 연이어 다시 만나게 되다니 정말 믿어지지가 않아요."

단비우는 눈살을 찌푸렸다.

"우리를 다시 만나? 네 어머니와 함께 있는 게 아니었단 말이니?"

"아빠를 죽인 괴한한테 엄마는 납치를 당했었어요. 마지스터라는 사람인데 그자가 '상그라브'라는 이름의 집단을 만들어 악마들과 협정을 맺고 악마의 마법으로 수석 마법사들을 감염시켰어요. 그다음에는 마지스터가 나를 납치했어요. 내가 데미데루스의 혈통이라는 이유였어요. 내가 있어야 악마들과의 전쟁에서 승리한 뒤에 드래곤들이 숨겨놓은 악마의 힘을 가진 사물들에 접근할 수 있기 때문이죠. 하지만 내 친구들과 내가 힘을 합쳐서 마지스터를 물리쳤고, 동시에 10년 동안 갇혀 있던 엄마를 구해냈어요. 아 참, 내 패밀리어는 페가수스예요. 그리고 힘이 필요할 때 나를 도와주는 살아있는 돌도 있어요. 그 돌은 정신이 있는 돌이라서 내 친구가 되었어요. 우리가 여기 온 건 소용돌이에 휘말리게 해서 브란디스를 죽인 죄로 고소된 내 친구 칼리반의 무죄를 밝히기 위해서예요. 진짜 범인은 칼리반이 아니라 벌써 여러 차례 나를 죽이려고 한 자거든요. 음…… 그게 정확한지 확실치는 않지만……, 이해하시겠어요?"

유령은 벽에 머리를 쾅 부딪힌 표정이었다.

"솔직히 말하면 무슨 말인지 하나도 모르겠구나. 누군가가 너를 죽이려고 한단 말이지? 그리고 너한테 패밀리어가 있고? 하지만 난 네 할머니에게 너를 마법사로 키우지도, 아더월드에서 살게 하지도 않겠다는 맹세를 받았다. 그런데…… 여기가 어디지?"

단비우는 기괴한 형상의 옥좌와 악마들이 갇혀 있는 벽을 자세히 살폈다.

"여기는…… 최고 마구스들이 만든 악마들의 림보와 흡사하구나!"

셈 선생님이 끼어들면서 유령의 주의를 환기시켰다.

"감개무량한 재회를 방해해서 미안합니다만 우리는 림보에 있는 것이 맞습니다. 그리고 더할 나위 없이 좋은 것은 우리가 여길 떠날 수 있다는 거죠. 지금 당장이라도."

이맛살을 찌푸리던 유령의 몸이 굳어졌다. 유령의 몸이 굳어봐야 얼마나 뻣뻣해질까마는.

"드래곤 마법사 셈나샤오비로다인트라쉬부? 당신이 이 모든 일의 책임자요?"

셈 선생님이 냉소적인 미소를 짓는 걸 보면 그와 단비우는 사이가 별로 좋지 않은 모양이었다.

"사실은 전혀 그렇지가 않아요. 당신의 딸이 최악의 상황에서도 혼자서 완벽하게 헤쳐나가고 있으니까요."

그때였다. 재판관이 갑자기 말을 자르고 들어오는 바람에 그들은 깜짝 놀랐다.

"내가 왜 네 아버지를 오게 했는지 그 이유를 알겠는가, 타라? 나는 네 머릿속에서 네 할머니에 대한 불안을 읽었다. 물론 판결을 내리는 것이 내 임무지만 내 앞에 출두한 이들의 고민을 해결해주는 것도 나의 임무다. 내가 해줄 수 있는 것이라면, 그리고 아주 까다로운 문제가 아니라면. 이제부터는 네가 알아서 해, 타라."

무슨 말인지 대번에 알아차린 타라가 아버지를 향해 돌아섰다.

"나는 마법을 쓰지 않으려고 노력하는데 마법은 같은 생각이 아닌 것 같아요. 어쩔 수 없이 마법을 사용할 일들이 자꾸만 생기는데, 마법을 사용하면 할수록 점점 더 최고 마법사 수준에 가까워지고 있어요. 그런데 내가 마법사가 되면 할머니가 돌아가신대요. 아빠에게 한 피의 맹세 때문에. 무슨 말인지 아시죠?"

"난 마법이 너에게 그렇게 꼭 필요하게 되리라고는 한순간도 생각지 못했다. 내 딴에는 아더월드로부터 너를 지켜주려고 그런 거였는데…… 미안하구나."

"타라로부터 아더월드를 지켜야 한다는 게 오히려 맞는 말일 겁니다." 셈 선생님이 중얼거리듯 내뱉었다.

"이 행성이 무슨 별천지라도 되는 듯이 들쑤시고 다니는 아이니까요. 이젠 진짜 떠나야 합니다. 이사벨라가 어떻게 하면 피의 맹세에서 풀려날 수 있는지 빨리 알려주시오."

"이사벨라를 이곳으로 데려와야 합니다. 내 앞으로. 그래야 피의 맹세에서 풀어줄 수 있소." 유령이 딱 부러지게 대답했다.

"여기요?"

타라는 깜짝 놀랐다.

"림보로 말예요? 아빠, 농담이죠?"

"재판관만 유일하게 죽은 자들을 여러 번 소환할 수 있거든." 셈 선생님이 유령을 대신해서 대답했다.

"하지만 우리가 이사벨라와 함께 다시 이곳으로 온다는 건 생각할 수도 없는 일이야. 타라, 네 아버지와 작별인사를 해야 되겠구나. 우리는 이 조각상 없이는 네 아버지의 혼령을 불러낼 수 없어. 타라, 미안하다."

사실 셈 선생님은 전혀 미안한 얼굴이 아니었다. 타라는 눈을 흘겼다. 미안해하기는커녕 흡족해하는 속내를 읽었던 것이다. 셈 선생님은 타라가 아버지와 얘기하는 걸 원치 않는 모양이었다. 왜 그럴까?

"저기, 말을 끊어서 죄송한데요."

칼이 끼어들었다.

"제 생각에는 위험을 무릅쓰고라도 다시 한 번 림보로 돌아오는 것 외에는 다른 방법이 없는 것 같아요. 이번 주에 저는 이미 죽었다 살아났거든요. 앞으로 100년 동안 그런 일을 다시 겪지 않을 수만 있다면 모험을 하고 싶네요."

유령은 깜짝 놀라서 칼을 쳐다봤다.

"자네는 누구인가?"

"알리아나 달 살란의 아들, 칼리반 달 살란입니다."

"최고의 도둑 알리아나 말인가? 그랬군, 자네 어머니를 잘 알지. 자네 어머니가 우리에게서 사일리보의 양피지들을 슬쩍했을 때 내 누이가 노발대발했었지. 자네의 생각은 뭔가?"

"조각상을 훔치면 돼요!"

유령은 말문이 막힌 눈길로 거대한 재판관 조각상을 쳐다봤다.

"농담은 아니겠지?"

"당연히 아니죠. 하지만 저 혼자서 할 수 있다는 말은 아니에요. 우리를 랑코비트로 데려가려면 셈 선생님은 더 이상 에너지를 소비하지 말아야 해요. 하지만 타라는 발동이 걸렸다 하면 무지막지하게 강력하거든요. 그러니까 타라의 마법이라면 저 뚱보 돌덩어리를 얼마든지 축소할 수 있다고 저는 확신해요. 일단 축소되면 제가 주머니에 집어넣고 짜잔! 집으로 돌아가는 거예요!"

"그러면 나도 너희들을 따라갈 수 있어. 그 어머니의 아들다운 훌륭한 생각이구나! 타라, 해보렴."

타라는 한숨을 내쉬었다. 이런 일이 생길 줄 미리 예상했더라면 좋았을 텐데. 맙소사, 저 뚱보 조각상을 나더러 어떡하라고!

타라는 할 수 없이 두 팔을 쳐들면서 정신적으로 살아있는 돌에게 알렸다.

'저 조각상을 축소하려면 너의 도움이 필요해. 그 크기뿐만 아니라 무게도 줄여야 하거든. 그런데 내가 가능한 한 나의 마법을 덜 사용할수록 할머니에게 해를 덜 끼치는 거라서 너한테 부탁하는 거야. 알았지?'

'아버지를 만난 거야? 이젠 가족을 다 찾은 거지? 네 할머니를 도우려는 거지? 내 마법을 사용해!'

'음, 그게…… 정확하지는 않지만 그런 셈이야. 난 네가 필요해. 자, 시작한다. *미니아투루스의 이름으로 내가 수송할 수 있게 너를 축소시키노라!*'

그 주문이 조각상을 후려치자 재판관이 분개하는 고함을 질렀다.

악마들이 그 소리를 들은 모양이었다. 바깥이 소란스러워지면서 나팔 소리에 이어 발굽소리, 발소리, 뿔 받히는 소리로 왁자지껄했다.

"서둘러야겠다. 타라는 멈추지 말고 계속해서 조각상을 축소해. 나는 주문을 걸어서 이 방을 방어할 테니까. 칼, 로빈, 파브리스, 파프니르, 무아노, 마니투는 그 장벽을 돌파하는 악마들을 맡아. 하지만 조심해야 한다. 뚫고 들어온다는 건 그만큼 강력하다는 뜻이니까."

셈 선생님이 외쳤다.

파프니르는 자신의 충직한 도끼가 없어서 큰 힘을 쓸 수 없다고 툴툴거렸다. 그러자 로빈이 재빠르게 도끼 하나를 나타나게 했다.

"홍! 또 그놈의 마법. 네가 까무러치거나 죽으면 너의 마법도 펙! 그러면 이 도끼도 사라지는 거잖아!"

로빈은 어깨를 으쓱했다.

"칼이 말한 대로 난 죽지 않으려고 노력할 거야. 그래서 난 활을 만들어야 하······.”

로빈은 말꼬리를 흐리고 말했다. 아니, 언제 나타났지? 자신의 손에 릴란드릴의 활이 쥐어져 있는 것이 아닌가. 이어서 활집도 나타났다.

이번에는 또 화살들.

그리고 팔뚝 커버까지.

하프엘프가 얼떨떨한 표정을 짓자, 어찌나 겁이 나는지 배에 잔뜩 힘을 주고 있던 파브리스는 유쾌하게 웃어젖혔다.

“믿을 수가 없어! 활이······ 나를 찾아왔어!”

로빈이 탄성을 올렸다.

“이번에 찾아와 준 건 내가 진짜 고마워한다고 활에게 전해주라! 내 예상으로는 우리에게 활이 절실히 필요하게 될 때거든.”

칼도 기쁨을 감추지 않았다.

구멍이 막히고, 벽이 봉쇄되었다는 걸 알아차린 악마들의 고함소리······ 과연 칼의 예상은 적중했다. 파프니르는 도끼를 쳐들었고, 로빈은 활에 시위를 메웠고, 파브리스와 칼은 파괴 주문을 외웠다. 무아노도 야수로 변신해서 갈퀴발톱을 세웠고, 마니투는 누구든 덤비기만 하면 확 물어뜯을 기세로 으르렁거렸다.

그 사이에 셈 선생님은 공간이동의 문을 만들어 놓았다. 올 때는 마왕의 주문을 외우는 것만으로도 림보로 올 수 있었지만, 돌아갈 때는 데미데루스의 방어 주문 때문에 공간이동의 문을 만들어야 했던 것이다.

한편 타라는 아버지의 격려를 받으면서 열심히 조각상을 축소하고 있었다. 조각상에만 정신을 집중하려고 노력했지만 쉽지 않았다. 마음이 들떠 있었던 것이다. 몇 주 사이에 어머니에 이어서 아버지까지 만났으니 어찌 안 그렇겠는가!

물론 아버지는 유령에 불과했다. 하지만 타라는 그것만으로도 만족할 수 있었다.

타라가 그렇게 이런저런 생각을 하고 있는 동안에도 다행히 마법은 계속 작동했다. 불의 채찍을 얻어맞은 조각상은 신음소리를 흘리면서 몸을 비비틀더니 점점 줄어들고 있었다.

조각상이 뚱보 햄스터만 한 크기가 되었을 때 타라는 마법을 중단하고 작은 조각상과 탈루디를 잽싸게 셈 선생님의 배낭에 집어넣었다.

그때였다. 다른 놈들보다 영리한 건지, 강력한 건지 악마 둘이 드래곤 마법사의 주문을 뚫고 들어왔다. 한 놈은 칼과 로빈의 파괴 주문에 당해 쓰러졌지만 다른 한 놈은 맹렬하게 싸웠다. 상어와 지네의 잡종 같이 생긴 놈인데 수많은 발에다 갈퀴발톱, 송곳니까지 장난이 아니었다.

눈 깜짝할 사이에 파브리스가 팔에 부상을 입었다. 무아노는 재빨리 괴물의 사정거리 밖으로 지구소년을 끌어다놓고 몸으로 막아섰다. 괴물의 발에 맞아서 반쯤 죽을 뻔했던 칼은 그 많은 발을 하나씩 마비시키는 것으로 서서히, 하지만 확실하게 괴물을 옴짝달싹 못 하게 만들었다.

한편 파프니르는 걸리적거리는 것은 모조리 도끼로 찍어버렸다. 마왕의 경호원들 중 하나가 방어 장벽을 뚫고 머리를 들이밀었다가 쓰러진 왕, 공간이동의 문, 사라진 재판관을 보고 분노의 고함을 질렀다.

타라의 신호에 따라 때마침 모두 후퇴하면서 사방에서 날아오는 공격을 아슬아슬하게 피할 수 있었다.

"빨리 떠나자!"

드래곤 마법사가 늙은 마법사로 다시 변신하면서 외쳤다.

그들은 일제히 문을 향해 펄쩍 뛰었고, 순식간에 랑코비트로 돌아왔다. 속옷 바람의 셈 선생님과 기절할 것 같은 얼굴의 악마 하나와 함께.

악마는 그야말로 얼이 빠진 얼굴이었다. 싸움판에서 얼떨결에 그들을 따라 공간이동의 문을 통과했다가 이제서야 아더월드로 원격 이동되었다는 걸 깨달은 모양이었다. 떼거리로 몰려온 경비병들이 순식간에 에워싸면서 햄버거 스테이크로 만들어버릴 듯한 얼굴로 노려보자, 악마는 잡고 있던 파프니르를 얼른 놓아주고 나서 발들을 높이 쳐들었다. 그러고는 눈 돌아갈 정도로 빠르게 갈퀴발톱과 송곳니들을 쏘옥 집어넣었다.

화가 머리끝까지 난 난쟁이가 발 하나를 도끼로 찍어버리려고 했지만, 셈 선생님이 중단시켰다.

"그만해라, 파프니르, 항복한 거니까 그냥 내버려둬."

그렇게 말하던 셈 선생님은 그제야 자기가 속옷 바람이라는 걸 알아차렸는지 구시렁거렸다.

"맙소사, 이게 무슨 망신이야! 아펠루스의 이름으로 마법복은 냉큼 돌아와서 내 몸에 입혀질지어다!"

림보에서 셈 선생님을 따라오지 않았던 파란빛과 은빛 마법복이 즉시 나타났다. 파프니르는 자신의 빨간 가죽바지에 전갈 꼬리가 낸 구멍을 보면서 발끈했다.

"그놈의 마법! 이게 얼마나 비싸게 주고 산 바지인데!"

"경비병!"

셈 선생님이 외쳤다.

"예?"

"밤새 박사에게 부상자가 두 명 있으며, 우리의 이로운 마법은 악마들에게 별로 효과가 없다고 알리게."

"알겠습니다."

경비병은 부리나케 달려갔다.

파프니르가 따지듯이 물었다.

"설마 저 악마를 치료해주려는 건 아니시죠?"

솀 선생님은 난쟁이를 돌아봤다.

"당연히 해줘야지. 치료를 해주면 왜 안 되는데?"

난쟁이는 어이가 없는 얼굴이었다.

"하지만…… 우리를 공격한 놈이잖아요!"

"꼭 그런 건 아니지. 우리가 악마들의 나라에 침입해서 그들의 왕을 때려눕혔고, 재판관을 훔쳐왔어. 그들의 관점에서 보면 공격한 쪽은 우리야. 그들은 방어했을 뿐이고."

난쟁이는 말문이 막혔다. 그런 관점은 전혀 생각하지 않았던 것이다.

그 순간이었다. 뭔가 둥둥 떠다니는 것이 타라의 눈길을 잡았다. 공포에 질린 타라의 눈이 왕방울만 해졌다.

타라가 조각상을 축소시키면서 아버지도 축소시킨 것이었다. 생쥐만하게 줄어든 유령이 둥둥 떠다니고 있는데 좀 당혹스런 표정이었다.

"아니, 이럴 수가! 이게 대체 어떻게 된 거지?"

유령의 목소리는 모깃소리만했다.

"아빠? 어머, 이를 어째! 괜찮으세요? 죄송해요, 정말 죄송해요. 생각지도 못했어요!"

"네가…… 그랬니? 너의 마법이 과연 강력하구나! 걱정하지 마라. 네가 조각상의 크기를 돌려주면 나도 크기를 되찾게 될 게야. 그러길 바란다."

타라는 겸연쩍은 미소를 지으면서 고개를 끄덕였다.

살아 있는 궁전은 좋아하는 마법사들을 되찾아서 몹시 기쁘면서도 악마 때문에 약간 어리둥절한 모양이었다. 궁전이 바닥에는 악마의 지네 발에 어울리는 불타는 사막을, 천장에는 상어에 어울리는 파란 바다를 투영했다. 그것은 섬뜩하게 느껴질 정도로 충격적인 효과를 자아냈다.

"우리 언어를 아는가?"

셈 선생님이 지네와 상어의 잡종 괴물에게 물었다.

악마는 마지못해서 씹어뱉듯이 대답했다.

"압니다."

"걱정하지 말라. 우리는 너를 치료해주고 네 나라로 보내줄 것이다."

포로는 머리로 사용하는 것을 쳐들고 희망이 담긴 목소리로 물었다.

"재판관을 붙잡아둘 겁니까?"

"너야 그러면 좋을 테지."

셈 선생님이 비아냥거리듯이 말했다.

"그러면 재판도 없고 판결도 없으니까 그건 안 될 일이지. 너희 왕국의 안정을 위해 재판관은 제자리로 돌아갈 것이다. 내가 너희들의 왕에게 되돌려줄 거니까."

악마는 증오심에 불타는 눈길을 던지고 나서 의무실까지 얌전히 경비병들을 따라갔다.

셈 선생님은 파브리스에게 몸을 숙였고, 팔을 내미는 파브리스는 고통으로 얼굴을 일그러뜨렸다. 로빈의 회복 주문 덕분에 통증은 가라앉았지만, 상처는 아주 깊었다. 그리고 악마의 돌기 끝에는 독이 있어서 즉시 해독할 필요가 있었다. 따라서 그들은 파브리스 역시 의무실로 데려갔다. 그러자 지구소년은 지네 발에 상어 머리를 한 괴물딱지의 룸메이트가 된 걸 몹시 기분 나빠했다.

타라 일행이 랑코비트로 돌아오자마자 바룬, 블롱딘, 갈랑은 즉시 그들의 존재를 느꼈다. 패밀리어들이 헐레벌떡 그들을 찾아왔고, 바룬은 불안한 마음을 감추지 못한 채 파브리스와 잠시도 떨어지려고 하지 않았다.

"괜찮아, 바룬. 별일 아니라니까. 그냥 좀 할퀸 것 뿐이야."

파브리스는 매머드에게 설명했다.

"그렇지 않아."

파브리스의 등 뒤에서 밤새 박사가 심각한 목소리로 말했다. "해로운 세계에서 악마가 낸 아주 깊은 상처라서 완전히 나으려면 시간이 좀 걸린다."

"시간이 걸려요? 얼마나 걸리는데요?"

파브리스의 목소리가 약간 흔들렸다.

"두고 봐야지. 내 약이 효험이 있을 테니 너무 걱정은 하지 말거라. 단 외출은 금지다. 상당히 고통스러울 것이고 기분도 아주 나쁠 게다."

파브리스는 까무러칠 뻔했다.

"내, 내가 아파요? 하지만……."

파브리스는 말을 더듬었다.

"회복하려면 당연히 그 정도의 고통은 따르지. 자, 이걸 꿀꺽 삼켜."

샤먼이 유리잔 하나를 환자 앞에 둥둥 떠다니게 하면서 말했다.

유리잔 안에서 부글부글 끓는 푸르뎅뎅한 혼합물이 도망치려고 하는 것 같았다.

"그럼 우린 그만 갔다가 내일 다시 올게."

의무실을 끔찍이 싫어하는 칼이 말했다.

"과일, 종교를 믿는 사람."

파브리스는 울상이 된 얼굴로 물약을 보면서 중얼거렸다.

"뭐라고?"

전혀 알아듣지 못한 칼이 물었다.

"배, 신자, 배신자!"

타라는 파브리스에게 연민의 미소를 지어 보이면서 답을 말했다.

혼합물의 맛이 겉보기와 완벽하게 일치하고 있음을 확인시켜주는 "웩, 웩, 웩!" 거리는 소리를 뒤로 하고 그들은 의무실을 나갔다.

"에고, 불쌍한 파브리스, 밤새 박사님의 물약은 원래 유명한데 정말 안됐다."

무아노가 피식 웃으면서 말했다.

"효험이 좋기로?"

타라가 궁금한 얼굴로 물었다.

"응, 그걸로도 유명하지만 특히 맛이 끔찍한 것으로도 유명하지. 환자들을 가능한 한 빨리 낫게 하려고 샤먼이 약을 아주 구역질나게 만드는 것 같아."

타라는 빙그레 웃으면서 이 요지경 같은 행성에서는 절대 아프지 않겠다고 다짐했다.

그들이 의무실 문턱을 넘어서는 순간 들려오는 아주 낯익은 목소리에 마니투는 허겁지겁 두 귀를 접었고, 셈 선생님은 슬그머니 뒷걸음질쳤다. 타라는 다리가 후들거렸다. 돌아보는 타라의 입에서 외마디가 퉁겨져 나왔다.

"할머니?"

12
알현

이사벨라의 성격이 랑코비트 궁전에는 알려져 있지 않았던 모양이다. 이사벨라의 조상은 난쟁이의 혈통임에 틀림없다는 숙덕거림이 일었다. 꼭 난쟁이들처럼 이사벨라도 먼저 두들겨 패고 그다음에 질문을 퍼붓는 식이었으니 그럴 만도 했다.

이사벨라는 족히 한 10분 동안 타라에게 호통을 치면서 따발총을 쏘듯 강력하게 몰아붙였다.

'배은망덕한 것'이란 말이 그나마 이사벨라가 퍼붓는 욕설 중에서 가장 점잖은 표현이었다.

처음에는 타라도 맞서보다가 할머니의 그 대단한 폐활량에 질려서 단념하고 말았다.

만난 지 얼마 안 된 아버지라서 호흡이 맞을 리 없는데…… 아싸! 타라는 아버지가 나서려고 하는 걸 느꼈다. 타라의 어깨 뒤에서 불쑥 나타난 아버지가 할머니 앞에 버티고 서서 그 작은 목소리에 힘을 주면서 태연하게 말했다.

"하나도 변하지 않으셨군요, 장모님. 그 직설적인 말투도 여전하시고."

한창 일장연설을 하던 중에 치고 들어온 말에 놀란 이사벨라는 입을 딱 다물었다. 할머니의 초록빛 눈이 등잔만해지면서…… 찬물을 끼얹은 듯 좌중에 침묵이 흘렀다.

타라는 픽 웃음이 나왔다. 할머니가 아연실색해서 말문이 막히다니.

"다, 단비우?"

이사벨라는 말을 더듬었다.

"하지만……."

유령은 이사벨라의 말을 잘랐다.

"말을 하자면 아주 기니까 그 얘긴 나중에 하지요. 지금은 아무 말 말고 두 팔을 내미세요."

이사벨라는 꼼짝 못하고 순순히 따랐다. 팔목의 붉어진 흉터는 타라의 능력이 증가하고 있음을 표시하는 산 증거였다.

"흘린 피에 걸고 한 맹세에서 나 당신을 해방시키니, 피의 맹세는 무효가 될지어다!"

유령이 주문을 외웠다.

이사벨라의 손목으로 모든 시선이 쏠렸다.

아무 일도 일어나지 않았다.

붉은 흉터가 있는 하얀 팔목은 느린 맥박이 뛰고 있을 뿐이었다.

"이해할 수가 없군."

타라의 아버지가 의아한 얼굴로 말했다.

"흉터가 사라졌어야 하는데!"

생쥐만 한 사위의 유령과 마주하면서부터 침착함을 잃은 이사벨라는 소매를 접었다.

"난 뭐가 어떻게 돌아가고 있는지 모르겠군. 단비우? 자네는 또 왜 그

렇게…… 작아졌나? 그리고 어떻게 자네가 여기 있는 건가? 도대체 영
문을 모르겠어."

빵빠방!

갑자기 귀청을 찢을 듯 울려 퍼지는 트럼펫 소리에 궁전이 분개한 듯
부르르 떨었다. 악마의 세계에서부터 순간 이동된 문의 대합실에서 울
리는 경보 사이렌이었다. 최고 마법사들은 전원 회의실로 집합하라는 왕
의 목소리가 쩌렁쩌렁한 걸 보면 소리가 마법으로 증폭된 모양이었다.

셈 선생님은 난처한 얼굴로 고개를 끄덕였다.

"맙소사. 난 가봐야겠소. 이사벨라, 오랫동안 회의에 참석하지 않았
으니 당신도 나와 함께 가는 게 좋겠소. 회의실은 아이들에게도 공개되
니까 너희들은 계단석에 자리를 잡거라. 그리고 너희들에게 관련된 사
항인 경우에는 토론에 참여하기 바란다. 마니투, 하지만 아이들이 섣불
리 나서지 않도록 각별히 신경을 써주시오. 부탁하오!"

셈 선생님의 목소리에서 간절하게 애원하는 마음이 또렷이 느껴졌다.

행정 심의를 하는 회의실은 어전보다 크기는 작지만 환상적인 조각
장식은 어전 못지 않았다. 대리석과 화강암 기둥들이 어찌나 정교하게
장식되어 있는지 파란 반점의 은빛 천장을 떠받치고 있는 것이 신기해
보였다.

거기에 또 랑코비트의 남작, 백작, 공작들의 깃발들도 벽을 화려하게
장식하고 있었다. 계단석 위로 불쑥 나온 금빛 나무로 만든 통로에 사수
들이 포진해 있는 걸 보면서 타라는 순간 움찔했다. 팽팽한 활들, 시위
에 메워진 화살들, 사수들은 왕이나 왕비를 향해 위협적인 걸음을 한 발
짝이라도 떼었다가는 그대로 쏴버릴 기세였다. 만약의 경우를 대비해
서 공격 자세를 취하고 있는 것이었다.

한편 최고 마법사들은 옥좌 주위에 떠 있는데 이사벨라의 참석이 뜻밖인지 웅성거림이 일었다.

마침내 베어 왕과 티타니아 왕비가 등장했다. 강력한 마법사들인 왕과 왕비는 조카딸 무아노처럼 키가 작고 눈빛과 머리는 갈색이었다.

분노의 불꽃을 토해내는 고문관 살라타르 못지 않게 베어 왕도 신경이 날카로워져 있는 것 같았다.

"정숙! 정숙!"

빨간 머리 외눈 거인이 소리쳤다.

"우리 왕국은 방금 최후 통첩을 받았습니다!"

불안한 웅성거림이 일면서 궁인들이 술렁거렸다. 뭐? 무슨 최후 통첩?

"랑코비트의 최고 마구스 한 명과 수석 마법사들이 악마 세계 연합국 림보 제국을 침입했습니다. 최고 마구스는 악마들의 왕을 때려눕혔고 경호원들도 여러 명 죽였을 뿐만 아니라 그 세계의 평화 유지에 반드시 필요한, 아주 귀중한 유물을 훔쳤답니다. 마왕은 그 유물이 즉시 반환되지 않으면 데미데루스 협약을 깨고 지구를 지키는 지각 단층과 드래곤들, 드래곤 이외의 다른 종족들도 공격하겠다고 알려왔습니다. 또한 우리 왕국은 그 두 번째 공격 대상이라고 천명했습니다."

왕은 고문관을 향해 몸을 숙였다.

"살라타르, 마왕이 정말로 그렇게 할 수 있겠소? 나는 우리의 최고 마구스들과 드래곤들이 림보의 통로를 밀폐했기 때문에 악마들은 소환될 때를 제외하고는 우리의 세계로 올 수 없다고 생각하는데."

살라타르는 불꽃을 토해내면서 대답했다.

"바로 그렇습니다, 전하. 정상적으로는 불가능합니다. 하지만 평화조약을 조인할 당시 그들은 조약에서 한 가지 수정안을 요구했었지요. 그들이 공격하는 것이 아니라 공격을 당했을 경우, 그리고 그들의 생존에 필요 불가결한 것을 도둑맞았을 경우에 악마들은 우리의 세계로 돌아올 수 있다는 것이었습니다. 당시의 최고 마구스들과 드래곤들은 전쟁이 나면 너무 큰 희생이 따르기 때문에 수락했었지요. 그때는 그것이 큰 손해로 여겨지지 않았었습니다."

왕이 왕비를 향해 몸을 숙이고 무슨 말인가를 주고받는 사이에 궁인들은 공손하게 왕이 입을 열기를 기다렸다.

타라 일행이 자리잡은 곳에서는 난처한 얼굴을 하고 있는 셈 선생님을 볼 수 있었다.

"이런, 이런!"

마니투가 중얼거렸다.

"셈과 내가 그 조항을 까맣게 잊고 있었다니! 재판관 조각상은 절대로 훔쳐오지 말았어야 했는데! 악마들에게 우리를 침략할 좋은 핑계거리를 제공한 셈이 되었으니!"

무아노가 조각상과 탈루디, 금서가 들어 있는 배낭을 가지고 있었다. 무아노는 배낭을 열고 작은 조각상을 꺼냈다.

"문제가 생겼어요."

무아노가 재판관에게 속삭였다.

"문제가 어디 한두 가지인가?"

재판관은 성난 목소리로 대꾸했다.

"대체 뭐 때문에 나를 이런 식으로 데려온 것이냐? 너희들은 정말 세계를 불과 피의 바다로 만들고 싶은 건가?"

"우린 선택의 여지가 없었어요."

타라가 대답했다.

"제 할머니를 도와드려야 했으니까요."

그러고는 마치 재판관이 혼내지 않으리라는 걸 자신하는 것처럼 타라가 덧붙였다.

"게다가 아버지를 만나게 된 행운을 그냥 놓칠 수는 없잖아요?"

"흥! 말은 번드르르하다!"

재판관이 콧방귀를 꼈다.

"하지만 그 말이 너 때문에 죽게 될 사람들에게 위로가 되겠는가? 이제 그만해. 사태가 악화되기 전에 나를 악마들에게 돌려보내라."

"우리는 이사벨라를 피의 맹세에서 해방시켜주려고 했는데 되지 않았소. 왜 안 되는지 이유를 압니까?"

타라의 아버지가 재빨리 끼어들었다.

"이유는 두 가지. 첫째는 내가 배낭 안에 갇혀 있었기 때문이다. 나를 하찮은 골동품처럼 취급하다니! 둘째는 네가 정상적인 크기가 아니었기 때문이다. 그 주문이 너를 단비우로 받아들이지 않은 것이다. 다시 시작해야 한다."

그들이 이런 대화를 나누고 있을 때, 선생님은 회유하는 중이었다. 난관에 봉착한 그는 이사벨라와 팔뚝의 흉터를 차례로 가리키면서, 그녀는 지구를 지키는 그들의 기둥이며, 그만한 능력을 가진 다른 마법사들은 하나같이 마법을 마음껏 쓰지 못하는 지구에서 사는 걸 거부했던 점을 상기시켰다. 그러고는 피의 맹세에서 이사벨라를 해방시키는 것이 얼마나 중요한지를 자세히 설명했다.

셈 선생님이 타라의 아버지에 대해 언급하자, 동정의 웅성거림이 일었다. 그리고 나서 이번에는 칼과 그 판결에 대해 상기하자, 모든 시선이 칼에게 쏠렸다.

그럴 듯한 주장이라고 생각하던 타라는 기대 이상의 결과에 깜짝 놀랐다. 그들이 한 행동의 정당성을 셈 선생님이 인정하게 만들었던 것이다. 멋진 활약이었다.

다만 회의가 끝났을 때, 왕과 왕비는 최고 마구스가 아이들을 데리고 위험을 무릅쓰면서까지 칼과 이사벨라를 구하려고 했다는 점에 대해서는 그리 달가워하지 않았다.

드래곤은 사람들에게 어떤 엉터리 수작도 철썩 같이 믿게 하는 능력이 있었다. 타라는 이 사실을 기억 속에 새겨두었다. 하지만 난 속아넘어가지 않았어, 아니 난 절대로 속아넘어가지 않을 거야.

그 순간 로빈의 입가에 번지는 미소를 보면 타라와 같은 생각인 것 같았다.

선생님은 감동적인 연설을 마친 뒤에 무아노에게 조각상을 가져오라는 손짓을 했다.

이번에는 선생님이 타라에게 도움을 청하지 않고, 직접 조각상의 크기를 원상태로 되돌려놓았다. 그러자 엄청난 크기의 시커먼 조각상이 그들을 내려다보면서 외쳤다.

"휴! 이제야 살겠네!"

장내가 술렁거렸다. 조각상 재판관은 까마득한 옛날부터 존재해 왔지만 그걸 본 사람은 아무도 없었다. 호기심이 가득해서 지켜보던 사람들은 조각상이 그 대단한 특기를 발휘하는 순간…… 완전히 얼이 빠지고 말았다.

조각상 재판관이 뜻밖의 판결을 시작했던 것이다. 느닷없이 재판관이 백작 두 명과 남작 한 명을 세금 포탈죄로 고소하자 살라타르는 노발대발했다. 이어서 재판관이 한 향락적인 후작에 대한 판결을 내리는 사이에 근위병들이 문제의 백작 두 명과 남작을 데려오자, 셈 선생님이 참견했다. 더는 참을 수 없다는 얼굴이었다.

"이런 판결을 내려달라고 당신을 여기 데려온 것이 아니오. 그리고 시간이 절박한 만큼 당신을 빨리 림보로 돌려보내야겠소. 단지 우리는……"

"내 기쁨을 망가뜨리다니!"

재판관이 딱 잘라 말했다.

"하지만 좋다. 상황이 상황이니 만큼. 단비우 압……"

"그냥 단비우라고 하시오."

셈 선생님이 갑자기 치고 들어갔다. 오무아 제국의 후계자이자 여제의 동생인 유령의 신분이 밝혀지는 걸 원치 않는 눈치였다.

조각상의 입이 빈정거리듯 실룩거렸다.

"타라의 아버지 단비우, 너는 네 장모를 피의 맹세에서 해방시키고 싶은가?"

유령은 한순간 망설이는 듯했지만 고개를 끄덕이고 나서 주문을 외웠다.

"흘린 피에 걸고 한 맹세에서 나 당신을 해방시키니 피의 맹세는 무효가 될지어다!"

이번에는 주문이 작동했다. 이사벨라가 내민 팔뚝의 핏빛 흉터가 푸르스름해지다가 사라졌다.

피의 맹세가 마침내 무효가 되는 순간이었다!

타라와 아버지는 기쁜 미소를 교환했다.

이사벨라는 흉터가 감쪽같이 사라진 팔을 쳐다보면서 초록빛 눈을 찡긋했다.

"고맙네, 단비우. 자네가 딸의 마법을 받아들이는 걸 보니 기쁘군. 타라는 강력한 마법사가 될 것이네.”

“타라는 이미 강력한 마법사입니다.”

단비우는 단호하게 말했다.

“그리고 내 딸과 함께 있을 수 없는 슬픔이 가슴에 사무칩니다.”

“아빠!”

타라의 절박한 외침에 왕과 왕비도 가슴이 뭉클했다.

“안 돼요, 떠나지 마세요! 아빠를 잃고 싶지 않아요. 지금은 안 돼요. 아직은 안 돼요!”

“오, 사랑하는 내 딸!”

유령의 목소리는 미어지는 가슴에서 나오는 소리였다.

“내가 있을 곳은 산 사람들 속이 아니란다. 그러니 아빠도 어쩔 도리가 없구나. 이제 우리는 헤어져야 해. 우리를 이렇게 한 번이라도 만날 수 있게 해준 마법에 감사할 따름이다. 네 어머니에게 내가 사랑한다고, 영원히 사랑할 거라고 전해다오.”

장내는 눈 깜박거리는 소리가 들릴 정도로 고요했다. 흐르는 눈물을 손수건으로 훔치는 사람들, 눈을 비비는 사람들, 심지어는 사나운 살라타르까지 흘리는 불의 눈물이 그 사자 얼굴을 타고 주르르 떨어지다 바닥에서 피식거리며 꺼졌다.

타라가 뭐라고 말하려고 할 때였다. 재판관은 인정 사정없이 유령을 보내고 말았다.

타라가 목이 터져라 고함을 질러봤지만 아버지의 실루엣은 차츰 사라져갔다.

“아빠! 안 돼애애요! 아빠!”

타라가 방해하기 전에 셈 선생님은 재빨리 다른 마법사들의 도움을 받아 조각상 재판관을 림보로 보냈다.

격분한 타라는 셈 선생님을 향해 돌아섰다.

"왜 그러셨어요? 아빠에게 할 말이 많단 말예요. 그 둘을 당장 돌아오게 해주세요."

보다 못한 티타니아 왕비가 나서서 부드러운 목소리로 말했다.

"타라, 우린 선택의 여지가 없었어. 우리에게 네 아버지를 지킬 수 있는 능력이 있었다면 우리는 주저 없이 그랬을 거야. 하지만 악마들은 우리에게 시간을 거의 주지 않았으니…….. 몇 분만 더 지나면 전쟁이 일어나게 생겼는데 너라면 어떻게 했겠니?"

뭐라고 할 말이 없어진 타라는 입술을 조개처럼 꼭 다물었다. 마음이 무거워진 타라는 왕비의 말이 옳다고 인정해야 했다. 사적인 일로 재판관을 마냥 붙들어둘 수는 없는 일 아닌가!

왕은 근심이 가득한 얼굴로 눈살을 찌푸렸다. 아버지를 눈앞에서 잃은 딸의 애통한 심정을 어찌 왕이라고 해서 모르겠는가.

친구들은 타라를 에워싸고 부둥켜안았다. 애정 표현이 서툰 파프니르까지 합세해서 그 강철같은 팔로 그들을 끌어안았다.

"사람 살려!"

칼이 울상을 짓고야 말았다.

"파프니르, 내 허리를 으스러뜨릴 것까지는 없어. 나도 너 사랑해애!"

눈물을 흘리면서도 타라는 모욕 받은 난쟁이의 표정을 보면서 웃지 않을 수 없었다.

타라는 눈물범벅이 된 얼굴을 닦고 나서 왕과 왕비를 향해 돌아섰다.

"저희에게 또 한 가지 문제가 있습니다."

타라는 아직도 떨리는 목소리로 말했다.

"파프니르가 마법을 없애려고 흑장미 즙을 먹었습니다."

그 말이 끝나기가 무섭게 기겁하는 웅성거림이 일더니 그들을 둘러싸고 있던 마법사들이 슬금슬금 비켜섰다.

셈 선생님은 자기가 알릴 것을 가로챘다는 얼굴로 타라를 흘겨보고 나서 그다음을 이었다.

"불행히도 파프니르가 해로운 존재, 영혼 약탈자에게 감염된 것 같습니다. 그 존재가 침입해 들어올 때마다 파프니르는 자제력을 잃고 있습니다. 이러다 파프니르가 완전히 점령당해서 누군가를 감염시키는 날에는 몇 년 사이에 그 존재가 악성 바이러스처럼, 전 세계를 휩쓸어버릴 수 있습니다."

왕과 왕비는 거의 까무러칠 듯한 얼굴로 쳐다봤다.

"이건 또 무슨 얘기요?"

살라타르가 으르렁거렸다. 드래곤이 왕국에 영향력을 행사하는 꼴을 보고 있자니 눈꼴이 시어 죽겠다는 식이었다.

"악마들과의 혈전을 방금 간신히 피했건만! 그것도 우리에게 승산이 전혀 없는 전쟁을! 그런데 이번에는 또 이 무슨 해괴망측한 소리요? 그리고 내 기억이 정확하다면 흑장미가 있는 곳은 간디스의 황무지 늪밖에 없소. 거인들의 나라는 우리의 동맹국이 아닙니까? 전하, 그리 심각한 일은 못 되는 것으로 사료됩니다. 따라서 이쯤에서 폐회하고, 일상업무에 몰두해야 합니다. 우리의 귀중한 시간을 이런 일로 허비할 필요는 없습니다!"

"파프니르, 부탁인데 영혼 약탈자에게 모든 자유를 허용해줄래?"

키마이라의 불신에 발끈한 타라가 속삭였다.

"수석 고문관은 아무래도 직접 보고 싶은 모양이야."

난쟁이의 눈에 걱정이 가득했다.

"너 자신 있어? 내 몸을 원하는 요놈이 너희들을 공격할 수도 있어. 내 도끼에 걸고 말하는데 놈에게 점령당한 상태에서는 너희들을 위해 아무 것도 해줄 수가 없어!"

"힘의 일부가 여전히 흑장미 섬에 있기 때문에 그 존재의 힘이 아직은 완전한 상태가 아니라고 살아있는 돌이 단언했어. 그러니까 우리는 놈을 제압할 수 있어. 희망사항이긴 하지만!"

난쟁이는 한숨을 내쉬었다.

"흥! 또 그놈의 마법! 그래 좋아, 너희들은 준비된 거지?"

"시작해."

무아노가 웃으면서 대답했다.

"내 삼촌과 숙모도 무슨 일이 기다리고 있는지 봐둘 필요가 있다고 생각해."

난쟁이는 정신을 집중해서 차츰 자기 몸을 영혼 약탈자에게 내맡겼다. 무슨 일이 일어날지 모르는 궁인들의 눈이 휘둥그레졌다. 작은 요정들은 공중 선회를 멈췄고, 꼬마도깨비들은 장난을 그만두었고, 유니콘들마저 잡담을 그치면서 죽음 같은 적막감이 감돌았다.

그들은 기다리고……, 기다리고……, 또 기다렸다.

그러나 아무 일도 일어나지 않았다. 영혼 약탈자라는 존재가 호락호락하게 이쪽의 입맛에 맞춰줄 리 있겠는가. 파프니르만 놈이 무슨 짓을 할 수 있는지 알고 있었다. 놈은 십여 명이나 되는 최고 마법사들과 드래곤들의 공격을 쉽게 막아낼 수 없다는 걸 분명히 알고 있는 것이었다. 이런 때는 죽은 듯이 숨어 있는 것이 상책이 아니겠는가. 파프니르를 완전히 점령하고 싶은 마음이야 굴뚝같겠지만 놈은 잘 참아내고 있었다.

몇 분 후, 살라타르가 버럭 고함을 질렀다.

"그래서?"

파프니르는 눈을 뜨고 머뭇거렸다.

"무슨 일인지…… 놈이 나타나려고 하지 않아요."

키마이라는 그 황갈색 눈을 파프니르의 머리에 고정하고 유심히 살피다가 잠시 후에 말했다.

"너의 아우라가 파란빛이구나."

난쟁이는 깜짝 놀라는 얼굴이었다.

"저의 뭐가 어쨌다고요?"

"너의 아우라가 파란빛이야. 그것은 네가 마법을 실행하고 있다는 뜻이다. 우리 키마이라들은 마법에 아주 민감해서 그게 눈에 보이지. 하지만 너희 난쟁이들은 마법을 좋아하지 않아. 그래서 마법에 걸린 난쟁이는 추방당한단 말씀이야."

"네, 하지만 그게 지금 이 일과 무슨 관계가……."

"관계가 있지. 너는 네 나라에서 쫓겨났고, 아무 데도 갈 곳이 없어."

살라타르가 유연한 동작으로 일어나더니 드래곤의 꼬리를 신경질적으로 흔들어대면서 난쟁이 앞에 섰다.

"그 때문에 너는 랑코비트에서 너를 받아들여야 한다고 생각했고, 그래서 황당무계한 이야기를 듣고 우리에게 돌아온 것이다. 우리의 동정심을 살 생각으로 거짓말해 봐야 소용없다. 우리는 너를 기꺼이 환영하니까. 랑코비트는 너처럼 강력한 마법사들을 언제나 환영한다."

난쟁이는 할 말을 잃고 입술만 실룩거렸다.

"……!"

무아노의 찌푸린 얼굴을 보면 그것은 욕설이 분명했다. 소리를 내지 않을 뿐 무언의 욕설이었다.

이윽고 난쟁이가 심호흡을 하고 나서 내지르는 쩌렁쩌렁한 목소리에 살라타르는 움찔했다.

"내 어머니의 이름으로 말하는데 이 세계의 모든 금을 위해서라도 나는 마법사가 되고 싶은 마음이 추호도 없습니다. 나한테는 검이나 목걸이나 금속을 주고, 그놈의 마법은 당신이나 간직하라고요! 나는 마법을 제거하기 위해서 흑장미 즙까지 마셨어요. 그런데 마법이 떠나기는커녕 기생충 같은 존재를 덤으로 받았지요. 그리고 당신은 너무 어리석어서 그걸 알아차리지도 못하니까 놈이 당신을 침대 발판으로 만들어버려도 나를 찾아오지나 마세요!"

화가 나서 얼굴이 시뻘게진 난쟁이는 키마이라에게서 등을 홱 돌리고 군중을 헤치고 나아갔다. 비록 키 작은 난쟁이였지만 궁인들이 "얼씨구! 어쭈구리! 아이쿠! 히히히! 윽! 와우!" 색다른 소리를 내며 비켜설 때마다 친구들은 그 뒤를 유유히 따라갈 수 있었다.

파프니르는 그리 멀리 가지 못했다.

왕이 주문을 외웠고, 그러자 잠시 후 난쟁이는 공중에 매달리듯 떠 있었다.

"나를 놓아주세요. 내려놓으란 말예요. 아니면 내…… 내가!"

파프니르는 악을 썼다.

왕의 목소리는 평온한데도 그 소리가 실내에 울려 퍼졌다.

"진정하라, 파프니르. 고문관은 너를 모욕하려는 게 아니었다. 너의 반응을 보고 판단하려고 시험해본 것뿐이다. 너의 강경한 반응은…… 우리를 설득하기에 충분했다. 파틴 선생님과 샹프랭 선생님이 너를 보호하기 위해 동행할 것이다. 두 분 선생님이 너와 함께 황무지 늪으로 가서 그 존재가 상징하는 위험을 평가할 것이다. 영혼 약탈자가 정말 존재하고 또 너를 점령하려고 한다면, 그자는 네가 가까이 있다는 걸 알고 가만히 있을 리가 없을 것이다. 파틴 선생님과 샹프랭 선생님은 너를 지키고 그 해로운 힘을 평가할 것이다. 강력한 마법사들이시니 너를 도울 수 있어. 마음에 드는가?"

파프니르는 발버둥치기를 그만두고 3미터 공중에서 얼마나 균형을 잘 잡는지 보여주려는 듯 팔짱을 꼈는데 근육이 울퉁불퉁했다.

파프니르를 잘 아는 타라는 얼마나 힘들어하고 있을지 가히 짐작이 갔다. 난쟁이들은 높은 데를 굉장히 무서워하는데 큰일이네!

"그건 마음에 드네요……, 전하."

이를 악물고 있는 파프니르의 얼굴이 일그러졌다.

"당장 떠날 수 있어요, 아……, 전하의 마법사들이 준비가 되었다면요."

난쟁이의 어조에서 떠나기로 한 랑코비트 마법사들의 능력에 대한 불신감이 느껴졌다.

툭 불거진 빨간 눈 두 개가 달린, 노란 버터 덩어리처럼 생긴 카훔보움 종족의 파틴 선생님이 눈썹으로 사용되는 것을 찡그렸다. 그러고는 정중하게 요청했다.

"장비를 준비할 시간 몇 분만 주면 우리는 세상 끝까지라도 따라가겠다."

난쟁이는 얼굴이 빨개져서 공중에 매달린 자세로 허리를 숙였다.

왕은 난쟁이를 풀어주고 반짝이는 대리석 바닥에 깃털처럼 사뿐히 내려놓았다.

조각된 벽에는 환각적인 풍경을 투영하지 않던 살아 있는 궁전이 난쟁이에게 작은 선물을 하기로 결정한 모양이었다. 궁전이 히믈리아를 투영하고 있는 걸 보면.

난쟁이들의 집이 빙 둘러서는 걸 보면서 궁인들은 깜짝 놀랐다. 곳곳에 보이는 대장장이들, 쇳덩어리들, 시뻘건 불이 이글거리는 화덕에서 사방으로 불꽃이 날렸다. 하지만 난쟁이들은 자연을 모르지 않았다. 돌과 금속이 가득한 속에도 꽃이 있고, 나무가 있고, 풀밭이 있어서 삭막하기 십상인 풍경이 부드럽게 보이고, 전체적으로 끓어오르는 에너지를 뿜어냈다.

이런 걸 기적이라고 하던가. 파프니르의 얼굴에 감도는 미소!

궁인들은 난쟁이의 기쁨과 살아 있는 궁전의 지혜에 박수를 보냈다.

이제 파프니르에게 작별 인사를 해야 할 시간이었다. 회의가 끝나자, 타라와 친구들은 난쟁이에게 가서 행운을 빌어주면서도 다시 헤어진다는 생각에 가슴이 미어졌다.

"왕의 말이 맞아."

칼이 말했다.

"파틴 선생님과 샹프랭 선생님은 훌륭한 분들이야. 그리고 네가 섬에 가까이 가지만 않으면 아무 위험이 없어."

파프니르는 반신반의하는 얼굴이었다.

"우리 난쟁이들은 도움을 청하는 걸 좋아하지 않아."

파프니르가 속삭이고 있는데 그 순간 최고 마법사 두 명이 돌아오고 그 뒤로 큼직한 보따리 두 개가 둥둥 떠서 따라오고 있었다.

"그래도 너희들이 영혼 약탈자에 대해 조사해주면 좋겠어. 어떤 존재인지, 어디서 왔는지를. 이 궁정은 영혼 약탈자라는 존재에 대해 아예 모르는 것 같아. 무슨 일이 일어난다면…… 너희들이 나의 마지막 희망이야!"

무아노는 몸서리를 쳤다.

"야아, 그런 말하지 마. 다 잘될 거야. 두 분 선생님이 너를 낫게 할 방법을 분명히 찾아낼 거라고 확신해. 랑코비트로 빨리 돌아와라. 너를 기다리고 있을 게."

"약속할게. 내 친구들, 너희들의 망치가 맑은 소리로 울리기를!"

"너의 모루가 맑은 소리로 되울리기를!"

그들이 합창으로 대꾸했다.

그들은 마지막으로 한 번 더 인사했고, 최고 마법사 두 명이 난쟁이를 양쪽에서 에워싸고 공간이동의 문으로 향했다. 잿빛 요새로 떠나기 위해서.

셈 선생님이 할머니에게 그간의 일을 한창 설명하는 중이어서 타라에게는 천만다행이었다. 할머니의 표정을 보면서 타라는 얼른 내빼는 것이 좋다고 생각했다.

술렁거림 속에서 사람들이 하나둘 회의실을 빠져나가고 있었다. 정말일도 많고 탈도 많았던 회의였다.

타라, 칼, 무아노, 마니투, 로빈이 자기들의 방으로 가는 동안 궁전은 여러 가지 풍경을 이어지게 했다. 유심히 살피던 타라는 궁전이 어떤 장난도 치지 않는다는 걸 알아차렸다. 지난번에 일어났던 일 때문에 열의가 식은 것이 분명했다.

살아 있는 궁전이 만들어낸 '베르사유 궁전 뺨치는 스위트룸'으로 일단 들어가자, 타라는 침대에 다리를 꼬고 앉았다. 쿠션들이 저절로 타라의 등에 받쳐졌고, 파란 침대는 운동화를 벗지 않았다고 으르렁거렸다. 친구들이 타라 옆에 모였을 때, 헐레벌떡 달려온 마니투가 말했다.

"굉장한 소식을 알아왔다!"

"최고 마구스들이 우리에게 1년 휴가라도 주나요?"

칼이 받아쳤다.

"그것보다 훨씬 좋은 것!"

마니투는 탄성을 올렸다.

"축하연이 열린단다! 오, 산해진미가 그득한 성대하고 멋진 파티! 피의 맹세에서 해방된 이사벨라를 축하하기 위해서 왕과 왕비가 파티를 열기로 결정했다는 거야."

칼은 얼굴을 찌푸렸다.

"에이! 우리는 휴가 중인데!"

"그게 무슨 상관인데?"

마니투가 의아해했다.

"파티가 있을 때는 수석 조수들이 당번이란 말예요. 요리사 선생님들이 만드는 음식을 복제해야 하거든요."

"아참, 그렇지!"

마니투가 말했다.

"나도 어릴 적에는 요리하는 걸 아주 싫어했지. 그런데 늙어가면서 부엌이야말로 최고의 낙원이라는 생각을 하게 되었다. 맛난 것도 실컷 먹고 몸도 튼튼해지는 곳이잖아. 난 말이다, 내 여생을 거기서 보냈으면 좋겠어."

칼은 하늘을 쳐다보면서 한숨을 내쉬었다.

"그러면 뒤룩뒤룩 살이 쪄서 움직이지도 못할걸요! 하지만 우리하고 같이 지내면 할 일이 많아서 그럴 염려는 없죠!"

"아무렴, 어련하겠냐. 그놈의 사건들이 조금만 덜 터지면 오죽 좋겠냐만. 타라, 너는 영혼 약탈자에 관해 가능한 한 많은 정보를 찾는 것이 우선적으로 할 일이라고 생각하지?"

속내를 들킨 것에 놀라서 타라는 눈썹을 흠칫 움직였다.

"어머! 그게 보였어요?"

"그러니까 개 코지 괜히 개 코, 개 코하겠니? 그런데 말이다, 그게 썩 좋은 생각은 아닌 것 같구나. 하지만 내가 무슨 말을 한들 네가 어디 한 마디라도 들을 아이니? 그래서 네가 세심하게 구상한 소름끼치게 위험하고 치명적일 계획을 초조하게 기다리고 있지."

그 표현에 타라는 웃음이 나왔다.

"지금은 아무것도 결정한 게 없어요. 파프니르도 상황이 나쁘게 돌아갈 경우에 조사를 해달라고 부탁했고……."

마니투는 생각에 잠겨서 아랫입술을 핥았다.

"그럼 네 생각에는……."

"나쁘게 돌아갈 거라고 생각하냐구요? 이 요지경 속 같은 세상에서는 사건에 따라 선택해야 한다는 걸 알았어요. 나쁘게 돌아가던가, 좋게 돌아가던가 둘 중의 하나겠죠, 뭐. 어떤 게 일어날 확률이 많을지 한 번 맞춰 보시겠어요?"

"나쁘게 돌아가겠지."

마니투는 덤덤하게 대답했다.

"바로 그거예요! 할아버지, 파프니르에게 문제가 생기는데 얼마 걸까요?"

"됐다, 됐어."

마니투는 한숨을 쉬었다.

"내가 너랑 내기를 할 것 같아? 자, 그럼 도서관에 가는 일만 남았네. 답이 나왔으니!"

무아노는 깊은 생각에 잠긴 것 같았다.

"으흐흠."

무아노는 목청을 가다듬었다.

"도서관에 있는 그 많은 책, 양피지, 신문들을 샅샅이 살피려면 몇 달은 걸릴 텐데!"

"몇 달씩이나? 너 장난치냐?"

특히 책 읽는 걸 싫어하는 칼이 진저리를 쳤다.

"아, 생각났다! 대화방!"

타라의 외침에 친구들이 소스라치게 놀랐다.

"아까부터 머릿속에서 맴맴 돌더니. 너희들 오무아에 갔을 때 기억나? 무아노, 그 소년 있잖아, 다미엔이 네 조상 중 한 사람에 대해 문제를 냈잖아."

갈색머리의 깜찍한 소녀가 당황해서 눈을 깜박거리다가 기억해냈다.

"어? 응, 그랬지. '야수와 미녀', 그 미녀의 딸 이름이 뭐냐고 물었어. 그 딸 이름은 야수의 저주를 나에게 넘겨준 이사벨이었고. 그러니까 네 생각은……."

"그래, 맞아!"

타라가 무아노의 말을 잘랐다.

"다미엔이 대화방에서 우리에게 그 질문을 했을 때 '목소리'가 즉시 답을 알려줬어. 그 '목소리'라는 것은 뭐든 모르는 게 없는 것 같았어. 그러니까 틀림없이 우리에게 영혼 약탈자에 대한 정보를 줄 수 있을 거야, 안 그래?"

"그래, 어차피 우리는 오무아에 가서 여제 폐하에게 탈루디를 전하고 칼의 판결을 바꾸게 해야 돼."

무아노가 찬성했다.

"그럼 결정된 거네. 가자."

칼이 재촉했다.

"응."

타라는 한숨을 내쉬었다.

"할머니한테 붙잡히기 전에 빨리 떠나자. 지구로 끌려가면 한 200년쯤 탑 속에 갇힐 거야, 아마."

"좋아, 찬성이야. 파브리스를 데리고 오무아로 도망치자!"

"그럼 파티는 어떡하고?"

실망한 마니투는 죽는소리를 했다.

"할아버지는 여기 계시던가요. 어차피 간단한 조사를 하러 가는 것뿐인데요, 뭐."

"그러면 나야 좋지. 하지만 네가 어디로 갈 때마다 문제가 생겼단 말이다. 너를 보내고 속을 끓이느니 내 배를 희생시키는 쪽이 낫지!"

가슴이 뭉클해진 타라는 할아버지를 끌어안았다. 하지만 그 가부장적 태도에는 비위가 좀 상했다.

떠나기에 앞서서 칼은 팅가푸르에 도착하자마자 체포되는 일이 없도록 변신하기로 했다. 파프니르는 보자마자 너무도 쉽게 알아보지 않았던가. 그래서 칼은 완전히 다른 모습을 택했다. 키가 쑥쑥 자라고, 머리털에 광채가 흐르고, 어깨가 떡 벌어지는가 싶더니 나이가 15살은 더 들어 보이는 몸으로 변했다.

"오, 예, 괜찮은데! 꽤 매력적인 청년인걸!"

무아노는 휘파람을 불었다.

"고마워, 고마워!"

칼은 허리를 굽실굽실했다.

그들이 나가려는 순간, 갑자기 검은 머리털이 더부룩해지는가 하면 한쪽 다리가 느닷없이 줄어들면서 칼은 쿵! 하고 엉덩방아를 찧듯 주저앉았다. 이어서 한쪽 눈은 잿빛, 다른 한쪽은 파란빛으로 변했다. 영락없는 앙가발이가 아닌가.

"에이 씨! 난 너무 피곤해서 이 모습을 이대로 유지할 수가 없어. 아무래도 트실의 후유증인가 봐. 네가 좀 도와줘, 타라."

자신의 모습을 보면서 칼이 투덜거렸다.

"네가 원한다면."

타라는 약간 놀란 얼굴로 답했다.

"내가 어떻게 해주면 되는데?"

"셈 선생님처럼 진짜로 강력한 마법사들은 다른 사람들의 몸도 얼마 동안 변형시킬 수 있어. 셈 선생님이 림보로 향할 때 우리에게 그렇게 했잖아. 근데 문제는 상당히 많은 에너지가 소모된다는 거야. 변형된 모습을 변함없이 유지하기 위해서는 계속 기억하고 있어야 하거든."

"으음, 알았어. 그래서?"

"이런 상태의 내 몸을 조정하는 것이 너에게는 좀 힘들 수도 있어. 미안해, 너한테 이런 걸 부탁해서."

"괜찮아. 솔직히 말하면 나는 기뻐. 외다리나 외팔로 있는 너를 보는 게 더 힘드니까."

칼은 피식 웃었다.

"어머니는 경험이 아주 많아서 그간의 모험을 전부 얘기해주셨어. 그 얘기가 내게 도움이 될 날이 올 거라면서. 좋은 본보기가 될 거란 얘기지. 그리고 특히 다른 마법사에게서 능력을 빌리는 것이 가능하다고 강조하셨어."

"안 돼!"

무아노의 외침에 그들은 까무러칠 뻔했다.

"하지 마, 타라. 그건 너무 위험해!"

무아노는 파랗게 질려 있었다.

"네가 능력을 전할 때 밀려나가는 힘을 조절하지 못하면 죽을 수도 있어!"

"괜찮아. 살아있는 돌이 내가 조절하게 도와줄 거야. 그리고 칼은 내 능력을 그렇게 많이 필요로 하는 것도 아냐. 그 변신을 유지해주는 정도면 되잖아, 안 그래?"

무아노는 숨을 깊이 들이셨다.

"그렇다면 할 수 없지, 뭐."

무아노는 멋쩍은 미소를 지었다.

"하지만 끔찍한 사고에 대한 얘기를 들은 적이 있어서 그러니까 정말 조심해, 알았지?"

타라는 무아노를 끌어안으면서 안심시켰다.

"위험한 짓은 하지 않을게. 칼이 너무 능력을 많이 가져갔다고 느껴지면 내가 허락할 테니까 너는 야수로 변신해서 칼을 때려눕혀, 알았지?"

"그래, 좋아!"

무아노는 그제야 배시시 웃었다.

"타라, 조금이라도 너에게 해를 끼치게 되면 내가 내 손으로 나를 때려눕힐게. 그럼 됐지?"

칼이 못 참겠다는 듯이 내뱉었다.

'자, 시작할까, 살아있는 돌?'

타라는 정신적으로 말했다.

'알았어. 능력이 필요한 거지? 다정한 칼을 위해서? 능력을 내가 줄게.'

살아있는 돌이 대답했다.

타라는 칼이 처음에 선택했던 모습으로 변신시켜 주려고 했다. 밤색 머리에 파란 눈빛의 스물다섯 살 청년의 훤칠한 모습으로.

하지만 돌의 마법은 통제할 수 없는 것이었다. 돌이 인식하는 청년의 모습은 타라가 생각하는 모습과는 완전히 달랐다.

살아있는 돌의 강력한 힘이 칼을 점령하면서 그 주위에 무시무시한 회오리를 만들었다. 회오리가 잦아들었을 때, 로빈과 무아노는 동시에 놀라움의 휘파람을 풀었다.

이제껏 본 적이 없는 미남 청년이 그들 앞에 나타나 있는 것이 아닌가! 반짝이는 초록빛 눈, 떡 벌어진 어깨 위로 갈기처럼 흩날리는 화려한 금발, 검투사 같은 단단한 턱, 로마 황제 같은 코를 가진 청년의 모습은 기품과 힘, 신의를 구현하고 있었다. 마법복 대신에 걸친 보석이 총총 박힌 일종의 허리 옷은 쭉 뻗은 근육질 다리를 강조하고, 번쩍번쩍한 타이츠는 우람한 이두박근과 잘 발달된 복근을 고스란히 드러내주었다. 금줄에 묶인 하얀 두건이 등에 세련되게 늘어져 있었다.

그 모습에 모두 입이 헤벌어졌다.

"와우!"

무아노는 얼이 빠져서 탄성을 질렀다.

"나도 와우!"

타라도 인정했다.

"어때? 괜찮아?"

칼의 입에서 그야말로 매력적인 목소리가 흘러나왔다.

"당장 네 모습을 보게 해줄게."

무아노는 키득거리면서 외쳤다.

"*미루와투스의 이름으로 벽은 군소리 없이 변신하라!*"

스위트룸의 벽이 거울로 변하면서 칼은 자기 모습을 볼 수 있었다.

칼의 휘둥그레지는 눈, 턱이 빠져라 쩍 벌어지는 입, 그들은 배꼽을 잡고 웃었다.

"이럴 수가! 이게 대체 누구야?"

"누구기는 바로 너지!"

마니투가 싱겁게 대꾸했는데 그 목소리에 질투심이 배어 있었다.

"하지만 이건 너무 심했다! 이러면 너무 눈에 띄잖아!"

"오, 그러셔!"

로빈이 빈정거렸다.

"당연히 눈에 띄지 않고 다니는 거야 힘들겠지. 하지만 뭐, 걱정 마. 네가 밖에 얼굴을 내미는 순간부터 광적으로 우르르 몰려들 팬들로부터 우리가 지켜줄 거니까."

칼은 침을 꼴깍 삼켰다.

"타라!"

무아노가 아주 진지한 얼굴로 불렀다.

"응?"

"궁정에서 무도회가 열릴 때 네 능력을 조금만 나한테 줄래?"

"알았어!"

타라는 칼의 놀라운 변신에 안심한 무아노가 두려움이 가라앉은 걸 보게 되어 기뻤다. 무아노가 생글생글한 얼굴로 칼의 주위를 빙빙 돌자, 칼은 쑥스러워서 죽겠는지 몸을 비비틀었다.

블롱딘도 짖어대면서 칼의 관심을 끌었다.

"쯧쯧, 잊을 뻔했네. 내 패밀리어가 여우라는 걸 모르는 사람이 없잖아. 블롱딘도 변신시켜야 해."

칼이 그 매력적인 목소리로 말했다.

"뭐가 패밀리어였으면 좋겠니? 너의 토토처럼 머리 일곱 개 달린 히드라?"

타라가 물었다.

칼은 타라를 흘겨보면서 말했다.

"그건 너무 괴상하잖아. 지난번처럼 하얀 여우로 하는 게 좋겠어."

타라는 곧바로 살아있는 돌에게 이미지를 전송했고, 그 둘이 마법을 걸었다.

"히야얍!"

힘의 회오리가 붉은 여우를 휘감았고, 그러자 여우는 사라지고 그 자리에 있는 것은 멋진 붉은 사자였다.

'내가 분명히 하얀 여우라고 했잖아.'

타라는 살아있는 돌에게 정신적으로 말했다.

'에이! 뚱보 여우보다야 사자가 훨씬 멋있지. 멋진 미남으로 변신한 새로운 칼에게 잘 어울리잖아!'

"타라, 어떻게 된 거야? 이게 아니잖아!"

칼은 어리둥절한 얼굴이었다.

"미안해. 하지만 내가 아직은 내 힘을 잘 조절하지 못해서 그래."

"됐어, 괜찮아. 네 할머니가 어디 계실지 모르니까 내가 먼저 나가서 망을 볼까?"

"그래, 나가봐, 칼. 금방 따라갈게."

"그래라, 우린 먼저 솜을 찾아야하거든."

로빈이 말했다.

"솜?"

칼은 무슨 말인지 이해하지 못했다.

"여자들이 너를 보려고 아우성칠 때 귀를 틀어막으려고!"

"야아, 너까지 왜 그래?"

칼은 근육질의 어깨를 으쓱하고는 그야말로 완벽하게 늠름한 걸음걸이로 나갔다.

친구들의 발작적인 웃음을 모른 체하면서 밖을 내다보던 칼은 바로 눈앞에 보이는 회의실 때문에 화들짝 물러섰다. 자기가 사자라는 걸 잊은 블롱딘이 놀라서 짖다가 포효소리를 내는 바람에 칼은 또 한 번 가슴이 철렁 내려앉았다. 셈 선생님, 이사벨라, 왕과 왕비, 고문관 살라타르가 토론 중이었다. 그렇다면 그들도 계속 회의실에 있었다는 것인가!

우선 콩닥콩닥 뛰는 심장을 진정시키던 칼은 궁전이 자신을 도와주려고 하고 있음을 알아차렸다.

"고마워!"

칼이 벽을 향해 말했다.

"아주 멋졌어. 하지만 다음에는 미리 알려줘, 알았지? 아직은 어린데 심장마비로 죽으면 내가 너무 불쌍하잖아!"

신이 났는지 궁전은 유니콘을 나타나게 했다. 유니콘이 우아하게 인사하자 칼도 허리를 굽혀 인사했고, 그러자 유니콘이 또다시 폼 나게 인사했다. 타라와 로빈, 마니투, 무아노가 방에서 나오지 않았다면 얼마나 더 오래 그러고 있었을지 모를 일이었다.

"아니, 너 여기서 뭐해?"

허공에 대고 허리까지 굽혀가며 인사하는 칼을 보면서 무아노가 물었다.

"궁전에게 고맙다고 인사한 거야."

칼은 태연하게 대답했다.

"방금 회의실을 보여줬거든. 할머니는 아직 회의실에 계시니까 지금 빠져나가면 되겠어."

역시 예상했던 대로 그들은 조용히 지나갈 수 없었다.

복도에서 첫 번째로 마주친 궁녀 두 명은 한 조각상이 가까스로 피했기에 망정이지 하마터면 그대로 부딪혀서 나가동그라질 뻔했다.

그다음 여자들도 미남 청년을 더 잘 보려고 뒷걸음치다 콰당! 서로 박치기를 하고 말았다.

나이든 여자 마법사는 칼의 눈부신 모습을 견딜 수 없는지 그 자리에서 까무러치고 말았다.

이번에는 열 명쯤 되는 젊은 여자 마법사들과 마주쳤는데 미남을 보자마자 킥킥거리더니 도저히 포기할 수가 없었는지 뒤를 졸졸 따라오기 시작했다. 또 다른 여자들도 합세하는 통에 이내 엄청난 무리를 지어서 그들을 쫓아오고 있었다. 거기다 쑥덕거림은 최악이었다.

"타라, 네 능력을 조금만 약하게 해줄 수 없겠니?"

칼이 사정했다.

"안 그러면 저 스파슌들이 우리를 세상 끝까지라도 따라오게 생겼어!"

"하지만 이 생각을 한 사람은 너였잖아! 어쨌든 난 아무것도 할 수가 없어. 난 그냥 너에게 내 능력을 주었을 뿐이야. 이건 내 잘못이 아니라고. 살아있는 돌이 제멋대로 한 거야. 그리고 난 갈색머리가 좋더라."

그 순간 로빈이 자신의 흰 머리털을 쳐다보고는 얼굴이 어두워졌다.

"아, 그래?"

칼이 아주 재미있다는 얼굴로 내뱉었다.

"아니, 장난친 거야. 난 특별히 선호하는 거 없어."

로빈이 안도의 숨을 내쉬었다.

칼의 멋진 모습에 흥이 난 궁전은 칼에게 햇살을 비추면서 그 인상적인 근육질 몸매를 부각시키는 풍경을 연출했다. 석양빛에 붉게 타오르는 듯한 언덕을 배경으로 칼의 모습이 뚜렷이 드러나고 있었다. 게다가 산들바람에 휘날리는 칼의 두건과 붉은 사자의 갈기……, 그건 한 폭의 근사한 예술사진이었다.

숨을 헐떡이며 쫓아오는 한 무리의 팬들을 꽁무니에 단 채로 그들은 파브리스의 상태를 보러 의무실로 향했다. '지네 발의 악마'가 의무실에 없는 걸 보면 셈 선생님이 이미 림보로 보낸 모양이었다. 그런데 파브리스도 보이지 않았다. 또 어디로 사라졌지?

그때 등뒤에서 나는 소리에 그들은 합동으로 쓰러질 뻔했다.

"어, 언제 왔어? 난 너희들이 회의실에 있다고 하기에 찾아다녔잖아!"

눈빛이 초롱초롱하고 얼굴에도 생기가 도는 파브리스가 바룬을 데리고 그들 뒤에 서 있었다.

"어…… 너 침대에 계속 누워 있어야 되는 거 아냐?"

로빈이 물었다.

"에이, 그 샤먼!"

파브리스가 투덜거렸다.

"감염이니, 부패니, 마비니, 중독이니 하면서 엄청나게 겁을 주고는 내가 완전히 공포에 사로잡힌 걸 확인하고 나서야 내 상처를 치료하는 거 있지. 어휴, 끔찍한 탕약을 100리터나 꿀꺽꿀꺽 삼키게 하더니, 글쎄, 나를 의무실에서 쫓아버렸다니까. 그건 그렇고 내가 없는 동안 또 무슨 일이 일어난거야?"

파브리스는 멋진 칼의 존재를 그제야 알아봤다.

"근데 이분은 누구시지?"

"안녕, 파브리스, 나야, 칼."

"칼? 하지만 어떻게……."

"예상했던 대로 일이 잘못 되어가고 있어. 너한테 해줄 얘기가 많은데 우선 여자들이 너무 가까이 접근하기 전에 여길 빠져나가야 해."

"여자들? 그럼?"

대번에 알아차린 파브리스는 깔깔대고 웃었다.

"너 때문에 여자들이 밖에 몰려와 있는 거지? 와, 부럽다!"

"그렇게 말하지 마!"

그들은 파브리스에게 그간의 사건들을 얘기했다. 그리고 왕이 두 명의 최고 마법사와 함께 파프니르를 보냈다는 걸 알았을 때는 휘파람을 불었다.

"파프니르는 성깔이 장난이 아냐. 완전히 점령되면 여간해선 파프니르를 견디기 힘들 텐데 걱정이다. 두 분 선생님이 용기내길 비는 수밖에!"

"말이 났으니 말인데 파프니르가 영혼 약탈자에 대해 조사해 달라고 우리에게 부탁했어. 그래서 우리는 오무아로 떠나기로 했는데 너도 같이 갈래?"

"당연하지."

파브리스는 어깨를 건들건들 흔들면서 대답했다.

"아니면 누가 그 흉측한 괴물들로부터 나의 어린 숙녀를 지켜주겠어?"

타라는 피식 웃어 보였고, 로빈은 얼굴이 일그러졌다.

여자 마법사들과 궁녀들이 칼을 더는 보지 못한다는 걸 알아차렸는지 복도가 비어 있었다. 그 틈을 타서 그들은 안심하고 얼른 의무실을 나갔다.

하지만 웬걸! 10미터쯤 갔을까, 어디서들 나타났는지 젊은 여자들, 중년의 여자들, 소녀들이 키득거리며 얼굴까지 빨개져서는 그들을 다시 따라오기 시작했다.

칼의 걸음이 빨라졌다.

여자들도 빠르게 쫓아왔다.

칼이 속도를 내자, 여자들도 걸음이 더 빨라졌다.

"꼭 이렇게 뛰어야 해?"

바룬을 데리고 가느라 그 뜀박질을 따라가기가 좀 힘든 파브리스가 물었다.

"뛰어야지. 내가 너무 잘생겨지는 바람에 이 나라의 여자들이 모조리 나를 뒤쫓고 있잖아."

칼은 이를 악물면서 대답했다.

"오히려 신나는 거 아닌가?"

"난 아냐."

칼은 말대꾸조차 할 수 없는 멋진 어조로 딱 잘라 대답했다.

살아 있는 궁전은 칼에게 도움을 주기로 마음먹은 모양이었다. 궁전이 복도에 일으키는 돌풍 덕분에 쫓아오는 여자들의 걸음이 느려졌다. 궁녀들은 벽에 밀어붙여지는 반면에 여자마법사들은 마법 덕분에 어려움 없이 피해나갔다.

그들은 그렇게 숨을 헐떡이면서 공간이동의 문에 도착했는데 칼의 경우는 머리가 멋지게 헝클어져 있었다.

외눈 거인이 웬만해선 끄덕도 하지 않는 인물이어서 그들에게는 다행이었다. 외눈 거인은 여자 마법사들에게 그 미남이 이동한 곳을 알려주기를 단호히 거절했다. 도무지 눈이 의심될 정도로 완벽한 미남이 아닌

가. 외눈 거인족의 젊은 여자들이 자기를 그렇게 따라다닌다면 얼마나 좋을까! 외눈 거인은 한숨지었다.

타라, 무아노, 로빈, 파브리스, 칼과 이들의 패밀리어들, 마니투는 팅가푸르의 궁전에 도착했는데 암흑 속이었다. 대리석 벽이며 금빛 조각상들, 친위대의 제복, 그 모든 것이 검은빛이었다. 칼리 부인이 우아한 몸짓으로 그들을 맞았는데 역시 아주 새까만 드레스 차림이었다.

"소멸식에 참석하려고 이렇게들 왔구나."

칼리 부인이 여섯 개의 손을 비비적거리면서 말했다.

"어떻게 이런 끔찍한 일이! 한창 나이에 목이 그렇게 부러지다니! 우리의 샤먼들은 손을 써보지도 못했지. 의식은 내일 오후에 있을 게다. 다미엔이 숙소로 안내해줄 거란다. 어제 폐하께서 너희들이 온다고 미리 알려주셨기에 조문객이 많은데도 너희들을 위해 스위트룸을 따로 비워 두었거든."

그들은 무슨 말을 하는지 몰랐다. 누가 죽었다는 거지? 그리고 어제가 우리가 올 걸 알고 있었다고? 타라와 파브리스는 소멸식이 뭔지 짐작조차 못하고 있었다.

그 순간, 난데없이 나타난 실루엣이 그들에게 돌진해 왔다. 그들은 단박에 그 실루엣을 알아보았다. 반디우 대군! 파프니르가 때려눕혔던 여제의 삼촌이었다!

무아노는 재빨리 변신했고, 타라도 능력을 작동시켜서 두 손은 이미 파란빛이 번쩍거렸다.

실루엣이 자세를 바로 하더니 확신 있는 목소리로 일장연설을 시작했다.

"세금은 공공 기구를 위해 필요 불가결한 것이오. 우리의 기원이 되는 행성 지구에서는 학교, 병원, 공공 건물, 이들 건물의 값비싼 자재, 철도,

도로, 공무원, 도로 청소부, 그 밖의 많은 업무에 종사하는 이들의 봉급으로 세금을 사용하고 있소. 아더월드에서도 세금은 행정직 공무원들의 봉급뿐만 아니라(이 순간 실루엣은 냉소적인 미소를 지었다), 우리의 군대, 방어력에 필요한 주문, 생활 조건의 개선, 과학적인 마법 연구에 필요 불가결한 것이오. 오무아의 시민들이여! 우리 제국의 힘은 여러분의 어깨에 달려 있음을 명심하시오! 세금을 내시오!"

실루엣은 허리를 굽실하더니 사라졌다.

칼리 부인은 찔끔 흘린 눈물을 닦으면서 탄복했다.

"정말 위대한 분이셨는데! 여제 폐하께서 그분이 하셨던 연설 중의 하나를 투영하게 할 때마다 나는 눈물이 나."

무아노가 아무렇지도 않은 표정으로 야수의 송곳니와 갈퀴발톱을 쏙 집어넣고 다시 변신하자, 마법복이 정상적인 크기로 돌아오려고 신음했다. 타라도 손에서 번쩍이는 파란빛을 없앴다. 속으로 회개라도 한 것인가, 그들은 천사 같은 표정을 지었다.

"네, 정말 비극적인 일이 아닐 수 없습니다!"

칼은 고개를 떨구면서 의젓하게 말했다.

"우리를 환영해주셔서 감사합니다, 칼리 부인. 소멸식은 몇 시에 열리는지요?"

미남 청년의 모습에 홀린 듯 칼리 부인의 눈이 조금씩 커졌다.

"3시에, 내일 오후. 또한 여제께서는 옆에 자리를 마련해 놓으라고 하셨지요. 영광스럽게도. 그때 다시 만나도록 하지요. 무한하게 기쁜 마음으로. 그리고 모두들 무기를 우리에게 맡겨야 합니다. 다시 떠날 때 회수할 수 있게 인수증을 줄 겁니다."

칼리 부인이 당황했는지 띄엄띄엄 말했는데 갑자기 어투까지 달라졌다.

한숨을 쉬면서 활을 내놓던 로빈은 활이 못마땅해하기 때문인지 얼굴이 일그러졌다.

칼은 몸에 착 달라붙는 옷을 입었으면서도 감쪽같이 감추고 있던 그 많은 칼이며 날카로운 연장들을 마지못해서 내놓았다.

타라는 아직도 꽤 많은 연장이 남아 있을 것 같은 의심이 들었다. 하지만 다행히 칼리 부인은 몸수색을 하지 않았다. 얼굴에는 그러고 싶은 마음이 굴뚝같다고 쓰여져 있건만.

"처음 보는 분이군요."

칼리 부인이 칼에게 감탄 어린 어조로 속삭였다.

"내일 있을 의식 때문에…… 성함을 알아야 하는데요."

지구의 영화를 유난히 좋아하더니만 칼이 서슴없이 말했다.

"본드, 제임스 본드입니다."

칼은 칼리 부인의 한 손에 입맞춤이라도 하듯 허리를 굽히면서 부드러운 목소리로 대답했다.

흠칫 놀란 파브리스와 타라는 터져 나오려는 웃음을 참느라고 뺨 안쪽 살을 질끈 깨물어야 했다. 칼리 부인은 발그스름하게 뺨을 붉히며 함박미소를 지었다.

"아, 네, 본드 씨……. 그럼…… 내일 봐요."

칼리 부인은 무아노의 놀리는 듯한 눈길을 받으며 다시 침착해졌다.

"다미엔! 우리의 친구들을 스위트룸으로 안내해줘요."

"알겠습니다, 부인."

다미엔은 공손하게 대답했다.

파브리스와 타라는 정말이지 칼이 원망스러웠다. 국상 중인 궁전에서 웃음을 터뜨린다는 것은 너무 예의에 벗어나는 것이 아닌가. 그런데 웃음을 참기가 그리 쉽지 않았다. 정말 몹시 힘들었다.

그들이 몇 걸음을 떼었을 때였다. 소스라치게 놀란 로빈이 다미엔에게 들키지 않으려고 조심스럽게 등을 돌렸다. 릴란드릴의 활이 부속물들과 함께 자신의 팔에 걸려 있는 게 아닌가.

공간이동의 문 쪽은 잠잠했다. 그래서 그들은 눈에 띄지 않고 통과할 수 있을 거란 결론을 내렸다.

"너의 무기, 그거 진짜 편리하다."

칼이 속삭였다.

"그래도 다미엔이 보지 않게 조심해."

"예, 본드 씨!"

로빈이 천연덕스럽게 대꾸하는 바람에 타라가 확 째려봤다. 간신히 웃음을 참았는데 낄낄거리지 않고는 배길 수 없게 만들었으니.

궁전을 가로지르는 코스가 그나마 마음을 진정시키게 도와주었다. 궁전에 흐르는 분위기를 뭐라고 표현하면 좋을까. 음산함? 그건 아마도 가장 약한 표현일 것이다. 복도의 나무들은 잎을 다 잃었고, 불새들은 시커멓게 변한 제 깃털을 망연히 쳐다보고 있었다. 정글을 통과할 때는 드래곤 티라노사우루스들이 짝짓기(?) 아무튼 남세스러운 짓거리를 하는 중이라 그들이 지나가거나 말거나 거들떠보지도 않았다. 멀리서 프테로닥틸루스들이 불길한 울음소리를 내며 날아다녔고, 브르리르들은 자기들의 흰털이 왜 갑자기 시커매졌는지 얼떨떨한 얼굴이었다.

창문을 통해 새어드는 희미한 빛에 궁전은 어두컴컴하고 서늘했다. 게다가 침통한 흐느낌마저 궁전 전체에 울려 퍼지고 있었다.

"어째 좀……."

웃고 싶은 마음이 싹 달아난 파브리스가 말했다.

"그래, 좀 으스스하다. 권력에 대한 욕심으로 많은 사람을 괴롭혀온 작자를 위해 이런 조의를 표하다니, 어이가 없네. 사람들이 그걸 알았다면 의식이고 뭐고 그 작자를 벌써 똥통 속에 처넣을 텐데!"

칼이 맞장구쳤다.

갈랑과 쉬바, 블롱딘은 그 어둠과 강렬한 대조를 이루고 있었다. 상중이라는 표시로 살갗까지 물들인 궁인들은 하얀 페가수스와 은빛 표범, 붉은 사자를 몹시 비난하는 눈초리로 쳐다봤다.

반면에 궁녀들은 칼의 모습을 보고 탄복했다. 하지만 때가 때인지라 여자들은 넋이 나간 듯 뚫어지게 쳐다보고는 속닥거리면서 멀어져갔다.

"폐하의 손님들이라는 건 알지만 패밀리어들의 색깔을 바꾸는 게 좋지 않을까?"

그들을 안내하는 다미엔이 조심스럽게 입을 열었다.

"우리는 삼촌을 잃고 몹시 상심해 있는 폐하의 마음이 다치는 걸 원치 않으니까. 그렇지 않겠어?"

타라는 빙긋이 웃었다. 다미엔은 지난번의 사건 이후로 상당히 조심스럽게 처신하고 있었다.

"그래야지."

타라는 순순히 대답했다.

다미엔은 안심한 모양이었다.

"고마워."

"하지만 그전에 한 가지 정보가 필요한데, 우리가 대화방에 가도 될까?"

패밀리어들의 색깔을 흔쾌히 바꾸겠다고 해서 기분이 좋은지 다미엔은 대번에 승낙했다.

"물론이지. 나를 따라와."

그 커다란 지식의 방에는 사람이 거의 없었다. 벽은 말 그대로 원고, 책, 신문, 여행수첩으로 도배가 되어 있는데도 대부분의 마법사들은 대화방의 음성 시스템을 이용하길 좋아했다.

갑자기 파브리스가 펄쩍 뛰었다. 긴 다리 하나가 탁자 밖으로 나와 있었다. 잿빛의 털북숭이 다리, 그 끝에 날카로운 갈퀴발톱이 달려 있었다.

"와, 진짜 미치겠네. 여기도 거미가 있어!"

파브리스는 화가 나서 미치겠다는 얼굴이었다.

칼은 유심히 살피고 나서 외쳤다.

"아, 저거! 저건 드르르르야! 보다시피 거미는 지금 자기의 알레르기 문제를 치료하는 중이야. 감옥에 갇혀 있을 때 알게 됐는데 저 거미는 아주 귀엽더라고."

"아무튼 거미가 있는 곳임에는 틀림없잖아!"

파브리스는 가능한 한 거미에게서 멀리 떨어진 탁자를 눈으로 찾으면서 말했다.

로빈과 칼은 어깨를 으쓱했다. 그들에게 있어 거미는 다른 종족과 똑같은 시민이었던 것이다. 그들이 파브리스가 선택한 탁자 앞에 둘러앉는 사이에 다미엔은 공간이동의 문에 막 도착한 다른 손님들을 맞으러 황급히 뛰어나갔다.

방음덮개가 둘러싸면서 그들은 격리되었다.

"목소리!"

대화방의 기능을 잘 아는 무아노가 외쳤다.

"글로리아 공주?"

목소리가 답했다.

무아노는 얼굴을 찌푸렸다. 무아노는 별명에 워낙 익숙해 있어서 자신의 칭호가 사용될 때마다 도무지 적응이 되지 않았던 것이다.

"우리는 영혼 약탈자로 불리는 존재에 대한 정보를 찾고 있어요."

"미안하지만 그 정보는 곤란하다."

목소리가 즉시 답변했다.

"나는 들어줄 수가 없다. 최고 마구스들만 자격이 있다. 그 이외의 다른 문제는 답변해줄 수 있는데?"

"난 최고 마구스 마니투 덩컨이다!"

타라의 할아버지가 고함을 질렀다.

"지금은 내가 비록 이 모양 이 꼴이긴 해도. 정보를 달라고 부탁한다!"

목소리는 다시 말했는데 그 어조에 신랄한 의혹이 담겨 있었다.

"미안합니다, 최고 마구스. 오무아의 최고 마구스들만 자격이 있습니다."

"이런!"

칼이 투덜거렸다.

"정보를 얻으려면 박살이 나거나, 갈기갈기 찢기거나, 죽어나가야 하겠군. 휴! 쉽지 않겠어!"

타라는 골똘히 생각에 잠겨 있었다. 갑자기 아이디어가 떠오른 모양이었다.

"목소리?"

"덩컨 양?"

"여제께서는 그 정보를 얻을 수 있겠죠?"

이번에는 목소리의 어조가 비웃는 듯했다.

"그거야 당연한 일이다. 여제는 최고의 권한을 가진 혈통이기 때문에 모든 정보를 얻을 수 있다."

"그럼 됐어요."

타라는 빙긋이 웃었다.

"황제의 지시를 받는 게 아닌지 확인하고 싶었을 뿐이에요."

벌떡 일어난 타라가 놀라서 쳐다보는 친구들에게 가까이 붙으라는 손짓을 했다.

"방법을 알았어."

"헉!"

파브리스는 죽는소리를 했다.

"네가 그런 어조로 말할 때 난 아주 겁이 나. 중상이라든가 어떤 불상사가 따르는 대형사고가 일어날 게 다분하단 말야."

"그래, 맞아."

타라는 단호하게 말했다.

"내 계획이 실패하면 우리는 대역죄로 유죄선고를 받게 될 거야, 아마."

파브리스는 숨이 넘어갈 지경이었다.

"……!"

파브리스는 무슨 말을 하려고 했지만 입만 벌름거릴 뿐이었다.

"우리가 뭘 하면 될 것 같으니? 걱정 마. 특별한 건 아니니까. 우리는 그냥…… 오무아의 여제를 찬양하자 그 말이야!"

13
황실의 수치

이번에는 파브리스의 신음소리가 또렷이 들리더니 매머드의 괴로운 울음소리가 잇따랐다.

방음덮개를 나오는 순간이었기 때문에 다른 마법사들이 인상을 팍 쓰면서 그들을 돌아봤다. 그러자 마니투가 얼른 주의를 줬다.

"쉬잇! 어서들 나가자. 그리고 파브리스, 타라가 장난치기 좋아하는 거 잘 알면서 새삼스럽게 뭘 그래?"

"그런데 문제는 전혀 농담이 아닌 것 같은 아주 불길한 예감이 든단 말예요."

칼이 지적했다.

"타라, 빨리 불어. 오늘은 왜 그렇게 아침부터 연기를 풀풀 피우는데? 오버하는 것 같다, 너. 질질 끌지 말고 빨리 말해."

"휴, 난처하네! 그래, 네 말이 맞아. 농담이 아니었어. 지금 당장 여제를 만나야겠는데…… 좋은 생각 있으면 말해 봐."

"간단해."

로빈이 대답했다.

"너는 비공식적 알현을 요청해야 해. 알현을 청하는 오무아 시민들이 족히 한 수천 명은 되기 때문에 내 생각에는 100년이나 200년쯤 후에야 네가 승낙을 얻을 것 같아."

"아니, 난 그렇게 생각하지 않아."

타라가 대꾸했다.

"여제는 우리가 올 걸 알고 있었어. 소멸식 참석을 위해 우리의 자리도 마련해 뒀다고 하잖아. 내일 한다는 그 의식이 뭔지는 모르지만."

"소멸식이란 죽은 자가 그 근원인 아더월드로 돌아오도록 공원에서 그 육신을 소멸하는 의식이야."

로빈이 차분하게 설명했다.

"맙소사!"

파브리스가 말했다.

"그럼 팅가푸르의 공원을 걸어다니면 죽은 사람들을 밟고 다닌다는 뜻이잖아?"

"그건 아니지."

로빈은 기분이 상한 어조로 대답했다.

"휴, 그럼 안심이다."

"황실의 가족만 그래."

로빈이 엉큼한 미소를 지으며 말을 이었다.

"어우, 정말 역겹다."

파브리스는 눈살을 찌푸렸다.

"난 우리가 빨리 여제를 만나야 한다고 생각했어."

타라가 단호하게 말했다.

"파프니르에게 필요한 정보를 얻기 위해서 뿐만 아니라 칼의 무죄를 증명하기 위한 탈르디도 여제에게 전해야 하니까! 저 기막힌 변신에도 불구하고 본드 씨는 다시 체포될 위험이 농후하고."

"그래, 맞아."

칼이 찬성했다.

"제발 감옥에 갇히는 것만은 정말 피하고 싶어!"

"근데 있잖아."

무아노가 깔깔대고 웃었다.

"네가 그 모습으로 있는 한 여제는 절대 너를 가두지 않을걸……, 적어도 감옥에는!"

"에프리트에게 부탁해서 내 무죄를 증명하기 위한 청원서를 여제에게 가져가게 해야겠어. 그리고 기다려 봐야지."

"그게 좋겠구나. 근데 서둘러야겠다."

마니투가 말했다.

"왜요? 내가 체포되는 위험을 빼놓고 지금으로서는 뭐 그렇게 급히 서두를 필요가 없는 거 아닌가요? 파프니르에게 영혼 약탈자에 대한 정보가 당장 필요한 것도 아니고요. 분명히 황무지 늪에서 곧 돌아올 거니까요."

칼이 약간 놀란 얼굴로 물었다.

"파프니르 때문에 하는 말이 아니다."

마니투가 부드러운 어조로 대답했다.

"다른 사람들이 문제란 말야. 너희들의 셈 선생님이 장례식에 참석하러 올 것이고, 이사벨라도 아마 동행할 게다. 그리고 당연히 무아노의 부모님도 랑코비트 정부의 대표로 오겠지. 파브리스의 아버지 또한 사망한 대군의 친구 자격으로 초청 받을 테고."

파브리스는 새파랗게 질렸다.

"아빠와 타라의 할머니가 여기에 오세요? 농담이죠? 반디우 사건으로 아빠의 온실이 파괴되었고, 또 허락 없이 우리가 아더월드로 도망쳤으니 그 두 분이 어떤 벌을 내릴지 생각만 해도 끔찍한데……. 어쩌면 다른 행성으로 쫓겨날지도 모른단 말예요."

로빈이 파브리스의 등을 살짝 떠밀면서 말했다.

"에이, 무슨 그런 말을 해. 너희 아버지는 우리가 고약한 폭군으로부터 지구와 아더월드를 구해 내는 걸 똑똑히 보셨어. 화를 좀 내시기야 하겠지만."

"로빈, 네가 몰라서 그래. 아버지는 아마 내 살가죽을 벗겨서 응접실에 걸어놓으실 거야. 그리고 타라의 할머니는 또 그걸 빼앗아서 저택 입구의 깔개로 사용하고 말걸! 하기야 그러면 내가 그나마 쓸모 있는 것이 되긴 하겠네!'

칼은 지구소년의 용기를 북돋아 주려고 했지만 실패했다. 그들은 타라의 스위트룸으로 향했다. 하지만 궁전이 어찌나 넓은지 그들은 가는 도중에 에프리트에게 길을 물어야 했다. 마주치는 궁인들이 하나같이 눈살을 찌푸렸기 때문에 타라는 패밀리어들의 색깔을 당장 바꿔야겠다고 생각했다.

그 순간 갑자기 경악하는 소리가 궁전에 울려 퍼졌다.

타라의 마법이 또 제멋대로 빠져나간 것이었다. 타라는 칼을 쳐다보면서 속으로 머리가 붉은 색이면 훨씬 멋질 거라고 생각했을 뿐인데 즉시 그놈의 마법이 궁전을 온통 붉게 물들이고 말았으니……. 마법복이며 조각상, 벽, 벽걸이 천, 동물들의 털 할 것 없이 몽땅 빨개졌다.

사람이고 동물이고 사물이고 온통 붉은빛 일색의 궁전……, 그래도 얼마나 장관인지!

타라는 기겁했고, 궁인들도 질겁해서 자기들의 옷을 쳐다봤다.

"어머머! 너 또 무슨 생각을 한 거야?"

무아노가 물었다.

붉은 마법복과 딱 어울리게 얼굴이 새빨개진 타라는 주문을 취소했다. 그러자 신중한 로빈이 바톤을 이어받아서 색을 어둡게 했다. 그들의 파란 마법복은 어찌나 짙은지 거의 검은색으로 보였고, 동물들의 털도 시커매졌다.

파브리스는 또다시 한숨을 쉬었다. 타라에게는 어떻게 그런 힘이! 게다가 또 얼마나 손쉽게 하는지! 질투하는 게 아니었다. 아니, 질투였다. 왜 나한테는 그런 힘이 없을까? 알 수 없는 이유로 타라를 죽이려고 하는 상그라브, 타라를 악마적인 힘의 열쇠로 여기는 마지스터를 떠올리던 파브리스는 마침내 능력이 적은 것도 그리 나쁜 것만은 아니라고 생각하기에 이르렀다. 그리고 자기에게는 바룬이 있지 않은가! 파브리스는 매머드를 내려다보며 다정하게 머리를 쓰다듬어주면서도 발길질에 차이지 않도록 손가락을 조심했다. 그토록 조그맣게 축소했는데도 바룬의 무게는 여전했기 때문에.

그 사이에 로빈은 모든 일이 다 끝나면 어떻게 될지 생각해 봤다. 타라가 지구로 돌아가야 한다는 건 알고 있었다. 그리고 타라를 따라갈 수 없다는 것도 알고 있었다. 지구에서 사는 하프엘프? 놀림거리밖에 더 되겠나! 자신의 마법은 고양이 눈처럼 찢어진 그 이상한 크리스털 눈이며 새까만 머리에 묘하게 섞인 흰 머리털을 감출 만큼 강력하지는 않았다.

엘프들은 사냥꾼이나 전사들이었다. 타라를 따라 지구로 간다는 것은 대대로 이어오는 천직을 거부하겠다는 뜻이었다. 그럴 수는 없는 일이었다. 그건 거의 육체적인 고통을 주었다. 그래서 로빈은 꼬리를 물고 이어지는 문제들 때문에 타라가 아더월드에 머무를 수밖에 없게 된 것을 내심 기뻐했다.

한편 칼은 이제 곧 자신의 무죄를 증명할 수 있을 것이며, 도둑 면허대학의 교수들에게 이 사실을 알려서 자신의 성적에 반영되게 해야 하며, 또 브란디스의 부모를 만나서 아들의 뜻을 알려야 한다는 생각을 하고 있었다.

칼은 무엇보다도 진짜 몸을 되찾고 싶었다. 현재의 모습은 도저히 감당할 수가 없었다!

무아노는 불안했다. 자기 자신 때문이 아니라 타라 때문이었다.

부모님이 여행을 자주 떠났기 때문에 어릴 적부터 외롭게 자란 무아노는 친구가 별로 없었다. 그러다 타라를 만나 몇 주 사이에 자매나 다름없는 절친한 친구가 되었다. 하지만 타라는 좀처럼 속을 드러내지 않았다. 마치 마음을 고백하기가 힘들거나 우정의 표시를 어떻게 받아들여야 할지 모르는 듯이.

무아노는 미래에 대한 무거운 짐이 친구의 어깨를 짓누르고 있음을 알고 있었다. 사실 그들은 훗날 뭘 할 것인가에 대해 각자 나름대로의 계획이 있었다. 로빈은 아버지처럼 왕국의 엘프 비밀 정보국에 들어가는 것이 꿈이었다. 아직은 공식적인 자격을 받은 건 아닐지라도 칼은 이미 면허 받은 도둑이나 다름없었다. 파브리스는 수석 조수조수 훈련을 받으면서 최고 마법사가 될 생각이었다. 무아노는 난쟁이 종족과 협력해서 아더월드 마법의 근원에 관해 연구하는 어머니의 일을 이어갈 생각이었다. 그리고 그게 싫으면 랑코비트에 몸을 바치고 최고 마법사가 될 수도 있었다.

하지만 타라는 선택의 여지가 없었다. 타라는 한 제국의 후계자이자

한 국가의 희망이었다. 또한 악마적인 힘의 열쇠였고, 한 암살자의 표적이기도 했다. 그런가 하면 본의 아니게 음모와 위험의 핵심이 되어 있었다. 타라는 그 나이에 맞는 생활을 하는 평범한 소녀가 결코 아니었다. 그들은 모두 좀 특별한 소년소녀들이었다. 물론 타라가 그들보다 훨씬 더 특별하긴 해도. 이따금 친구의 침묵에서 무아노는 불안감을 느꼈다.

한편 타라는 부모님을 생각하고 있었다. 타라는 아버지를 만났다는 소식을 어머니에게 알려야 했다. 어머니 없이 아버지를 만났다는 사실을. 어머니가 원망하지 않으리라는 건 알고 있었다. 그들의 만남은 절박한 상황에서 이뤄진 것이 아닌가. 그렇긴 해도 어머니가 보는 앞에서 아버지를 불러내지 못했던 것이 몹시 가슴아팠다. 어머니를 만나게 된 것이 불과 며칠 전이건만 어머니가 몹시 그리웠다. 할머니 이사벨라도 그리웠다. 비록 지구로 끌려가지 않으려고 지금은 할머니를 피하고 있긴 하지만.

그러면서도 타라의 의식 한 구석은 무슨 일인가 꾸미고 있을 마지스터 때문에 불안했다. 갈랑이 타라의 정신 속에서 그 불안에 대해 반대했다. 갈랑은 그렇게 걱정하는 것이 얼마나 쓸데없는 일인지 이해시켰다. 마지스터가 아무리 괴롭혀도 반드시 그자를 악마들에게 쫓아낼 것이라면서 갈랑은 갈퀴발톱에 대롱대롱 매달린 채 악마 떼거리에게 포위되어 버둥거리는 마지스터의 이미지를 보여주었다.

타라는 웃지 않을 수 없었다. 타라를 웃게 한 것이 기쁜 페가수스는 찰싹 달라붙어서 주둥이로 툭툭 미는 사랑스러운 장난을 쳤다. 무아노가 의문이 담긴 눈길을 보내자, 타라는 활짝 웃는 얼굴로 친구를 안심시켰다.

스위트룸에 일단 들어서자 마니투는 다 죽어 가는 소리로 배고파서 쓰러지기 전에 제발 먹을 것을 주문해 달라고 사정했다.

한 에프리트가 음식을 가져왔다. 그들은 슬루룹 즙으로 잰 브르르르 아이아 갈비, 칼로르나 퓌레, 친파프를 곁들인 브릴의 싹, 비즈즈즈 꿀과 발분 크림을 섞은 초콜릿 케이크, 키디코이를 정신없이 먹어치웠다.

타라는 카라멜/바나나/피망 맛의 막대사탕 키디코이가 예언하는 글귀를 경계하는 눈으로 읽었다.

그녀가 곧 나타날 것이다. 그녀의 말은 위험하지 않다. 하지만 진실은 그만한 대가를 치러야 한다.

늘 그랬던 것처럼 이번에도 대단한 걸 제시하지 않았다.

무아노는 에프리트에게 '칼리반 달 살란의 무죄를 밝힐 수 있는 새로운 증거를 가지고 있음'을 강조하는 메시지를 여제에게 전하라는 임무를 맡겼다.

그렇게 에프리트를 보내놓고 그들은 기다렸다.

새벽 1시가 되어도 아무런 연락이 오지 않자, 그들은 잠자리에 들었다.

꾸벅꾸벅 졸던 칼은 한 에프리트가 침대 발치에 나타나서 떠들어댔을 때 심장마비를 일으킬 뻔했다.

"일어나라, 일어나라, 손님이 왔다! 깨어나라!"

파자마 바람으로 응접실에서 기다리다가 깜빡 잠이 들었던 칼은 그제야 무슨 일인지 알아차렸다. 다른 친구들도 놀라서 깼는지 눈을 비비면서 어리둥절한 얼굴로 나타났다.

그때였다. 갑자기 그들의 허락도 없이 문이 빙그르르 회전하더니 친위대 대장 크산디아르가 들어서는 것이 아닌가!

"오, 안 돼, 친위대 대장은 안 돼!"

358

칼의 목소리가 애처로웠다.

하지만 크산디아르는 어린 도둑에게 관심이 있는 눈치가 아니었다. 하기야 타라의 마법이 아직은 효력을 발휘하고 있어서 칼은 여전히 멋진 미남의 모습이었으니!

친위대 대장이 방을 살피고 나서 손짓을 하자, 두건을 뒤집어쓴 날씬한 실루엣이 들어섰고, 얼른 문을 꽝 하고 닫았다.

친위대 대장은 얼굴이 시뻘게져서 땀을 뻘뻘 흘리고 있었다.

불안해서 어쩔 줄 모르는 모습을 보면서 타라는 두건을 뒤집어쓴 사람이 누군지 대번에 짐작했다. 두건이 흘러내렸을 때 그 직감이 확인되었다. 여제의 아름다운 얼굴! 두 갈래로 땋아 늘인 멋진 머리는 바닥에 닿을 듯 치렁치렁했고, 금빛 벨트로 허리를 졸라맨 흰색의 간결한 드레스 차림이었다.

불안함을 감추지 못한 채 크산디아르는 차려자세를 취하고 우렁찬 목소리로 알렸다.

"여제 폐하 리스베스틸……."

"그만 됐소, 크산디아르."

여제는 그의 말을 잘랐다.

"모두들 내가 누구인지 알고 있으니까. 문에서 보초나 잘 서요. 내가 호위대 없이 여기 있다는 걸 누군가 알게 되면 앞으로 한 10년 동안은 안보국의 항의 때문에 시끄러워질 테니."

크산디아르는 안보국의 입장과 같은 생각이어서 그 말만으로도 불안한지 네 개의 손을 비비꼬았다. 여제의 안전을 혼자 책임지고 있다는 것에 친위대 대장은 신경이 곤두설 대로 곤두서 있었다. 문 앞에서 보초를 서는 그는 아주 불행한 얼굴이었다.

여제는 우아하게 앉으면서 그들도 앉게 했다. 아직도 얼떨떨한 그들은 자리에 앉았고, 똥그래진 눈으로 여제를 쳐다봤다.

여제는 칼을 잠시 응시하다가 고개를 끄덕였다. 마치 수수께끼의 해답을 찾기라도 한 듯이.

"칼리반 달 살란?"

칼은 닭살이 돋을 정도로 우아하게 허리를 굽혔다.

"예, 그렇습니다, 폐하!"

"멋진 변장이로다. 아주 독창적이야."

"고맙습니다, 폐하."

칼이 빙긋이 웃었는데 그 미소가 어찌나 눈이 부신지 여제는 눈을 깜박였다.

여제는 그 미소에 마음이 흔들렸는지 침착해지려고 애를 쓰는 것이 역력했다.

"내 삼촌을 살해한 자들에게 어떤 벌을 내리면 좋단 말인가!"

칼을 보지 않으려고 애써 외면하면서 여제는 낭랑한 목소리로 말했다.

로빈은 깜짝 놀라는 크산디아르를 곁눈질했고, 파브리스는 소리가 날 정도로 침을 꼴깍 삼켰다.

이번에는 무아노가 정중하게 말했다.

"폐하의 뜻에 따르겠습니다."

타라는 마치 기다리고 있었다는 듯이 얼른 말을 이었다.

"그런데 그 죽음의 책임이 폐하에게도 있다는 것이 문제입니다!"

그 말에 마니투는 숨이 탁 멈췄다. 쇠창살이며 딱딱하게 굳은 빵, 끔찍한 감방의 이미지가 줄줄이 나타났던 것이다.

여제는 아무런 반응을 보이지 않고 그냥 타라를 뚫어져라 살폈다. 그

머릿속에서 톱니바퀴가 덜컥덜컥 돌아가는 소리가 들리는 것만 같았다. 여제는 마침내 결정을 내렸다.

"그걸 어떻게 알았지?"

마니투는 다시 숨을 쉬기 시작했고, 쇠창살과 딱딱한 빵도 사라졌다.

"여러 가지 징후가 그런 가정을 하게 만들었습니다."

타라는 가슴이 콩닥콩닥 두근거렸지만 당차게 말했다.

"그 공격의 표적이 되었는데도 폐하는 저를 호출하지 않았습니다. 그건 바로 그때 땅 신령들이 도움을 청하러 왔기 때문이었죠. 한 달 사이에 땅 신령들이 세 번씩이나 찾아왔는데 궁전 내에 그 소문이 안 날 리가 없지요. 폐하는 엘프 사냥꾼들을 파견해서 폐하의 삼촌 단비우의 궁전을 수색했으나 단서가 될 만한 걸 찾지 못했습니다. 하지만 궁인들이 '파렴치하다'고 수군거리는 것으로 보아 폐하는 이미 얼마 전부터 삼촌을 의심하고 있었다는 것이 제 생각입니다. 그리고 우리에게 나타난 땅 신령들의 왕 글룰 부글룰은 폐하로부터 칼의 조정위원이 되어달라는 부탁을 받았다고 말했습니다. 폐하는 땅 신령의 약혼녀가 붙잡혀 있다는 걸 분명히 알고 계셨습니다. 그 얘기는 곧 땅 신령들의 왕이 폐하의 삼촌이 저지른 만행에 대한 증거를 찾기 위해서 칼에게 도움을 청하리라는 걸 폐하가 짐작하고 있었다는 뜻입니다. 따라서 저는 폐하께서 진실의 입들이 머릿속을 읽지 못하게 하려고 칼과 안젤리카에게 방해 주문을 걸었던 것이라고 확신합니다. 그리고 칼이 탈옥했을 때도 폐하는 추적을 금하셨고, 게다가 랑코비트 사람들은 아예 칼이 사라진 것조차 모르고 있었습니다. 그건 아무리 생각해도 앞뒤가 맞지 않는 일이었습니다. 그래서 저는 폐하가 우리를 사냥개처럼 이용하고 있다는 걸 깨달았습니다!"

아연실색한 마니투, 칼, 무아노, 파브리스, 로빈은 타라와 아주 태연한 여제를 차례로 쳐다봤다.

"폐하, 이 버릇없는 아이에게 예절을 가르치게 허락해주십시오. 이 소녀는……."

크산디아르가 성난 어조로 외쳤다.

"…… 완벽하게 맞는 말이오."

여제가 친위대 대장의 말을 잘랐다.

"이렇게 어린 소녀가 나의 계략을 이처럼 정확하게 꿰뚫어보다니 난 그저 놀라울 따름이오."

"정말 그 방법밖에는 없으셨습니까?'

타라는 자신의 추측이 사실로 확인되자 화가 머리끝까지 치밀었다. "무고한 사람에게 유죄 선고를 내리셨어요! 그리고 우리의 목숨을 위태롭게 하셨습니다!'

"아니, 그게 유일한 해결책은 아니었지."

여제는 태연하게 대답했다.

"법정에 제출할 증거가 없기 때문에 우리는 공식적으로 반디우를 고소할 수 없었다. 칼리반이 브란디스의 부모에게 고소 당하기 전까지는 절대로 그럴 생각은 아니었다. 다른 계획을 세우고 있었으니까. 훨씬 간단한 것으로."

여제는 말을 중단하면서 아이들이 감히 따지고 들지는 않으리라고 생각했다. 하지만 입을 봉하고 있을 타라가 아니었다.

"그럼 폐하의 계획은……?'

"우리는 그를 죽이려고 했었다!'

여제는 명확하게 대답했다.

"우와!"

파브리스는 자기도 모르게 말이 툭 튀어나왔다.

"이 세계의 가족 관계는 정말 굉장하네요!"

"권력에 관계되는 일에는 가족도, 친구도 없지."

여제는 한숨을 쉬었다.

"그런데 그 일은 실패했어. 반디우는 너무 강력해졌고, 우리가 보낸 자객을 시체로 돌려보냈거든. 작은 상자에 담아서."

그 말에 무거운 침묵이 이어졌다. 타라는 도저히 참을 수 없었다.

"그래서 우리가 폐하의 삼촌을 제거하도록 폐하께서 그런 복잡한 음모를 꾸미셨단 말입니까? 그러다 만약 일이 잘못됐다면 어떡하시려고요?"

"자네들을 이용해서 내 삼촌을 제거하려고 했던 건 아니다."

여제는 반박했다.

"일단 땅 신령들이 석방되고, 삼촌이 반역한 증거가 드러나면 우리의 최고 마구스들이 그를 쉽게 없애버렸을 테니까. 그런데 자네들 다섯 명이 만들어내는, 뭔지 모를 그 무기…… 그것이 그에게 아주 치명적이었어."

"우리에게 그런 능력이 있다는 걸 어떻게 아셨습니까?"

칼이 감히 물었다.

"어쨌든 우리는 아이들인데 계획치고는 너무 위험한 거 아닌가요?"

"드래곤들도, 최고 마구스들도 끝내 위치를 추적하지 못했던 그 강력한 마지스터를 쓰러뜨린 장본인들이 자네들이라는 걸 아더월드 전체가 알고 있다. 그리고 자네들은 우리의 수석 조수들을 해방시켜줬어. 칼리반 달 살란이 브란디스의 부모에게 고소 당했을 때, 우리는 기회를 잡았지. 그래서 나와 황제께서 방해 주문을 걸었는데 깜짝 놀라고 말았다."

"깜짝 놀라요?"

무아노가 물었다.

"칼리반과 안젤리카 브란다우드에게는 이미 강력한 방해 주문이 걸려 있었으니까!"

"어떻게 그럴 수가!" 하고 중얼거리는 것으로 마니투가 모두의 감정을 대변했다.

"그러니까 다른 누군가의 계획과 겹쳤다는 뜻이군요. 하지만 브란디스의 혼령을 소환했을 때 폐하는 그 혼령이 칼과 안젤리카를 무죄로 선언할까 걱정되지 않았습니까?"

여제는 비웃음을 흘렸다.

"유령에게 또 하나의 주문을 아주 교묘하게 걸어서 우리가 원하는 말을 하게 했다. 그래서 우리가 개입하지 않고서도 칼리반과 브란다우드는 유죄 선고를 받았던 것이고. 친위대 대장이 어린 도둑이 사라졌다고 알렸을 때, 황제와 나는 땅 신령들이 도망치게 도왔을 것이라고 짐작했다. 아무도 알아차리지 못했다는 건 궁전의 사람들을 잠들게 한 것이 분명하니까. 그다음에 자네들이 사라지고 나는 친위대 대장에게 자네들을 추적하지 못하게 했다. 그 때문에 오늘 밤 수행원으로 크산디아르를 데려온 것이지. 크산디아르가 이해할 수 있도록."

여제가 미소를 지어 보이자, 친위대 대장이 감사의 표시로 고개를 끄덕였다.

"폭풍 때문에 부교에서 떨어져 목이 부러진 내 삼촌의 시신과 함께 도착한 문지기 브주아 지롱이 우리에게 해준 얘기를 듣고 우리는 정신적 부담을 덜고, 국상을 선언했던 것이오."

"우씨, 그럼 림보에 괜히 갔던 거잖아!"

칼이 발끈해서 외쳤다.

"림보? 그게 무슨 말인가?"

여제는 깜짝 놀랐다.

"저는 확신이 없었어요."

타라가 설명했다.

"폐하가 이 사건과 어떤 관련이 있으리란 직감밖에 없었으니까요. 그래서 우리는 브란디스의 혼령을 불러서 칼을 다시 판결하게 하려고 림보에 갔던 겁니다. 그리고 그 현장을 탈루디에 녹화해 왔습니다."

"오, 정말 쓸데없는 일을 했구나."

여제가 대꾸했다.

"국상을 시작할 때 이미 칼리반과 브란다우드를 특별 사면했는데 랑코비트에서 공식적 통지를 받지 못했느냐?"

본의 아니게 갖게 된 그 멋진 근육질의 몸을 부각시키면서 줄곧 서 있던 칼은 안락의자에 털썩 주저앉고 말았다.

"오, 내 조상들이시여! 어떻게 이런 일이! 알려준 사람이 없어서 우린 까맣게 모르고 있었습니다."

"그럼 이제 다시 물어야겠구나. 나의 제국을 구해준 이들에게 어떤 보상을 하면 좋겠느냐?"

그들은 얼떨떨해서 대답할 수가 없었다. 그래서 여제는 즉흥적으로 정해야 했다.

"칼리반에게는 북부 지방 살렌두리보르의 농지 소유권을 하사하겠다. 그 땅의 가축과 밭은 연간 크레디트—무트 금화 10만냥의 수익을 가져다줄 것이다. 그 땅은 훗날 칼리반이 도둑으로서의 직분을 다한 뒤에 편히 쉴 곳이 될 것이다."

칼은 믿어지지 않는 얼굴로 여제를 멀뚱히 쳐다보고만 있었다.

"글로리아 공주의 경우는 랑코비트의 왕족 신분이라서 우리의 땅을 소유한다는 것이 나쁜 쪽으로 해석될 위험이 있다고 생각한다. 나는 공주가 난쟁이 종족과 함께 아더월드 마법의 근원에 관한 연구에 전념하고 싶어 하는 것으로 알고 있다. 그래서 내가 가지고 있는 아주 귀한 양피지 문서들과 문헌들을 하사하겠다."

무아노는 일어나서 허리를 굽혔는데, 너무 감격해서 감히 아무 말도 하지 못했다.

"최고 마구스 마니투에게는 살렌두리보르의 농지와 크기가 같은 이 미탄쉬보르의 농지 소유권을 하사하고, 아울러 각종 편리 시설은 물론 아더월드 최고의 요리사인 프랑수아에게 식사 시중을 들게 하겠소."

"폐, 폐하, 그건 무, 무한한 영광이옵니다!"

마니투는 말까지 더듬으면서 벌써부터 침을 질질 흘렸다.

"로빈의 소원은 아버지처럼 랑코비트의 비밀 정보국에 들어가는 것이라는 걸 알고 있다. 나는 지금 당장 로빈을 우리의 비밀 정보국 장교로 임명하겠다. 그럴 경우 자네는 우리의 가장 어린 장교가 되겠지만 그 경험만큼은 의심할 여지가 없다. 자네에게는 토지를 하사하지 않겠다. 엘프들은 셀렌다 밖에서 사는 걸 좋아하지 않아서 가능한 한 자주 조국으로 돌아간다는 걸 알기 때문이다. 하지만 로빈만 불이익을 당하는 일이 없도록 다른 농지에서 얻는 소득에 해당하는 금액을 자네의 이름으로 개설한 계좌에 넣어줄 것이다."

"폐하, 그 돈은 저의 조국 셀렌다에서 대단히 유용할 것입니다. 하지만 폐하께서 제안하신 정보국 장교 임명은 사양하겠습니다. 아버님은 저의 교육이 아직 끝나지 않았다고 생각하십니다. 이 무한한 은혜에 감사드립니다."

"원하는 대로 하라, 로빈. 하지만 내 제안은 자네가 아버지 곁을 떠날 때까지 유효하다는 걸 잊지 말라. 그리고 파브리스에 대해서는 브주아지롱의 아들이라는 것 이외에 내가 정보를 별로 갖고 있지 않다. 자네에게도 토지를 주면 기쁘겠는가?"

"고맙습니다, 폐하. 하지만 저는 이미 아버지의 땅을 가지고 있습니다. 이렇게 폐하를 뵙는 영광을 주신 것만으로도 보상은 충분합니다."

"그거 아주 겸손한 대답이로다. 하지만 겸손함이 생활을 보장해주지는 못한다. 따라서 자네의 이름으로 계좌를 개설하여 친구 로빈과 같은 조건의 금액을 넣어줄 것이다. 마음에 드는가?"

"정말, 정말 고맙습니다, 폐하."

"그리고 타라에게는……."

"저는 원하는 것이 있습니다."

타라는 가능한 한 정중하게 말을 중단시켰다. 그들을 회유하고 있는 것일 뿐인 여제에게 감격해서 어쩔 줄 모르는 친구들을 보면서 화가 치밀었지만 인내심을 발휘하는 것 같았다.

"저는 대화방의 비밀 정보에 접근할 수 있기를 바랍니다."

여제의 태도가 굳어졌다.

"어떤 비밀 정보?"

여제는 조심스럽게 물었다.

"영혼 약탈자에 관한 정보입니다. 문제가 좀 있습니다."

여제는 입속말로 중얼거렸다.

"오, 조상들이시여! 과연 듣던 대로 타라는 적을 고를 줄 아는구나. 영혼 약탈자라! 데미데루스께서 그자를 가둬놨다는 건 알고 있다. 지각단층 전쟁이 일어났을 때 악마들과 결탁함으로써 인간을 배신했기 때문에. 그리고 파괴하는 것이 불가능하기 때문에 상당히 위험한 존재라는 것도 알고 있다. 그 청을 받아주겠다. 대화방의 정보에 접근할 수 있을 것이다. 여길 나가면서 명을 내릴 테니까. 그리고 원치 않는다고 해도 나는 타라에게 역시 내 땅과 아주 가까운 타르벤쉬르의 세벤다레브 토지 소유권을 선물로 하사하겠다."

타라는 거절하려고 했지만 여제가 손으로 막았다.

"잠깐! 내 선물을 거절하기 전에 그곳에 가보거라. 그래도 영 마음에 들지 않으면 나의 제안을 거두고 크레디트—무트로 대체하겠다."

타라는 공손하게 머리를 숙였다. 원하는 것을 얻었으니 강력한 군주에게 맞서서 화나게 할 필요야 없지. 그럴 수도 있는 일인데!

"원하는 대로 하십시오, 폐하."

"좋아."

여제는 유연한 동작으로 일어나서 드레스 위에 걸친 망토와 두건을 매만졌다.

"갑시다, 크산디아르. 아직 할 일이 많소. 나중에 소멸식에서 보지. 자네들을 믿겠네."

그렇게 말하고 나서 여제가 사라졌고, 상당히 신경이 날카로워진 친위대 대장이 부리나케 그 뒤를 따랐다.

"타라!"

무아노가 외쳐 부르는 소리에 모두 깜짝 놀랐다.

"정말 더는 못 참겠다!"

무아노의 어조에 놀란 타라가 얼굴을 들었다.

"우리는 친구야! 아니니?"

화가 단단히 난 얼굴로 무아노가 매몰차게 물었다.

"그래도 난 우리가 모든 일을 함께 겪었기 때문에 서로를 절대적으로 믿는다고 생각했어. 그런데 그게 아니었니?"

"물론 절대적으로 믿지."

무아노가 무슨 뜻으로 하는 말인지 전혀 알아차리지 못한 타라가 대답했다.

"그럼 다음에 또 네가 무슨 의혹이나 이상한 직감이 들 때는 혼자만 비밀로 간직하고 있는 걸 금하겠어, 알겠니? 우린 무슨 생각이든 다 같이 알아야 해. 친구들이니까. 설사 바보 같은 생각으로 여겨질 위험이 있더라도. 난 네가 뭐든 우리에게 감추는 게 싫어!"

타라는 당혹스런 미소를 지었다.

"미안해. 나의 바보 같은 생각으로 너희들을 난처하게 만들고 싶지 않았어. 그게 계획치고는 아주 복잡하고, 또 말도 안 되는 것 같아서. 그리고 처음부터 이 모든 일의 배후에 마지스터가 있다고 생각했지 여제는 꿈에도 생각지 않았어! 할머니가 내 문제로 다른 사람을 귀찮게 해서는 안 된다고 가르치셨거든. 그래서 나는 무슨 일이든 혼자서 해결하는 게 몸에 뱄어."

"그래, 좋아. 하지만 난 네 할머니가 아냐. 그리고 문제가 생기면 우리가 함께 해결하잔 말야, 알았지?"

"그래, 알았어!"

그들은 여제의 선물에 대해 이런저런 얘기를 나누면서 흥분을 감추지 못했고, 얼마 후 피로가 몰려오자 잠을 자러 돌아갔다.

다음날 아침, 칼은 여전히 미남인 자신의 모습에 몹시 실망했다. 여전히 키도 크고 근육질의 탄탄한 몸매였다.

"맙소사!"

칼은 아침을 먹으면서 투덜거렸다.

"이놈의 주문이 얼마나 더 갈까?"

"타라의 강력한 마법을 고려하면 평생 동안 그럴 수도 있지."

발분 버터를 바른 빵을 먹던 무아노가 얼굴을 살짝 쳐들고 놀렸다.

칼은 공포에 질린 눈초리로 무아노를 뚫어져라 쳐다봤다.

"그래? 너 정말 내가 이 뚱뚱한 몸 속에 쳐 박혀 있을 거라고 생각해?"

"에이! 뚱뚱하지는 않지."

타라가 반박했다.

"맞아."

무아노가 맞장구쳤다.

"얼마나 균형 잡힌 몸인데 그래? 타라, 정말 놀라운 솜씨였어."

"맙소사!"

칼이 소리쳤다.

"난 도둑이란 말야! 키가 작고, 날렵해야 남의 눈에 띄지 않고 어디든 도망칠 수 있어. 내가 이 꼬락서니로 어떻게 내 일을 할 수 있겠어?"

"그럼 눈에 확 띄는 도둑이 되는 거지, 뭐. 좋잖아!"

파브리스는 한술 더 떴다.

그들은 한순간 칼이 눈물을 흘릴 거라고 생각했지만, 칼은 그들을 째려보는 것으로 만족했다.

"그래, 맘대로 갖고 놀다가 제자리에만 갖다 놔. 그건 그렇고 이젠 뭘 하지?"

"대화방에 가서 영혼 약탈자에 대한 정보를 수집해야지."

타라가 애써 미소를 감추면서 대답했다.

"어쨌든 소멸식에 참석하러 오신 할머니와 파브리스의 아버지한테 걸러서 우리가 한 50년 동안 벌을 받게 되면 무아노와 로빈이라도 파프니르에게 정보를 줄 수 있어야 하니까."

"휴!"

갑자기 끔찍한 현실로 돌아온 파브리스는 한숨을 쉬었다.

"너희들이 이따금 우리를 만나러 와 주길 바란다. 타라의 할머니 말씀을 따르지 않은 죄로 우리를 두꺼비로 둔갑시켜놓지 않는다면!"

그들은 대화방으로 향했다. 미남 청년과 마주친 여자가 벽, 혹은 나무에 부딪히거나 기절할 때마다, 대화방까지 걸음아 날 살려라 하고 도망치는 칼을 볼 때마다, 타라와 무아노는 웃음을 참을 수 없었다.

흰한 대화방에 일단 들어서자, 그들은 방음덮개 안에 자리를 잡았다. 칼은 제일 먼저 입을 열기로 작정을 했는지 '목소리'를 불렀는데 그 말투는 정중하면서도 공격적이었다.

"이제 우리는 물어볼 자격이 있습니다. 따라서 영혼 약탈자에 대한 정보를 주시죠. 즉시."

"오우오우."

목소리는 노래하듯 말했다.

"기꺼이 그럴 게요, 오! 미남 마법사!"

끄으으응! 칼은 신음소리를 냈고, 킥킥킥! 타라와 무아노는 웃음을 참지 못했다.

"영혼 약탈자는 악마들과 손잡았다가 지각단층 전쟁이 끝난 뒤에 데미데루스에게 포로로 잡힌 아더월드의 적이다. 영혼 약탈자와 싸울 수 있는 유일한 존재는 상당히 강력한 마법의 아티팩트, 즉 하얀 영혼이다. 그런데 데미데루스가 영혼 약탈자를 흑장미 섬에 가둔 뒤, 얼마 후에 그 약탈자의 잘못으로 학살당했던 집안의 한 기사가 복수를 하려고 하얀 영혼을 훔쳐서 황무지 늪으로 떠났다."

"그래서 어떻게 됐어요?"

호기심이 동한 타라가 물었다.

"그 기사는 살해되었다. 영혼 약탈자가 진흙먹보들의 도움을 받아 함
정을 놓았기 때문에 그 섬에 이르지도 못했다."

"그렇다면 하얀 영혼은 그리 멀리 있지 않은 게 틀림없어."

무아노가 외쳤다.

"황무지 늪으로 가서 진흙먹보들과 얘기를 해보자."

덩달아 흥분할 타라가 아니었다. 어차피 진흙먹보들은 마지스터의 하
인들이 아닌가!

"근데 말야, 나는 아주 좋은 생각이라는 확신이 들지 않아."

타라가 침착하게 말했다.

"지금은 파프니르가 괜찮을 거야. 영혼 약탈자가 이미 한두 번 점령했
는데도 파프니르는 궁지에서 잘 헤어나는 것 같았어, 안 그래?"

"너희 친구들 중 하나가 영혼 약탈자에게 감염되었다는 거야?"

목소리가 당황한 듯이 물었다.

"네, 파프니르라는 난쟁이예요. 흑장미 즙을 먹은 뒤에 부분적으로 점
령당했어요."

" 이 얘기는 두 분 폐하께 보고해야 한다. 영혼 약탈자가 자유로워지
면 이 행성의 모든 생명이 위험해!"

"하지만 베어 왕과 티타니아 왕비께서는 최고 마법사 두 분과 함께 파
프니르를 흑장미 섬으로 보냈어요. 무슨 일이 일어나는지 평가하기 위
한 정찰이죠."

목소리는 아주 질겁한 어조였다.

"뭐라고? 그 사람들 정신이 완전히 나갔군. 하얀 영혼이 없으면 우리 행성에 영혼 약탈자를 이길 수 있는 힘은 존재하지 않아. 그런데 섬으로 난쟁이를 보내다니, 그건 완전히 점령되라고 보낸 거와 다름없다! 맙소사! 대체 너희들에게 뭘 가르친 거니?"

"어제는 영혼 약탈자에 대한 정보는 비밀이라서 알려줄 수 없다고 딱 잘라 거절했잖아요!"

칼이 당차게 상기시켰다.

"그런데 우리의 왕과 왕비께서 어떻게 짐작이나 할 수 있겠어요? 그분들은 오무아의 군주처럼 데미데루스의 혈통이 아닌데."

"그건 이유가 안 되지. 아직 몰라서 그러는데……."

"그건 됐고요."

칼은 말을 잘라버렸다.

"우리가 어떻게 하면 되죠?"

"너는 마법사의 멋진 표본이야. 따라서 나는 영혼 약탈자에게 가까이 가지 말라고 충고한다. 그 멋진 모습이 엉망이 되면 유감스러운 일이니까!"

칼은 상대도 하기 싫지만 어쩔 수 없다는 얼굴로 말을 이었다.

"또 다른 건 없어요?"

"하얀 영혼을 찾아야지. 그게 유일한 해결책이니까."

"하얀 영혼……. 그게 어떻게 생겼는데요?"

"애원하는 듯한 자세로 하늘을 향해 두 팔을 벌린 여인의 조각상. 흰색이고 빛을 발하는."

'목소리'가 그 조각상의 이미지를 투영했다. 키가 30센티미터쯤 되는 조각상이 혼자서 빙글빙글 돌아가는데 여인상의 얼굴 표정은 설명할 수 없는 슬픔이 배어 있었다.

"일단 조각상을 찾으면 그다음은 어떡하죠?"

"흑장미 섬에 들어놔야 해. 그게 내가 알고 있는 전부다."

"그렇다면 그 조각상은 진흙먹보들의 수중에 들어가 있을지도 모르겠군요. 진흙먹보들은 가장 위험한 우리의 적과 합세해서 우리를 포로로 잡아두려고 했으니까요!"

"나라도 당신을 포로로 잡아두고 싶은 심정인걸!"

목소리는 찬성하는지 웃음기가 있는 어조로 대꾸했다.

"난 그 마음 충분히 이해해. 그 야만스러운 괴물들이 꼴에 눈은 높아가지고!"

칼은 이를 으드득 갈면서 자리를 박차고 일어났다. 그러자 친구들도 덩달아 일어나서는 목소리가 화를 내거나 말거나 대화방을 나와버렸다.

복도로 나오자, 파브리스는 한 마디하지 않고는 배길 수 없는지 칼을 향해 휙 돌아서더니 눈동자를 데굴데굴 굴리면서 이죽거렸다.

"어이, 미남 마법사! 이제 우리 어떡할까?"

"야아, 왜 너까지 그래?"

칼이 투덜거렸다.

"지금은 파프니르에게 갈 수 없어. 이미 황무지 늪에 도착해 있을 거니까. 우리가 할 일은 파프니르가 돌아오길 기다리는 거야. 그리고 어제께서 소멸식에 참석하라고 명을 내렸으니 어쩔 도리가 없잖아."

사실, 명을 거역하고 싶어도 그럴 수가 없는 상황이었다. 공간이동의 문 대합실을 보는 순간 떠나려고 해봤자 소용없다는 걸 확인할 수 있었다. 평상시에도 경비원들의 수가 많았는데 장례식에 참석하려는 외국 인사들을 맞으려니 오죽이나 증원되어 있었겠는가. 전 세계와 다른 행성들의 왕, 왕비, 대통령, 수상, 고문관들이 물밀 듯이 몰려들고 있어서 칼리 부인은 정신이 하나도 없는 얼굴이었다. 랑코비트의 베어 왕은 주재할 소송을 앞두고 있어서 티타니아 왕비만 참석한 모양이었다. 드래곤 사절단과 함께 도착한 셈 선생님이 할머니와 동행하지 않은 걸 보고 타라는 안심했다.

파브리스에게는 행운이 따르지 않았다. 아버지가 도착했다고 알려주던 다미엔은 하얘지다가 새파래지는 지구소년을 얘는 또 왜 이래? 하는 얼굴로 쳐다봤다.

그 순간부터 파브리스는 스위트룸에 틀어박혔고, 문이 열릴 때마다 깜짝깜짝 놀랐다.

그래도 점심을 먹으려면 방에서 나오지 않을 수 없었다. 파브리스에게는 천만다행으로 군주들과 조문객들이 다른 데서 식사를 하고 있어서 얼마 동안은 아버지를 피할 수 있었다.

장례식이라더니, 여제는 무슨 성대한 향연이라도 베푸는 것 같았다. 아더월드식 고기구이, 드래곤들의 행성 드란보우글리스펜쉬르의 매운 향신료, 씨, 싹, 덩이줄기, 녹말가루, 빵, 파스타, 진실의 입들의 행성 산티보르의 튀김과자, 지구의 치즈, 타딕스 달나라의 달콤한 포도주, 분수 모양의 흰 초콜릿과 검은 초콜릿 무스, 발분 크림을 곁들인 아주 향긋한 양배추 샐러드, 무화과 파이, 산딸기 파이, 체리 파이, 사과 파이, 아더월드의 과일들인 블리르 파이, 므르모움 파이, 간다리 파이 등의 유명 제과점에서 만든 디저트 외에도 사탕과 마시멜로, 커피, 긴장을 풀게 하는 차, 칵스가 차려져 있었다.

마니투는 얼마나 행복했으면 자신이 인간이라는 것도 잊고(모습이야 어떻든 정신적으로는 엄연히 인간이 아닌가), 꼬리를 흔들어대면서 이것저것 맛을 보느라고 바빴다. 먹여주려고 달려들던 나이프며 포크, 스푼은 마니투의 강력한 이빨에 사정없이 휘어지고 나서야 먹이기를 포기했다.

2시간 가량의 식사시간이 끝났을 때, 타라의 증조할아버지는 어찌나 먹어댔던지 거의 걸음도 떼지 못할 지경이 되었다. 꺼억, 꺼억! 마니투가 요란하게 트림을 했을 때 타라는 참지 못하고 웃음을 터뜨리고야 말았다. 푸하하하! 인간처럼 트림하는 개의 모습이라니!

타라는 사과/콜라/오렌지 맛의 새콤달콤한 친파프를 홀짝이면서 키디코이를 쳐다봤다. 막대사탕에 대한 유혹을 뿌리치지 못한 타라는 결국 새로운 메시지에 직면했다.

너는 그를 구해야 한다. 그럴 만한 가치는 없지만.

누구를 구하라는 거지? 뭘 어쩌라는 거야? 타라는 한숨이 절로 나왔다. 타라는 강력한 힘이 있다는 걸 핑계삼아 복수의 가면을 쓰고 있는 자신의 역할에 대해 진저리가 나기 시작했다. 그리고 영화 속에서는 곤경에 처한 여자를 구해주는 건 언제나 남자들이 아닌가! 어쨌든…… 일반적으로는.

쩌렁쩌렁 울리는 공 소리가 타라를 공상에서 끌어냈다. 소멸식이 시작되었다. 모든 마법사들과 궁인들이 공원으로 가기 위해 식당에서 우르르 몰려나갔다.

두 개의 옥좌가 단상 위에 놓여 있고, 초대손님들과 최고 마법사들이 그 주위에 둘러서 있었다. 타라와 칼, 파브리스, 마니투, 무아노, 로빈의 자리는 여제와 황제 옆이었다.

금빛 눈의 주홍빛 공작 모양의 루비로 장식한 검은 드레스 차림의 여제는 눈부시게 아름다웠다. 궁인들은 얼이 빠져 있었다. 때가 때이니 만큼 새까맣게 물들인 머리가 오히려 그 파란 눈동자와 백옥 같은 피부를 한층 돋보이게 하면서 강렬한 인상을 주었다. 투명한 이마에 검은 다이아몬드가 박힌 검은빛의 금띠를 두른 그녀는 과연 그 미모로도 여제였다!

귀빈석을 차지하는 것이 몹시 거북한 칼이 여제 옆자리에 앉을 때였다. 휘리리, 휘릭! 휘파람을 부는 크리스털리스트들이 흥분을 감추지 못한 채 벌써부터 주르스탈에 실을 특종 타이틀을 준비하고 있었다. '여제 폐하가 새로운 배우자를 찾아내다! 정체불명의 신사는 여제의 차기 부군?'

황제는 시큰둥했다. 검은 갑옷 때문에 한결 왜소해 보이는 황제는 심기가 불편한 모양이었다. 자신의 이복누이와 정체불명의 미남 청년이 너무 다정해 보여서일까?

시종장이 '떠버리'에게 초대손님들을 호명하라는 신호를 하자, 황제는 귀를 기울였다. 오글쪼글하게 주름잡힌 살에다 메가폰 모양의 입을 가진 '떠버리'가 여제와 황제에게 예외를 두지 않고 모든 손님을 소개했다. 이름이 불려질 때마다 한 사람씩 일어나서 두 옥좌를 향해 허리를 숙였다. 오무아의 군주들은 고개를 끄덕이는 것으로 대답을 대신했다.

이윽고 '떠버리'가 다음 사람을 호명했다.

"살렌두리보르 백작!"

모든 눈길이 일제히 두 옥좌를 향해 쏠렸지만, 일어나는 사람이 아무도 없었다.

"흐으음⋯⋯."

약간 당황한 '떠버리'는 다시 외쳤다.

"살렌두리보르의 칼리반 달 살란 백작!"

무아노가 가장 빨리 알아차렸다. 무아노는 칼의 옆구리를 툭 치면서 속삭였다.

"너잖아. 빨리 일어나서 허리를 굽혀!"

"뭐?"

깜짝 놀란 칼은 어찌할 바를 몰랐다.

여제가 몸을 숙이더니 소곤거렸다.

"이런! 미리 알려준다는 게 깜짝 잊었군. 자네에게 내린 땅이 백작령이라네. 따라서 자네는 살렌두리보르 백작이 된 거지."

칼은 재빨리 일어나서 허리를 굽혔는데 눈꼴이 사나울 정도로 우아했다. 여제는 흡족한 미소로 그 인사를 받았고, 황제는 상체만 약간 숙이면서 매서운 눈초리로 쏘아봤다.

파브리스 옆에 앉아 있던 칼리 부인이 돌아봤다.

"어, 이상하네. 저 신사의 이름이 본드라고 하지 않았니? 제임스 본드!"

파브리스에게는 곤혹스러운 순간이었다. 장례식 중에 웃음을 터뜨리는 것을 도저히 봐줄 수는 없지 않은가.

칼리 부인은 파브리스가 대답을 하지 않자 아주 버르장머리가 없다고 생각하는 표정이었다. 얼굴이 새빨개지는 파브리스를 보면서 칼리 부인은 단념하고 말았다.

이윽고 죽은 이의 혼령에게 경의를 표하는 의식이 시작되자, 파브리스는 마음을 진정시킬 수 있었다. 시신이 평온하게 둥둥 떠다니다가 시커먼 잔디 위에 사뿐히 가라앉았다.

타라가 생각했던 것과는 달리 의식은 짧았다. 여제는 자신의 삼촌에게 너무 많은 향을 바치는 걸 바라지 않는 것이 역력해 보였다. 의식이 끝나자마자 시신은 땅 속에 묻히기 시작했다. 그런데 시신이 액체로 변하면서 이상한 현상이 일어났다. 파란빛으로 변하는 수풀! 이어서 나무들은 제 빛깔을, 새들은 요란한 울음소리를, 꽃들은 화려한 외양을 되찾았다. 여제의 드레스와 황제의 갑옷도 검은색에서 순백색으로 변했다.

마법사들의 옷도 예외가 아니었다. 이윽고 참석해 있던 사람들이 해산하면서 의식은 완전히 끝났다.

"어머, 어머, 어머, 우리 큰일났다."

무아노가 속삭였다.

"브주아 지롱 백작과 셈 선생님이 이쪽으로 오고 있어!"

파브리스는 완전히 공포에 질린 것 같았지만 빠져나갈 구멍이 없다는 걸 깨닫고는 만사 포기한 얼굴이 되고 말았다.

오른쪽에서는 백작이 아들을 야단치고, 왼쪽에서는 셈 선생님이 타라를 나무라기 시작했다. 그들이 또 온다간다 말없이 사라졌기 때문에 셈 선생님이 공포에 떨었던 것이 분명했다.

파브리스를 도와주고 싶은 타라는 뒷짐을 진 자세로 싱겁게도 셈 선생님에게 다시는 미리 알리지 않고 없어지는 짓을 하지 않겠다고 약속했다.

무엇보다도 허락 없이 공간이동의 문 열쇠를 훔친 것에 대해 따발총처럼 퍼붓는 아버지의 호통에 파브리스는 땀을 삐질삐질 흘리면서 그들이 어쩌다가 단비우의 죽음에 연루되었는지, 그리고 온실이며 장미정원, 우물 등 정원의 절반을 부수게 된 상황을 용감하게 설명했다. 백작은 그 결과만 보았을 뿐 어떻게 된 영문인지를 모르고 있었기 때문이다.

시치미를 뚝 떼고 태연한 표정으로 귀를 기울이고 있던 여제가 마침내 개입했다. 그 사건의 자초지종을 구체적으로 밝히지 않고 여제는 백작에게 아들은 제국에 없어서는 안 될 사람이었다고 설명하면서 임시 비밀첩보원으로서의 활약에 대한 대가로 그 훌륭한 아들에게 엄청난 땅 아니, 그에 상당하는 크레디트—무트를 이미 하사했다고 덧붙였다.

브주아 지롱 백작은 어찌나 놀랐는지 꿀 먹은 벙어리가 되고 말았다.

여제는 그 틈을 이용해서 파브리스를 다시 한 번 치하해줌으로써 그 일을 깨끗하게 매듭지었다. 50년간 벌을 받을 거란 걱정거리가 그 한순간에 날아간 것이었다. 휴! 파브리스는 다시는 그런 짓을 하지 않겠다고 맹세하면서 안도의 숨을 내쉬었다.

여제는 호의적인 감시 하에 그들을 지켜주고 싶었지만, 솀 선생님은 아주 단호한 태도를 보였다. 솀 선생님이 급한 일이 있어서 아이들은 즉시 랑코비트로 돌아가야 한다고 주장했기 때문에 여제는 더는 아이들을 붙잡아둘 수가 없었다.

여제는 칼을 향해 아쉬운 눈길을 보낸 뒤에 그들을 놓아주었고, 그들은 솀 선생님과 함께 공간이동의 문으로 향했다.

"별일 없죠? 혹시 파프니르에게 무슨 소식이 온 거예요?"

불안해진 타라가 물었다.

"아니다."

솀 선생님이 대답했다.

"파프니르는 아직 돌아오지 않았어. 근데 칼의 변장은 너무 좀 심했다고 생각하지 않니?"

"제발, 그 얘긴 하지 말아주세요."

칼은 한숨지었다.

"모습을 조금 바꾸고 싶었던 건데 이게 좀 오래 가네요. 타라의 힘을 조금 빌렸다가…… 그만 이렇게 된 거예요."

솀 선생님은 흥미롭다는 얼굴이었다.

"그래? 그 모습을 하고 있는 게 얼마나 됐지?"

"어제부터요."

칼은 불쌍해 보이는 얼굴로 대답했다.

"음, 좋아! 대단한 실력이야. 자, 서두르자, 우린 가능한 한 빨리 랑코 비트로 돌아가야 해."

"왜요, 무슨 문제가 생겼어요?"

선생님의 목소리에서 이상한 기미를 느낀 파브리스가 물었다.

"암, 아주 큰 문제고 말고. 사피르 드라고쉬가 살인을 했다고 자백했으니!"

14
뱀파이어의 살인

"네? 하지만 그건 있을 수 없는 일이에요!"

뱀파이어를 잘 아는 무아노가 외쳤다.

"꼭 그렇지는 않지."

뱀파이어를 끔찍이 싫어하는 칼이 대꾸했다.

"우리와 골목에서 마주쳤을 때 드라고쉬 선생님의 입은 피범벅이었고, 마니투와 파프니르가 봤던 사람은 완전히 만신창이가 되어 있었잖아."

타라는 애거서 크리스티의 소설을 많이 읽은 덕분에 진실은 겉보기보다 훨씬 복잡할 수 있다는 걸 알고 있었다. 타라는 솜털이 주뼛주뼛 서는 것이, 애거서 크리스티가 탄생시킨 명탐정 에르퀼 프와로처럼 '위대한 회색 세포'가 작동하는 느낌이 들었다.

"뱀파이어는……."

잠시 생각을 하던 타라가 큰 소리로 말했다.

"끔찍한 사고가 일어났다고 말했어요. 그리고 전하에게 알려야 한다는 말도 했어요. 우리는 그때 좀 바빠서 무슨 일인지 알려고 하지 않았어요. 그 뒤로 어떻게 됐는데요?"

"그는 궁전으로 돌아와서 로빈의 아버지, 즉 랑코비트의 비밀정보국 국장에게 살인사건이 일어났다고 알렸다. 엘프들이 시체를 검시했는데 목을 깊이 물렸고, 그 상처를 통해 피가 다 빠져나가 있었지."

"그리고 아버지는 드라고쉬 선생님이 그 사건이 일어나는 순간에 랑코비트에 존재하는 유일한 뱀파이어였다고 말씀하셨어."

로빈도 한 마디 거들었다.

"공식적으로 존재하는 유일한 뱀파이어겠지."

타라가 로빈의 말을 이었다.

"그때 다른 뱀파이어가 없었다는 증거가 있어?"

"음······ 그건 불가능해, 타라."

무아노가 대답했다.

"뱀파이어들은 어딘가에 오면 반드시 신고해야 하거든. 에드라킨 종족과 연합해서 이 대륙의 나라들을 침략했던 '찌르레기 전쟁' 이후로 뱀파이어들은 신고하지 않고는 이동할 수 없어."

"그래? 그건 몰랐어. 하지만 인간의 피는 뱀파이어들에게 해로운 것으로 알고 있는데?"

"아주 해롭지."

셈 선생님이 말했다.

"인간의 피를 빨아들인 뱀파이어들은 수명이 반으로 줄고, 햇빛도 견딜 수 없게 되지. 물론 뱀파이어에게 물린 인간도 그 독에 전염되고. 그렇게 해서 뱀파이어들은 인간들을 정복하고 순종하는 노예로 만들어버리지."

"휴! 마법의 세상이 정말 좋긴 한데 여기 괴물들은 제 취향에는 좀 심하게 공격적이네요."

파브리스가 쫑알거렸다.

늙은 마법사는 어깨를 으쓱했다.

"몇 년 동안은 뱀파이어로 인한 문제가 일어난 적이 없었지. 그리고 난 드라고쉬가 범인이 아니라고 절대적으로 확신해. 그래서 나는 법정에 참석하려고 한다. 어떻게 된 일인지 알아봐야……."

그 사이에 공간이동의 문 대합실에 도착했기 때문에 그들은 더 이상 대화할 수 없었다. 칼리 부인은 본드 씨가 그렇게 빨리 떠나는 것을 몹시 애석해하는 얼굴이었다. 칼의 몸이 금빛 광선에 휩싸이면서 누에고치처럼 번쩍일 때, 칼리 부인은 실망의 신음을 내뱉었다.

그리고 몇 초 만에 그들은 랑코비트에 돌아왔다.

셈 선생님은 문지기 외눈 거인에게 인사를 하고 나서 말했다.

"타라, 너는 네 어머니와 할머니가 계신 집으로 돌아가는 게 좋을 것 같구나. 아더월드에서는 네가 안전하지 않아. 그리고 곧 개학인데 돌아오지 않는다고 네 어머니 걱정이 태산이시더라."

타라는 눈을 동그랗게 떴다.

"아니, 그 두 분은 아직도 그 바보 같은 생각을 하신대요? 주문만 읊으면 책 한 권을 달달 외울 수 있는데 내가 학교에 가는 게 무슨 소용 있다고요?"

셈 선생님이 자기에게는 힘이 없다는 몸짓을 보였다.

"네 어머니와 할머니가 너의 장래에 대해 어떤 생각을 하는지 나야 전혀 모르지. 하지만 네가 돌아가야 한다는 생각에는 찬성이다. 너를 죽이려고 하는 자는 절대 포기하지 않을 테니까!"

타라는 셈 선생님을 유심히 살피면서 생각했다. 그자를 잊었을 리가 있는가. 더구나 살아 있는 궁전에 도착하는 순간부터 본능적으로 함정이 있는지 기색을 살피기까지 했는데……. 타라의 불안을 의식한 궁전은 공격적이지 않은 아름다운 풍경을 투영하려고 애를 썼다. 푸른 언덕(정확히 말하면 파란빛 언덕), 꽃이 핀 나무들, 깡충거리는 동물들. 하지만 그곳을 지나가던 크라크덴트가 유유히 풀을 뜯어먹는 일종의 고라니 모오오오우우우를 한 입에 집어삼키는 바람에 궁전의 노력이 약간 망가지긴 했다. 차마 볼 수가 없어서 눈길을 돌려버리던 타라는 육지동물 호랑이들이 크라크덴트를 봤다면 시기심에 불타서 정신이상이 될지도 모르겠다는 생각이 들었다.

눈앞에 펼쳐지는 풍경에 감탄하면서도 타라는 마음 한편으로 셈 선생님이 뭔가 꿍꿍이가 있는 느낌을 지울 수가 없었다. 선생님은 "지구로 돌아가는 게 좋을 것 같다."고 했지 "돌아가야 한다."고는 말하지 않았단 말야. 으음, 그렇다면 좀더 감정적으로 접근해서 아더월드에 나를 데리고 있어야 할 만한 특별한 이유가 있는지 어디 한번 떠봐야겠어.

"선생님, 어머니와 할머니가 불안해하는 마음은 저도 이해해요. 솔직히 말하면 저도 아더월드에 있는 것이 안전하지 않다고 느껴요. 하지만 칼에 이어서 파프니르의 문제를 해결하느라고 바빠서 우리는 마음 편히 놀지도 못했어요. 그래서 부탁드리는데요. 친구들과 며칠만 더 지낼 수 있으면 정말 좋겠어요."

그러면서 타라는 천사 같은 표정을 지으며 초롱초롱한 눈으로 쳐다봤다.

셈 선생님은 피식 웃었다.

"타라, 너를 보고 있으면 말이다, 용으로 태어나야 하는 걸 인간으로 잘못 태어난 게 아닌가 하는 의심이 들어. 너의 영혼이 길을 잘못 들어서 예쁜 소녀의 몸으로 태어난 것 같은 생각이 들거든. 파프니르에게 무슨 일이 생길까 걱정이 돼서 네가 여기 있고 싶어 한다는 걸 나야 충분히

이해하지. 하지만 그런 순진한 얼굴로 나를 홀리지 마라. 자, 협정을 맺
자. 이틀 더 머무는 건 허락한다."

"일주일이요!"

몹시 기쁜 얼굴로 타라는 받아쳤다.

"사흘. 난 네 할머니가 무서워. 산 채로 내 가죽을 벗기려고 달려들 텐
데…… 크흑."

늙은 마법사가 구시렁거렸다.

"그럼 엿새요! 그리고 그중 이틀은 선생님의 수석 조수가 다시 될 게
요. 그러면 선생님은 저를 감시할 수 있고, 또 저는 선생님의 철통같은
보호 속에 안전하겠죠. 선생님은 천하무적의 드래곤이니까! 적들로부
터 나를 지키는 방법을 선생님보다 더 잘 알려줄 수 있는 사람이 누가 있
겠어요? 선생님은 놈들보다 훨씬 강력한데!"

그렇게 말하는 것으로 타라는 늙은 마법사의 약점을 찔렀다. 흥! 허세
때문에라도 나를 지켜주지 못한다는 말은 절대 안 할걸! 조수로 있었던
경험으로 타라는 셈 선생님이 어찌나 산만한지 무슨 물건 하나를 찾으
려면 도움이 필요하다는 걸 잘 알고 있었던 것이다.

셈 선생님이 눈을 찡그렸는데 그 모습이 꼭 교활한 노인 같았다.

"하, 그거 참! 폐부를 찌르는 말만 하는구나. 그래도 엿새는 너무 많고,
나흘이면 충분할 게다."

"닷새요. 그러면 선생님의 사무실을 깔끔하게 정리해 놓을게요."

"좋아, 그렇게 하자."

셈 선생님은 손뼉을 딱딱 치면서 승낙했다.

"이틀 동안 나의 수석 조수가 되고 내 사무실을 정리하렴. 오늘은 너
에게 자유를 주지만 내일 아침에는 일찍 내 방으로 오너라."

타라의 미소에 반한 듯이 늙은 마법사는 몸을 비비틀었다.

"예, 알겠습니다!"

타라는 병사 흉내를 내느라 발뒤꿈치를 따닥! 소리가 나도록 부딪치면서 크게 대답했다.

늙은 마법사는 껄껄 웃어준 뒤에 고개를 절레절레 저으면서 멀어져갔다. 어린애가 노새 저리 가라로 고집이 세서 당해낼 수가 없군. 아주 고집불통이야, 휴!

로빈과 파브리스, 칼, 무아노, 마니투는 솔깃해서 두 사람의 대화를 지켜보고 있었다.

무아노는 타라의 목을 와락 끌어안았다.

"와우! 난 너하고는 절대 논쟁을 하지 않을래!"

타라는 무아노를 다정하게 포옹하고 나서 몸을 빼더니 갑자기 진지한 얼굴로 변했다.

"아무래도 또 무슨 꿍꿍이가 있는 게 틀림없어. 무슨 일이든 선생님이 이유 없이 하시는 걸 본 적이 없단 말야. 선생님이 내가 여기 있기를 바라는 느낌이 들어서 한번 떠봤던 거야. 내가 얼마나 있어야 될지 몰라서 미끼를 던졌던 거지. 아무튼 이제는 알았어. 앞으로 닷새 이내에 무슨 일인가 일어날 것이고, 선생님은 내가 아더월드에 있기를 바란다는 걸."

파브리스는 아연실색했다.

"뭐? 그럼 두 사람이 연극을 했다는 뜻이야? 하지만 왜?"

"난 셈 선생님이 마지스터를 붙잡는 걸 포기하지 않았다고 생각해."
무아노에게 따끔하게 지적을 받은 뒤로는 자신의 느낌을 친구들과 나누기로 마음먹은 타라가 말했다.

"그리고 선생님이 상그라브들의 보스를 잡아들이는 미끼로 나를 이용하고 있는 것 같아. 중요한 건 낚시에 걸려드는 사람이 누구냐 인데…… 낚시꾼이거나 물고기, 둘 중의 하나 아니겠어?"

파브리스는 걱정이 가득한 얼굴로 고개를 저었다.

"우린 마지스터의 공격에서 간신히 살아남았어. 그런데 셈 선생님이 또다시 너를 그런 위험에 빠뜨릴 준비를 한다는 것이 난 믿어지지 않아!"

"네 말이 맞을 수도 있어. 그런데 난 셈 선생님에 대해서 약간 의심이 들거든. 어쨌든 두고 보면 알겠지!"

그들이 공간이동의 문 대합실을 나와서 궁전의 대응접실로 향할 때, 종소리가 쩌렁쩌렁 울렸다. 복도에 우렁찬 목소리가 울려 퍼졌다.

"뱀파이어 사피르 드라고쉬의 재판이 시작된다!"

크리스털 전광판이 번쩍거리더니 법정의 모습이 중계되었다.

"빨리 가보자. 따라와!"

무아노가 말했다.

파브리스는 쉬바나 블롱딘만큼 빨리 뛰지 못하는 바룬을 떠다니게 했는데 그런 대로 봐줄 만했다. 그들은 숨을 헐떡이며 가까스로 재판이 시작되는 순간에 도착했다.

뱀파이어는 달라진 데가 없었다. 적어도 표면상으로는. 큰 키에 험상궂은 인상, 빨간 눈, 검은 머리털, 하얀 송곳니. 하지만 어깨는 절망으로 축 늘어져 있고, 교만한 태도는 어디로 사라지고 풀이 죽은 모습이었다.

법정 입구에서 타라를 발견한 뱀파이어의 눈이 잠시 불을 뿜듯 이글거리다가 침울한 무관심 상태로 돌아갔다. 뱀파이어가 자신의 죄를 자백했기 때문에 진실의 입들은 참석해 있지 않았다. 하지만 몇 백년 동안 궁인들과 마법사들은 이런 종류의 재판을 구경할 기회가 없었기 때문에 법정은 만원이었다.

타라 일행도 군중 속에 슬그머니 끼여들었다.

베어 왕과 티타니아 왕비가 주재했던 재판의 제1 단계는 며칠 전에 행해졌다. 그들이 도착했을 때는 뱀파이어가 이미 수석 고문관인 살라타르의 질문에 단조롭고 피곤한 어조로 대답하고 있었다.

"네. 나는 늑대로 변신한 뒤에 카를리르 씨의 어깨를 움켜잡았고, 그때문에 그의 옷에서 털이 발견된 것입니다. 내가 그의 목숨이 끊어질 때까지 피를 빨아먹었던 것도 사실입니다."

살라타르는 믿어지지 않는 얼굴이었다. 머리가 사자인 키마이라의 얼굴에서 타라가 꿰뚫어본 표정으로는 분명히 그랬다! 그러나 살라타르는 침착하게 진행했다. 그 사건을 되새겨 진술하는 데는 30분도 걸리지 않았다. 사건의 내용은 이랬다. 뱀파이어는 며칠 동안 거의 먹지를 못해 굶주려 있던 차에 길에서 공교롭게도 그 인간과 마주쳤고, 시내로 나가 알코올까지 마신 터라 도저히 견딜 수가 없었다는 것이다.

"아무래도 내가 보기에는 말야, 드라고쉬 선생님이 누군가를 지켜주려는 것 같아."

로빈이 타라에게 속삭였다.

"내 생각에는 모든 사람을 위해서인 것 같은데……."

타라가 말했다.

"네 말이 맞는다면 누구를 위한 건지, 특히 그 이유가 뭔지 정말 궁금하다."

판결은 들으나 마나였다. 랑코비트에서는 사형이 폐지되었기 때문에 뱀파이어는 종신형이 처해질 게 뻔했다.

판결이 선고됐을 때, 드라고쉬는 눈썹 하나 까딱하지 않았다. 그는 크리스털리스트들과 군중의 눈길을 받으며 잠자코 경호원들을 따라갔다.

사람들이 일어나기도 하고, 내려앉기도 하고(공중에 떠 있던 이들의 경우), 허리를 쭉 펴기도 하고, 시원하게 기지개를 펴기도 하더니 흥분을 감추지 못하면서 우르르 몰려나갔다. 얼마나 황당무계한 사건인가!

여전히 미남 청년의 모습인 칼은 부모님을 만나러 집에 들렀다가 궁전으로 돌아와서 사르도인 선생님에게 며칠 더 수석 조수 일을 하지 못하게 되었음을 알리기로 했다. 무아노도 부디우 부인에게 돌아왔음을 알리러 갔고, 타라와 시간을 보내기 위해서 휴가를 며칠만 더 달라고 청했다. 로빈은 그간의 사건들과 특히 뱀파이어의 재판에 대해 논의하러 아버지를 찾아갔다. 파브리스는 자기가 모시는 최고 마법사 샹프랭 선생님이 파프니르와 함께 황무지 늪으로 떠났기 때문에 의무적인 일과에서 해방되어 있었다.

셈 선생님의 허락을 이미 받았기 때문에 타라는 살아 있는 궁전을 돌아다니면서 깊은 생각에 잠겼다. 드래곤 마법사는 뭔가를 꾸미고 있는 것이 분명했다. 그게 뭘까? 그 일이 드라고쉬 선생님의 일과 어떤 관련이 있을까?

갈랑이 바로 눈앞에서 날개를 파닥이면서 타라의 관심을 끌었다. 날씨도 좋고, 함께 날아다닌 지가 언제였는지 모르게 까마득한데 뭘 꾸물대고 있어? 하고 묻는 얼굴이었다.

타라는 곧 승낙했고, 잠시 후 그들은 하늘을 수놓은 작은 뭉게구름들을 뒤쫓듯 자유로운 비행을 시작했다. 이보다 더 황홀한 느낌이 있을까! 갈랑의 단단한 근육을 느껴보기도 하고, 우아하게 하늘을 가르는 하얀 날갯짓도 보고, 초원에서 풀을 뜯어먹는 한 떼의 베에들에게 겁을 주는 장난도 치고, 폼 나게 공중회전도 했다(첫 번째 회전에서는 거의 땅바닥에 곤두박질칠 뻔하다가 아슬아슬하게 잘 넘어갔는데, 오히려 두 번째 회전에서는 사태가 좀 더 악화되었던 지난날이 떠올라서 타라는 픽 웃음이 나왔다). 그들은 정말 오랜만에 행복한 순간을 보냈고, 페가수스에서 내렸을 때 타라는 완전히 긴장이 풀렸다. 타라는 갈랑을 쓰다듬어주고 털을 말려준 다음에 왕궁 마구간으로 데려갔고, 밤에 필요한 것들이 다 있는지 꼼꼼히 확인했다. 자기를 왜 마구간에서 자게 하는지 놀라는 갈랑을 뒤로 하고 타라는 궁전으로 들어갔다. 혼자 있고 싶었던 것이다.

타라는 같이 있겠다는 친구들의 제안도 한사코 거절했다. 한참을 주장하던 무아노는 샐쭉해서 자기 방으로 돌아갔고, 로빈은 아버지와 함께 어머니를 만나러 셀렌다로 떠났다. 칼은 수석 조수들의 기숙사가 아니라 자기 집에 가서 자기로 했다(왜? 너의 그 귀여운 토토와 자려고? 하면서 무아노가 짓궂게 놀렸다). 마니투는 오랜만에 친구들을 만나보고 한 친구의 집에서 보내기로 했다. 그렇게 해서 그들은 뿔뿔이 흩어졌다.

타라는 샤워를 빨리 끝낸 다음 옷을 갈아입었고, 침대의 신경을 거슬리지 않도록 신발은 신지 않았다. 베개들이 등뒤에 푹신하게 받쳐지자, 타라는 편안한 자세로 기다렸다.

그렇게 얼마쯤 지났을까, 졸음이 막 밀려오는 순간에 그가 왔다.

자기를 기다리고 있는 타라를 보면서 그는 깜짝 놀라는 것 같았다.

타라가 차분하게 말했을 때 그의 빨간 눈이 휘둥그레졌다. 사실 타라의 목소리는 좀 심하게 떨고 있었지만.

"아, 안녕하세요, 드라고쉬 서, 선생님."

드라고쉬는 그 긴 날개를 접었다. 공기 속에 진동 같은 것이 일어나더니 박쥐의 시커먼 실루엣이 커지면서 그 친숙한 뱀파이어의 몸으로 돌아왔다.

"나는 네가 놀라서 기절할 거라고 생각했는데!"

'천만의 말씀, 실패하셨어요.' 하는 말이 입에서 근질근질했지만 타라는 꾹 참았다. 불도그가 부러워할 그 무식한 이빨을 가진 자에게 빈정거려봐야 물리기밖에 더 하겠어?

"그런데 너는 아예 놀라는 기색도 없구나."

뱀파이어가 계속했다.

"제가 놀라지 않는 건 당연해요."

타라는 태연하게 응수했다.

"저는 친구들에게 오늘 밤은 같이 있지 말자는 부탁까지 했는걸요. 갈랑도 마구간에 있으니까 확인해보세요. 선생님과 단 둘이서 얘기하고 싶었거든요."

뱀파이어는 얼굴이 굳어졌다가 송곳니를 드러내며 위협적으로 입을 실룩거렸다.

"뭐라고?"

타라는 그 짤막한 '뭐라고?'가 무슨 뜻인지 짐작했다. '오, 조상들이시여, 아무리 총명하기로 어떻게 내가 오로지 너를 만날 목적으로 감옥을 빠져 나오리라는 걸 알 수 있단 말인가! 정말 아연실색할 일이군!' 뭐, 대충 이런 식의 의미가 담겨 있으리라.

"선생님은 마법의 도움을 구하지 않고 마음대로 변신할 수 있어요. 그건 곧 탐지기를 피할 수 있다는…….."

"그건 틀렸다."

뱀파이어가 타라의 말을 가로막았다.

"내게 그런 능력이 있다는 걸 알기 때문에 감방에 방어 주문이 걸려 있으니까."

"아하, 그 주문의 효력이 아주 확실했나 보네요. 그런데 제 생각에는 선생님을 붙잡아둘 수 있는 감옥은 아직 존재하지 않는 것 같아요. 그리고 살인사건이 일어났던 날 밤, 우리가 골목에서 우연히 마주쳤을 때 선생님은 제 얼굴을 뚫어지게 쳐다보면서 말씀하셨어요. '너, 너 때문이야!' 그래서 저는 선생님이 제가 모르는 어떤 이유 때문에 저를 원망하고 있으며, 그걸 설명하러 반드시 저를 찾아올 거란 결론을 내렸지요. 다만 그날이 오늘 밤일지 내일 밤일지 몰라서 불안했는데…… 이렇게 빨리 찾아와 주시니 감사할 따름입니다. 아니면 며칠 밤을 뜬눈으로 샜을 텐데."

뱀파이어는 강타를 얻어맞은 듯 단번에 피로에 지친 얼굴이 되었다. 안락의자를 찾는 순간 뽀르르 달려와 주는 의자에 그는 털썩 주저앉으면서 한숨을 내쉬었다.

"도대체 무슨 이유인지 너와 얘기하고 있으면 꼭 움직이는 모래밭을 걷는 것 같은 느낌이 드는구나. 어느 때든 모래밭에 빠질 위험이 있다는 걸 알고 있지만 예상하는 순간은 절대로 아니니까. 이제 용건을 말하겠다. 나는 어떤 것이 너를 쫓고 있다는 걸 말해주려고 온 거야. 그것이 너를 찾으면 절대 안 되기 때문에."

어떤 것이라니, 타라는 그런 식의 모호한 표현보다 구체적인 표현을 좋아했다.

"그리고요……?"

타라가 의문이 가득한 얼굴로 쳐다봤다.

뱀파이어는 그런 얼굴로 쳐다보지 말라는 듯이 두 눈을 비볐다.

"그리고…… 난 몇 살인지도 모르는 어린 마법사에게 설명해줄 필요를 느끼지 않아. 그저 너는 떠나야 한다는 말밖에."

"며칠 있으면 열세 살이에요."

타라는 친절하게 알려 주었다. 당황하는 뱀파이어가 재미있어지기 시작한 타라는 좀더 약을 올려서 이 참에 최대한 많은 정보를 얻어낼 깜찍한 생각을 하고 있었다.

"그런데 저는 납득할 만한 설명을 듣지 않고서는 어디로든 떠날 생각이 없거든요."

"방금 너에게 내 신경을 아주 거슬리는 것이 있다고 말해준 걸로 생각하는데……, 하기야 너는 뭘 해도 꼬치꼬치 따져야 직성이 풀리지. 언제나 사사건건 이유를 알아야 하니까. 여기서 떠나는 것만이 네가 살 수 있는 유일한 길이란 말이다. 이만하면 이유가 되겠니?"

"드라고쉬 선생님, 아더월드를 알게 된 뒤로 제 생활은 폭풍우가 몰아치는 밤, 부모님이 없는 음산한 집에서 공포 영화에 질린 아이가 시달리는 악몽과도 같아요. 하지만 다행히 전 무서움을 별로 타지 않거든요."

뱀파이어는 썰렁한 유머감각마저 그나마 완전히 잃고 말았다. 그의 입꼬리가 약간 치켜 올라갔다. 미소를 지으려는 건가?

"우리 행성에는 너를 원망하는 사람들이 엄청나게 많다. 그런데도 너는 오늘 밤 안으로 짐을 싸서 지구로 돌아가지 않을 거란 말이지?"

"아, 그런 거라면 됐어요!"

타라가 기쁘게 소리쳤다.

뱀파이어가 얼떨떨해 있음을 알아차린 타라는 공격을 약간 완화했다.

"며칠 후에는, 길어봐야 나흘 후에는 떠날 예정이거든요. 그리고 대부분의 시간을 셈 선생님이 아니면 친구들하고 지낼 거예요. 그러면 안심이 되시죠?"

뱀파이어가 일어나더니 오만상을 찌푸리면서 말했다.

"그럼 나는 이만 가겠다. 나의 경고가 헛된 것이 아니길 바라면서."

"한 가지만 여쭤볼게요."

타라는 뱀파이어가 다시 변신하려는 순간 말했다.

"선생님은 저를 좋아하지 않아요. 그리고 마지스터가 림보를 열고 악마들을 해방시키는 데 나를 이용해서 이 세계를 쑥대밭으로 만들까 봐 걱정하셨어요. 선생님은 저한테 분명히 말씀하셨어요. 악마들이 이곳을 들이닥치게 내버려두느니 선생님의 손으로, 갈퀴발톱이든 무엇으로든 가차없이 저를 죽일 각오가 되어 있다고. 그랬던 선생님이 지금은 그것도 한밤중에 찾아오셔서 내가 위험에 처해 있으니 목숨을 보존해야한다는 말씀을 하시니, 전 이해가 안 가요."

"이제야 얘기가 좀 통하려나, 덩컨 양?"

좋았어! 뱀파이어가 이제 유머감각이 좀 살아나려나? 타라는 밤이 길어질 것 같은 느낌에 한숨지었다.

"왜죠……?"

타라는 뱀파이어가 도와주려고 하는 이유를 알고 싶어서 마음을 졸였다.

이번에는 뱀파이어가 그 뾰족한 치아를 다 드러내며 함박미소를 지을 차례였다.

"너의 그 끈질긴, 그 못 말리는 궁금증에 비춰볼 때 그래도 딱 한 가지 긍정적인 점이 있다면 네가 오늘 밤 나의 개입에 대해 물밀듯이 밀려오는 의문으로 아마 모르긴 몰라도 잠을 이루지 못하리라는 것이다. 나는 감옥에서 평온하게 쉬는 반면에."

타라는 팔짱을 끼면서 분개했다.

"흥! 너무 유치한 대응이라고 생각하지 않으세요? 정말 치사해요!"

"아, 그런가?"

뱀파이어는 아주 흡족해했다.

"그럼 이제 우리가 비긴 건가?"

그렇게 말하고 나서 뱀파이어는 허리까지 숙이며 말했다.

"다시는 덩컨 양을 만나는 기쁨이 없기를 바랍니다!"

타라는 곧이듣지 않았다. 평정을 되찾으면서 타라도 허리를 숙였다.

"믿어보세요, 선생님, 저도 마찬가지니까요!"

뱀파이어는 정중하게 인사말을 남기면서 박쥐로 변신했다. 문이 소리 없이 열렸고, 박쥐는 복도로 사라졌다.

타라는 뒤숭숭한 마음으로 옷을 벗고 침대에 누웠다. 그러고는 궁전에게 자신의 허락 없이는 아무에게도 문을 열어주지 말라고 명했다.

타라는 여러 가지 의문으로 머릿속이 복잡해서 이리 뒤척이고 저리 뒤척였다. 뱀파이어는 감옥에서 나올 수 있으면서 왜 도망치지 않는 걸까? 정말 그 남자를 죽이고 피를 빨아먹었을까? 그게 사실이라면 이유가 뭘까? 한밤에 나눈 공허하기 짝이 없는 치열한 공방전은 아무리 생각해도 짝이 맞춰지지 않는 퍼즐 같았다.

다음날 아침, 갈랑, 무아노, 로빈, 칼, 파브리스, 마니투는 타라가 셈 선생님의 시중을 들러가기 전에 같이 아침을 먹으려고 찾아갔다. 타라의 방문이 열리지 않았을 때, 그들은 몹시 놀랐다. 그들은 타라를 부르면서 잠시 기다려봤지만 아무런 기척이 없었다.

"방에 없다고 생각하니?"

슬슬 걱정이 되기 시작한 무아노가 물었다.

"일단 식당으로 가보자."

칼이 제안했다.

"벌써 내려가서 아침을 먹고 있을지도 몰라! 내가 이렇게 배고파 죽겠는데 타라도 그랬을지 모르잖아!"

갈랑은 그 자리를 떠나기를 거부하면서 방문 앞에 남았는데 불안으로 몸이 뻣뻣해져 있었다. 친구들이 식당을 뒤졌지만 타라는 어디에도 없었다. 크루아상과 작은 빵을 한 개씩 집어들고 부리나케 타라의 방으로 달려가던 칼은 안젤리카와 마주쳤다. 꺽다리도 여제의 은총으로 석방된 모양이었다. 안젤리카가 걸음을 멈췄는데 칼을 알아보지 못하는 것이 분명했다. 칼이 짓궂은 말로 놀려주려고 할 때, 꺽다리가 눈웃음을 치면서 달콤하게 속삭였다.

"안녕하세요? 처음 뵙는 분인 것 같은데요?"

칼은 한입 베어 문 크루아상을 꿀꺽 삼키고, 빵 부스러기가 다닥다닥한 옷을 탁탁 털고 나서 신사다운 포즈로 인사했다.

"본드라고 합니다, 제임스 본드. 당신은?"

칼은 부드러운 목소리로 말했다.

그 눈뜨고는 못 봐줄 광경에 파브리스와 로빈은 하늘을 향해 눈길을 돌려버렸다.

"안젤리카라고 해요, 안젤리카 브란다우드. 나는 뱀파이어, 드라고쉬 선생님의 수석 조수랍니다. 아니, 그랬었지요. 지금은 부디우 부인 밑에 있거든요(부디우 부인의 수석 조수인 무아노는 깜짝 놀랐다. 무슨 소리야? 가증스런 계집애가 부인과 일하게 된단 말야? 이건 뭐가 잘못되어도 한참 잘못된 건데……). 새로 오시는 최고 마법사를 기다리는 중이라서. 그런데 혹시 그분이 아닌가요?"

그 말에 칼은 뱉어내듯이 대뜸 말했다.

"바로 맞혔군요. 내가 그 최고 마구스 본드요. 이렇게 황홀한 미녀와 일하게 되어서 아주 기쁘군요!"

그리고는 안젤리카의 손에 입을 맞추는 듯한 자세로 허리를 굽혔다.

이어서 안젤리카가 까무러치기 전에 칼이 얼른 말했다.

"근데 아쉽게도 헤어져야겠군요. 의무가 나를 부르고 있으니! 그럼 나중에!"

칼을 바라보는 안젤리카는 특별히 입맛이 당기는 생선을 쳐다보는 고양이 같았다.

"네, 나중에, 네, 나중에 뵐게요!"

칼은 근육질 어깨에 걸친 망토를 휘날리며 씩씩한 발걸음으로 떠났다. 그 모습에 얼마나 홀렸으면 안젤리카는 웃음을 참느라고 킥킥거리는 무아노도 알아보지 못할 정도였다.

로빈과 파브리스, 마니투는 애써 무표정한 얼굴을 하면서 꿈속을 헤매듯 멍해 있는 안젤리카 앞을 지나갔다.

타라의 방 앞에 이르자, 그들은 다시 진지해졌다. 문을 두드려도 보고 소리쳐 불러도 봤지만 여전히 아무런 기척이 없었다. 갈랑은 거의 미친 듯이 날개와 발톱으로 문짝을 치고, 긁어댔다. 발광하듯 날뛰는 페가수스가 부상이라도 당할까 봐 쉬바와 블롱딘이 나서서 간신히 진정시켰다. 아무리 간청해도 궁전이 문을 열어주길 거부했기 때문에 칼은 하는 수 없이 칼리브리스 부인을 찾으러 갔다.

머리가 둘 달린 타트리스족 행정관, 다나와 클라라가 한 목소리로 문을 열라고 명령하자, 궁전은 복종할 수밖에 없었다.

그런데 아주 끔찍한 광경이 그들을 기다리고 있었다.

타라가 침대에 쓰러져 있었다. 한 줄기의 핏자국으로 얼룩져 있는 뺨, 멍하니 뜬 채로 천장을 응시하는 눈.

타라의 가슴에는 큰 화살 하나가 관통해 있었다!

15
영혼 약탈자

로빈은 거의 숨이 끊어질 듯한 비명을 지르면서 초인적인 속도로 시체를 향해 달려갔다.

"로빈 기다려! 그건……."

마니투가 외쳤다.

구하기엔 너무 늦었다. 로빈이 울부짖으면서 어느새 타라를 움켜잡는데 그의 두 손이 타라의 몸을 그냥 지나쳐버리는 것이 아닌가!

"……환영이야!"

마니투가 하려던 말을 끝맺었다.

"환영이라니요?"

파브리스는 눈물을 쏟을 듯한 얼굴로 울먹거렸다.

"그럼 타라가 죽었고, 저건…… 유령이라는 뜻이에요?"

"아니, 천만에."

마니투가 안심시켰다.

"저건 속임수야. 감쪽같이 타라를 복제한 것이지. 만져보지 않는 한 그 차이를 알아낼 수가 없어."

"하지만 어떻게……?"

"내가 그걸 어떻게 아느냐고? 환영은 냄새가 안 나거든. 냄새를 전혀 느끼지 못했단 말이지. 따라서 저건 타라가 아냐."

이미 침착해진 무아노는 갈랑을 유심히 관찰했다. 과연 페가수스는 절망한 기색이라곤 없었고, 벽을 살피면서 사냥개처럼 냄새를 킁킁 맡고 있었다.

으흠, 무아노는 알아차렸다.

"타라!"

무아노가 외치는 소리에 친구들은 까무러칠 뻔했다.

"너 어디 있어?"

"여기! 금방 나갈게!"

그들 뒤에서 갑자기 벽의 한 부분이 빙그르르 돌더니 먼지를 뒤집어 쓴 타라가 튀어나왔다.

"휴! 이루 말할 수 없이 불안한 밤이었어."

타라는 더는 아무 말도 할 수 없었다. 로빈이 숨이 막힐 정도로 꽉 끌어안았기 때문이다. 그 즉시 구름같이 일어나는 먼지 때문에 콜록거리면서도 로빈은 타라를 놓아주지 않았다.

"으윽, 숨막혀."

미친 듯이 쿵쾅거리는 엘프의 심장을 느낀 타라는 하지 말아야 할 말을 하고 말았다.

"너 괜찮은 거지?"

"타라! 너 꼭 이렇게……. 난 네가 정말 죽었는지 알았단 말야!"

로빈이 씩씩거리면서 떨어지자 갈랑이 재빨리 그 자리를 차지했다.

"나도 그랬어."

이번에는 파브리스가 타라를 끌어안으면서 떨리는 목소리로 말했다.

"이 연극은 대체 뭐야?"

친구들을 겁나게 한 것이 쑥스러운 타라는 페가수스의 보드라운 머리를 쓰다듬으면서 말했다.

"미안해, 너희들이 오기 전에 돌아와 있을 생각이었는데 시간 개념을 잃어버렸어. 그리고 아무에게도 내 방문을 열어주지 말라고 궁전에 부탁해 놨었거든."

애써 분통을 참던 칼리브리스 부인이 끼어들 기회를 잡았다.

"궁전은 우리의 명령에 복종하지 않을 수 없다. 여기서……" 다나가 엄숙한 어조로 시작했다.

"…… 무슨 일이 일어난 건지……" 클라라가 말을 이었고,

"…… 설명해줘야지!" 다나가 계속했다.

"…… 도대체 어떻게 이런 일이!" 쌍둥이 얼굴이 놀란 눈길을 교환하면서 클라라가 말을 끝마쳤다.

타라는 그들에게 먼지를 털고 올 테니 잠깐만 기다려달라고 하면서 욕실로 뛰어갔다. 잠시 후 돌아온 타라는 아주 말끔해져 있었다. 그들이 빙 둘러앉는 사이에 타라는 끔찍한 시체를 사라지게 했다. 침대에 깊이 박힌 화살만 남게 되자, 침대는 분노의 신음소리를 냈다.

"나를 죽이려고 작정한 사람이 있었어요."

타라는 하품을 꾹꾹 누르면서 설명했다.

"그래서 그자가 성공한 것으로 믿게 하는 것이 좋겠다고 생각했어요. 실은 어젯밤 졸고 있는데 불현듯 누군가가 나를 죽이러 올 것 같은 느낌이 들더라고요. 그래서 바닥에 이불을 깔고 잘 생각이었는데 내 마음을 알아챈 궁전이 고맙게도 환영 효과 속에 나를 숨겨줬어요. 그래도 마음

이 놓이지 않아서 누구에게든 문을 열어주지 말라고 명령했어요. 그런데 간밤에 그자가 이용한 것은 문이 아니라 비밀 통로였어요!'

그 말에 경악하는 웅성거림이 일었다.

"전혀 보이지 않는 구멍이 벽에 뚫려 있었던 거예요. 침대 위에 이미 나를 대신하는 환영을 준비해 놨었기에 망정이지……. 그 구멍에서 별안간 튀어나온 두 개의 손이 여러 개의 화살을 메운 활을 들고 있었는데 가짜 타라를 겨냥하더니 가차없이 화살을 쏘았어요."

타라가 눈앞에 버젓이 살아 있는데도 친구들은 숨을 죽이며 이야기를 듣고 있었다.

"그래서 나도 재빨리 내 가짜 몸을 꿈틀거리게 했어요. 마치 화살을 맞고 죽어 가는 사람처럼. 이어서 피를 흘리는 속임수를 썼고, 구멍이 닫히기를 기다렸죠. 그러고는 부리나케 그 벽 앞으로 가서 통로를 여는 방법을 알아냈고, 뒤를 쫓았어요. 그 안은 그야말로 복도와 방들의 미로였고 온통 거미줄과 먼지투성이였어요. 범인의 발자국을 쭉 따라갔는데 그 발자국이 글쎄……."

타라는 능란한 이야기꾼처럼 갑자기 말을 중단하는 것으로 극적인 효과까지 연출했다.

"그래서 발자국이 어디로 이어졌는데?"

엘프의 피가 복수심으로 불타는 로빈이 재촉했다.

"셈 선생님의 사무실!"

일곱 명의 외침이 동시에 터져 나왔다. 친구들과 칼리브리스 부인은 도무지 믿어지지 않는 얼굴로 아연실색했다.

"그건 말도 안 돼! 셈나샤오비로다인트라쉬부는 절대로 그런 짓을 할……."

두 얼굴이 부르짖었다.

"나를 죽이려고 했던 사람이 셈 선생님이라고 말하진 않았는데요."

타라가 얼른 말을 잘랐다.

"먼지구덩이에 난 발자국이 선생님의 사무실로 이어져 있었다 그 말이에요. 그 뿐이라고요. 게다가 내가 그 사무실에 들어갔을 때 셈 선생님은 다이아몬드 침대에서 코를 골고 있었어요. 일부러 지나가면서 소리까지 내봤지만 비늘 하나 까딱하지 않더라고요. 그리고 만약 누군가가 그 사무실에서 나왔다면 작은 드래곤과 유니콘 석상들이 경보를 울렸겠죠. 그래서 나는 또 다른 통로가 있다는 결론을 내렸어요."

"안전 시스템에 많은 구멍이 뚫려 있다는 걸 알면 드래곤 마법사의 기분이 상당히 좋겠다!"

칼이 너스레를 떨었다.

"뭘 찾아야 하는지 알기 때문에 그리 오래 걸리지 않아서 찾아냈어요."

"그래서?"

파브리스는 고조되는 긴장감을 참지 못하고 물었다.

"통로가 여러 가닥으로 갈라져 있었어. 몇 개는 회의실로 이르고, 몇 개는 감옥으로 이르고, 또 몇 개는 여러 방으로 연결되어 있더라고. 그것들을 모두 조사하지는 못했어. 어쨌든 아쉽게도 고생만 하고 범인은 찾지 못했어."

"즉시 궁전에게 말해야겠다……." 클라라가 으르렁거리자,

"…… 그 통로들을 모두 폐쇄하라고." 다나가 성난 음성으로 말을 끝맺었다.

"궁전은 그럴 수 없을 거예요."

타라가 설명했다.

"마법에 걸려 있지 않아서 전혀 통제되지 않는 구역들이 있으니까요. 그 구역들을 찾는 건 궁전이 곳곳에 만들어놓은 환영들을 찾는 것보다 더 힘들 거예요. 궁전이 절대로 세상에 공개하고 싶어 하지 않은 비밀 통로들을 제외하고는."

"내가 이 궁전을 절식시키면……." 클라라가 볼멘소리로 말하자,

"…… 더 많은 환영이 만들어지겠지 ……." 다나가 찬성했다.

"……그 사이에 그 비밀 통로란 것들을 찾아내어 메워버리는 거야……." 클라라가 말했다.

"……그렇고 말고!" 다나가 말을 끝맺었다.

"그것도 좋은 방법이긴 한데요. 하지만 타라가 죽은 걸로 되어 있으니 이젠 어떡하죠?"

영리한 무아노가 지적했다.

"울어야지."

파브리스가 대답했다.

"모두 목놓아 엉엉 우는 거야. 우린 친구를 잃은 거니까. 우리가 슬픔을 표시하지 않으면 범인이 속았다는 걸 눈치채고 또 시도할 거야."

"넌 변신해야 돼, 타라."

칼이 말했는데 그 목소리에 장난기가 담겨 있었다.

"그 범인이 알아보지 못할 무언가로 변신하는 거야."

"엘프!"

로빈이 외쳤다.

"수사 담당 엘프 전사로 변신하는 게 좋겠어!"

"그거 좋은 생각이구나……." 다나가 찬성했다.

"……범인 수사를 위해 우리가 고용했다고 말하면 돼……." 하고 제

안하면서 클라라도 거들었다.

　"……아무도 의심하지 않을 거야. 어차피 엘프 사냥꾼들은 아더월드의 수사관들이니까! 그래, 아주 기막힌 생각이다. 타라, 누군가 너를 알아보기 전에 빨리 변신해. 나도 서둘러서 궁전을 조종해야 하니까." 다나는 재빨리 말을 마쳤다.

　타라는 순순히 응했다. 살아있는 돌과 결합되어 힘이 배가된 타라는 키가 커지고, 머리털의 빛이 희미해지고 쑥쑥 자라더니 복잡한 모양으로 땋은 머리가 야들야들한 금속 망에 에워싸였다. 이어서 크리스털 눈으로 변하고, 눈썹이 관자놀이 쪽으로 쳐지고, 귀가 쭉쭉 늘어났다. 엘프 전사들이 다 그렇듯이 타라는 금장식이 번쩍이는 은빛 켈트릴 갑옷 위에 하얀 실크 튜닉을 걸치고 있었다. 몸 곳곳에 보이는 단검들이며 옆구리에 찬 장검, 어깨에도 멋진 활을 둘러매고 있으니 말 그대로 용맹한 전사의 모습이었다. 살아있는 돌이 엘프의 초인적인 민첩성을 부여해준 덕분에 둔하고 어설프게 보이는 다른 사람들의 행동이 한심해 보일 정도였다. 감각들도 아주 예민해져 있었다. 미세한 먼지 알갱이까지 보이는가 하면 아주 조그만 소리도 들렸고, 온몸에 거의 통증 같은 것이 느껴졌다. 타라는 그 예쁜 코를 찡그렸다. 냄새도 너무나 강렬하게 느껴졌던 것이다!

　파브리스는 벌레 씹은 얼굴이 되었다. 눈부시게 아름다운 타라! 칼과 타라는 환상적인 커플이었다. 칼이 허리를 굽히면서 말했다.

　"와우!"

　칼이 탄성을 질렀다.

　"정말 아름다운 변신이다. 그래서…… 말인데 나를 옛날 모습으로 돌아가게 어떻게 좀 해주지 않을래? 안젤리카까지 알랑거리면서 달라붙는데 솔직히 아주 죽을 맛이야."

타라는 피식 웃었다.

"뭐? 안젤리카? 설마 너……."

"맞아."

무아노가 생글생글 눈웃음을 치면서 말했다.

"칼이 안젤리카에게 제임스 본드인 척 장난을 쳤거든. 게다가 걔와 앞
으로 함께 일하게 될 최고 마법사라는 말까지 했다니까."

타라는 휘파람까지 불면서 놀렸다.

"쯧쯧! 꺽다리가 엄청나게 실망하겠다!'

"그럴 테지."

칼은 죄의식이라곤 전혀 없는 듯 낄낄거렸다.

"그래서 부탁인데 어떻게 좀 해줄 수 없겠어?"

"그 질문은 이미 했잖아."

타라는 아주 진지한 얼굴로 대답했다.

"코를 한 다섯 개쯤 추가하고 초록색 털로 만들 위험이 있어서 난 엄
두가 안 나. 그러니까 좀 참아! 괜히 그러다 붙잡혀!'

타라는 납득이 가지 않는 눈으로 쳐다보는 칼에게 미소를 지었다.

"그래, 알았어. 변신이 재미있는 모양인데 이번에는 네 페가수스나 어
떻게 해보지 그래. 엘프들에게는 패밀리어가 거의 없으니까. 더군다나 페
가수스를 데리고 다니는 마법사는 너밖에 없다고. 넌 대번에 들통날걸."

그 순간 쉬바가 무슨 말을 하는 듯 으르렁거렸다. 무아노는 친구들에
게 자신의 표범이 갈랑을 하얀 호랑이로 변신시키라는 제안을 했다고
전했다. 갈퀴발톱은 이미 있으니까 많이 바꾸지 않아도 된다는 것이었
다. 그 제안은 즉각 받아들여졌고, 멋진 페가수스는 눈 깜짝할 사이에

호랑이 가죽을 뒤집어쓴 모습이 되었다. 걸어다니는 걸 몹시 싫어하는 갈랑은 타라에게 날개를 가질 수 있냐고 물었지만 날개 달린 호랑이는 아더월드에 존재하지 않기 때문에 단념해야 했다.

그들은 작전을 짠 뒤에 헤어졌다. 파브리스, 바룬, 무아노, 쉬바, 마니투는 눈물 주문을 걸었다. 잠시 후 그들은 헝클어진 머리에 눈물을 펑펑 쏟으면서 타라가 살해되었음을 알리러 나갔다. 타라는 피를 흘리며 죽은 자신의 시체를 침대 위에 다시 만드는 것으로 환영을 완성해 놓았고, 칼리브리스 부인은 그 방을 밀폐했다.

한편 사자의 후각은 형편없다고 불평을 늘어놓으면서 여기저기 킁킁거리고 다니는 블롱딘을 앞세운 칼과 로빈, 타라, 갈랑은 화살을 쏜 범인의 흔적을 찾기 위해 지하로 내려갔다.

고도로 발달된 초인적 감각 덕분에 타라는 터널 속을 전진하는 것이 처음과는 사뭇 달랐다. 범인의 아주 작은 행동도 어려움 없이 그 움직임을 꿰뚫어볼 수 있었던 것이다. 으음, 그자가 여기 이 돌에 기대어서 활시위를 메운 모양이군. 저기서는 졸다가 뭔가를 떨어뜨렸나 보네. 저기 저 두 갈림길에서 망설였던 게 분명해. 어둠 속인데도 고양이 같은 밝은 눈 덕분에 대낮처럼 잘 보였다.

흉악한 살인범에 대한 분노로 피가 끓는 걸 느끼면서 흠칫 놀란 타라는 소리지르고 싶은 충동을 억눌러야 했다.

"쉽지가 않지?"

친구가 느끼는 동요를 알아차린 로빈이 속삭였다.

"어휴, 넌 줄곧 이런 느낌으로 사는 거였어?"

타라가 물었다.

"화가 치밀어서 싸우고 싶고, 모조리 다 때려부수고 싶은 이 충동 말야."

"순종 엘프들보다는 덜하지만 그런 셈이지. 우리는 아주 거친 종족이야. 그래서 우리 조상들이 다른 종족의 경찰과 군인이 된 거야. 안 그랬으면 우리는 전쟁하는 데 시간을 보내고 있겠지. 죽기 살기로."

"이제는 네 마음을 알겠어. 네가 감정을 억제하느라고 이 정도로 시달리고 있었는지는 꿈에도 생각 못했어. 넌 유능한 수사관이잖아. 이 흔적들에 대해 어떻게 생각해?"

"마법사의 행위로 보기는 힘들어."

하프엘프는 한숨을 내쉬었다.

"발자국으로 봐서는 보폭이 크고 힘이 센 인간인 것 같아. 발자국 깊이로 보면 몸무게가 꽤 나가는 것 같고. 하지만 그자가 변신을 잘한다면 그건 별 의미가 없겠지."

"그럼 그자가 간 코스를 찾을 수 있겠어?"

"아니. 저기 반짝거리는 거 보이지?"

로빈이 가리키는 쪽을 보던 타라는 금빛 입자들을 발견했다.

"응, 보여."

"간교한 자야. 디스로쿠스 주문을 걸어놨어. 엘프의 감각을 방해하는 주문이지. 이젠 범인이 흔적을 충분히 남겨놨기를 바라는 수밖에……."

엄지동자를 따라가는 느낌이라고나 할까. 구불구불하게 난 발자국이 벽에 뚫린 문 앞으로 이어졌다.

문을 여는 순간, 화르르르! 그들은 훅 몰아치는 불길과 맞닥뜨렸다.

발자국을 따라 이른 곳은 셈 선생님의 사무실이었고, 그들이 들어서자 소스라치게 놀란 드래곤 마법사는 하마터면 그들을 지글지글 태울 뻔했다.

칼을 알아본 드래곤이 뿜어내던 불을 얼른 멈췄다.

"아니, 이럴 수가! 너희들 어디서 나오는 거냐? 칼? 로빈? 그리고 엘프 숙녀는 누구인지요?"

타라는 배시시 웃었다.

"제 변장이 효과가 있나 보네요, 선생님. 저를 못 알아보시겠어요?"

"타라? 대체 무슨 일로 그런 변장을?"

드래곤의 눈이 휘둥그레졌다.

"간밤에 누군가가 또 타라를 죽이려고 했어요, 선생님."

로빈이 설명했다.

"그래서 우리는 속임수가 필요하다고 생각했어요. 살인자가 성공한 것으로 믿게 하려면."

드래곤은 그 거대한 눈살을 찌푸렸다.

"그런데 내 사무실에는 어떻게 들어온 거냐?"

칼이 교대로 설명에 들어갔다. 드래곤 마법사는 자신이 수백 년을 살아온 궁전에 비밀 터널들이 존재한다는 얘기를 듣는 순간 기절초풍했다.

"그런데요, 선생님, 제발 정상적인 몸으로 돌아와 주시면 안 될까요?"

계속 고개를 쳐들고 있으려니 목이 뻐근해지기 시작한 타라가 물었다.

"아, 이런! 그래, 그래야지."

거대한 드래곤 대신에 왜소한 셈 선생님이 나타났다.

"이게 모든 걸 바꿔놓는군!"

셈 선생님이 중얼거렸다.

"뭐가 모든 걸 바꿔놓는데요?"

타라는 아주 순진한 어조로 물었다.

셈 선생님이 날카로운 눈길을 던졌다.

"몇 가지 계획이 있었는데 이 사건으로 수정하게 생겼다 그 말이야.

칼리브리스 부인이 나쁜 계획과 좋은 계획을 하나씩 제안했었다. 나쁜 건 너희들이 통로를 발견했다는 걸 범인이 알게 해서는 절대 안 된다는 거야. 따라서 지금은 통로들을 메우지 말아야 한다는 것이지. 좋은 계획 은 너를 끌어들이는 거야. 따라서 나는 엘프 전사 만루딜 타릴이 타라 피살 사건이 아니라 뱀파이어가 저지른 살인 사건을 수사하러 궁전에 도착했다고 알리겠다. 그리고 너의 죽음이 공식적으로 발표되면, 그때 우리는 이 새로운 사건도 너에게 맡길 것이다. 어때, 괜찮지? 그리고 나 서 나흘 후, 너는 약속한 대로 지구로 돌아가는 거야. 인식 패스를 보여 다오, 수정해주마."

셈 선생님은 타라의 손목에 손을 얹고 이름과 사진을 바꿨다.

"내 이름은 만루딜 타릴, 직업은 수사관."

타라는 손목을 보며 읽었다.

"아주 마음에 들어요. 그런데 이제부터는 평소대로 내 방에서 잘 수 없는 거겠죠? 이상하게 보일 테니까. 엘프들의 숙소는 어디 있어요?"

"랑코비트의 비밀 정보국 수사관들의 구역과 궁전의 측면 객실에 우 리들의 방이 있어."

로빈이 빙그레 웃으면서 대답했다.

"하지만 일반적으로 우리는 숲에서 자는 걸 좋아하지. 우리 엘프들은 방에 갇혀 있는 걸 몹시 싫어하니까."

비록 엘프의 몸을 가지고 있긴 해도 타라는 어쩔 수 없는 지구인이었다.

"그래도 나는 침대를 택하겠어, 그게 크게 난처한 일이 아니라면."

타라는 단정적인 어조로 말했다.

"숲에서 자는 건 나한테는 아직 너무 무리야. 그리고 이미 살해될 뻔 했는데 자다가 나무에서 떨어져서 머리라도 깨져 봐. 그러면 범인의 일을 수월하게 거들어주는 게 되잖아. 난 그러고 싶지 않아."

로빈은 실망한 얼굴이었지만 군소리를 하지 않았다.

솀 선생님이 타라에 대한 속임수를 준비하는 사이에 그들은 두 번째 비밀 통로로 출발했다.

솀 선생님은 자신의 사무실로 이르는 통로가 하나도 아니고 두 개나 있다는 걸 알았을 때 몹시 충격을 받은 것 같았다.

"네 말이 맞았어."

일단 터널에 들어서자 칼이 속삭였다.

"무슨 말?"

타라가 물었다.

"우리의 대장 드래곤 마법사께서 네가 아더월드에 좀 더 머물기를 진짜 바라고 있잖아. 네가 또 죽을 뻔했는데 지구로 즉시 돌려보내지 않는다는 건 정말 이상하단 말야!"

다른 터널들은 최고 마법사들의 구역으로 이어졌다. 이어서 그들은 감옥으로 향하는 터널로 내려갔다가 궁전으로 몰래 침입할 수 있는 통로에 이르렀다. 시간이 없기 때문에 그들은 다음날 다시 수색하기로 했다.

모든 사람이 그들이 꾸며낸 이야기를 아무런 의심 없이 받아들였다. 엘프들이 왕국에서 얼마나 존중을 받는지 타라는 깊은 감동을 받았다. 질문을 하자마자 즉각적이고 다양한 답변을 들을 수 있었던 것이다.

많은 문이 개방되는 새로운 신분을 이용해서 타라는 마법사 자격으로는 금지되어 있으나 왕과 왕비가 엘프 수사관에게 허용한 구역들을 포함하여 궁전의 곳곳을 본격적으로 수색했다. 타라는 그 통로들로 이르는 옛날 왕가의 침실들이 22세기에 궁전을 확장하면서 최고 마법사들에게 할당되었음을 알았다. 좋았어, 수사 범위가 축소되는 걸! 이 침실들 중 하나에 기거하는 최고 마법사들 중에서 이 지하통로를 잘 아는 마법사, 그래서 여길 쉽게 출입하는 마법사가 범인일 가능성이 있어. 그렇다면 누굴까? 부디우 부인? 아냐, 그 부인은 나를 진심으로 좋아하는 것 같았어. 아무리 상상해 봐도 도망치는 부인, 활시위를 메우는 부인의 모습은 도저히 그림이 그려지지 않았다. 그럼 시렐라 부인? 타라는 그 아름다운 사이렌과 별로 접촉한 적이 없어서 판단하기가 어려웠다. 엘프 덴마릴 선생님? 엘프들은 전사들이고, 이제 타라는 그 선생님을 알 수 있는 유리한 위치에 있었다. 본의 아니게 그 엘프의 기분을 상하게 한 적이 있었나? 아냐, 엘프들은 정면 공격을 즐기는 이들이었다. 덴마릴 선생님은 공식적으로 결투를 신청하면 했지 숨어서 그런 짓을 할 리가 없어. 그렇다면 샹프랭 선생님과 파틴 선생님? 그 분들에게는 혐의를 둘 수 없었다. 왜냐하면 그 두 분은 사건이 일어나는 시간에 황무지 늪에 있었으니까. 사르도인 선생님? 공간 기하학의 대가인 칼의 선생님은 파리 한 마리도 죽일 용기가 없어 보였다. 그럼 드라고쉬 선생님? 엘프들과 마찬가지로 뱀파이어는 음흉한 술책 따위를 같잖게 여겼다. 타라를 죽이고 싶었다면 대낮에 죽였을 것이다.

타라는 의문만 많고 답을 찾을 수 없었다.

게다가 타라는 파프니르와 두 명의 최고 마법사가 점점 걱정이 되기 시작했다. 떠난 뒤로 그들은 아무런 소식을 보내지 않고 있었다.

평소보다도 더 조용히 지나가는 며칠 동안 그들은 최근의 사건들에 대해 많은 토론을 했고, 그들이 사용한 술책에도 만족했다. 타라가 변신해 있는 엘프 수사관을 의심해서 목을 조르거나, 새까맣게 태워 죽이려고 하는 사람은 아무도 없었다. 살인사건에 대한 수사가 아무런 진전을 보지 못하고 제자리걸음을 하고 있어서인지 범인도 그들을 가만 내버려두었다.

타라의 가짜 시신은 비밀리에 지구로 운송되었고, 셈 선생님도 급히 이사벨라와 셀레나에게 상황을 설명하러 떠났다.

타라는 할머니가 와서 당장 목덜미를 잡아끌고 갈 거라고 예상했는데 할머니는 다행히 손녀를 빨리 보내주겠다는 셈 선생님의 약속에 만족해하는 모양이었다.

지구로 돌아가기로 약속한 전날인 넷째 날, 로빈과 타라, 갈랑, 칼, 블롱딘은 비밀 통로를 샅샅이 뒤지는 중에 먼지구덩이가 되어버린 쓸모없는 방 몇 개를 발견했다. 타라는 입밖에 내지는 않았지만 파프니르가 자꾸 마음에 걸렸다.

갑자기 괴상망측한 소리가 났을 때, 그들은 재채기를 참느라고 간신히 입을 틀어막았다. 고양이 한 마리를 통째로 집어삼키다 기관지로 잘못 넘어가는 소리라고나 할까, 아무튼 귀가 먹먹했다.

그들은 귀를 기울였고, 갑자기 타라가 그 소리의 정체를 알아차렸다.

"파프니르야. 노래를 부르고 있어!"

그들은 공간이동의 문 대합실로 이르는 통로를 따라 황급히 달려갔다가 믿을 수 없는 광경을 보게 되었다.

파프니르가 폐가 터져라 목청껏 노래를 부르고 있는데, 그 옆에 샹프랭 선생님과 파틴 선생님도 보였다.

그들은 한순간 난쟁이가 기쁨의 노래를 부르는 거라고 생각했다. 그런데 난쟁이의 그 귀여운 초록빛 눈이 공포에 잔뜩 질려 있고, 두 선생님의 살빛은 완전히 주홍빛이 아닌가! 몸에서 시커먼 연기를 풀풀 날리면서 두 최고 마법사가 경비병들과 외눈 거인을 향해 뚜벅뚜벅 걸어가고 있었다.

파프니르는 울부짖듯이 노래했다.

끔찍한 전쟁이 끝~~난 뒤에
위대한 씨족, 적들이 숨어 사~~는
지각단층으로 몰려~~갔네
이윽고 용맹한 씨~~족
위대한 대장장이 씨~~족의
정의로운 법에 모두 굴~~복

그러자 시커먼 연기가 난쟁이를 슬금슬금 피하는 것 같았다. 그때 갑자기 파프니르가 지칠 대로 지쳐서 쉰 목소리로 외치기 시작했다.
"모두 도망쳐라! 도망쳐! 내가 노래를 부르는 한, 놈은 나를 완전히 점령하지 못해. 하지만 나는 오랫동안 버티지 못할 것이다! 닷새 동안 계속 노래부르고 있단 말이다!"
말을 시작하자마자 연기가 다시 접근해오자, 파프니르는 필사적으로 다시 노래를 불렀다.

아름다운 대장장이 탈니르의 연~~인
쉬지도 않고 끊임없이 불을 아우성치게 하~~네
장엄한 탄다렐 마을의 진정한 대장~~간
가장 위대하고 가장 아름다운 대장간의 불~~을

노래에 떠밀리듯 다시 멀어져가던 연기가 코브라처럼 이번에는 멀찍이 물러나 있던 경비병들을 향해 날쌔게 달려들었다. 그 즉시 경비병들의 살은 주홍빛이 되었고, 눈빛이 흐리멍덩해졌다. 그 광경을 보면서 마법사들이 방패를 세웠다. 그러나 연기는 마치 그들이 아예 존재하지 않는 듯이 마법사들을 통과해버렸다.

타라는 공포로 옴짝달싹 못 하고 있는 반면에 로빈은 빠르게 대응했다. 초인적인 스피드로 접근해오는 연기의 촉수를 피하더니 로빈은 칼과 타라의 팔을 잡아끌고는 전속력으로 뛰었다.

"빨리, 통로로 빨리 도망쳐야 해!"

"하지만…… 다른 사람들은 어쩌고?"

질겁한 타라가 소리쳤다.

"무아노, 할아버지, 파브……"

"시간이 없어!"

말을 자르면서 로빈이 더 세게 떠밀었다.

그들은 아슬아슬하게 통로에 이르렀고, 문이 닫혔다. 영혼 약탈자는 파프니르의 기억을 이용해서 살아 있는 궁전을 침략하고 있는 것이었다. 그러나 난쟁이는 비밀 통로를 모르기 때문에 그들은 이제 위험 지역을 벗어나 있었다.

어둠 속에서 칼은 무슨 말인가 하려고 입을 벌렸지만 로빈이 더 빨랐다. 로빈은 칼의 입을 틀어막아서 목소리를 꾹 눌러버렸다.

고양이처럼 밝은 눈 덕분에 타라는 로빈이 침묵을 지키라고 보내는 손짓을 볼 수 있었다. 그들은 문에서 꽤 멀리 떨어졌고, 버려진 방들 중 하나로 들어갔다.

"이제 됐다."

로빈이 속삭였다.

"여기서 하는 말은 아무도 못 들을 거야."

"영혼 약탈자의 짓이지?"

타라가 입을 열었다.

"두 선생님은 이미 점령당했고, 궁전을 점령하려고 강제로 파프니르를 여기로 오게 한 거야! 아주 쉽게 사람들을 감염시킬 수 있는 것 같아."

"바로 그게 최악의 상황이라니까."

칼이 중얼거렸다.

"너희들 알아채지 못했어? 파프니르는 잿빛 요새에서 돌아온 게 아냐. 다른 옷을 입고 있었어. 내 생각에는 영혼 약탈자가 이미 히믈리아를 점령한 것 같아."

로빈과 타라는 기겁해서 서로를 쳐다봤다.

"엘프들을 제외하면 난쟁이들은 이 행성에서 가장 강력한 전사들이야."

로빈이 말했다.

"영혼 약탈자가 난쟁이들을 점령했다면 인간들은 오래 버티지 못해."

"우린 떠나야 해. '목소리'가 말했잖아. 영혼 약탈자를 물리치는 유일한 방법은 하얀 영혼의 도움을 받아서 그 힘의 원천인 흑장미 섬을 공격하는 것이라고!"

"하지만…… 우리가 하얀 영혼을 찾지 못하면?"

타라는 처음으로 절망감에 사로잡히는 느낌이 들었다. 타라는 누군가가 자신을 납치하려고 하는, 아니 죽이려고 하는 일은 어떻게든 헤쳐나갈 수 있었다. 그러나 친구들이 공격받을 때마다 타라는 힘없이 무너졌다. 마치 싸울 능력이 없는 것처럼.

어둠 속에서 칼이 어깨를 으쓱했다.

"살색이 주홍빛이어도 아주 멋지긴 하겠다. 하지만 내 금발과 주홍빛…… 윽, 그건 눈뜨고는 못 봐줄 거야, 그치?"

타라는 웃음을 참지 못하고 키득거렸다. 칼은 불안을 날려버리는 남다른 재주가 있었다.

"그럼 이제 어떡하지?"

"우선 여기를 나가야지. 공간이동의 문은 아마 감시가 삼엄할 거야. 궁전이 나한테 알려준 통로를 이용하자. 지난번에 우리가 들어왔던 데 말야. 일단 우선 밖으로 나간 다음에 생각해보자. 오케이?"

"오케이, 가자."

밖은 쥐 죽은 듯이 고요했다. 타라는 파프니르가 끝내 입을 다물었다는 것에 등골이 서늘해졌다. 난쟁이의 노랫소리가 더는 울리지 않았다.

범인이 이용한 지하통로들이 살아 있는 궁전의 터널과 연결되어 있었다. 그래서 그들은 이내 감옥 바로 맞은편에 이르렀다. 거기 있는 간수들도 이미 감염되어 있음을 대번에 알 수 있었다. 흐리멍덩한 눈에 주홍빛 살, 간수들은 꼭두각시들처럼 그저 왔다갔다하고 있을 뿐이었다.

칼이 먼저 통과했는데 변신한 몸의 날렵함과 유연함이 현저하게 떨어지는 통에 칼은 기분이 엉망이 되고 말았다. 이어서 로빈이 타라에게 가라는 손짓을 했다.

타라가 돌진해서 입구에 이르고 있을 때였다. 갑자기 시커먼 것이 등 위로 떨어지더니 타라를 반쯤 깔아뭉개 버리는 것이 아닌가. 그러나 타라의 반사신경은 전광석화 같았다. 넘어진 채 어깨로 구르면서 단번에 검을 뽑아들고는 그 목에 칼날을 들이댔는데…… 맙소사, 박쥐가 아닌가!

다행히 박쥐의 반사적인 동작도 초인적이어서 타라가 들이댄 칼끝이 아슬아슬하게 빗나갔다.

"이런 식으로 갑자기 달려들면 진짜 재미없다고요."

박쥐의 정체를 알아차린 타라가 쏘아붙였다.

"하마터면 찌를 뻔했잖아요, 드라고쉬 선생님!"

박쥐의 모습으로는 말할 수 없다는 걸 깨달은 드라고쉬가 뱀파이어로 변신했다.

타라와 로빈, 칼은 뱀파이어를 유심히 살폈다. 빨간 눈, 하얀 송곳니, 검은머리, 창백한 살빛. 주홍빛이라곤 없었다. 휴, 다행이다!

"덩컨 양?"

뱀파이어는 의심쩍은 듯이 말문을 열었다.

"대체 엘프로 변신하고 여기서 뭐 하는 건가?"

"얘기하자면 길어요."

타라는 얼른 속삭였다.

"그리고 여긴 얘기할 장소도 아니고요! 그런데 저를 어떻게 알아보셨어요?"

"너의 냄새로. 피를 빨아먹으려고 달려들었는데 냄새로 너라는 걸 알았다. 엘프의 피는 우리에게 해롭지 않지만 인간의 피는 아주 끔찍하게 해롭지. 만약 너를 물어뜯었다면 내가 감염되었겠지!"

타라는 눈살을 찌푸렸다. 감염된다고? 불안으로 몸서리치는 뱀파이어를 응시하던 타라는 머리가 핑핑 돌았다. 하지만……

칼의 목소리가 그 생각을 중단시켰다.

"근데 이렇게 꾸물거리고 있을 때가 아니거든요? 놈들이 찾기 전에 여기서 빨리 토끼죠, 우리!"

살아 있는 궁전이 건물 뒤편의 거리 쪽으로 난 비밀 문을 열어주었고, 그들은 밖으로 나갔다. 트라비아의 거리는 평소와 다르지 않았다. 아직은 궁전에서 일어나는 일을 아무도 알아차리지 못하고 있었다. 사람들은 치명적인 위험이 닥쳐오는 줄도 모른 채 자기 일에 열심이었다.

일단 궁전에서 상당히 멀리 떨어지자, 뱀파이어는 검은 연기가 감옥에까지 침투했다고 설명했다. 죄수들은 온탕과 냉탕으로 이루어진 목욕탕에 가 있었고, 그도 욕조 안에 있었다. 검은 연기를 발견하자마자 그는 뜨거운 물 속에 가라앉아서 30분 동안 숨을 쉬지 않았다. 물 속이라 어두워서 그는 아무것도 볼 수 없었다. 마침내 검은 연기가 물러간 걸 알아차리고 그는 쥐로 변신해서 궁전을 한 바퀴 돌았다. 거의 모든 사람이 점령당해서 파프니르에게 복종하는 걸 보고 그는 공포에 사로잡혔다. 그래서 창문으로 빠져나가려고 박쥐로 다시 변신했지만 모든 출구가 막혀 있었다. 어찌된 사태인지 알아볼 생각으로 지하로 돌아왔는데 마침 타라와 두 친구가 들이닥쳤고, 그는 발각된 것으로 믿고 공격을 한 것이었다.

타라는 영혼 약탈자의 점령에 관해 자세히 설명해주었다.

이미 파랗게 질려 있던 뱀파이어가 납빛으로 변하더니 광대뼈 주위로 초록빛 주근깨가 재미있게 몰렸다.

"우리의 힘을 합해야겠다. 난 즉시 내 고향 우를라로 출발하여 다른 뱀파이어들을 소집한 다음 너희들을 도와서 하얀 영혼을 찾겠다. 진흙 먹보들은 우리 뱀파이어를 두려워하니까 정보를 쉽게 얻을 수 있을 게다. 그런데 문제는 공간이동의 문이구나. 팅가푸르처럼 트라비아에는 뱀파이어 대사관이 아직 없거든. 따라서 우리가 유일하게 이용할 수 있는 문은 궁전 안에 있으니!"

"꼭 그렇지는 않아요."

칼이 대꾸했다.

"땅 신령들의 문을 이용할 수 있어요. 그들의 왕은 우리를 도와줘야 할 빚을 톡톡히 졌거든요."

뱀파이어는 무슨 말이냐는 뜻의 눈길로 힐끔 쳐다봤지만 꼬치꼬치 묻지는 않았다.

"그럼 빨리 가자. 한순간도 지체할 시간이 없어!"

그들은 조심조심 거리로 들어갔다. 멋을 부리려고 치장한 장신구를 제외하고는 사람들의 살빛, 털, 온갖 색깔의 깃털 중 주홍빛은 다행히 없었다.

그런데 땅 신령들의 대사관에서 약간의 문제가 생겼다.

그들이 툴 툴툴 대사와 면담을 청했지만, 자이언트 사마귀들의 등에 하나씩 올라앉은 땅 신령 문지기들이 그들을 가로막고 들여보내지 않았다. 약속을 하지 않았으니 들어갈 수 없다는 것이었다. 관례상 절대로 안 된다면서.

절박한 상황이기 때문에 그들은 물불을 가릴 겨를이 없었고, 칼이 나섰다. 칼은 사마귀의 턱을 확 틀어잡고 항의의 울음소리를 내거나 말거나 강제로 그 대가리를 숙이게 했다. 이어서 자신의 대단한 근육질을 불끈불끈 세우면서 파란 땅 신령의 옆구리를 움켜잡고 뚫어져라 쳐다봤다. 땅 신령은 벌벌 떨고 있었다.

"당신이 선택해요."

칼이 으르렁거렸다.

"글룰 부글룰 왕의 여자들을 구해 줬던 도둑, 칼리반 달 살란이 여기서 기다리고 있다고 대사에게 즉시 알리던가, 당신과 당신의 곤충 둘 다 나한테 갈기갈기 찢기던가, 둘 중의 하나요. 알아들었어요?"

땅 신령은 침을 삼키고 나서 고개를 끄덕였다. 그는 자신의 사마귀를 날아오르게 해서 즉시 대사에게 알리러 갔다.

마침내 대사가 멋진 실내가운을 걸친 모습으로 나타났는데 아주 불쾌한 표정이었다.

칼을 알아보지 못했기 때문에 대사는 기고만장했다.

"내 이럴 줄 알았지."

대사는 두 명의 엘프, 뱀파이어, 미남 청년 칼을 아래위로 훑어보면서 비아냥거렸다.

"지난번에 만났던 칼리반 달 살란은 키가 1미터 60센티미터쯤 됐는데 그 사이에 무슨 성장발육 주사라도 맞았나?"

"와, 농담도 꽤 잘하시네."

칼도 질세라 맞받았다.

"그런데 이건 변장인데 어쩌죠? 궁전에 큰 문제가 생겼는데…… 당신과 부하 땅 신령들도 그게 퍼지기 전에 여길 빨리 도망치는 게 이로울걸요. 영혼 약탈자가 궁전 안의 모든 사람을 점령하고 있으니까요. 그래서 여기 공간이동의 문을 이용하여 잿빛 요새에 이어서 흑장미 섬으로 가야해요. 영혼 약탈자가 행성 전체를 점령하기 전에 우리가 막아야 하는 위기 상황이라고요!"

대사는 칼을 쳐다보다 한숨을 내쉬었다.

"정신병원에 가야겠군. 딱 두 블록만 더 가면 있으니까 거기나 한번 가봐라. 내 경호원들이 안내해줄 것이다."

대사는 경호원들에게 그들을 에워싸라는 손짓을 했다. 칼에게 당했던 사마귀가 쌤통이라는 듯 크웨엑, 크웨엑! 턱을 딱딱 마주쳤다.

떡 버티고 서서 덤벼들 듯이 대사를 쏘아보던 칼이 입을 여는 순간, 로빈이 선수를 쳤다.

"목을 보시죠."

로빈은 친구를 가리키면서 말했다.

"당신의 왕 글룰 부글룰을 위한 우리의 모험이 칼에게 추억을 남겨놨으니까요. 이런 자국을 가지고도 살아 있는 유일한 사람이겠죠, 아마?"

대사는 놀란 듯이 눈살을 치켜올리면서 칼의 목을 봤다. 금빛 흉터를 발견한 땅 신령은 하얗게 질렸다.

"맙소사! 트실의 자국이 틀림없잖아!"

대사는 벌떡 일어나서 대사관으로 들어가라는 손짓을 했다. 크게 실망한 초록 사마귀의 항의성의 괴성에도 불구하고.

"일어난 일을 자세히 설명해보시오."

모두 연회장에 자리를 잡고 앉자 대사가 말했다.

타라가 차분히 설명했고, 칼과 로빈도 이따금 보충설명을 하며 끼어들었다. 그들의 이야기가 일단 끝나자 땅 신령은 군청색으로 변했다.

"이런 변이 있나! 대사관 철수령을 내리겠소. 우리 종족은 지하로 피신해서 영혼 약탈자를 피하겠소."

"모든 나라에 전령을 파견하시오."

잠자코 지켜보고만 있던 뱀파이어가 마침내 끼어들었다.

"모든 종족에 알려서 대비를 시켜야 합니다."

"네, 네."

마음이 급해진 대사는 의자에서 벌떡 일어났다.

"즉시 공간이동의 문으로 안내하겠습니다. 여러분이 혹시 또 나중에라도 문을 이용하게 경우를 대비해서 여기에 지원병 두 명을 남겨두지요. 행운이 있기를! 데미데루스의 정신이 여러분을 지켜주기를!"

정확하게 2초 후, 공간이동의 문이 작동했고, 뱀파이어는 자신의 조국 크라살비로 황급히 떠났다. 그들은 떠나기에 앞서서 살빛을 주홍빛으로 만들었다. 칼과 블롱딘, 로빈, 타라와 다시 페가수스로 돌아온 갈랑은 마지스터의 아지트였던 잿빛 요새로 이동되었다. 거인들의 땅 간디스에 위치한 요새는 상그라브들이 아더월드의 수석 마법사들을 납치해서 가두어 놓고 악마의 마법으로 감염시켰던 곳이었다.

타라와 친구들의 활약으로 상그라브들을 물리친 후에 셈 선생님은 거인들에게 요새를 휴양 시설로 바꾸라고 제안했었다. 마법 면역성에도 불구하고 희생되는 거인들과 그토록 마법을 싫어하는데도 이따금 마법에 걸리는 난쟁이들을 위한 휴양 시설을 말하는 것이었다. 그 '환자'들을 돕기 위해 여러 나라에서 온 마법사들도 있었다. 그래서 타라 일행은 이 공동체 대표와 맞닥뜨릴 마음의 준비를 했다.

그런데 그들이 그 땅에 발을 들여놓았는데도 누구 한 사람 거들떠보는 이가 없었다. 거인도 난쟁이도 마법사도. 오히려 어리둥절해서 주위를 둘러본 것은 그들이었다. 잿빛 요새는 달라진 데가 거의 없었다. 주문방지 잿빛 돌로 지은 요새는 거대하고 음산했다.

타라와 갈랑, 로빈, 칼과 블롱딘은 대합실을 나와 아래층으로 내려가는 층계참에 섰다가 한 거인의 무릎과 맞닥뜨렸다. 잿빛 타이츠에 잿빛 바지 차림의 거인의 살은 머리끝부터 발끝까지 온통 주홍빛이었다.

16
하얀 영혼

"여기서 뭐 하는 건가?"

거인의 목소리가 어찌나 쩌렁쩌렁한지 깊은 지하실에서 울리는 것 같았다.

맥박이 200회나 뛸 정도로 쿵쾅쿵쾅 심장이 터질 것 같으면서도 칼은 단조로우면서 뚝뚝한 어조로 말하려고 애를 썼다.

"요새로 가라는 우리 선생님의 명을 받고 온 겁니다."

상황을 모를 때는 거짓말이 위험하기 때문에 칼은 얼른 덧붙였다.

"그런데 이유는 모르고 왔기 때문에 우리는 선생님의 다음 지시를 기다리고 있습니다."

"아하?"

거인은 어깨에 둘러맨 무지막지한 도끼를 매만지면서 말했다.

"확인해보겠다. 여기서 기다렷!"

그렇게 말하고 거인이 저벅저벅 멀어져갔는데 걸음을 뗄 때마다 요새가 흔들거렸다.

"빨리 도망처야겠어."

강한 엘프의 몸을 하고 있는데도 무시무시한 도끼를 보는 순간 덜덜 떨리는 타라가 속삭였다.

"경비들이 출입문을 지키고 있군."

로빈이 난간 너머를 살피면서 말했다.

"거인 두 명이 있고, 아래층에는 난쟁이 두 명이 버티고 있어."

"에이 씨!"

칼이 툴툴거렸다.

"이렇게 금방 막히게 되리라고는 생각도 못 했는데. 아, 그렇지, 참! 우리가 요새를 탈출할 때 파르니르가 파놓았던 터널, 그거 막아났을까?"

"돈 드는 것도 아닌데 확인해보자. 어차피 그게 갈가리 찢기지 않고 여길 빠져나가는 유일한 방법이기도 하고."

그들은 곧장 요새의 지하저장실로 도망쳤다. 텅 빈 선반들이 여전히 파프니르의 터널을 가리고 있는 걸 보고 그들은 안도의 숨을 내쉬었다.

"그럼 이제는 제발 입구가 막혀 있지 않기만 기도하자!"

다행히 그런 일은 없었다. 요새의 최고 마법사들은 터널까지 신경 쓸 겨를이 없었던 모양이다. 터널은 아무 이상 없이 온전했다.

그들은 맨 처음 빠져나갈 때의 숲, 바로 그 장소에 이르렀다. 그러나 상황은 아주 달랐다. 이번에는 마법을 얼마든지 사용할 수 있었다. 엿보는 상그라브가 없지 않은가. 그리고 타라도 이제는 피의 맹세 때문에 할머니가 죽을지 모른다는 두려움에 떨며 마법을 억제할 필요가 없었다.

"지난번에 섬에 갈 때만큼 시간이 걸리면 안 돼."

타라가 말했다.

"사흘은 너무 길어. 우리가 가는 사이에 영혼 약탈자가 무슨 짓을 할지 모르잖아. 그래서 내가 변신해야겠어."

"변신한다고? 뭐로?"

이해하지 못한 칼이 물었다.

"드래곤으로. 흑장미 섬까지 너희들을 데려가려고."

"오, 안 돼! 그건 절대 싫어! 지난번에 네 등에 올라탔을 때 우리를 죽일 뻔했던 거 잊었냐? 차라리 내가 변신하고 말지."

"칼, 내 말대로 하자. 이성적으로 생각해야지!"

약간 난처한 타라가 말했다.

"지난 며칠 간의 에너지 소비 때문에 네 힘은 말야, 이제 오랫동안 같은 모습으로 있을 만큼 강하지 못하거든. 네가 매로 변신해서 날아올랐다가, 500미터 상공에서 인간의 모습으로 돌아온다고 생각해 봐. 그러면 어떻게 될 것 같아? 콰당! 그대로 떨어져서 땅바닥에 형체도 없이 으스러지는 거야!"

그러나 칼은 막무가내로 고집을 부렸다.

"그래도 네 등에는 올라타지 않겠어. 절대로. 이 얼빠진 멋쟁이 몸을 만들어줄 때와 똑같은 과정을 거치면 되잖아. 네 힘을 조금만 빌려줘, 그러면 내가 새로 변신해서 날아갈게."

이번에는 로빈이 반대하고 나섰다.

"그건 안 돼, 칼. 영혼 약탈자와 싸우려면 타라는 힘이 필요해. 너에게 힘을 빌려줄 때마다 타라에겐 그 잃어버린 힘을 만회하기 위한 시간이 필요하단 말야. 그리고 그다음 일은 또 어떻고? 네가 더는 변신할 수 없게 된다고 생각해 봐! 너는 선택의 여지가 없다고 봐. 칼, 단념해!"

"빈터를 찾아보자. 난 넓은 공간이 필요해."

칼이 또 무슨 딴소리를 하기 전에 타라가 재빨리 말했다. 그들은 타라가 변신할 만한 넓은 공간을 찾기 위해 잿빛 요새와 반대 방향의 평원으로 향했고, 타라는 조금도 두려워할 것이 없다는 걸 칼에게 보여주기 위해서 능숙하게 변신했다. 살아있는 돌이 도와준 덕분에 변신은 아주 수월했다. 잠시 후, 살아있는 돌이 멋진 보석처럼 이마에 박힌, 파란 눈의 멋진 금빛 드래곤이 엘프를 대신했다.

칼은 드래곤을 마주보고 있어서 타라가 꼬리를 만든다는 걸 깜빡 잊은 걸 알아채지 못했다. 드래곤에게 있어 꼬리란 무게의 균형을 잡아주기 때문에 절대로 없어서는 안 되는 것이었다.

타라는 다리를 테스트할 생각으로 걸음을 떼어보다 몸이 앞으로 쏠리는 느낌이 들자 본능적으로 뭔가가 빠졌다는 걸 깨달았다. 거대한 덩치가 뒤뚱거리는 모습을 보면서 칼은 부리나케 뒷걸음질쳤다. 어처구니없게도 친구를 짓뭉개버릴 뻔했던 타라는 재빠르게 꼬리를 나타나게 해서 균형을 잡는 것으로 아슬아슬하게 위기를 넘겼다.

그런데 꼬리가 돋는 순간에 플릭, 하는 소리가 크게 났다.

"이게 무슨 소리지?"

칼이 의심쩍은 얼굴로 물었다.

"무슨 소리가 났다고 그래?"

타라는 드래곤의 굵직한 소리로 시치미를 뗐다.

"소리가 났다니까. 분명히 플릭, 하는 소리가 났는데……."

"아, 그래? 난 아무 소리도 못 들었는데. 로빈, 너는 들었어?"

"아니, 전혀."

터져 나오려는 웃음을 꾹 참으면서 로빈이 단언했다.

"자, 내가 먼저 탈 테니까 블롱딘에게 올라타라고 말해. 블롱딘을 우리 둘 사이에 앉히는 게 좋겠어."

"어유, 진짜 미치겠네. 야, 너 깜빡했나 본데……"

칼이 빈정거렸다.

"내 패밀리어는 이제 여우가 아니라 뚱보 사자란 말야."

"네가 축소시키면 되니까 그건 간단해. *미니아투루스*의 이름으로 사자는 내가 마음대로 데리고 다닐 수 있게 줄어들어라, 하고 주문만 외우면 되잖아."

로빈과 이러쿵저러쿵 승강이를 벌이던 칼은 뿌루퉁한 얼굴로 그 말을 따랐고, 사자는 큰 개의 크기로 축소되었다.

"괜찮아, 칼. 내 등은 충분히 넓으니까."

로빈이 좀 더 줄이라고 제안하는 소리를 들으면서 타라가 말했다.

"너희들 셋을 위한 바스켓을 만들게. 그러면 훨씬 안전할 거야."

그렇게 칼을 안심시키면서 타라는 튼튼한 가죽띠로 고정한 바스켓 하나를 나타나게 하고는 날개를 앞뒤로 흔들었다. 날아서 이동한다는 걸 알아차린 갈랑도 지체없이 이륙했다. 훨씬 강력해진 타라가 더 빠르다는 걸 아는 모양이다. 칼과 로빈, 블롱딘이 자리를 잘 잡을 때까지 기다렸다가 날아가기로 결정한 타라는 갈랑의 비행 기술을 유심히 살폈었다. 타라가 뛰어오를 듯 달리기 시작하면서 승객들이 마구 흔들렸다.

"너 뭐, 뭐, 뭐 하는 거야?"

칼이 비명을 질러댔다.

"이륙하려고 뛰는 거야."

타라가 소리쳤다.

"너, 너, 너는 드, 드, 드래곤이잖아!"

이번에는 로빈이 외쳤다.

"넌 도약이 피, 필요 없어. 그냥 날, 날갯짓을 하면 되는 거야!"

"아, 그런 거야?"

타라가 갑자기 멈춰 서는 바람에 승객들을 떨어트릴 뻔했다.

"그냥 날개만?"

타라가 날개를 휘젓자, 엄청난 먼지바람이 일었다.

"당장 내려 줘."

칼은 붙잡고 늘어지는 로빈을 마구 뿌리치면서 고함쳤다.

"난 내려야겠어. 얘가 우리를 다 죽이게 생겼잖아!"

칼이 용케 바스켓 밖으로 다리 하나를 내밀었을 때, 타라는 마침내 하늘을 날아올랐다.

그 갑작스런 이륙으로 심하게 흔들리면서 떨어지게 생긴 칼은 가까스로 바스켓을 붙잡고 매달렸다.

"나를 올려 줘! 올려달라고!"

공포에 사로잡힌 칼이 소리쳤다.

귓가를 때리는 바람소리 때문에 제대로 알아듣지 못한 타라는 칼이 올라가길 원하는 걸로 알고 곧장 하늘로 날아올랐다.

칼은 두 눈을 꼭 감고 비명을 질러댔다.

"으아아아악!"

로빈은 하프엘프의 신기에 가까운 힘을 이용하여 칼을 바스켓 안에 실었다.

"휴, 너 진짜 무겁다! 말라깽이라면 좀 좋았겠냐?"

칼은 숨이 차서 아무런 대꾸도 할 수 없었다. 잠시 후 칼이 마침내 입을 열었다.

"내가 뭐 어째? 수석 조수이자 도둑 면허를 받게 될 몸인 나는 이래 봬도 궁전에서 대접받으며 살아온 귀한 사람이라고. 슬슬 놀면서 조금 일하고, 먹고 싶은 거 실컷 먹고, 안젤리카 그 계집애를 골려먹으며 살 때는 그래도 신나는 삶이었단 말야. 그런데 이게 뭐야, 타라를 알게 된 뒤로 나는 벌써 여섯 번은 죽다 살아났어. 그리고 이 세상은 계속해서 위험에 빠지기 일보 직전에 있고, 나는 세상 구하랴 내 목숨 구하랴 전전긍긍하고 있어! 그런데 나더러 뭐가 어쩌고 저째?"

"그래, 너는 그럴 수도 있겠다." 하고 수긍하는 로빈의 표정이 밝았다.

"하지만 난 아니거든. 난 아더월드의 크레디트—무트를 몽땅 다 준다고 해도 타라와 바꾸지 않겠어. 타라는 내게 일어난 최고의 사건이야. 걔덕분에 난 릴란드릴의 활을 얻었고, 엘프들의 부러움을 사고 있어. 타라는 의롭고, 다정하고, 재미있고, 섬세하고, 품위있고, 똑똑하고, 또……."

칼은 푸념을 뚝 그치더니 눈을 게슴츠레 뜨면서 짓궂게 말을 이었다.

"또 귀엽고, 멋진 쪽빛 눈이며 예쁜 얼굴이며 그렇게 황홀할 수가 없지?"

로빈은 스스로 함정에 빠지고 말았다.

"응, 바로 그거야!"

황홀경에 빠진 미소가 로빈의 얼굴에 번졌다.

"금발에 섞인 흰 머리털은 그 아름다움의 절정이야."

그러면 그렇지! 칼은 내심 의심하고 있던 걸 확인을 했다는 듯이 외쳤다.

"내가 이럴 줄 알았다니까!"

칼이 아주 재미있다는 듯이 말했다.

"넌 사랑에 빠진 거야!"

로빈은 얼굴이 빨개져서 부인했다.

"누가? 내가? 그건 절대 아냐!"

"아니 확실해. 확실하다니까!"

칼이 놀리듯이 우겨댔다.

"내 눈은 못 속이지. 넌 타라를 사랑하고 있어!"

한순간 칼은 로빈이 계속 아니라고 부인할 거라고 생각했는데 그러기는커녕 로빈은 고개를 떨구더니 어깨를 축 늘어뜨렸다.

"그 정도로 눈에 보였어?"

로빈이 물었다.

"너무 뻔히 보였지."

칼은 무안할 정도로 가차없이 대답했다.

"그런데 타라 쪽에서는……."

"쟤는 너무 어려. 그리고 우린 그냥 좋은 친군데 뭐, 휴……."

로빈은 한숨을 쉬었다.

"사흘 후면 타라의 열세 번째 생일이야!"

"뭐, 생일? 어, 어떡하지? 선물이 없는데!"

로빈이 갑자기 몸을 일으키는 바람에 하마터면 바스켓이 뒤집어질 뻔했다. 기겁한 칼은 바스켓을 붙잡고 늘어졌다.

"야, 너 미쳤냐? 그렇게 벌떡 일어나면 어떡해?"

칼은 이를 악물면서 놀란 가슴을 쓸어 내렸다.

갑자기 흥분한 만큼 엘프의 흥분은 쉬이 가라앉았다.

"열세 살이라도 마찬가지지, 뭐. 너무 어려. 아직은 인형에 관심이 있을 나이지, 나 같은 하프엘프에게는……."

칼은 속으로 사랑이란 마음을 나약하게 만드는 경향이 있다고 생각했다.

"타라가? 타라가 인형에 관심이 있다고 했냐, 너 지금?"

칼은 비꼬는 어조로 말했다.

"제발 웃기지 좀 마라, 타라와 인형은 영 아니지. 타라와 검이라면 또 몰라도. 그래, 그게 훨씬 잘 어울린다. 타라와 전투, 타라와 군복, 혈투, 살인, 맞아, 뭐 이런 건 그림이 그려지네. 타라와 인형, 에이, 그건 진짜 아니다, 아냐."

"하지만 타라는 내가 느끼는 감정을 알지도 못해!"

로빈은 칼의 말이 한 마디도 들리지 않는지 탄식했다.

"그거야 말하면 되지!"

칼은 뭐가 문제인지를 모르겠다는 듯이 내뱉었다.

로빈이 또다시 벌떡 일어나는 바람에 다시 바스켓에 매달리게 된 칼은 친구에게 더는 아무것도 제안하지 않기로 결심했다.

"그건 말도 안 돼!"

로빈이 소리쳤다.

"나만의 비밀로 묻어두면 내가 괴로워한다는 걸 아무도 모를 거야. 난 기다릴 거야! 타라가 나를 알아주길 기다릴 거야. 그러다 때가 오면 그때 타라에게 말할 거야, 내가 얼마나……."

"내 이름이 들리던데, 너희들 내 얘기하는 거야?"

무슨 얘기를 하는지 몹시 궁금해진 타라가 물었다.

타라는 드래곤의 그 길다란 목을 뒤쪽으로 구부리면서 이빨을 다 드러내고 미소를 지어 보였다. 여전히 전속력으로 날아가면서.

칼은 하얗게 질려서 외쳤다.

"타라, 앞을 똑바로 봐!"

"걱정 마, 칼."

타라는 태연하게 대답했다.

"내 앞에는 아무것도 없어서 난 볼 필요가 없……."

"넌 그럴지 모르지만."

칼이 말을 잘라버렸다.

"난 아니란 말야! 제발 앞이나 똑바로 봐. 그리고 그 목 가지고 이상한

432

짓 좀 하지 마, 알았어? 난 심장마비로 죽기에는 너무 어리다고!'

타라는 한숨을 길게 내쉬면서 하라는 대로 했다.

칼은 잠시 타라를 주위 깊게 살피다가 로빈을 돌아봤다.

"휴, 살았다. 아까 무슨 이야기하다 말았지?"

"한 얘기 없어."

너무 속을 털어놨다고 판단한 하프엘프가 말했다.

"하얀 영혼을 찾기 위한 계획이나 의논하자."

"알나리깔나리, 알나리깔나리, 누구누구는 누구하고 사랑에 빠졌대요! 사랑에 빠졌대요!'

한 번 잡은 먹이를 쉽게 놓아줄 리 없는 칼이 큰 소리로 흥얼거렸다.

"그런데 말도 못 꺼낸대요! 말도 못 꺼낸대요!"

하지만 로빈은 어떻게 하면 어린 도둑을 꺾을 수 있는지 잘 알고 있었다.

"너, 자꾸 그래만 봐. 내가 이 바스켓을 없애버린다."

로빈은 아주 차분하게 응수했다.

"아니, 넌 그러지 못할걸?"

"아무런 주저 없이 할 수 있어."

로빈은 단호했다.

"난 엘프야. 난 현기증을 느끼지 않거든."

칼은 침을 꼴깍 삼켰고, 항복했다.

"알았어, 알았다고. 그런데 하얀 영혼을 어디서 찾지?"

"네가 진흙먹보라면 어쩌겠니?"

로빈이 물었다.

"음…… 나라면 면도기와 몸 냄새를 없애는 탈취제를 사겠어."

로빈은 어처구니가 없는 얼굴을 했다.

"아니, 내 말은 하얀 영혼 같은 것을 발견했을 경우 너라면 어떻게 했겠냐고?"

"진흙먹보로서 말야? 음, 악취가 나는 구멍 속에 감춰놓겠어. 아니면 모든 진흙먹보들에게 보여주고 이렇게 말하겠어. 이건 여신의 조각상이며, 나는 여신의 신관이라고. 그러고는 나는 여신과 교감할 수 있는 유일한 존재라면서 새로운 종교를 창시하고 다른 진흙먹보들이 나를 위해 일하게 만들겠어. 그러면 나는 여생을 실컷 먹기나 하면서 떵가땡가 보내는 거지, 뭐."

로빈은 한심해서 죽겠다는 얼굴로 칼을 쳐다봤다.

"진흙먹보들이 너처럼 삐뚤어진 정신을 가지고 있기를 바랄 뿐이다, 난!"

"내가 무슨 삐뚤이라고 그래. 게으른 면이 좀 있어서 탈이긴 해도."

칼은 흡족한 표정으로 말했다.

그때 타라가 알렸다.

"황무지 늪에 이르렀어. 이제 어떡할까, 착륙할까?"

"그래, 타라. 우린 준비됐어."

진창에서 일단 나온 두 친구는 옷에 덕지덕지 붙은 진흙을 떼어낸 뒤에 타라가 착륙하면서 만들어놓은 길다란 구덩이를 보면서 호흡을 가다듬었다. 그래도 생각보다는 그다지 형편없는 착륙은 아니었다.

거의 동시에 도착한 갈랑은 자기 주인의 상태에 대해 솔직하게 웃어줘야 할지, 걱정해줘야 할지 잠깐 흔들렸다.

타라는 아예 온몸에 진흙을 뒤집어쓰고 있었다. 주변을 두리번거리던 타라는 몸을 씻을 만한 호수를 발견했다. 그 호수에 사는 글루룹스들이 거의 들릴 정도로 '와, 이게 웬 밥상이냐!'는 식으로 열렬하게 반기면서 타라를 향해 일사불란하게 집합했다.

그러던 글루릅스들이 딱딱하기 이를 데 없는 금빛 비늘이며 강력한 이빨을 살펴보고는 되려 자기들이 먹이가 될 위험을 깨달았는지 슬금슬금 꽁무니를 빼서 타라는 안심하고 씻을 수 있었다. 타라가 갈랑의 도움을 받아 금빛 비늘을 꼼꼼하게 씻는데 페가수스가 이따금 울음소리를 내는 걸 보면 비웃음을 참을 수가 없는 모양이었다.

"갈랑, 계속 이럴 거야?"

타라는 마침내 한 마디했다.

"난 날개를 달고 태어나지 않았잖아. 그만 비웃으란 말야. 칼?"

"응?"

"난 좀 더 드래곤의 몸으로 있는 게 좋겠어. 이러고 있으면 좀 전의 글루릅스들처럼 진흙먹보들이 공격해와도 방어할 수 있으니까."

칼은 미심쩍은 표정으로 타라를 쳐다봤다.

"내 생각에는 놈들이 구멍에서 나오지 못하게 겁을 팍 주는 게 나을 것 같은데!"

그런데 대꾸를 한 것은 냉랭한 목소리였다.

"그건 걱정할 것 없다. 놈들은 우리가 끌어낼 수 있어."

칼이 홱 돌아섰고, 블롱딘도 덤벼들 기세로 몸을 웅크렸다.

그런데 덤불에서 스무 마리쯤 되는 검은 늑대가 떼거리로 튀어나오는 것이 아닌가.

이미 공격자들에게 불을 뿜으려고 허파를 부풀리고 있던 타라는 늑대들의 빨간 눈을 알아봤다. 뱀파이어? 그들은 뱀파이어들이었다!

에고, 큰일날 뻔했네! 연합군을 지글지글 태울 뻔하다니. 타라는 숨을 죽였다. 그런데 큰 문제가 있었다. 원래 드래곤이 아니기 때문에 타라는 목구멍에서 치솟는 불길을 멈추는 방법을 모르고 있었다.

타라는 드래곤의 입에 갈퀴 발을 갖다대고는 숨을 억누르면서 "실례할게요." 하고 중얼거린 뒤에 부리나케 호수 쪽으로 돌아서서 한 줄기의 긴 불길을 토해냈다.

그 바람에 된통 당한 것은 글루릅스들이었다. 자칫 도마뱀 찜이 될 뻔했으니. 기괴한 소리를 내며 호수에서 허겁지겁 튀어나온 놈들이 기슭을 향해 줄행랑을 치는데 그 뜨거운 물에 반쯤 익어버렸는지 꼬리가 빨개졌다.

"휴, 이제 됐다."

타라는 안도의 숨을 내쉬었다.

뱀파이어들 중 하나가 의심에 찬 눈초리로 진창에 널브러진 채 필사적으로 버둥거리는 글루릅스들을 쳐다보다가 난처한 기색으로 몸을 비비꼬는 금빛 드래곤에게 시선을 고정했다.

"대장, 연합군이 확실합니까?"

또 다른 뱀파이어가 한숨을 쉬었는데, 드라고쉬 선생님 같았다.

"그래, 맞다! 자, 명령을 따르거라. 자네들은 진흙먹보들을 찾아서 하얀 영혼이 어떻게 되었는지 알아내."

늑대 뱀파이어는 경례를 붙이지는 않았지만 아주 절도가 있었다.

"알겠습니다, 대장! 모두 출발! 어서, 어서, 어서!"

드라고쉬 선생님은 하늘을 올려다보며 또 한 번 한숨을 쉬었다.

"쯧쯧, 지구의 영화를 너무 많이 봤어. 아더월드에서는 금지했어야 했는데!"

그는 신이 나서 펄쩍펄쩍 뛰어가는 늑대 뱀파이어들을 보면서 중얼거렸다.

그들은 만장일치로 섬 가까이 접근하는 것은 피하기로 했다. 영혼 약탈자가 가진 힘의 원천이 섬 중앙에 있기 때문에 그들은 먼저 하얀 영혼을 찾아야 했다.

놀라울 정도로 후각이 예민한 늑대 뱀파이어들은 빠르게 진흙먹보들을 찾아냈다. 완강하게 저항했지만 녀석들은 오래 버티지 못했다.

지난번 싸울 때는 제대로 볼 겨를이 없었기 때문에 타라는 진흙먹보들을 바로 눈앞에서 찬찬히 뜯어볼 기회를 얻었다.

동그랗게 말린 흙색 털이 북슬북슬한 진흙먹보들은 진흙을 먹을 수 있게 턱이 엄청나게 컸다. 갈퀴발톱은 흙을 파내기 쉽게 아주 날카롭게 휘어져 있고, 발도 걸어다니기 용이하게 납작했다.

타라는 진흙먹보들이 말할 수 있다는 걸 알고 있었다(언뜻 보기에는 못할 것 같지만).

진흙먹보들은 금빛 드래곤을 보는 순간 허겁지겁 웅크리곤 읊조렸다.

"다정한 드래곤이여, 멋진 드래곤이여, 진흙먹보들 잡아먹지 말아요. 다정한 드래곤이여, 먹보들 태우지 말아요. 먹보들 아무 짓 안 해요, 먹보들 얌전하고 착해요!"

"난 너희들을 해치고 싶지 않아."

타라는 녀석들이 더 겁먹지 않도록 드래곤의 음색을 애써 부드럽게 하면서 중얼거리듯 말했다.

"우리는 다만 정보가 필요할 뿐이다. 너희들은 섬에 불길한 존재가 있다는 걸 알고 있어, 그렇지?"

진흙먹보들은 아무런 반응도 보이지 않았다. 그래, 맞아, 로마에 가면 로마법을 따르라고 했지.

"흑장미 섬에 친절하지 않은, 못된 검은 구름이 있어, 그치?"

빙고! 이번에는 진흙먹보들이 타라의 말을 대번에 알아들은 모양이었다. 녀석들이 눈물까지 흘리면서 말했다.

"검은 구름이 먹보들 잡아먹어요. 검은 구름이 난쟁이도 잡아먹으려고 해요. 하지만 난쟁이 노래부르자 구름은 난쟁이 잡아먹지 못하고 마구스들 잡아먹어요!'

"우리가 검은 구름을 죽일 거야. 우리가 검은 구름을 잡아먹을 거야!' 타라가 말했다.

진흙먹보들은 타라를 향해 희망이 가득한 눈을 들었다(털 때문에 녀석들의 눈이 보이지 않기 때문에 그건 타라의 추측이었다).

"드래곤이 구름 잡아먹어요?'

녀석들이 애원하는 어조로 물었다.

타라는 주저 없이 대답했다.

"그래, 드래곤이 구름 잡아먹어.'

진흙먹보들은 펄쩍펄쩍 날뛰었다. 분명히 녀석들은 그 소식을 기뻐하고 있었다.

"오케이.'

칼이 중얼거렸다.

"녀석들은 영혼 약탈자를 좋아하지 않아. 이거 생각보다 운이 좋네, 어이, 얘들아!'

잘생긴 칼을 쳐다보던 진흙먹보들은 그 멋진 모습에 눈이 부신 얼굴을 했다.

"우린 도움이 필요해. 그러니까 먹보들은 드래곤, 멋진 드래곤을 돕는다, 오케이? 검은 구름을 무찌르는 무기는 조각상이다. 이만큼 커다란데(칼은 녀석들에게 두 손을 벌려서 30센티미터 크기를 만들었다), 하얀색인데 반짝거리고 두 팔을 벌린 여자 모습의 조각상이다. 뭔지 알지?'

438

그 말에 침묵이 흘렀다.

"그래, 알았다, 알았어. 너희들이 알아들을 수 있는 언어로 표현해줄게. 친절하고, 예쁜 하얀 돌, 우리는 찾고 있다. 우리는 구름 잡아먹는다. 알았지?"

다시 침묵. 진흙먹보들이 어찌나 귀를 기울이면서 정신을 집중하고 있는지 털끝 하나 움직이지 않는 걸 보면 그건 일종의 쾌거였다.

다혈질로 보이는 좀 전의 뱀파이어가 앞으로 나섰다. 빨간 눈으로 진흙먹보들을 뚫어져라 쳐다보면서 음흉한 목소리로 말했다.

"이거 아무래도 이 친구들에게는 힘을 사용하는 통역이 필요한 것 같군!"

"드라고쉬 선생님?"

타라가 불렀다.

"무슨 일이지, 덩컨 양?"

"성질이 급하신 이분에게 설명 좀 해주시겠어요? 우리에게는 동맹군이 필요하며, 완력으로 고문하는 건 도움이 되지 않는다고 말이죠."

드라고쉬 선생님이 쏘아보자 부하 뱀파이어가 멋쩍어하는 것이 역력했다.

"로빈."

타라가 말을 이었다.

"진흙먹보들은 씨족 단위로 행동한다고 말했었지?"

"응, 그랬지. 왜?"

"하얀 영혼이 어디 있는지 이 씨족은 몰라도 다른 씨족이 알 수도 있잖아?"

"그거 좋은 생각이구나."

드라고쉬 선생님이 말했다.

"어디 실천에 한번 옮겨보자. 이 무리는 소식을 퍼뜨리고, 우리는 하얀 영혼이 있는 데를 아는 씨족을 찾으면 되겠다."

그런데 불행히도 그 수색은 예상보다 훨씬 오래 걸렸다. 어느새 날이 어두워졌고, 주위를 윙윙 날아다니던 온갖 크기의 곤충들은 로빈과 칼이 재빨리 만든 곤충 방충망을 뚫지 못해서 오두방정을 떨었다.

뱀파이어들은 지치지도 않는지 나타날 때마다 새로운 진흙먹보 무리를 끌고 왔다. 그런데 동그랗게 말린 털 모양이 아주 똑같은 걸 보면 엄밀히 말해서 새로운 진흙먹보들은 아니었다.

네 번이나 연속으로 같은 무리를 끌고 오게 되자, 결국 뱀파이어들은 이미 신문했던 녀석들을 식별할 수 있게 표시를 하기로 했다. 그래서 진흙먹보들의 끈적끈적한 털가죽에 마법의 낙인으로 반짝이는 동그라미를 찍어주었는데 진짜 별나게도 녀석들은 그 낙인을 반겼다. 하얀 영혼 수색에 도움을 주기 위해서가 아니라 그 동그라미 낙인을 찍히고 싶어서 녀석들이 몰려올 정도였다.

몇 시간 후, 밤이 깊어지자 지긋지긋해진 뱀파이어들은 수색 작업을 멈추기로 했다. 칼과 로빈은 타라의 날개 밑을 편안한 텐트 삼아 편안하게 눈을 붙였다.

다음날 아침, 수색은 계속되었다. 온종일 그들은 고집스러울 정도로 똑같은 질문을 했고, 매번 헛수고로 끝났다.

셋째 날, 영혼 약탈자의 저주를 받은 파브리스와 무아노, 파프니르, 마니투를 생각하면서 미칠 것 같은 심정으로 잠들었던 타라는 얼굴 앞에서 둥둥 떠다니는 꾸러미 때문에 퍼뜩 잠을 깼다.

"생일 축하해, 타라, 생일 축하해!"

로빈이 싱글벙글한 얼굴로 외쳤다.

"오, 세상에! 난 잊어버리고 있었는데."

"하지만 우린 아니지!'

칼과 로빈은 그 타라의 놀란 표정에 아주 만족하는 얼굴로 폼을 잡으면서 축하의 박수를 쳤다.

"근데 케이크와 촛불은 랑코비트로 돌아갔을 때로 미뤄야겠어."

칼이 덧붙였다.

진흙먹보들과 뱀파이어들이 궁금한 얼굴로 지켜보는 가운데 타라는 갈퀴발톱으로 조심스럽게 선물을 풀었다. 칼과 로빈이 타라를 위해 함께 만들어낸 멋진 장신구였다. 칼이 땅 신령들과 있을 때 우연히(?) 주워 모은(?) 귀한 보석들이 총총히 박힌 정교한 팔찌였다.

그 아름다운 팔찌를 당장 차볼 수 없는 것이 안타깝지만 타라는 드래곤의 뱃가죽 주머니에 집어넣었다.

뱀파이어들은 생일을 모르고 있었던 걸 겸연쩍어하면서 돌아가는 즉시 멋진 파티를 열어주겠다고 약속했다.

진흙먹보들도 몹시 흥분해 있었다. 녀석들은 '선물'이라는 개념을 아주 잘 알고 있는 모양이었다. 타라가 극진히 대접해야 하는 높으신 존재라는 걸 이제는 확실히 인식했는지 녀석들이 드래곤의 발치에 요상한 선물들을 잔뜩 쌓아놓기 시작했다. 꽃, 역한 냄새를 풍기는 늪의 열매, 죽은 동물, 살아 있는 동물, 돌멩이, 나뭇조각, 뼛조각 등 하나같이 자기들의 눈에 금빛 드래곤에게 어울리는 선물이 될 만하다고 보이는 것들이었다.

이날 오후가 시작될 즈음, 아주, 아주 팍 늙은 진흙먹보 하나가 타라에게 다가왔다. 희끗희끗한 털에 갈퀴발톱이 무뎌진 먹보는 넙죽 절을 했다.

"멋진 드래곤이여, 다정한 드래곤이여, 금빛 드래곤에게 드리는 선물."

타라는 진흙먹보들이 자기를 위해 그 잡동사니 보물들을 내놓는 걸 보면서 난감해했다.

"고맙지만 나는 그게 필요하지 않다. 네가 그냥 가지고 있기……."

늙은 진흙먹보가 선물을 내미는 순간 타라는 목이 메었다.

진흙먹보가 발에 쥐고 있는 것, 그것은 바로 두 팔을 벌리고 하늘에 간청하는 하얀색의 반짝이는 여인상이 아닌가.

"싫어요?"

진흙먹보는 몹시 실망한 얼굴이었다.

"아, 아니다."

선물을 도로 거둘까봐 가슴이 철렁한 타라는 얼른 대답했다.

"아주 아름다운 선물, 아주 다정한 진흙먹보여, 아주, 아주 아름다운 선물이구나."

진흙먹보는 또다시 절을 하고 나서 이미 엄청나게 쌓인 선물 더미 위에 자신의 보물을 내려놓았고, 타라는 고마움의 표시로 다른 먹보들보다 더 크고 더 반짝거리는 동그라미 낙인을 찍어주었다. 이윽고 진흙먹보는 자기 은둔처를 향해 절뚝절뚝 걸어갔다.

그 사이에 꾸벅꾸벅 졸던 칼은 눈앞에 있는 것이 뭔지 알아보고는 눈이 휘둥그레졌다.

"어떻게 이런 일이! 야호!"

칼이 외치면서 펄쩍펄쩍 뛰는 바람에 뱀파이어들은 깜짝 놀랐다.

"하얀 영혼이다!"

"다 너희들 덕분이야."

타라는 기뻐서 어쩔 줄 몰랐다.

"너희들이 나에게 생일 선물을 주지 않았다면 저 진흙먹보가 나한테 조각상을 선물했을 리가 없어. 너희들이 아더월드를 구한 거야!"

칼은 조각상을 요리조리 돌려보고 뒤집어도 보면서 만지기 시작했다.

"아무리 봐도 글귀라곤 없어."

칼은 난감한 얼굴이었다.

"사용법이 어디 있는 거지? 보통 무기에는 사용법이 있기 마련인데!"

기뻐하던 타라도 사기가 꺾였다.

" '목소리' 가 뭐라고 했더라? 섬에 조각상을 놓아야 한다는 말만 했잖아?"

"맞아, 그랬어."

로빈이 대답했다.

"지금 가던가, 아니면 내일 아침까지 기다리던가 정하는 게 좋겠다. 벌써 밤이 깊어가고 있어."

타라는 잠시 망설이다가 시간이 갈수록 적의 힘이 커지고 있다는 생각에 행동하는 쪽을 택했다.

"지금 가자. 섬까지는 날아서 1분이면 돼. 드라고쉬 선생님, 어떻게 하시겠어요?"

"난 너희들과 함께 섬으로 가겠다. 하지만 내 동지들은 기슭에 머문다. 만약 우리가 성공할 경우에는 문제가 없겠지. 그러나 실패할 경우, 그들이 다른 사람들에게 알려야 하니까."

다혈질 뱀파이어는 대장을 따라가겠다고 우겼지만 드라고쉬 선생님은 주장을 굽히지 않았다.

여정이 짧기 때문에 칼과 로빈이 갈랑에 올라탔고, 날아가는 걸 좋아하지 않는 뱀파이어들과 블롱딘은 육로를 택했다. 승객을 태워야 하는 불안에서 벗어난 타라는 다행히 나무 두 그루만 부러뜨리고 날아올랐다. 박쥐로 변신한 드라고쉬 선생님은 그 요란한 이륙에 어리둥절한 얼굴로 타라의 뒤를 따랐다.

섬이 보이는 곳에 이르자, 그들은 그 상공을 비행했다. 지난번 왔을 때와 비교해서 덤불이 훨씬 더 우거져 있는데도 섬은 여전히 황량해 보였다.

갑자기 타라의 머릿속에서 살아있는 돌이 모습을 나타냈다.

'무서워, 나.'

'괜찮아!'

타라는 정신적으로 대꾸했다.

'우리에겐 놈을 무찌를 무기가 있어. 걱정하지 마. 놈이 또 너를 포로로 붙잡아두게 내버려두지 않아.'

살아있는 돌은 불안한 한숨을 내쉴 뿐 아무 말도 하지 않았다. 이곳에서는 영혼 약탈자의 힘이 어느 정도로 증대되는지 타라에게 어떻게 설명한담!

칼은 블롱딘이 기슭에 도착하자 페가수스의 등에 올라탈 수 있게 축소시켰다. 이어서 그들은 날아올랐다.

타라가 마지막으로 섬을 둘러싼 호수 위를 날아가고 있을 때였다. 갑자기 검은 연기의 촉수 하나가 목을 휘감는 바람에 타라는 비명조차 지르지 못했다. 영혼 약탈자가 살아있는 돌의 힘을 느낀 것이 틀림없었다. 또 하나의 촉수가 별안간 금빛 드래곤의 이마에 들러붙더니 돌을 뽑아 가차없이 물 속으로 던져버리는 걸 보면!

타라는 고통의 비명을 질렀다.

그러면서 타라는 다시 변신하고 말았다. 날개를 잃은 타라는 공중에 떠 있어 보려고 애를 쓰다가 물 속으로 떨어졌고, 동시에 사라진 뱃가죽 주머니에서 하얀 영혼과 팔찌마저 빠져 나가고 말았다.

수면으로 떠오른 타라는 자유로워지기 위해 힘을 작동시켰다. 두 개의 촉수를 싹둑싹둑 자르는 커다란 가위를 상상하자 실제로 촉수들이 잘려나가면서 섬의 중앙 쪽이 줄어들었다. 영혼 약탈자는 분노의 괴성을 질렀다. 그러자 이번에는 수십 개의 촉수가 시커먼 벌레처럼 꿈틀거리면서 타라를 향해 다가왔다.

타라는 친구들에게 소리쳤다.

"멀리 떨어져! 촉수가 너희들을 건드리지 못하게 해!"

불행히도 어느새 촉수 하나가 갈랑의 발목을 둘둘 휘감더니 필사적인 저항에도 불구하고 섬의 중앙 쪽으로 끌어가고 있었다. 그 순간 로빈이 주문을 외우자 촉수가 동강났다. 하지만 또 다른 열 개의 촉수가 이미 공격을 시작했다.

타라는 친구들을 도와주러 갈 수가 없는 상태였다. 다른 공격을 차단시키면서 수면에 떠 있을 수 있게 해주는 힘의 장막에 에워싸여 있었던 것이다. 촉수들이 악착같이 공격해 왔지만 장막은 잘 버티고 있었다.

갑자기 타라는 힘의 장막이 약해지는 걸 알아차렸다. 촉수들이 장막에 쩔꺼덕 들러붙더니 소름끼치는 입들로 힘을 빨아먹는 것이 아닌가!

타라는 그리 오래 버틸 수가 없다는 걸 깨달았다. 타라는 있는 힘을 다해서 장막을 강화했고, 필사적인 노력으로 촉수들을 불태우기에 이르렀다. 그러자 이번에는 영혼 약탈자가 분노가 아니라 고통의 비명을 질렀다. 영혼 약탈자가 크게 당한 것이 틀림없었다.

타라가 장막을 갈랑 쪽으로 조종하면서 가까이 다가가는 순간, 한 무더기의 촉수들이 페가수스를 포위하면서 공격을 가했다. 이번에는 촉수의 수가 너무 많았고, 타라는 더는 힘을 쓸 수 없었다. 타라는 결국 패배를 인정해야 했다. 하얀 영혼 조각상을 잃어버린 데다 더는 움직일 수도 없었다. 그러자 그 낌새를 알아챈 촉수들이 타라와 함께 갈랑과 칼, 로빈, 블롱딘을 섬 쪽으로 밀어냈다. 드라고쉬 선생님과 다른 뱀파이어들은 이미 사라지고 없었다. 혹시 그들은 도망치는 데 성공한 걸까? 실낱같은 희망에 기력을 찾은 타라는 힘을 비축하면서 포기하지 않기로 마음먹었다.

촉수들은 사냥감들을 끌고서 이내 단단한 땅에 이르렀다. 그런데 흑장미가 신경 쓰이는 것처럼 촉수들은 흑장미를 슬금슬금 피하면서 천천히 전진했다. 타라는 유심히 관찰했다. 그들이 지나갈 때 검은 꽃들이 마치 붙잡을 기세로 움직이고 있었다. 정말 이상한 일이었다. 파프니르는 흑장미 즙을 마시고 저주의 마법에 걸려들지 않았던가! 그 절망적인 상황에도 불구하고 호기심이 고개를 들었다. 촉수들이 왜 흑장미를 두려워하는 거지? 타라가 아직 생각에 잠겨 있을 때, 그들은 마침내 섬의 중앙에 이르렀다.

섬의 중앙은 끔찍한 모습으로 변해 있었다.

깊은 구덩이 속에서 시커먼 마그마가 부글부글 끓고 있는데 거기서도 촉수들이 꿈틀거리고 있었다. 타라는 한순간 그 구덩이 속으로 모두 던져질 거라고 생각했다. 하지만 촉수들은 다른 계획을 가지고 있는 모양이었다. 갑자기 거대한 공간이동의 문이 열리더니 촉수들이 그들을 확 떠밀었다.

우캬캬, 으아아아악!

공포의 비명을 지르면서 그들은 무시무시하게 시커먼 허공 속으로 떨어졌다.

17
포로들

숨이 멎을 듯한 공포에 사로잡힌 타라가 눈을 떴을 때, 보이는 것은…… 발이었다! 그런데 그 발들이 낯익은 것 같았다. 눈을 쳐들던 타라는 그제야 알았다. 트라비아의 살아 있는 궁전에 돌아와서…… 파프니르 앞에 엎어져 있음을! 하지만 이전에 알던 불평도 많고, 정도 많은 고집쟁이 난쟁이가 아니었다. 주홍빛 피부와 초록빛이 아닌 검은 눈동자의 난쟁이가 소름끼치는 미소를 짓고 있었다.

"이런, 이런, 이런, 깜찍하고 사랑스런 타라!"

파프니르가 비아냥거렸다.

"이렇게 반가울 수가! 드디어, 내가 드디어 이 난쟁이를 장악하는 데 성공하고 머릿속을 읽어봤더니 너를 구해줄 사람으로 믿고 있더군. 그걸 찾았니?"

난쟁이를 통해 말하는 영혼 약탈자의 어조에 불안한 기색이 역력했다.

타라가 힐끗 쳐다보니 칼, 블롱딘, 로빈, 갈랑이 서로 빠져나가려고 애를 쓰고 있었다. 그들이 거의 다친 데 없이 무사한 것 같아서 타라는 일단 안도의 숨을 내쉬었다. 이어서 파프니르에게 시선을 옮겼다.

"우리가 찾긴 뭘 찾아요?"

뭘 묻는 건지 뻔히 알면서도 타라는 딴청을 피웠고, 먼지를 툭툭 털면서 일어났다.

"하얀 영혼을 찾았지?"

"아니. 그 멍청한 진흙먹보들이 우리가 하는 말을 도무지 알아들어야 말이죠. 그래서 섬 상공을 비행하면서 그걸 찾고 있는데 당신의 함정에 걸려들었으니……."

타라는 말을 중단하면서 난쟁이를 응시했다. 그러자 영혼 약탈자가 파프니르를 통해 뚫어지게 쳐다봤다.

"그러니까 그건 바보 같은 짓이었죠."

타라가 덧붙였다.

"바보?"

영혼 약탈자가 발끈했다.

"당신은 오래 전부터 하얀 영혼을 찾고 있었잖아요?"

"특별히 찾아다닌 건 아니지. 진흙먹보들이 가지고 있다는 걸 알고 있었으니까. 하지만 이제는 너희들이 그 존재를 알았으니 그게 나를 파괴하기 전에 내가 먼저 파괴해야겠다!"

"그러니까 하는 말이죠. 우리가 그걸 찾아오기를 기다렸다가 탁, 낚아챘으면 좋았을 텐데!"

그 말에 영혼 약탈자는 입을 딱 다물고 말았다. 잠시 후 눈을 찡그리더니 경멸을 담은 목소리로 말했다.

"너희들이 그걸 가지고 있지 않다는 걸 내가 어떻게 믿지?"

"그럼 몸수색을 하던가요."

타라는 어깨를 으쓱하면서 응수했다.

"그러면 우리가 아무것도 가지고 있지 않다는 걸 알겠죠!"

"그런데 이걸 어쩌나, 이 난쟁이의 뇌는 너희들이 아주 영악하다고 말하고 있으니."

영혼 약탈자는 얼굴을 찌푸렸다.

"너희들에게 나를 속이는 행운이란 건 절대 없으니까 꿈도 꾸지 마라."

영혼 약탈자는 주홍빛으로 변한 꼭두각시 경비병들에게 타라와 그 일행의 몸을 수색하게 했다. 당연히, 경비병들은 몇 개의 보석, 이상한 연장들, 다양한 종류의 무기들 몇 점밖에 찾아내지 못했다. 갈랑은 타라 옆에서 영혼 약탈자를 쏘아보고 있었다.

"거짓말은 아니군."

영혼 약탈자가 약간 의외라는 듯이 중얼거렸다.

"당장 너희들을 흡수해야 하는 건데…… 진짜 유감스럽다. 새로운 영혼을 흡수할 때마다 그 영혼이 내 정신에 동화가 된 뒤에야 조정할 수 있으니. 그런데다 내가 좀 너무…… 욕심을 부렸는지 정신이 지쳐버렸다. 그래서 내일까지는 다른 영혼들을 흡수하는 위험을 무릅쓰지 않으려 한다. 오, 조상들이여, 세상을 정복하는 것이 이토록 고될 줄은 생각하지 못했습니다!"

이런 기적이! 휴, 하마터면……! 타라는 절체 절명의 위기에 몇 시간의 집행 유예를 준 그들의 수호천사에게 감격했다.

영혼 약탈자는 정신적인 교감으로 경비병들에게 타라 일행과 사자와 페가수스를 감옥으로 데려가게 했다.

"온몸이 이상해!"

갑작스런 몸수색으로 기분이 찜찜해진 로빈이 말했다.

기지개를 켜던 로빈이 번개같이, 제일 가까운 경비병의 단검을 빼앗고는 초인적으로 튀어올라 파프니르에게 달려들어 그 목에 칼을 들이댔다.

"이젠 우리를 조용히 보내주시지, 아니면 네 목을 따버리겠다!"

"내 흑장미의 이름으로 그렇게는 안 되지! 어린것이 그래도 용기는 제법 가상하구나!"

영혼 약탈자는 아예 단검을 본 척도 않고 경탄했다.

로빈은 이를 악물고 칼끝을 눌렀다. 난쟁이의 목에서 한 줄기의 피가 스며 나왔다.

"꺄악!"

영혼 약탈자가 고통스런 비명을 질렀다.

"네가 정 이러고 싶다면 마음대로 해! 난 이미 많은 사람을 감염시켰고 파프니르는 더 이상 필요하지 않으니까. 목숨은 살려주고 싶었는데…… 솔직히 난 이 난쟁이가 아주 마음에 들거든. 하지만 네가 난쟁이의 목을 따고 싶다면 말리지는 않겠다. 내가 난쟁이의 몸에서 철수하는 즉시 이 아이의 죽음을 목격하게 될 테니."

그 순간, 난쟁이의 몸에서 나오는 검은 연기를 보면서 로빈은 아연실색했다. 난쟁이의 살빛이 다시 구릿빛이 되고, 까만 눈도 평소의 초록빛으로 변했다.

"내 조상들의 이름에 걸고 내가 저 영혼 약탈자를 죽여버리겠어!"

제목소리를 되찾은 파프니르가 내뱉듯이 말했다.

그렇게 말하고 나서 난쟁이는 로빈이 여전히 자기 목에 칼을 들이대고 있음을 깨닫고 얼어붙었다.

"저자는 사실을 말한 거야."

난쟁이는 마지못해서 말했다.

"섬을 벗어나기 위한 매개체로 내가 필요했어. 하지만 지금은 많은 사

람을 이미 흡수했기 때문에 저자의 힘은 막강해. 나 하나쯤 없어진다고
해도."

로빈은 그래도 칼을 내리지 않았다. 검은 연기가 비웃음을 흘리면서
꼭두각시 하나를 불렀다. 뚜벅뚜벅……, 궁전이 흔들릴 정도로 무거운
발소리가 들릴 때, 타라는 한순간 희망을 느꼈다. 그런데 나타난 것은
주홍빛의 드래곤이었다.

희망은 사라졌다.

로빈도 칼을 떨어뜨렸다.

"셈 선생님까지!"

공포에 질린 칼이 중얼거렸다.

"맙소사, 이럴 수가! 이건 보통 큰 문제가 아냐!"

"내가 거짓말하는 걸로 생각했지?"

영혼 약탈자가 드래곤을 통해 으르렁거렸다.

"하프엘프, 그럼 드래곤의 목도 따고 싶으냐? 너에게 필요한 건 그 따
위 칼이 아니라 도끼야! 네 친구들도 걸려들었는데 다 죽이고 싶으냐?
왜 이 궁전의 주민도 모조리 죽이지 그래? 이 도시 사람들도 몽땅 죽여
보지? 명심해라. 그런다고 해도 상황은 전혀 변하지 않아!"

타라는 깜짝 놀랐다. 뭐, 그럼 도시 전체를 정복했단 말인가? 정말 그
렇다면 칼의 말마따나 보통 큰 문제가 아닌데…….

들리지 않는 명령에 복종하면서 친구들이 하나둘 그 방에 들어왔을
때야 비로소 타라는 실감이 났다. 무슨 이유인지는 몰라도 무아노는 키
가 3미터에 이르는 야수의 모습을 하고 있었고, 파브리스와 마니투는 주
홍빛으로 변해 있었다. 그래도 주홍빛 개는 존재하지 않으니 지구에 가
면 그 특이한 색깔 때문에 선풍적인 인기를 끌겠다고 생각하던 타라는

마니투가 싸늘한 눈길을 던지는 순간 가슴이 찢어질 듯 아팠다.

이어서 안젤리카와 부모가 등장했다. 그런데 그들은 궁정 망토 차림에 랑코비트의 왕관까지 쓰고 있었다! 게다가 그들의 살빛은 다른 사람들처럼 주홍빛인 반면에 눈은 검은빛이 아니었고, 자율적으로 행동하는 것 같았다.

"오, 선생님!"

갈색머리 꺽다리가 탄성을 질렀다.

"드디어 저 애들을 붙잡았군요! 축하드려요. 정말 대단한 분이세요. 이 계집애와 친구들은 말썽만 일으키는 골칫덩어리들이었거든요. 애들 세 명을 제 하인으로 만들고 싶었는데 정말 고맙습니다."

"그렇습니다."

안젤리카의 아버지가 아부하는 목소리로 찬성했다.

"우리에게 랑코비트를 통치하라고 제안하신 것은 아주 훌륭한 선택이십니다. 베어 왕과 티타니아 왕비는 정말 비협조적이었습니다, 안 그렇습니까?"

타라는 어안이 벙벙했다. 그들은 영혼 약탈자의 목소리로 말하는 게 아니라 그들 자신의 목소리로 말했다. 그렇다면 완전히 감염된 것이 아니란 말인가? 하지만 어떻게 그런 일이?

영혼 약탈자의 경멸이 담긴 끔찍한 대답이 이어졌다.

"천만의 말씀. 당신들의 야망은 내게 아주 쓸모가 있어. 그들은 탐욕스러운 반면에 당신들 같은 정신은 사실 감시할 필요가 없거든. 당신들에게는 권력을 조금만 주는 것으로도 충분하니까! 이 나라의 왕과 왕비는 이제 며칠 남지 않았다. 그리 오랫동안 나를 견뎌낼 수 없을 테니."

"당신, 당신은 내 삼촌과 숙모를…… 감염시킬 수 없어요. 그런 일은 절대 일어나지 않으니까!"

그건 무아노의 목소리였는데 어찌나 주먹을 꽉 쥤는지 갈퀴발톱들이 살을 파고들면서 붉은빛 털에서 한 줄기의 선혈이 흘렀다.

"그건 아무런 문제가 되지 않아."

자신의 실패에 대해 대놓고 비웃는 발언에 발끈한 영혼 약탈자가 응수했다.

"하긴 소위 최고로 강력하다는 드래곤 마법사가 단번에 굴복했는데 네 친척은 어떻게 버텨내고 있는 건지 그건 모를 일이긴 하지만."

"당신, 당신은 절대로 못해요."

손바닥이 찢어지는 고통을 참아내면서 무아노는 중얼거렸다.

"그분들은 당신이 감당하기에는 너무 강하니까요!"

"입 닥쳐, 이 바보야!"

안젤리카의 어머니가 소리쳤다.

그 목소리에서 두려움이 느껴졌다. 그녀는 영혼 약탈자가 흥분할까 두려워하는 것이 역력했다. 얼마나 겁이 났으면 한 촉수에게 무아노의 얼굴에 달라붙어서 주둥이를 틀어막으라는 명을 내릴 정도였다.

"진작에 안젤리카의 목을 따버렸어야 했는데!"

성난 로빈이 파프니르에게 말했다.

"나를 믿어, 1초도 머뭇거리지 않을 테니!"

그때 꺽다리의 눈길이 갑자기 눈부신 칼에게 멈췄다.

"본드 씨! 이런 버러지들하고 여기서 뭐하세요?"

안젤리카가 반가워하는 얼굴로 외쳤다.

목 졸라 죽이고 싶은 마음이야 굴뚝같았지만 칼은 꺽다리 앞에서 멋지게 허리를 숙였다.

"아가씨의 피부는 장미꽃의 심장 색깔이군요."

칼은 부드러운 눈길로 꺽다리를 지긋이 쳐다보면서 지껄였다.

"아가씨의 미모가 단연 돋보이는군요. 그 아름다움에…… 내가 그만 포로가 되었습니다."

안젤리카는 함박미소를 지으면서 칼의 손을 잡았다.

"선생님, 착오가 있는 게 틀림없어요. 이 분은 얘들 편이 아니에요. 이 분을 나를 위한 사람으로 가져도 될까요?"

영혼 약탈자는 드래곤의 입으로 비아냥거렸다.

"원한다면 가져도 좋아. 내가 그 아이를 감염시키는 즉시 네 하인으로 삼거라."

"아가씨 없이 감옥에서 1초라도 살 수 있을지 모르겠군요."

칼이 재빨리 말했다.

"난 이미 아가씨의 숭고한 얼굴을 보지 않고는 견디지 못할 것 같으니!"

"선생님!" 하고 간청하는 안젤리카는 긴 속눈썹이 나풀거리는 미남 청년에게서 눈을 떼지 못하고 있었다.

"이 분을 감옥에 넣지 마세요. 저에게 맡겨주세요."

"좋아, 다른 것들이랑 함께 그 아이를 네가 감시해라."

영혼 약탈자는 조롱하는 빛이 역력한 얼굴로 대꾸했다.

칼이 허리를 굽히고 나서 냉큼 파브리스 옆에 섰지만, 지구소년은 까딱도 하지 않았다.

로빈은 칼의 행동을 의아하게 여기는 얼굴이었다. 타라는 눈살을 찌푸렸다. 어린 도둑이 목숨을 부지하려고 승리자 편에 붙는 건가? 타라는 고개를 가로 내젓다가 파프니르에게로 눈길을 돌렸다. 난쟁이는 꼼짝도 하지 않은 채로 불안하게 검은 연기를 응시하고 있었다.

"이제는 무슨 일이 있었는지 자세히 말해주면 좋겠어."

타라는 안젤리카와 꺽다리의 부모, 영혼 약탈자를 아랑곳하지 않은 채 난쟁이에게 물었다. 공기 속에 정지된 검은 연기는 집행 유예라도 주듯 난쟁이가 대답하게 해주었다.

"섬 가까이 도착했는데, 너무 가까웠어."

파프니르는 붉은 머리털을 기계적으로 잡아당기면서 설명했다.

"흑장미들은 우리가 떠난 뒤로 몰라보게 자라 있었어. 가운데만 빼놓고 섬이 거의 흑장미로 뒤덮여 있더라고. 영혼 약탈자는 우리에게 기회를 주지 않았어. 나에 이어서 두 최고 마법사들을 감염시켰지. 나는 비명을 지르다가 그 소리에 영혼 약탈자가 주춤한다는 걸 깨달았어. 나를 놓아주지는 않았지만 더 전진하지도 않았어. 그래서 노래를 부르기 시작했지."

"닷새 동안 쉬지 않고 노래를 불렀단 말야?"

로빈이 물었는데 난쟁이의 뚝심에 놀란 얼굴이었다.

"우리 난쟁이들은 부를 노래가 무진장 많고, 고집도 장난이 아니지. 노래로 버텨내는 것이 너희들에게 알리는 유일한 방법이었어. 그래서 죽기 살기로 불렀지. 그래야 너희들이 도망칠 수 있을 테니까!"

"그건 아주 소용없는 짓이었다!"

이번에는 영혼 약탈자가 외눈 거인 '맑은시냇가수줍은꽃'의 입으로 비아냥거렸다.

"내 귀염둥이들, 너희들에게 잠시 집행 유예를 주겠다. 내일이면 내가 흡수한 것들이 완전히 소화가 되겠지. 그러면 너희들을 흡수할 수 있어. 자, 이제는 감옥에 들어가 있어."

그들이 마지막으로 본 것은 파프니르 주위를 맴도는 흉악한 검은 연기와 그 귀여운 초록빛 눈에 어리는 절망의 빛이었다.

꼭두각시 경비병들이 감방 문들을 열고 타라와 갈랑, 로빈을 하나씩 떼밀었다. 히플리아의 마법 철로 만든 거대한 문들이 음산한 소리를 내며 철커덕, 철커덕 닫혔다.

잠시 후, 그들은 마치 존재하지 않는 듯이 괴어 있는 연기를 헤치면서 여기저기 살폈다. 감옥을 유심히 살피던 타라는 비명을 억눌렀다.

바로 옆방에서 베어 왕과 티타니아 왕비가 보이는 것이 아닌가!

그들은 얼굴이 아주 창백했는데 왕비는 호흡이 곤란한 것 같았다. 검은 촉수 하나가 그들을 테스트하듯 연신 건드리고 있었다. 왕과 왕비는 태연한 척했지만 죽을힘을 다하는 것이 역력했다. 왕관을 빼앗기긴 했어도 과연 왕과 왕비의 자존심은 대단했다. 영혼 약탈자에게 나약한 모습을 보인다는 건 말도 안 되는 일이었던 것이다.

왕은 어린 마법사들의 살색을 보면서 비록 갇혀 있긴 해도 감염되지 않은 것 같아서 미소를 지었다. 그러면서도 수석 조수들이 온 걸 기뻐해야 할지 슬퍼해야 할지 모르는 얼굴이었다.

"타라! 로빈! 너희들을 다시 보게 된 것은 기쁘지만 꼭 그럴 수만은 없을 것 같구나. 난 너희들이 지금쯤은 이 궁전에서 아주 멀리 도망쳤을 거라고 생각했건만!"

"네, 처음엔 그랬었지요. 영혼 약탈자에게 붙잡히기 전까지만 해도."

타라는 눈물을 흘리지 않으려고 애를 쓰면서 대답했다.

타라는 감정을 억제하면서 심호흡을 했다. 절망적인 상황에서는 유머가 최후의 수단이었다.

"와우, 감옥에 갇히는 것이 열흘 사이에 벌써 두 번째다."

타라는 우스꽝스럽게 한숨을 쉬었다.

456

"휴우, 휴우, 한 번은 황궁의 감옥, 또 한 번은 왕궁의 감옥, 이러다 우리 습관 되면 큰일인데, 그치?"

"난 감옥이 정말 싫어. 좁아 터졌는데 냄새도 심하고, 먼지투성이에다 끈적거리기까지 해."

하프엘프가 투덜거렸다.

로빈의 말은 좀 심한 과장이었다. 오무아와는 달리 쇠창살이 있다는 것을 제외하면 감방들은 뽀송뽀송하고, 널찍널찍한 것이 아주 쾌적했다. 왕과 왕비는 지저분한 감옥을 허락할 사람들도 아니고, 더군다나 주문 덕분에 먼지나 벌레라곤 거의 없었다.

"너희들, 저 위에서 무슨 일이 일어나고 있는지 아느냐?"

왕이 물었다.

"우리는 어떻게 돌아가고 있는지 상황을 모르고 있단다."

"무슨 일이 일어나고 있냐면……."

그들이 너무 잘 아는 목소리가 대답했다.

"멍청한 난쟁이가 영혼 약탈자를 해방시켰지요. 그래서 지금 영혼 약탈자는 세상을 서서히, 하지만 확실하게 정복하고 있는 중입니다. 그자는 이미 오무아와 셀렌다에 감염된 부대를 파견했습니다."

"안젤리카!"

로빈이 펄쩍 뛰어서 창살을 움켜잡고 외쳤다.

"네가 여기 뭐 하러 왔어? 우리를 비웃으러 왔냐?"

"너희들의 목숨을 구하러 왔지! 설마 내가 너희들이 보고 싶어서 왔겠냐? 너희들이 하얀 영혼을 가지고 있다면 반드시 영혼 약탈자를 없애버려야 하니까 울며 겨자 먹기로 왔단 말야."

그들은 이해가 되지 않았다. 껄다리가 무슨 말을 하는 거지?

"브란드라우드 양, 너는 어떻게 된 거지?"

왕이 의아한 얼굴로 물었다.

"너는 그 괴물의 감시를 받지 않는 거니?"

"부모님과 저는 협조하는 척했거든요."

안젤리카가 거만하게 말했다.

"우리가 도와줄 마음을 먹고 있는 걸 알고 영혼 약탈자가 우리를 놓아주었습니다. 그래서 그자는 우리의 정신에 계속 머물러 있지 않아요. 그러면 그자도 그만큼 자유롭게 다른 사람들을 더 빨리 점령할 수 있거든요. 덕분에 우리는 촉수들을 조절할 수 있게 되었고요."

실제로 안젤리카가 하는 무언의 명에 따라 검은 구름이 물러갔고, 주홍빛 경비병들도 사라졌다. 이제 감옥에는 그들만 남았다.

"이제 됐군. 이제는 마음놓고 말해도 돼요. 타라, 하얀 영혼이 어디 있는지 나한테 말해!"

안젤리카는 흡족한 얼굴로 말했다.

로빈이 자세히 설명해주려고 입을 열 때, 타라가 말을 막았다.

"불행히도 우리는 아무것도 몰라!"

타라는 거짓말을 했다.

"하얀 영혼이 히믈리아 타도르 산의 광산에 있다는 얘기만 들었어."

"무슨 광산인데?"

안젤리카가 신경질적으로 물었다.

"거기는 광산이 수백 개나 된단 말야. 그 산은 진짜 벌집 같다고!"

"다시 말하는데 그 이상의 정보는 없어."

타라가 대꾸했다.

"그 위치를 정확하게 알아내기 전에 영혼 약탈자에게 붙잡혔으니까."

꺽다리가 주먹을 질근질근 깨무는 것이 불안한 빛이 역력했다.

"너희들은 몰라! 그자는 서서히 퍼지는 암 같은 존재야. 누군가가 그자를 멈추게 하지 않으면 여기를 시작으로 행성 전체를 1년 이내에 정복하고 만다고!"

촉수들이 사라진 뒤로 숨쉬는 것이 조금 편해진 왕비가 가냘픈 목소리로 물었다.

"우리를 어떻게 도와줄 수 있겠니? 감옥에 갇혀 있는 한 우리는 하얀 영혼을 찾지 못해. 그리고 하얀 영혼이라는 것이 무슨 작용을 하는지 누가 설명을 좀 해주면 좋겠구나."

"그건 일종의 무기입니다, 마마. 여자 형상의 하얀 조각상인데 영혼 약탈자를 없앨 수 있는 유일한 것이랍니다. 그 조각상을 찾는 중에 영혼 약탈자에게 붙잡혔습니다."

로빈이 냉큼 대답했다.

"그럼 브라드라우드 양이 우리를 석방시켜줘야겠다!"

왕이 단호하게 결론을 내렸다.

안젤리카는 당황하는 기색이 역력했다.

"그건 불가능합니다, 전하. 제가 석방시키면 그자가 보복으로 제 부모님을 죽일 거예요! 저는 그럴 수 없습니다."

그들이 대응하기 전에 안젤리카는 돌아서서 쏜살같이 달아났다.

절망한 로빈은 창살을 놓고 침대에 쓰러졌다. 타라도 침통한 마음으로 침대에 쓰러졌다. 갈랑이 옆에서 날개로 쓰다듬어주면서 타라를 위로했다.

감방들은 서로 통했다. 잠시 후 고개를 들던 로빈은 비탄에 빠진 타라를 보고 손을 내밀어 친구의 손을 잡았다.

"걱정하지 마."

로빈이 다정하게 말했다.

"난 우리가 해결책을 찾을 거라고 확신해."

"그래, 맞아."

타라가 벌떡 일어나면서 동의했다.

"여기서 마법을 사용할 수 있을까? 오무아처럼 안 되는 걸까?"

왕이 로빈 대신에 대답했다.

"감방 안에서는 마법을 사용할 수 있지. 하지만 가령 모습을 바꾸면 창살을 통해 나갈 수 없다. 이 건물 전체가 히믈리아 산의 마법 철로 만들어져 있거든. 그래서 난쟁이들과 거인들과 마찬가지로 이 철은 마법에 저항하지."

"네, 그럴 줄 알았어요."

타라가 말했다.

"다른 방법을 찾아야 하는데……, 그럼 이 철을 녹일 수는 있나요?"

"녹일 수 있냐고(왕은 이마에 주름을 잡으면서 어깨를 으쓱했다)? 난쟁이들이 용광로에서 만들어낸 것이니까 녹일 수야 있겠지."

"그럼 됐어요!"

타라는 빙긋 웃으면서 말했다.

"드래곤의 불길에 철이 어떻게 되는지 한번 시험해봐야겠어요."

로빈은 눈이 휘둥그레졌다.

"변신하려고? 하지만 살아있는 돌이 없잖아?"

"알아. 하지만 별수 없잖아. 뭐, 다른 방법이 있어?"

"아니, 그런 건 아냐. 하지만 궁전이 부서질 수도 있어. 이 도시도 그렇고, 대륙 전체가 위태로울 수도 있어. 그러니까 조심해야 한다는 거지!"

왕은 하프엘프가 농담을 하는 거라고 생각했다.

"난 덩컨 양이 이 궁전을 위태롭게 할 정도로 능력이 강력하다고는 생각지 않는다. 우리의 조상들이 아주 견고하게 지은 궁전이야."

"속단하지 마십시오, 전하. 타라의 힘은 전하가 상상하는 정도가 아닙니다. 타라가 능력을 조절할 수 있게 되는 날, 영혼 약탈자는 타라에 비하면 소심한 애송이에 불과하게 보일 겁니다."

"헉, 그건 좀 너무 심했다."

타라는 하얀 머리털을 잡아채면서 한 마디했다.

"어쨌든 검은 연기와 경비병들이 돌아오기 전에 빨리 해보자."

"그래."

로빈이 침울하게 대꾸했다.

"처음으로 우리를 도와준 안젤리카에게 고마워할 수도 있겠지."

타라는 감방의 크기를 쟀다. 문제없이 금빛 드래곤으로 변신할 수 있는 공간이었다. 타라는 심호흡을 하고 나서 마법에 도움을 청했다.

옆방의 왕과 왕비가 긴장했는지 얼굴이 굳어졌다. 마법에 아주 민감하기 때문에 타라의 능력이 뜨거운 숨결처럼 그들에게 느껴졌다. 그들은 아연실색하는 눈길을 교환했다.

변신하려는 순간, 타라는 분노의 고함소리에 멈췄다.

잠시 후, 서슬이 퍼래진 안젤리카가 감옥에 나타났고, 그 뒤를 따라온 촉수들이 독사처럼 쉭쉭거렸다.

"내가 너희들을 죽여버리겠어!"

꺽다리가 내뱉었다.

18
드래곤들의 전쟁

느닷없이 달려든 촉수들이 뱀처럼 목을 친친 휘감는 통에 타라는 숨을 헐떡거렸다. 앞발을 들고 일어난 갈랑이 갈퀴발톱으로 촉수들을 끊어버리려고 했지만 끄떡도 하지 않았다. 하프엘프의 민첩성을 발휘하여 날쌔게 촉수들을 피하는 데 성공한 로빈이 소리쳤다.

"안젤리카, 안 돼! 네가 타라를 죽이면 영혼 약탈자가 네 심장을 씹어 먹을 거야. 멈춰!"

안젤리카의 기세를 꺾기 위해서 로빈이 궁리해낸 말이었다. 로빈의 예상대로 안젤리카의 두 눈에서 분노의 빨간 안개가 걷히더니 꺽다리가 손짓을 했다.

안젤리카의 명령에 촉수들이 타라를 풀어주었다. 쓰러지듯 주저앉은 타라는 목을 만지면서 힘겹게 숨을 몰아쉬었다.

"너, 재수 좋은 줄 알아!"

안젤리카가 내뱉었다.

"영혼 약탈자가 너를 감염시키는 즉시 너도 내 하녀로 달라고 청할 거야. 그럼 넌 말야, 남은 여생을 내 시중을 들면서 살게 되는 거야, 알았어?"

그렇게 말하고 꺽다리는 홱 돌아서서 층계를 올라갔다.

잠시 후, 간수들이 다른 감방 문을 열고 칼과 붉은 여우를 떠밀었다.

탐스런 금발에 근육질의 떡 벌어진 가슴, 그 눈부시게 멋진 모습은 온데간데없고, 칼은 예전의 모습으로 돌아와 있었다.

하얗게 질린 칼이 입술을 닦고 있었다.

"칼? 어떻게 된 거야?"

로빈이 놀란 얼굴로 외쳤다.

"에이, 퉤, 퉤, 퉤! 안젤리카 그게 내 입에 키스를 했어!"

어린 도둑은 입술을 빡빡 문지르면서 대답했다.

타라는 숨이 막혀서 기침까지 나왔다.

"뭐? 어떻게 그런 일이……."

로빈이 어이없어했다.

"어떻게 하면 꺽다리를 때려눕히고 너희들을 구출하러 올까 궁리하고 있는데 그 계집애가 방에 들어오더라고. 그러더니 어떻게 할 사이도 없이 나에게 달려들어서 키스를 하는 거야. 그 바람에 엄청 충격을 받았는지 내가 순간적으로 옛 모습으로 돌아왔어. 에이, 재수 없게 하필이면 그 순간에!"

"너만 충격을 받은 게 아니었겠는데."

그 장면이 눈에 선한지 로빈이 놀렸다.

"걔는 아주 까무러쳤겠다, 그치?"

칼은 또 한 번 입술을 문지르면서 고개를 끄덕였다.

"응, 어찌나 놀랐는지 한순간 환영을 보는 거라고 생각하는 것 같더라고. 근데 내가 침을 퉤퉤 뱉는 바람에 그 환영을 망쳐버렸어."

타라는 도저히 웃음을 참을 수 없었다. 멋진 칼에게 달려들어 열정적으로 키스하면서 끌어안는 안젤리카를 상상하면서 로빈은 더 노골적으로 킥킥거렸다. 그 웃음이 장본인 칼에게도 전염되면서 잠시 후, 그들은 왕과 왕비의 어리둥절해하는 눈길을 받으면서 포복절도했다.

"아이고, 배야!"

타라는 눈물까지 닦으면서 말했다.

"그건 그렇고 칼, 네가 오니까 난 정말 기뻐!"

로빈과 칼은 전적으로 동의한다는 뜻으로 고개를 끄덕였다. 비록 그들이 포로로 붙잡혀 끔찍한 위협을 받고 있는 상황이긴 해도 같이 있게 된 건 아주 잘된 일이었다.

통증 때문에 현실로 돌아온 타라는 목을 살살 만지면서 침을 삼켰다.

"근데 왜들 하나같이 내 목을 조르고 난리지?"

타라가 투덜거렸다.

"처음엔 영혼 약탈자, 그다음은 안젤리카. 그자가 그러는 건 이해하겠는데 안젤리카는 왜? 내가 자기한테 또 뭘 어쨌다고?"

칼은 어깨를 으쓱했다.

"알만 해. 내가 본모습으로 돌아왔을 때 꺽다리가 놀라움에 이어서 분노의 비명을 질렀어. 그러더니 '또 그 계집애 짓이야, 내가 죽여버리겠어!'라고 중얼거리자 경비병들이 나를 붙잡았고, 꺽다리는 성난 황소처럼 감옥으로 내달리더라고. 그다음은 너희들이 본……."

"꺽다리가 네 능력으로는 모습을 그렇게 바꿀 수 없다고 의심한 게 틀림없어. 그래서 우리들 중에서 너를 아폴론 조각상처럼 만들 수 있는 사람은 타라밖에 없다고 확신한 거야."

"미안하다, 타라."

칼이 아쉬운 듯이 볼멘소리로 말했다.

"하지만 너의 주문이 몇 분만 더 버텨냈다면 꺽다리를 때려눕히고 너희들을 구출하러 올 수 있었는데……."

검은 연기 앞에서 너무 그렇게 자세히 누설하지 말라는 표시로 눈을 깜박거리면서 타라가 말했다.

"어, 근데 이상해. 영혼 약탈자의 연기가 보이지 않아!"

분명히 꼭두각시 경비병들의 발소리는 들리는데 그 소름끼치는 연기는 사라지고 없었다.

"천만다행이구나. 끔찍한 촉수들이 우리를 감염시키려고 점점 더 자주 건드렸지만, 매번 헛수고로 끝나자 더욱 기승을 부리고 있었는데."

왕비는 몸서리를 쳤다.

"영혼 약탈자가 두 분 마마를 감염시키지 못하는 이유를 짐작하십니까?"

로빈이 의아한 얼굴로 물었다.

"아니. 우리가 위험을 깨달았을 때는 너무 늦었다. 왕비와 나는 싸웠지만 실패했지. 검은 연기의 촉수들이 우리의 힘을 빨아들이는 것 같았어. 하지만 우리를 점령할 수는 없었지. 그런데 우리만 그런 것이 아니다. 살라타르와 칼리브리스 부인도 버텨냈으니까 아마 그들은 도망쳤을 거라고 생각한다."

왕은 한숨을 쉬었다.

"검은 연기가 사라진 틈을 이용해서 도망쳐야 해요."

칼의 얼굴이 어두워졌다.

"안젤리카의 방으로 가기 전에 궁전을 쭉 둘러봤는데 정말……."

상상만으로도 끔찍한 타라는 꼬치꼬치 묻지 않기로 했다.

"그래서 말인데 안젤리카가 나를 목 졸라 죽이기 전에 드래곤의 불이 이 창살을 녹일 수 있는지 시험해보는 게 어떨까?"

"불행히도 그건 안 돼. 마법의 철로 만들어진 것이라서 마법에 끄떡도 하지 않거니와 방어 주문까지 걸러 있어. 네가 태우게 되는 건 바로 네가 될 거야. 방어 주문 때문에 쇠창살에 무슨 힘을 가했든 당사자인 공격자가 고스란히 되돌려 받거든."

칼이 대꾸했다.

"이 감옥의 방어 시스템은 최고 수준을 자랑한다."

왕이 동의한다는 표정으로 지적했다.

"이럴 땐 살라타르가 조금만 무능했으면 좋았겠다 싶구나."

이번에는 왕비가 말했다.

"이제 우리가 어떻게 하면 되지?"

"당신들은 아무것도 못합니다."

느닷없이 물기 어린 걸쭉한 목소리가 들려왔다.

"우리라면 몰라도. 우리가 구출해 드리지요."

어둠 속에서 불쑥 튀어나오는 악마처럼 반사경 마스크를 쓴 마지스터가 나타났다.

타라는 생각할 것도 없이 즉각적으로 반응했다. 타라의 파괴 주문이 검은 실루엣을 향해 돌진했다.

"타라, 안 돼!"

칼이 소리쳤다.

그 주문은 창살에 닿자마자 타라 쪽으로 되돌아오고 있었다. 칼의 고함소리를 듣고서야 알아차린 타라는 아슬아슬하게 방패를 만들었다.

"쯧, 쯧, 쯧! 이렇게 과격해서야! 성질 한 번 급하구나! 더구나 구해주러 온 사람에게 이런 푸대접을 하다니!"

마지스터는 고개를 설레설레 저었다.

타라는 어안이 벙벙했지만 잠시 후 감정이 폭발했다.

"차라리 영혼 약탈자에게 감염되는 게 더 낫죠! 또 나를 찾아내다니! 분명히 말하는데 나를 이용해서 당신이 악마의 힘을 가진 사물들을 차지하게 내버려두지 않을 거예요. 설사 그것이 영혼 약탈자를 물리치는 데 사용하기 위한 것이라고 할지라도!"

마지스터는 잠시 침묵했다. 이어서 그의 마스크가 파랗게 물들었다. 그건 상그라브가 재미있어하는 뜻이라는 걸 알고 있기 때문에 타라는 더 화가 치밀었다.

"그거 아주 좋은 생각이구나. 솔직히 난 그 생각은 못했는데. 그리고 오해할까봐 말하는데 우리는 위치추적 주문 덕분에 너희들을 찾은 것이다. 우리가 여기 온 이유도 오로지…… 이걸 가져오는 것이었고."

마지스터가 마술이라도 부리듯 폼 나게 몸짓을 하자 나타나는 것은…… 하얀 영혼이었다!

칼은 눈이 휘둥그레져서 쇠창살에 바짝 달라붙었다.

"아니, 이럴 수가! 그걸 어떻게……?"

"내가 가져다줬다."

드라고쉬 선생님이 말을 끊었다. 마지스터 뒤에서 그림자처럼 스르르 나타난 뱀파이어를 보면서 타라는 그제야 마지스터가 '우리'라고 말한 이유를 알았다.

"됐어요!"

드라고쉬 선생님이 계단을 가리키면서 말을 이었다.

"간수들이 모두 쓰러졌으니 저쪽으로 나가면 되겠소."

"좋소. 이 사람들을 구출합시다. 아, 잠깐!"

그렇게 말하면서 마지스터는 간수들에게서 훔친 열쇠로 감방을 열어고 하는 뱀파이어를 멈추게 했다.

"타라 양, 우리가 힘을 합쳐서 영혼 약탈자와 싸우는 동안에는 나에게 아무런 짓도 하지 않겠다고 약속해라."

타라는 귀가 믿어지지 않았다. 무슨 말이지? 마지스터가 동맹을 제안하는 것인가? 칼과 로빈도 놀란 얼굴이었다. 드라고쉬 선생님은 그들을 이해시키기로 했다.

"난 선택의 여지가 없었다."

뱀파이어가 씁쓸한 어조로 설명했다.

"영혼 약탈자와 맞서 싸울 수 있는 사람은 이 상그라브밖에 없어. 그래서 마지스터를 위해 일하는 사람을 통해 메시지를 보냈지. 그리고 우리는 하얀 영혼을 되찾았다. 그리고 이것들도."

그러고는 드라고쉬 선생님이 불빛이 번쩍번쩍하는 타라의 손에 팔찌…… 그리고 살아있는 돌을 내려놓았다.

살아있는 돌을 되찾은 타라의 기쁨은 말로 형언할 수 없었다.

'살아있는 돌아, 어때 괜찮아?'

타라는 정신적으로 말했다.

'타라, 예쁜 타라, 다정한 타라. 무서웠어. 아주 무서웠어. 하지만 뱀파이어가 헤엄쳐서 건졌어. 우아, 타라에게 돌아오다니!'

살아있는 돌은 영혼 약탈자가 타라에게서 자기를 빼앗았을 때 얼마나 절망했는지 말하지 않았다. 사실 살아있는 돌은 물 속으로 떨어지면서 호수가 자신의 영원한 무덤이라는 걸 각오했었다. 말하지 않아도 그 극도의 공포감을 느낀 타라는 살아있는 돌을 위로하려고 애를 썼다.

타라가 보내는 예쁜 미소에 뱀파이어는 약간 흔들렸다.

"고맙습니다, 고맙습니다."

이어서 타라는 마지스터를 향해 돌아서더니 퉁명스럽게 말했다.

"좋아요. 휴전으로 받아들이죠. 하지만 조금이라도 엉큼한 짓을 하면 당신을 당신의 조상들에게 보내버리겠어요. 됐어요?"

마지스터는 고개를 끄덕였고, 마스크는 붉게 물들었다.

그가 협박을 좋아할 리 없었다. 그래도 할 수 없지, 뭐.

뱀파이어의 왼쪽 입꼬리가 치켜 올라갔는데 그건 미소를 뜻하는 것이었다. 뱀파이어도 마지스터를 좋아하지 않았다. 몇 가지 이유 때문에 오히려 타라보다 더 미워하고, 아니 증오하고 있었다. 동맹을 제안하러 마지스터를 만나러 가는 것이 사실 그에게는 일생에서 최악의 순간이었다.

"빨리 서둘러야 한다."

뱀파이어가 말했다.

"영혼 약탈자가 우리의 존재를 느끼면 큰일이야."

왕과 왕비, 타라와 친구들 외에 다른 포로는 없었다. 감방의 문들은 순식간에 열렸다. 그들은 살아 있는 궁전의 터널을 이용해서 비밀 문을 통해 밖으로 나갔다. 궁전의 뇌 역할을 하며 의식을 주는 정신, 즉 영혼은 점령되지 않아서 그들이 지나갈 때 궁전은 소리 없는 박수로 용기와 행운을 빌어주는 군중을 투영해주었다.

일단 밖으로 나가긴 했지만 아직 안전 지대에 있는 건 아니었다. 트라비아의 대다수 주민이 영혼 약탈자의 지배하에 있었고, 아직 감염되지 않은 소수의 사람들은 벽을 헐어버리고 숨어 있었다. 그들도 그렇게 숨어 있다가 정찰을 나간 갈랑의 신호에 따라 조금씩 전진했다.

타라는 이번 기회에 정체를 알아낼 양으로 마지스터를 유심히 관찰하고 있었다. 상그라브의 태도에 혼란스럽게 하는 뭔가가 있었다.

하지만 알 것도 같았다. 상그라브도 두려워하고 있는 것이었다! 아주 오랜만에 자기보다 더 뛰어난 능력과 맞서게 된 것이었다. 사실 마지스터는 오직 그들을 구출하러 온 것이 아니라 도움을 청하러 온 것이었다. 완벽한 승리를 위해서.

마지스터가 휙 돌아보는 걸 보면 타라의 눈초리를 느낀 것이 분명했다.

"나를 당장 태워 죽이고 싶은데 참느라고 죽을 지경이겠지? 나도 너를 납치해서 너희들이 점령했기 때문에 새로 마련한 요새로 데려가고 싶은 마음을 억지로 참고 있다. 불행히도 우리의 친구 영혼 약탈자는 발이 빨라서 우린 선택의 여지없이 협력할 수밖에 없다."

타라는 눈을 찡그릴 뿐 아무 대꾸도 하지 않았다. 마지스터는 잠시 대답을 기다리다가 타라가 까딱도 하지 않는 걸 보고 다시 조심스럽게 전진했다. 불안해서 뻣뻣해진 등을 보면서 타라는 픽 웃었다. 마지스터는 타라가 뭔가를 꾸미고 있다고 생각하는 것이 틀림없었다. 어떤 점에서는 완전히 잘못 생각하고 있는 건 아니었다.

땅 신령들의 대사관은 텅 비어 있는 것 같았다. 하지만 안으로 들어간 칼은 지원병으로 남아 경비를 서고 있는 땅 신령과 마주쳤다.

"우리는 지금 당장 떠나야 해요."

파란 땅 신령이 허리를 굽혔다.

"목적지가 어디입니까?"

"이번에도 잿빛 요새예요."

"우리도 함께 가겠다."

왕과 왕비가 제안했다.

"영혼 약탈자를 물리치려면 도움이 필요할 것이야."

"그건 안 되지요."

마지스터가 딱 잘라서 대답했다.

"오무아로 가서 여제와 황제에게 여기서 일어난 일을 알려야 하니까. 영혼 약탈자의 공격에 대비한 방어 준비를 하라고 하시오."

"맞습니다, 전하."

뱀파이어가 말했다.

"전하와 왕비 마마는 거기로 가시는 것이 우리를 도와주시는 겁니다."

"그자를 물리치지 못한다면?"

왕비가 걱정이 가득한 얼굴로 물었다.

"주위의 모든 사람이 주홍빛으로 변하면 앞으로 햇빛에 탈 걱정은 안 해도 되는 거죠."

칼은 너스레를 떨었다.

"칼!"

타라가 소리쳤다.

"또 뭐? 왜 내가 말만 하면 그러냐?"

왕비는 몸서리치다가 타라 일행을 한 사람 한 사람 꼭 끌어안았다. 마지스터와 뱀파이어를 제외하고.

공간이동의 문을 통해 왕과 왕비가 먼저 오무아로 떠났다.

그들은 잿빛 요새로 떠날 채비를 하면서 살색을 미리 바꾸었다.

색을 바꾸는 데 열중한 그들은 땅 신령의 몸에 감쪽같이 숨어 있던 촉수들이 슬그머니 나와서 로빈을 건드리는 걸 보지 못했다. 거의 눈에 띄지 않을 정도로 서서히 몸이 뻣뻣해진 하프엘프는 저항하다가 힘이 빠져서 굴복하고 말았다. 타라 일행이 떠나는 걸 보면서 비웃음을 흘리던 땅 신령은 일순간에 완전히 주홍빛이 되었고, 스르르 사라졌다.

잿빛 요새에 이른 타라 일행은 거인들과 싸우게 될 거라고 예상했지만 무슨 일인지 요새에는 아무도 없었다.

그들은 아무런 장애 없이 터널로 들어갔다.

터널 밖으로 나오자 마지스터가 눈살을 찌푸렸다.

"아무래도 수상하군. 이 공간이동의 문은 영혼 약탈자의 힘, 그 힘의 산실로 이르는 유일한 통로인데 어째서 경비가 이렇게 허술하지?"

칼은 어깨를 으쓱했다.

"저기요, 놈은 세상을 정복하는 중이라서 이까짓 문에 신경 쓸 겨를이 전혀 없다는 거죠, 뭐!"

"달 살란 군?"

"네?"

"부탁인데 허물없는 말투는 삼가라. 나는 상그라브들의 보스, 마지스터야. '저기요' 라니! '선생님' 이라고 하든지, '마지스터' 라고 하든지 깍듯이 호칭을 사용해라."

칼은 대꾸 없이 인상을 찌푸렸다.

"그럼 이제 원래의 색깔로 돌아가는 게 어떨까요?"

타라가 제안했다.

"오, 안 돼!"

로빈이 소리쳤다.

그 격한 반응에 놀라서 모두 로빈을 돌아봤다.

"내 말은…… 그러니까 그건 좋은 생각이 아니라는 거죠. 영혼 약탈자가 진흙먹보들을 점령하는 데 성공했을 경우 녀석들이 우리도 감염되었다고 생각하는 한 우리가 서로 싸울 필요가 없게 되잖아요."

그들은 로빈의 말이 틀린 말은 아니라고 인정했다.

"어떻게 섬 가까이 가죠?"

자신의 물음에 마지스터가 돌아보자, 타라는 뒷걸음질쳐지는 본능을 가까스로 억제했다.

"그리 먼 거리는 아니다. 내가 이동 주문을 준비해 놨지. 자, 모두들 빙 둘러서고 패밀리어들을 가운데로 들여보내. 그리고 서로 손을 잡기 바란다."

마지스터는 양해도 구하지 않고 타라와 칼 사이에 끼여들더니 그들의 손을 덥석 잡았다. 그의 장갑이 어찌나 얇은지 타라는 그 손바닥에 박힌 굳은살이 느껴졌다.

이거 흥미롭네…… 중요한 단서가 될 수도 있겠어.

굳은살이 박혀 있다는 건 무엇보다도 이 세상에 대항해 싸우는 전사라는 표시였다. 그럼 상그라브가 용병이란 말인가? 전투원이란 말인가?

타라는 이 새로운 단서를 뇌 한 구석에 새겨두었다.

마지스터가 트란스미투스 주문을 외치자, 강렬한 빛이 번쩍하더니 숲이 지워졌다. 잠시 후, 그들은 황무지 늪에 와 있었다.

식물 군락이 곤충 떼 같고, 곤충 떼가 식물 군락 같은 곳에서 크로아들이 개굴개굴 귀가 따갑게 떠들어대는가 하면 노란 파리들을 추격하는 파랑과 초록의 잠자리 떼도 있었다. 주위는 온통 잿빛 톤이었고, 썩은 물에서는 악취가 진동했다. 교묘하게 빠져나가는 믿어지지 않는 크기의 뱀들, 너무 일찍 일어났다가 봉변 당한 어느 가여운 짐승의 살덩어리를 놓고 옥신각신 싸우는 글루룹스들, 과연 오래된 늪의 전형적인 경치였다.

밤이었다. 아더월드의 두 달이 은빛을 흩뿌리면서 대낮처럼 훤히 비추고 있으니 밤이라도 깜깜한 밤은 아니었다. 하지만 침대에 들어가고 픈 새벽 두세 시경의 한밤중이었다.

진흙먹보들이 평소의 색깔대로 짓뭉개진 두더지 털처럼 거무튀튀한 걸 보면, 영혼 약탈자가 아직은 그 끔찍한 능력을 늪까지 확장시키지는 않은 모양이었다. 타라는 그 색깔이 예뻐 보이기는 진짜 처음이라고 생각했다. 그러니까 상황에 따라서는 취향도 변할 수 있는 거구나! 어쨌든 지금으로서는 붉은 색에 대해서는 무조건 심한 알레르기가 일어나고 있는 셈이었다.

마지스터가 주머니에서 하얀 영혼을 꺼내는 순간, 칼은 새삼스레 긴장하는 로빈을 눈여겨보았다. 칼은 이맛살을 찌푸렸다. 아무래도 뭔가 좋지 않게 돌아가고 있는 것이었다. 수상쩍은 낌새를 느낀 칼은 생각했다.

'뭐지? 기필코 알아내야 하는데…… 가능한 한 빨리.'

"그래도 이 이동 시스템만은 굉장히 편리하네요!"

칼은 기지개를 켜면서 또다시 너스레를 떨었다.

"지난번에 도망칠 때 이걸 알았으면 좋았을 텐데!"

마지스터의 마스크가 갈색으로 변했다.

"그렇게 까불지 마라, 어린 도둑. 트란스미투스 주문도 이따금 삐걱하는 수가 있거든. 그러면 도착하는 사람들이 뭐랄까…… 토막이 난단 말이다."

"아, 그래요? 따로따로 도착한다는 말이죠? 그 정도야 뭐, 그리 끔찍한 것도 아니네요."

"그런데 그게……"

상그라브가 적나라하게 표현했다.

"갈가리 찢겨서 토막토막 도착해서 탈이지."

대번에 알아차리지 못하던 칼은 그 장면을 떠올려보다가 "웩!" 하고 외마디를 내뱉었다.

"그래, 엄청나게 구역질이 나지. 그 때문에 트란스미투스 주문을 쓸

때 나는 아주 조심하지."

칼은 잠시 생각하다 제안했다.

"어쨌거나 우리는 무사히 왔고, 진흙먹보들도 감염되지 않았으니 이제 본래의 색깔로 돌아가는 것이 어떨까요? 난 미암처럼 보이고 싶은 마음이 조금도 없거든요."

타라의 머릿속에서 빨간색의 탐스런 체리 이미지가 떠올랐다. 아아, '미암' 이란 것이 일종의 체리인 모양이구나. 미암은 체리, 입력! 이따금 아더월드의 표현이 지구의 언어에서 해당하는 것이 없을 때, 타라는 머릿속에 야릇한 이미지를 새겨 넣었다.

"뭐 하러 그래?"

로빈이 대뜸 외쳤다.

"여기서 마법을 쓰면 자칫 영혼 약탈자의 주의를 끌 위험이 있는데!"

마지스터가 개입했다.

"아니, 영혼 약탈자는 마법에 둔감해."

그 말에 그들은 즉시 변신했다.

로빈을 유심히 살피고 있던 칼은 로빈의 얼굴과 손이 하얗게 되자 긴장을 풀었다. 그래, 그러면 그렇지. 바보같이 괜한 의심을 하다니……. 하지만 하얀 영혼을 가지고 있는 이상 그들은 신중하고 또 신중해야 했다.

마지스터가 설명했다.

"영혼 약탈자에 대해 조사해 봤더니 데미데루스와 함께 악마들을 물리쳤던 마구스들 중 한 사람이었다. 본명은 드렉수스 블라니 감프라. 그런데 어느 날 악마들이 데미데루스가 설치한 방벽을 뚫고 마구스들에게 악마 주문을 거는 데 성공했지. 그 주문에 걸려든 마구스들은 끔찍한 악마들로 둔갑했고, 드렉수스의 아내 데셀레아와 자식들도 그만 그 희생양이 되고 말았다. 악마로 둔갑한 마구스들이 동료 마구스들을 마구 죽이기 시작했고……, 상황이 그렇게 돌아가고 있으니 다른 마구스들도 별수 없었겠지. 악마로 둔갑한 이들을 제거하는 수밖에."

마지스터는 잠시 중단했고, 그들은 그의 입술에 눈길을 고정했다.

"드렉수스는 데미데루스에게 아내와 자식들만은 제발 죽이지 말라고 간청했지. 가족을 구할 주문이나 묘약을 찾을 때까지만 시간을 달라고 빌면서. 하지만 데미데루스는 그럴 시간적 여유가 없었어. 극악무도한 주문을 무기로 악마들이 승승장구하고 있었으니까. 데미데루스는 어쩔 수 없이 데셀레아를 제거해버리고 말았지. 드렉수스는 데미데루스와 한동안 대립하다가 어느 날 자취를 감춰버렸고……, 악마들의 위협도 완전히 진압되었지. 그러고 얼마 후, 아주 이상한 소문이 지구에 퍼지기 시작했어. 흉흉한 재앙, 주홍빛 재앙이 여자들과 아이들을 점령해서 죽이고 있었거든. 그리하여 이 재앙은 '주홍빛 페스트'라고 불리게 되었지. 근데 이상하게도 남자들은 무사했단 말야. 현장에 파견되어 수사하던 엘프 사냥꾼들은 드렉수스가 돌아와 있다는 사실을 알아냈지. 영혼 약탈자로 둔갑해서. 드렉수스는 살아갈 이유를 빼앗겼기 때문에 똑같이 보복하고 있는 거야."

"그 말은 약탈자가……."

공포에 질린 칼이 말했다.

"그래, 그래서 여자들과 아이들만 죽이고 있는 거야."

마지스터는 단정적으로 말했다.

"그자는 그런 식으로 행성 전체에 끔찍한 병을 퍼뜨리면서 어느새 수천 명을 죽였지. 그렇게 해서 전 인류가 몰살될 위기에 처하고 말았어. 여자도 없고, 아이들도 없게 되면 자연히 인류는 소멸되는 거니까. 생존

한 5인의 최고 마구스가 지구로 가서 추격하자 드렉수스는 아더월드로 도망쳤고, 다시 죽이기 시작했어. 그러자 데미데루스가 함정을 놓았지. 자신의 결혼을 공표하는 것으로. 데미데루스는 세계를 구해낸 영웅이었기 때문에 아더월드는 환희에 들떴지. 데미데루스가 신부를 발표하자, 복수심에 불타는 드렉수스는 결국 그 여자를 죽이고 말았고, 그것이 데미데루스의 분노를 촉발시켰지. 전대미문의 힘을 가진 마법사에게 감히 그런 도전을 했으니……."

칼은 타라를 힐끔 쳐다봤다. 그 얘기에 홀린 타라는 하얀 머리털을 정신없이 씹고 있었다. 먼 조상의 모험인데 어떻게 마음이 사로잡히지 않겠는가.

마지스터가 계속하자 칼은 정신을 집중했다.

"그 시절에는 지금의 황궁은 존재하지 않았다. 드래곤들의 청을 받고 거인들이 인간들을 위해 지은 단순한 궁전이 있었을 뿐이지. 진노한 데미데루스는 궁전을 한낱 지푸라기처럼 날려버렸는데 그 잔해가 10킬로미터 떨어진 데에서도 발견되었다니까…… 영혼 약탈자 정도는 상대도 되지 않는다고 해도 과언이 아니지. 하지만 모두의 예상을 뒤엎고 데미데루스는 그를 죽이지 않았다. 흑장미 섬에 그를 가둬놓기로 하고 수년간의 연구 끝에 유일하게 영혼 약탈자를 파멸시킬 수 있는 하얀 영혼을 만들어냈지. 그런데 불미스럽게도 아더월드에 침입하는 데 성공한 지구의 한 기사가 그 하얀 영혼을 훔치는 사건이 일어나고 말았으니……. 그 기사가 누구인고 하니 자신의 가족을 몰살한 영혼 약탈자를 죽이려고 온 남자였지. 그런데 섬에 하얀 영혼을 가져가기도 전에 그 기사가 죽는 바람에 그 아티팩트는 아주 오랜 세월 동안 잃어버린 상태였다. 우리가 찾아서 천만다행이긴 하지만."

더 자세히 알고 싶은 마음에 타라가 재촉했다.

"그럼 흑장미의 역할은 정확하게 뭐죠? 파프니르가 감염된 것은 아무리 생각해도 흑장미 때문이거든요. 하지만 흑장미는 모든 침입자로부터 섬을 방어하는 것처럼 보였거든요."

"흑장미 덤불은 영혼 약탈자를 감시하는 경비병들이었지."

마지스터가 거침없이 설명했는데 훤히 알고 있다는 표정이었다.

"흑장미들이 아직은 자기 임무를 의식하고 있는 듯 보이지만, 덤불의 일부는 5000년이 흐르는 동안 영혼 약탈자에게 파괴되었던 게지. 흑장미들에게도 우리에게도 불행한 일이지만. 너희들의 친구 파프니르는 바로 영혼 약탈자의 지배를 받는 흑장미를 달여 마셨던 것이 틀림없다. 너희들 중 누군가가 바로 그 문제의 흑장미들을 자라게 하는 바람에 영혼 약탈자를 감시하는 임무를 이행하던 덤불까지 조정하기에 이른 거지."

로빈이 한숨을 내쉬었다.

"내가 그랬어요. 흑장미를 자라게 하려고 살아 있는 나무의 마법을 사용했는데……. 정말 몰랐어요."

"영혼 약탈자는 전략을 바꿨어."

그들의 사연에 대해서는 관심이 없다는 듯 드라고쉬 선생님이 말을 끊고 들어갔다.

"그자는 더는 죽이지 않고 감염시키고 있어."

"그래도 결과는 마찬가지요."

그들이 적을 동정하는 걸 원치 않는 마지스터가 퉁명스럽게 내뱉었다.

"그자의 희생양들은 명령에 복종하는 포로들이니까. 남은 여생을 노예로 살고 싶은 사람이 누가 있겠소?"

"나도 노예가 되고 싶진 않아요."

칼이 동의했다.

"드라고쉬 선생님이 찾아갔다는 건 마지스터께서 영혼 약탈자를 이길 수 있다고 생각했기 때문이에요. 그렇다면 계획이 뭐예요?"

"그런 건 없다."

마지스터는 간단하게 대답했다.

"난 영혼 약탈자가 그런 힘을 가지고 있는 줄은 예상하지 않았으니까. 솔직히 말하면 뱀파이어가 나에게 연락할 때까지는 그 존재조차 모르고 있었다. 따라서 함께 그 해결책을 찾아봐야지."

"내가 확인한 바에 의하면……."

드라고쉬 선생님이 말했다.

"당신과 덩컨 양이 우리들 중에서 가장 강력한 힘을 가지고 있소. 비록 덩컨 양의 능력이…… 기복이 좀 있긴 해도."

타라는 뱀파이어를 향해 눈을 흘겼다. 악질 적에게 그런 정보를 주다니 아주 잘 하는 짓이네요!

타라의 비난 섞인 눈빛을 알아채지 못한 뱀파이어가 말을 이었다.

"영혼 약탈자의 촉수들이 섬에 다가오는 것들에게 무조건 공격하는 걸 봤다. 덩컨 양은 방패를 만들어서 잘 버티는가 싶더니 결국은 굴복하고 말더군. 이유가 뭐였지?"

"촉수들이 힘을 빨아들이는 것 같았어요."

타라는 몸서리를 쳤다.

"잠시 후에는 방패를 계속 유지할 수가 없게 되었어요."

"하지만……."

마지스터가 끼어들었다.

"우리가 다단식 방패 시스템을 쓴다면 가능성이 있어. 가령 내가 먼저 방패를 만들고 타라가 두 번째 방패를 만드는 거야. 내 방패가 굴복하면 타라의 방패가 배턴을 이어받고, 타라의 방패가 굴복하면 내가 세 번째 방패를 만드는 식으로 섬의 중앙에 이를 때까지 계속 교대하는 거야."

"음…… 잘될 것 같네요."

타라가 생각에 잠긴 얼굴로 말했다.

"우리 둘을 보호하려면 첫 번째 방패는 아주 커야겠어요. 우리의 공간은 점점 더 좁아질 테니까요."

"방패가 굴복하기 전까지 약 1분 정도만 견뎌내면 된다."

뱀파이어가 지적했다.

"섬까지 가는 데 얼마나 걸리겠니?"

"지난번처럼 촉수들이 물위에서 공격하더라도 섬에 이르기까지는 1, 2분을 넘지 않을 거예요. 거리는 짧은데 싸우면서 동시에 전진해야 하는 것이 문제지요."

"그리고 조각상을 아무 데다 갖다 놓을 수는 없어."

마지스터가 덧붙였다.

"데미데루스는 조각상을 섬의 한복판에 놓아야 한다고 기록해 놨거든."

"그래요? 그럼 좀 복잡해지는데요. 그렇게 되면 3, 4분은 걸릴 텐데."

"그건 서너 개의 방패를 만들어야 한다는 뜻이오. 견딜 수 있을까요?" 뱀파이어가 물었다.

"이런 식으로 싸워본 적이 없어서 모르겠소."

마지스터가 대답했다.

"하지만 달리 뾰족한 수가 없지 않소?"

"그렇지요. 뱀파이어들과 나는 공격을 가해서 영혼 약탈자의 주의를 돌려보겠소. 그자가 우리를 쫓는 사이에 가능한 한 섬 가까이 도망치시오. 조각상을 내려놓을 때까지 우리가 시간을 끌어보겠소."

"죄송한데요."

칼이 끼어들었다.

"조각상을 내려놓는 순간에 무슨 일이 일어날지 생각해 봤어요?"

"놈은 파괴되겠지."

마지스터가 대답했다.

"네, 그건 나도 알죠. 하지만 그러다 폭발이라도 하면 어떡할 건데요? 다 같이 쾅! 폭발할지도 모르잖아요, 안 그래요?"

칼이 빈정거리듯 응수했다.

그 말에 모두들 생각에 잠겼는지 침묵이 흘렀다.

"그래, 내가 그 생각을 못했구나."

마지스터가 인정했다.

"하얀 영혼을 내려놓고 가능한 한 빨리 도망치는 거예요."

타라가 말했다.

"우리의 방패를 최대한으로 강화하면서."

그 순간 칼이 흠칫 놀랐다. 타라의 목숨이 위태롭다는데 로빈이 눈썹 하나 까딱하지 않다니! 이건 분명히 비정상적이었다. 칼은 심호흡을 했다. 이런! 왠지 자꾸 찜찜했는데 이제야 의혹을 확인하게 생겼군. 칼의 눈길이 하프엘프의 눈길과 마주치는 순간……, 로빈이 별안간 덤벼들더니 칼을 넘어뜨렸다. 그러고는 초인적인 빠르기로 마지스터에게 일격을 가했다. 로빈은 천으로 둘둘 감싼 손으로 하얀 영혼 조각상을 빼앗더니 홱 돌아서서 늪 쪽으로 사라졌다.

타라는 무슨 일인지 대번에 알아차렸다.

"갈랑! 도망치지 못하게 해! 로빈이 감염됐어! 드라고쉬 선생님, 뒤쫓

으세요!'

타라는 마지스터에게 다가갔다. 상그라브는 조심스럽게 머리를 들더니 환각일 뿐이라던 마스크 안으로 두 손을 집어넣었다. 마스크가 마치 진짜라도 되는 듯이 행동하다니 이상한 일이 아닌가.

"이게…… 이게 대체 어떻게 된 거야?"

마지스터가 더듬거렸다.

"로빈이 감염되어 있었어요."

칼이 어두운 목소리로 대답했다.

"이동하는 순간에 그렇게 된 것 같아요. 어쩐지 우리가 너무 쉽게 탈출했다는 생각이 들더니……. 그리고 잿빛 요새에 아무도 없었잖아요. 말씀하신 대로 그건 정상이 아니었던 거예요."

"괜찮겠어요?"

아직도 멍한 얼굴을 하고 있는 마지스터에게 타라가 물었다.

"그래, 난 아직 싸울 수 있으니까 쓸데없는 걱정은 하지 마라. 내 마스크가 그 일격을 완화해주었거든."

타라는 '어련하겠어요' 하는 얼굴로 하늘을 쳐다봤다. 그러고는 입술을 간질이는 신랄한 대꾸를 꾹꾹 눌렀다. 마지스터를 상대로 동정심을 내보인다는 것도 분명히 좋은 방법은 아니었다.

"자, 어서들 가봐."

상그라브가 말을 이었다.

"이 행성이 이런 식으로 흔들리기를 멈추는 즉시 너희들에게 합류하겠다."

그들은 로빈을 추격했다. 하프엘프는 초인적인 속도로 도망쳤지만 페가수스와 박쥐의 날개를 당해낼 수는 없었는지 로빈은 300미터쯤 떨어진 거리에서 따라잡혔다.

타라와 칼이 도착했을 때는 로빈의 몸에서 솟아 나온 촉수들이 갈랑과 뱀파이어를 공격하는 중이었다. 하프엘프는 이제 완전히 주홍빛으로 변해 있었다.

경험이 있는 터라 한층 신중해진 페가수스와 박쥐는 우아하고 날쌔게 촉수들을 피했다. 그들은 하프엘프에게 다가서지 못하고 있었지만 로빈도 그들에게서 달아나지 못했다.

칼이 그 싸움에 뛰어들려는 순간 타라가 막았다.

"잠깐만. 나한테 좋은 생각이 있어."

타라는 엘프의 손을 살피면서 말했다.

"저거 봐, 로빈이 하얀 영혼을 만지지 않으려고 손을 헝겊으로 쌌잖아. 어떻게 생각해?"

"하얀 영혼을 두려워하는 건가?"

"음, 그 정도가 아닌 것 같아. 만지면 영혼 약탈자의 촉수들이 파괴되는 모양이야. 로빈이 도망치는 방향 봤어?"

칼이 주위를 둘러봤다.

"어, 어? 섬과 반대 방향이잖아?"

"맞아, 로빈을 점령한 촉수는 영혼 약탈자와 직통으로 연결되어 있지 않은 게 틀림없어. 그래서 하얀 영혼을 요새로 가져가서 공간이동의 문을 통과하려고 했던 거야."

그때 갑자기 로빈이 하얀 영혼을 땅바닥에 내려놓고 활을 잡았다.

"얍!"

타라가 주문을 외우면서 소리쳤다.

"더는 안 되지!"

타라의 방어 주문이 화살보다 더 빨랐다. 갈랑은 자기 머리 2센티미터 위에서 멈춘 화살을 곁눈질로 쳐다보고 나서 타라에게 고마워하는 울음소리를 냈다. 그러고는 다시 싸움을 시작했다.

"칼, 로빈에게 슬그머니 접근해서 저 조각상을 낚아채. 그다음에는 네가 알아서 재주껏 조각상을 로빈의 살에 갖다대."

칼은 위장주문을 외워서 자신을 거의 보이지 않게 만들었다. 그러고는 살금살금 기어가더니 눈 깜짝할 사이에 타라의 시야에서 사라졌다.

한편 로빈은 자신의 화살에 갈랑이 쓰러지지 않은 것에 아주 놀랐다. 이어서 박쥐를 향해 화살을 날렸지만 역시 여의치 않았다. 로빈은 그제야 누군가가 화살 공격을 방어하고 있음을 깨닫고 주변을 살폈다.

"이런, 눈치챘잖아!"

타라는 잽싸게 나무 뒤로 숨으면서 하프엘프가 찾지 못하게 거의 숨도 쉬지 않았다.

하지만 로빈의 고도로 발달된 감각들이 대번에 타라를 찾아냈다. 하얀 영혼이 땅바닥에 있다는 걸 깜빡 잊은 로빈은 음흉한 미소를 흘리면서 활시위를 메우고는 자기가 뭘 하는지 보지 못하는 타라를 향해 살금살금 걸어갔다. 가로막는 촉수들 때문에 옴짝달싹 할 수가 없는 갈랑이 날카로운 울음소리를 냈다.

갑자기 로빈이 덤벼들어서 타라의 코앞에 화살을 들이댔다.

"죽어!"

로빈이 소리쳤다.

죽음이 임박한 순간엔 그동안의 일들이 주마등처럼 뇌리를 스쳐 지나간다고 했지만, 타라는 뭐 하나 볼 겨를이 없었다. 칼의 보이지 않는 손이 타라를 잡아끄는 것과 동시에 불쑥 나타난 하얀 영혼을 로빈의 뺨에 갖다댔기 때문이었다.

그 효과는 즉각적으로 일어났다. 하프엘프는 비명을 지를 겨를조차 없었다. 로빈의 입이 쩍 벌어지는 순간 타라는 날쌔게 엎드렸다. 로빈은 활을 떨어뜨렸고 화살은 날아가지 못했다.

로빈의 뺨에 하얀 영혼의 자국이 하얗게 남아 있었다. 하얀 자국이 번개같이 퍼지더니 주홍빛을 휩쓸었다. 이어서 검은 촉수들도 하얗게 변해서 삽시간에 사라졌다. 로빈은 마침내 목구멍에 걸려 있던 비명소리를 토해내면서 푹 고꾸라졌다.

"와우, 폭발하지 않았어!"

칼은 위장주문을 풀면서 탄성을 질렀다.

타라는 부리나케 달려가서 하프엘프의 머리를 무릎 위에 올려놨다.

"괜찮아, 숨을 쉬고 있어."

칼이 확인했다.

잠시 후, 갈랑과 박쥐가 날아왔고, 이어서 마지스터가 다가왔는데 아직도 빙빙 도는지 비틀거렸다.

"모두 무사한가?"

마지스터는 중심을 잡으려고 나무에 기대면서 물었다.

그러고는 땅바닥에 쓰러진 로빈을 보면서 외쳤다.

"이 아이는 이제 괜찮니?"

"네, 하얀 영혼을 얼굴에 갖다댔더니 촉수들이 픽, 사라졌어요! 영혼 약탈자가 즉시 물러나더라고요."

"아하, 그런 식이로군. 완벽해."

마지스터는 흡족한 어조로 말했다.

로빈이 두 눈을 번쩍 떴다. 로빈이 제일 먼저 본 것은 타라의 그 멋진 쪽빛 눈동자였다. 그러자 황홀경에 잠겨서 중얼거렸다.

"내가 천국에 와 있나? 오, 당신은 천사인가요?"

타라는 미소를 지었다.

"아니라서 다행이야. 날개가 있다면 옷 입을 때 아주 불편하거든. 기분은 어때?"

"브르르르아아아에게 짓밟힌 것 같아. 하지만 중요한 건 영혼 약탈자가 사라졌다는 사실이야. 내가 해를 끼친 사람은 없지?"

"마지스터에게 한방 먹이긴 했지만, 뭐 그리 심각한 건 아냐. 우리는 괜찮고."

칼이 쾌활하게 대답했다.

마지스터는 잠자코 있었지만 비위가 상한 듯이 마스크가 빨갛게 물들었다. 그건 칼의 유머가 별로 마음에 들지 않는다는 표시였다.

"땅 신령이 감염되어 있었어."

로빈이 몸서리치면서 치를 떨었다.

"그게 함정이었던 거야. 영혼 약탈자는 우리가 하얀 영혼을 찾았는지 알아내려고 탈출하게 내버려뒀던 거야. 그리고 우리가 주홍빛으로 감염된 여부를 알아본다는 걸 깨달았고, 그래서 땅 신령을 주홍빛으로 물들이지 않았던 거야. 내 경우는 칼이 원래의 색으로 돌아가자고 했을 때 재빨리 영혼 약탈자가 내 손과 얼굴에서 주홍빛을 빼버렸던 것이고. 그런데 칼, 내가 감염된 걸 어떻게 알았어?"

"확실하진 않았어. 네 피부가 다시 하얗게 되었을 때 내가 틀렸구나 생각했거든. 근데 타라의 목숨이 위태롭게 생겼는데도 네가 눈썹 하나까딱 안 하는 거야. 그래서 알아차렸지."

"오!" 하고 탄성을 지르던 로빈은 칼의 짓궂은 눈길과 마주치는 순간 얼굴이 새빨개졌다. 당혹스러워하는 하프엘프를 보면서 타라는 일단 모른 척 넘어가기로 했다. 그렇지 않아도 미안해서 어쩔 줄 모르고 있는데 나까지 나서서 난처하게 할 필요는 없지. 근데 뭔가 있긴 있단 말야……. 타라는 나중에 칼을 살살 구슬려서 알아내기로 마음먹었다.

"멋지다, 칼, 브라보!"

타라는 활짝 웃었다.

"네가 아니었다면 큰일날 뻔했어! 이젠 우리가 뭘 해야 할지 알겠어. 영혼 약탈자를 공격하자."

"저놈의 하프엘프가 내 머리를 깨트렸으니, 이 상태로 내가 싸울 수 있을지 모르겠다."

마지스터가 으르렁거렸다.

타라는 말을 해야 할지 망설이다가 내키지 않는 투로 말했다.

"내가 치료해줄 테니까 이리 오세요."

그 말에 마지스터는 고개를 쳐들고 주저하듯 마스크를 통해 타라를 뚫어져라 응시했다.

"오, 걱정 마세요. 당신을 해치지 않아요. 나도 계산할 줄 알거든요. 지금은 당신보다 영혼 약탈자를 꽥! 죽이는 게 더 중요하니까. 자, 빨리요."

마지스터가 다가오자 타라는 마스크 위에 손을 얹었는데 쉽사리 손이 쑥 들어갔다. 타라는 벗겨진 이마와 손가락에 묻는 끈적끈적한 피를 느꼈다. 타라는 재빨리 레파루스 주문을 건 다음 손을 뺐다.

마지스터는 조심스럽게 머리를 흔들어보고는 끄덕였다.

"완벽해. 고맙구나, 훨씬 나아졌다."

"상처가 깊었어요."

타라가 쭈그리고 앉아서 작은 웅덩이에 손을 씻으면서 말했다.

"무리하지 말아야 해요."

"그럼 첫 번째 방패는 너에게 맡기겠다." 하고 제안하면서 마지스터가 조심스럽게 허리를 굽혔는데 끔찍한 두통이 다시 일어날까 두려운 얼굴이었다.

"로빈과 나는 호수의 기슭을 맡을게."

칼이 섬과 주변의 약도를 그려놓고서 말했다.

"뱀파이어들은 기슭 서쪽을 공략할 거야. 북쪽 덤불이 가장 우거지니까 물위에 있을 때까지는 너는 마지스터와 함께 거기 숨어 있어. 운이 좋으면 촉수들이 우리를 상대하느라고 너무 바빠서 동시에 공격한다는 걸 알아채지 못할 거야."

"좋아."

타라는 약도를 유심히 살펴본 뒤에 찬성했다.

"우린 갈랑을 타고 갈게. 그러면 공중부양 주문을 사용하지 않아도 되잖아. 갈랑이 1시간쯤은 너끈히 우리를 태우고 날아다닐 수 있으니까 몇 분 정도는 아무것도 아니지."

"난 준비됐다."

마지스터가 말했다.

그들이 올라탔는데 갈랑은 그 무게에 끄떡도 하지 않았다. 드라고쉬 선생님은 늑대로 변신했고, 자기 일당을 불렀다. 잠시 후 늑대 뱀파이어들이 나타났다. 전 세계를 위협하는 재앙을 알리기 위해서 크라살비로 떠나고 남은 열 명이었는데 그 정도면 작전을 수행하기에 충분한 인원이었다. 그 중 다섯은 박쥐로 변신했고, 공격 신호를 늑대 울음소리로 정했다. 그들이 조용히 사라졌다. 하프엘프와 어린 도둑도 소리를 내지 않고 출발했다. 이윽고 마지스터와 타라, 갈랑만 남았다.

488

"네 친구들의 의리는 아주 대단하구나."

상그라브가 말했다.

이런, 마지스터가 대화를 원하고 있었다. 타라는 어쩌나 겁이 나는지 토하지 않으려고 애를 쓰고 있는데 마지스터는 수다를 떨고 싶어 하다니!

"당연하죠. 친구들인데."

타라는 마지스터가 제발 입을 다물기 바라면서 건성으로 대꾸했다.

마지스터는 그 말뜻을 소화하기가 힘들다는 얼굴을 하고 있었다.

"저 아이들은 네 힘에 끌린 거다. 그래서 너에게 의리를 지키는 것뿐이고."

타라는 한순간 마지스터가 바보인가, 아니면 그냥 그런 척하는 건가 의문이 들었다.

"아뇨. 누가 되었든 내 친구들에게 무슨 일이 일어난다면 나도 똑같이 할 거예요. 당신은 아닌가요?"

"뭐라고?"

"당신 친구가 위험에 빠져서 도움을 청하면 당신은 그 친구를 위해 위험을 무릅쓰지 않을 건가요?"

"당연히 도와줘야지."

상그라브는 거만하게 대답했다.

"그게 나에게 유익한 일이라면."

타라는 한숨을 내쉬었다.

"얻는 것이 없더라도 도와줘야 하는 게 아니고요?"

마지스터는 잠시 생각에 잠겼다.

"아니, 그런 경우라면 내 목숨을 위태롭게 할 이유가 없지."

"나하고는 아주 많이 다르네요."

타라가 결론을 내렸다.

"나는 무슨 보상을 바라고 도와주는 게 아니에요. 나는 친구들을 사랑하기 때문에 도와주는 거예요. 그리고 사랑은 탐욕보다 훨씬 더 강하지요."

"너는 나를 좋아하지 않아."

"당연하죠. 내가 당신을 좋아할 이유가 없잖아요? 당신은 내 아버지를 살해했고, 어머니를 납치해서 10년 동안을 나를 어머니 없이 살게 했어요. 그런데다 여전히 호시탐탐 나를 납치할 기회를 엿보고 있잖아요. 그것도 악마의 힘을 가진 사물 몇 개 때문에! 이미 권력을 가지고 있으면서 대체 뭘 더 바라는 거죠?"

"드래곤들을 제거해야 되니까."

마지스터는 주저 없이 대답했다.

"내가 최고 권력을 가지지 않는 한 난 그들과 싸울 수 없으니까."

뜻밖의 말이었다. 타라는 마지스터가 악마의 힘을 차지하려고 하는 것이 어떤 구체적인 이유가 있기 때문이라고는 전혀 생각하지 않았다.

"드래곤들이 뭘 어쨌다고 악마들과 동맹을 맺으면서까지 파멸시키려고 하죠?"

"난 악마들과 동맹을 맺을 생각이 없다. 악마의 힘을 가진 사물들을 손에 넣으면 지각단층을 완전히 봉쇄할 것이고, 어떤 악마도 우리 세계로 돌아올 수 없어. 데미데루스가 했더라면 좋았을 일이지."

"근데 왜 그렇게 드래곤들을 증오해요? 내가 보기에 드래곤들은 아더월드의 국민들에게 아주 호의적인데요."

"그들은 우리를 조정하고 있어."

마지스터가 신경질적인 목소리로 대꾸했다.

"인간은 조정 받을 필요가 없는 존재들인데 드래곤들과 악마들 간의 전쟁을 핑계로 파충류들이 우리를 지배하고 있는 거다. 우리 인간은 아주 강해서 그들이 필요하지 않아!"

타라는 전적으로 동의할 수 없었다.

"하지만 드래곤들이 인류를 구했잖아요? 예전에 악마들이 지구를 침략했을 때 드래곤들이 개입한 걸로 아는데요."

"바로 그 점이 명확하지가 않아. 먼저 지구를 침략했던 것이 악마들인지, 드래곤들인지 어떤 문헌에도 명시되어 있지 않단 말이다. 악마들이 지구를 침략했다는 것이 민간에 이어져 내려온 통념이긴 해도 그 역사야 승리자들이 조작한 것일 수도 있으니까!"

타라는 여전히 마지스터의 증오심을 이해할 수 없었다.

"하지만 드래곤들은 평화를 사랑하고, 악마들처럼 인간들을 노예로 만들지도 않아요. 설사 드래곤들이 아더월드와 지구의 사람들을 감독한다고 쳐요. 그래서 어떻게 됐는데요? 여기 사람들은 모두 행복하게 살고 있고, 또 자유로워요. 드래곤들은 요구하는 것도 없어요. 셈 선생님 외의 드래곤들이 다른 국가 위원회에도 있는지 그건 모르지만."

"오무아 제국과 난쟁이들의 나라, 거인들의 나라를 제외하고는 어디나 드래곤들이 있지."

마지스터가 쓸쓸하게 대꾸했다. 타라가 다른 질문을 하려고 입을 여는 순간, 갑자기 늑대 울음소리가 났다.

"서둘러야겠어요."

타라는 방패를 만들었다. 마치 거대한 손이 타라와 마지스터, 페가수스를 지워버리는 듯했다. 타라가 사용한 것은 방어 주문에다, 칼이 사용한 것과 같은 위장 주문을 더한 것이어서 그들은 거의 보이지 않았다.

갈랑이 날아올랐고, 몇 초 만에 그들은 호수 위에 이르렀다.

격렬한 싸움이 벌어지고 있었다.

뱀파이어들은 진흙먹보들이 파란 수련의 뿌리를 캐러 가는 데 사용하는 평범한 뗏목을 빌려놓았었다. 주문을 사용해서 물에 띄운 뗏목들에서 시커먼 실루엣들이 어른거렸고, 그 중 하나가 하얀 조각상을 들고 있었다! 아주 지능적인 교란 작전이었다. 촉수들이 즉시 뗏목들을 공격했지만, 그 모조 조각상이 있는 뗏목은 미꾸라지처럼 잘도 빠져나가고 있었다.

그 사이, 로빈과 칼도 반대편 기슭에서 똑같은 작전을 쓰고 있어서 촉수들은 우왕좌왕 정신을 못 차리고 있었다.

출렁거리는 물소리며 고함소리, 엄청나게 시끄러웠다.

덕분에 타라와 마지스터, 갈랑은 호수 위를 날아서 귀신 같이 섬의 북쪽 기슭에 이르렀다.

마지스터가 주머니에서 하얀 영혼을 꺼냈다.

"우리는 1분 후에 섬 중앙을 날 것이다. 아무 문제없지?"

"네, 촉수들이 방패를 건드리지 않는 한, 거의 무한정으로 방패를 유지할 수 있어요."

입이 방정인가, 그 말을 끝내기가 무섭게 그들이 발각되고 말았다. 물론 아주 우연이었다. 공격자들을 향해 질주하던 촉수들 중 하나가 투명한 방패와 충돌하면서 영혼 약탈자는 대번에 보이지 않는 적이 바로 옆에서 도주하고 있음을 알아차렸던 것이다.

즉각적으로 10개의 촉수들이 방패에 들러붙었다. 타라가 싸우기 시작하자 살아있는 돌의 막강한 힘이 타라의 능력에 결합되었다. 소시지처럼 지글지글 구워진 촉수들이 후드득 떨어졌다. 갈랑은 계속 전진하면서 날갯짓으로 속력을 냈다. 다른 촉수들이 들러붙었지만 페가수스는 전진을 강행했다.

그들은 영혼 약탈자의 힘을 과소평가하고 있었다. 촉수들은 그들을 꼼짝 못하게 했고, 이제는 한치도 전진할 수 없었다. 타라는 자신의 방패가 굴복하는 걸 느꼈다.

"지금이에요!"

타라가 소리쳤다.

거의 순식간에 마지스터는 타라의 것보다 좀더 작은 방패를 만들어냈다. 절묘한 타이밍이었다. 타라의 방패가 굴복하는 걸 알고 기고만장한 촉수들이 벌떼처럼 달려드는 순간…… 두 번째 방패에 부딪혔으니!

영혼 약탈자가 내지르는 분노의 고함소리가 또렷이 들렸다.

격렬한 싸움에 타라는 숨을 죽였다. 마지스터가 촉수들의 공격을 수월하게 막는 것처럼 보였지만, 타라는 그의 뻣뻣해지는 손과 경직되는 몸에서 현실은 그렇지 않다는 걸 알아챘다.

촉수들의 방해에도 불구하고 조금씩, 조금씩 앞으로 나아가 그들은 마침내 섬의 중앙에 이르렀다.

구덩이를 가득 메운 거무스름한 마그마는 두 배로 늘어나 있는 데다 터질 듯이 부풀어오르는 것이 곪을 대로 곪아서 고름이 꽉 찬 종기 같았다.

"타라, 네 차례다!"

갑자기 마지스터가 소리쳤다.

잠시 휴식을 취한 타라가 배턴을 이어받자 촉수들은 발광하듯 달려들었다. 촉수들이 전력을 다해서 타라의 힘을 빨아들이고 있어서 마그마 구덩이 바로 위에 있다는 것 자체가 아슬아슬한 묘기나 다름없었다.

"이제 어떡하죠?"

타라는 이를 악물면서 말했다.

"방패를 취소해! 지금 당장!"

마지스터가 대답했다.

타라는 시키는 대로 했다. 촉수들이 기다렸다는 듯이 달려드는 순간, 마그마 구덩이로 뛰어내리는 마지스터를 보면서 타라는 공포에 사로잡힌 비명을 질렀다. 허겁지겁 방패를 다시 만든 타라는 어느새 갈랑에게 들러붙은 촉수들을 간단하게 해치웠다. 필사적으로 싸우다가, 부글부글 끓는 성난 마그마 속에서 거의 미동도 하지 않는 마지스터의 몸뚱이를 발견한 타라의 눈에서 절망의 눈물이 주르륵 흘러내렸다.

힘이 다 빠진 상그라브는 아예 꿈쩍도 하지 않았다.

그들이 패배한 것이었다.

미친 듯이 날개를 휘젓던 갈랑은 날카로운 울음소리를 냈다. 항복하지 말았어야 했는데! 그들을 포위한 촉수들이 힘을 빨아들이고 있었고, 타라는 자신의 힘이 굴복하는 걸 느꼈다. 그 상황에서 타라가 혼자였다면 틀림없이 항복하고 말았겠지만 페가수스를 구해야 한다는 절박한 마음이 두려움과 고통보다 더 강했다. 타라의 방패가 강화되는 사이에 마지스터의 몸은 거무스름한 구덩이 속으로 차츰차츰 사라지고 있었다.

그때 갑자기 마지스터가 팔을 흔들었다. 죽어 가는 사람의 마지막 몸부림인가? 타라는 다리가 후들거렸다.

그런데 그 팔 끝에 뭔가가 있었다.

하얀 영혼?

기겁한 촉수들이 떨어지려고 했지만 너무 늦었다.

마지스터가 마그마에 조각상을 갖다대자 하얀 영혼과 영혼 약탈자가 충돌했다.

그 순간 빛이 폭발하는 것 같았고, 이어서 울려 퍼지는 영혼 약탈자의 자지러지는 비명소리에 그들은 고막이 터질 뻔했다.

어지러울 정도의 빠른 속도로 순식간에 촉수들과 마그마 구덩이가 하얗게 변했다. 그 변화가 섬 전체에 작용하면서 흑장미도 모두 흰장미가 되었다.

타라를 에워싸고 있던 촉수들도 하얗게 변하다가 사라졌다. 하얀 마그마가 미친 듯이 요동치고 있어서 타라는 한순간 영혼 약탈자가 하얀 영혼의 힘에 맞서는 것이라고 생각했다.

그런데 마그마가 두 개의 희끄무레한 구름으로 응축되더니 차츰 인간의 모습을 띠기 시작했다.

이럴 수가! 이제 영혼 약탈자는 하나가 아니라 둘이 된 거야! 타라는 이를 악물면서 단단히 마음먹고 다시 방패를 강화했다.

그때였다. 놀랍게도 흰장미 섬의 한복판에서 두 개의 실루엣이 솟구쳤다. 하나는 아름다운 젊은 여인의 형상이었고, 또 하나는 까만 눈의 땅딸보 마법사 형상이었다. 남녀 형상이 타라 앞에 섰다.

"누가 이랬어? 너냐?"

마법사 형상의 반투명한 실루엣이 으르렁거렸다.

타라는 잠시 주뼛거리다가 퉁명스럽게 대답했다.

"네, 당신과 싸울……."

"이렇게 고마울 수가!"

마법사가 말을 가로막았다.

"수천 년 전에 데미데루스가 시도했던 일을 네가 해냈구나. 내가 무슨 짓을 하고 있는지조차 모르고 있었는데 이젠 깨달았다. 내가 저지른 짓에 대해 후회가 막심하구나."

어리둥절하게 듣고 있던 타라가 넘겨짚었다.

"당신이 드렉수스 맞죠? 그리고 하얀 영혼은⋯⋯."

"그래, 하얀 영혼은 사랑하는 나의 아내 데셀레아야. 악마들과 전쟁할 때 데미데루스는 내 아내와 아이들을 죽일 수 밖에 없었어. 그래서 가혹하지만 어쩔 수 없이 내렸던 그 결정을 속죄하는 뜻에서 데미데루스는 몇 년간의 연구 끝에 우리를 결합시키는 방법을 찾아냈지. 그러니까 하얀 영혼은 나를 물리치는 무기가 아니라 나를 구속하는 것이었다!"

"당신은 항상 고집불통이었어요."

데셀레아가 한숨을 내쉬면서 다정하게 말했다.

"진흙먹보들에게 억류되어 있는 동안 내내 나는 당신에게 내 마음을 전하려고 했어요. 하지만 당신은 귀를 기울이지 않았어요!"

"알고는 있었소. 하지만 증오심과 복수심이 너무 컸소. 이제는 떠납시다. 고통과 슬픔을 너무 많이 겪은 이곳에서 더는 머물고 싶지 않소. 아이들을 찾으러 갑시다."

믿어지지 않는 얼굴로 쳐다보는 타라와 갈랑의 눈길을 받으면서 두 실루엣이 휘황찬란한 회오리로 결합되더니 바람처럼 사라졌다.

타라는 어이가 없어서 숨이 멎는 것 같았다. 이게 뭐야? 이 모든 고통, 죽음, 파괴, 공포가 아무것도 아니었단 말인가! 고작 고맙다는 말 한 마디를 남기고는 안녕이라니! 타라는 그동안에 느꼈던 공포를 생각하자 분노가 치밀었다.

칼과 블롱딘, 로빈, 박쥐로 변신해 있는 드라고쉬 선생님이 마침내 합류했다.

"타라, 괜찮아?"

로빈이 소리쳤다.

"아니, 괜찮지 않아!"

화가 난 타라가 대답했다.

"영혼 약탈자가 유령으로 변하더니 자기 아내를 찾아서 펑! 하고 사라졌어. 어린 유령들도 찾아서 영원히 행복하게 살겠다면서! 이건 부당해! 마땅히 벌을 받아야 하는데!"

칼은 이건 또 무슨 말이냐는 얼굴로 쳐다봤다.

"에이, 유령에게 어떻게 벌을 줘? 유령을 죽이겠다고?"

타라는 입을 벌렸다가 도로 다물었다. 맙소사, 칼의 말이 맞았다. 그 순간 타라는 마지스터가 기억났다. 갈랑이 착륙하자, 타라는 상그라브들의 보스가 뛰어들었던 구덩이를 향해 달려갔다. 타라는 머리를 숙이고 들여다봤지만 구덩이 속은 비어 있었다. 마지스터는 사라지고 없었다. 그때, 등뒤에서 목 메인 소리가 들렸다. 홱 돌아서던 타라는 공포의 외마디를 억눌렀다. 그 곳엔 마지스터가 서 있었다. 그런데 칼과 로빈, 갈랑은 어느새 손과 발에 은빛 장갑이 수갑처럼 채워져 있을 뿐만 아니라 입과 주둥이는 은빛 재갈이 물려 있어서 옴짝달싹 못 하고 있었다.

상그라브가 주문을 거는 순간 훌쩍 날아오른 드라고쉬 선생님만 그 갑작스런 공격을 피했던 모양이다.

"이제 영혼 약탈자는 영원히 사라졌으니 다시 우리 문제로 돌아가야지. 이리 오너라, 타라."

"살아 있었군요! 촉수들에게 당했다고 생각했는데."

"오, 이런! 어째 네 목소리에서 안도하는 기색이 느껴지는구나, 타라. 마그마 구덩이 속으로 뛰어드는 나를 보고 걱정했다는 뜻인가? 그럼 네가 나를…… 친구로 생각하는 거니? 그런 경우라면 내가 이용하려고 하는 악마의 권력에 대해 친구와 의논하는 것도 괜찮을 것 같구나. 지킴이들과 심판관들이 너를 통해야만 한다면서 나를 통과시키지를 않는데……나를 좀 도와주겠니?"

타라는 숨을 몰아쉬었다. 마지스터가 그들 모두를 구하기 위해 목숨을 걸었던 일로 생색을 내면서 자기 실속을 차리겠다는 것이었다. 마지스터는 타라의 표정을 보면서 웃음을 터뜨렸다.

"내 제안이 상당히 마음에 안 드는 모양이구나. 그렇다면 할 수 없지. 우리는 또 거친 방법을 사용하는 수밖에. 솔직히 말해서 네가 선뜻 승낙했다면 난 몹시 실망했을 거다."

"흥, 어림없어요!"

타라는 코웃음치면서 이마에 난 땀을 닦았다.

그 사이에 변신한 드라고쉬 선생님이 타라 옆에 섰는데 그 몸짓에서 마지스터에 대한 증오심이 드러났다.

"상그라브, 이제 우리 둘의 문제를 해결할 차례다. 이제야 내 약혼녀에게 저지른 죗값을 치르게 할 수 있게 되었군."

타라는 얼떨떨한 눈길을 던졌다. 약혼녀라니? 이건 또 무슨 얘기지?

지금으로서는 그들에게 승산이 있는 싸움이었다. 타라가 당장이라도 대적할 기세로 마지스터에게 정신을 집중하고 있는데 뱀파이어가 선수를 쳤다. 그는 마지스터를 향해 카르보누스 주문을 던지는 것으로 공격을 시작했다.

드라고쉬 선생님의 마법이 강력하다는 건 두말 할 것도 없지만 마지스터를 능가하는 수준은 아니었다. 그는 뱀파이어의 주문을 흡수해버리는 방패로 대응했다. 그 순간 싸움에 뛰어드는 타라를 보면서 마지스터는 시스메우스 주문을 날려서 소형 지진을 일으켰다. 땅이 흔들리면서 중심을 잃는 바람에 타라가 날린 주문은 궤도를 벗어나면서 목표물을 빗나갔다. 그와 동시에 마지스터는 다른 한 손으로 뱀파이어를 향해 이제껏 본 적이 없는 아소무스 주문을 발사했고……, 그 충격에 기진맥진한 뱀파이어는 그대로 쓰러지고 말았다.

마지스터를 혼자서 대적할 수밖에 없게 된 타라는 벌떡 일어났다.

"좋아, 좋아. 드디어 우리 둘이 대적하게 되었구나. 네가 훨씬 유리하다, 타라. 난 너를 죽이지 않을 거니까."

마지스터가 마스크 안에서 비아냥거렸다.

"내 경우는 아니죠. 난 1초도 주저하지 않을 거니까."

타라는 애써 두려움을 감추면서 당차게 응수했다.

"너는 어린애치고는 너무 유혈 전투를 좋아한단 말야."

마지스터가 능청스럽게 말했다.

"아뇨, 싸움이니 살인이니 아더월드의 쾌락 따위는 전혀 내 취향이 아니거든요?"

새로운 주문을 걸었는지 두 손을 번쩍이면서 타라가 대꾸했다.

"하지만 당신을 상대하고 있으면 정말이지 선택의 여지가 없네요."

"잠깐, 함정에 대해서 알고 싶지 않니?"

마지스터가 대화를 원하고 있었다. 잘됐어! 타라는 대화에 기꺼이 응하고, 가능한 한 길게 끌기로 마음먹었다. 머릿속은 희망과 공포가 뒤섞이고 있었다. 흑기사는 이럴 때 나타나야 되는 거 아닌가? 근육질의 영웅이 짜잔! 하고 나타나면 일단 악당을 때려눕히고 나서 이렇게 쏘아붙일 텐데! "늦었잖아!" 그러면 이렇게 대답하겠지. "미안해, 길이 막혀서 꼼짝할 수가 있어야지!"

타라는 두 손을 약간 내리고 순진하게 물었다.

"무슨 함정이요?"

"너와 드래곤이 빠져 있는 함정 말이다!"

타라는 그 순간 셈 선생님과 최고 마법사들 전원이 마법을 사용하여 우레 같은 소리와 함께 구조하러 나타나기를 기도하면서 게임을 시작했다.

"당연히 오래 전부터 알고 있죠. 두 상그라브가 나누는 대화를 듣는 순간부터 우리는 그 소송 사건에 당신이 연루되어 있다는 의심을 하고 있었으니까요."

마지스터가 잔뜩 긴장하는 것으로 보아 놀라는 것이 역력했다.

"언제? 어디서? 무슨 대화?"

"재판이 벌어지는 동안 상그라브들 중 하나가 마니투의 머릿속을 읽으려고 주문을 걸었잖아요? 그래서 당신이 금서를 훔칠 거란 계획을 우리에게 알리려는 것이라고 결론을 내렸지요. 솔직히 그건 계획치고는 좀 복잡하다고 생각했지만."

마지스터의 마스크가 성난 오렌지색으로 변했다.

"나는 그 멍청한 개에게 주문을 건 적이 없다!"

마지스터가 감정을 터뜨렸다.

"내가 뭔가를 훔치려고 할 때 그 주인에게 그걸 알릴 사람으로 보이니? 너를 아더월드에 오게 하려고, 또 늙은 드래곤을 오무아에 붙잡아두려고 내가 브란디스의 부모에게 마법을 걸은 건 사실이다. 상그라브들 속에서 너무 많은 권력을 잡은 반디우를 내 손으로 죽이고 그 죄를 너에게 뒤집어씌운 다음, 금서를 훔쳐서 너를 납치하겠다는 계획을 알려주긴 했지만……, 이런 미친놈들을 봤나! 내 그 두 놈을 찾아서 내 계획을 함부로 나불거린 것에 대해 따끔한 맛을 보여주고 말겠어!"

"그럼 우연의 일치였나 보군요!"

타라는 정말 놀랍다는 얼굴로 말했다.

"아무리 그래도 믿을 수 없는 일인데! 마니투가 방을 나가지 않았다면."

"내가 배후에서 어린 도둑을 탈옥시켰다는 걸 몰랐을 테고, 나한테서 도망칠 수도 없었겠지. 불행히도 내가 개입하기 전에 넌 사라져 버렸어. 그래서 내 첩자들이 랑코비트에서 너를 찾아냈는데 거기서는 또 너무 조금밖에 머물지 않았다. 그리고 얼마 후 반디우가 치명적인 사고를 당했다는 기쁜 소식이 들려오더군. 그 점에 대해 너에게 고맙다고 해야겠지? 난 네가 그랬다고 생각하는데?"

극악무도한 반디우 대군이 생각난 타라는 몸서리치면서 고개를 숙였다.

"난 알고 있었다. 그 골칫덩이를 제거해줘서 내가 얼마나 속이 다 후련했는지. 그러다가 난데없이 영혼 약탈자가 끼여들었고, 상대적으로 우리 문제는 덜 중요하게 되었지."

타라는 대화가 끝나가고 있음을 느끼면서 다시 마음을 다잡았다. 시간을 더 끌어봐야 아무도 도와주러 오지 않게 생겼으니 타라는 혼자서 해결해야 했다.

마지스터는 마지막 설득작업을 시도했다.

"타라, 아까 영혼 약탈자와 싸울 때 우리는 환상적인 콤비였다. 우린 함께 일할 수 있어! 그러니까 제발…… 난 강제로 너를 굴복시키고 싶지 않아. 그건 정말 괴로운 일이야."

타라는 마지스터가 진심을 말하고 있다는 걸 알았다. 당연히 건강한 상태로 살아 있는 내가 필요하겠지. 타라는 한숨을 내쉬었다.

"미안하지만 난 절대로 당신에게 협력하지 않을 거예요."

"'절대로'란 말은 절대 하지 마라. 그래도 할 수 없이 난……."

타라는 말을 끝마칠 겨를을 주지 않고 재빨리 파괴 주문을 날렸다.

마지스터는 자기가 한 말을 지키려는 듯 방어 주문을 외웠고, 두 손에서 빨간빛이 번쩍이더니 강력한 방패가 나타났다.

이어서 동시에 두 개의 주문이 부딪히면서 요란한 소리가 나더니 마술이라도 부리듯 섬의 땅바닥에 내리꽂혔다. 하지만 그 강력한 충돌에 두 사람 다 비틀거릴 정도였다.

"멈춰라, 타라! 난 너를 해치고 싶지 않아! 나를 따라가면 너를 전대미문의 힘을 가진 존재로 만들어줄 수 있어. 너는 엄청난 힘을 갖게 되는 거야!"

"하지만 나한테는 이미 힘이 있거든요?"

타라는 머리를 흔들어서, 눈으로 흘러내리는 땀을 털어 내며 응수했다.

"그리고 지금이야말로 당신은 그 힘의 참 맛을 볼 때가 됐고요!"

타라는 심호흡을 했다. 타라는 이제껏 전적으로 자신의 능력에 발휘해본 적이 없었다. 마음 한구석은 늘 할머니에게 해가 될까 봐 불안했던 것이다. 그러나 지금은 어쩔 수 없었다. 에너지가 몰려오면서 타라의 눈빛이 새파랗게 변했고, 흰 머리털이 찌지직거리더니 파란 광선이 마지스터의 빨간 방패를 후려쳤다. 그 순간 마지스터도 타라가 어쩌면 자기를 이길지도 모른다는 느낌이 들었다. 그건 죽음을 의미하는 것이었다!

마지스터는 할 수 없이 사용하지 않겠다고 맹세했던 주문을 외웠다. 그것은 1년 동안 목숨을 내놓고 마왕에게 봉사하고 얻은 주문이었다. 영혼을 위태롭게 만들면서까지 얻어낸 것이었다. 아직은 협상할 수 있는 영혼을 가지고 있긴 해도!

마지스터의 방패가 검은 후광으로 둘러싸이더니 그 중앙에서 솟구친 괴이한 광선이 천천히 가차없이 타라의 파란 광선을 밀어냈다.

타라는 계속 압박을 해가면서 불가능한 일을 시도했다. 변신을 시도한 것이었다. 타라 대신에 나타난 금빛 드래곤, 이마에 살아있는 돌이 박힌 드래곤이 파란 광선을 발사하면서 마지스터를 공격하기 시작했다.

"이런, 이런! 드래곤이라! 좋아, 그렇다면 드래곤 대 드래곤으로 맞서 주지!"

마지스터는 코웃음쳤다.

잠시 후, 타라 앞에 나타난 검은 드래곤이 포효하면서 지옥의 불을 뿜어냈다.

갑자기 마지스터가 약속을 깨버린 것이었다. 타라가 번개같이 공중으로 붕 날아오르는 바람에 그 불길은 목표물 뒤쪽을 지나쳐서 흰장미 덤불과 섬의 일부를 파괴했고, 호수의 물까지 맹렬하게 증발시키는 바람에 글루룹스들이 허공에서 허우적거렸다.

"우리의 힘은 막상막하예요! 당신이 나를 죽이고 싶지 않다니까 용기가 있다면 마법을 쓰지 않고 1 대 1로 겨루죠!"

검은 드래곤은 송곳니 위로 시뻘건 혀를 늘어뜨렸다.

"마법을 쓰든 쓰지 않든 너는 상대가 안 돼, 꼬마야. 하지만 그게 재미있다면 네가 원하는 대로 해보자!"

타라가 제일 싫어하는 말, 마지스터가 또 '꼬마'라고 부르고 있었다.

타라는 검은 드래곤을 유심히 살폈다. 자기가 변신해 있는 금빛 드래곤보다 키가 훨씬 컸다. 하지만 지구에서 스모 선수들의 씨름을 볼 기회가 있었던 타라는 마지스터보다 유리했다. 근육과 살덩어리 거구들의 유연성과 민첩성에 매료되었던 타라는 키가 더 작다고 해서 반드시 불리하지 않다는 걸 여러 번 봤던 것이다.

그래서 타라는 키보다는 덩치를 늘리면서 모든 수단을 동원했다. 검은 드래곤은 타라의 발 밑 땅이 갑작스런 체중에 내려앉을 때 뭔가 이상한 낌새가 있음을 알아차렸다. 하지만 그가 뭔지 깨달았을 때는 이미 때가 늦었다. 마지스터를 향해 금빛 미사일처럼 날아간 타라가 순식간에 고개를 숙이고 그 배 속으로 들어갔던 것이다. 숨이 막힌 검은 드래곤은 폐에서 모든 공기를 토해내듯 캑캑거리다가 반쯤 의식을 잃은 상태로 10미터쯤 뒤로 벌렁 나자빠졌다. 하지만 그 상황에서도 마지스터는 거의 반사적으로 모든 공격을 흡수하는 방어 주문을 실행하면서 기력을 되찾을 시간을 벌고 있었다.

타라도 공격하지 않고 그 사이에 이제껏 어떤 마법사도 해본 적이 없는 방법을 궁리했다. 마지스터는 상상도 할 수 없는 것이었다.

"본드, 제임스 본드!'

타라는 칼이 알아듣길 바라면서 외쳤다.

타라는 상대의 의식이 가물가물한 틈을 이용하여 자신의 힘을 완전히 방출해서 칼에게 보냈다. 재갈에 물려 아무 말도 못하는 칼에게 막강한 힘이 전해지자, 그 충격에 움직임을 구속하는 마법의 사슬이 파괴되면서 순식간에 칼은 미남 청년으로 변했다. 그와 동시에 블롱딘도 다시 붉은 사자의 몸을 되찾았다.

주문이 어찌나 완벽했던지 주체 못 할 정도로 힘이 빠져버린 타라는 드래곤의 모습을 잃고 말았다.

비틀거리면서 일어난 마지스터가 분노의 괴성을 질러댔다.

타라는 마지막 남은 힘을 쥐어짜서 데스트룩투스 주문을 날렸다.

검은 드래곤은 파괴 주문을 막아내면서 코웃음쳤다.

"이런, 이런! 이게 네가 할 수 있는 전부냐? 이렇게 약해서야 어린애도 새끼손가락으로 막아내겠다. 패배를 인정하지? 포기하는 거지?'

타라는 마지스터를 노려보면서 죽을힘을 다해 내뱉었다.

"흥, 꿈도 꾸지 마시지!'

그렇게 말하면서 타라는 천천히, 아주 우아하게 쓰러졌다. 영문을 모르는 마지스터는 의식을 잃은 타라의 몸을 멀뚱히 쳐다보고 있었다.

그래서 타라의 힘으로 무장한 칼이 공격했을 때, 마지스터는 완전히 무방비 상태였다. 칼의 주문이 방패를 종잇장처럼 꿰뚫으면서 이번에는 마지스터가 콰당! 하고 그대로 나자빠졌는데, 우아하기는커녕 섬을 뒤흔들 정도로 요란한 것이 타라와는 대조적이었다.

칼이 재빨리 재갈을 없애주자 로빈이 외쳤다.

"브라보! 네가 마지스터를 해치웠어!"

"글쎄, 그럴까? 아무래도 다시 한방을 먹여서 확실히 끝내야 마음이 놓이겠어."

그 순간 로빈은 땅바닥에 쓰러진 타라가 꿈쩍도 하지 않는 걸 깨달았다.

"타라가 다쳤어. 칼, 빨리 와서 어떻게 좀 해 봐!"

로빈이 불안해서 미치겠다는 얼굴로 소리쳤다.

칼은 재빨리 주문을 외워서 타라와 페가수스에게 연결된 끈을 먼저 끊은 다음, 로빈이 부둥켜안은 타라를 향해 돌아서서 회복 주문을 읊었다.

"레파루스의 이름으로 타라에게 생명의 숨결을 부여하니 깨어나라!"

칼의 주문이 주변의 공간을 휘감아, 타라와 로빈을 건드리더니 흰장미 덤불에 이어서 호수, 그 너머 진흙먹보들의 소굴, 기슭, 늪…… 저편 보이지 않는 아득한 데까지 두들겼다. 혼쭐났던 덤불이 대번에 싱그러워졌고, 반쯤 구워졌던 글루룹스들도 초록과 갈색 비늘을 되찾았다. 이윽고 타라가 힘겨운 듯 파르르 떨리는 숨을 길게 토해냈다.

"맙소사! 타라의 힘을 조절하기가 쉽지 않아. 저길 좀 봐. 레파루스 주문이 대륙의 절반은 건드린 게 틀림없어."

당황한 칼이 말했다.

"아마 그 정도가 아닐걸!"

정신이 든 타라가 희미한 미소를 지었다.

"나를 깨어나게 해줘서 고마워. 내 심장이 멎고 살아있는 돌도 약해지고 있었거든. 돌이 너희들에게 고맙다고 전해달래. 잘됐지?"

"휴! 타라, 다음에 이런 일을 벌일 때는 사전에 네 계획을 귀띔이라도 좀 해주라, 제발."

칼이 씹어뱉듯이 말했다.

"네가 뭘 원하는지 다행히 내가 알아차렸기에 망정이지! 네가 '본드!' 하고 외쳤을 때 네 마법을 받아들일 만반의 준비를 했어. 아니었으면 정말 큰일난 뻔했단 말야. 어쨌든 잘되긴 했어. 그놈의 상그라브를 찍소리도 내지 못하게 해치웠으니까!"

타라는 활짝 웃었다.

"그럼 해볼 만한 가치가 있었네, 뭐."

그렇게 말하고 타라는 다시 의식을 잃었다. 로빈이 얼른 맥박을 확인해보니 다행히 강하고 규칙적이었다. 타라는 휴식이 필요한 것뿐이었다. 안심한 로빈이 칼에게 미소를 지어 보였다.

"휴, 다행이다. 그런데 네 몸이……?"

"나도 알아. 타라가 '본드' 하고 외쳤을 때 내 머릿속에서 그 이미지가 떠오르더니 펑! 하고 내가 변신했어. 타라가 내 몸에 넣은 마법의 양으로 봐서 이 몸짱 상태가 상당히 오래갈 수도 있어. 누구누구는 내가 무지 원망스럽겠지만 이건 내 뜻도 아니고, 내가 어찌할 수도 없는 거야!"

로빈은 친구의 코믹한 절망 앞에 웃음을 참을 수 없었다.

"그건 그렇고, 저기 쓰러진 작자나 좀 살펴보자."

칼이 말을 이었다.

검은 드래곤을 향해 돌아서던 그들은 소스라치게 놀랐다. 마지스터의 몸이 공중에 떠올라 있는 것이 아닌가! 다시 공격할 기세로 타라의 힘을 가동하던 칼은 마지스터가 의식을 찾은 것이 아니라, 보이지 않는 어떤 힘에 들어올려져 있음을 알아차렸다. 어리둥절한 칼이 주문을 외울 사이도 없이 뭔가가 찢어지는 소리가 났다. 어, 어, 어? 불쑥 나타난 집채만 한 갈퀴발톱 두 개가 검은 드래곤을 움켜잡아 휙 낚아채갔다.

"헉! 그게 대체 뭐였지? 마지스터를 움켜잡았던 그 괴물 같은 발톱 본 적 있어?"

입을 멍하니 벌리고 있던 칼이 말했다.

"딱 한 번 본 적이 있어. 악당 마법사가 엘프 사냥꾼들에게 어떤 주문을 걸었는데…… 그게 마왕에게서 얻은 주문이었다는 거야. 아버지가 그 마법사와 싸워서 이기긴 했지만 아까 본 것과 같은 두 개의 갈퀴발톱이 그자를 데리고 사라졌고, 도저히 다시는 찾을 수가 없었어. 그 후 그 사건에 대한 소문이 한참 나돌았고, 에프리트들이 그자가 림보 왕국에서 노예로 살고 있다고 전해 줬어. 그 주문을 얻기 위해 자신의 목숨을 저당 잡혔던 거지. 내 생각에는 마지스터도 같은 경우인 것 같아."

"와, 살 떨린다. 윽, 자세한 건 알고 싶지도 않아. 어쨌든 마지스터가 림보에서 죽든 노예가 되든, 중요한 건 우리가 그자에게서 해방되었다는 거야."

"그래, 맞아. 이젠 타라를 돌봐야겠어. 서두르자."

"문제없어. 이번에는 내가 드래곤으로 변신해서 요새까지 너희들을 데려갈 거니까!"

칼은 흡족한 미소를 지었지만, 로빈은 저절로 신음소리가 나왔다.

"페가수스를 타고 가도 돼."

"아니, 드래곤만큼 빨리 날아가지는 못해."

칼은 갈랑의 눈총을 받으면서 대꾸했다.

로빈이 난감한 얼굴로 칼을 설득할 말을 궁리하고 있을 때, 갑자기 굵직한 목소리가 들렸다.

"아이고, 내 머리! 다들 괜찮니? 마지스터는 어디 있지? 타라는?"

그들은 드라고쉬 선생님을 까맣게 잊고 있었다. 뱀파이어가 일어났는데 몸을 가누지 못하고 비틀거렸다.

"타라는 의식을 좀 잃었을 뿐 괜찮고, 제가 타라의 능력을 가지고 있다는 것 말고는 안개 속이에요."

칼이 대답했다.

"마지스터는 림보에서 죽거나 노예로 살겠죠, 그것도 확실하진 않아요. 물론 죽는 것이 희망사항이지만."

이번에는 뱀파이어가 얼굴을 찌푸렸는데 그건 단지 머리가 아프기 때문만은 아니었다.

"그럼 그 못된 작자가 또 도망쳤다는 거니?"

"그걸 통탄하고 있을 때가 아니라고요. 지금 제가 원하는 건 타라의 능력에서 해방되는 거예요. 아니, 타라에게 그걸 돌려주는 거예요. 본래의 내 몸을 되찾으면 좋겠어요! 정말이지 내가 누굴 닮았다는 것 자체를 더는 떠올리고 싶지도 않으니까!"

칼이 약간 발끈했다.

"타라가 자기의 마법 능력을 너에게 옮겨놨단 말이니? 그건 아무나 할 수 있는 일이 아냐. 게다가 너희들이 그 방법을 어떻게 알아?"

깜짝 놀란 얼굴로 드라고쉬 선생님이 물었다.

"음…… 정확하게는 몰라요."

"선생님, 우리 모두의 안전과 이 행성의 안전을 위해서는 칼에게서 그 능력을 빼앗아야 해요. 칼이 그 능력을 또다시 사용할 때 무슨 일이 일어날지 책임질 수 없어요. 칼은 반드시 그 능력에서 해방되어야 해요. 지금 당장!'

로빈이 주장했다.

"그건 불가능해. 타라의 능력은 어린 소녀치고는 상상을 초월하거든. 셈 선생님의 도움이 필요하다. 그걸 타라에게 돌려주는 것은 그렇게 간단한 일이 아냐. 잘못되면 자연계 전체가 위험해질 수 있어. 그리고 타라가 죽을 수도 있으니까 어서 랑코비트로 돌아가야겠다."

칼의 대답을 기다리지 않고 뱀파이어는 박쥐로 변신했다.

로빈은 불안한 얼굴로 칼이 드래곤으로 변신하기를 기다렸다.

처음에는 그런 대로 순조로웠다. 미남 마법사가 순식간에 멋진 드래곤으로 변했다. 붉은빛과 금빛으로 어우러진 드래곤은 패밀리어의 색깔과도 잘 어울렸다.

이어서 칼은 블롱딘이 바스켓 안에서 자리를 덜 차지하게 축소시키려고 드래곤의 우렁찬 목소리로 주문을 외웠다.

"미니아투루스의 이름으로 패밀리어는 내가 마음대로 데리고 다니게 줄어들지어다!'

잠시 후, 로빈은 까무러칠 뻔했다. 자신은 숲처럼 거대한 풀밭에 서 있질 않나, 나비처럼 작아진 박쥐 뱀파이어는 잡아먹을 듯 입을 쩍 벌린 크로아에게서 도망치려고 안간힘을 쓰고 있었으니. 게다가 사정없이 줄어든 덤불은 화가 난 듯이 조그만 흰장미들을 마구 흔들어대고 있었다. 생쥐만해진 블롱딘도 울부짖었다.

"이럴 수가! 어유, 미치겠네."

칼은 당황했다.

"노르말루스의 이름으로 나 너에게 크기를 돌려주노라!"

그러자 삽시간에 상황이 역전되었다. 제 입에 물려 있는 커다란 박쥐를 보고 크로아는 어지간히 놀란 모양이다. 아더월드의 개구리는 앙갚음이라도 할 듯 쏘아보는 박쥐를 허겁지겁 토해내고는 물 속으로 첨벙 뛰어들었다. 로빈과 섬도 정상적인 크기를 되찾았다.

박쥐는 잠자코 있었지만 그 휘파람에서 분노가 느껴지는 것이 어째 분위기가 썰렁했다. 그래서 다음 일은 로빈이 맡았다. 그는 바스켓을 만들어서 그 안에 타라와 블롱딘을 실은 다음 단단하게 고정시켰다. 이윽고 그들은 출발했고, 갈랑이 앞장섰다. 칼은 그들이 흔들리지 않도록 아주 조심스럽게 이륙했다. 타라가 날아오를 때 유심히 관찰했던 칼은 거대한 날개를 효과적으로 조종했고, 일단 공중에 떠오르자 잿빛 요새 쪽으로 방향을 잡았다. 아직 날이 어둡기 때문에 로빈은 산에 걸려 부딪히지 않으려면 고도를 높이라고 충고했다.

이윽고 해가 떠올랐다. 어둠 속에서 서서히 드러나는 아더월드의 아름다운 장관에 매료된 칼은 머리를 숙이고 내려다보고 있었다. 그게 엄청난 실수였다! 예고도 없이 끔찍한 현기증이 엄습했던 것이다. 그런 대로 봐줄 만하게 날던 비행이 갑자기 엉망이 되면서 칼은 날개를 천천히 휘젓는 대신에 두 다리를 마구 버둥거렸고, 그 바람에 바스켓이 심하게 요동치기 시작했다.

"야, 너 뭐 하는 거야?"

로빈이 소리쳤다.

"나…… 나 어지럽고 메스꺼워 죽겠어. 떨어질 것 같아!"

"넌 떨어지지 않아. 넌 드래곤이야. 날개가 있잖아!"

"하지만 땅이 나를 잡아당기고 있어. 떨어지겠어!"

510

"아니, 넌 절대 떨어지지 않아. 아래를 쳐다보지 말고 앞을 봐! 어디로 가는지 보라고!"

하지만 칼은 아래만 내려다보고 있었다. 긴 목이 머리를 뒤따르자 몸도 똑같이 아래쪽으로 향했다.

이제 그들이 추락하는 건 불 보듯 뻔했다. 어지러움과 싸우느라 날개를 휘저을 수 없는 칼은 날개를 정지한 채 미끄러지듯 날고 있었다. 그렇게 해서 칼이 떨어지는 속도를 늦추기는 했지만 완전히 멈추지는 못했다. 박쥐로 변신해 있는 드라고쉬 선생님은 말로 표현하지 못하고 있을 뿐, 드래곤의 행동에 당혹스러워하는 것이 분명했다.

"갈랑! 이리 와, 빨리!"

로빈이 외쳤다.

약간 놀란 페가수스는 칼이 왜 숲을 향해 곧장 돌진하는지 의아한 얼굴로 바로 옆에 와서 붙었다.

"타라와 블롱딘을 태워. 칼은 내가 맡을게."

그렇게 말하고 나서 로빈이 타라와 블롱딘을 페가수스의 튼실한 등까지 둥둥 떠오르게 하자, 갈랑은 그 둘의 무게를 끄떡없이 받아들였다.

붉은 드래곤이 땅에 닿는 순간, 다시 말해 숲에서 그야말로 요란하게 으스러지는 순간, 로빈은 칼을 보호하기 위한 충격완화 주문을 외쳤고, 이어서 자기 자신을 위한 공중부양 주문을 걸었다.

그 주문 덕분에 칼은 그 길다란 드래곤의 목이 부러지는 화를 면한 반면에 숲은 300미터쯤 되는 거리가 황폐해졌다.

"꺄아아악……! 어떻게 됐어?"

칼이 두 발로 낯짝을 감싸는 걸 보니 눈앞에서 별들이 빙빙 도는 모양이었다. 로빈은 어찌나 화가 났는지 말도 하고 싶지 않았다. 그는 칼을 째려보는 갈랑과 나란히 공중에 떠 있는 것으로 만족했다.

"나무들이 저만큼 크려면 얼마나 걸리는지 알아?"

로빈이 마침내 냅다 소리를 질렀다.

"멍청한 녀석! 아래를 쳐다보지 말라고 내가 그렇게 말했는데도!"

칼은 몸을 가누지 못하며 말했다.

"아까 내가 내려가기 시작했을 때는 거기 숲이 없었어!"

"숲은 500만년 전부터 쭉 거기 있었어."

로빈이 도저히 용서할 수 없다는 어조로 고함을 질렀다.

"느닷없이 나타난 게 아니라고! 하지만 넌 날개를 휘젓지도 않았고, 또 평원에 착륙하려고 하기는커녕 숲을 향해 비스듬히 날아갔어. 내가 아래를 쳐다보지 말라고 그렇게 목이 터져라 소리쳤건만!"

"그래, 그래, 알아들었어, 알아들었다고. 똑같은 말 계속 반복하지 않아도 돼. 날아갈 때, 현기증이 일면 아래를 쳐다보지 말 것!"

칼은 친구가 머리 위에서 소리치는 걸 중단시키려고 얼른 화제를 바꿨다.

"타라는 괜찮아?"

"이 숲보다는 훨씬 낫지!"

나무들을 파괴한 것이 가슴아픈 하프엘프는 쏘아붙이듯 내뱉었다.

"타라는 블롱딘과 함께 페가수스를 타고 있어. 칼, 너 내 말 잘 들어, 타라의 능력을 가지고 있다는 것으로…… 도취해 있다는 건 나도 이해할 수 있어. 하지만 네가 드래곤으로 있는 건 아무래도 위험해. 그러니까 괜찮다면 너와 나, 블롱딘은 걸어서 가자. 타라와 갈랑은 곧장 잿빛 요새로 가고, 우리는 나중에 합류하는 게 좋겠어."

"괜찮아."

칼은 조심스럽게 입을 만지면서 대답했다.

"확실히 알았다니까. 이젠 해낼 수 있어."

"난 위험을 무릅쓰고 싶지 않아."

로빈은 고집을 부렸다.

"하지만 우리는 가능한 한 빨리 랑코비트로 돌아가야 해."

칼도 물러서지 않았다.

"타라의 능력을 가진 사람은 나고, 셈 선생님과 드라고쉬 선생님이 타라에게 그 능력을 돌려주려면 내가 필요해!"

그러다가 칼은 문득 자신이 부득부득 고집을 부리고 있는 진짜 이유를 깨달았다.

"게다가 하루 온종일 걷고 싶지 않아!"

"오, 근데 난 정말 그러고 싶거든? 게다가 난 당장 시작할 생각이야."

하프엘프가 응수했다.

이어서 로빈은 사뿐히 땅에 내려서더니 친구에게서 등을 홱 돌리고는 잿빛 요새로 향하는 숲 기슭 쪽으로 걸어갔다. 칼은 씩씩거리면서 멀어져 가는 로빈을 쳐다보다가 꽃 한 송이를 꺾었다. 꽃향기를 맡던 칼은 갑자기 올라오는 재채기를 느끼고 조그만 흰 꽃을 응시하다 깜짝 놀랐다. 우와, 타춤이잖아! 이 식물의 씨는 아더월드의 후추로 사용되었다. 칼이 로빈에게 알리려고 입을 여는 순간 아뿔싸, 너무 늦었다.

드래곤의 입에서 뿜어 나온 불길이 십여 센티미터쯤 될까, 로빈을 살짝 빗나가면서 하프엘프는 땅바닥에 납작 엎드렸고, 칼이 착륙할 때 용케 살아남았던 나무들마저 지글지글 태우고 말았다.

"오, 조상들이시여! 너 또 무슨 짓을 한 거야?"

로빈이 홱 돌아서면서 악을 썼는데 피가 부글부글 끓는 얼굴이었다.

"어, 미안해."

칼이 사과했다.

"갑자기 재채기가 나는 바람에. 그래서 나도 다른 모습으로 변하는 게 좋겠다고 생각하는 중이야. 이 드래곤은 진짜…… 조절하기가 힘들어."

로빈이 벌떡 일어나서 손가락으로 불붙은 숲을 가리키면서 재빨리 주문을 외웠다.

"옹도이-우스의 이름으로 파도는 이 화재를 덮쳐라!"

즉시 물기둥이 솟구치면서 불은 꺼졌다.

"칼! 너 당장 이 숲에서 꺼져버려. 아니면 내가 마지스터의 공격 정도는 풋내기 장난에 불과한 것으로 느끼게 해줄 테니까!"

로빈은 귀에서 김이 풀풀 날 정도로 몹시 화가 나 있었다.

"그래, 그래, 알았어. 변신할게. 그럴 참인데 네가 찬물을 끼얹은 줄이나 알라고."

칼은 천연덕스럽게 너스레를 떨었다.

"잠깐!"

로빈이 외쳤다.

"또 뭐? 그래 뭘 원하는지 들어는 줄게!"

"바스켓의 무게는 족히 100킬로그램은 나갈 거야. 너 몸무게가 얼마나 되지, 60킬로그램? 너 아주 박살나고 싶은 거 맞지?"

칼은 로빈을 흘겨보면서 바스켓을 풀게 내버려두었다가, 변신을 시도했다. 그런데 이게 무슨 일인가, 펑! 하면서 칼이 사라지고 말았으니!

로빈이 둘레둘레 살피면서 칼을 찾고 있을 때, 아주 조그맣게 왱왱거리는 소리가 들렸다.

"이이이런, 내내내가 시실패했어!"

"칼? 어디 있는 거야?"

비즈즈즈 한 마리가 왱왱 선회하면서 성가시게 하자, 로빈은 손으로 휙휙 쫓았다.

"그렇게 손을 휘저젓지 마! 그러다아 나르를 무무뭉개버리겠어!"

비즈즈즈의 이야기에 로빈은 눈이 휘둥그레졌다.

"칼? 너야?"

"무스스슨 일인지 모르게게겠어!"

아주 조그만 목소리가 말을 떠듬거리듯 말했다.

"변시시신하려는데 내 시야에 비즈즈즈 한 마리가 들어오더라고. 그러고는 펑! 하더니 갑자기 너무나도 꽃가루를 먹고 시시싶어졌어. 그래서 자기 능력에 대해 타라가 말하고 시시싶어했던 걸 이해하게 되되었어."

"칼, 인간의 모습으로 돌아가 줄래? 가능한 한 빨리 요새로 돌아가는 방법을 찾아보자. 약속할게."

펑! 하는 소리가 조그맣게 들리더니 미남 청년 모습의 칼이 나타났다.

"아이고, 머리야! 타라는 어땠을까? 다시는 타라의 마법을 쓰지 않겠어. 휴, 도저히 개의 마법은 예측 불가능이야."

칼이 머리를 부여잡으면서 신음소리를 냈다.

"좋아. 아주 훌륭한 제안이야. 자, 출발하자. 족히 한나절은 걸어야 해."

로빈은 진심으로 찬성했다.

"하지만 가능한 한 빨리 돌아가는 방법을 찾자고 했잖아?"

칼이 소리쳤다.

"거짓말이었어!"

로빈은 간단하게 대답하고는 숲 기슭을 향해 성큼성큼 걸어갔다.

"드라고쉬 선생님께 갈랑과 타라를 데리고 먼저 출발하라고 하고, 우리는 나중에 합류하는 거야. 타라가 자기 능력을 되찾는데 몇 시간을 더 기다린다고 손해날 거야 있겠냐? 네가 그걸 사용하게 내버려두는 것보다는 차라리 덜 위험할 거다!"

칼은 한순간 어안이 벙벙했다.

"뭐가 어째?"

칼이 쫓아가면서 외쳤다.

"거짓말이었다고? 넌 그럴 권리가 없어!"

"나는 왜 안 되는데? 넌 입만 열었다하면 거짓말이면서."

하프엘프는 어깨를 으쓱하면서 물었다.

"그건 이유가 안 돼! 친구들에게는 거짓말하지 않아! 그리고 타라를 생각해야지! 우리가 능장을 부렸기 때문에 타라의 생명에 무슨 지장이라도 생긴다고 생각해 봐! 타라가 다시는 마법을 사용할 수 없다고 생각해보라고!"

칼은 그렇게 상대를 꼼짝 못하게 하는 논리를 펴면서 극적인 효과를 높이기 위해 목소리를 낮추고 속삭였다.

"내가 그 능력을 타라에게 돌려주지 못하게 돼서 평생 동안 가지고 있다고 생각해 봐!"

그 말에 섬뜩해진 하프엘프는 걸음을 멈췄다.

"그건 안 돼! 이 세상이 남아나지 않을 거야! 안 되겠어, 내가 한 가지 제안할 테니까 잘 들어, 너. 타라는 자기 힘을 조절하기 위해 자주 살아있는 돌을 이용해. 타라가 맨 처음에 살아있는 돌과 하나가 되었을 때, 그 돌이 타라의 정신을 압도했어. 타라가 깨어나는 순간까지……."

"그래서 우리를 죽일 뻔했지. 그래, 타라가 2,000미터 상공에서 정신이 들자 덜덜 떨던 모습이 지금도 생생해. 게다가 우리를 등에 태우고 있었으니."

칼의 깐죽거리는 말에 로빈은 미소를 지었다.

"너 굉장히 어지러워서 그런 거잖아. 그러니까 살아있는 돌이 너를 조절하면……."

"아! 그러면 무슨 일이 일어나는지 나는 알아차리지 못할 것이고, 살아있는 돌이 우리 둘을 위해 날아가겠지. 완벽해, 아주 멋진 생각이야. 자, 가자."

그들은 타라의 주머니에서 조심스럽게 살아있는 돌을 꺼냈다. 예전에 로빈은 타라와 함께 살아 있는 석영을 다듬어서 번쩍번쩍한 크리스털 볼로 변모시켜주었고, 그 때문에 살아있는 돌은 로빈을 아주 좋아했다. 로빈은 돌이 자기에게 대답해줄 거란 기대를 하면서 물었다.

"살아있는 돌? 내 말이 들리면 대답해줄래?'

"친절한 로빈, 멋진 로빈, 내가 필요해?'

번쩍거리는 돌이 하프엘프를 향해 광채를 투사하면서 깍듯이 물었다.

와, 정말 잊지 않고 있었네! 로빈은 현재 상황과 부탁할 것들을 짤막하게 설명했고, 살아있는 돌은 잘 알아들었다. 어휘는 제한되어 있어도 이해력은 그렇지 않았다. 타라가 부탁하는 것을 이따금 자기 멋대로 해석하는 경향이 좀 있어서 탈이긴 해도. 칼은 알아차릴 겨를도 없이 다시 드래곤의 몸이 되었고, 살아있는 돌은 드래곤의 이마에 박혔다.

로빈은 드래곤의 등에 또다시 바스켓을 고정시켰지만 타라와 블롱딘은 일단 갈랑에게 맡겼다. 살아있는 돌의 도움으로 칼이 과연 힘을 조절하고 순조롭게 이륙할지, 현기증을 이겨낼지 먼저 살피기 위해서였다. 그들은 이륙할 장소를 찾기 위해 수백 미터를 걸어갔다. 돌발 상황에 대비하려면 숲에서 아주 멀리 떨어지는 것이 상책이지 않은가. 몹시 피곤한 상태지만 로빈은 조심스럽게 공중부양을 해서 거대한 드래곤의 날개를 휘젓기 시작하는 칼을 관찰했다.

살아있는 돌의 도움을 받은 칼의 이륙은 완벽했다. 마치 옛날부터 날개가 있었던 듯이. 공중에 이르자 그들이 로빈 옆에 붙었다.

"칼? 괜찮은 거지?"

로빈은 경계하는 투로 물었다.

"우리는 아주 좋아. 무섭지도 않고, 날아가는 게 아주 신나."

칼이 드래곤의 목소리와 살아있는 돌의 목소리가 섞인 멜로디 같은 음성으로 대답했다.

"그럼 됐어! 문제가 생기면 대처할 시간이 있어야 하니까 높이 날자. 너의 등으로 다시 갈까?"

"그렇게 해, 하프엘프, 타라의 친구, 너희들을 환영해."

로빈은 조심스럽게 바스켓에 자리를 잡고 나서, 타라와 블롱딘도 바스켓 안으로 옮겼다.

비행은 어찌나 부드러운지 물찬 제비가 따로 없었다. 2시간쯤 날아갔을까, 어느새 잿빛 요새가 눈앞에 보였다. 그들은 착륙해서 갈랑과 드라고쉬 선생님을 기다렸다. 페가수스와 박쥐는 그 속도로 따라올 수 없으면서도 드래곤의 등에 오르라는 살아있는 돌의 제안을 사양했었다.

감시병들이 그들을 발견했다. 힘찬 나팔소리가 그들을 맞으면서……셈 선생님, 베어 왕과 티타니아 왕비, 랑코비트 궁정의 절반에 이르는 궁인들과 타라의 친구들이 요새에서 우르르 몰려나왔다. 모두들 잿빛 요새 공간이동의 문을 통해 온 것이 분명했다.

"브라보! 브라보! 우리를 구한 영웅들이다! 브라보!"

셈 선생님은 흥분을 감추지 못했다.

"만세! 만세!"

파프니르는 귀청이 떨어져라 고래고래 소리를 질러댔다.

박수를 치는 사람들, 발구르는 사람들, 말 울음소리, 포효하는 소리, 그야말로 벌집이라도 쑤셔놓은 듯 야단법석이 일었다. 그 열렬한 환영에 약간 놀란 로빈은 여전히 기절해 있는 타라를 안고 땅에 내려섰다. 그러자 셈 선생님이 숨이 넘어갈 듯한 비명을 지르면서 뛰어왔다.

"타라! 이 아이가……."

셈 선생님은 차마 말을 잇지 못했다.

"죽었냐구요? 아니에요. 그냥 의식을 좀 잃은 것뿐이에요."

로빈이 빙긋이 웃었다. 로빈은 친구들이 달려와서 부둥켜안았을 때는 서서 버텼지만, 파프니르가 그 우람한 등짝으로 툭 칠 때는 그대로 고꾸라질 뻔했다.

"타라가 왜 기절했는데?"

걱정이 가득한 얼굴로 난쟁이가 물었다.

로빈은 고갯짓으로 뒤에 있는 빨간빛과 금빛의 드래곤을 가리켰다.

"타라가 마지스터를 물리치려고 칼에게 자기 능력을 다 줬거든."

"마지스터(셈 선생님이 눈살을 찌푸렸다)? 거기에 마지스터가 뭐 하러 와? 너희들 영혼 약탈자와 싸운 게 아니었니?"

"아, 그건 맞는데요, 영혼 약탈자를 끝장낸 사람은 마지스터였어요."

칼이 드래곤의 굵직한 목소리로 대답했다.

셈 선생님의 눈이 휘둥그레지자, 마니투, 파프니르, 무아노, 파브리스의 눈도 똥그래졌다.

"해줄 얘기가 굉장히 많아요, 선생님. 요새로 들어가면 안 될까요? 편안하게 좀 앉았으면 좋겠어요."

"잠깐만 기다리세요."

로빈이 말했다.

"아직 도착하지……."

갑자기 푸드득거리는 날갯짓 소리가 들리더니 박쥐와 페가수스가 차례로 내려앉았는데 얼마나 빨리 날아왔는지 아주 녹초가 되어 있었다.

박쥐가 태연히 드라고쉬 선생님으로 변신하자 그를 알아본 근위대 두 명이 즉시 포위했다. 로빈이 뱀파이어를 변호하고 나섰다.

"드라고쉬 선생님이 탈옥했다는 건 알고 있습니다. 하지만 선생님이 안 계셨다면 우리는 영혼 약탈자를 물리치지도, 더군다나 마지스터는 절대 이길 수 없었을 거예요. 따라서 선생님을 용서해야 합니다!"

"유감스럽지만 선행을 했다고 살인죄가 속죄되지는 않는다."

왕이 아주 난처한 얼굴로 개입했다.

"드라고쉬 선생은 잘못에 대한 대가를 치러야 한다. 아니면 모든 뱀파이어들에게 불명예가 떨어지니까!"

"하지만……."

"그건 걱정할 일이 아냐, 로빈 군."

드라고쉬 선생님이 끼어들었다.

"그전에 먼저 긴급히 해야 할 일이 있다. 그러려면 공간이 필요해."

셈 선생님이 무슨 말이냐는 뜻으로 이마에 주름을 잡았다.

"타라에게 능력을 돌려줘야 합니다. 그런데 그 일을 하려면 셈나샤오 비로다인트라쉬부 당신이 필요해요. 타라의 힘은 내가 감당하기에는 너무 큽니다."

드라고쉬 선생님이 설명했다.

"아, 그래요? 그거야 물론 문제없소. 여기 있는 모든 사람을 보호하기

520

위해 별을 만들겠소. 칼리반?"

"네?"

붉은 드래곤이 노래하는 듯한 목소리로 대답했다.

셈 선생님이 눈살을 찌푸렸다.

"너, 뭔가의 지배를 받고 있니? 네 말투가 어째 이상하구나."

"어지러워서 죽는 줄 알았거든요. 그래서 그걸 억제하려고 우리는 하나로 결합했어요. 덕분에 무사히 여기 올 수 있었고요."

"우리라니? 아하, 너와 살아있는 돌을 말하는 거구나, 타라가 그랬던 것처럼. 살아있는 돌, 정말 고맙다. 그런데 이제는 칼리반과의 결합 관계를 깨야 할 때가 되었다."

"당연히 그래야지요, 선생님."

살아있는 돌이 대답하자, 칼이 뾰족한 갈퀴발톱으로 이마에서 돌을 뺐다. 잠시 비틀거리던 칼은 몸을 숙이더니 타라를 안고 있는 것이 점점 버거워지기 시작한 로빈에게 속삭였다.

"설마 내가 많은 사람들 앞에서 어지러웠다고 시인했던 걸 가지고 툭하면 놀려먹진 않겠지?"

로빈은 붉은빛과 금빛 드래곤에게 짓궂은 눈길을 던졌다.

"당연히 그럴 걸. 지금 네가 말한 그대로."

"에이, 눈치도 없는 돌 같으니라고! 아무도 말하는 요령의 기본 개념을 설명해주지 않았나?"

"거짓말의 개념이겠지. 너도 달라져야 해. 진실을 말하는 법부터 배워. 처음에는 좀 어렵겠지만 금방 익숙해질 거야."

로빈이 놀렸다.

드래곤은 로빈을 째려보다가 셈 선생님의 지시에 따라, 그들이 방금 땅바닥에 그린 거대한 별 문양 한가운데에 타라와 함께 자리를 잡았다. 파프니르, 무아노, 마니투, 파브리스는 타라에게 능력을 되돌려주는 작업을 하는 동안, 별 문양 안으로 들어가지 않는다는 조건으로 거기 있어도 좋다는 허락을 받았다. 나머지 궁정 식구들은 요새 안으로 들어가는 쪽을 택했다. 궁인들은 혹시라도 잘못되는 경우에 두꺼비로 둔갑하고 싶은 마음이 추호도 없었던 것이다.

먼저 드라고쉬 선생님은 칼에게 인간의 모습으로 돌아오라고 부탁했고, 즉시 미남 청년으로 변한 칼이 나타났다.

왕과 왕비, 궁인들이 모여 있는 요새 창문들에서 탄복하는 탄성이 흘러나오자, 칼은 이맛살을 찌푸렸다. 셈 선생님의 지시에 따라 칼이 의식이 없는 타라의 손을 잡자, 두 선생님이 붕 날아올라 단호하게 주문을 외쳤다.

"에샹구스의 이름으로 능력은 원래 속해 있던 몸으로 돌아갈지어다! 콩피누스의 이름으로 방황하지 말고 곧장 네 길을 갈지어다! 에샹구스의 이름으로 능력은 원래 속해 있던 몸으로 돌아갈지어다!"

칼은 땀을 뚝뚝 흘리기 시작했다. 칼의 몸이 원래의 모습을 되찾는 사이에 타라의 능력이 그를 떠났다.

난데없이 눈이 부실 정도로 강렬한 빛을 내는 형체가 타라의 몸 위에 유형화되었다. 하지만 타라의 몸으로 들어가려던 마법의 빛은 강력한 저항에 부딪혔다. 다시 한 번 들어가려고 시도했지만, 두 번 다 거부당했다. 그러자 마법의 빛이 불의 페가수스로 변하더니 별을 가로질러서…… 파브리스 쪽으로 방향을 트는 것이 아닌가! 파브리스는 뒷걸음질쳤고, 당황한 두 최고 마법사는 주문을 멈췄다.

"맙소사, 타라가 자기의 능력을 거부하고 있잖아!"

드라고쉬 선생님이 중얼거렸다.

갑작스런 페가수스의 출현에 요새의 창문들에서 깜짝 놀라는 웅성거림이 일었다. 이어서 뱀파이어의 말을 들었는지, 그새 입에서 입으로 전해졌다.

"타라가 자기 능력을 거부하고 있대!"

"그럴 만도 하지. 할 수만 있다면 나도 똑같이 했을 거야!"

여전히 마법을 싫어하는 파프니르가 쫑알거렸다.

"타라가 자기 능력을 파브리스 브주아 지롱에게 주려고 하는 게 확실한 것 같소!"

셈 선생님이 말했다.

실제로 불의 페가수스는 보이지 않는 장벽을 뚫고 나가려고 애를 썼고, 공포에 질린 파브리스는 점점 더 뒷걸음질치고 있었다.

"타라는 무의식 상태예요. 마법은 어머니와 아버지를 앗아가면서 타라의 삶을 엉망으로 만들었고, 끊임없이 위험에 빠트렸잖아요! 그래서 타라는 무의식적으로 마법을 제거하려는 거예요. 타라를 깨어나게 해야 돼요, 아니면 궁지에서 벗어나지 못할 거예요."

칼이 말했다.

"타라를 깨어나게 해? 별 문양 안에서는 타라에게 능력을 돌려주는 것 이외의 다른 마법은 뭐든 삼가야 한다. 타라의 능력을 상징하는 불의 페가수스가 그게 누가 되었든 몸 속으로 돌아가고 싶어 해. 타라가 거부하기 때문에. 그런데 마법을 쓰면 능력을 사용하느라고 우리의 몸이 열리지. 불의 페가수스는 바로 그 틈을 이용해서 우리 몸 속으로 들어올 수 있고, 그 반동의 충격 때문에 타라가 죽을 수도 있어."

"그렇다면 따귀라도 갈길 참이었는데 괜히 원망 사는 일은 그만두죠,

뭐. 로빈도 나를 갈기갈기 찢어버리려고 할 테고. 그런데 다행히 마법을 쓰지 않고 타라를 깨어나게 하는 방법이 있거든요. 이걸 보세요."

그렇게 말하면서 칼은 씩 웃더니 작은 꽃 한 송이를 흔들었는데 흰 꽃 잎에, 한가운데가 겨자색이었다.

"타춤이잖아?"

셈 선생님이 탄성을 질렀다.

"이 꽃으로 뭘 어쩌려고…… 아니, 알고 싶지 않다. 어서 해 봐!"

칼은 타라의 코밑에 타춤을 들이댔다. 칼은 한순간 통하지 않는다고 생각했다. 타라가 눈썹 하나 까딱하지 않는 데다 번쩍이는 페가수스도 여전히 집요하게 파브리스의 몸으로 들어가려고 기를 쓰고 있었던 것이다.

잠시 후 타라의 가슴이 들썩거리더니 대단한 재채기를 했는데…… 천둥이라도 내리치는 것 같았다. 타라가 한쪽 눈을 게슴츠레 뜨더니 기계적으로 코를 문지르면서 말했다.

"무슨…… 무슨 일이야!"

파브리스 앞에 가로놓인 보이지 않는 장벽을 뚫고 나가려고 난리를 치는 불의 페가수스를 발견한 타라는 눈이 동그래졌다.

"저게 뭐야?"

타라가 물었다.

"저건 너의 능력이야."

안심한 칼이 말했다.

"무슨 이유인지는 몰라도 네가 그 능력을 파브리스에게 주고 싶어 하는 것 같아."

"누구? 내 능력이라고? 하지만……."

"웬만하면 네 능력을 빨리 회수해 가면 정말 좋겠어. 아침 좀 먹으로 가게. 나 배고파 돌아가시겠어!"

칼이 타라의 말을 자르고 대꾸했다.

타라는 콧잔등을 찌푸리고 나서 정신적으로 페가수스를 불렀다. 불의 페가수스가 즉시 복종하자 파브리스는 안도의 숨을 내쉬었다. 불의 페가수스는 별의 장막을 두들겨대기를 그만두고 타라를 향해 날아갔다. 그러고는 타라의 머리 바로 위에서 구름처럼 풀어지더니 타라의 몸을 휘감았다가 사라졌다.

칼은 타라를 일으켜주면서 말했다.

"어유, 이제야 살겠다. 자, 받아. 살아있는 돌을 돌려줄게. 이제 먹으러 갈까?"

최고 마법사들은 별 문양을 지웠다.

파프니르가 제일 먼저 타라를 끌어안았다.

"타라, 너의 망치가 낭랑하게 울리기를!"

난쟁이는 거의 숨이 막힐 정도로 꽉 안으면서 외쳤다.

"너의 모루가 낭랑하게 되울리기를!"

건강한 상태의 친구를 찾은 것이 기쁜 타라가 답변했다.

"괜찮아?"

"너희들 덕분에 다 잘 됐어. 이 모든 문제를 일으킨 빌어먹을 마법이 여전히 내 안에 있다는 것만 빼면! 흑장미 즙이 내게서 마법을 제거했다고 생각했는데 아니더라고. 마법이 돌아왔어. 또 다른 방법을 찾아봐야겠어."

칼은 난쟁이를 삐딱하게 처다봤다.

"파프니르, 우린 방금 목숨을 구했단 말야. 너 때문에 세계의 종말을 목격할 뻔했다고. 그러니까 제발 지금은 얌전히 좀 있어주라. 또 다른

문제를 일으키기 전에 우리를 조금만 쉬게 해줘!'

파프니르는 대꾸 없이 어깨를 으쓱했다. 어쨌거나 칼의 말이 옳지 않은가! 무아노는 타라에게 방긋 웃어주긴 했지만 분해서 거의 미치기 직전의 얼굴이었다.

"내가 감염되어서 안젤리카의 시중을 들었을 때, 그 계집애가 나한테 한 짓을 네가 안다면!"

무아노가 씩씩거렸다.

"나도 너희들이랑 영혼 약탈자와 마지스터를 상대로 싸우고 싶었어! 그런데(무아노의 눈동자가 짓궂은 기쁨으로 이글거리고 있었다) 이제는 그 꺽다리랑 싸우고 싶어서 죽을 지경이야. 야수를 화나게 하면 어떻게 되는지 본때를 보여주고 말겠어!"

타라는 고개를 끄덕였다. 내가 안젤리카라면 벌써 아주 멀리, 재빠르게 도망쳤을 텐데! 무아노는 금방이라도 꺽다리를 믹서로 갈아버릴 태세였다. 로빈에게 아무런 명분이 없는 틈을 이용해서 파브리스는 타라의 뺨에 여섯 번이나 입을 맞췄다. 그래서인지, 기분이 이만저만 좋은 게 아니었다. 이어서 그들은 모두 잿빛 요새로 들어갔고, 공간이동의 문을 통해 차례로 랑코비트로 돌아갔다. 살아 있는 궁전은 영웅들을 열렬한 박수로 환영하는 군중을 투영하면서 그들을 맞이했다. 잿빛 요새로 갈 수 없었던 궁인들이 차례대로 그들을 열광적으로 환영했다.

숨이 막힐 정도로 꽉 끌어안는 부디우 부인에 이어서 전혀 모르는 사람들까지 한 100명쯤 덩달아서 포옹하는 통에 타라는 숨을 몰아쉴 지경이었다. 크리스털리스트들은 크리스털 볼에 대고 기사의 타이틀 표제를 이렇게 외쳤다. '청소년들이 아더월드를 구하다!' '용감한 소녀 마법사가 영혼 약탈자를 물리치다!' 그 난리법석 속에서 스쿠프들도 앞다투어 플래시를 터뜨리는 바람에 타라와 친구들은 얼이 완전히 빠졌다.

이날 저녁, 왕과 왕비는 성대한 파티를 준비하게 했다. 트라비아 시민이 모두 초대되었고, 저무는 여름의 포근한 날씨 속에서 어마어마한 야외 식탁이 차려졌다.

아더월드의 달, 타딕스와 마딕스의 달빛을 받으며 그들은 모험과 두려움과 의혹을 얘기했고, 그들의 얘기는 입에서 입으로 전 시민에게 전해졌다. 한 소녀가 얼굴이 빨개져서 소담스런 꽃다발을 목에 걸어주자, 칼은 대번에 재채기를 시작했고, 랑코비트의 시장 '반지르르한 처진 뺨'이 그들에게 용맹 훈장을 수여했다.

사탕과자를 실컷 먹은 뒤에 타라는 키디코이를 집어들었다. 언제나 그랬듯이 메시지는 수수께끼 같았다.

이제 곧 모든 것이 밝혀진다. 진실 속에 아버지가 있기 때문에!

아버지! 어떤 아버지? 골치가 아픈 타라는 더는 생각하고 싶지 않았다.

그들은 그동안의 일을 차분하게 얘기하기 위해 타라의 방에 모였다. 파브리스와 무아노, 마니투는 영혼 약탈자에게 감염되었을 때 일어난 일을 얘기했고, 타라와 칼, 로빈은 몇 번의 싸움과 놀라운 경험들을 얘기했다. 안젤리카와 칼에게 있었던 얘기에 그들은 배를 잡고 웃었다. 하지만 로빈이 전해준 칼의 공중곡예 사건은 그야말로 압권이었다.

피곤에 지쳤지만 그들은 친구들을 다시 만난 걸 마냥 행복해하면서 각자의 방으로 돌아갔다. 먹는 것에 관한 한 결코 성이 차지 않는 마니투는 부엌으로 야밤 원정을 나갔다.

그들은 벌써 몇 시간 동안 잠을 자고 있었다. 타라는 한밤중에 무아노

때문에 잠을 깼다. 무아노는 온몸을 부들부들 떨고 있었다.

"타라, 타라, 일어나봐!"

무아노가 속삭였다.

마지스터의 마스크를 들추고 마침내 정체를 알아차리는 꿈을 꾸다가 놀라서 눈을 뜬 타라는 하얗게 질린 친구를 물끄러미 쳐다봤다.

"벌써 시간이 됐어?"

"아니, 문제가 생겼어, 마니투에게!"

잔뜩 겁먹은 무아노의 목소리에 타라는 심장이 오그라드는 느낌이 들었다. 타라는 벌떡 일어나서 마법복을 더듬더듬 찾았다.

"무슨 일인데?"

"내가 방금 이걸 받았어. 문 앞에서 보초를 서는 경비병한테 한 아이가 이 탈루디를 주고 갔다는 거야. 내가 보려고 했지만 너한테 온 거라서."

타라는 얼떨떨했다.

"탈루디? 그게 마니투와 무슨 상관이 있는데?"

"오, 어쩌면 좋아, 타라! 너의 증조할아버지가 납치된 것 같아!"

19
여자 뱀파이어

"뭐라고?"

타라는 아연실색했다.

"빨리 탈루디를 얼굴에 붙여, 타라! 그 소년이 살아 있는 마니투를 만나고 싶으면 즉시 보는 게 좋을 거라고 경비병에게 말했다는 거야. 경비병이 술에 취해 있었나 봐. 왕국이 해방된 기쁨에 술을 너무 많이 마셨고, 소년이 한 말을 알아차렸을 때는 이미 그 아이가 도망치고 없었대."

살아 있는 궁전이 투영하는 두 개의 달빛만 비추고 있어서 방은 어스름 속에 잠겨 있었다.

"궁전, 빛을 부탁해."

타라가 말했다.

그 즉시 고요하고 향기로운 어둠 대신에 눈부신 태양이 나타났다.

"아이, 눈부셔."

타라는 두 눈을 가리면서 말했다.

"부탁인데 조금만 약하게, 방금 일어났거든."

이번에도 즉시, 궁전은 빛을 약하게 했다. 타라는 얼른 마법복을 입고 나서 탈루디를 눈에 댔다. 재갈이 물린 마니투는 소시지처럼 꽁꽁 묶여 있었다.

게다가 커다란 화살 하나가 마니투의 머리를 겨누고 있었다.

탈루디에서 쉰 목소리가 들렸다.

"네 증조할아버지를 죽이는 건 아주 성가신 일이다. 하지만 꼬마야, 넌 나한테 선택의 여지를 남기지 않았어. 난 영혼 약탈자나 마지스터가 너를 없애줄 거라고 생각했는데 그들이 실패했으니……. 그래서 내가 직접 해결해야겠다. 내가 네 증조할아버지를 죽이지 않을 거라고 생각한다면 오산이야."

바로 몇 센티미터 앞의 활에서 퉁겨진 화살이 마니투의 넓적다리를 관통했다.

개의 비명은 재갈 때문에 소리가 나지 않았지만, 타라의 비명소리가 친구들을 모두 깨웠다.

"이제 피가 다 빠져나갈 것이다."

목소리가 냉혹하게 말했다.

"하지만 네가 제때에 구하러 온다면 또 모르지. 셈 선생님의 사무실로 와, 지금 당장!"

탈루디를 떼어냈을 때 타라의 얼굴은 하얗게 질려 있었다. 잠시 후, 비명소리를 듣고 달려온 친구들에게 그 끔찍한 협박을 짤막하게 알렸다. 친구들이 무슨 말인지 생각하는 사이에 타라는 뛰쳐나갈 듯 문 쪽으로 향했다.

"기다려, 타라!"

타라가 문턱을 넘어서는 순간 로빈이 소리쳤다.

"어떻게 하려고?"

타라의 얼굴은 눈물에 젖어 있었다.

"증조할아버지를 구하러 가야지!"

초인적인 점프로 로빈이 타라를 붙잡았다.

"하지만 그건 너를 죽이려는 함정이야! 네가 죽으면 무슨 소용 있겠어?"

타라는 당황하는 얼굴로 로빈을 쳐다봤다.

"그럼 나더러 어떡하라고?"

"잘 생각해 봐야지."

칼이 아주 침착하게 끼어들었다.

"그자는 네가 머리를 쓰지 않고 무작정 거기로 달려오게 하려고 그 메시지를 보낸 거야. 그게 바로 그자가 노리는 거라고. 타라, 반응을 보이되 대응하지는 마."

칼은 그들이 비밀 터널 앞에 세워놓았던 가구를 고갯짓으로 가리켰다.

"저기로 가는 게 어떨까? 여긴 예상하지 못할 거야. 운이 좋으면 들키지 않고 증조할아버지를 구할 수 있을 거야."

"그래, 그거 괜찮은 생각이다."

로빈이 찬성했다.

"그리고 너도 엘프로 변신하는 게 좋겠어. 몸이 더 강하고 더 민첩해질 거야."

살아있는 돌의 도움으로 타라는 재빨리 엘프의 모습으로 변했다.

"자, 출발하자."

로빈이 말하면서 릴란드릴의 활을 잡았다.

"그리고 그자의 활이 내 활보다 더 빠르게 화살을 당기는지 어디 한번 보자고!"

타라는 미소를 지었다. 정말 믿기 힘든 일이 아닌가! 친구들이 또다시 목숨을 내놓으려 하고 있으니! 정말이지 멋진 친구들이었다.

"우리를 공격하면 어떤 대가를 치르게 되는지 그자에게 나의 도끼 솜씨를 톡톡히 보여주겠어!"

파프니르가 으르렁거렸다.

난쟁이는 자기 무기를 잠시 응시하고 있다가 푸념하듯 중얼거렸다.

"셈 선생님의 사무실로 가는 거지? 배후 인물이 용 마법사가 아니기를 바랄 뿐이다. 그럴 경우 내가 본보기로 삼을 대상을 또 찾아야 하니까!"

눈 깜짝할 사이에 그들은 준비를 마쳤다. 그들은 아주 조용히 비밀 통로로 들어갔고, 이내 셈 선생님의 사무실 비밀 문 앞에 이르렀다.

타라가 마법을 쓰자, 엘프의 섬세한 손끝에서 파란 불꽃이 나부꼈다. 야수로 변신한 무아노는 약간 낮은 천장에 부딪히지 않으려고 몸을 움츠렸다. 칼은 단검들을 뽑아 조준했고, 로빈은 화살을 시위에 메웠다.

비밀 문이 빙그르르 회전했다. 정말로 마스크의 사내는 그들이 그 통로를 이용하리라고는 예상하지 못하고 있었다. 사내는 활을 내려놓고 셈 선생님의 사무실을 서성이고 있었다. 그들이 들이닥치자 소스라치게 놀란 사내가 무기를 향해 달려갔다. 하지만 너무 늦었다. 릴란드릴의 활이 더 빨랐다. 화살 하나가 손을 관통하자 사내가 고통의 비명을 질렀다.

사내는 황급히 방을 뛰쳐나갔다.

친구들이 뒤쫓는 사이에 타라는 재빨리 마니투를 풀어주었다. 불쌍한 개는 고통을 견디다 못해 기절해 있었다. 그때 고함소리가 들렸다.

"저기 있다. 이쪽이야!"

잠시 후, 소란스런 소리가 들렸다. 픽! 하는 둔탁한 소리가 울렸고, 난쟁이의 실망한 목소리도 들렸다.

"실패!"

타라는 개의치 않았다. 증조할아버지의 넓적다리에 꽂힌 화살을 보면서 어찌할 바를 모르고 있었던 것이다. 엘프의 피가 어찌나 부글부글 끓는지 자제하기가 힘든 타라는 다시 인간으로 변신했다. 그러고는 생각을 정리하기 위해 심호흡을 하고 나서 주문을 외웠다.

"데신테그루스의 이름으로 화살은 물로 변하라!"

주문은 완벽하게 기능을 발휘했다. 마니투의 몸에서 화살이 흐물흐물 흘러내리자 타라는 즉시 다른 주문을 외웠다.

"레파루스의 이름으로 상처는 당장 아물어라!"

와우, 성공이다! 그다지 멋지게 읊은 것도 아닌데…… 너덜너덜해진 살이 대번에 아물더니 찢어진 구멍이 메워지고, 검은 털이 감쪽같이 상처를 뒤덮었다. 마니투가 한쪽 눈을 떴다.

"내가 꿈을 꿨나? 누군가가 나를 납치해서 화살을 쐈는데……."

타라는 엷은 미소를 짓긴 했지만 아직은 공포에 사로잡혀 있었다.

"제때에 흑기사가 나타난 거죠, 뭐. 방금 제가 치료했거든요. 어떠세요?"

"괜찮다. 이젠 거의 아프지 않아."

개는 일어나려고 애를 쓰면서 오만상을 찡그렸다.

그때 사무실 문이 벌컥 열려서 타라는 깜짝 놀랐다. 친구들이 아니라 부디우 부인이 나타났던 것이다. 그들을 보면서 그녀도 놀라는 것 같았다.

"셈 선생님은 어디 계시니? 한밤중에 여기서 뭐 하는 거지?"

대답하려고 입을 열던 타라는 부디우 부인의 손에서 빨간 자국을 봤다.

"저 여자야!"

마니투가 소리쳤다.

"나를 공격했던 여자야. 똑같은 냄새가 나!"

하지만 타라는 손을 쓸 겨를이 없었다. 부디우 부인이 번개같이 빠르게 타라의 머리에 화살을 들이댔다.

"움직이지도 말고 입도 뻥끗 하지 마."

부디우 부인이 말에 찬바람이 쌩 돌았다.

"마법을 썼다가는 즉시 너를 죽일 거야. 알았니? 개, 너도 털끝 하나 움직이지 마, 아니면……."

공포에 질린 타라는 거의 숨을 쉬지 않았고, 마니투는 덤벼들 기세로 늙은 여자에게서 눈을 떼지 않고 있었다.

"내가 타라, 너를 붙잡았어."

부디우 부인의 목소리는 희열에 차 있었다.

"드디어 내가 너를 붙잡았어! 좀더 일찍 죽여줬어야 했는데 내가 얼마나 실망했었는지! 내가 함정을 여러 번 놨었지, 그런데 넌 억세게 운이 좋았어!"

어리둥절한 타라는 무슨 말을 해야 할지 입이 떨어지지 않았다. 부디우 부인의 팔에 목이 졸려 있는 타라는 가까스로 한 마디를 내뱉었다.

"왜요?"

늙은 부인의 얼굴이 굳어졌다. 그러더니 마니투를 노려보면서 비웃듯이 내뱉었다.

"당신이 나를 기억 못한단 말예요? 난 당신의 옛 고객 중 한 사람이에요. 당신에게 영원한 젊음의 묘약을 샀던 바보들 중의 한 사람이라고요."

마니투는 움찔했다.

"젊음의 묘약? 하지만 셈은 자기가 늙어버린 마법사들을 모두 회복시켰다고 했소. 특수한……."

"내 얼굴을 보고도 그런 말이 나와요? 난 이제 서른 살이라고요, 마니투!"

겉늙어버린 부디우 부인이 분개했다.

"당신의 약을 마시고 나는 단 몇 분 사이에 쉰 살 여자로 폭삭 늙어버렸어요! 내 남편은 나를 떠나버렸고, 나는 내가 사는 땅 오무아에서 온 갖 조롱의 대상이 되었단 말입니다. 내 아버지와 나는 1년 동안 셈 선생을 비롯한 최고 마법사들을 다 찾아다녔지만…… 그 빌어먹을 약은 회복이 불가능했어요. 아주 당황한 셈 선생은 가까이 두고 계속 치료해야겠다면서 나를 랑코비트에 와서 일하게 했지요. 얼마나 괴로운 나날이 었는지, 난 셈 선생에게 아무에게도 내 얘기를 말하지 않겠다는 맹세를 하게 했어요. 하지만 계속되는 실패…… 그래서 난 당신을 응징하려고 찾아다니다가 마침내 당신이 지구에 있으며, 마법도 잃고 정신도 잃었다는 걸 알게 되었죠. 그래서 오래 전부터 상그라브였던 내 아버지는 마지스터가 지원자를 모집했을 때 타라를 납치해 오겠다고 자원했죠. 동시에 마니투, 당신을 죽일 생각이었어요. 그러나 아버지는 실패했고, 타라의 공격에 끔찍한 부상까지 입고 돌아오셨지요. 이번에는 내가 아버지를 낫게 하려고 백방으로 애를 썼으나 허사였어요. 우리가 시도했던 묘약과 마법의 주문들, 그 모든 것들의 치료법은 데미데루스만 알고 있는 것이라서. 아버지의 얼굴은 쉼 없이 타고 있어요. 아버지는 불을 없애달라고 애원까지 하셨지만 속수무책이었어요. 그래서 타라를 죽이기로 했죠. 타라가 죽어야 그 얼굴의 불이 꺼지니까! 타라 다음은 마니투, 당신이에요. 그러면 당신이 다시는 또 다른 순진한 마법사들에게 그 허무맹랑한 짓을 저지르지 못할 테니까!"

그 순간 타라는 키디코이의 예언이 생각났다. 막대사탕은 아버지에 대해 언급하지 않았던가! 그게 바로 부디우 부인의 아버지였어!

"그럼……."

타라는 문득 깨달았다.

"소용돌이 공격도 그럼……?"

"물론, 나였지."

부디우 부인이 시인했다.

"마니투를 죽이려고 했던 것도 나였고!"

당황한 마니투가 눈을 크게 떴다.

"나를? 하지만 언제, 어떻게?"

"두 사람 다 소용돌이 속으로 사라지길 바랐는데 빗나갔죠. 그다음에는 칼리반과 안젤리카에 대한 재판이 벌어지는 동안 에세르벨루스 주문을 당신에게 걸었어요. 그런데 무슨 이유인지 당신을 방에서 나오게는 했는데 예상했던 대로 당신의 뇌가 파괴되지 않더군요."

타라는 소스라쳤다. 그러니까 금서를 빼앗기 위해서 마지스터가 꾸민 음모를 그들이 알아챌 수 있게 한 사람이 부디우 부인이었다는 건가! 마지스터가 자기는 그 일과 아무 관련이 없다고 단언했지만, 타라는 그 말을 전적으로 믿지 않았었다. 한편 마니투는 그들을 믿을 수 없는 일련의 사건에 빠뜨린 그 복잡하게 얽힌 상황에 어리둥절해 있었다.

부디우 부인이 다시 말을 이었다.

"개로 둔갑한 당신의 몸이 에세르벨루스 주문에 끄떡 않는 걸 보고 난 먼저 타라를 제거하고 그다음에 당신을 처리하기로 결정했지요. 그래서 여제의 규방에서 타라를 공격했는데 그 멍청한 친위대 대장이 우리가 싸우는 소리를 듣고 너무 일찍 개입했어요. 그다음에는 타라를 미행해서 친구들이 모인 정원으로 갔다가 매머드를 구경하러 가자는 얘기를 들었죠. 아이들이 불새들에 홀려 있을 때, 내가 앞질러서 매머드에게 주문을 걸었지요. 하지만 그 바보 같은 매머드는 제 역할을 제대로 하질 않았죠. 그래서 내가 직접 공격하려 했지만 이번에는 또 여제가 불쑥 나타나는 바람에 나는 그 무리에 섞여 있다가 매머드에게 걸었던 주문을 취소해버리고 말았어요. 덜미를 잡히지 않기 위해서. 그리고 타라가 올 경우에 대비해서 랑코비트 궁전에 동물 함정을 놓았던 것도 나였죠. 그런데 또 나의 육식 민달팽이를 용케도 피해버리더군요. 그 함정이 들통 나게 되면 심각한 문제를 초래할 수 있기 때문에 나는 타라에 대한 뱀파이어의 분노를 이용했죠. 아무도 탐지할 수 없도록, 분노를 부추기는 정도의 아주 약한 주문을 걸자 뱀파이어는 민달팽이를 없애버렸고, 덕분에 나는 위험에서 벗어날 수 있었죠."

그래, 그랬었지. 타라는 뱀파이어가 민달팽이를 태워 죽였을 때 이성을 잃은 것 같은 표정이 기억났다. 그는 격한 분노 때문에 제정신이 아닌 얼굴이었다.

"네 방에서 너를 죽였을 때는 정말 성공했다고 생각했어."

부디우 부인이 이번에는 타라에게 직접 말했다.

"깜빡 속을 뻔했는데 내 아버지가 여전히 고통스러워하시더군. 그건 곧 네가 살아 있다는 뜻이었지."

타라는 아무도 알아채지 못할 속임수를 써서 위기를 모면했다고 생각했는데……

"타라가 당신의 아버지를 낫게 해주겠다고 제안한다면?"

드디어 마니투가 협상을 시도했다.

"그래 봐야 소용없는 일! 그리고 이 아이는 너무 강력해서 믿을 수가 없으니까. 이젠 때가 됐어. 사람들이 발견했을 때는 타라와 당신, 두 사람은 죽어 있을 거야. 그래도 내가 범인이라고 생각할 사람은 아무도 없어. 타라, 네 증조할아버지에게 하직인사나 하지 그래!"

타라는 그 누구에게도 하직인사 따위를 할 생각이 없었다. 타라는 정신적으로 살아있는 돌을 불렀고, 그 둘의 강력한 마법이 합해져서 부디우 부인을 무력화시킬 준비를 하고 있었다. 그때였다. 갑자기 그들의 머리 위에서 비웃음소리가 났다.

본능적으로 올려다보니 그림자 하나가 들보에 매달린 채 응시하고 있었다. 부디우 부인이 재빨리 활을 다시 들었지만 정체불명의 존재가 한발 빨랐다. 눈 깜짝할 사이에 달려들어서 갈퀴손톱의 창백한 손으로 무기를 낚아채자, 정신을 차릴 사이도 없이 당한 부디우 부인은 단검을 잡기 위해 타라를 놓았다. 하지만 그 존재는 초인적인 빠르기로 단검마저 빼앗고는 부인의 목덜미를 움켜잡았다. 그렇게 해서 팔 끝에 대롱대롱 매달린 여자가 발버둥을 치거나 말거나 그는 거들떠보지도 않았다.

그 현란한 몸놀림에 매료된 타라는 정체불명의 존재를 유심히 살폈다. 검정 가죽옷에다 일종의 가죽 복면으로 가린 얼굴, 백발이 흘러내린 떡 벌어진 어깨와는 대조적으로 놀랍도록 깡마른 몸. 아주 강력하게 느껴지기는 하는데 무자비해 보이는 괴력의 소유자였다. 부디우 부인이 주문을 외우려고 했지만 그 존재가 어찌나 난폭하게 따귀를 갈기는지 그 아픔이 타라에게까지 느껴질 정도였다.

"내가 그토록 오래 쫓던 사냥감을 드디어 만났구나."

정체불명의 존재가 온화하면서도 냉랭한 음성으로 말했다.

'사냥'이란 말에 타라는 퍼뜩 기억났다.

"사냥꾼! 그렇다면 당신이 바로 마지스터의 사냥꾼이군요!"

그 존재가 고개를 까딱하더니 검은 복면을 풀었다. 타라는 소스라치게 놀랐다. 여자 뱀파이어였다! 사후의 아름다움을 흰 대리석에 새겨놓은 듯한 얼굴, 그 아름다움은 가슴이 아릴 정도로 완벽했다. 빨간 눈이 호리는 듯한 광채를 띠며 이글거렸다. 그러나 드라고쉬 선생님과는 아주 달랐다. 창백한 피부하며 머리칼하며 모든 것이 생기라곤 없었다. 그 빨간 눈만 제외하고.

"내 명성이 이미 나 있다니 기분 나쁘지 않군. 내 보스가 네 목숨을 노리는 자를 찾으라고 지시했는데 이제야 잡았어······."

부디우 부인이 그렇게 여러 차례 자기를 죽이려고 했는데도 타라는 아버지를 사랑하는 딸의 마음만은 이해할 수 있었다.

"잠깐, 부인을 어떻게 할거죠?"

타라가 소리쳤다. 이미 돌아선 뱀파이어는 부디우 부인을 힘들이지 않고 가볍게 잡아끌고 있었다.

휙 돌아보는 여자 뱀파이어의 핏빛 눈과 마주친 타라는 소름이 끼쳤다. 뱀파이어는 공포에 사로잡힌 소녀가 귀엽다는 듯이 미소를 지었다.

"내 저녁밥으로 그만이지. 물론 보스의 허락이 있다면. 보스는 계획을 방해하는 자들을 몹시 싫어하거든. 나하고는 정반대지. 난 보스에게 대항하는 자들을 아주 좋아한단 말이지! 나한테는 훌륭한 식사가 되어 주니까."

타라는 귀가 믿어지지 않았다.

"음······ 하지만 인간의 피는 뱀파이어에게 독이 된다고 들었는데요."

"독? 푸하하!"

여자 뱀파이어가 비웃음을 흘렸다.

"다 그런 건 아니지. 몇몇 뱀파이어에게 인간의 피는 아주 감미로운 음료에 불과하니까. 그 대가는 치르지만 그럴 만한 가치는 있지! 한번 보여줄까?"

뱀파이어가 그 소름끼치는 송곳니들을 드러내면서 부디우 부인의 목에 몸을 숙이자 신음소리가 들렸다.

"셀렌바! 멈춰!"

우렁찬 목소리가 소리쳤다.

깜짝 놀란 여자 뱀파이어가 고개를 들었다. 비밀 문을 통해 드라고쉬 선생님이 나타난 것이었다. 드라고쉬 선생님이 애원하듯 아름다운 뱀파이어를 향해 손을 내밀었다. 그녀는 그를 뚫어져라 응시하며 말했다.

"이렇게 유감스러울 수가! 지난번에 내 공격이 성공했다고 믿었는데!"

그 말에 드라고쉬 선생님은 인상을 찌푸렸다.

"아니, 당신이 내 얼굴에 뱉은 피는 나를 전염시키지 못했소. 난 당신처럼 되지 않았으니까. 난 그 피가 한 방울이라도 흡수되지 않도록 닦아내는 데 성공했으니까. 따라서 당신은 당신을 배신자로 만든 그 악당의 수하로 나를 끌어들일 수 없소."

밑도 끝도 없는 그 대화를 듣고 있던 타라는 갑자기 깨달았다.

"바로 당신이었군요!"

여자 뱀파이어를 쳐다보면서 타라가 외쳤다.

"드라고쉬 선생님이 감옥에 갇히면서까지 보호해주려고 했던 사람이! 당신이 바로 골목길에서 남자를 죽였던 거예요. 왜 그랬죠?"

"난 너를 감시하고 있었다. 너를 죽이려는 자가 누군지 알아내려고."

셀렌바는 어깨를 으쓱하면서 대답했다.

"그런데 배가 고팠어."

그 말에 타라가 쳐다보자, 드라고쉬 선생님은 절망적인 표정을 지었다.

"선생님, 왜 그러셨어요?"

타라는 부드럽게 말했다.

"대신 감옥에 가면서까지 보호해준 이유가 뭐예요?"

"그게…… 그게, 내…… 약혼녀였거든."

드라고쉬 선생님이 망설이다가 고백했다.

"우리는 셀렌바처럼 인간의 피에 의존하는 뱀파이어들을 추적하고 있다. 내가 만약 그녀의 죄를 폭로했다면, 우리의 뱀파이어 암살자들이 즉시 여기로 들이닥쳤을 거야. 그런데 그녀는 떠나려고 하지 않았어! 너를 노리는 자를 찾지 못했기 때문에. 그래서 내가 자수했던 거다. 인간의 심판에 나를 내맡김으로써 우리 뱀파이어들은 나를 공격할 수 없었고, 셀렌바는 위험에서 벗어났지."

"그리고 지금은 당신 덕분에 나는 이 포로를 보스에게 데려갈 수 있게 되었고요."

셀렌바가 다정한 어조로 속삭였다.

"난 당신을 떠나게 내버려둘 수 없소, 셀렌바."

드라고쉬 선생님이 괴로워했다.

"지금껏 저지른 나쁜 짓만으로도 충분해요. 당신은 당신에 대한 내 사랑을 무기로 삼아 나를 농락하였소. 당신이 그 여자를 데려가게 내버려두지 않겠소."

셀렌바는 난처한 얼굴로 쳐다봤다.

"맙소사! 이러는 건 정말 싫은데……. 마음이 아프지만 할 수 없네요. 당신과 정말 싸우고 싶지 않은데……."

그들이 지켜보는 가운데 셀렌바는 놀랍게도 자신의 손목을 깨물어서 피를 솟구치게 했다. 그러고는 그 피로 원을 그리고 나서 외쳤다.

"델란다 티르 부쉬 트란스미르!"

문 비슷한 것이 나타나더니 드라고쉬 선생님이 붙잡을 사이도 없이 셀렌바는 부디우 부인을 데리고 문을 통과했다. 그러고는 꾸르륵, 빨려드는 소리가 요란하게 나면서 문이 닫혔다. 그 와중에도 여자 뱀파이어는 한 손으로 즐거운 작별의 키스를 그들에게 보냈다.

지칠 대로 지친 타라는 땅바닥에 미끄러지듯 주저앉았다. 마니투가 팔 밑으로 그 보드라운 머리를 밀어 넣자, 타라는 한순간 증조할아버지라는 걸 잊은 듯이 기계적으로 그 머리를 쓰다듬었다. 잠시 후에야 깨달은 타라가 말했다.

"어머머, 할아버지, 죄송해요!"

"아니, 아니, 난 지금 위로가 절실하게 필요하구나. 내가 너무 경솔했어. 이 죄책감을 어떻게 하면 좋을지 모르겠구나. 이 모든 일이 내가 만든 묘약 때문에 벌어진 것이라니! 오, 데미데루스여, 내가 대체 무슨 짓을 저질렀던 것입니까?"

타라는 아무도 부디우 부인의 아버지에게 상그라브가 되라고 하지 않았으며, 할머니를 죽이라고 하지도 않았고, 또 자신을 납치하라고 부탁하지 않았다는 걸 상기시키면서 마니투를 위로했다. 그 묘약이 부작용을 낳았다는 것은 끔찍한 일이긴 해도 아무도 예상할 수 없는 일이었다고 덧붙였다. 마니투는 가능한 한 빨리 해독제를 만들어서 고객들을 모두 찾아가겠다고 다짐했다.

그때 친구들이 돌아왔다. 그들은 방금 일어났던 일을 얘기해주었다. 그런데 놀랍게도 드라고쉬 선생님은 뭐든, 심지어는 피에 굶주린 뱀파이어인 자신의 약혼녀에 대한 일화도 숨기려고 하지 않았다.

이어서 로빈과 친구들이 부디우 부인의 술책을 설명했다. 친구들이 뒤쫓아갔을 때 부디우 부인은 속임수 환영을 만들어서 로빈의 화살에 맞아 다친 손을 감추었다. 그들이 환영을 쫓아가는 사이에 부디우 부인은 되돌아와서 마니투를 치료하는 타라를 발견한 것이었다.

무아노는 타라와 마찬가지로 부디우 부인이 겪게 될 운명을 동정했다.

파프니르는 부디우 부인에게 무슨 일이 일어나거나 말거나 완전히 무시해버리면서 어쨌든 드디어 정체불명의 살인자에게서 해방되었다고 결론을 내렸다. 그러고는 자신의 충직한 도끼로 찍었는데도 왜 끄떡없었는지 이제야 이해가 된다고 덧붙였다. 파프니르는 안심하는 것 같았다. 자신의 도끼가 표적을 빗나갔다는 것이 어지간히 마음에 걸렸던 모양이다. 출장에서 돌아온 다음날 아침, 간밤의 사건들을 알았을 때 셈 선생님은 기분이 몹시 상했다. 크리스털 전광판을 통해 범인 수색에 관한 공고문이 게시되었다. 타라는 여자 뱀파이어의 그 아름다운 핏빛 눈과 마주칠 때마다 소름이 끼쳤다.

그리하여 드라고쉬 선생님은 살인죄를 씻었다. 하지만 뱀파이어가 자기를 속였다는 것에 화가 난 살라타르는 무거운 벌금형을 선고했고, 영혼 약탈자를 없애는 데 기여했다는 공을 참작하여 감옥 행은 면제되었다.

한편 브란다우드 선생님과 그의 아내, 딸 안젤리카에게는 랑코비트의 왕좌를 일시적으로나마 찬탈했다는 판결이 내려졌다. 하지만 형벌은 가벼웠다. 영혼 약탈자에게 감염된 자들의 심리현상을 참작하지 않을 수 없기 때문이었다. 그들은 왕국에 크레디트—무트로 무거운 벌금을 내는 대신에 감옥에 가지 않았다. 브란다우드 선생님은 최고 마구스에서 평범한 마구스로 강등되었고, 안젤리카도 수석 조수에서 평범한 마법사로 강등되었다. 그 때문에 꺽다리는 분노에 사로잡혔다.

크리스털리스트들이 재판 과정을 중개했고, 판결이 내려졌을 때 칼은 분해서 펄펄 뛰었다. 칼은 브란다우드 일가가 영혼 약탈자와 공범이었다는 걸 알고 있지만, 그걸 증명할 방법이 전혀 없었다. 무아노는 벼르고 있던 갈색머리 꺽다리와 결판을 내지 않고, 복도에서 마주칠 때마다 야수로 변신해서 갈퀴발톱의 예리한 날을 세우는 치밀한 심리작전을 폈다. 안젤리카는 결국 신경쇠약에 시달리게 되었고, 시골로 무기한 요양을 떠나고 말았다.

히플리아에서는 파프니르가 닷새 동안이나 영혼 약탈자를 버텨내면서 아더월드를 구했기 때문에 비록 몹쓸 마법에 걸리기는 했어도 이례적으로 용서하고 다시 나라에 받아들이기로 결정했다. 그것은 난쟁이 종족의 역사상 처음 있는 일이었다. 아더월드의 각국에서 그 경사스러운 일을 취재하기 위해 크리스털리스트들이 몰려갔다. 그런데 정말 놀랍게도 파프니르는 거절했다. 파프니르는 전에 안젤리카가 차지했던 수석 조수 자리가 비어 있으니 자신은 랑코비트에서 일하기로 결정했다고 크리스털리스트들에게 알렸다. 그도 그럴 것이 랑코비트가 아니면 아더월드의 어디서 그 신명나는 싸움이며 죽을 위험이며 온갖 종류의 음모를 경험할 수 있단 말인가. 이 소식을 듣고 타라는 웃음을 참느라 숨이 막힐 뻔했다. 파프니르는 마법에서 해방되기를 단념한 것이 아니며, 동족의 제안을 거절한 이유가 따로 있다는 걸 뻔히 알고 있었던 것이다.

지구로 돌아갈 채비를 마친 타라와 친구들이 왕과 왕비가 있는 응접실에서 담소를 나누고 있을 때, 셈 선생님이 질풍처럼 접견실에 나타났다.

"전하."

셈 선생님이 정중하게 허리를 굽히면서 말했다.

"아, 타라, 그리고 너희들도 여기 있었구나. 너희들을 찾아다녔다. 너희들에게 온 탈루디를 받았다."

타라는 몸서리를 쳤다. 지난번에 타라가 탈루디를 통한 메시지를 받았을 때는 증조할아버지가 납치되었다는 소식을 알리는 것이었다.

하지만 이번에는 달랐다. 그것은 오무아 제국의 여제와 황제가 공식적으로 그들을 소환한다는 메시지였다.

20
제국의 후계자

"오, 안 돼요!"

칼은 아연실색했다.

"우리가 또 뭘 어쨌다고요?"

사실 여제는 두 개의 파티에 그들을 초대한 것이었다. 하나는 그들의 영웅적 행위를, 또 하나는 타라의 생일을 축하하기 위한 것이었다.

셈 선생님은 그들과 동행할 수 없었다. 부디우 부인이 행방불명되었기 때문에 여러 가지 문제를 처리해야 하는 선생님은 대신에 호위대를 딸려보냈다.

오무아 궁전에 도착했을 때, 많은 사람이 그들을 기다리고 있었다.

친위대는 네 개의 손을 가슴에 얹고, 고개를 빳빳이 쳐든 차려자세로 200개의 발뒤꿈치를 동시에 따닥! 소리가 나게 부딪쳤다. 칼리 부인은 고맙다는 말을 하고 또 하고, 하고 또 하고, 좀 심할 정도로 연발했다(그들은 부인이 영혼 약탈자에게 감염되었다가 상당히 힘들게 회복했음을 짐작할 수 있었다).

영웅 대접을 받는 기분이 그리 나쁘지는 않았다.

그들을 축하해주는 파티가 어찌나 성대한지 칼은 랑코비트에서 수석 조수 일을 집어치우고 오무아에 와서 살겠다는 말이 튀어나올 뻔했다.

이틀 후, 여제는 타라의 생일 파티를 열었다.

그런데 놀랍게도 생일 파티는 연회장이 아니라 실내 정원 쪽으로 난 아름다운 방에 준비되어 있었다. 여제와 황제 주위로 백여 명의 초대 손님들이 몰려들었다. 장미를 좋아하는 타라를 위해 여길 봐도 장미, 저길 봐도 장미, 방의 장식 소재가 온통 장미였다. 각양각색의 장미들이 뿜어내는 향기에 머리가 핑핑 돌 지경이었고, 주렁주렁 매달린 오색찬란한 장미꽃 벽은 그 무게에 무너져 내릴 듯했다.

늘 그랬듯이 여제는 위엄이 넘쳤고, 빨간색에서 흰색에 이르는, 색이 점점 옅어지는 장밋빛 드레스 차림에 관자놀이를 죄는 장밋빛 황금 왕관을 쓰고 있었다. 그 긴 머리 또한 드레스와 어찌나 잘 어울리는지 여제는 눈부시게 아름다웠다.

여제는 매력적인 미소를 지으며 그들에게 앉으라 하고는 자리에 앉았는데, 그것이 예외적인 일인지 참석자들이 어안이 벙벙한 얼굴들이었다. 황제도 무표정한 얼굴로 앉으라는 손짓을 했는데 그냥 이복동생의 흉내만 낼뿐 건성인 것이 역력했다.

"며칠 늦기는 했지만."

마침내 여제가 낭랑한 목소리로 말문을 열었다.

"타라의 열세 번째 생일을 오무아에서 축하하게 되어 정말 기쁘구나. 타라, 솔직히 말하면 내 후계자에게 무슨 선물을 하면 좋을까 많이 고민했단다!"

황제는 어리둥절한 얼굴로 여제를 쳐다봤다. 놀란 것은 황제만이 아니었다. 흥겨운 실내에 갑자기 죽음 같은 침묵이 흘렀다.

타라는 심장이 멎는 것 같았다. 용감하게 얼굴을 쳐들고 타라는 여제에게 감히 물었다.

"그걸 어떻게 아셨습니까?"

"너희들 속에 스파이가 있었거든."

여제는 천연덕스럽게 말했다.

황제는 여제를 향해 몸을 돌리고 숨을 숙였다. 스파이라니! 내가 모르는 스파이라니! 이건 뭐가 잘못돼도 한참 잘못된 것이 아닌가!

타라는 여제가 시험하고 있다는 느낌이 들었지만 침착하게 말했다.

"스파이요?"

"고의가 아닌 스파이였지."

그 반응에 아주 흡족한 여제가 말했다.

"탈루디였으니까!"

갑자기 뭔가를 깨달은 무아노의 얼굴이 창백해졌다.

"아, 그 탈루디! 림보에서 브란디스의 혼령을 소환했을 때 그 현장을 탈루디에 녹화했어요. 그 탈루디를 제출했었는데…… 보셨군요!"

"그래, 맞았다."

여제는 아주 기분이 좋은 얼굴로 말했다.

"난 너희들이 칼리반 달 살란의 무죄를 어떻게 증명할지 몹시 궁금했어. 그래서 내가 그 탈루디를 보았지. 그런데 맙소사, 림보의 법정은 정말이지 소름이 끼치더구나. 그리고 그 재판관! 그가 거기 있는 것이 얼마나 다행인지!"

"타라를 위해서도 아주 잘된 일이죠."

칼이 감히 넉살을 떨었다.

"재판관이 타라의 머릿속을 들여다봤다면 해줄 얘기가 한두 가지가 아닐 테니까요!"

"내가 탈루디를 떼어내려고 할 때……."

여제는 들은 척도 않고 말을 이었다.

"갑자기 또 다른 유령이 나타나더군. 솔직히 그 유령을 대번에 알아보지는 못했다. 그러다 얼마나 놀랐던지……. 그 유령이 바로 행방불명된 내 동생 단비우의 유령이었으니!"

황제도 엄청난 충격을 받았는지 가뜩이나 어이없어하던 눈이 휘둥그레졌다. 주위에서 놀라는 탄성이 일었다. 단비우라니? 행방불명된 황제가 아닌가?

"내 동생이 어딘가에 살아 있기를 진심으로 바랐건만…… 한순간에 실낱같은 희망마저 사라졌지……."

여제의 목소리에 깊은 슬픔이 담겨 있었다.

"그런데 뜻밖의 새로운 사실을 알게 되었다. 아주 중대한 사실. 내 동생이 타라를 '내 딸'이라고 부르는 것이 아닌가! 그건 정말 기적이었어. 내가 단비우를 잃고 슬퍼하는 사이에 동생에게 자식이 있었다니! 그것도 다름 아닌 데미데루스의 직계 소녀가 있었다니! 게다가 그 아이가 우리의 빛나는 조상을 빼박은 듯이 두 번씩이나 우리 세계를 구했으니!"

모두의 시선이 타라에게 쏠렸다. 타라의 뇌는 그 압박감은 싫다고, 포기하라고 외치는 것 같았다. 이럴 때는 뭐라고 대답해야 하지?

타라를 구해주듯 때마침 황제가 이복오빠로서 외쳤다.

"하지만 리스베스, 말도 안 되는 소리! 단비우가 사라진 지 벌써 14년이 지났는데…… 느닷없이 단비우에게 딸이 있었다니! 게다가 그 딸이 바로 타라 덩컨이라고? 어떻게 그런 황당한 말을!"

생각에 잠긴 여제가 눈을 찡그리면서 이복오빠를 쳐다봤다.

"어떤 점에서 터무니없다고 하는지 모르겠어요. 타라는 데미데루스의 그 흰 머리털을 가지고 있어요. 또 내 동생의 유령을 이 두 눈으로 똑똑히 봤는데……."

"이건 사기야!"

황제가 여제의 말을 잘랐다.

"너무도 뻔한 수작! 알지도 못하는 사람이 불쑥 나타나서는 자기가 제국의 후계자라고 주장한다고 해서 그 말 한 마디에 덥석 주홍빛 양탄자를 깔아주고 환영을 해주라니! 난 이런 사기에 동조하지 않겠소!"

황제는 얼마나 화가 났는지 얼굴이 시뻘개져 있었다.

"저는 아무것도 주장하지 않았습니다."

타라는 아주 당차게 말했다.

"저는 제국의 후계자라는 말을 한 적이 없습니다. 어쨌든 저는 제 가족이 있는, 어머니와 할머니가 계신 지구로 돌아갈 겁니다. 제국은 여러분께 맡기고 기꺼이 떠나겠습니다. 아더월드의 황금을 다 준다고 하셔도 저는 원치 않습니다."

그 말에 황제가 더욱 격분했다.

"뭐라, 원치 않아? 우리 대제국의 후계자가 되는 것이 얼마나 행운이고, 또 얼마나 명예롭고……."

아뿔싸, 자신이 무슨 말을 하고 있는지 문득 깨달은 황제가 황급히 입을 다물면서 타라를 흘겨봤다. 여제는 웃음을 참으면서 선언했다.

"더 이상의 증거는 필요 없어요. 난 이 아이가 내 혈육이라는 걸 압니다. 그리고 이 아이는 단비우를 쏙 빼 닮았어요! 저 금발을 보세요! 그리고 저 쪽빛 눈! 내일 당장 황실의 후계자를 찾았다고 선포할 겁니다. 자, 이게 너에게 주는 선물이다, 타라."

타라가 망설이거나 말거나 여제는 작은 상자를 손에 쥐어주었다. 호기심이 가득한 눈길들이 일제히 상자에 고정되었다. 타라는 주홍빛과 금빛의 네모난 상자를 열었다. 상자 안에는 반지 하나가 들어 있었다. 더 정확하게 말하면 오무아의 상징인 100개의 금빛 눈을 가진 주홍빛 공작이 정교하게 새겨진 황실의 반지였다. 타라는 반지를 왼손 새끼손가락에 끼었는데, 반지가 너무 커서 헐렁헐렁했다. 타라가 그 말을 하려는 순간, 반지가 스르르 손가락에 딱 맞게 죄어졌다. 가슴이 철렁한 타라가 빼려고 하자, 반지가 미끄러져 버렸다.

"손가락에서 반지를 세 번 돌려보거라."

여제가 사파이어 빛의 눈동자를 반짝이면서 알려주었다.

약간 경계하는 듯이 머뭇거리다 타라는 반지를 돌렸다.

반지를 세 번째 돌리는 순간 난데없이 나타나는 주홍빛의 커다란 에프리트를 보고 모두들 소스라쳤다.

"주인님, 뭘 원하십니까?"

에프리트가 타라 앞에서 허리를 넙죽 굽히면서 우레 같은 목소리로 말했다.

타라는 기겁해서 침을 꿀꺽 삼켰다.

"우리의 가장 소중한 에프리트들 중 하나인 멜루덴리파쉬랄리반디르를 소개하마. 데미데루스 시절부터 우리 황실을 섬기고 있는 에프리트란다. 이제는 네가 제국의 후계자니까 그는 전적으로 네 명에 따를 것이다. 아무도 네 허락 없이는 반지를 빼낼 수 없어. 누군가 네 손가락이나 손 또는 팔을 자르려고 한다면 에프리트가 즉시 나타날 것이다."

여제가 설명했다.

어찌나 놀랐는지 타라는 사레까지 들렸다. 믿어도 되나? 설마하니 뭔가가 잘려나가기 전에 확실히 나타나긴 하겠지? 타라는 질문을 하고 싶지도 않았다. 누군가가 그런 짓을 할 수도 있다는 생각을 하는 것만으로도 타라는 벌써부터 속이 메슥거렸던 것이다.

"저기…… 그럼 에프리트를 반지 안으로 돌려보내려면 어떻게 하는데요?"

에프리트는 마치 화성에서 온 외계인을 보듯이 타라를 쳐다봤다.

"저는 이런 사물 속에서 살지 않아요."

에프리트가 뿌루퉁한 어조로 말했다.

"반지는 주인님이 저를 부를 수 있는 중개물일 뿐입니다. 저의 궁전은 림보의 제6 서클에 있단 말입니다."

"어머, 미안해. 지구에 있을 때 정령들이 램프나 반지, 바구니 안에 살고 있는 걸 많이 봐서 그만……."

노골적으로 비웃는 에프리트의 눈길과 마주치면서 타라의 목소리가 기어들었다.

"그런 괴상한 곳에서 사는 정령인지 뭔지 하는 것들이 마음에 든다면 그것들이랑 어울리시던가요."

에프리트가 골이 나서 툴툴거렸다.

"저는 제가 사는 궁전이 아주 마음에 드니까요. 자, 그럼 어린 주인님, 뭘 원하시는지요? 드레스, 보석, 금, 이국의 동물……?"

말이 떨어지기가 무섭게 나타나는 것들을 보면서 궁인들은 입을 다물지 못했다. 금과 은장식이 가득한 모슬린, 벨벳, 실크, 수단으로 지은 짧은 드레스, 긴 드레스, 갈라진 드레스, 나팔형 드레스. 사파이어, 에메랄드, 장밋빛과 흰빛, 붉은빛 다이아몬드, 팔찌, 반지, 삼중왕관, 왕관형 머리장식, 동물 모양과 꽃 모양, 과일 모양, 곤충 모양의 번쩍거리는 브로

치들. 털이 복슬복슬한 살아 있는 작은 동물들, 어쩌나 귀여운지 갈랑이 이빨을 빠드득빠드득 갈 정도로 앙증맞은 장밋빛과 파란빛의 미니 페가수스, 미니 표범…… 눈이 어릿어릿할 정도로 환상적이었다.

"아무것도 사라지지 않는다는 게 장점이지."

여제가 설명했다.

"그건 마법으로 만들어진 것이 아니거든. 전부 다 실재야. 천은 6서클의 악마들이 짠 것들이고, 나머지는 림보의 장인들이 세공하거나 여기저기서 구해온 것들이란다. 멜루덴리파쉬랄리반디르가 네게 줄 수 없는 건 음식밖에 없어. 악마들은 요리를 하지 않으니까."

"알고 있습니다. 봤거든요. 그런데 악마들은 림보에 있어야 하는 거 아닌가요?"

"우리 에프리트들은 신분이 좀 특별하지요."

멜루덴리파쉬랄리반디르가 거들먹거리면서 대답했다.

"악마들이 지구를 침략했을 때 우리는 다른 악마들과 의견이 같지 않았어요. 누구나 세계 안에 자기 자리를 가지고 있다는 것이 우리의 생각이었으니까요. 그래서 우리는 데미데루스 편에 서서 우리 종족을 상대로 싸웠습니다. 그들을 물리친 뒤에 데미데루스는 고마움의 표시로 우리에게 아더월드로 돌아오는 걸 허락했지요. 처음에는 별로 할 일이 없었죠. 그러다 지겨워져서 우리는 이 행성, 특히 오무아 국민을 돕겠다고 자청하게 되었던 겁니다."

눈앞에서 산더미처럼 쌓여 가는 보석과 드레스를 보면서 어찌할 바를 모르는 타라를 보며 여제는 웃음이 터져 나오려고 했다. 하지만 그녀는 조카딸을 무안하게 만들고 싶지 않아서 간신히 웃음을 억눌렀다.

"오, 대단한 멜루덴리파쉬랄리반디르! 너의 민첩함이 놀랍구나. 그런데 지금은 이것들이 필요하지 않을 것 같구나. 타라는 먼저 반지 조작에 적응 해야 한다. 자, 그럼 네 아내와 아이들에게 안부를 전해주게나."

에프리트는 여제에 이어 타라 앞에서 허리를 넙죽 굽히고 난 뒤에 손 짓 한 번으로 그 값진 보석들이며 동물들을 모두 사라지게 했다. 궁인들 이 아쉬운 듯 내지르는 탄식을 뒤로 하고 에프리트는 마침내 펑! 하는 소리와 함께 멋지게 퇴장했다.

그 순간, 칼은 샘이 나서 죽을 지경이었다. 그 많은 보석도 그렇고 드 레스도 그렇지만 더 부러운 건 에프리트의 놀라운 잠재력이었다.

"에프리트가 그런 능력을 가졌다니! 와, 진짜 탐난다! 저런 파트너와 같이 있으면 위업을 달성할 수 있을 텐데!"

무아노가 팔꿈치로 옆구리를 툭 쳤다.

"너, 조용히 좀 있어."

무아노는 타라에게서 눈을 떼지 않은 채 속삭였다.

"내 생각에는 이 시점에서 타라도 여제에게 뜻밖의 선물을 할 것 같단 말야."

"왜?"

칼이 의아한 얼굴로 물었다.

"여제의 생신도 오늘인가? 몰랐네."

무아노는 보조개가 팰 정도로 환한 미소를 지을 뿐 대답하지 않았다.

그때 타라가 여제에게 맞서기라도 하듯 당차게 말했다.

"폐하께 특별한 배려를 요청합니다."

누구라도 부러워할 그 선물을 타라가 당연히 고마워할 거라고 생각하 던 여제는 의아한 얼굴로 안락의자에 더 깊숙이 앉았다.

"무슨 까닭으로?"

여제가 낭랑한 목소리로 물었다.

"저는 제국의 후계자가 되고 싶지 않습니다."

긴장된 정적 속에서 타라는 반지를 빼서 여제에게 돌려주면서 말했다.

"저를 어머니와 가족이 있는 지구로 돌아가게 해주십시오. 저는 그 후계자 자격을 거절합니다."

궁인들은 귀에서 뇌로 전달된 말을 이해하는 데 한참 걸렸다. 이윽고 항의의 외침이 터져 나오면서 웅성웅성 소란스러웠다.

여제는 심호흡을 하고 나서 고개를 끄덕였다. 타라가 신분을 알고 있으면서도 입밖에 낸 적이 없었기 때문에 여제는 그렇지 않아도 내심 조카딸의 반응을 걱정하고 있던 차였다. 사실 가문의 반지는 에프리트를 이용한 미끼에 지나지 않았다. 그것으로는 타라의 마음을 사로잡지 못했던 것이다. 할 수 없지.

"선물은 선물이다. 네가 원하지 않는다고 해서 이 반지를 다시 돌려받을 수는 없는 일! 잘 간직하고 있거라."

타라가 반대하려고 했지만, 여제는 말하게 내버려두지 않았다.

"몇 번의 모험으로 너는 벌써 여러 차례 위험에 빠졌다. 멜루덴리파쉬 랄리반디르는 보석 따위나 쏟아내기 위한 존재가 아니란다. 그 에프리트가 네 목숨을 구해줄 날도 있을 게다. 이 선물을 거절하지 말거라."

타라는 마지못해서 여제의 말에 일리가 있다고 인정했다. 하지만 마음속으로는 절대로 반지를 사용하지 않겠다고 다짐했다. 아주 절망적인 경우를 제외하고.

여제가 말을 이었다.

"이번에는 내가 너에게 한 가지 청을 하고 싶구나."

"무엇인지요?"

타라는 잔뜩 긴장해서 물었다.

"너를 따라 지구로 가서 네 어머니를 만나고 싶구나. 그게 다야."

의심쩍은 얼굴로 쳐다보는 타라와는 대조적으로 여제는 속을 짐작할 수 없는 온화한 얼굴로 응했다. 타라는 결국 고개를 숙였다.

"꼭 그러고 싶으시면 같이 가세요. 문제가 될 건 없다고 생각합니다."

"그럼 되었다."

여제가 벌떡 일어나면서 말했다.

"자, 출발합시다!"

"지금 말이오?"

당황한 황제가 외쳤다.

"하지만 친위대에 알려서 그곳의 안전을 미리 점검해야⋯⋯."

"지금 떠나겠어요!"

여제가 단호하게 말을 잘랐다.

"수행원으로 크산디아르만 데려갈 겁니다."

여기저기서 불안해하는 웅성거림이 일었다.

"폐, 폐하, 그건 부, 불가능합니다!"

눈알이 빙빙 돌아가는 것 같은 얼굴로 크산디아르는 말까지 더듬었다.

"저 혼자서는 폐하의 안전을 책임질 수 없습니다! 호위대를 준비시키 겠습니다. 그리고⋯⋯."

"난 마법사 여제요!"

진노한 리스베스가 고함을 질렀다.

"그리고 오무아 제국의 여제요. 나 혼자서도 방어할 수 있는 사람이란 말이오. 따라서 지금 당장 떠납시다! 수행원으로는 크산디아르 당신 한 사람이면 충분하니까. 분명히 알아들었소, 크산디아르? 못 알아들었다

면 집행관을 불러서 당신의 귓구멍을 뚫어주는 수밖에!'

친위대 대장 크산디아르는 침을 삼킨 뒤에 등을 똑바로 펴고 네 개의 손을 가슴에 댄 차려자세로 발뒤축을 따닥, 소리가 나게 부딪쳤다.

"너무 잘 알아들었습니다, 폐하. 분부대로 하겠습니다!'

하품을 하면서 천천히 일어난 황제는 가슴장식을 매만지면서 땋아 늘인 금발을 뒤로 넘겼다.

"나도 특별히 할 일이 없으니, 동생이 허락한다면 동행하지요."

황제는 덤덤한 어조로 말했다.

여제는 다정한 미소로 고마움을 표시했다.

마니투는 기분이 영 좋지 않았다. 여제가 타라의 비밀을 폭로했을 때 턱이 빠지는 것 같고, 위가 뒤틀리는 느낌이 들었다. 사냥개도 위궤양이 일어날 수 있는 건가? 이제야 꼬리에 꼬리를 물고 타라에게 일어나는 사건들의 이유가 하나하나 맞아떨어지기 때문인가! 마니투는 망설이다가 그 무리를 따라갔다. 그는 두려웠다. 뭐라고 꼭 집어 말할 수는 없지만 두려움이 끈적끈적한 벌레처럼 살 속을 기어다니는 느낌이 들었다.

칼이 손짓으로 친구들에게 가까이 오라하고는 소곤거리는 걸 보면 어지간히 불안한 모양이었다.

"난 말야, 아무래도 지구 여행, 그게 좋은 생각이라는 확신이 없어. 너희들은 여제가 뭐 때문에 지구에 간다고 생각하니?'

"음, 글쎄……"

무아노가 중얼거렸다.

"그런데 거기 가면 여제와 타라의 할머니가 만나는 거잖아!'

"휴! (칼은 쌀쌀맞은 타라의 할머니를 생각하면서 얼굴을 찡그렸다.) 그걸 생각 못했네!'

"음…… 있잖아. 난 타라의 할머니를 잘 몰라. 하지만 두 사람의 성격으로 봐서……"

무아노가 지적했다.

"여제와 할머니는 부딪쳤다 하면 충돌이 대단할 것 같아. 그러면 고래 싸움에 새우등 터진다고 여제와 할머니가 본의 아니게 타라를 다치게 할 수도 있어."

로빈이 사나운 눈초리를 하고 다가왔다.

"그럼 자칫하면 타라가 만신창이가 될 수도 있잖아!"

"그 말이 아냐."

하프엘프의 욱하는 성질이 재미있는 무아노가 미소를 지었다.

"내 말은 두 여자가 육체적이 아니라 정신적으로 타라를 다치게 할 수 있다는 뜻이야. 여제는 아마도 타라는 오무아에 와서 살아야 한다고 우길 거야. 나라의 미래를 상징하는 후계자니까. 음…… 하지만 타라의 할머니는 틀림없이 넘겨주지 않으려고 하겠지. 우선 사랑하는 손녀딸 타라의 안전이 걱정되기 때문이고, 또 오무아 제국의 보호를 받는 후계자를 데리고 있으면 분명히 정치적 이득을 얻을 것이기 때문에!"

"아, 그렇구나!"

하프엘프가 이마를 딱 쳤다.

"그럼 이번에는 타라에게 우리의 사랑을 보여줄 차례야. 타라가 누구의 손녀딸이나 후계자라서가 아니라 단순히 우리의 친구이기 때문에."

이때, 절호의 찬스를 잡은 칼은 말하고 싶어서 몸살이 날 지경이라는 얼굴이 되었다. 갑자기 가슴에 손까지 얹고 제법 무게를 잡으면서 칼이 선언했다.

"암, 그렇고 말고! 오, 사랑, 사랑이여! 타라에게 네 사랑을 보여줘야지!"

"사랑을 보여줘야 한다니, 그게 무슨 말이야?"

파브리스가 눈을 흘기며 따지듯이 물었다.

"칼은 내가 타라를 몹시 좋아한다고 말하는 거야."

로빈이 얼른 얼버무리면서 칼을 째려봤다.

"안 지 얼마 되진 않았지만 나도 너만큼 타라를 좋아하거든, 그래서 하는 말이야."

"그래, 뭐, 좋아. 근데 타라가 나의 절친한 친구라는 걸 잊지 마, 너. 그리고 아주 오래 전부터……."

무아노는 하늘을 쳐다봤고, 칼은 히죽거렸다. 바로 그때 여제가 공간이동의 문에 도착하면서 일어나는 함성에 그 코웃음이 묻혀 버렸기에 망정이지, 그렇지 않았다면 칼은 아마 파브리스에게 늘씬하게 얻어맞았을 것이다.

여제가 지나가자 궁인들은 납작 엎드렸고, 친위대는 발뒤축 소리를 내면서 경례를 붙였다. 친위대원들은 여제가 지구로 떠난다는 사실을 알았을 때, 서로 여제와 동행하는 유일한 수행원이 되겠다고 나섰다.

잠시 분위기가 어수선했지만 여제는 끝까지 주장을 굽히지 않았고, 크산디아르 친위대장은 절망적인 얼굴이 되었다. 마침내 인간 아홉 명과 패밀리어 넷만 공간이동의 문 대합실에 들어섰다. 여제, 황제, 크산디아르, 타라와 갈랑, 마니투, 무아노와 쉬바, 칼과 블롱딘, 파브리스와 바룬, 로빈.

여제와 황제가 단 한 명의 수행을 받으며 떠난다는 걸 알았을 때 칼리부인은 졸도할 뻔했고, 적잖은 사람들이 한꺼번에 성에 나타났을 때 브주아 지롱 백작은 하마터면 공격할 뻔했다.

"폐, 폐하?"

눈앞에 있는 사람이 누군지 깨달은 백작이 말을 더듬었다.

"아니, 두 분 폐하, 그런데……."

"우리는 어머니 집으로 가는 타라를 배웅하러 온 것이오. 그리고, 당신들의 아름다운 행성에 올 기회가 자주 있는 것이 아니라서 겸사겸사 온 것이오."

여제는 차분하게 대답했다. 하지만 백작은 멍청한 사람이 아니었다. 여제와 황제의 수행원이 단 한 명이라는 것도 이상하거니와, 또 그 수행원이 네 개의 손에 장검을 하나씩 단단히 쥔 채로 작은 소리에도 깜짝깜짝 놀라는 것이 여간 긴장하고 있는 것이 아닌 듯했다. 뭔가 은밀한 일이 있는 것이 분명했다. 게다가 아들 파브리스는 슬그머니 눈짓까지 보냈다. 그래, 좋아, 자세한 건 나중에 아들에게 물어보면 되지…….

백작은 정중하게 허리를 굽히고 나서 차로 저택까지 모시겠다고 제안했다. 그 말은 안이 보이지 않게 유리창이 불투명한 자동차로 데려가겠다는 뜻이었다. 백작은 어떻게 해서든 차를 타게 하려고 애를 썼지만 여제는 걸어가고 싶다면서 한사코 거절했다. 난처해진 백작이 낯선 행렬을 보면 동네가 발칵 뒤집힐 거라고 아무리 설명해도 여제는 들은 척도 하지 않았다. 백작이 붙잡을 겨를도 없이 성큼성큼 걸어나간 여제는 시찰이라도 하듯 주변을 살폈다.

"꽃이 아주 예쁘군요." 하고 여제가 천연덕스럽게 이고르에게 말하자, 정원사는 멍하니 쳐다보고만 있을 뿐이었다. 그도 그럴 것이 브주아지롱 성에서는 통역 주문이 통하지 않기 때문에 정원사가 어떻게 그 말을 알아듣겠는가.

"아주 멋지게 굴러가는 물건이군요."

이번에는 낡은 자전거를 타고 오는 사람과 마주치자 여제가 말했다.

그 사람은 타공의 시장이었는데 어찌나 놀랐는지…… 비뚤비뚤 미끄러지던 자전거가 그만 웅덩이에 처박히고 말았다.

"원피스가 아주 아름답군요."

여제가 예쁜 처녀들에게도 말을 걸었다. 아름다운 부인의 모습에 자기들도 머리를 길러야겠다고 마음먹은 두 처녀는 뻐기듯 걸어가는 황제를 뜯어보면서 킥킥거렸다.

"어쩌면 이리도 과일이 예쁠까!"

여제는 말을 알아듣거나 말거나 또 진열대 앞에서 걸음을 멈추고 감탄하자 가게주인은 코밑수염을 뜯어먹을 뻔했다.

곁눈질로 살피던 타라는 리스베스틸랑넴이 방금 중대한 낭패를 본 사람치고는 의아할 정도로 기분이 좋다는 것이 어쩐지 마음에 걸렸다. 여제가 대체 무슨 일을 꾸미고 있는 거지?

여제는 보는 것마다 감탄했다. 파란 하늘, 노란 태양, 초록빛 나무(실은 좀 단조로운 색깔이라고 생각하면서도), 빨간 장미, 백마, 검은 황소(뭐니뭐니 해도 날개 돋친 말들의 자태가 더 우아하다고 생각하면서도). 여제가 경탄하면 할수록 마니투는 걱정이 태산같았다. 개들은 땀을 흘리지 않기에 망정이지 그렇지 않다면 마니투는 물에 빠진 생쥐가 되었을 것이다. 그래서 숨을 헐떡이던 마니투는 혀를 어찌나 길게 늘어뜨렸던지 하마터면 발로 짓뭉갤 뻔했다.

"맙소사! 사람들에게 여제를 잊게 하려면 한 여섯 개쯤은 주문을 날려야겠군."

마니투가 중얼거렸다.

다행히 크산디아르는 두건 달린 망토를 걸치고 있어서 네 개의 팔이 가려졌다. 타라와 친구들은 패밀리어들을 커다란 개의 모습으로 둔갑시

컸다. 젊은 부인의 눈부신 미모, 왕관, 아름다운 장밋빛 머리, 보석이 총총한 의상, 황제의 황금 갑옷만 아니면 그나마 어떻게 이목을 끌지 않고 지나갈 수 있으련만.

이상한 소란에 놀라 뛰어나온 타공의 주민들은 그 행렬을 쳐다보면서 아연실색했다. 아쟁 신문사의 가십난 기자가 부리나케 사무실로 달려가서 카메라를 들고 나왔을 때 마니투는 한숨을 내쉬었다.

"타라, 저 사람의 필름을 태워버릴 수 있겠니?"

마니투가 슬그머니 말했다.

"안 돼요, 할아버지."

타라는 그 행렬을 향해 플래시를 터뜨리는 기자를 유심히 관찰하면서 대답했다.

"타라, 네가 마법을 쓰는 걸 두려워한다는 건 안다. 하지만 지금은 긴급사태야."

"마법을 쓰는 게 두려워서가 아니에요. 저건 디지털 카메라라서 필름이 없거든요!"

"빌어먹을 놈의 과학! 그럼 열을 가하던가. 사진을 찍게 내버려두면 안 돼, 빨리!"

타라는 정신을 집중해서 사진기에 입력된 것을 모조리 없애버렸다. 애꿎은 기자를 골탕먹이는 치사한 짓이지만 어쩔 수가 없었다. 타라는 선택의 여지가 없었다.

그들이 저택에 도착했을 때, 이사벨라와 셀레나는 대문 앞에 나와서 기다리고 있었다. 두 여자가 특별히 놀라는 기색이 없는 걸 보면 백작이 핸드폰으로 연락한 것이 분명했다.

셀레나는 예의범절에 신경을 쓰지 않는 것 같았다. 여제와 황제는 안

중에도 두지 않고 타라에게 달려간 셀레나는 숨이 막힐 정도로 딸을 끌어안았다.

타라도 벗어나려고 하지 않고 그 포옹을 기쁘게 받았다. 어머니를 그정도로 그리워하고 있었을 줄이야! 정말 깨닫지 못했던 일이었다.

"오, 내 딸, 내 딸."

셀레나는 끊임없이 되뇌었다.

"내가 얼마나 걱정했는지 모른다. 셈에게서 네 소식을 듣고 있었는데 갑자기 트라비아와 연락이 완전히 끊겼거든. 그래서 무슨 일이 일어나고 있는지 알 길이 없었어. 너를 잃어버린 줄 알았단다!"

가슴이 뭉클해진 타라가 대답하려고 할 때, 등뒤에서 마른기침 소리가 났다.

"흠흠……, 자네가 죽은 내 동생의 아내가 맞는가?"

여제는 목청을 가다듬더니 완벽한 랑코비트 언어로 물었다.

긴장한 셀레나가 타라에게 입맞춤을 하고 나서 고개를 들었는데 불안한 표정이었다.

"네, 맞습니다. 최근에서야 우리의 인척관계를 알았습니다만 저는 폐하의 올케가 맞습니다."

여제는 활짝 웃으면서 셀레나를 뜯어보았다.

"우리의 뛰어난 타라의 어머니를 만나 몇 가지 의논을 하고 싶었는데 정말 기쁘네."

여제는 셀레나가 말썽을 일으킬 여자는 아닌 것 같다고 생각하면서 말했다.

"저도 만나게 되어 기쁩니다, 폐하."

그때까지 잠자코 있던 이사벨라가 냉랭한 어조로 끼어들었다.

"저는 타라의 할머니 이사벨라 덩컨입니다."

리스베스는 고개를 돌리다 노부인의 초록빛 눈과 마주쳤다. 이사벨라를 보는 순간 여제는 결코 만만치 않은 적수라는 걸 직감했다.

셀레나는 보조개가 팰 정도로 환한 미소를 지으면서 그 어색한 분위기를 깼다.

"여기서 이러실 게 아니라 안으로 들어가시지요. 계속 밖에 있다가는 우리 얘기가 앞으로 10년 동안은 입에 오르내리겠습니다."

여제는 눈살을 치켜올릴 뿐 대꾸하지 않았다. 그녀는 위엄 있게 정원으로 들어갔고, 이번에는 아무런 평도 하지 않았다.

그들은 마침내 장밋빛 돌로 지은 오래된 저택에 들어섰고, 타라는 탄성을 내질렀다. 와, 이제 집에 돌아왔어!

셀레나는 그들을 노란 응접실로 안내했다. 이사벨라의 조수 타쉴과 망구스가 간단한 식사를 준비해 왔다. 모두들 샌드위치로 요기를 하고, 시원한 음료수를 마실 때쯤 여제가 기다렸다는 듯이 말문을 열었다.

"자, 이제는 내 동생을 어떻게 만나게 됐는지 설명을 좀 해주겠나?"

여제는 레모네이드를 홀짝이면서 셀레나에게 미소를 지었다.

타라는 그 뜻밖의 질문에 귀가 솔깃했다. 아버지와 어머니의 사연, 얼마나 궁금했던 얘기인가!

셀레나는 추억을 더듬는 듯 빙긋이 웃었다.

"그는 어느 날 하늘에서 뚝 떨어졌어요. 랑코비트에 막 도착했는데 타고 있던 양탄자가 고장이 났었나 봐요. 내 몸 위로 떨어졌거든요. 나는 그 밑에 깔렸다가 잠시 후에야 상황을 알아차렸어요. 사실 그때 나는 몇 시간 동안 공을 들인 머리로 한껏 멋을 부리고는 친구들에게 자랑하려고 밖으로 나갔다가 그 일을 당했거든요. 그 모든 노력이 단비우 때문에 엉망이 되었다는 걸 알았을 때는 어찌나 화가 나던지 그 사람을 두꺼비로 만들 뻔했어요. 그는 사과하면서 무릎을 꿇고 용서를 구하다가……그만 정신을 잃었습니다."

"정신을 잃다니? 아니 왜?"

"떨어지면서 다리가 부러진 걸 모르고 있었던 거죠. 무릎을 꿇었을 때 통증이 심해서 그만 의식을 잃었던 겁니다. 그래서 그를 우리 집으로 데려갔지요."

"어머나! 어쩌면 그렇게 로맨틱할 수가!"

몹시 감동한 무아노는 손수건을 꺼내더니 눈물까지 찔끔찔끔 닦았다.

칼이 무아노를 쳐다보는데 마치 친구의 뇌와 귀가 잘못되어도 한참 잘못되었다는 얼굴이었다.

"로맨틱은 무슨 얼어죽을 로맨틱이야."

칼이 코웃음치듯 말했다.

"아주 서툴렀다는 증거인데!"

"그가 깨어났을 때 레파루스 주문으로 다리를 치료했지만 상처가 아주 깊었어요. 내가 얼마 동안 걸어다니지 말라고 충고하자 그는 아주 엉뚱한 찬사를 늘어놓기 시작하더군요."

"어떤 찬사였기에?"

황제가 아주 흥미롭다는 얼굴로 물었는데 그도 셀레나를 아주 아름답다고 생각하는 것이 눈에 보였다.

셀레나는 얼굴이 빨개졌다.

"단비우는 내가 하늘에서 내려온 천사라고 했습니다. 그래서 내가 하늘에서 떨어진 사람은 당신인데 천사와는 조금도 닮지 않았다고 말했더니 그는 한참을 웃었어요. 단비우는 내 머리칼을 손가락 사이로 미끄러지듯 흘러내리는 검은 실크에, 내 피부를 장밋빛이 감도는 백장미에, 내 입술을 감미로운 빨간 과일에 비유하더군요. 간단히 말해서 나는 그가 열이 있어서 헛소리를 하는 거라고 생각했어요. 그래서 며칠간 우리 집에서 머무는 게 좋겠다고 말했어요. 마침 어머니는 랑코비트—히믈리아—셀렌다 연례 회의 때문에 궁전에 머물고 계셔서 문제가 없었거든요. 그래서 단비우를 손님방에 머물게 했습니다."

"그건 좀…… 경솔했구먼."

놀라는 얼굴로 여제가 말했다.

"잘 알지도 못하는 남자를! 그러다 그가 도둑이나 살인자면 어쩌려고."

"물론 그렇긴 해요. 하지만 수상한 사람으로 의심할 이유가 없었습니다. 부상은 사실이었어요, 내가 치료를 했으니까요. 아주 먼 곳에서 온 사람이 분명했어요. 입은 옷이 랑코비트에서 만든 게 아니었거든요. 그리고 부유한 사람이었어요. 마법복 안에 크레디트—무트가 가득한 상자가 있었으니까요. 게다가 그는 자기 때문에 쓰게 된 돈을 주겠다고 우겼어요. 또 나에 대해서는 많은 걸 물었지만 자기에 대해서는 거의 아무 말도 하지 않았어요."

"자기에 대해서는 뭐라고 하던가?"

여제는 몹시 궁금해했다.

"그냥 자기에게 예정된 미래가 마음에 들지 않는다고만 했습니다. 그래서 그 미래를 피하기 위해서 다른 길을 선택했다면서."

"랑코비트에서 여자와 시시덕거리려고 우리에게 제국을 떠넘겼군."

여제가 신랄하게 말했다.

"과연 다른 길을 선택한 것만은 확실하군!"

셀레나의 표정이 굳어지더니 발끈했다.

"단비우는 시시덕거리지 않았습니다. 우린 처음 만나는 순간부터 사랑에 빠졌으니까요! 하지만 나는 그의 청혼에도 불구하고 결혼하고 싶지는 않았어요. 어머니는 단비우를 좋아하지 않으셨고, 우리를 헤어지게 하려고 온갖 방법을 동원하셨어요. 어머니는 마침내 우리가 서로 맞지 않는 사람들이라는 말씀까지 하셨어요. 나는 어렸고, 힘이 없었기 때문에 어머니의 말씀을 따라 단비우에게 다시는 만나지 않겠다고 선언했습니다. 그것으로는 불안한지 어머니는 나를 트라비아에서 수백 킬로미터 떨어진 곳에 사는 먼 친척집으로 보내버리셨지요. 하지만 거기서도 그 사촌뻘이 되는 친척이 나를 사랑하게 되었어요."

"그 친척도? 올케는 남자들에게 아주 인기가 좋았구면."

여제의 부드러운 목소리 속에서 신랄함이 느껴졌다.

셀레나는 애써 미소를 지어 보였다.

"그런 일이 없었다면 더 좋았겠지요. 그러자 어머니는 단비우가 찾아내지 못하게 하려고 나를 탑 안에 감금하기로 결정하셨어요. 어머니는 나를 믿지 않으셨고, 단비우가 희망을 잃지 않고 있다는 걸 알고 계셨던 거지요. 그는 계속 나를 찾아다니고 있었어요."

셀레나가 힐끔 이사벨라를 쳐다봤지만, 그녀는 입술도 달싹거리지 않았다.

그 이야기에 완전히 빠져 있던 타라가 어머니의 말을 재촉했다.

"그래서요?"

"네 아버지는 기어코 나를 찾아냈어. 그리고는 우리의 사촌에게 결투를 신청했고, 이겼단다. 탑을 지키는 트롤들도 때려눕혔지. 그다음에는 우리를 가로막는 주문들을 풀었고, 나를 납치했어."

"오, 세상에, 로맨틱하다!"

무아노는 손수건을 다시 찾으면서 중얼거렸다.

"피, 벽을 타고 올라가서 여자를 납치한 것이 뭐 그렇게 대단한 일이라고! 네가 원하면 난 날마다 그렇게 해줄 수 있어."

칼이 또 비아냥거렸다.

"칼?"

"왜, 무아노?"

"입 닥쳐!"

"흥!"

"나에 대한 그의 사랑이 그토록 진지하고 열렬하다는 걸 알았을 때, 나는 어머니와 맞서 싸웠지요. 어머니는 마침내 내가 단비우를 깊이 사랑하고 있다는 걸 인정하셨고, 우리는 결혼했어요."

"어떻게 살았나? 상자 속의 돈으로?"

여제가 약간 거만하게 물었다.

"아닙니다."

셀레나는 미소를 지었다.

"단비우는 그림에 탁월한 재능이 있었습니다. 그의 작품들은 늘 아더월드의 수많은 화랑에 전시되었고, 랑코비트 궁전에서도 왕의 개인 소장을 위해 여러 점을 사갔지요. 하지만 우리에게도 딱 한 가지 걱정거리가 있었어요. 패밀리어들이 말썽이었죠. 단비우의 독수리와 어머니의 호랑이가 만나기만 하면 서로 잡아먹을 듯이 으르렁거리는 통에 우리는 어머니를 자주 만나지 못했어요. 그럼에도 불구하고 우리는 몇 년 동안 아주 행복하고 평온하게 살았습니다. 그리고 우리 아기의 탄생은 행복의 절정이었지요."

"그래도 동생이 잘 지냈다고 하니 기쁘군!"

황제가 따분해하는 목소리로 한 마디했다. 황제를 돌아보는 여제는 놀란 얼굴이었다.

"그 말씀은 타라가 합법적 후계자라는 걸 이제 의심하지 않는다는 뜻입니까?"

"단비우는 늘 그림을 그렸지요. 위조 방지용 홀로그램을 창안해서 궁전의 프레스코화 작업을 한 사람이 바로 단비우가 아니오. 아주 어릴 적부터 날마다 물감을 갖고 놀아서 아버님에게 꾸중도 참 많이 들었던 동생이 아니오. 또 느닷없이 황제 자리를 사양한다는 어처구니없는 말을 남기고는 크레디트—무트 상자를 가지고 떠난 것도 맞고. 패밀리어가 독수리였던 것도 맞는 말이고, 양탄자를 타고 떠난 것도 맞고. 내 생각에는 우리의 동생이 공간이동의 문을 이용하면 발각될까 봐 양탄자를 타고 오무아에서 랑코비트로 간 것이 틀림없는 것 같소. 족히 한 달은 걸렸을 게요. 따라서 마법 능력이 거의 고갈되었던 것은 당연한 결과지요. 상황이 이렇게 딱딱 들어맞는데 내가 어찌 인정하지 않을 수 있겠소?"

황제가 일어나더니 타라 앞에서 허리를 약간 숙였다.

"타라틸랑넴 탈 바르미 압 산타 압 마루, 너를 우리 가족으로 환영한다!"

황제는 처음 대면하는 순간부터 적대감을 표시했던 터라 타라는 이 돌변한 상황을 어떻게 받아들여야 할지 난감했다.

"고맙습니다. 제가 어떻게 불러야 하는지요? 큰아버지라고 부를까요?"

타라는 마지못해서 대답했다.

황제는 움찔하면서 다시 자리에 앉았다.

"사랑하는 나의 조카딸, 그래도 너무 허물없는 호칭은 삼가는 게 좋겠구나. 나는 삼촌이나 산도르가 마음에 드는데."

"단비우가 이따금 가족에 대해 말하던가?"

동생이 그렇게 누이를 완전히 잊어버렸다는 걸 받아들이기 힘든 여제가 물었다.

"네."

셀레나는 상냥하게 대답했다.

"훌륭한 분이지만…… 아주 고집이 센 누님이 있다고 말했습니다. 그리고 자기 말을 절대 들어주지 않는 이복형님이 있는데…… 그것이 그가 떠난 여러 가지 이유들 중 하나라고 했습니다. 하지만 어린 시절에 대해서는 아주 좋은 추억을 간직하고 있었어요. 물론 그 얘기를 할 때도 아주 조심스러웠습니다. 하지만 그는 두 분을 사랑했고, 다시는 볼 수 없는 걸 몹시 괴로워했다고 생각합니다. 그리고 우리 아이를 위험에 빠뜨릴지 모른다고 되뇌면서 불안해했지요. 그 시절에 많은 걸 물었지만, 그가 뭘 숨기고 있는지는 몰랐습니다. 지금은 다 알게 되었지만……."

"그가 숨기다니?"

깜짝 놀라는 얼굴로 여제가 물었다.

"뭘 숨겼다는 건가? 오무아를 도망치면서 본분을 저버린 것 말고 또 뭘 숨겼다는 겐가?"

"무슨 일이나 누구에 대한 것이 아닙니다. 타라가 태어나자, 그는 훨씬 더 신중해졌지요. 그는 이해하려고 하지 말고 무조건 자기를 믿어야 한다고 끊임없이 내게 말했습니다. 그는 마지스터가 자기를 찾아다니는 걸 이미 알고 있었다고 생각해요."

"마지스터(갑자기 황제가 의자에서 벌떡 일어났다)? 그 악마가 이 얘기에 왜 나오는가?"

"마지스터는 나를 필요로 하고 있습니다!"

타라가 어머니를 대신해서 말했다.

"그자는 아버지를 죽인 뒤에 어머니를 납치해서 10년 동안 가두어 놓았어요. 그다음에는 내 곁에 스파이를 심어두고서 내가 마법 능력을 사용하기를 끈질기게 기다렸지요. 첫 번째 시도는 실패했지만 두 번째에는 그자가 나를 납치하는 데 성공했어요. 그때 그자는 내가 필요한 이유를 털어놨는데, 데미데루스를 포함한 5인의 최고 마구스들이 숨겨놓은 악마의 힘을 가진 사물에 이르기 위해서라고 했어요. 그 사물들을 보호하는 지킴이들과 심판관들이 그 5인의 최고 마구스들의 직계들만 통과시키니까요."

여제의 얼굴이 창백해졌다.

"네 말은 그자가 악마들을 해방시키는 데 필요한 일종의 열쇠가 우리라는 거니?"

"그자의 목적이 악마들을 해방시키는 건 아니에요."

침착하게 대답했다.

"하지만 그게 절대 권력을 잡는 데 필요한 것이라면 그자는 주저하지 않을 겁니다."

"미치광이로군."

황제가 말했다.

"하지만 그자에겐 희망이 없다. 나는 위험이 없어. 우리는 어머니가 다르고, 나는 데미데루스 직계가 아니기 때문에. 내 누이는 철통같은 보호를 받고 있으며, 타라 역시 리스베스의 후계자로서 궁전에서 보호를 받을 테니까."

타라는 심호흡을 했다.

"바로 이래서 우리는 타협이 안 되는 겁니다! 그럼 저는 선택할 권리가 없는 건가요? 제가 만약 발레리나가 되고 싶다면 어떡하죠?"

그 순간 타라는 숨이 막힌다는 듯이 쳐다보는 칼을 째려봤다.

"발레리나는 불가능할지도 모르겠네요. 그러면 비행사? 아니, 의사는 어때요? 저는 이제 겨우 열세 살이고, 어른이 되면 뭐가 되고 싶은지 아직 생각해보지도 않았어요. 폐하는 제 아버지를 완벽한 황제로 만들고 싶어 했지만 아버지는 도망치셨어요. 저에게도 똑같은 실수를 저지르고 싶으세요?"

"그건 아니지. 하지만 너는 후계자가 된다는 게 어떤 건지도 모르잖아? 네가 그걸 좋아할 수도 있지 않겠니? 잘 알지도 못하면서 어떻게 판단할 수 있겠니?"

여제가 위엄 있는 어조로 반박했다.

"그뿐만이 아닙니다. 저는 10년 동안이나 어머니 없이 살았어요. 그래서 이젠 어머니와 살고 싶어요. 그리고……."

"네 어머니도 초대할 거야! 그건 당연한 일이지! 네 어머니는 내 동생의 미망인이니까 너와 함께 보호해주는 건……."

"어림없습니다!"

이사벨라는 여제의 제안을 한 마디로 잘라버리면서 감정을 폭발했다.

마니투는 신음소리를 냈다. 드디어 딸이 나섰으니 이걸 어쩌나!

"우리는 타라를 마지스터의 덫에 걸리게 할 생각이 없습니다. 타라는 평온한 환경에서 자랄 필요가 있는…… 연약한 아이예요. (칼은 딸꾹질이 다 나았다. 타라가 연약하다고?) 그러니까 타라는 우리하고 여기서 살 겁니다."

타라는 깜짝 놀라서 할머니를 쳐다봤다. 할머니는 어떤 조건을 내거는 것이 아니라 일언지하에 거절한 것이었다.

후계자를 설득하지 못할까 봐 불안한 기색이 역력한 여제가 차분하게 말했다.

"이사벨라 부인, 타라는 지구로 돌아가서 살기 위해서 특별한 배려를 간청했지요. 그런데 타라가 모르는 것이 있습니다. 우리 국가의 안전이 위험에 처하면 그 특별한 배려는 실행될 수 없습니다."

"어떤 점에서 오무아 제국의 안전이 타라에게 달려 있다는 건지 모르겠습니다."

셀레나는 딸을 보호하려는 듯 본능적으로 타라에게 가까이 다가서면서 항의했다.

"나는 아이를 낳지 못하는 몸이네. 의사들이 내 경우를 연구했지만 그 이유를 끝내 알아내지 못하더군. 아까 말한 대로 산도르는 내가 사랑하는 이복 오라버니라네. 따라서 우리는 어머니가 달라. 내 어머니는 오무아의 여제셨고, 아버지는 부군이셨지. 아버지가 산도르의 어머니와 헤어지셨기 때문에 어머니가 재혼을 하신 거였네. 그러다 어머니가 여름 궁전의 화재로 돌아가시는 바람에 나는 왕위에 올랐지. 나의 부군 다릴이 나와 함께 통치를 했는데 얼마 후 내가 임신을 못하는 몸이라는 걸 알게 되었지. 게다가 다릴마저 사냥을 나갔다가 불의의 사고로 목숨을 잃었네."

리스베스가 솔직하게 말했다.

"이거야 원!"

칼이 로빈에게 말했는데 여제가 알아들을 정도로 큰 소리였다.

"황실 가문에는 뭐가 그렇게 치명적인 사고가 많은 거야! 글쎄, 그 황실의 가족이 되는 것이 타라의 신상에 이로울지 모르겠네!"

여제가 입을 열려다가 도로 다무는 것이 깊은 생각에 잠긴 것 같았다. 여제는 고개를 끄덕이더니 칼이 방금 한 말에 개의치 않고 다시 말을 이었다.

"그래서 나는 동생 단비우에게 나를 보좌하는 황제가 되어달라고 제안하였네. 처음에는 순순히 받아들였지. 그런데 제국에 대한 부담이 너무 컸던지 모두들 아는 대로 단비우는 도망치고 말았어. 그래서 나는 이복 오라버니가 되는 산도르를 새 황제로 삼았네. 그리하여 우리는 15년째 함께 나라를 통치하고 있지. 내가 죽으면 남기고 가는 후손이 없으니 데미데루스의 직계 혈통인 타라가 왕위를 물려받을 수밖에 없네. 그리고 그다음 대에는 타라의 자식들이 왕위를 물려받을 것이고, 그래야 우리 왕조가 살아남는 것이고!"

이사벨라는 끄덕도 하지 않았다.

"내 손녀딸은 오무아에 가지 않을 겁니다. 지구에 남아서 우리와 같이 살 겁니다. 나는 지구에서 활동하는 신참 마법사들을 감시하는 안보국의 감독관이자 최고 마구스이기도 합니다. 악마들과의 전쟁에서 우리가 얼마나 비싼 대가를 치러야 했는지 상기시켜야 하겠습니까? 그토록 고귀한 데미데루스도 지칠 대로 지친 나머지 얼마 후에 사망하지 않았습니까? 그런데 데미데루스는 사망하기 직전에 실수를 저질렀어요. 악마의 힘을 가진 사물들을 지구에 감춰놓았으니……. 그때부터 나는 누군가가 그걸 훔쳐서 우리 세계와 악마의 세계 사이에 가로놓인 지각단층을 다시 열까 봐 얼마나 노심초사하고 있는지 알기나 하십니까? 마지스터가 이미 두 번씩이나 시도했던 것처럼 아더월드에서 또다시 타라를 납치라도 했다가는 전 세계의 안전이 위태로워지는 겁니다. 그렇게 되면 오무아 제국의 안전과는 비교도 되지 않을 정도로 큰 문제라고 생각하는데요."

오, 맙소사, 이를 어쩌나! 이사벨라가 급기야 오무아 제국의 여제와 황제를 모욕해버렸으니!

황제의 분개한 딸꾹질소리에 타라는 가슴이 철렁 내려앉았다. 타라는 할머니가 혼자서 싸우기로 작정한 거라고 생각하면서 자존심을 내세우는 할머니를 힐끔 쳐다봤다. 타라는 정말이지 할머니가 그 정도로 큰 도움이 되리라고는 확신하지 않았었다.

황제가 이사벨라에게 달려들어서 목이라도 조를 기세인 반면에 여제는 기품이 넘치게 침착했다.

"현재 이곳은 어느 나라의 소유지입니까? 지구 안보국의 책임자는 누구입니까?"

화제를 바꾸는 돌연한 질문에 이사벨라는 잠시 어리둥절했다.

"잘 알고 계신 대로 50년마다 아더월드의 나라들이 차례로 돌아가면서 지구 안보국을 관리하고 경비를 담당하고 있지요. 이곳은 20년 전부터 랑코비트의 소유지니까 30년 후에는 메우스의 소유지가 될 겁니다. 메우스가 다음 차례인 관계로. 그런데 그건 왜 물으십니까?"

여제는 아무 대꾸도 하지 않은 채 깊은 생각에 잠겨 있었다.

"그렇다면 내 후계자가 랑코비트의 소유지에서 교육을 받는다 그 말이오?"

이사벨라는 리스베스의 말에 저의가 있다는 걸 느꼈다. 하지만 그 속을 어떻게 알 수 있단 말인가. 이사벨라는 완곡한 방법을 썼다.

"타라는 자기 가족의 교육을 받는 거지요. 셀레나가 에드라킨 종족이라면……."

"하지만 셀레나는 에드라킨 종족이 아니지요."

여제는 그 말을 끊고 들어갔다.

"셀레나는 랑코비트인이니까. 이제는 내가 뭘 해야 하는지 알겠군요."

모두들 의아한 얼굴로 여제를 쳐다봤다.

리스베스틸람넴은 아주 명쾌한 여인이었다.

"내가 나라는 사람에 대해 제대로 이해시키지 못한 것 같군요."

여제가 일어나서 얼음같이 차가운 목소리로 선언했다.

"만약 내 후계자가 미래의 여제에게 걸맞은 교육을 받으러 팅가푸르에 오지 않는다면 나의 국민은 선택의 여지가 없을 것이오."

이사벨라는 초록빛 눈을 찡그렸다.

"선택의 여지가 없다는 건 무슨 뜻입니까?"

이사벨라가 불안한 얼굴로 물었다.

"당신이 우리의 후계자를 랑코비트에 인질로 붙잡아두고 있는 것으로 간주할 겁니다."

"인질이라니, 하지만 그건……."

이사벨라가 소리쳤다.

"그럴 경우……."

여제는 너무 조용해서 오히려 섬뜩하게 느껴지는 음성으로 이사벨라의 말을 끊었다.

"우리는 선전포고를 하게 되지요!"

3권에서 계속……

아더월드의 용어 해설

아더월드_ 아더월드는 지구 표면적의 1.5배에 이르는 마법 행성으로 태양 주위를 자전하며, 하루 26시간, 1년 454일, 14개월로 이루어졌다. 위성으로는 두 개의 달 마딕스와 타딕스가 아더월드의 주위를 돌고 있으며, 춘 · 추분에 조수간만의 차가 몹시 크다.

아더월드의 산들은 지구의 산보다 훨씬 더 높으며, 채굴되는 광물은 대체로 마법의 폭발성이 있어 추출하는 것이 상당히 위험하다. 지구(육지 29%, 바다 71%)보다 바다가 차지하는 비율은 적으며(아더월드:육지 45%, 바다 55%의 비율), 그 중 두 개의 바다는 민물이다.

아더월드를 지배하는 마법은 동물상과 식물상과 마찬가지로 기후에도 영향을 미친다. 그로 인해 계절은 예측하기가 아주 힘들다(아더월드에서는 한여름에도 폭설이 내려 1미터나 되는 눈에 덮일 수도 있다!). 정상적인 경우에 1년은 7계절이 될 수 있다.

아더월드에는 인간, 난쟁이, 거인, 트롤, 뱀파이어, 땅 신령, 꼬마도깨비, 엘프, 유니콘, 키마이라, 타트리스, 드래곤 등 수많은 종족들이 살고 있다.

✺ 아더월드의 나라들과 종족

랑코비트 _ 인간이 지배하는 가장 큰 왕국으로 수도는 트라비아. 왕 베어와 왕비 티타니아가 통치하고 있다. 왕국의 문장은 은빛 초승달에 올라탄 금빛 뿔의 하얀 유니콘.

오무아 _ 인간이 지배하는 가장 큰 제국으로 수도는 팅가푸르. 여제 리스베스틸랑넴 탈 바르미 압 산타 압 마루와 여제의 이복동생인 황제 산도르 탈 바르미 압 마르치 압 브레비스가 통치하고 있다. 제국의 문장은 100개의 금빛 눈을 가진 주홍빛 공작.

히믈리아 _ 난쟁이들의 나라로 수도는 미나트. 대장장이 씨족이 통치하고 있다. 나라의 문장은 광산 지하의 전쟁용 모루와 쇠망치. 키와 몸통 폭의 길이가 똑같은 단단한 체구가 난쟁이들의 신체적 특징이다. 아더월드의 광부, 대장장이로 활동하고 있으며, 뛰어난 금속 가공업자, 보석 세공인도 거의 난쟁이들이다. 또한 성격이 몹시 까다로운 것으로 알려져 있으며, 마법을 싫어하며 아주 길고 복잡한 노래를 즐겨 부른다.

간디스 _ 거인들의 나라로 수도는 제오폴. 세력 있는 그로아르 가문이 통치하며 흑장미 섬과 황무지 늪이 있다. 나라의 문장은 '주문방지' 돌로 쌓은 벽에 아더월드의 태양이 올라앉은 형상이다.

🦎 크랑카르_ 트롤들의 나라로 수도는 크리아. 나라의 문장은 나무 꼭대기에 봉둥이가 걸려 있는 형상이다. 트롤은 거대한 몸집에 납작한 이빨이 있는 초록빛 털북숭이로 채식주의자다. 먹고살기 위해 나무를 마구 죽이며(이것이 엘프들의 울화를 치밀게 한다), 쉽게 자제력을 잃어버리는 성향이 있어서 한 번 성질이 나면 닥치는 대로 짓뭉개버리기 때문에 평판이 나쁘다.

🦎 크라살비_ 뱀파이어들의 나라로 수도는 우를라. 나라의 문장은 천문관측의 위에 무한을 상징하는 누운 8자와 별이 올라앉은 형상이다.

뱀파이어는 총명하고, 인내심이 많으며 학식이 깊다. 수명이 아주 길고, 수학과 천문학에 몰두하며, 대부분의 시간을 명상하는 데 보내면서 삶의 의미를 추구한다. 그리고 오로지 피만 먹고살기 때문에 브르르르 아아아, 모오오오우우우, 지구에서 수입한 말, 염소, 양 등의 가축을 키운다. 하지만 몇몇 피는 금지되어 있다. 유니콘이나 인간의 피를 먹으면 미치게 되며, 수명이 절반으로 줄기 때문이다. 반면에 뱀파이어에게 물리면 독이 퍼지게 되며, 뱀파이어에게 물린 인간은 그들의 노예가 된다. 게다가 독성 피가 전이되면 뱀파이어가 되는데 이 경우의 뱀파이어는 파괴적이고 악독하기 때문에, 저주에 희생된 뱀파이어는 동족은 물론 아더월드의 모든 종족으로부터 쫓겨다닌다.

🦎 스몰컨트리_ 땅 신령, 꼬마도깨비, 요정, 고블린들의 나라. 땅 신령들은 작달막하고 단단한 체구며 털가죽은 오렌지색이다. 돌을 먹고

살며, 난쟁이들과 마찬가지로 광부들이다. 그들의 털가죽은 고성능 가스 탐지기이다. 털이 곤두서면 별 탈이 없지만, 털이 내려앉는 순간부터 땅 신령은 광산에 가스가 있다는 걸 알아채고 도망치기 때문이다. 또한 알 수 없는 이유로 인해 땅 신령들만 '진실의 입'들과 교감할 수 있다.

스몰컨트리의 익살꾼들인 꼬마도깨비 파보들은 키디코이라는 막대사탕을 만들어내며, 착시 현상을 일으키거나 일시적으로 보이지 않게 할 수도 있으며 금을 좋아해 비밀주머니에 숨겨둔다. 그 주머니를 찾아낸 자는 두 가지 소원을 빌 수 있고, 귀한 금을 회수하려면 반드시 그 소원을 들어줘야 한다. 하지만 꼬마도깨비들은 반대로 해석하는 데 선수여서 예측불허의 결과가 일어날 수 있으므로 소원을 비는 것에는 항상 위험이 따른다.

🐾셀렌다_엘프들의 나라로 수도는 세보른. 엘프들은 마법사들과 마찬가지로 마법에 재능이 있다. 겉모습은 인간이지만 뾰족한 귀와 고양이의 눈처럼 동공이 수직으로 움직이는 맑은 눈을 가졌다. 아더월드의 숲과 평원에서 살며 가공할 만한 사냥꾼인 엘프들은 전투와 싸움, 상대를 유인하는 온갖 종류의 게임을 좋아하기 때문에 그들의 에너지를 적절히 이용하기 위해 경찰국이나 국가정보국에 고용된다. 하지만 엘프들이 옥수수나 마법의 귀리를 경작하기 시작하면 아더월드의 종족들은 불안해한다. 그건 엘프들이 전쟁을 시작할 거란 뜻이기 때문이다. 실제로 전시에는 사냥할 겨를이 없기 때문에 엘프들은 곡식을 재배하고 가축을 기르며, 전쟁이 끝나면 예전의 생활로 돌아간다.

또 다른 특성으로 아이들이 걸어다닐 수 있을 때까지 남성 엘프들은 배에 달린 육아낭 같은 작은 주머니에 아기를 넣고 다닌다. 여성 엘프는 남편을 다섯 명 이상 가질 수 없다.

멘탈리르_ 동쪽의 광활한 평원이며 유니콘들과 켄타우로스들의 나라. 유니콘은 생김새와 크기가 말과 같고, 이마에 나선형 뿔이 하나 있으며 발굽은 갈라져 있고 털은 흰빛이다. 지능이 떨어지는 유니콘도 간혹 있지만, 대부분은 영리하며 그 지능은 드래곤들의 지능에 견줄 수 있다. 유니콘의 이 특성을 어떤 종족의 지능이나 동물의 지능으로 분류하기는 힘들다.

켄타우로스는 반은 남자나 여자의 형상, 반은 말의 형상을 하고 있는데 두 종류가 있다. 상반신은 인간, 하반신은 말의 형상을 한 켄타우로스와 상반신은 말, 하반신은 인간의 형상을 켄타우로스. 켄타우로스가 어떤 마법에 걸려 있는 것인지는 알 수 없으나 소금이나 향유 같은 생필품을 얻기 위해서가 아니면 다른 종족들과 섞이기를 싫어하는 까다로운 종족이다.

사납고 거칠어서 영역을 침범하는 이방인들을 발견하면 가차없이 화살을 쏘아댄다. 켄타우로스의 샤먼 부족은 평원에서 하얗고 파란 맹독성 개구리 플로프들을 잡아 그 등을 핥는 것으로 미래를 점친다고 전해진다. 하지만 '찌르레기 대전'이 벌어지는 동안 켄타우로스들이 엘프들에게 몰살되었다는 걸 감안한다면 이 방법이 100퍼센트 믿을 만한 것은 아닌 듯하다.

🗝️**림보**_ 악마의 세계로 악마들의 영역. 림보는 동심원이라고 불리는 여러 세계로 나뉘어져 있으며, 동심원에 따라 악마들의 능력과 학식이 차이 난다. 제1, 2, 3 동심원의 악마들은 거칠고 아주 위험하다. 제4, 5, 6 동심원의 악마들은 마법사들이 도움을 교환하는 범위 내에서 자주 구원을 빌고 있다(마법사들은 필요한 것을 악마에게서 얻을 수 있으며 악마들의 경우도 마찬가지다). 제7 동심원은 마왕이 군림하는 동심원이다. 림보에 사는 악마들은 저주받은 태양이 제공하는 악마의 에너지를 먹고 산다. 다른 세계로 가기 위해 림보를 나갈 경우엔 생명력이 강한 존재의 살과 정신을 먹어야 한다.

전 세계를 침략하던 중 갑자기 나타난 드래곤들과의 전쟁에서 패배한 뒤로 악마들은 림보에 갇히게 되었고, 마법사나 마법 능력이 있는 존재의 긴급 요청이 있어야만 다른 행성으로 갈 수 있게 됐다. 악마들은 이런 활동범위 제한을 견디기 힘들어서 끊임없이 해방될 방법을 모색한다.

🗝️**타트란**_ 타트리스들의 나라로 수도는 시티빌. 타트리스는 머리가 둘인 특성을 가지고 있다. 관리 능력이 뛰어난 데다 신체적 특성 덕분에 행정관이나 정부 상층부에서 일하고 있다. 타트리스들은 오로지 일을 중요하게 여기면서 헛된 꿈을 꾸지 않는 현실주의자들이다. 타트리스들은 꼬마도깨비 파보들이 즐겨 놀리는 대상 중 하나이며, 이 장난꾸러기들은 유머가 결핍된 종족이라는 소리를 듣지 않기 위해 수세기 동안 끈질기게 타트리스 종족을 웃기려고 애쓰고 있다. 게다가 파보들은 웃기는 데 성공한 자들 중에서 1등에게는 상까지 수여하고 있다.

🐉 **드란보우글리스펜쉬르_** 지능이 높은 거대한 파충류인 드래곤은 마법 능력을 타고나서 어떤 형상으로든 변신할 수 있으며, 대체로 인간으로 변신해 있다. 세계의 영토를 점령하기 위해 악마들과 대립하면서 드래곤들은 지구의 마법사들과 충돌하는 순간까지는 알려져 있는 모든 세계를 정복했었다. 끊임없이 악마들과 싸워야 하는 드래곤들은 지구인 마법사들과 전쟁을 벌인 뒤에 지구인들과 동맹을 맺는 것이 유리하다는 결론을 내렸다. 지구를 지배하겠다는 계획은 포기했지만, 마법사들이 지구를 지배하는 것도 인정할 수 없는 드래곤들은 지구의 마법사들에게 아더월드에서 더 많은 마법사들을 양성하고 훈련시키자고 제안했다. 수년 동안 드래곤들을 경계하면서 고심한 끝에 지구의 마법사들은 결국 그 제안을 받아들이고 아더월드에 정착하였다.

✹아더월드의 동물상과 식물상

✿ **스파슌** 금빛의 자이언트 칠면조인데 시종일관 울음소리를 내면서 거드럭거리고 다니는 통에 사냥하기가 아주 수월하다. 흔히 '스파슌처럼 어리석다' 또는 '스파슌처럼 거드름피운다' 고 표현한다.

✿ **크라크덴트_** 트롤의 나라 크랑카르 원산의 장밋빛 털북숭이 동물. 앞뒤가 분간되지 않지만, 세 배 크기로 늘어나는 입을 갖고 있어 무엇이든 거의 한입에 덥석 집어삼키므로 상당히 위험하다.

✿ **모오오오우우우_** 뿔은 없고 머리가 둘 달린 고라니. 머리 하나가 먹을 때 다른 하나는 약탈자들을 감시한다. 이동할 때는 게처럼 옆으로 걷는다.

✿ **브르르르아아아_** 어마어마하게 큰 소. 털은 숱이 아주 많아서 거인들이 그 털가죽으로 옷을 지어 입는다. 몹시 공격적이고 움직이는 것이 있으면 뭐든 덤벼든다. 제 그림자를 쫓다가 녹초가 된 브르르르아아아를 보게 되는 것은 그 때문이다. 흔히 고집불통인 사람을 '브르르르아아아 같다' 고 표현한다.

✿ **크라켄_** 시커먼 발들이 위협적인 자이언트 문어. 엄청난 크기 때

문에 대부분 아더월드의 바다에서 발견되지만, 민물에서도 살 수 있다. 크라켄은 뱃사람들에게는 위험한 존재로 널리 알려져 있다.

🐛 **플로프_** 맹독성의 하얗고 파란 개구리로 멘탈리르의 평원에서 볼 수 있다.

🐛 **페가수스_** 날개 돋친 말. 지능은 개의 지능에 가깝다. 발굽은 없지만 갈퀴발톱이 있어서 어디든 쉽게 올라앉을 수 있다. 야생 페가수스는 키가 무려 200미터에 이르고 몸통의 원주가 50미터에 이르는 자이언트 강철나무 꼭대기에 둥지를 친다.

🐛 **브르리르_** 흰빛과 금빛이 어우러진 고양이과 동물로 다리가 여섯 개. 특히 브르리르를 사랑하는 오무아 제국의 여제는 이 동물들이 궁전에 갇혀 있다는 생각을 하지 않도록 주문을 걸어놨다. 그래서 브르리르들에게는 가구와 침대의자가 나무와 편안한 바위로 보인다. 브르리르에게는 궁인들이 안 보이며, 궁인들이 쓰다듬어주면 바람에 털이 살랑살랑 흩날리는 것이라고 생각한다.

🐛 **스팔렌디탈_** 일종의 전갈이며 스몰컨트리가 원산지다. 땅 신령들은 스팔렌디탈을 길들여서 말처럼 타고 다니며, 가죽이 아주 질기기 때문에 유용하게 사용한다. 새를 좋아하는(미각적인 의미에서) 땅 신령

들은 스몰컨트리의 서식동물을 전멸시킴으로써 곤충과 다른 동물에게 생태적 지위를 열어주었다. 천적들에게서 해방된 스팔렌디탈들은 위험 없이 자라면서 그 개체 수가 점점 더 늘어났다. 땅 신령들 때문에 스몰 컨트리는 결과적으로 자이언트 전갈, 자이언트 거미, 자이언트 다족류 에게 점령되었다.

🐛**자이언트 거미_** 스팔렌디탈과 마찬가지로 스몰컨트리가 원산지 이다. 땅 신령들이 말처럼 타고 다니며, 그 거미줄은 아주 질긴 것으로 유명하다. 여덟 개의 발과 여덟 개의 눈, 전갈처럼 독침이 있는 꼬리가 달려 있는 것이 특징이다. 아주 영리하며, 잡아먹기 전에 먹이에게 수수 께끼를 내는 것이 취미이다.

🐛**글루릅스_** 머리가 아주 갸름한 초록색과 갈색의 도마뱀으로 호수 와 늪에서 서식한다. 식욕이 왕성하며, 물 속에서 숨을 쉬지 않고 몇 시 간을 견딜 수 있어서 목을 축이러 오는 순진한 동물을 잡아먹는다. 물가 의 은신처에 굴을 파 놓고 살며, 호수 바닥의 구멍 속에 먹이를 숨겨 놓 는다.

🐛**흡혈파리_** 물리면 통증이 몹시 심하다.

🐛**트라둑_** 살코기와 털가죽을 얻기 위해 켄타우로스들이 키우는 동

물. 악취를 풍기는 특성이 있어서 포식동물들로부터 자신을 보호한다. 그러나 트라둑의 냄새를 맡지 않기 위해 콧구멍을 막을 수 있는 늑대 크르르렉은 예외다. 아더월드에서 '병든 트라둑 같은 악취가 난다' 라는 표현은 모욕으로 받아들여진다.

사카트_ 맹독성의 공격적인 빨갛고 노란 곤충으로 아더월드에서 특히 좋아하는 꿀을 생산한다. 미식가들인 난쟁이들만 사카트의 애벌레를 먹을 수 있다. 다른 종족이 먹었을 경우에는 애벌레의 딱지가 인간이나 엘프의 소화액에 용해되지 않기 때문에 배 속에서 벌떼를 분봉할 위험이 있다.

칼로르나_ 숲에 피는 매혹적인 꽃. 달콤한 장밋빛과 흰빛 꽃잎으로 아더월드의 초식동물과 모든 동물에게 특선요리를 만들어준다. 멸종을 피하기 위해서 칼로르나는 세 개의 꽃잎을 포식동물의 접근을 감지할 수 있는 탐지기로 만들었다. 커다란 눈 모양의 이 꽃잎들 덕분에 칼로르나는 재빨리 모습을 감출 수 있다. 그런데 불행히도 호기심이 많은 칼로르나는 그 꽃잎들을 세우고 있다가 포식동물을 제때에 피하지 못하는 경우가 종종 있다. 호기심이 많은 사람을 보고 '칼로르나 같다' 고 말하는 것은 바로 그 때문이다.

작가 인터뷰

렉스프레스와 르 주르날 뒤 메드생 문학 담당 기자와의 인터뷰에 응한 소피 오두인 ` 마미코니안의 진솔한 답변을 통해 작가와 타라 덩컨 시리즈의 모든 것을 알아본다.

🐾 타라 덩컨의 성격은 어떤가요?

타라는 고집스럽지만 조숙함을 보이는 소녀입니다. 어른들을 믿지 않죠. 타라는 늘 진실과 거짓을 가려내야 한다는 걸 깨닫습니다. 역설적으로 나의 주인공은 마법을 아주 싫어해요. 그 반감이 스토리를 이끌고 있지요. 알지 못할 미스터리와 싸워야 하는 타라는 뭔가가 자신을 노리고 있는 걸 알지만 가능한 한 평범한 소녀의 삶을 살고 싶어 하지요.

이 자리에서 밝히자면 타라는 사실 나의 사랑스런 두 딸(15세 디안과 12세 마린)의 성격을 합해서 만들어낸 캐릭터입니다. 내 아이들이 다른 세상을 발견했을 때 일어날 법한 일에 대해 쓴 것이니까요.

✍ 주인공의 이름인 타라 덩컨은 무용가 이사도라 덩컨과 관계가 있습니까?

네, 그 훌륭한 무용가에게 경의를 표하는 겁니다. 그 이름을 선택한 것은 중산모자에 가죽신을 신은 그 당당한 스타 이사도라 덩컨을 아주 좋아하기 때문입니다.

✍ 부모 없이 자란 고아, 아주 강력한 능력을 가진 마법사, 어린 나이 등 『타라 덩컨』이 『해리포터』와 너무 흡사하다고 생각하지 않으십니까?

우선 나는 내 작품이 『해리포터』에 비교되는 것이 기쁩니다. 부모 없이 자란 마법사 어린이가 주인공이라는 기본 요소는 같아요. 문학은 모든 걸 다 새롭게 지어내지는 않습니다. 나는 롤링과 직업이 같고, 우리는 음유시인의 후손들이며 이야기꾼이니까요.

『타라 덩컨』의 세계는 『해리포터』의 세계보다 훨씬 방대하고 복잡하고 흥미로운 세계입니다. 더구나 나는 조앤 롤링의 주인공을 모방하려고 하지 않았습니다. 이 작품을 1987년에 썼으니까요.

당시 한 출판사가 전 3권으로 출간하고 싶어 했기 때문에 나는 거절했습니다. 그러다 『해리포터』가 세상에 나오면서 나는 많은 요소를 변경해야 했지요. 『해리포터』 때문에 줄거리 확장을 비롯해 틀도 완전히 변경했고, 무엇보다도 이미 설정했던 마법 학교를 삭제했습니다.

나는 이 작품의 모든 장면을 수정하는 데 15년이 걸렸습니다. 물론 그만큼 공들여 손질할 시간이 있었다는 뜻도 되지요.

내 머릿속에는 이미 모든 것이 들어 있고, 출판사와는 이미 제5권까지 계약을 끝낸 상태입니다.

일단 글을 쓰기 시작하면 나는 하루에 10페이지씩 기관총을 쏘듯 키보드를 두들겨대지요.

🐾 셈나샤오비로다인트라쉬부처럼 발음하기 힘든 독특한 이름들을 많이 사용하고 있는데 독자들이 곤혹스러워하지 않을까요?

등장인물의 이름과 지명을 창조하는 일은 사실 아주 즐거운 작업이었습니다. 셈나샤오비로다인트라쉬부는 마다가스카르를 여행할 때 원주민들의 이름이 아주 길다는 데서 착안했습니다.

팅가푸르의 경우는 아시아를 여행하면서 오색찬란하게 빛나는 뾰족뾰족한 지붕의 건물들을 보고 영감을 얻었고요. 랑코비트는 프랑스의 인상적인 성들과 벽을 멋지게 장식한 마을들을 섞어놓은 겁니다.

동식물과 종족의 이름들은 신화에서 영감을 얻었고, 컴퓨터 키보드에 내 손가락이 흘러가는 대로 만들어낸 것들입니다.

내가 만들면서 즐거워했던 것만큼 독자들도 생소하지만 우스꽝스러운 이름들을 읽으면서 즐겁기를 바랍니다.

나는 독자들에게 갇혀 있지 않은, 틀에 박히지 않은, 다시 말해서 '국적 불명'의 풍부한 어휘를 주고 싶은 겁니다. 그래서 출판사에서 해괴한 낱말들을 바꾸자고 제안했을 때, 나는 단호하게 거절했습니다.

편안하고 쉬운 이름을 주지 않는 점에서 나는 내 독자들에게 너그럽지 못한 작가라고 해야겠지요.

🐦 아르메니아의 공주라는 당신의 혈통이 이 작품에 어떤 영향을 주었나요?

이 소설 속의 동양적인 요소는 모두 나의 아르메니아와 페르시아 혈통과 관련이 있습니다.

나는 아르메니아와 페르시아의 설화와 전설에 항상 매료되었지요. 대부분의 설화나 전설에는 위기에 빠진 공주의 목숨을 구해주기 위해 왕자 또는 흑기사가 나타나기 마련이지요. 하지만 사우디아라비아의 설화는 아주 가혹해요. 반드시 구해주지는 않으니까요. 그런 신화의 세계가 내게 영향을 주었습니다.

내가 창조한 등장인물들 중 누군가를 죽여야 할 상황이 오면 나는 그렇게 합니다. 그 점이 이따금 독자들을 놀라게 할 겁니다.

🐦 마지막으로 공식의례나 궁전의 묘사가 사실적인 것이 작가 자신의 개인적인 신분과 관계가 있습니까?

소설에서 등장하는 공식의례에 대한 묘사는 몇몇 궁정의 예의범절에서 착상을 얻었습니다. 내 경우 『타라 덩컨』은 가문의 조상들로부터 받은 유산이라고 생각해요. 우리 집안에는 열다섯 명이나 되는 작가가 있기 때문이죠. 1933년부터 프랑스에서 살고 있는 영화감독이자 작가인 프랑시스 베베르(『바보들의 식사』)는 삼촌이고, 피에르 질 베베르(『튈립 팡팡』)는 할아버지, 트리스탕 베르나르(『막다른 골목』)가 증조할아버지이십니다.

나의 혈통이 내 마음을 움직였다는 걸 고백하지 않을 수가 없군요.

Photo, Didier Pruvot © Editions Flammarion

🌸 소피 오두인 마미코니안
Sophie Audouin-Mamikonian

아르메니아 왕위 계승자인 소피 오두인 마미코니안은 파리의 야사스 대학에서 법학을 전공했으며, 두 딸을 둔 어머니이다. 할머니와 어머니에게 러시아의 독특한 이야기를 들으며 자란 그녀는 열두 살 때 복막염을 앓으면서 꼼짝할 수 없게 되자 시간 죽이기 요량으로 처녀작 「샹들리에, 황금 불사조」를 썼으며, 15,000여 권의 공상과학 소설을 읽은 독서광이기도 했다. 15년이라는 오랜 작업 끝에 1권이 출간된 『타라 덩컨』의 주인공 소녀는 두 딸의 성격을 합해서 만들어낸 캐릭터라고 한다. 캐나다, 일본 등 26개국에서 번역된 『타라 덩컨』 시리즈는 2015년 12권으로 완결될 예정이다. 그 외 작가의 주요 작품으로 『뚱보들의 저녁식사』, 『인디아나 텔러』 시리즈 등이 있다.

🌙 옮긴이 이원희

프랑스 아미앵 대학에서 「장 지오노의 작품 세계에 나타난 감각적 공간에 관한 문체 연구」로 석사학위를 받았다. 현재 전문 번역가로 활동 중이며 역서로는 아민 말루프의 『사마르칸트』와 『마니』, 앙리 지델의 『코코 샤넬』, 생텍쥐페리의 『야간비행』, 칼릴 지브란의 『예언자』, 다이 시지에의 『발자크와 바느질하는 중국소녀』, 장 크리스토프 뤼팽의 『붉은 브라질』, 안니 뒤페레의 『파티』, 기욤 프레보의 『시간의 책』(전 3권), 피에르 보테로의 『에윌란의 모험』(전 3권) 등 다수가 있다.

Illust 스튜디오 가게 studiogage.com